T. C. Rypel schrieb seine GONJI-Romane in den Achtzigerjahren. In ihrer Mischung von heroischer Fantasy, historischem Roman und fernöstlicher Ethik sind sie auch heute noch etwas ganz Besonderes – und wie ihr Held weigern sie sich zu sterben. Auch der Autor ist noch sehr lebendig und wohnt in Ohio am Ufer des Erie-Sees.

Weitere Titel des Autors:

GONJI – Der Wind des Todes
GONJI – Die Seele des Stahls
GONJI – Die Stunde des Drachen

T. C. Rypel

GONJI
DER WEG DES KRIEGERS

Fantasy-Roman

Aus dem Amerikanischen von
Thomas Schichtel

BASTEI
LÜBBE
TASCHENBUCH

BASTEI LÜBBE TASCHENBUCH
Band 20636

1. Auflage: April 2011

Vollständige Taschenbuchausgabe

Bastei Lübbe Taschenbuch in der Bastei Lübbe GmbH & Co. KG

Deutsche Erstausgabe

Titel der Originalausgabe: »Gonji – Fortress of Lost Worlds«
Originalverlag: Zebra Books, Kensington Book Corp., New York

Redaktionelle Bearbeitung: Michael Kubiak
Titelillustration: Fantasio Fine Arts
Umschlaggestaltung: Guter Punkt, München
Autorenfoto: Christine Rypel
Satz: Urban SatzKonzept, Düsseldorf
Gesetzt aus der Goudy Old Style
Druck und Verarbeitung: CPI – Ebner & Spiegel, Ulm
Printed in Germany
ISBN 978-3-404-20636-0

Für Joseph Stefano,
dessen tiefgehende Einsichten die Grenzen
des Dramatischen ausloten.
Und dessen Lektionen ich vielleicht noch lerne.

Menschen fürchten den Tod,
wie Kinder sich davor fürchten,
ins Dunkle zu gehen, und so,
wie diese angeborene Furcht in Kindern
durch Erzählungen verstärkt wird,
geschieht es auch mit der anderen.

Francis Bacon

PROLOG

Ein geflüsterter Hauch des Bösen folgte dem Ritter und suchte die kalten Ritzen seiner Rüstung und seines Mantels, die bislang kein Schwert, keine Kugel und kein Reißzahn gefunden hatten.

Eine dichte Wolke von Eiskristallen bildete sich vor seinem Gesicht, während er das Pferd zügelte. Er musste zweimal kräftig ziehen, ehe sich das wiehernde Ross erneut in die Richtung des Grauens wendete, das sie zurückgelassen hatten. In der frostigen Luft fuhr das Schwert des Ritters scharf aus der Scheide. Er verfluchte die tauben Hände, die es ihm nach dem letzten Scharmützel unmöglich gemacht hatten, die Pistole nachzuladen.

Aber andererseits war keine Zeit mehr geblieben. Überhaupt keine Zeit für ihn, der weiterhin zu den Lebenden gehören würde.

Mit brennenden Augen erkundete er den schneebedeckten Pfad hinter ihm und konnte keinen Feind aufspüren. Er schob die Kapuze von der Sturmhaube zurück, um sein Blickfeld zu vergrößern. Er zitterte im eiskalten Wind und fand seine Sinne geschärft. Erfreut blickte er forschend in das verschneite Land der Nacht und verzog trotzig die Lippen.

Schüttere Pappelgehölze. Hügeliges, winterliches Ödland. Die sternenhelle Kuppel des Himmels. Die von seinem taumelnden Ross gezogene Fährte – sie bereitete ihm die größten Sorgen. Er beschloss, in dieser Nacht hellwach zu bleiben.

Zu nahe war er inzwischen dem Ziel. Zu große Mühen, zu viele Todesfälle hatte es gekostet, um vor Erschöpfung oder Hunger oder der bitteren Kälte dieses fremden Berglandes zu kapitulieren.

Vor ihm ragte im grau-blauen Mondlicht der zerklüftete östliche Ausläufer der Pyrenäen auf, der, aus der Sicht des Soldaten, den flachen weißen Horizont bis zu den ungesehenen stillen Tiefen des Mittelmeers abschirmte. Die kahlen Bäume standen im Mittelgrund dichter, boten aber keinerlei Versteck für irgendeinen lauernden Feind, den die Vorstellungskraft des Ritters heraufzubeschwören vermochte. Es hatte seit zwei Tagen nicht mehr geschneit, und die tiefe samtene Weiße breitete sich unberührt aus, so weit das Auge reichte.

Alcala steckte das Schwert weg und trieb mit einem Klaps das schwankende Pferd weiter. Eisige Atemwolken markierten ihren Weg. Die wiederholte Bewegung belebte die starre, frostige Umgebung, und Alcalas schweißnasses Unterzeug klebte an ihm wie ein klammes Leichenhemd.

Aber er war am Leben. Das war mehr, als die übrigen armen Bastarde von sich behaupten konnten. Und wieso auch nicht? Sein einzigartiger Umgang mit Pistole und Schwert hatte ihm wieder mal die Haut gerettet. Das war unbestreitbar. Und falsche Bescheidenheit war gewiss ein genauso kostspieliger Makel wie hemmungsloser Dünkel. *Si*, darauf lief es hinaus.

Der kastilische Ritter griff nach unten und tätschelte die Tasche mit den versiegelten Befehlen des Hohen Offiziums. Sie waren unversehrt. Sie hätten ihm gleich zu Anfang anvertraut werden sollen; damals hatte ihn die Bescheidenheit daran gehindert, sich freiwillig als Kurier zu melden. Doch nun hatte göttliche Fügung sie ihm in die Hand gegeben. Hätte er sie von Anfang an mitgeführt, wäre es nicht nötig geworden, sie Gutierrez' steifen Fingern zu entwinden, nachdem …

Nein – sinnlos, *daran* zu denken!

Der Magen rumorte heftig, und er spuckte den üblen Geschmack in den Schnee.

In diesem Augenblick entdeckte er den Brandring fünfzig Schritte zu seiner Rechten. Dann die zusammengesunkene, traurige Gestalt darin. Dann erneut das Feuer – weich glühend – die kauernde Gestalt – und dann …

Nein, kein Feuer. Ein *Glühen*. Ein gedämpfter Schein, als wären Knollen aus blauem und orangefarbenem und blassgelbem Leuchten auf dem Schnee erblüht.

Santa Maria!

Eine junge Frau saß in der Mitte all dessen, die Knie bis ans Kinn gezogen, das Gesicht traurig. Sie trug einen schlichten Reisemantel, dessen Pastellfarbe im magischen Feuerschein unbestimmt blieb, die Kapuze wie eine Mantille über den Kopf gezogen.

Einen Augenblick lang stellte sich der Ritter vor, eine Inkarnation der Madonna erschiene ihm. Als Kind hatte er von einer solch erhabenen Begegnung geträumt. Und war er nicht gerade in nichts Geringerem als dem Auftrag des Hohen Offiziums der Inquisition unterwegs?

Der militärische Instinkt hieß ihn jedoch sofort wieder, eine argwöhnischere Haltung einzunehmen. Während er sich vorsichtig umblickte, zog er die Radschlosspistole und machte sich daran, sie mit tödlicher Gelassenheit zu laden, schussbereit zu machen, zu spannen, und zwang dabei mit schierer Willenskraft die tauben Finger zum Gehorsam.

Die geisterhafte Erscheinung betrachtete ihn matt und ihre Miene wechselte nicht.

Als er sich davon überzeugt hatte, dass die Pistole schussbereit war, lenkte Alcala sein Ross in Richtung der vom Feuerschein beleuchteten Maid. Ungeachtet jeglicher Gefahr tappte das Pferd pflichtgemäß durch die knirschenden Schneeverwehungen.

Als der glimmende Kreis nur noch zehn Schritte entfernt war, hielt der Ritter an und stützte die Pistole lässig auf dem Schenkel ab. Er setzte im unrasierten Gesicht eine strenge Miene auf und betrachtete die Frau forschend. Wie es schien, wurde ihre Melancholie nur noch von ihrem Liebreiz übertroffen.

Sie hatte nur Augen für die Pistole, als sie ihn ansprach. »Tut es. *Tut* es – *por favor.*«

Alcala schluckte schwer und legte den Kopf zweifelnd auf die Seite. »Wer seid Ihr? *Was* seid Ihr, dass Ihr so zufrieden auf der kalten Erde sitzt? Weder zittert Ihr, noch leidet Ihr unter der Nässe des Schnees. Ist es das Höllenfeuer, das Euch schützt?«

Ihr düsterer Blick wanderte vom Pistolenlauf zum Gesicht des Soldaten. Die Frau hatte dunkle Augen und rabenschwarzes Haar, und doch war ihr Gesicht für diese Gegend hellhäutig. *Französin, nicht Spanierin*, entschied Alcala.

»Ich bin ein Opfer«, erklärte sie nüchtern, »wie auch Ihr es sein werdet. Und er, der mich in diesem Zauberring gefangen gesetzt hat, könnte genauso gut als der Teufel betrachtet werden.«

Der Ritter schob das Kinn vor und mahlte mit dem Unterkiefer, während er sich mühte, ihre Worte zu verstehen.

»Also ist es ein Hinterhalt? Eure Helfer werden jedoch feststellen, dass ich kein leichter Gegner bin.«

Die junge Frau wandte den Kopf und blickte in die Ferne. »So hatte auch *ich* gesprochen. Vor welcher Schlacht flüchtet Ihr?«

»Flüchtet?«, wiederholte Alcala scharf und kniff mürrisch die Augen zusammen. »Ich flüchte vor gar nichts. Ich bin Korporal Ramon Alcala von den Dritten Kastilischen *Pistoleros*, und Ihr, *Señorita* – Ihr gebt einen recht armseligen Köder für eine Falle ab.«

Das unheimliche Flackern der Feuerblumen erhellte das Fleisch eines Schenkels, als sie sich von seinem strengen Blick abwandte. »So reitet denn weiter. Benutzt die Pistole, falls Ihr Mitleid habt, aber *reitet weiter*, solange Ihr noch Eure Haut tragt.«

Er zögerte, als er das Beben ihrer Stimme vernahm. Er blickte sich wachsam um, erwartete den sofortigen Angriff unsichtbarer Teufelsdiener, die wankend aus seinen Albträumen hervortraten. Nur der bittere Wind umschlang ihn. Trotzdem fächerten die weißen Wolken seines Atems schneller, als er seine nächsten Worte sprach.

»Erzählt mir«, sagte er unsicher, »erzählt mir von diesem – Teufel, der Euch gefangen gesetzt hat.«

»Ein Hexenmeister«, erläuterte die Frau über die Schulter. »Ein mächtiger Hexenmeister, der über dieses Gebiet herrscht.«

Alcala zog nachdenklich die Brauen hoch. »Derjenige, gegen den die Soldaten in der Garnison von Barbaso zusammengezogen wurden? Derjenige, der sich *Domingo Negro* nennt – Schwarzer Sonntag?«

»Genau jener. Aber was geht Euch das an?«

»Ich habe ein besonderes Interesse an seinem Treiben. Erzählt mir mehr. Alles, was Ihr wisst.«

Sie zuckte müde die Achseln. »Er ist ein wahrhaft hinterlistiger Mann. Hinterlistig und abgrundtief schlecht. Ich weiß nur, dass er mit harter, böser Hand über mein Volk herrscht. Sich nimmt, was er möchte. Und er hält mich hier schon seit *so langer* Zeit gefangen – seit so langer Zeit! Und wisst Ihr, welches Spiel er hier treibt? Der Zauberring verbirgt mich vor den Augen aller, die des Weges kommen, abgesehen von jenen, die weder den Mut noch die Klugheit aufbringen, mich zu befreien. Ihr seid der siebte, seit ich zuletzt mit dem Zählen aufhörte.«

Kochender Zorn brodelte in der Brust des Ritters und vertrieb die Kälte. Er schwang sich aus dem Sattel, und die Stiefel landeten knirschend im Schnee. Er leckte sich die trockenen und rissigen Lippen, während er unbeholfen durch den Schnee stapfte und sich dabei nur am Rande bewusst war, dass er bedächtiger zu Werk ging als nötig. Als er dem Ring näher kam und die Überraschung und heraufdämmernde Hoffnung der Frau erkannte, wog die Pistole kurz in der Hand, ehe er sie in den Gürtel steckte.

»Ist es möglich«, fragte sie ungläubig, während sie aufstand und ihre Worte mit schnellen Atemzügen unterstrich, »dass der Ring schließlich doch jemanden verkannt hat? Nach so langer Zeit? So furchtbar langer Zeit? Der Ring, er – er – hält mich warm – schützt mich vor Hunger – bewahrt mich in dieser Trostlosigkeit. Aber ich bin dessen so *überdrüssig*. Und bin so entsetzlich *einsam!*«

Alcala sah Tränen über die Wangen der Frau rinnen. Er rieb die schwitzenden Handflächen aneinander. »Was hindert Euch daran, den Ring einfach zu verlassen?«, wollte er wissen.

»Der Hexenmeister sagte ...« Sie brach ab und wischte sich die Augen. »Er sagte, ich würde zu Asche verbrennen, falls ich jemals die Feuerblumen zu überschreiten versuchte. Ich bliebe geschwärzt zurück wie Asche am Morgen. Fürchtet Ihr Euch nicht?« Ihre Brust wogte von banger Erregung.

Er räusperte sich. »Nicht sehr. Habt Ihr es je versucht? Zum Beispiel mit einem Zipfel Eurer Kleidung?«

Ihre Augen wurden groß und drückten unschuldiges Erstaunen aus, als hätte sie eine Offenbarung vernommen. Sie warf die Kapuze zurück. Ihr glänzendes, zerzaustes Haar ergoss sich über eine Schulter. Ungestüme Vorfreude durchfuhr Alcala: Er glaubte, dass sie als Nächstes den Umhang abwürfe, und war schon zu der Überzeugung gelangt, dass sie darunter nichts trug als den Liebreiz weißer Haut.

Stattdessen streckte sie die Hand aus.

»Nein, nein!«, warnte sie der Soldat. »Bleibt auf Abstand!«

Sein Schwert fuhr scharrend aus der Scheide. Er packte es mit beiden Händen und grub die Spitze unter einer orangefarbenen Feuerblume in den Schnee. Ein Wolf heulte irgendwo auf der verschneiten Ebene. Alcala blickte hinter sich, wo sein Pferd schnaubte und mit den Hufen scharrte.

»Kennt Ihr das Geheimnis?« Besorgt berührte die Frau mit beiden Händen ihren Hals.

»Ich bin nicht sicher. Haltet Abstand ...«

Alcala holte tief Luft und schleuderte die glühende Kugel aus dem Kreis. Sie stieg empor wie ein Irrlicht und sank langsam wieder in einem Bogen herab, der sie zurück in den Zauberring zu führen schien. Der Ritter hob abwehrend das Schwert, während die Frau nach Luft schnappte. Die Blüte aus brennender Zauberkunst landete jedoch im Schnee, der sie mit brodelndem Zischen empfing und in einer kurzen Dampfwolke löschte.

Durch diese natürliche Folge seines Tuns ermutigt, beförderte der Ritter erst eine weitere und dann eine dritte Kugel zauberischen Leuchtens in die Glut löschenden Schneewehen. Sobald er auf diese Weise etwa ein Drittel des Zauberrings weggeräumt hatte, hielt er an dessen Rand inne und zeigte der jungen Dame den Anflug eines Lächelns.

»Ich kenne nicht einmal Euren Namen.«

»Zeit für Namen, Worte, Zärtlichkeiten ist später«, flüsterte sie rasch. »Könnt Ihr mich hier herausholen?«

Er streckte die Hand über den durchbrochenen Zauberring aus, spürte die Wärme innerhalb des Kreises, winkte der Frau. Langsam, zögernd trat sie auf ihn zu, berührte seine Finger, ergriff sanft seine Hand, während ihre Augen die Tränen zurückhielten, der Mund lautlose Worte bildete.

Endlich fand sie die Stimme wieder.

»Ich weiß – ich weiß nur eine Art, um Euch zu danken«, flüsterte sie innig. »Aber Ihr müsst über meine Unbeholfenheit hinweg sehen. Es liegt so lange zurück, dass ...«

Ihre Lippen berührten seine, und ihrer beider Atemzüge mischten sich hitzig. Sie küsste ihn drängender, schlang die Arme um seinen Hals, tastete mit der Zunge nach seiner.

Schließlich wich der Korporal der *Pistoleros* von ihr, strich ihr zärtlich über die Schultern, betrachtete die Bereitschaft in ihren feuchten Augen und der wogenden Brust.

»Es ist noch warm hier drin«, flüsterte sie. »Warm und weich. Die Nacht ist lange und gefahrvoll für den Reisenden. Nichts jedoch erlangt hier Zutritt.« Sie zog ihn an seinen behandschuhten Händen zur Mitte des Kreises.

Ergebenheit war eine Tugend des Ritters. Ja, und auch Abstinenz in ungefähr gleichem Maße. Viele Wochen waren verstrichen, seit er sein Weib gesehen hatte. Und er hatte keine andere Frau gehabt.

Der verzauberte Kreis, den er mit der dankbaren Jungfrau teilte, hatte eine Weite von gut drei Metern und war warm wie eine Meeresbrise im Mai und duftete wie die Gärten von Granada. Der Boden war getränkt mit Engelshauch und sich darauf zu betten nach so vielen Nächten auf gefrorener Erde oder zusammengesunken im Sattel, das war – zusammen mit einer so verführerischen Jungfrau – eine Verlockung, der nachzugeben bei jeder noch so strengen Beichte verziehen werden konnte.

Und so zog Alcala die Handschuhe aus, setzte die Sturmhaube ab und befreite sich von Schwertgurt und Pistole. Die Alarmrufe seiner Seele ebenso wenig beachtend wie das erneute Auftauchen magischer Feuerblumen, die den Zauberring wieder schlossen. Und er hörte nicht die Rufe der Raubtiere in der Wildnis, deren Geheul die Nachricht von einem Rudel zum Nächsten übermittelte.

Alcala drückte die Frau aus dem Glutring an sich, begierig darauf, ihren Körper erneut zu spüren. Ihre schlanken Arme umschlangen seinen Hals; ihre Finger zerzausten ihm die Haare, während sie ihn herabzog und ihrer beider Lippen miteinander verschmolzen.

Tiefer, langsam immer tiefer glitten diese nichtmenschlichen, zupackenden Arme, verschränkten sich die Hände hinter seinem Rücken und drückten zu. Pressten ihm die Luft aus den Lungen, dass er nicht mehr ausreichend atmen konnte. Als er jedoch versuchte, seine Lippen von der Saugwirkung der ihren zu befreien, stellte er fest, dass sein Mund eingeschlossen war von übelkeiterregender klebriger Nässe.

Vor Entsetzen und Schmerzen quollen ihm die Augen hervor, als sein Rückenpanzer unter ihrer tödlichen Umarmung zerbrach. Er erhielt noch einen flüchtigen Eindruck von einem milchigen eintönigen Grau, das sich in ihren zuvor so sinnlichen Augen ausbreitete, und dann erfüllten blendende, weißglühende Blitze sein Blickfeld, als ihm zischend die letzte Luft aus den Lungen gepresst wurde und das Vakuum diese zermalmte.

Das letzte Geräusch, das er in der Qual des Erstickens vernahm, kündete davon, wie der Brustkorb nachgab. Schwärze überwältigte ihn, ersparte ihm Anblick und Gefühl des nassen peitschenden Gliedes, das sich durch Stahl bohrte und dies erneut tat – sich durch Fleisch und Knochen seines Rückens grub, hämmernd und bohrend –, bis es sein stehen gebliebenes Herz fand und herausriss.

Das reiterlose Pferd wieherte und stampfte und führte wilde Bocksprünge zwischen den winterstarren Pappeln aus. Es wollte ausreißen, fand jedoch keinen Fluchtweg durch den Ring aus dunklen Gestalten, der sich mit der Hölle eigener Geschwindigkeit ringsherum schloss.

ERSTER TEIL

AUF LEISEN SOHLEN WANDELT DER TOD

ERSTES KAPITEL

Panik ist, was unter Belastung aus dem Wirrwarr eines undisziplinierten Verstandes hervorpurzelt.

Iyé – nein. *Das trifft es nicht ganz. Arbeite daran. Denk weiter nach. Wehre weiter – die Panik ab.*

Der beißende Wind peitschte auf die Nordhänge der Pyrenäen ein und schüttelte Pferd und Reiter im weißen Mantel unerbittlich durch. Nachts in einem blendenden Schneesturm die abschüssigen Serpentinen in Angriff zu nehmen, war der schiere Wahnsinn.

Der Wahnsinn des Gejagten und des Hungernden.

Sabataké Gonji-noh-Sadowara hatte sich schon lange an solchen Wahnsinn gewöhnt.

Er gab die philosophischen Erwägungen auf, ließ sie im widerhallenden Heulen des Sturms davontreiben. Eine Zeit lang dachte er an gar nichts. Dann sann er über die grausame Möglichkeit von Erfrierungen nach und geriet so in eine freudlose Stimmung, die wiederum bittere Erinnerungen wachrief. Er hatte Visionen von Vedun, einer Stadt, die er zu lieben gelernt und die zu zerstören er beigetragen hatte; und von Simon Sardonis, dem skurrilen Lykanthropen, der widernatürlichen Antwort auf Gonjis zehnjährige Suche, die er aufgrund einer halb verstandenen Prophezeiung begonnen hatte; Visionen von unvollendeten Aufgaben und verratenen Grundsätzen; von selbstgewählter Pflicht und gescheiterter Verantwortung; von wundersamen Kenntnissen, die keinen Gewinn brachten; von seinen eigenen wechselnden Schwerpunkten und vielschichtigen Überzeugungen. Er erlebte die flüchtige Wärme vertrauter Gesichter – guter Gefährten und standhafter Schwertbrüder –, unvermittelt verzerrt von Schmerzen, geprägt von der Ausdruckslosigkeit des Todes.

Wer sind sie?

Seine Gedanken versanken und wandelten sich im gebrochenen Rhythmus der pflügenden Hufe Toras. Es lag Stunden zurück, glaubte er, dass er zuletzt hinter sich geblickt, die Bergflanke hinabgeblickt hatte auf das, was ihm folgte. Zu jenem Zeitpunkt hatte er sich mühsam durch die bewaldeten unteren Hänge gekämpft, unfähig zu irgendetwas anderem, als sich energisch voranzutreiben. Bergan, unaufhörlich bergan zu den Gipfeln, die die Landschaft Spaniens beherrschten, ihn aus dem bitteren Winter des verhassten Frankreichs herausführen würden. Unter den herrschenden Umständen bot sich ihm kein anderes Ziel: die Pyrenäen erstreckten sich endlos weit nach Westen und im Osten winkte ihm nur das eisige Grab des Mittelmeers. Und hinter ihm kamen die erbarmungslosen Verfolger.

Wer zum Teufel *sind* sie überhaupt?

Sie waren nachts aufgetaucht, in einer lange zurückliegenden Nacht, die auf den Mond des Äußersten Schreckens folgte – als eine Stadt systematisch zerstört, von ihrer unaussprechlichen Verdorbenheit gesäubert worden war. Sie waren beinahe lässig herangerückt, dunkel und lautlos, als würden sie von dem alles umschlingenden Höllennebel herbei getragen, der ihnen vorauseilte. Ihre Zahl schien gering; vielleicht nicht mehr als ein Dutzend. Was sie an Waffen mitführten, blieb unbekannt, abgesehen von den tödlichen Geschossen von Armbrust und Langbogen, deren erste Salve Gonjis halbe Gruppe mit der wahllosen Kaltschnäuzigkeit der Pest niederstreckte. Die Hälfte der Überlebenden fiel unter der nächsten Salve, und so gebrochen, müde und verwundet waren die Übrigen, dass ihnen die schändliche Flucht als einzige Alternative erschien.

Von Scham über ihre Demonstration von Schwäche gepeinigt, rissen sie hin und wieder die Pferde herum und griffen die fernen Verfolger an. Dann fiel ein weiterer Glücksritter unter dem Treffer eines Bolzens schreiend aus dem Sattel, und noch einer. In machtloser Wut zählten sie jeweils ihre Verluste, akzeptierten das Unausweichliche und setzten grimmig die Flucht fort.

Als sie nur noch zu dritt waren, fanden sie heraus, welche Taktik die Verfolger anwendeten. Die Jäger kamen des Nachts am besten voran. Bei Tage erblickte man sie eher selten, und sie verloren an Boden, wenn der Morgen heraufdämmerte, und stellten die Verfolgung jeweils ganz ein, wenn die Wintersonne das hellste Licht spendete. An dem schicksalhaften Tag, als Gonjis Gruppe Cartier verlor, hatten sie ihre Pferde bis zur Erschöpfung durch die eisstarre Landschaft gejagt, eine falsche Fährte gelegt, kehrtgemacht, irreführende Gegenstände verstreut und Wildfallen aufgestellt, die ihre baldige Rückkehr versprachen.

In jener Nacht schliefen sie voller Zuversicht, bis sie zur Stunde des Hasen von einer wiehernden Pfeilsalve und den Todesschreien Cartiers geweckt wurden. Gonji und Emeric flüchteten unter Beschuss aus dem Lager. Das Pferd Emerics wurde in vollem Galopp erschossen, sodass sich Gonji gezwungen sah, den benommenen Freund mit auf Toras Rücken zu nehmen.

Sie suchten Zuflucht in einem Dorf. Zwei Nächte später wurden sie von den aufgebrachten Bewohnern vertrieben, die dann jedoch auf den eigenen Straßen und Veranden niedergemacht wurden. Gonji und Emeric waren zu Ausgestoßenen geworden, verflucht und gemieden von anderen Menschen. Darüber hinaus mussten sie sich mit dem Gedanken anfreunden, dass ihre Verfolger übernatürlich begabt waren, aber Gonji hatte bei all seinen Begegnungen mit Hexerei und Magie nichts gelernt, was ihm dabei half, mit diesen Höllenhunden fertig zu werden.

Die gespenstische Armee setzte ihnen weiter nach, ein lautloser, böser, wolkiger Schatten, der sich mit unmenschlicher Unerbittlichkeit über den elfenbeinfarbenen nächtlichen Horizont wälzte.

Zu diesem Zeitpunkt hatten sich die beiden Flüchtlinge körperlich an das nächtliche Leben angepasst, und der scharfsinnige Emeric, stets so optimistisch, wie er gewandt mit dem Säbel war, fand allmählich sogar in ihrer augenblicklichen Lage Grund zur Hoffnung. Er erklärte, die schleichende Fäulnis des Bösen, die sich in dieser Zeit durch Europa ausbreitete, wäre bei mehreren großen Begegnungen, an denen Gonji beteiligt war, aufgehalten worden. War nicht der Böse selbst inzwischen so gereizt über seine Schwierigkeiten mit diesem einzelnen Samuraikrieger, dass er sogar diese Dunkle Kompanie darauf angesetzt hatte, Gonjis Kreise zu stören? Entweder war es das, oder Gonji hatte sich zum »Prügelknaben des Karma« entwickelt – zumindest nach Emerics bedeutungsloser, aber auf verdrehte Art und Weise erfreulicher kulturübergreifender Deutung.

Emeric stellte darüber hinaus fest, dass die Dunkle Kompanie immer dann am schnellsten aufschloss, wenn die beiden Flüchtlinge von ihrer Verzweiflung übermannt wurden. Die Vorstellung war ernüchternd: Gonji hatte schon vor langer Zeit entdeckt, welche Kraft in Glaube und Überzeugung lag: die Macht der Rechtschaffenheit selbst, wenn sie gegen das übernatürliche Böse antrat. Wie lange jedoch konnte jemand den siegreichen Glauben an das Gute bewahren, wenn nichts gewonnen wurde außer einem Stillstand der Kräfte?

Die Offenbarung sollte das Totengeläut des großmütigen Emeric sein.

Wenig später war der Schneesturm über sie hereingebrochen. Nachdem die gespenstischen Jäger sie in den Winkel gezwungen hatten, den die öde Mittelmeerküste und das erdrückende

Gebirge bildeten, wussten sie, dass ihnen nur noch zwei Wege offen standen: die gewundenen, verschneiten Pässe zu ersteigen oder umzukehren und sich dem sicheren Tod zu stellen.

Ein Teil Gonjis sehnte sich nach einem schonungslosen Ende seiner Wanderungen, aber ein namenloser Instinkt trieb ihn weiter voran. Er musste noch mehr erfahren. Dinge mussten bereinigt werden. Er wurde noch in Europa gebraucht.

Emeric jedoch schaffte es nicht mehr. Geschwächt vom Fieber und seit Tagen ausgehungert, hatte Emeric sich geschlagen gegeben. Gonji spürte noch immer den Griff des sterbenden Freundes um seinen Fußknöchel nach diesem unmöglichen Bogenschuss – gezielt, wie er wohl wusste, auf ihn selbst. Er musste die Finger des Toten gewaltsam vom Stiefel lösen, und bei der wütenden Flucht die sturmumtosten Berghänge hinauf betete er, bis ihm die Stimme versagte, der *Kami* des Krieges möge ihm etwas schicken, das er töten konnte, und auch die Kraft, es zur Strecke zu bringen.

Und was war mit Simon Sardonis? Oftmals während der Verfolgungsjagd hatte er geglaubt, den Schrei des Werwolfs im Nachtwind zu vernehmen, den Triumph einer bestätigten Hoffnung kaum verhehlend.

Aber nein. Der Grejkill, das Tier mit der Seele eines Menschen, hatte ihn vor langer Zeit verlassen und wich sorgsam jedem seiner Versuche aus, sich erneut mit ihm zusammenzutun und den Prophezeiungen auf den Grund zu gehen, die sie miteinander verbanden. Und Gonji war das sinnlose Spiel der Zurückweisung leid geworden.

Tora stolperte und warf ihn beinahe kopfüber in den Schnee. Gonji hatte keine Ahnung, was das Tier dazu trieb, weiter ins Gebirge hinaufzusteigen, und wie es den Weg fand. Orientierungspunkte blieben verborgen. Gonji konnte nicht erkennen, wie dicht sie am Rande des Pfades entlang stolperten; die Furcht vor einem tödlichen Absturz war geschwunden, je mehr sich die Taubheit und die Wogen der Hungerschmerzen ausbreiteten. Allmählich glaubte er, Geister zu sehen. Zweimal griff er mit nutzlosen Fingern nach dem Sagami, als der höhnende Wind den herabstürzenden Schnee zu fast greifbaren Luftskulpturen formte. Kreaturen aus weißen Albträumen tanzten an der Seite des Samurai und ihm wurde klar, dass er den Dämonen, die einem Menschen den Verstand raubten, am besten zuvorkam.

Er prüfte, wie es um seine Waffen stand.

Die Schwerter waren an der Gürtelschärpe festgefroren. Die Helmbarte ragte imposant hinter ihm auf, führte von der Lanzenschale durch den Sattelgurt, auch wenn er den Schaft nicht mehr spürte. Der prächtige Langbogen, den ihm die Miliz von Vedun geschenkt hatte, lugte ihm über die Schulter – von der Sehne befreit und nutzlos, die eingerollte Sehne wahrscheinlich durch die Feuchtigkeit ruiniert, die inzwischen durch alle Schichten der Winterkleidung gesickert war. Die Pistolen, die er heute schätzte, nachdem er sich jahrelang gegen die Unehrenhaftigkeit solcher Waffen gesträubt hatte, wölbten sich immer noch unter dem Stoff einer robusten, gut eingefetteten Tasche, aber das Pulver hatte vermutlich das gleiche Schicksal erlitten wie die Bogensehne.

Hai, Gonji-san, du bist wirklich in einer tollen Verfassung, um . . .

Auf einmal wurde der schmale Bergpfad direkt vor ihnen verschlungen – von einer Granitnase, mit Schnee und Eis überkrustet, die ihnen den Weg ebenso wirkungsvoll versperrte wie eine Doppelreihe österreichischer Lanzenreiter.

»Tora! Direkt vor dir!«, brüllte Gonji mit sich überschlagender Stimme und wusste nicht recht, ob die Zügel seine Botschaft auch übermittelten. »Halt, du dummes Tier!«

Tora schnaubte und wieherte, war einen Augenblick lang ohne Orientierung. Er schwenkte nach rechts, und Gonji glotzte, als er über die Panzerhaube des Rosses hinweg die Abbruchkante erblickte. Sein geschrumpfter Magen revoltierte. Dann blickten sie in die Richtung, aus der sie kamen. Hier zeigte sich der Weg jedoch ebenso zuverlässig durch all die Schneeverwehungen versperrt wie der weitere Weg bergan. *Wie waren sie nur hierher gelangt?*

Gonji fuchtelte mit der Hand im alles verhüllenden weißen Vorhang und hielt sich unter den rüttelnden Windböen mit den Knien im Sattel. Er sah nur atemberaubende Weißheit, die sich in Haufen endlos erstreckte. Zerklüftete Gipfel – die nur Stunden zuvor nicht zu sehen gewesen waren – ragten in den sturmgepeitschten Nachthimmel. Eine glänzende glatte Fläche weit im Osten war vielleicht das Meer.

Und weiter unten – eine nicht auszulotende Strecke weit unterhalb von ihm auf einem angrenzenden Hang ...

Die Dunkle Kompanie.

Gonji konnte das Sagami nicht ziehen. Hoch richtete er sich im Sattel auf, legte die linke Hand auf den Griff des geschichtenumwobenen *Katana* und schrie den Kriegsruf seines Clans in den gleichgültigen Sturm:

»Sado-wa-raaa-aa-a!«

Das Rumpeln setzte unweit der Grenze des ewigen Schnees ein, ein Stück unterhalb von ihm. In Gonjis klingelnden Ohren schien es aus allen Richtungen widerzuhallen. Hier bot sich ihm, sagte er sich, ein majestätischer, großartiger Anblick, würdig der Aufmerksamkeit jedes Menschen, den es wie ihn danach verlangte, die endlosen Wunder des Daseins zu erleben.

Es war eine gebührende Art zu sterben.

Selbst wenn er dazu Gelegenheit gehabt hätte, Gonji bezweifelte, dass er vorher Gebrauch von seinem *Seppuku*-Schwert gemacht hätte. Er gedachte, auf der Lawine ins Vergessen und zur

Wiedergeburt zu reiten. Er hatte den einzigen Weg gefunden, der unabwendbaren Hetzjagd der Dunklen Kompanie auf seine Seele zu entgehen.

Mit glasigem Blick verfolgte er das wunderbare Zusammenspiel der Ereignisse, als die unteren Hänge einbrachen, und ergötzte sich an dem rollenden Gewoge. Als der erste Schnee von oben auf ihn einprasselte, wappnete er sich für den großen Sturz. Dann war der Ehrfurcht gebietende Augenblick vorüber, so unvermittelt, wie er es Bergbewohner hatte erzählen hören. Jede Bewegung erstarrte unterhalb seiner Position, abgesehen vom Nachsinken der Landschaft in ihre neue Form. Nur das Echo blieb zunächst, verstummte dann aber auch alsbald.

Ich bleibe unverändert zurück.

Die Welt zeigt dem Himmel ein neues Antlitz.

Die Berge erzählen von diesem Geschehen.

Gonji sann eine ganze Weile lang über seine Empfindungen nach und beschloss, das Ereignis eines Tages in die Form eines angemessenen *Waka* zu gießen. Forschend nahm er die Hänge unterhalb des Bergpfads in Augenschein; seine Sinne wurden lebendiger, sein Verhalten vorsichtiger. Er erblickte keine Spur mehr von den dämonischen Jägern. War es möglich, dass sich die Natur ihm so gnädig gezeigt hatte? Hatte Emeric es nur um wenige Nächte versäumt, die Antwort auf ihre Notlage mitzuerleben?

Tora wieherte leise und tappte vorsichtig nach links, jetzt wieder bergauf, und scharrte mit den Hufen in den frischen Schneeverwehungen, die ihm den Weg zu versperren trachteten. Etwas lockte das Pferd zu dem Granitsims, der sie schon zuvor am Weiterkommen gehindert hatte. Die Erschütterungen hatten die Schneedecke heruntergeschleudert, und jetzt wurde erkennbar, dass es sich tatsächlich um einen Hohlraum in der Felswand handelte. Eine Aushöhlung.

Gonjis Atem ging vor Anspannung zischend. Er drängte Tora

weiter, aber das Ross wagte sich nicht in den tiefen Schnee vor ihm. Der Samurai wälzte sich aus dem Sattel und ächzte dabei vor Schmerzen. Sobald er das Gleichgewicht wieder gefunden hatte, machte er sich mit fast kindlicher Begeisterung daran, sich durch den Schnee zu graben, und zog dabei die Zügel hinter sich her. Als er den Felsvorsprung erreichte, stieß er einen vernehmlichen Laut der Erleichterung aus.

Die Öffnung gähnte vor ihm wie eine gewaltige Augenhöhle in der Bergflanke. Und es war mehr als ein Hohlraum. Es war eine Höhle. Hoch genug, dass er hätte hineinreiten können.

Der Samurai führte das Ross in die Dunkelheit und sorgte sich nicht um diese, scherte sich nicht im Mindesten darum, wie er ein Feuer anfachen oder ihnen beiden Nahrung verschaffen konnte, sondern genoss es vielmehr, dem Sturm zu entkommen, wieder festen Boden unter den Füßen zu spüren, in die jetzt das Blut zurückkehrte. Er stampfte mit den eingewickelten Stiefeln, sowohl um das Empfindungsvermögen zu stärken, als auch um die Festigkeit der neuen Umgebung zu prüfen. Der Boden fiel ins Höhleninnere hinein ab, und ein kurzes Stück hinter dem Eingang wich der hereingewehte Schnee glattem Felsgestein. Nach den Echos zu urteilen, musste die Höhle beträchtliche Ausmaße haben. Leise und undefinierbare Geräusche stiegen von tief innerhalb des Berges auf und weckten Gonjis Wachsamkeit, aber Toras ungeduldiges Stupsen an seiner Schulter sorgte dafür, dass er weiterging.

Er wollte schon stehen bleiben, sich der Müdigkeit ergeben und zu Boden sinken, um die eigene Verfassung zu prüfen, als ihm das weiche zauberische Leuchten in unbestimmter Entfernung tiefer in der Höhle auffiel.

Ein Schimmer von der Flüchtigkeit eines nebelumwallten Sonnenuntergangs spielte über das Gestein des Bodens. Tora schnaubte hinter Gonji. Dieser zog erneut am Zügel, und als das Pferd keinen Widerstand leistete, führte er es auf den unheimlichen Anblick zu. Fast sofort spürte Gonji, wie ihm die herrliche Wärme übers Gesicht strich. Erleichterung durchlief ihn – auch wenn die von Kälte klamme linke Hand instinktiv den Griff des Sagami fest packte –, und er lenkte die unsicheren Schritte jetzt schneller auf dieses Phänomen zu.

Ein Schatten glitt vor ihm dahin, wo sich die Dunkelheit spaltete. Gonji holte zischend Luft und stolperte vor Überraschung beinahe mitten hinein.

Es war sein eigener Schatten. Das zunehmende Licht, das aus dem Gestein selbst hervorstrahlte, sickerte jetzt aus den Rissen und Spalten in Wänden und Boden der Höhle und erweckte Gonjis Schatten zu waberndem Leben. Erst fürchtete er, dass er vielleicht zu hastig in eine furchtbare Falle getappt war, dann jedoch fiel ihm auf, wie sich das Gesteinsleuchten verhielt: Wenn er sich mit der Hand bestimmten leuchtenden Steinen näherte – denn nicht die ganze Höhlensubstanz reagierte so –, wurde das aus ihnen strahlende Licht stärker, ging von mattem Rot über Rubinrot zu herbstlicher Glut über, spendete Wärme und Licht gleichermaßen.

Zauberfeuer – glühende Lava – der Vorraum der Hölle?

Es belebte, dessen war er sicher, und in seiner derzeitigen Verfassung interessierte er sich für nichts anderes. Schmerzhaft prickelte das wiedererwachende Leben in Händen und Füßen. Und Tora zeigte keinerlei instinktive Furcht davor weiterzugehen.

Sie erreichten einen weiteren Durchgang. Das magische Licht zeigte ihnen plötzlich den Weg in eine große Vorhöhle, den Knotenpunkt für eine Reihe von Tunneln und Nebenhöhlen, die sich möglicherweise wie eine Bienenwabe durch den ganzen Berg zogen, wenn man von ihrer Größe ausging, wie sie an den Eingängen erkennbar wurde. Als Gonji die Vorhöhle durchquerte, stellte er aufs Neue fest, wie kalter Stein auf menschliches Bedürfnis reagierte. Seltsam, das Gestein hinter ihm leuchtete nicht mehr, und er vermochte kaum noch den windgepeitschten Höhleneingang zu erkennen. Das Gestein, das ihn jetzt umgab, begrüßte ihn jedoch, als würde es von Esse und Blasebalg eines ungesehenen Eisriesen angefacht.

Es musste daran liegen, überlegte sich der Samurai schließlich, dass dieser Ort wie die perfekte Zuflucht reagierte und sich auf die Bedürfnisse jeglicher Kreatur einstellte, die hier Unterschlupf suchte.

Jeglicher Kreatur, die hier Unterschlupf suchte!

Ein Kribbeln lief Gonji über die Haut. Vorsichtig blickte er sich in der Höhle um, aber hier schien nichts zu lauern, vor dem man sich hätte fürchten müssen. Er hatte die Pyrenäen oftmals überquert, kannte sich in ihnen aus, aber an etwas Derartiges erinnerte er sich nicht.

Trotzdem bereitete ihm *irgendetwas* Sorgen. Vor langer Zeit hatte er am Lagerfeuer eine bestimmte Warnung vernommen. Wessen? *Wovor?*

Endlich zuckte er die Achseln und drang tiefer ins Höhlensystem vor. Was war schließlich vorzuziehen: sich hilflos dem erbarmungslosen Grimm des Winters zu ergeben oder sich dem Schlagabtausch mit einem unbekannten, gesichtslosen Schrecken zu stellen?

Und so schlichen sie sich tiefer in den verlockenden Schoß des leuchtenden Höhlensystems.

Gonji hörte irgendwann Wasser plätschern und entdeckte eine kleine Höhle, durch die ein kühler Bergbach sprudelte. Gespeist aus der Schneeschmelze hoch über ihnen, trat er aus einer Spalte hervor und schlängelte sich durch ein Bett, das es sich gegraben hatte und ihn in weitere Höhlen führte. Wie geschmolzenes Gold wirkte er auf der verlockenden Tafel der Wärmesteine und ergoss sich klar und kalt in die Schaller des Samurai, mit der dieser das Wasser schöpfte. Er probierte es zunächst behutsam, fand es köstlich, schlug dann jede Vorsicht in den Wind und löschte seinen Durst. Tora wartete nicht erst auf eine Einladung und tat es ihm gleich.

In dieser Höhle entdeckte Gonji auch Felssimse, unberührt vom Licht der Glimmsteine, wo Pilze einer vertrauten, essbaren Sorte wuchsen. Er verschlang sie mit hörbarem Genuss, zügelte den Heißhunger jedoch nach einer Weile aufgrund seiner Disziplin und seines gesunden Menschenverstandes. Obwohl der Magen knurrend nach mehr verlangte, war er in seiner geschrumpften Verfassung empfindlich; darüber hinaus hatte es ein Krieger, der sich angesichts der möglichen Begegnung mit einem Feind den Wanst vollschlug, mit *zwei* Feinden zugleich zu tun.

Weiter oben an der Höhlenwand – mühelos in Griffweite, wenn man in Toras Steigbügeln stand – wuchs ein seltsamer Zwergbaum, der bei genauerem Hinsehen kleine Beeren trug, die zwar säuerlich schmeckten, aber essbar waren. Auch Tora wusste diese zu schätzen, obwohl sein Interesse alsbald zu den Blättern des winzigen Baumes wechselte.

Ein quälender Gedanke ging Gonji durch den Kopf: *Was fände ich in diesem Füllhorn von Berg noch alles, wenn ich weiter darin eindringen würde?* Schnell erinnerte er sich jedoch daran, dass sein Leben keinem solchen Weg aus glücklichen Fügungen folgte, und verwarf die verführerische Vision einer Höhle, in der ein Tisch bereitstand, darauf aufgetan Forelle, frisches Brot und französischer Wein. Stattdessen lehnte er sich zurück, war dankbar für das, was er hatte, und nahm schließlich seine Finger und Zehen in Augenschein.

Die mehrfachen Stoffschichten zum Schutz vor der Witterung hatten es nur mit knapper Not vermocht, die Zehen vor dauerhaften Schäden zu bewahren, aber solch schwerer Schaden war in der Tat nicht entstanden. Als das von den Erfrierungen resultierende Kribbeln nachgelassen hatte, stand er auf und bemühte sich, es Tora so bequem zu machen wie nur möglich, wobei er das treue Ross zugleich beruhigte und untersuchte. Sobald er mit dem Ergebnis zufrieden war, fühlte sich Gonji erneut von den erstaunlichen Wärmesteinen angezogen.

Er sammelte mehrere davon auf einem Haufen und schabte und hackte mit dem *Tanto*-Messer daran herum. Nachdem er die äußeren Gesteinsschichten entfernt hatte – die unter Druck bereitwillig genug abbröckelten –, stellte er fest, dass die Steine sowohl heller als auch heißer wurden. Der eigentliche Kern, so fand er schmerzhaft heraus, konnte Fleisch oder Wasser in seiner blendend gelben oder kobaltblauen Hitze kochen. Er baute sich einen schönen Herd und nickte, zufrieden mit sich.

Kein Weiterlaufen mehr. Hier beziehe ich für die Nacht Stellung.

Mit tiefer Verehrung und gemessenen Bewegungen setzte er sich mit gekreuzten Beinen vor das pulsierende Leuchten. Er hielt das prachtvolle Sagami horizontal vor sich und zog die glänzende Klinge langsam aus der Scheide. Er kniff die Augen zu schmalen Schlitzen aus flackerndem Ebenholz zusammen, während er das himmlische Blitzen auf dem Wellenmuster betrachtete, das auf die Bearbeitung des Schwerts zurückging.

Wenn irgendein nächtlicher Unhold oder ein Höhlengespenst es nur wagen sollte, meine Harmonie zu stören . . .

Quälende Erinnerungen erschütterten seinen Gleichmut. Er knirschte mit den Zähnen, als er an den riesigen Höhlenwurm zurückdachte, der versucht hatte, sich durch die Reihen der Vedunischen Miliz zu fressen. An den Angriffsflug des Lindwurms, der dabei ätzende Geschosse abfeuerte; an den Drachen im Schwarzwald; die weinenden Vampirschwestern; Wolferang, das Höllengezücht . . .

Gonji lächelte freudlos und steckte das prachtvolle Schwert in die Scheide zurück. Er legte es links von sich ab – wo er es leicht ziehen konnte – und machte sich daran, für eine lange überfällige rituelle Waschung Wasser zu erwärmen. Während er sich dieser Waschung widmete, hing er vielen Gedanken nach und überarbeitete unfertige Gedichte, denn gern hielt er in solcher Form die Ereignisse eines Lebens auf Wanderschaft, voller Geheimnisse und Staunen fest. Er wusch jede größere Narbe, als handelte es sich um einen Schrein, und verharrte an der Narbe, die sich über ein Schulterblatt zog, in wehmütigem Gedenken, war sie doch einer lange verlorenen Liebe geschuldet.

Nachdem er sich wieder angekleidet hatte, verzehrte er noch mehr von den Pilzen und brütete dabei über einer aufgeklappten Karte.

Hai! Er nickte, als er zu einer Entscheidung gelangte. *Dort wartet die nächste Station unerledigter Aufgaben.*

Ohne es sich bewusst einzugestehen, hatte er sich schon lange erneut in Richtung Spanien bewegt – erneut in Richtung Aragonien. Im Grunde seit der Lykanthrop damit begonnen hatte, seine Fährte so gründlich zu verwischen. In Aragonien wollte Gonji dem Herzog Alonso Cervera gegenübertreten und ihm – egal, welchen Preis er dafür entrichten musste – alle Einzelheiten ihres leidigen Zusammentreffens vor drei – oder waren es schon vier? – Jahren schildern. Die ganze Geschichte von dem grausamen Schicksal, dem Theresa im Szekely-Clankrieg Ungarns zum Opfer gefallen war.

Theresa – und Gonjis ungeborenes Kind.

Er nickte grimmig, als er sah, welcher Weg ihn ohne Umschweife ans Ziel führte: Wollte er Saragossa ohne Verzug erreichen, musste er den Fluss Segre überqueren. Musste Barbaso und die gefürchtete Burg Malaguer passieren. Musste womöglich gar die Macht der Inquisition selbst herausfordern.

Karma.

Nicht zu wissen, wo er war, erfüllte ihn mit Panik.

Gonji wälzte sich von dem glühenden Steinhaufen weg und

zog das Sagami, das mit scharfem Wimmern aus der Scheide fuhr.

Er war schweißnass. Er sah sich hektisch um, ehe sein Blick an Toras schnaubendem Maul hängen blieb. Das Gesicht des Fuchshengstes glänzte, und er rollte panisch mit den Augen.

Die Wärme hatte Gonji eingelullt, und er war eingeschlafen. Er konnte nicht erkennen, wie lange er geschlafen hatte und welche Tageszeit in der Welt außerhalb seiner Bergzuflucht herrschte. Aber was hatte ihn geweckt?

Ogros.

Der Samurai leckte sich die rissigen Lippen. *Ogros* – was? Die Legende – er erinnerte sich jetzt wieder, zumindest teilweise. Eine alte Frau, eine lächelnde alte Roma, die ihren am Lagerfeuer gebannt lauschenden Zuhörern Lügen auftischte.

Hütet euch vor Ogros. Ogros was?

Ein weiterer Begriff. Die Jäger der Nacht. Kinder des uralten Berges. Älter als Menschen und nach wie vor gefräßiger als diese.

Ehe er sich daranmachte, seine Habseligkeiten einzusammeln, lauschte Gonji endlose Minuten lang dem Singsang, der grölend von irgendwoher kam – von *überall* in dem Höhlensystem. Rhythmisch, schwerer Akzent, unleugbar primitiv.

Er war der Invasor, der Eindringling. Er besuchte ihren Berg, ohne dazu aufgefordert worden zu sein. Die Jäger ... Die Jäger der Nacht ... Er war nachts hier eingetroffen, in ihr Zuhause eingedrungen, während sie auf der Jagd waren. Aber nach *wem?*

Ogros.

In diesen Dingen kam es nicht darauf an, ob die Fakten sich an die Annahmen hielten. Die geistige Gesundheit verlangte, dass die lauernden, gestaltlosen Schrecknisse benannt und verdinglicht wurden.

Ross und Reiter verließen die Höhle so wachsam und lautlos wie nur möglich, wobei Tora in seinem Eifer, ins Freie zu gelangen, keine große Hilfe war. Die Dunkelheit schien inzwischen weniger bereitwillig vor den Glühsteinen zu weichen. Gonji kämpfte gegen die Gänsehaut an, als ihm unvermittelt klar wurde, dass ihn das Wirken der verzauberten Höhlen zu einem hervorstechenden Ziel machte.

Der Singsang rollte durch die Tunnel, pulsierend und kraftvoll.

Und mit sinkendem Mut wurde Gonji klar, dass sie zwar die Flucht ergriffen, er aber keine Vorstellung davon hatte, wohin sie ihn führte. Der mangelnde Orientierungssinn hatte ihn wieder mal in Schwierigkeiten geführt. Fluchend schlug er eine andere Richtung ein. Zweimal überquerten sie den Bergbach, ehe er eine Höhle wiederzuerkennen glaubte, in der sie schon gewesen waren. Er knirschte mit den Zähnen und zerrte einen widerspenstigen Tora durch den Höhleneingang.

Er trat auf etwas, das unter dem Fuß nachgab und leise, brüchige, knackende Geräusche erzeugte, während es nach seinem Stiefel griff.

Der Samurai schnappte vernehmlich nach Luft und zog das *Katana*. Die scharfe Klinge blitzte abwärts, durchschnitt aber nur hohle Luft. Gonji trat zweimal heftig zu, ehe es ihm gelang, das ärgerliche Ding an die Wand zu befördern. Das Licht der Glühsteine zeigte dem Blick seiner zusammengekniffenen Augen endlich, was er da vor sich hatte: einen skelettierten Brustkorb.

Die Höhle war voller Knochen. Eine Gebeinkammer, voll mit den weggeworfenen Skeletten von Menschen, Tieren und Dingen, die beidem und doch keinem angehörten. Malereien an den Wänden zeigten Szenen, die so unerfreulich waren, dass sich Gonji rasch von ihnen abwandte und wieder umkehrte, wobei er die Kiefer zusammenbiss und sich darauf konzentrierte, die Angst zu beherrschen. Jetzt überzeugt davon, dass sich in der bisherigen Richtung keine Fluchtmöglichkeit bot.

Der primitive Singsang erzeugte in den Tiefen des Berges Echos, während er einen Ausgang suchte. Gonji hielt das gezückte Sagami an der Seite, während er forschend in eine Höhle nach der anderen blickte und dabei jeweils wartete, bis im gleichgültigen Licht der magischen Steine langsam das Bild entstand. Das Schwert im beidhändigen Griff in Abwehrhaltung auf halber Höhe, so erwartete er jedes Mal den Angriff eines ihn aus der Düsternis anspringenden Schrecknisses. Gelegentlich wehrte sich Tora so heftig dagegen, einem Höhleneingang nahe zu kommen, dass der Samurai vor dem Spukraum zurückschreckte, das Schwert bereit, bis eine weitere Höhle mit ihrem Eingang drohte.

Endlich stieß er auf eine, deren Konturen ihm bekannt schienen. Außerdem fuhren Böen kalten Windes hindurch – eine willkommene Empfindung, war ihm doch der Biss des erbarmungslosen Winters inzwischen lieber als dieser tückische Ort. Als er jedoch den Bogen des Eingangs durchschritt, leuchtete keinerlei Schimmer auf, keine Spur jener Magie der verzauberten Steine. Nur ein absonderlicher Geruch drang in dünnen Schwaden auf ihn ein, ein Geruch, den die kalte Luft abzutöten versuchte.

Gonji suchte sich einen Stein vom Durchmesser einer Handspanne aus, der in seinen behandschuhten Fäusten dunkelrot glühte. Er schlug mit einer Seite dieses Steins so lange an die Wand, bis er wie die Augustsonne leuchtete und er ihn nicht mal mehr am äußeren Rand halten konnte. Dann warf er ihn in die eiskalte Vorhöhle.

Beim Schock des Anblicks, der sich ihm im Licht des hüpfenden, blitzenden Steins bot, sträubten sich ihm die Haare. Leichen hingen in der tödlichen Luft. Tiere und Menschen. Gestreift mit den reflektierten Farben von Eis und Blut. Kopfunter aufgehängt, sodass sie sachte im Wind schaukelten. Manche vollständig, andere zerteilt. Konserviert, für einen erkennbaren Zweck haltbar gemacht.

Der Samurai schnitt eine Grimasse, und die Finger tasteten über den Griff des Sagami. Ein nackter Mann hing ihm am nächsten, die Arme schlaff baumelnd, das erstarrte Gesicht verzerrt von der Schwerkraft und einem ehrlosen Tod.

Gonjis Atem ging in Zügen enttäuschter Wut, während er Tora herumriss und den Weg zurückging, den sie gekommen waren. Er ging zu schnell, als dass das Gesteinsleuchten mit ihm Schritt halten konnte. Er verließ sich ganz auf die löchrige Erinnerung an schon zurückgelegte Schritte und blieb nur jeweils für kurze Sekunden stehen, wenn er zu stark die Orientierung verlor. Derweil stieg der Singsang weiter durch die abweisenden Tunnel auf.

Er fand den Bergbach wieder und orientierte seine weiteren Schritte an dessen sprudelndem Lauf, wobei er die Vorsicht zugunsten der Schnelligkeit vernachlässigte. Er war überzeugt, dass er sich an irgendeiner Stelle nach links wenden musste. Aber wo?

Nach wenigen qualvollen Minuten, in denen er durch die drohende Dunkelheit stürmte, blieb er stehen und blickte sich hilflos um, beide Füße an gegenüberliegenden Ufern des Bachs, gab den Steinen Zeit, an Lichtstärke zu gewinnen, den Tunnel zu erhellen und Gonjis Stiefel zu trocknen. Er regulierte die eigenen Atemzüge und beruhigte zugleich Tora mit tröstender Hand. Bildete er sich das nur ein, oder wurde der Singsang lauter? Zumindest kam er aus größerer Nähe. Pulsierte beharrlich. Gonji glaubte inzwischen, Silben unterscheiden zu können: *huk-huk, huk-huk* – kehlig und kriegerisch. Der passende Begleitgesang, wenn man Rücken brach und Schädel einschlug.

Aus einer Höhle ein Stück voraus drang weiches flackerndes Licht durch den schattengesprenkelten Bogen des Durchgangs. Ein Hinweis darauf, dass sie bewohnt war. Das Licht nahm aufreizend mal zu und mal ab, wechselte dabei vom Rot eines Sonnenuntergangs zu brennendem Rost.

Gonji knirschte mit den Zähnen und ließ den Zügel los. Er konnte einfach nicht widerstehen, einen Blick auf den Feind zu werfen, der gewiss hinter diesem bogenförmigen Durchgang lauerte.

Huk-huk – huk-huk.

Er huschte zur Tür und hockte sich dorthin, das Schwert kampfbereit. Er stieg den mannshohen Hang hinauf, um einen forschenden Blick in die Höhle zu werfen.

Nichts bewegte sich darin. Das bizarre Leuchten ging von Leuchtsteinen aus, die zu vier Haufen aufgeschichtet worden waren. Ein Nebenfluss des Bergbachs – oder vielleicht ein vollkommen anderer Fluss – speiste einen stillen Teich innerhalb erhöhter Ufer im Zentrum der Höhle. Die knorrigen Äste eines Baumes – eine größere Ausgabe der Sorte, von der er zuvor gespeist hatte – schlängelten sich über dem Teich durch die Luft. Die Beeren daran waren zu faustgroßen Knollen herangewachsen, die an Tomaten erinnerten. Nahrung für einen langen, kalten Ritt.

Gonji lief in die Höhle, suchte sich mehrere der reifsten Früchte aus und stopfte sie unter den Mantel. Er kostete eine. Sie war schwer von süßem Fruchtfleisch und süßlichem Saft. Dann nahm er den Geruch wahr – den unmissverständlichen Geruch von Menschenfleisch, das gebraten wurde. Und er verstand sofort, welchem Zweck die Haufen aus Leuchtsteinen dienten.

Er ließ die Frucht fallen, die er gerade gekostet hatte, und lief zu Tora zurück. Sie flüchteten den Bergbach entlang. In eine leere Höhle hinein und dann eine weitere. Die Tonhöhe des Singsangs stieg an und unter den schwingenden Echos hielt Gonji in allen Richtungen Ausschau nach einem Ausgang. Seine Lippen webten einen richtigen Vorhang aus seinen liebsten Verwünschungen.

(Etwas zu töten und die Kraft dazu!)

Eine weitere Bö kalter Luft drang aus einem Höhleneingang, an dem er vorbeikam. Sie war sauber und beißend vom Geschmack des Eises. Das nervenzermürbend träge Leuchten erfüllte schließlich den Eingang. Er erkannte die Stelle wieder, wusste jetzt, wo er war. Hindurch in die nächste Höhle …

Blendendes silbriges Sonnenlicht – Ausläufer von Schneewehen – er hatte den Ausgang gefunden!

Er zerrte Tora hindurch, stockte dann und dachte nach: die Steine! Sehr nützlich, wenn ein Feuer sonst nicht zu entfachen war. Er nickte knapp und wandte sich zurück.

»*Hai!* Warte hier, dummes Tier.«

In der angrenzenden Höhle erwiesen sich die meisten Steine als zu groß. Gonji suchte einige kleinere aus und betrachtete sie rundum, während sie aufleuchteten und seine Gedanken sich überschlugen, um einen effizienten Plan zu entwickeln. Sie unter die Kleidung stecken? In Toras Satteltaschen? Oder wohin?

Er stopfte sie unter den Mantel, wo sie bis zum Gürtel hinabrutschten. Allmählich kam er sich dumm vor. Er trat in den Haupttunnel hinaus, ohne noch auf den Singsang zu achten. Er hielt das Sagami in einer Armbeuge und sammelte weitere Leuchtsteine passender Größe ein. Er wollte sich gerade umdrehen und zu seinem Pferd zurückkehren, als er den hellen gelben Schein aus einer – *zwei* – nahen Höhlen fallen sah.

Die Steine rutschten ihm aus den Armen.

Der Singsang war jetzt durchsetzt von zufriedenem Grunzen, und dieser zweite Laut stammte eindeutig aus den hell erleuchteten Höhlen vor ihm. Ein Teil des Singsangs löste sich aus dem Hauptchor, sammelte sich an einem festen Punkt, näherte sich Gonji.

Furcht keimte in ihm auf, während er in das grelle Licht blickte. Erinnerte sich dabei an die dunkelrote Tönung, in der die Steine als Reaktion auf *seine* Bedürfnisse geleuchtet hatten.

Tora wieherte schrill und bockte in der Eingangshöhle, und ein Gebrüll von wilder Heiterkeit mischte sich mit den panischen Lauten des Tieres.

Der Samurai rannte zu seinem entsetzten Ross und die Haare standen ihm zu Berge. Zweimal stolperte er und erreichte schließlich die im hellweißen Licht liegende Eingangshöhle, um die Monster daran zu hindern, dass sie sein heftig bockendes Pferd erschlugen. Als sie sein Wutgeschrei hörten, stockten sie kurz, und dieser Augenblick sollte in der Gedächtnishalle seiner Albträume bewahrt bleiben.

Die Jäger waren zurück. *Ogros!*

Ogros – canibalis.

Es waren zwei. Riesige, behaarte Gestalten, obwohl er nicht erkannte, ob es das eigene Fell war oder ob sie Pelze trugen. Sie waren von menschenähnlicher Gestalt, aber Gonji gefror beinahe das Blut in den Adern, als er die leicht in die Länge gestreckten Schnauzen erblickte und darin die hundeartigen Reißzähne und die langen roten Zungen gewahrte.

Choléra – wenn man ihre gebeugte Haltung berücksichtigte, waren sie drei, vielleicht gar vier Meter groß.

Der Nächststehende hob den Prügel, mit dem er Tora bedroht hatte. Mit einem Triumphgeheul stolzierte er auf Gonji zu, hielt dabei die Waffe auf der Schulter. Die Muskeln des Samurai reagierten mit einer hoch angesetzten Abwehrhaltung, die unter anderen Umständen in Anbetracht des Größenunterschieds vielleicht komisch gewirkt hätte.

Gonji musterte den knurrenden Oger konzentriert und nahm am Rand des Blickfelds den tödlichen Schlagkopf des Prügels wahr. An einer Seite wies dieser eine messerscharfe Kelle auf, die teilweise mit Schnee gefüllt war. Die andere Seite – bestand einfach nur aus messerscharfen Kanten.

Das Monster kündigte seinen Hieb mit Gebrüll an, und Gonji duckte sich unter dem Prügel hindurch und warf sich ins Höhleninnere. Die Wand, vor der er gestanden hatte, explodierte in einem Funkenregen weißglühender Glimmsteine. Einige davon landeten im Fell der Kreatur, und sie schlug in primitiver Wut auf die versengten Stellen ein.

Gonji rollte sich ab und kam wieder auf die Beine, das Gesicht verzerrt, da die schwere Winterkleidung seine Bewegungen erschwerte. Diese Bestien waren schneller, als sie aussahen. Er hob das *Katana* abwehrend über den Kopf und musterte das zweite Monster, das wütend auf ihn losging und dabei seine schlaffe Last fallen ließ, eine Last von allzu leicht erkennbarer Gestalt.

Tora bäumte sich auf und schlug mit den Vorderhufen nach dem zweiten Oger. Dieser holte zu schnell mit dem Prügel aus, hämmerte ihn gegen die Höhlendecke und brachte sich selbst aus dem Gleichgewicht. Der Samurai griff ihn an, wandte sich dabei mal nach links, mal nach rechts, und das Sagami fuhr blitzend durch eine doppelte Finte. Das Monster schlug mit dem Prügel nach ihm, den es im Griff einer affenartigen Hand mit schwarzen Krallen hielt. Gonji wirbelte herum, um auszuweichen, und hieb dem Monster mit einem bösen Schlag bei sich drehender Klinge das Knie halb durch.

Dunkles Blut spritzte aus der Wunde, und bei dem entsetzlichen Schrei wurde Gonjis linkes Ohr taub. Der Oger kippte auf ihn zu, packte nach dem zerstörten Knie, und als seine mächtige Gestalt an dem Samurai vorbeistürzte, zertrümmerte dieser ihm mit einhändigem Hieb des *Katana* den Unterkiefer. Blut und Bruchstücke verfärbter Zähne prasselten in den Schnee der Eingangshöhle.

Die Schreie waren schnell vergessen, als ein Windstoß davon kündete, dass der Prügel des ersten Ogers auf Gonji herabsauste. Gonji duckte sich zu spät. Eine gefährlich scharf zugeschliffene Spitze zerfetzte ihm die Kleidung und grub sich ins Fleisch einer Schulter. Die Wucht des Hiebes riss ihn von den Beinen. Er wälzte sich zweimal zur Seite, um den weiteren wütenden Angriffen der Kreatur auszuweichen. Der Spielraum ging ihm jedoch aus, als er ans Gestein stieß.

Er saß in einem Winkel der Höhle in der Falle.

Der Oger knurrte einschüchternd, musterte das Sagami allerdings voller Respekt. Er war solche Schnelligkeit und Kampffähigkeit nicht gewöhnt bei den unachtsamen Reisenden, die die natürliche Beute seiner Lebensform bildeten.

Das Monster knurrte und scharrte vor der Nische des Samurai drohend mit der Waffe über den Boden, wie jemand, der gefährliches Ungeziefer aus seinem Schlupfwinkel zu stochern versuchte.

Plötzlich erkannte es seinen Vorteil und ging wie ein Wachhund auf die Beute los, legte den Prügel dabei zu einem Rammstoß an. Im selben Augenblick riss Gonji einen Dolch aus dem Stiefel und warf ihn mit kurzem Schnappen des Handgelenks, während er den Metallschneiden des Prügels auswich.

Das Monster heulte vor Schmerzen und Wut, umgeben von herabregnenden Felssplittern. Es trat mit einem krallenbewehrten Fuß auf Gonjis Beine, während der Samurai davonzukrabbeln versuchte. Der Prügel war vergessen, während die fleischfressende Schneebestie an dem in ihrer Brust steckenden Dolch zerrte.

Gonji schrie auf, während er sich unter Schmerzen bemühte, sich unter dem wulstigen Fuß des Ogers hinauszuwälzen. Mit einem Sichelschnitt des Sagami durchtrennte er die Kniesehne der um sich schlagenden Kreatur.

Hinter Gonji wimmerte der andere, niedergestreckte Oger noch immer vor Schmerzen, und andere Geräusche näherten sich aus dem Innern des Höhlensystems.

Gonji hörte nichts davon. Er stemmte sich auf die Beine, wobei das linke Bein heftig schmerzte. Seine Beinarbeit war ungenau und plump, aber das *Katana* traf wiederholt mit entsetzlicher

Präzision, während es singend durch die Luft der eisigen Höhle fuhr. Gonji sprang mal heran, mal wieder vom Gegner weg, trennte der Kreatur eine halbe pelzige Klaue ab und schlug ihr tiefe Wunden in beiden Beinen. Der Samurai hob das Schwert zu einem weiteren Schlag, aber ein wüster Rückhandschlag schleuderte ihn an die Wand, so dass ihm die Luft aus den Lungen gehämmert wurde.

Das Bild verschwamm vor seinen Augen. Einen Augenblick lang wusste er nicht recht, wo sein Schwert lag. In einem wabernden Schleier entdeckte er Tora. Und die Leiche eines Mannes im Wappenrock der spanischen Kavallerie, das Gesicht eingeschlagen.

Die mächtige haarige Faust packte ihn um die Taille und zog ihn an diese brennenden Augen heran. Er spürte den heißen, stinkenden Atem der Kreatur im Gesicht. Den zermalmenden Griff, der aus rachsüchtigen, mörderischen Schmerzen resultierte. Und er wusste, was das Monster plante. Es wollte seinen Kopf zwischen den hundeartigen Kiefern zermalmen.

Der Oger gurgelte etwas mit seiner feuchten, kehligen Stimme, vielleicht eine abschließende Verhöhnung in seiner Sprache. In diesem Augenblick zog Gonji mit der linken Hand das *Seppuku*-Schwert. Seine Rechte führte die Klinge in einer kreisförmigen Stoßbewegung, die knackend und feucht schmatzend durch beide Augen des Monsters und die Nasenwurzel fuhr. Der zweite, verkürzte Angriff grub die grausame Spitze des *Ko-dachi* in den Hals des Ogers.

Gonji stürzte stöhnend zu Boden. Ein kurzer Gedanke ging ihm durch den Kopf: Erneut hatte er mit der *Seppuku*-Klinge, die ihm vielleicht eines Tages den rituellen Tod brachte, das Blut eines anderen vergossen.

Dann packte er das Sagami und steckte beide Schwerter in den Gürtel zurück, während er den schnaubenden Tora aus der Höhle führte, hinaus in einen zornigen silbernen Morgen. Der dichte Schnee auf dem Bergpfad erzeugte ein angenehmes Knirschen unter Toras Hufen, als Gonji wieder in den Sattel stieg und das Tier mit den Fersen an der Höhle vorbeitrieb, den geräumten Pfad hinauf, der zu den Pässen der Pyrenäen führte. Furchen im Schnee kündeten von den Räumarbeiten der nächtlichen Jäger – *ogros canibalis* – mit ihren grausamen Prügeln.

Der Samurai hörte sie hinter sich brüllen, aber die Laute fielen zurück, und er wusste irgendwie, dass die nächtlichen Jäger ihre altehrwürdigen Gewohnheiten nicht ändern würden, nur um Rache zu nehmen. Nur wenige Kreaturen außer dem Menschen forderten das Schicksal auf diese Weise heraus. *Wer der Natur trotzt, buhlt um das Unnatürliche.* Wer hatte das noch gleich gesagt? Ein Gefährte seiner Abenteuer aus früheren Tagen. Welcher? Er erinnerte sich nicht mehr.

Und er blickte auch nicht zurück. Derselbe sattelgehärtete Philosoph hatte ihm auch das Sprichwort genannt, das sich auf die Gesichter der Toten von gestern bezog.

Er folgte eine Zeit lang seinem Weg und zählte seine schmerzenden Stellen – die Schulterwunde war nicht tief, aber der Unterschenkel pochte –, und es kam nicht überraschend, dass er sich erneut nach Zuflucht vor der Kälte und dem grellen Sonnenlicht sehnte. Der Sturm hatte sich gelegt, und als sie die Grenze zu den spanischen Hängen überschritten, zeigten sich die Pässe sowohl weniger tückisch als auch weniger verschneit.

Die Glimmsteine waren, wie er feststellte, hier außerhalb ihrer normalen Umgebung aller magischen Eigenschaften beraubt. Er fragte sich erheitert, was ein Betrachter vielleicht gedacht hätte, wenn er sah, wie Gonji unter seinen schweren Mantel griff und Brocken nutzlosen Gesteins wegwarf. Und nur zwei der süßen roten Bergfrüchte waren unversehrt geblieben; rotes Fruchtfleisch hatte die gesamte Vorderseite von Kasack und Kimono verfärbt.

Er fütterte Tora mit den heilen Früchten und machte es sich im Sattel bequem. Bald nickte er ein, war der Tag doch seine übliche Schlafenszeit, und der Kopf ruckte unter der Schaller im Rhythmus der langsamen Schritte des Pferdes. Sein letzter Gedanke drehte sich um diese einzige Ähnlichkeit zwischen ihm und den menschenfressenden Ogern.

Im Unterschied zu ihm gerieten sie in ihren Schlafstätten nie an den eisigen Rand eines Absturzes, wie es ihm mehrmals an diesem Tag erging.

ZWEITES KAPITEL

Er jagte den wilden Keiler jetzt seit zwei Tagen und einer Nacht, und endlich hatte er dessen Unterschlupf gefunden und versperrt, obwohl das Tier es ihm nicht leicht gemacht hatte.

Mit rot unterlaufenen Augen und müde bis auf die Knochen, so stellte er doch fest, dass endlich aufs Neue Ordnung in seine Tage und Nächte eingezogen war, auch wenn er seit dem Abstieg über die kahlen spanischen Hänge der Pyrenäen nur wenig Schlaf gefunden hatte. Eine halbe Nacht hatte er auf der Lauer gelegen und auf seine Verfolger gewartet, aber entweder war die Dunkle Kompanie durch die Lawine umgekommen oder sie fand das Spiel nicht mehr amüsant. Eine dritte Möglichkeit verbannte Gonji mit einem Fluch und grimmiger Resignation aus seinen Gedanken: Vielleicht bestand ihre neue Taktik darin, ihn in trügerische Sicherheit zu wiegen und dann in ihrer kalten Wut in zwei, drei, *zehn* Nächten auf seinem weiteren Weg über ihn herzufallen.

Wenn es dazu kam, dann sollte es eben sein.

Karma.

Seit er spanischen Boden erreicht hatte, entdeckte er den Winter einer anderen Welt. Milder, mit konstanter Schneedecke, weniger nervtötend in seinem frostigen Biss. Gonji hatte einen Teil seiner Winterkleidung abgelegt und ritt jetzt in Jacke und Hose, kurzem Kimono und Reisemantel. Die dicken *Tabi* und die österreichischen Kavalleriestiefel reichten, um die Füße zu schützen.

Der Winter verwandelte Nordspanien in ein eisiges, natürliches Wunderland. Die mächtigen Wasserfälle, die die flachen

Absätze der Vorberge hinabströmten, hatten an Wucht verloren und funkelten in einem klaren Kristallschimmer. Die u-förmigen *Cirque*-Täler schimmerten unterhalb davon, ihre symmetrische Schönheit und Perfektion nur durchbrochen vom glitzernden Schimmer vereister Teiche und Bodenfalten. Bei Tage borgte eine vielfarbige Aurora ihre Pracht vom lächelnden *Kami* des Himmels; bei Nacht breitete sich eine lautlose, geisterhafte Landschaft aus scharf umrissenen Schatten aus und das Antlitz des Mondes spiegelte sich auf der glänzenden Erde.

Der dumpfe Schmerz des Hungers lähmte jedoch allmählich Gonjis tiefe Wertschätzung für die Kunst der Natur. Der Bauch des Kriegers schrie die Seele des Dichters nieder.

Die winterliche Nahrungssuche fiel in Spanien nicht leichter als in Frankreich. Das froststarre Land gab nur wenig her. Er war einer schwer bewachten Karawane aus den Silberminen begegnet, die ihn, sobald sie seines halbasiatischen Aussehen gewahr wurde, als abstoßenden Charakter einstufte und mit wütend geschwungenen Waffen davonjagte, ohne ihm überhaupt Gelegenheit zu geben, das Wort zu ergreifen. Das einzelne kleine Dorf, auf das er zufällig stieß, erwies sich als von der Art abergläubischer Landbevölkerung bewohnt, die seit Langem sein Fluch war. Türen und Fenster wurden ihm vor der Nase zugeschlagen und verriegelt und aus Schießscharten richtete man Waffen auf ihn. Er fand keinerlei Fisch; seine Versuche mit der Fallenstellerei scheiterten, und er konnte kein Tier dazu überreden, einfach tot zu seinen Füßen umzufallen – obwohl Tora derzeit an der Spitze der Liste jener Tiere stand, denen er ein solches Schicksal wünschte.

Auf den wilden Keiler stießen sie, während dieser in einem kleinen Wald aus schlanken Bäumen und winterfestem Gebüsch nach Nahrung stöberte. Nachdem Gonjis Bogensehne beim Bespannen der Waffe gerissen war, setzte er sein Vertrauen in die Fähigkeiten seines Schwarzpulvers. Er lud die Pistole besonnen und leise, näherte sich dem Keiler zu Fuß, erreichte eine überraschend günstige Position und gab einen Schuss ab, der jedoch nur wirkungslos blitzte und zischte. Nach einem seiner häufigen Flüche auf diese ehrlose Gerätschaft sah er den erschrockenen Keiler in lässiger Gangart das Weite suchen und hörte ihn dabei über Gonjis Bemühen verächtlich schnauben.

So begann die Hetzjagd.

Gonji setzte dem Tier einen Tag und einen Teil der Nacht lang zu Pferd nach und fühlte sich dabei abwechselnd dumm und enttäuscht, denn er wusste nicht recht, was er tun würde, sobald er den Keiler erreicht hatte. Er verlor die Fährte einmal, als sich das Tier in einem weiteren Wäldchen unweit einer gut fünfzehn Meter hohen *cuesta* versteckte, und verfehlte den Rücken des Keilers nur knapp mit der Helmbarte, als dieser ihn überraschend angriff. Und Gonji nahm die Hetzjagd wieder auf.

Er verlor die Fährte aufs Neue und fand sie Stunden später wieder, als er sich gerade den Kopf über den Kadaver eines kleinen Nagetiers zerbrach, das der Keiler erwischt hatte, als wollte er Gonjis mitleiderregendes Jagdglück verspotten.

Dann ging die Jagd richtig los. Gonji galoppierte stundenlang über die verschneite Ebene hinter seiner Beute her, ritt kreuz und quer, holte sie immer wieder ein, nur um dann festzustellen, dass die Helmbarte beim Sport des Saustechens ein armseliger Ersatz für die Lanze war. Und traurigerweise auch, dass Toras alte Verletzungen und die Bürde der Zeit dem treuen Streitross Schnelligkeit geraubt hatten, wie Gonji schon lange vermutete.

Aber sie blieben dran, vom Stolz ebenso angetrieben wie vom Hunger. Zwei weitere Male erwischte der Samurai den Keiler mit der scharfen Schneide der Helmbarte. Dann wandte sich das Tier unerwartet zum Angriff, als verstünde es letztlich, dass es selbst im Vorteil war. Einen Augenblick lang überlegte Gonji, ob die Dunkle Kompanie so erstaunt gewesen war, als er sich zu ihr umwandte, wie er jetzt, den Angriff des listigen Tieres zu sehen. Tora wich vor den zustoßenden Hauern des Keilers aus und warf Gonji aus dem Sattel. Nur der Schnee verhinderte, dass sich dem Samurai das Steißbein in den leeren Bauch bohrte.

Jetzt hockte er vor dem Unterschlupf des wilden Keilers auf einem Knie im Schnee. Das Sagami lehnte an seiner rechten Schulter. Die Jagd würde so enden, wie sie von Anfang an hätte enden sollen.

»Dummes Tier!«, fauchte Gonji Tora an, der an die fünfzig Meter weit entfernt war. »Tatteriger alter Kutschengaul! Du bist zurück in deiner Heimat. Kannst du in deinem Heimatland nicht ein wenig Stolz zeigen?« Sein Hintern schmerzte bei jeder Bewegung.

Ein goldener Sonnenuntergang warf lange Schatten über das verschneite Ödland und umriss die absurde Verwüstung, die seine Jagd auf Morgen unberührten Schnees angerichtet hatte. Er hoffte, dass kein Feind irgendetwas davon gesehen hatte.

Der Keiler ging aus den tiefer werdenden Schatten auf ihn los.

Das Tier brüllte vor Wut über seinen Peiniger, winkelte die zwanzig Zentimeter langen Stoßzähne zum zerfetzenden Angriff und pflügte durch den hochstiebenden weißen Nebel, den sein heißer Atem in Fahnen zerriss.

Gonji führte eine Finte aus, bog sich aus der Bahn des Angriffs und versetzte dem Tier einen Hieb quer über die Schulter. Rotes Blut aus dem tiefen Schnitt spritzte in den Schnee, durch den das Tier mit seiner trunken wirkenden, dreibeinigen Gangart weiterrannte.

Der Keiler attackierte Tora mit wildem Wutgebrüll. Der Fuchshengst wieherte und ging durch. Gonji fluchte und rannte hinter seiner verletzten Beute her, die sich fast gemächlich auf den Rückweg zu ihrem Lager machte. Dann blieb der Keiler stehen, fixierte den Samurai mit den schwarzen, hasserfüllten Augen und stürmte erneut brüllend auf ihn los.

Der Samurai hob das Schwert hoch über die rechte Schulter, die Hände entlang des Hefts gespreizt, die Finger sanft auf der Haifischhaut, sodass der Griff beinahe schlaff wirkte. Gonji traf den verletzten Keiler quer übers Hinterteil und streckte ihn damit nieder. Ein schneller Doppelschlag …

Gonji brüllte seinen schwer errungenen Sieg in den dämmerigen Himmel hinauf. Die Überschwänglichkeit seiner skandinavischen Mutter brach sich kurz Bahn in einem improvisierten Siegestanz. Schnell fasste er sich wieder und machte sich auf die Suche nach Feuerholz, wobei ihm schon das Wasser im Munde zusammenlief.

Sein Dankesgebet an den *Kami* des Glücks erwies sich jedoch als voreilig.

Er eilte los, um gutes Anzündholz zu finden, und bereitete in einer Mulde vor der *Cuesta* hastig einen Lagerplatz. Jede Vorsicht in den Wind schlagend, entfachte er ein loderndes Feuer, wärmte sich kurz daran und genoss die Vorfreude auf die verlockende Mahlzeit.

Dann ging er ins Mondlicht hinaus, um Tora abzusatteln und es ihm für die Nacht bequem zu machen, und erkannte den eigenen Fehler zu spät. Er erblickte die Gefahr zuerst in Toras Augen, sah die Angst, als das Pferd den Kopf hochwarf, ehe er dann den Wind hörte, erzeugt vom Sturzflug des Grauens auf sein Lager hinab.

Er erstarrte einen Augenblick lang, als er es sah. Angesichts des Kreisens der mächtigen Schwingen glaubte er sich im ersten Augenblick wieder von einem Lindwurm angegriffen, aber die Kreatur war kleiner und vogelähnlicher als der säurespeiende Flugdrache. Sie führte im Sturzflug ein unmöglich erscheinendes Flugballett aus, bewegte dabei kaum die Flügel, bis sie nur noch eine Fußlänge über dem Kadaver des Keilers schwebte.

Sie schrie Gonji etwas mit einer wimmernden, jammernden Stimme zu, die erfüllt war von einem nach Intelligenz klingenden Spott, packte die schwere Last des Keilers – ein gutes Stück länger als einen Meter – und stieg unter mühsamem Flügelschlag höher. Die klauenbewehrten Füße und krallenbewehrten menschenähnlichen Hände hielten die Beute fest gepackt, während die Flügel gegen die Schwerkraft ankämpften. Langsam gewann die Kreatur an Höhe und näherte sich gleichmäßig ihrem Nistplatz auf der Klippe, die über dem prasselnden Lagerfeuer aufragte.

»*Iyé!*«, flüsterte Gonji, ganz erfüllt vom Anblick des entschwindenden Kadavers, der so teuer erkämpften Beute.

»Neeiiin!«

Er zog das Sagami, als er schon durch den knirschenden Schnee lief, und schwang es ohnmächtig in der Rechten. Als er unter der fliegenden Kreatur stand, das *Katana* in einer nutzlosen Abwehrhaltung auf halber Höhe, erreichte sie schon den Gipfel der Felswand. Er verfolgte, wie sie über der Kante verschwand, und empfand dabei einen Schmerz, der sich trotz lebenslanger Disziplin deutlich im Gesicht abzeichnete.

In der Höhe spähte das Vogelding über die Kante des Hangs, und der ungewöhnlich biegsame Schnabel stieß ein spöttisches Trällern aus. In den durchdringenden, intelligent blickenden Augen glommen Selbstzufriedenheit und List. Im Mondlicht führte es eine kurze Bewegung aus.

Die Genitalien des Keilers schlugen neben Gonji im zertrampelten Schnee auf.

Das Lagerfeuer tauchte die Umgebung in glutvolle Tönungen. Vor ihm kniete der Samurai, alle Gedanken im Zustand tiefer Meditation verstummt. Sein Schatten zeichnete sich gewaltig auf der Basis der steilen *Cuesta* hinter ihm ab. Vor ihm lag in der Scheide das Sagami, das von vielen Legenden umwobene Schwert.

Nach Abschluss seiner planvollen rituellen Waschungen kleidete er sich an, band gründlich seinen Haarzopf und schnallte sich die *Daisho* – das zusammengehörige Paar aus Lang- und Kurzschwert – mit Hilfe des Geschirrs auf den Rücken, das er seit Vedun benutzte. Den *Tanto* steckte er in den Stiefel, ehe er sorgfältig das verbliebene Schwarzpulver sichtete und sich das nahm, was ihm trocken genug erschien, um beide Pistolen zu laden. Er lud und spannte sie und steckte sie in den *Obi*. Dann stand er auf und blickte grimmig zu dem Nest hinauf, wo sein Quälgeist schrie und schnatterte.

Das Tier blickte zu ihm herab und scharrte mit einer Hinterklaue am Boden. Ein Teil der Eingeweide des Keilers fiel direkt zu Gonji herab. Der Samurai schlug das Zeug mit einer schnellen Abwehrbewegung zur Seite.

Er band sich das *Hachi-maki* um den Kopf – das Stirnband der Entschlossenheit. Die ganze Zeit lang gingen ihm böse Gedanken durch den Kopf. Bleierne Barren des Karma, die die Seele in die Tiefe ziehen, Gonji-san …

Er war ein Tor, ein Karnickel, ein stümperhafter Versager. Seine Ahnen wandten sich beschämt ab. Der alte Todo hätte verlangt, dass er sofort *Seppuku* verübte, wenn er sich schon unfähig zeigte, die eigene Nahrung zu bewachen. Der verhasste Halbbruder Tatsuya – *hai*, sogar der tote Tatsuya lachte gewiss in der unbekannten Welt. *Seht nur das Junge der blonden Tigerin – sogar die Vögel verspotten ihn ob seiner Fähigkeiten!*

Die Spur eines Lächelns spielte um Gonjis Lippen. Er verbannte alle Gedanken und bereitete den Geist auf die kommende Begegnung vor. Er war heute ruhiger in seiner Entschlossenheit, wo ihn einst die Erwartung eines Zweikampfes mit der hungrigen Wut eines Infernos erfüllt hatte.

Die wundersamen Wechselhaftigkeiten des Lebens.

An der linken Hand trug er einen stachelbewehrten Panzerhandschuh – *Nekode* genannt –, ein Hilfsmittel zum Klettern in jenem Stil, den der alte *Ninja*-Meister gelehrt hatte. Eine geheime Freundschaft verband diesen mit einem naiven jungen Samurai, wenngleich dessen Vater das nicht wünschte. Jetzt leerte Gonji das Bewusstsein, damit ihn die Klettertechnik des *Karumi-jutsu* ungehindert führen konnte, und machte sich daran, die glatte Wand der *Cuesta* zu erklimmen.

Grabend und scharrend nutzte Gonji die Unebenheiten in der beinahe glatten Felswand. Der *Nekode* grub Spalten, wo zuvor keine existiert hatten. Mit Fingern und Zehen suchte Gonji Halt, klammerte sich wie eine Spinne an die Wand und knirschte vor Anstrengung mit den Zähnen. Er kämpfte gegen die betäubende Kälte an, spannte und entspannte nacheinander die verschiedenen Muskelgruppen, verlagerte sein Gewicht, ertastete sich den leichtesten Weg des Anstiegs, sondierte und probierte, machte den eigenen Körper leichter, wie er es durch die altehrwürdige Methode gelernt hatte.

Die ersten drei Meter fielen ihm leicht. Fünf. Wie hoch lag wohl das Nest? Fünfzehn – achtzehn Meter?

Wygyll.

Als ihn der Monstervogel plötzlich entdeckte und einen eigenartigen schrillen Schrei des Unglaubens ausstieß, fiel Gonji der Name des Tiers ein. Nicht der Name, den man ihm hier in Spanien gab. An den erinnerte sich der Samurai nicht. Der englische Name war es, der ihm erneut in den Sinn kam. Die Engländer hatten Bezeichnungen für alles. Für Dinge, die sie gut kannten; und für Dinge, an die zu glauben sie gar nicht eingestanden.

Diese Kreatur gehörte einer sehr alten Lebensform an, älter als die Menschheit. Aasfresser, die auf Klippen und Felsvorsprüngen nisteten.

Wygyll. Der Horst des Wygylls. Dreizehn Meter über ihm.

Etwas Stinkendes und Feuchtes klatschte Gonji auf die Schulter. Stücke von den Eingeweiden des Keilers. Er schüttelte das

Zeug ab. Leise Bröckelgeräusche strichen an seiner Position vorbei. Dann knallte ihm ein Stein auf den Kopf, und Lichtfünkchen tanzten in der Schwärze, in die sich sein Blickfeld kurz verwandelte.

»*Choléra!*«, fluchte er, sein liebster europäischer Kraftausdruck, der wie so manches Mal auch jetzt dabei half, Dampf abzulassen. Er schüttelte den Kopf, um ihn wieder frei zu bekommen, überzeugt davon, dass er eine Schnittwunde erlitten hatte. Der Schädel pochte an der Stelle, wo sich die Schwellung bildete.

Über ihm – das Rauschen von Flügelschlägen, als sich der Wygyll von seinem Nest emporschwang. Gonji wappnete sich, wachsam, aber entspannt.

Muss mich festhalten, wies er sich an. Wie gingen diese Kreaturen am liebsten vor? Ah – vier Klauen ausgestreckt; mit den hinteren zupacken, mit den vorderen hacken. Ein schlichtes Angriffsmuster, das einen Ochsen zerfetzen konnte.

Am Rand des Blickfelds sah er die fünf Meter überspannenden Schwingen träge Schleifen fliegen, an den äußersten Punkten sacht in Schräglage gehen und eine elegante Acht beschreiben, deren Mittelpunkt hinter dem ungeschützten Rücken des Samurai lag.

Ohne Vorwarnung endete das Luftballett. Mit einem Kriegsschrei, der durchdringender war als der beißende Wind, ging der Wygyll in den Sturzflug über. Die Flügel getrimmt, die Klauen zum Angriff gespannt.

Gonji entspannte seine Muskeln durch einen Willensimpuls. Er kletterte ein kleines Stück weiter die Felswand hinauf. Spürte den Luftzug des heranstürzenden Plünderers. Spürte, wie der Abstand schrumpfte. Elegant zog er eine Pistole, spannte den Hahn, drehte sich von der Felswand nach außen, wahrte dabei einen Dreipunkthalt …

Aber der Angreifer folgte einer zu indirekten Tangente. Gonji wusste, dass sein Schuss aus einem derart schiefen Winkel erfolgen würde, dass der Rückstoß den eigenen unsicheren Halt gefährdete.

Der Wygyll erkannte nicht die Gefahr, die von der Feuerwaffe ausging. Er stürzte mit vorgereckten Klauen herab, erpicht darauf, zu hacken und zu zerfetzen.

Gonji schoss – *splfsss.*

»Drecksding – *Choléra!*«

Er kam sofort wieder zu Sinnen, noch während der Wygyll aufschrie, erschrocken über das zischende Pulver der fehlgezündeten Pistole. Gonji schleuderte die nutzlose Waffe weg und langte über die Schulter nach dem Griff des Sagami. Aus lauter Angst vor der harmlosen Pyrotechnik geriet der Wygyll jedoch in plumpes Trudeln. Federn lösten sich bei dem heftigen Richtungswechsel aus seinen Flügeln.

Das fliegende Raubtier schwenkte über dem breiten *Cirque*-Tal von einer Seite zur anderen, aber ob es dabei Schnelligkeit oder Wut zusammenraffte, das konnte Gonji nicht erkennen. Das Monster attackierte Tora einmal, zweimal, und das wackere Ross bäumte sich auf und wehrte sich mit den Hufen.

Gonji nutzte die Gelegenheit, um einen weiteren Meter hochzuklettern. Er arbeitete gerade am zweiten Meter, als er erkannte, welche Absicht sein listiger Gegner jetzt verfolgte. Ein Stück entfernt lag am Fuß der Klippe ein durchnässtes Stück Holz. Der Wygyll stürzte sich voller Wut darauf und zerrte es aus der Umklammerung des gefrorenen Bodens, krächzte den Samurai an und schwang sich mit dem Holzstück unbeholfen in die Luft, wobei er sich in seiner Wut schnell an die Last gewöhnte.

Gonji machte große Augen. Er langte unsicher ein Stück nach oben, wich dann wieder einen Schritt weit zurück. Die Kreatur erreichte seine Höhe und stieg auf den mächtigen Schwingen weiter empor. Als sie die Abbruchkante erreicht hatte, schwebte sie über dem hilflosen Eindringling in sein Reich.

Gonji erlebte einen ausgedehnten Augenblick des Grauens,

während der schwere Holzklotz zu ihm herabfiel. In der Illusion eines Augenblicks malte er sich aus, wie er irgendwie um das stürzende Geschoss *herumsprang*, das inzwischen sein Blickfeld ausfüllte ...

Und er sprang in atemloser Enttäuschung von der Klippe und gab die hart erkämpfte Höhe auf. Er landete wie eine Katze im Schnee und rollte sich ab, um die Wucht des Aufpralls zu mildern, und er raffte seine Entschlossenheit schon wieder auf, ehe er zur Ruhe kam. Der abgeprallte Holzklotz traf ihn im Rücken.

Der Wygyll flog über ihn hinweg und schrillte ihn höhnisch an, während der Samurai gerade Waffen und Atem sammelte. Er warf einen Blick auf die zweite Pistole, steckte sie wieder in den *Obi* und erreichte durch einen Sprung mit Anlauf wieder die Felswand. Ohne auf seinen Feind zu achten, kletterte er unter Verwendung der zuvor erzeugten Ritzen hinauf. Diesmal ging es leichter, und er erreichte in Sekundenschnelle wieder seine letzte Griffposition von eben.

Als er stoppte, um die Position des Wygylls zu bestimmen, sah er nichts weiter als Saphirsterne und das schiefe goldene Grinsen des Mondes.

Ah-oh! Etwas Neues, *neh?*

Flink und geräuschlos stieß sich die Kreatur direkt über ihm über die Felskante und stürzte wie das Geschoss eines Belagerungskatapults auf ihn herab, wobei sie einen armlangen, dicken, spitzen Ast in den Klauen hielt.

Das *Katana* fuhr mit leisem Klirren aus dem Rückengeschirr, während der Wygyll im freien Fall direkten Kurs auf Gonjis Gesicht nahm. Der Samurai schwang sich im letzten Augenblick nach außen und zur Seite und hielt sich dabei mit dem *Nekode* und den Zehen des linken Fußes fest. Er versetzte der Waffe des Tieres einen heftigen Schwerthieb, als es an ihm vorbeistürzte, und lenkte sie damit aus der tödlichen Bahn. Der Wygyll stieß einen schrillen Schrei aus und ging mit einer engen Schleife wieder in den Steigflug über und stürzte sich innerhalb von Sekunden erneut auf Gonji. Als er jedoch abbremste, um nicht gegen die Felswand zu krachen, zuckte Gonjis Schwert aufwärts und parierte den Ast. Der Samurai vollendete die Kreisbewegung mit einer Riposte aus dem Handgelenk heraus – ein weiches *Twack!* – ein Wirbel aus Federn …

Die Kreatur stieß ein hohes Jaulen aus. Blut strömte aus dem flachen Schnitt im gewölbten Brustkorb. Sie ließ den Ast los und wirbelte auf einer gewundenen Flugbahn davon, von den Schmerzen schier in den Wahnsinn getrieben.

Gonji erreichte einen schmalen Felssims auf halber Höhe der *Cuesta*. Er krallte sich ein Stück weiter hinauf und konnte die Füße auf den Felssims setzen. Seine Nerven vibrierten unter dem verzweifelten Wunsch, nicht wieder von der Felswand vertrieben zu werden, wo er doch seinem Ziel inzwischen so nahe war. Er steckte die blanke *Katana*-Klinge in den *Obi*. Kämpfte gegen das Gestein an, den nagenden Wind und die bittere Kälte, die eigenen steifer werdenden Sehnen.

Noch fünf Meter.

Der Wygyll stieß herab und schrie ihn an. Gonji rutschte mit einem Fuß aus und verlor beinahe den Halt. Er stoppte, um wieder festen Halt zu finden, und erkannte, dass er derzeit einem Angriff des Vogelwesens hilflos ausgesetzt war. Dieses erkannte die Lage ebenfalls und flatterte heran. Die starken Krallen schnitten voller Eifer durch die Luft, während die Distanz schrumpfte.

Gonji zog die zweite Pistole. Mit seiner ganzen Gelenkigkeit bog er sich nach außen und schoss auf die heranbrausende Kreatur. Er bellte dabei einen Kraftausdruck, der jedoch im Krachen des Schusses unterging, während die Radschlosspistole Rauch und Flammen rülpste. Der Wygyll gab immer wieder einen jaulenden schrillen Laut von sich, nachdem die Pistolenkugel inmitten einer Kaskade grau-weißer Federn einen Flügel durchschlagen hatte. Der Samurai war vergessen, während das Tier darum kämpfte, trotz der Flügelverletzung in der Luft zu bleiben.

Gonji warf die leergeschossene Pistole weg. Er zitterte, während er sich den zerklüfteten obersten Abschnitt der Felswand hinaufkämpfte und endlich mit dem stachelbewehrten *Nekode* die obere Kante erreichte.

Der Wygyll, der jetzt durch die Luft hüpfte und flatterte, dabei den erratischen Kurs eines Schmetterlings imitierte, griff ihn mit einer Folge ohrenzerreißender Schreie und prügelnder Schwingen an. So verletzt die Kreatur auch war, sie kämpfte jetzt um ihr heimisches Nest, dessen sie sich noch vor kurzer Zeit so sicher gefühlt hatte.

Aber Gonji hatte sein angestrebtes Ziel erreicht. Mit einem mächtigen Zug überwand er die Felskante. Kurz erblickte er eine riesige Flechtkonstruktion und den zerfetzten Kadaver des Keilers. Dann gruben sich die gewaltigen Krallen in seinen Rücken und packten Kleidung und Haut in gleichem Maße. Ein mühsamer Atemzug entfuhr ihm, als er vom Fels emporgehoben wurde. Kurz bot sich den aufgerissenen Augen der Anblick des langen Sturzes, des eigenen Lagerfeuers und des Fehlens aller Hemmnisse für einen Absturz in die Tiefe. Dann packte er über seine Schulter einen drahtigen Unterarm und hielt sich mit der Kraft des Überlebenswunsches daran fest. Das krächzende Tier wollte ihn fallen lassen, aber die andere Vorderklaue verhedderte sich in seinem Schwertgeschirr, und eine Hinterklaue hatte sich im Stoff des kurzen Kimonos verfangen. Die Kreatur schlug nach Gonjis Rücken und der Samurai brüllte vor Schmerzen und stach wiederholt mit dem Sagami nach oben, erwischte eine weiche Stelle hinter dem chitinartigen Schnabel und rammte dort die tödliche Schwertspitze hinein.

Der Wygyll kreischte und wand sich in der Luft, konnte seine Last nicht mehr tragen und schwenkte zurück über seinen Horst, wo ihn ein weiterer Stoß des glänzenden *Katana* veranlasste, sich von seinem Gegner zu befreien.

Gonji stürzte, rollte sich ab und verlor das Sagami im Schnee. Er zog das *Ko-dachi* und nahm es in eine hohe Abwehrhaltung. Der Wygyll ging mit großen, flügelschlagenden Sprüngen auf ihn los, ruderte mit den Schwingen und brüllte wie rasend über diesen Eindringling in sein Nest. Unter großen Schmerzen und mit rasch nachlassender Kraft schnappte die Kreatur immer wieder mit dem Schnabel zu. Gonji hielt sie jedoch mit dem Kurzschwert geschickt auf Distanz und erwiderte die zunehmend matteren Angriffe des Wygylls. Blutspritzer markierten die Spuren der Kreatur im Schnee.

Gonji konnte das *Katana* wieder aufheben und reckte es zum tödlichen Schlag. Etwas jedoch hielt ihn auf. Leises Piepen drang aus dem Flechtwerk des Nestes hinter ihm – das eher an eine Strohhütte für Menschen erinnerte als einen Horst für die wilden Tiere der Luft.

Die Jungtiere des Wygylls.

Als dieser sah, wie Gonji von seinen Jungen Kenntnis nahm, ging er mit seiner restlichen Kraft auf ihn los und warf für die Verteidigung des Nachwuchses das eigene Leben in die Bresche. Gonji begnügte sich jedoch damit, die Angriffe mit beiden Schwertern abzuwehren. Die Kreatur versuchte es erneut und erzielte damit auch nicht mehr Erfolg. Sie fiel zurück und blickte mit ihren von so scharfer Intelligenz kündenden Augen in die des Samurai.

Es dauerte ungefähr eine Viertelstunde, bis dieser seine Absichten deutlich gemacht hatte. Mit einer noblen Senkung des Kopfes und einem Hochziehen der verletzten Flügel drückte die Kreatur ihre Resignation aus. Sie schlurfte an ihm vorbei, hockte sich vor ihre Hütte und machte sich daran, ihre zahlreichen Verletzungen zu pflegen.

Während Gonji ihr dabei zusah, erfüllte ihn die Zärtlichkeit des Kriegers, wie sie der *Bushido* lehrte. Er empfand tiefes Mitgefühl mit diesem verlorenen Geschöpf und erinnerte sich jetzt wieder an die vollständige Legende, die es umgab.

»Ich kann kämpfen, das ist wahr«, erklärte er der aufmerksamen Kreatur, »aber ich werde nie ein Jäger sein, wie du es einst warst. Und jetzt fürchte ich, dass du wegen mir für lange Zeit weder jagen *noch* kämpfen wirst.«

Die Nestlinge – es waren zwei – wurden durch ihr bruchstückhaftes Verständnis der Menschensprache aus der Hütte gelockt. Sie erinnerten Gonji an nichts so sehr wie die winzigen geflügelten Amoretten – wenn auch mit weichen Schnäbeln anstelle von Mündern –, wie er sie aus künstlerischen Darstellungen kannte. Sie tappten mit unsicheren Schritten zu ihrem Vater und kuschelten sich in liebevoller Unschuld jedes unter eine seiner eingezogenen Schwingen.

Eine Stunde später saß Gonji am Fuß der Felswand vor seinem lodernden Lagerfeuer und empfand eine merkwürdige Mischung aus Erwartung, zufriedener Müdigkeit und formloser Wut.

Er stocherte mit einem Stock an einem Stück Keiler herum, das er briet. Der Rest dessen, was er mitgenommen hatte und der für vielleicht drei Tage reichte, steckte schon in einer Satteltasche. Er wusch seine Schnittwunden und Abschürfungen, während er über das traurige Wissen von den Wygyll nachsann.

Einst waren sie dem Menschen ähnlicher gewesen. Eine Lebensform, die Seite an Seite mit dem Menschen heranwuchs und in Fragen der Jagd dessen Freund und Mentor gewesen war – eine Lebensform hochintelligenter flugfähiger Humanoiden. Die Eifersucht des Menschen auf die Freiheit der Wygyll, unbekümmert über den Himmel zu ziehen, erwies sich als Ursache für ihren Niedergang. Ein mächtiger König wurde verzehrt vom Neid auf ihre herrliche Flugkultur und wies seinen Hofzauberer an, die Wygyll mit einem zweischneidigen Fluch zu belegen: ihre Menschenähnlichkeit verkümmerte, und sie wurden von einer Generation zur nächsten immer vogelhafter. Die Sprache, die sie mit dem Menschen gemeinsam hatten, ging verloren; und mit der Kraft der Sprache schwand auch ihre einzigartige Kultur dahin. Schlimmer noch, der finstere Fluch schlug sie mit dem Paradox des Völkermords durch Fortpflanzung – jede Frau dieser Lebensform starb, wenn sie ihre Jungen gebar, und es blieb dem trauernden Partner überlassen, eine Funktion zu erfüllen, für die er immer weniger Eignung mitbrachte. Die Fortpflanzung bedeutete den Tod für die Wygyll.

Gonji räusperte sich und spuckte in die knisternden Flammen. In der Stille vor dem Morgengrauen unternahm er einen Spaziergang, denn er hatte das Bedürfnis, den sauberen kalten Wind im Gesicht zu spüren. Das verschneite Tal glänzte matt im silbernen Licht des Mondes. Die ausgedehnte Perspektive der Einsamkeit – eine alte Plage des Samurai.

Hai, das ist Spanien, wie ich es kenne, dachte er in dem Versuch, sich aufzuheitern. Ich kenne das Land, seine Menschen, seine Monster und Zauberkünste. Das Land, in dem ich zuerst landete. Er versuchte, sich an eine farbenprächtige Wendung aus Gongora y Argotes Dichtung zu erinnern – so beliebt bei Hofe, als er zuletzt in Spanien gewesen war –, aber sie entzog sich ihm.

Und wie steht es um Philip? Den *hungrigen* Philip. Philip II. Regiert er nach wie vor, unterstützt durch habsburgische Macht? Konnte er seit der Großen Peinlichkeit seine Flotte neu aufbauen? Ich bezweifle es. Also stützt er sich weiterhin auf die Stärke seiner Landstreitkräfte, *neh?* Seine stolzen berittenen Bogenschützen. Keine unzuverlässigen Feuerwaffen konnten an die Stelle der Fähigkeiten treten, zu deren Vervollkommnung ich beigetragen habe. *Hai*, der König wird sich an mich erinnern, aber der Herzog von Aragonien ist es, über den ich mir die meisten Gedanken mache.

Cervera – und die Fanatiker, deren Macht aufblüht, wie ich gehört habe. Ob *sie* mich nach wie vor für das hassen und bedrängen, was zu sein ich nicht umhin kann?

Er kehrte zum Lagerfeuer zurück, bückte sich und hob eine taubengraue Feder aus einem Flügel des Wygylls auf. Er steckte sie in die Tasche, faltete seine Landkarte auseinander und markierte die Position der *Cuesta* mit einem kohlegefärbten Daumen. Später gedachte er den Namen dieser bedeutsamen Stelle einzutragen: *Des Wygylls Horst: der Berg des Hungers.*

Etwas fiel neben ihm in den Schnee. Er hob es auf und betrachtete es. Ein flacher, runder Stein, darin die kunstvolle Darstellung eines Menschen und eines riesigen Vogels eingeritzt, die einander geduckt gegenüberstanden und sich mit den Köpfen berührten. Geschützt wurde die Zeichnung von einer klaren harzigen Substanz, die ihn an die Lacke erinnerte, wie man sie für bestimmte kunsthandwerkliche Produkte in der verlorenen Heimat *Dai Nihon* verwendete. Und nach einiger Zeit erkannte er, woraus dieses Objekt mit dem eingeritzten Bild bestand.

Es war Teil eines chitinartigen Schnabels. Des Schnabels der verstorbenen Gefährtin des Wygylls.

Er blickte an der Felswand hinauf und sah, dass die Kreatur zu ihm herabsah. Ein Teil des Verbandes, den Gonji ihr angelegt hatte, war im blassen Mondlicht zu sehen.

Der Samurai verneigte sich vor seinem früheren Feind. Der Wygyll erwiderte die Geste, ehe er sich langsam aus Gonjis Blickfeld zurückzog.

DRITTES KAPITEL

In Toledo erfüllte Wispern und Murmeln die im Laternenlicht liegenden Gänge und karg ausgestatteten Schlafräume über dem Offizium der Inquisition, das direkt an die große Kathedrale angrenzte. Die Feierlichkeit der Mitternachtsmette wurde nicht nur durch den ungewöhnlichen nächtlichen Besuch gestört, sondern auch durch Erscheinung und Gebaren des Besuchers.

Der junge Initiand, der das Tor hütete und ihm Einlass gewährte, vermochte später nicht mehr zu erklären, was ihn dazu bewegt hatte, wiewohl er viele Stunden *Culpa* zur Buße absolvierte.

Ein beflissener Diakon, der seine Ausbildung im Aktensaal absolvierte, machte große Umstände um den Besucher und rezitierte eine Litanei von Vorschriften, die seinem unkonventionellen Besuch entgegenstanden. Der hochgewachsene Fremde in seinem nicht identifizierbaren Mönchshabit starrte ihn jedoch, ohne selbst etwas zu sagen, mit stählernen Augen an und zeigte schließlich das Päckchen mit den Reisedokumenten, dessen Siegel den Diakon so nervös machte, dass man ihn zitternd und stotternd zum Bader führte.

Der Prälat, der den kirchlichen Belangen des endenden Tages vorstand, Pater Martin de la Cenza, ein kleiner und zierlicher Mann von unerschütterlichem Auftreten, empfing als Nächster den unheimlichen Besucher. Er nahm das versiegelte Kommuniqué mit einem einzelnen lässigen Wimpernschlag zur Kenntnis und forderte den Besucher auf, im spärlich ausgestatteten Vorsaal der kirchlichen Amtsräume Platz zu nehmen. Nachdem de la Cenza sich selbst vorgestellt und einen einzelnen Namen zur

Antwort erhalten hatte, machte er sich sogleich auf, den Großinquisitor zu wecken.

Fast eine Stunde später stand Bischof Ignazio Izquierdo, der Interims-Großinquisitor des Hohen Offiziums, auf dem Mittelpunkt des dicken Noppenteppichs in seinem Büro, angetan mit der Amtstracht und der hohen Bischofsmütze. Er suchte nach der besten Möglichkeit, seine Hände zu beschäftigen, damit er sie nicht rang. Mit feuchten Handflächen und ausgedörrter Kehle wartete er auf die Begegnung. Ein totenbleicher Novize eilte durch die modrige Leder- und Samtausstattung des regalgesäumten Raums und entzündete mit bebenden Händen die kunstvoll gearbeiteten Wandlaternen. In seiner der Einschüchterung geschuldeten Eile stieß er einen mächtigen Folianten aus seiner Position, und das Werk schlug dumpf am Boden auf. Symmetrische Schweißspuren liefen über die Wangen des Novizen und bildeten den Rahmen für den weit aufgerissenen Mund, als der junge Mann einem ungeduldigen Wink des Bischofs folgend eilig den Raum verließ.

Einen Augenblick später ging die Tür vor Izquierdo auf. Der Fremde trat ein, gefolgt von Pater de la Cenza.

»Ihr seid Balaerik«, begrüßte ihn der Großinquisitor mit sich überschlagender Stimme, während er rot anlief.

»Anton Balaerik«, sagte der Fremde gelassen.

»Ihr seid anders, als ich erwartet hatte«, sagte Izquierdo stockend, was ein Lächeln auf Balaeriks Gesicht rief. »Ich meine«, fuhr der Bischof fort, »unser Schriftwechsel – ich verstehe es immer noch nicht ganz. Seid Ihr nun Angehöriger eines klerikalen Ordens oder seid Ihr es nicht? Euer Habit ist mir nicht vertraut.«

Balaerik warf die Kapuze nach hinten. »Ich bin *Donado* – ein Laienbruder«, erklärte er. Sein Gesicht war kantig, die Haut teigig, und sie kontrastierte zu einem adrett gestutzten schwarzen Bart, dessen Konturen an Geierflügel erinnerten. Als er das stolze Haupt neigte, wurde die seltsame halbmondförmige Tonsur erkennbar, die zusammen mit der Adlernase und dem ausgeprägten Kinn die Vorstellung von etwas Namenlosem beschwor, das den Großinquisitor beunruhigte.

»Von welchem Orden?«

»Unser Orden ist neu. Ich dachte, das wäre deutlich geworden. Ein Orden, gewidmet der grundlegenden Unterstützung der Inquisition, wo immer Eure Methoden vielleicht versagen. Unsere Mittel stammen von Kräften innerhalb der Heiligen Mutter Kirche, und wir verrichten unsere Arbeit im Geheimen, unter dem Schutze der Nacht. Die Nacht ist der Tag der Dunklen Mächte, versteht Ihr? Und durch das Wirken unseres Ordens der Tag ihres Untergangs.« Seine Augen leuchteten wie Signalfeuer über einer tödlichen Untiefe, während er fortfuhr. »Ihr befasst Euch damit, durch Züchtigung und Brennen Seelen zu retten. Ihr vertreibt die besitzergreifenden Geister aus den unglücklichen Besessenen. Wir greifen diese Geister direkt an, die so oft von Euch nur entfesselt wurden, um erneut Menschen in Besitz zu nehmen! Sie und die Dunkle Macht, die ihnen Kraft verleiht, werden vor der heiligen Macht fallen, die uns gewährt wurde.

Wir sind die lautlose Sense der Inquisition, Inquisitor. Denn nur durch Geheimhaltung können wir gegen das Chaos ankämpfen, das Ketzer und Ungläubige anrichten, gegen die schleichende Fäulnis der schwarzen Magie, die sie pflegen. Ihr und wir, wir tragen den gleichen Kampf aus, obwohl wir uns mehr um die gespenstischen Gräueltaten kümmern, wie sie von den Ungläubigen begangen werden. Von ihren übernatürlichen Lakaien.«

Izquierdo runzelte die Stirn. Er ging um seinen Schreibtisch herum und setzte sich schwer auf einen großen hochlehnigen Stuhl. Er lud Balaerik mit einem Wink ein, sich zu setzen, aber der Sendbote lehnte ab. Der Großinquisitor ging in Gedanken die Informationen durch, reagierte besorgt auf diese seltsame Einmischung in die Belange seines Offiziums und fragte sich, was sie zu bedeuten hatte. Ein dringlicherer Gedanke trat jedoch in den Vordergrund.

»Ihr erwähnt gar nicht«, sagte er langsam und vorsichtig und wählte jedes Wort mit Bedacht, »aus welcher Quelle sich diese – Macht und Autorität speisen, die Ihr in Anspruch nehmt. Worin besteht Eure geistliche Investition in diesen finsteren Dingen? Was ich tue, das tue ich im Namen des allmächtigen Gottes im Himmel und Seines Sohnes Jesus Christus, der ...«

»Ihr bringt mich hier in eine benachteiligte Position, fürchte ich«, unterbrach ihn Balaerik und senkte in scheinbarer Scham den Blick. »*Ay de mi!* Weh mir! Wir haben einen feierlichen Schwur geleistet, nicht die Heiligsten Namen auszusprechen. Auch nicht die der anerkannten kanonischen Heiligen der Kirche. Diesen beschwerlichen Eid haben wir geleistet, weil wir es bedauern, eine gewalttätige militärische Haltung einnehmen zu müssen, die sich mit den zentralen Lehrsätzen unseres Glaubens reibt.«

Balaerik hätte Izquierdo auch nicht tiefer treffen können, hätte er die auf der Hand liegende Anklage der Scheinheiligkeit ausgesprochen, wie sie der Inquisition eigen war. Der Bischof hatte den Vorwurf schon oft aus dem Mund von Ketzern vernommen, aber das hatte ihn nie so beunruhigt wie jetzt, in Worte gekleidet von jemandem, der anscheinend ein geistlicher Bruder war. Menschlicher Stolz beeinträchtigte jetzt seine Gedankengänge und gestaltete das Thema schwieriger.

Balaerik holte unter dem Mantel einen runden Behälter hervor, der in seine Handfläche passte. Der Behälter war aus Knochen oder Elfenbein hergestellt und wies an einem Ende ein Scharnier und einen kleinen Deckel auf. Die Aufmachung war schlicht, ohne Verzierungen oder sonstige Markierungen.

»Ein Reliquienbehälter des Schutzheiligen, der unserem Orden als Leitstern dient«, erklärte der *Donado*, »und der natürlich ungenannt bleiben wird.«

Izquierdo nickte und blickte zu de la Cenza hinüber, der ständig den Eindruck erweckte, als wollte er mit irgendetwas herausplatzen, aber sein Mundwerk im Zaum hielt.

Balaerik deutete auf das versiegelte Päckchen, das der Prälat nach wie vor in der Hand hielt, und sagte: »Seine Heiligkeit erläutert Gründung und Einsätze unseres Ordens in einem Sendschreiben. Darüber hinaus ...«

Der Großinquisitor räusperte sich. »Das ist eine weitere heikle Frage ... Ihr erscheint hier bei mir so – völlig unerwartet in dieser Zeit furchtbarer Verwirrung und tragt dabei das päpstliche Siegel. Gott helfe uns allen! Habt Ihr tatsächlich persönlich mit Seiner Heiligkeit gesprochen, Balaerik? Wir alle haben die furchtbaren Geschichten vernommen, die sich um die Wahl des Pontifex ranken. Geschichten über Symbole und Zeichen von übler Vorbedeutung, die zu seinem Amtsantritt erkennbar wurden. Und sogar, dass ...« Er blickte de la Cenza verschwörerisch an und fuhr in heiserem Flüsterton fort. »... der Heilige Vater seit jenem Tag nicht mehr gesehen wurde. Dass tatsächlich *kein Stellvertreter Christi in dieser schwierigen Zeit auf dem Stuhl Petri sitzt!*«

Balaerik holte tief Luft. »Den Nachrichten, die der Widersacher verbreitet, wachsen Flügel, nicht wahr? Sogar hier im Hohen Offizium der Inquisition verbreitet sich das Gift des Verdammten. Rom mit seinen Lügen und Machenschaften liegt tausend Meilen von hier. *Ya no hay remedio*. Daran ist vorläufig nichts zu ändern. Ich weiß nur, dass Ihr die päpstliche Bulle anerkennt, die ich mitführe, und auf den Erlass Seiner Heiligkeit hin handeln werdet.«

»Erlass?«

Balaerik lächelte. »Da liegt der Grund, warum ich ausgesucht wurde, um ihn Euch persönlich zu überbringen. Meine eigene Kenntnis des darin behandelten Gegenstands. Zu großen Teilen betrifft der Erlass genau jenen Ungläubigen, über den ich Euch geschrieben hatte. Jenen, den selbst zu kennen Ihr behauptet. Und er ist hier.«

»Hier?« Izquierdo stand unvermittelt auf. Sein Blick brannte.

»Nein, nein, Eure Eminenz! Hier in Spanien. Das ist jedoch nahe genug, um eine Reaktion Eurerseits zu erfordern. Der Erlass erläutert das alles. Die diesem Mann zugeschriebenen unheiligen Bezeichnungen werden von Seiner Heiligkeit aufgezählt. Grauen und Tod folgen ihm auf Schritt und Tritt und nehmen Gestalten aus der Hölle selbst an. Gestalten, die Euch wohlvertraut sind, Eure Eminenz – *Lobis homem*. Ihr glaubtet möglicherweise, sie wären ausgelöscht worden, für alle Zeit den Flammen überantwortet, und Spanien wäre frei von ihnen? *Lobis homem* – ist die Inquisition bereit, sich ihnen ohne unsere Hilfe zu stellen? Und *er* führt sie zu Euch – und noch *mehr!*«

Der Großinquisitor plumpste auf den Stuhl zurück und legte den Kopf in die Hände. Pater de la Cenza schien tröstend die Hand ausstrecken zu wollen, aber unter Balaeriks Blick erstarrte er.

»All dieses Übel!«, stöhnte Izquierdo. »In den Außenposten inmitten der Wildnis – *hier* in meiner geliebten Stadt. Und Ihr sagt, ich könne noch mehr erwarten.«

Der *Donado* lächelte gütig und hob eine Hand. »Alles zu seiner Zeit. Lest das Sendschreiben und das Edikt Seiner Heiligkeit. Seine Anweisungen werden Euch Trost spenden. Ich kehre morgen Abend zurück, um die Strategie mit Euch zu besprechen. Es soll, glaube ich, bald ein Konklave hier in Toledo zusammentreten? Zum kommenden Fest, das – ich natürlich nicht benennen darf? Zu den Teilnehmern gehören der Herzog von Lerma, weitere leitende Persönlichkeiten der Inquisition aus Salamanca, aus ...«

Der Bischof nickte ernst.

»Falls ich mich dazu herablassen darf, über politische Fragen zu sprechen, so halte ich es für in Eurem Interesse das Beste, wenn Ihr diese heidnische Geißel so schnell wie möglich vor das Brandgericht bringt. Ihr habt, soweit ich verstanden habe, das leitende Amt des Hohen Offiziums nur *vorläufig* inne?«

Eine Antwort war unnötig. Es war allgemein bekannt. Weniger gut bekannt war Bischof Izquierdos inbrünstiger Wunsch, seinen Namen als erfolgreichster Ankläger der Inquisition in die Annalen der Geschichte einzutragen, größer noch als Torquemada.

Ohne dass ein weiteres Wort zwischen ihnen gewechselt worden wäre, ging Balaerik hinaus.

Pater de la Cenza blickte dem seltsamen Sendboten lange nach, ehe er das Wort ergriff.

»Eure Eminenz ...«

»Martin, ich weiß, was es Euch zu sagen drängt. Ich habe jedoch genug zu erwägen.«

»Ich *mag* ihn nicht! Mit ihm stimmt etwas nicht. *Nichts* stimmt an ihm. Was wisst Ihr jetzt über ihn, das Ihr nicht schon gewusst hättet, ehe Ihr ihn überhaupt kennengelernt habt?«

Izquierdo seufzte müde. »Ich werde mehr wissen, sobald ich die Dokumente gelesen habe.«

»Die *Dokumente!*«, fauchte de la Cenza regelrecht.

»Respekt! Sie tragen das persönliche Siegel des Pontifex.«

»Na und?«, krächzte de la Cenza und sein Gesicht drückte beinahe kindliche Frechheit aus. »Heutzutage sollte man eher Menschen vertrauen als – Dingen.«

»Obacht, Martin! Ihr geratet hier auf ketzerisches Terrain.« Der Bischof deutete anklagend mit dem Finger auf den Prälaten.

»Verzeiht mir, Eure Eminenz, *por favor*. Aber dieser Mann ... Er ruft meine schlechtesten Seiten wach. Möge Gott Eure Entschlüsse leiten.« Die letzten Worte stieß er hastig hervor, und dann war de la Cenza aus dem Raum verschwunden und die Eichentürflügel fielen leise hinter ihm ins Schloss.

Der Großinquisitor dachte eine Zeit lang über diese Äußerung nach, ehe er ehrfürchtig das päpstliche Päckchen zur Hand nahm, das alsbald seine ganze Neugier bannte.

Die Laudes folgten zu gegebener Zeit auf die Mette. Ohne auf die gemurmelten Gebete aus dem Brevier zu achten, die von außen hereindrangen, dachte Izquierdo über die erstaunlichen Dinge nach, von denen er las, und hatte sich sorgsam in die eigenen Gedanken und die eigene Seele zurückgezogen, wo er aufgewühlte Unruhe antraf. Und da er so fromm war wie ehrgeizig und eifrig, wandte er sich mit seinen Sorgen schließlich an seinen Gott.

Der Novize, der im fahlen Licht vor dem Morgengrauen kam, um das Büro sauberzumachen, fand den Bischof noch immer ausgestreckt und bebend vor dem großen goldenen Kruzifix liegend, das eine Wand schmückte. Der junge Mann errötete, schlich wieder hinaus und hielt dabei die Luft an, bis er auf Zehenspitzen ein gutes Stück durch den Flur zurückgelegt hatte.

VIERTES KAPITEL

Der böige Nachtwind sank zu einem leisen Wispern herab, als ein grauer Morgen über der Stadt Barbaso anbrach.

Hauptmann Hernando Salguero stieß die Portikustür am Haus des toten Magistrats auf – jetzt in jeder Hinsicht sein Haus – und freute sich über den Schwall kalter Luft, auch wenn er weder Mantel noch Überwurf über dem Wams trug. Diese Luft war belebend, reinigend. Er nahm einen Schluck Rum aus dem Zinnbecher in seiner Hand.

Weiter unten an der schneeverstopften Straße, nach Norden zum Marktplatz hin, türmten sich Schneeverwehungen an den kleineren Häusern aus krudem Mauergestein. Diese Häuser wirkten leblos, unbewohnt. Auf dem Marktplatz regte sich nichts; die hinter den Dächern verborgenen Stände des großen Basars blieben still, vom Gebell streunender Hunde einmal abgesehen. In weiterer Entfernung glaubte Salguero Hirten zu hören, die ihre Tiere zum Winterfutter trieben.

Keine Soldaten zu sehen. Die Ersten Katalanischen Lanzenreiter, die Blüte unter den Streitkräften des Gebiets, waren verwahrlost. Nirgendwo ertönte das Hufgetrappel einer Patrouille; keines Wachtpostens Sturmhaube war auf der südlichen Wachstellung zu sehen; kein Morgenappell, kein Exerzieren.

Trostlosigkeit. Ausschweifungen. Trägheit.

Er nahm einen weiteren Schluck Rum, ließ dessen samtene Wärme über die Zunge und durch die Backen schwappen, ehe er sie herunterschluckte.

Trostlosigkeit. *Was zum Teufel tun wir hier?*

Ausschweifungen. *Was ist nur aus uns geworden?*

Trägheit. *Ich muss Ordnung und Disziplin wiederherstellen. Muss ... muss ...*

Er richtete den Blick auf das zerbröckelnde Kreuz auf dem Dach der leeren Kapelle. Diese gedachte er heute aufzusuchen. *Si*, heute ist wohl der Tag – *Jesus-Maria*, lass es heute sein! Er würde dorthin gehen und beten wie schon nicht mehr seit – wann eigentlich?

Anita rief aus dem Haus nach ihm.

Si, später. Später würde er in die Kirche gehen und versuchen, von seinem zornigen Gott Antworten zu erhalten.

»Hernando!«, rief sie erneut. »Komm herein! *Hace mucho frio*.« Sie zog das Gewand fester zu.

Der Hauptmann der Lanzenreiter fuhr sich mit den Fingern durch den mit weißen Strähnen durchsetzten Bart und schlurfte zurück ins Haus. Er blieb jedoch in der Eingangshalle stehen und blickte mit leerer Miene zu den Fenstern am Portikus hinaus.

»Was hast du da draußen gemacht?«, erkundigte sich die Tochter des Magistrats. »Ich wollte dich anfassen, aber du warst fort. Warum nur sollte ein Mann mit deinen Bedürfnissen aus den Armen einer Frau mit meiner – Fülle fliehen?« Sie trat von hinten an ihn heran und massierte ihm den Hals.

Salgueros Schultern wurden steif, und er zog sie hoch, als er die süßliche Wärme dieser Berührung spürte. Vage verärgert, entzog er sich ihr.

»*Iglesia* – die Kirche«, sagte er und nickte dabei. »Ich habe mir überlegt, heute zur Kirche zu gehen.«

Anita lachte auf die leise, kehlige Art und Weise, die er bislang immer so verführerisch gefunden hatte. Sie machte es sich auf einem Sofa im Salon bequem, die verschränkten Beine bis auf halbe Höhe der Oberschenkel entblößt. Die dunklen wallenden Haare flossen mit ungekünstelter Grazie über die Armlehne des Sofas.

Der Hauptmann wandte den Blick von der lässigen Aufforderung, wollte sich in Selbstbeherrschung üben, blickte aber einen Augenblick später zurück, nicht aus mangelnder Widerstandskraft gegenüber ihren Reizen, sondern in dem ernsthaften Versuch, sich darüber klar zu werden, was Anita ihm bedeutete.

»In der Kirche ist es kalt«, sagte Anita schließlich. »Schon seit der Hexenmeister die Fenster zum Bersten brachte. Kälter als die Nächte in den Bergen. Hier ist es viel wärmer, nicht wahr?«

»Warum hat die Stadt nicht dafür gesorgt, dass die Fenster erneuert wurden?«

»Warum sorgst *du* nicht dafür?«, hielt sie ihm entgegen. »Du bist der Militärgouverneur. Warum sorgt Gott nicht dafür, wenn Er die Kirche wieder in Gebrauch sehen möchte?« Sie lächelte sanft. »Warum vergisst du das nicht alles und springst auf meinen Leib, *amor mío?*«

»*Silencio*, Miststück!«

Salguero schleuderte den Becher an den Sturz des Bogengangs und erschreckte sie damit so, dass sie aufschrie.

»Bist du *loco?*«

»*Si, loco!*«, knurrte der Hauptmann. »Warum lässt du mir nicht genug Raum, damit die Reste meiner Moral wenigstens einmal schuldbewusst Luft holen können?«

Sie lachte und ging zum Mittelsaal. »Also ein Dichter! Der letzte Poet der Moral. *Moral!*«, wiederholte sie verächtlich. »Was, denkst du, treiben diese Klosterbrüder, die dir so viel Angst machen, hinter verschlossenen Türen?«

»Frevel!«, brüllte Salguero. Er stolzierte hinter ihr her, als wollte er sie schlagen, reagierte jedoch wie gelähmt, als er sah, wie sie sich gelassen zu Küche und Speisekammer zurückzog.

Er schlug sich die Faust in die Handfläche und beklagte sein Schicksal. Er war abgestumpft, sein Geist gebrochen. Der gescheiterte Feldzug gegen die Macht des Hexenmeisters hatte teuflische Wirkungen in seinem Leben hinterlassen, die er wenige Monate zuvor nie für möglich gehalten hätte. Seine Truppe war dezimiert, zu krakeelenden Wüstlingen degeneriert; er selbst verbrachte seine Tage mit Ausschweifungen; im Schlaf verfolgten ihn Albträume voll unvorstellbarer Todesarten. Die Welt ging zum Teufel.

Und am schlimmsten war, dass Salguero sich nicht mehr darum scherte. *Seine* Welt hatte ihr Ende gefunden, als Port-Bou, seine Heimatgarnison und die Wahlheimat seiner Familie, an die Franzosen abgetreten wurden. Beim Abendgelage von den fetten Architekten der Macht weggegeben, während die Lanzenreiter nicht zu Hause waren. Sogar *er* glaubte allmählich, dass es richtig war.

Was blieb? An wen konnte er noch glauben, wenn nicht an den Gott, der ihm den Halt geraubt hatte?

Die disharmonischen Schläge der Kapellenglocke rissen ihn aus seinem Tagtraum. Er trat erneut in den eiskalten Säulenvorbau hinaus, als ein Reiter am Pfarrhaus vorbeipreschte und so heftig am Zügel riss, dass sein Pferd rutschend zum Stehen kam, ehe er sich zum Geläut umdrehte.

Gegenüber der Kirche versammelte sich auf der Kopfsteinpflasterstraße, vom Schnee verstopft und durchzogen von Räderfurchen und den Spuren schlammiger Hufe, eine gemischte Gruppe Soldaten und Stadtbewohner. Eine Frau kam aus dem Vestibül zum Vorschein und trug einen Schal und eine schief sitzende Sturmhaube. Die Hände in den Hüften, beugte sie sich an der Taille und widmete Salguero ein brüllendes Lachen.

»Ahh!«, knurrte der herumschwenkende Reiter in gespieltem Zorn und gab seinem Ross die Fersen, um der Frau nachzusetzen. Er schien seinen Kommandeur nicht zu bemerken, der ihn sofort erkannte:

Montoya. Der förmlich für die Arrestzelle geborene Montoya.

Die Frau weiter unten an der Straße schrie in gespielter Panik, als sie Montoya herangaloppieren sah. Die Zuschauer johlten über das Spektakel.

»Korporal Montoya!«

Der Soldat zügelte sein Pferd, als er den Kommandoton hörte. Er zeigte seinen *Compadres* ein süffisantes Grinsen und lenkte das Pferd im Schritt zum Haus des Magistrats. Er legte eine zerknirschte Miene an den Tag, die durch seine Gesamterscheinung nur noch alberner wirkte: weiße Flanellhose, in die Stiefel gesteckt; ein nur halb geschlossener Kürass, der über einem seidenen Nachthemd flappte; und am absurdesten überhaupt eine lange Nachtmütze, deren Zipfel ihm den Rücken herabhing. Diese nahm er ab, als er vor Salguero nachlässig salutierte.

»*Si, mi capitan*, ich wollte nur ...«

»*Silencio*, Idiot! Hattest du nicht die Nachtwache im Osten?«

»*Si, mi capitan.*«

»Wurde ein Befehl herausgegeben, die Uniformierung der Wachtposten zu verändern?«

»Nein, *mi capitan*, aber ich ...«

»Halt die Klappe, Soldat«, stieß Salguero mühsam hervor. Er senkte die Stimme, um das überschäumende Temperament zu zügeln. »Schon durch das Auftreten hier bereitest du deinem König und deinem Land Schande. Du wirst eine Uniform anziehen, wie sie einem Ulan des Königs geziemt, und danach das Hauptquartier aufsuchen, wo du dich dem diensthabenden Offizier von heute vorstellst, um in Arrest genommen zu werden. Ist das klar, Korporal?«

»*Si, mi capitan*. Ich mache mich gleich auf den Weg, *si*«, sagte Montoya gelassen, scheinbar völlig unbesorgt über den Ernst der Lage. »*Saludos, mi capitan.*«

Erneut dieser halbherzige militärische Gruß. Salguero erwiderte ihn nicht. Er hätte dem Mann nur zu gern den Arm gebrochen. Das Gefühl für Würde hinderte ihn jedoch daran, sich weiter mit einem so unbedeutenden Vorfall wie schlampigem Salutieren auseinanderzusetzen, besonders in Anbetracht der Gesamtlage in Barbaso. Er trug, wie er schnell feststellte, selbst keine Uniform.

Er blickte Montoya nach, als dieser lässig zu seinen kichernden *Amigos* trabte. Ehe er sie erreichte, fing ihn ein weiterer Ulan zu Pferd ab und machte ihm Vorhaltungen, wie es der Hauptmann getan hatte – was man ihrer beider Körpersprache entnehmen konnte.

Feldwebel Orozco. *Guter alter Carlos*, dachte Salguero. Die einzige Antwort, die ich auf meine Gebete erhalten habe.

Salguero spazierte eine Zeit lang ziellos durch das Haus und begegnete dabei wieder Anita, die an der Tür zur Speisekammer lehnte. Sie verspeiste gerade wieder eine der verfluchten goldenen Früchte. Diese seltsamen ballförmigen, winterreifen Früchte waren in Barbaso heiß begehrt. Die Stadtbewohner bezeichneten sie als eine Sorte Passionsfrüchte, obwohl sie gar nicht danach aussahen. Niemand wollte sagen, wo sie wuchsen, abgesehen davon, dass sie wohl aus einem geheimen Gehölz in einem wundervollen Tal stammten, das ihnen gehört hatte, bis der Hexenmeister in diesem Gebiet die Herrschaft an sich riss. Eine dieser Früchte zu verspeisen wirkte großartig belebend, führte zu warmer und euphorischer Energie und geschärften Sinnen. Verzehrte man jedoch mehr als eine, führte dies zu in mehreren Abschnitten verlaufender Vergiftung und Apathie, wobei das letzte Stadium manchmal Tage dauerte. Salguero hatte sich schließlich gezwungen gesehen, seinen Soldaten den Verzehr zu untersagen. Wie jedoch alles andere in diesen Tagen hatte sein Befehl den gleichen Weg genommen wie die Ganzkörperrüstung.

»Wirst du mich verhaften?«, fragte sie neckisch und ihre dunklen Tautropfenaugen blickten feucht und spöttisch.

»Was weißt du wirklich über dieses Obst?«, fragte Salguero und musterte die Frucht voller Abscheu.

Anita hielt sie ihm verlockend vor die Nase. »Ich weiß, dass es den Liebesakt verlängert.«

Er kniff die Augen zusammen und schlug ihr die halb verzehrte goldene Passionsfrucht aus der Hand. Anita verfluchte ihn und schnappte sich die davonrollende Frucht wie ein ausgehungertes Raubtier erneut. Salguero verließ forschen Schrittes den Raum, aber Anita folgte ihm auf den Fersen.

»Ist es dann aus zwischen uns, Hernando?«, fragte sie atemlos.

»Lass mich in Ruhe.«

»Wirfst du mich hinaus in den Schnee? Jeder deiner Untergebenen würde mich nur zu gern aufnehmen.«

»Das hier ist das Haus deines Vaters«, entgegnete er mühsam beherrscht. Er begann, sich anzuziehen und seine Habseligkeiten einzusammeln.

»Sogar der Hexenmeister – sogar Domingo Negro persönlich – würde mich gern aufnehmen, denke ich.«

Er warf ihr einen Blick von solch siedendem Zorn zu, dass sie zögerte, weiter in diese Richtung zu gehen. Sie wich an den Türpfosten des Schlafgemachs zurück und betrachtete die goldene Passionsfrucht sorgfältig rundum. Als sie weitersprach, klang ihre Stimme sanfter.

»Du hast wieder von deiner Frau geträumt.«

Salguero wurde starr. »Iss deinen – Zauberapfel, ehe du etwas sagst, was wir beide bedauern. Ich jedenfalls.« Er zog den Rumpfpanzer an und schnallte sich das Rapier um. Dann machte er sich an der Zündpfanne einer schwarzen Radschlosspistole zu schaffen.

»Dein früheres Leben ist vorbei, Hernando«, flüsterte sie. »Ich dachte, ein Soldat könnte mit dem Wechsel des Kriegsglücks leben.«

»Wir liegen nicht im Krieg mit Frankreich.«

Anita holte tief Luft. »Ich sage dir etwas. Und du musst mir schwören, dass du niemandem verrätst, wo du es gehört hast.«

Er unterbrach seine Tätigkeit und blickte Anita neugierig an.

»Diese Frucht«, fuhr sie fort, »stammt aus Domingo Negros eigenem Zauberwald. Man findet dort viele erstaunliche Dinge, in dem Tal unweit der Burg Malaguer. Dinge, die uns gehören könnten, wenn du deinen Feldzug nur zu Ende führtest und diesen Hexenmeister umbrächtest. Hat dir der König nicht den Auftrag erteilt, uns von diesem unheiligen Zauberer zu befreien? Billigen die heiligen Männer nicht dieses Vorhaben? Die Inquisition erhitzt schon ihre Brandeisen in Erwartung von des Erzmagiers bösem Fleisch.« Ihre Augen leuchteten groß und glänzend wie die eines Rehs. Sie trat näher und legte ihm die Hände auf die Brust.

»Vollbringe es«, hauchte sie, »und ungezählte Wunder gehören uns.«

Salguero wusste nicht, was er sagen sollte, aber ihre Worte weckten in ihm ein urtümliches Grauen und Entsetzen, wie er es nicht mehr verspürt hatte, seit er zuletzt gegen die Streitkräfte des Hexenmeisters im Kampf gelegen hatte.

Jemand klopfte an die Vordertür. Der Hauptmann öffnete sie und ließ einen finsteren Feldwebel Carlos Orozco herein. Salgueros Freund aus Kindertagen trat mit nur knappem Gruß ein. Er lehnte einen Imbiss ab, den Anita ihm anbot, und weigerte sich auch, den Blick dieser Frau zu erwidern, war doch seine Verachtung für sie wohlbekannt. Erst als sie gegangen war, sprach er mit dem Hauptmann über sein Anliegen. Ironie und Resignation drückten schwer auf seinen Ton. Es war der Ton eines Mannes, der nicht mehr an das glaubt, was er tut, aber auch nichts dagegen unternehmen kann.

»Ich habe die Runde gemacht, die Außenposten kontrolliert, wozu auch immer es gut sein mag.« Orozco zog ein Taschentuch aus einer Manteltasche. Er tupfte sich die Feuchtigkeit vom tropfenden Schnurrbart, während er weitersprach. »Kein Blut auf den Straßen. Keine nächtlichen Unholde treiben sich herum, soweit ich feststellen konnte. Vielleicht haben wir Glück, hm? Natürlich war nur die Hälfte der Posten besetzt. Vielleicht sind die übrigen Männer tot oder wurden davongezerrt, um als Speise zu dienen für ... Das kann ich jedoch nur mit Hilfe eines Anwesenheitsappells feststellen. Möchtest du, dass ich sie aus den Gasthäusern hole oder den Betten, wo sie Unterschlupf gefunden haben, oder wo immer ...«

Salguero schüttelte missmutig den Kopf. Der Feldwebel wandte sich ab und richtete seine Worte an die Wand, als er fortfuhr.

»Diese Sache mit Montoya – dem liederlichen Mistkerl. Er ist ein Unruhestifter, Hernando. Du weißt, was ich mit ihm anstellen würde, hätte ich die Befehlsgewalt.«

»Nein. Stelle ihn unter Bewachung. Setze jede Soldzahlung und alle Privilegien für ihn aus.«

Orozco grummelte. »Also erhält er eine Beurlaubung.«

Eine angespannte Stille trat zwischen den beiden Männern ein. Der Feldwebel suchte sich zwei Pistolen aus Salgueros kleinem Arsenal aus und machte sich daran, sie zu laden.

»Zeit für eine weitere Patrouille, denke ich«, sagte Orozco lässig.

»Tue es nicht, Carlos. Mache dir nicht die Mühe.«

»Jemand muss es schließlich tun.«

»Ich brauche dich hier. Du bist der einzige – Rettungsanker für meinen Verstand.« Ein leichtes Flehen schwang in der Stimme des Hauptmanns mit.

»Brich jetzt nicht zusammen. Du bist ein zu guter Soldat, um dich von diesem Ort zerstören zu lassen. Was du jetzt brauchst, ist das Gleiche, was ich brauche: einen guten Kampf.« Orozco löste das Radschloss einer Pistole aus, und ein Funke sprang von der leeren Zündpfanne. »Ich halte es hier nicht mehr aus, Hernando. Ich vergeude keinen weiteren Tag in dieser Hölle auf Erden. Ich nehme die wenigen letzten guten Ulanen und stelle aus ihnen ein Kommando zusammen. Wir füllen es notfalls mit vorgehaltener Waffe auf. Ich lade eine Pistole für das erste Schwein, das mit vollgeschissener Hose ausreißt. Eine weitere für den Feind – welche Gestalt auch immer er diesmal annimmt. Und eine dritte – eine dritte für mich selbst. Für den Fall, dass ich sie brauche.«

Sie musterten einander vielsagend.

Salguero klappte erst zweimal den Mund auf und zu, ehe er Worte fand.

»Ich kann dir befehlen zu bleiben.«

»Das kannst du«, pflichtete ihm Orozco rundweg bei.

Anita trieb sich an der Tür herum. Ohne noch ein Wort zu verlieren, sammelte Feldwebel Orozco die Pistolen ein, schritt aus dem Zimmer und dann hinaus in den Schnee. Der Hauptmann lauschte dem entschwindenden Hufgetrappel.

»Tapferer *Hombre*«, spöttelte Anita.

»Was möchtest du eigentlich von uns?«, attackierte Salguero sie mit scharfen Worten. »Diese Stadt hat meine Kompanie so zuverlässig zerstört wie nur irgendeiner der üblen Zaubertricks des Hexenmeisters.«

»Sei einfach nett zu mir«, sagte sie und tappte auf ihn zu.

Salguero spürte die Hitze in seinen Lenden, aber es lag keine echte Leidenschaft darin. Nur melancholische Kapitulation. Das Eingeständnis der Schwäche vor einer überlegenen Macht.

Er beugte sich vor, um sie zu küssen, aber sie riss sein Rapier aus der Scheide und setzte ihm die Spitze auf die Brust. Sie lachte kalt und verächtlich, als sie sah, wie er erschrak. Ihre Stimme war voller höhnischer Anklage.

»Zieh los und fange mir einen Hexenmeister. Ich halte das Haus für dich warm.«

»Hauptmann!«

Die Schreie kamen aus mehreren Kehlen unweit des Hauses. Das Hämmern an der Portikustür mischte sich in den klagenden Wind und die plötzliche Verdunkelung mitten am Tag, die sie alle schon so gut kannten.

Die grässliche Dämonin. Die gespenstische Hexe. Die *Todesfee!*

Die Tür platzte auf, und der Hauptmann sah sich erschrockenen Gesichtern gegenüber. Darunter das Orozcos. Salguero lief auf die Eingangstreppe hinaus und glotzte die Straße entlang nach Westen. Die grau-grüne hauchdünne Erscheinung, deren ätherische Gewänder über die Dächer der Häuser hinwegflossen, brauste heran.

Die Vorbotin des Todes, deren Leichenhausgestank manchmal eine schwere Krankheit verbreitete, deren brennende Berührung auf dem Fleisch der Opfer graue Flecken einer Infektion hervorrief, die erst zu bebender Lähmung führte und schließlich zu Starrheit und Tod.

Salguero hörte, wie überall in der Stadt Menschen schrien und Türen und Fensterläden zuschlugen, auch wenn er einfach nicht den Blick von dem seltsam hypnotischen Todesgespenst wenden konnte, das den Westen Barbasos kränklich durchscheinend wirken ließ.

»Kommt herein, *Capitan* – sofort!«

Orozco und ein weiterer Ulan zerrten Salguero ins Haus und verriegelten die Tür. Dann kauerten sie mit dem Rücken an der Wand, bis die gespenstische Erscheinung vorbeigezogen war. Die ganze Zeit lang hatten die Männer die Augen geschlossen, während ihre Lippen in lautlosem Gebet zitterten, wie sie es schon so oft getan hatten.

Erst lange, nachdem der klagende Wind verstummt war und die Düsterkeit sich vom Himmel verzogen hatte, traten sie zögernd hinaus auf die stille Straße.

Und gleich auf die Todesfee folgte der reitende Leichnam.

Er trug die Uniform der *Pistoleros* und hielt den abgetrennten Kopf in der Beuge eines starren Arms, die blicklosen Augen in ewigem Grauen erstarrt. Der andere totenstarre Arm hielt die Stange eines Regimentswimpels, der schlaff in der Brise flatterte.

Salguero selbst hielt das schäumende, panisch blickende Ross an. Er beruhigte es und betrachtete mit brodelndem Abscheu den blutleeren, bärtigen Kopf und die schwarzen, geschwollenen Lippen. Eine Militärtasche war mit der langen dünnen Klinge eines Gnadgotts grausig an die Brust des Leichnams geheftet.

»Oh Jesus ...« Der Ulan hinter Salguero erbrach sich.

Hinter der Tasche gab es kein Herz mehr. Es würde, das wussten sie, erst später auftauchen, wie es der krankhafte Humor ihres Peinigers gebot.

Der Inhalt der Tasche identifizierte den Ritter als Korporal Alcala. Die Nachricht, die er aus Madrid überbrachte, war einfach gehalten. Alcala gehörte einer Abteilung handverlesener Pistoleros an, die Salguero helfen sollten, diesen langwierigen Feldzug gegen den Hexenmeister zu Ende zu bringen, der sich Domingo Negro nannte. Das Oberkommando war inzwischen ungeduldig. Nicht das war es jedoch, was den Hauptmann und seine Helfer so bekümmerte. Vielmehr war es die in Blut unter des Königs eigenem Siegel hingekrakelte Nachbemerkung:

»Ihr habt Eure Befehle!«

FÜNFTES KAPITEL

Als Gonji die Brücke über den Segre passierte, erlebte er so etwas wie eine zweite – und weniger aufwühlende – Heimkehr. Die windgepeitschten verschneiten Ebenen Aragoniens weckten in ihm vertraute Erinnerungen. Er kannte dieses Land, seine Menschen, seine Sagen und Legenden, seine Monster und Zauberkünste.

Er empfand Selbstbeherrschung und Wachsamkeit in gleichem Maße. Wer hier Schwäche zeigte, verfiel sicherlich dem Wahnsinn oder Tod oder einem grimmigen Schicksal, dem eine solch schlichte Schilderung nicht mehr gerecht wurde. Ebenso wenig war es jedoch sinnvoll, mit einfältiger Zuversicht aufzutreten.

Er ließ die Länder zurück, in denen der Zwist der Reformation tobte und wo es für ihn am günstigsten gewesen war, eine neutrale Haltung zu wahren, und drang jetzt in ein Land vor, in dem die römische Kirche herrschte. Hier war der Glaube an *Iasu* manchmal stark, manchmal durch inbrünstige verquere Vorstellungen korrumpiert, und sah sich zuweilen mit dem Glauben an die gestaltlose Dunkle Macht konfrontiert, die hier durch Satan personifiziert wurde.

Unter bestimmten Umständen zeigten christliche Symbole eine gewisse Macht. Wo das nicht zutraf, musste der Krieger aus seinen persönlichen Quellen schöpfen: der Kraft des Schwertarms, der Stärke des Mutes, der Tiefe der Erfahrungen.

Toras Hufe klapperten lässig über die verharschte, karge Ebene, als sie die Straße am Fluss verließen und nach der weniger stark genutzten Straße gen Südwesten strebten, für die sich Gonji entschieden hatte. Diese erreichten sie, als der Morgen halb vorüber war, und Gonji traf alsbald eine kleine Handelskarawane, die nach Barcelona unterwegs war. Die Kaufleute zeigten sich nicht erbaut von diesem einzelnen ausländischen Krieger mit seiner respekteinflößenden Waffensammlung. Gonji nahm die Schaller mit den Augenschlitzen ab, verbeugte sich und begann ein kurzes Gespräch mit den Leuten. Sie warfen oft nervöse Blicke auf seine grausame Helmbarte und das Schwerterpaar, ehe sie in Erwägung zogen, ihm die erbetene Verpflegung zu verkaufen.

Das Klimpern seines Goldes und der Vorteil, den ihnen die eigenen Pistolen boten, hatten sie gerade dafür gewonnen, als einer auf das hölzerne Kruzifix zeigte, das Tora um den Hals trug.

»Ein Frevel!«, erklärte der Kaufmann.

»Woher wollt Ihr wissen, woran mein Pferd glaubt?«, fragte Gonji schelmisch. Sie konnten mit dem Scherz nichts anfangen. »Tatsächlich glaube ich, dass die Macht Iasus, die dieses Kreuz verkörpert, böse Kreaturen abwehrt. Ich kann mir keine einfachere, unmittelbarere Möglichkeit vorstellen, Vampiren und Werwölfen zu zeigen, dass sie ihre Zeit nicht mit mir vergeuden sollen.«

Sie verkauften ihm die spärlichen Güter, um die er bat, und berechneten dafür Preise, die ihre geringe Wertschätzung zum Ausdruck brachten. Eine Grenze zogen sie vor dem Schwarzpulver, das er für seine Pistolen benötigte.

»Welche Ziele auch immer Ihr verfolgt«, setzte ihm einer von ihnen zum Abschied auseinander, »achtet darauf, dass Ihr das Tal von Barbaso meidet.«

»Hai. Domo arigato«, antwortete Gonji zu ihrer Verwirrung. Er verneigte sich und ritt weiter, und sie hielten die Pistolen auf ihn gerichtet, bis er nahezu außer Sicht war.

Später am selben Morgen verkaufte ihm eine Gruppe berittener Jäger eine Bogensehne und verlangte dafür einen Preis, bei dem er zusammenzuckte – der einzige Wechsel der Miene, den er ihnen zeigte, obwohl sie die ganze Zeit lang mit den Bogen auf seine Brust zielten. Sie boten ihm darüber hinaus an, ihm für einen zusätzlichen Preis bei der Bespannung des mächtigen Drei-Mann-Langbogens zu helfen. Gonji machte den Gegenvorschlag, dass er ihnen seine Fertigkeit im Gegenzug für ihren kostenlosen Beistand demonstrierte.

Während sie spotteten und Wetten auf die Distanz abschlossen, um die er das Ziel verfehlen würde, legte der Samurai einen Dreizehn-Fäuste-Kriegspfeil an, führte den Bogen durch den Halbkreis eines *Kyu-jutsu*-Spannmanövers und schoss den Pfeil in den Stamm einer Korkeiche, die sich beim anschließenden Nachmessen als zweihundertfünfzig Meter weit entfernt erwies.

Die beeindruckten Jäger erteilten ihm zusätzlich zu ihrer Hilfe noch einen guten Rat:

»Meisterschütze oder nicht, weicht dem Tal von Barbaso weiträumig aus, *Amigo.*«

»Hai, domo.«

Gonji ritt kurze Zeit nach Mittag in das Tal, das Barbaso beherbergte. Reichlich Zeit, versicherte er sich, die Stadt vor Einbruch der Dunkelheit zu erreichen.

Während er jedoch allmählich zum Talgrund hinabritt, spürte er alsbald die unterschwellige Veränderung der Atmosphäre. Ein mystischer Sinn regte sich in ihm und mahnte ihn, auf der Hut zu bleiben. Das Gelände war hier stärker zerklüftet. Die Schneedecke war an vielen Stellen von vorspringenden Wurzeln durchbrochen und von Gestrüpp überwachsen. Südlich des Gebirges fand man in der Regel praktisch keinen Wald mehr und doch standen die immergrünen Eichen hier dicht genug, um als solcher zu gelten. Der üppige Baumbestand verdeckte die matten Strahlen der Sonne und fing den Wind auf. Es war kalt und still, abgesehen vom fernen Zwitschern der Vögel. Der Schnee wurde tiefer, je weiter Gonji kam, obwohl der Talboden eigentlich vor einem Teil des Schneefalls hätte geschützt sein müssen. Die Luft wirkte unerklärlich dick und dunstig, und der Weg voraus lag verborgen. Gelegentlich nahm der Samurai Bewegungen am Rande des Blickfelds wahr, aber wenn er hinschaute, war nichts zu sehen.

Manche Dinge bewegen sich stets am Rande der Sinne, Gonji-san. Darin liegt der Sinn für diese Phase unserer Ausbildung.

Der rätselhafte *Ninja*-Meister hatte recht behalten, wie immer: Er bemerkte die tückische Macht, die ihn wie ein Raubtier belauerte.

Der Pfad wurde schmaler, erstieg einen von Gestrüpp überwucherten Hügel und fiel dann steil in eine düstere Senke ab. Hier drängten sich die kahlen Buchen und Pappeln dicht unterhalb eines Bestandes von Eichen mit hängenden Ästen, vor deren Hintergrund die anderen Bäume klein wirkten. Am Eingang zur Senke ragten zwei gewaltige Findlinge auf und flankierten den Weg. Sie erhoben sich vor Gonji wie die leblosen Augen eines Granitgiganten. Aus welchem Urgestein sie hervorgebrochen waren, das konnte kein Mensch mehr feststellen.

Wenn Hexerei den Weg öffnete, kippten Welten um und verschütteten ihren Inhalt von der einen in die andere.

Gonji hielt kurz an und betrachtete forschend die Wegstrecke vor ihm. Er nickte, richtete sich im Sattel auf, trieb Tora schnalzend zu einem leichten Trab und bändigte die Nervosität seines Rosses mit den Zügeln. Als sie die mächtigen steinernen Wachtposten erreichten, riss Gonji heftig an den Zügeln und zerrte die Helmbarte aus der Halterung. Er nahm sie elegant in die Beuge des rechten Arms und schwenkte die tödliche Klinge über die Spitze des Findlings, wo die bösen Augen ihn Sekunden zuvor hungrig gemustert hatten.

Tora wieherte und stampfte, während Funken vom Findling

sprühten und eine riesige Gestalt mit furchterregendem Brüllen über sie hochsprang. Ein unglaublich runder und fetter Dämon landete vor ihnen auf dem Pfad, schwoll schnell zu noch größerem Leibesumfang an und hüpfte direkt weiter auf die unteren Äste der immergrünen Bäume, ehe er mit einem schweren dumpfen Schlag zwischen den Findlingen landete.

Gonji kämpfte darum, sein Ross zu beherrschen, während er die Helmbarte drohend anlegte und mit zusammengekniffenen Augen ungläubig die bizarre Erscheinung betrachtete. Er beruhigte Tora, richtet sich kühn im Sattel auf und musterte die zischende Kreatur, die große pfeifende Atemzüge durch einen Mund einsaugte, der fähig schien, sich über alle Grenzen hinaus zu dehnen.

Stämmige Arme und Beine ragten in ulkigen Winkeln aus einem Rumpf, der die Ausmaße einer Kutsche hatte. Der Kopf war so rund wie der Leib und hockte direkt auf feisten Schultern – ohne dass Platz auf einen Hals verschwendet worden wäre. Der Kopf war haarlos, die puterroten Ohren spitz wie die Blätter eines Flieders, das Gesicht dominiert von einem elastischen Mund, geschmeidig wie eine Schlange. Die Nase ähnelte einer winzigen Kammmuschel zwischen zwei glänzenden gelben Augen, die Gonji nicht umhin konnte, mit den eigenen zu vergleichen, so schmal waren sie. Die Kreatur schien diese Ähnlichkeit ebenfalls zu erkennen, als der Samurai die Schaller abnahm und sich leicht verbeugte.

»Du erinnerst mich an mich, komischer Mann«, sagte der Dämon mit eigenartig hoher Stimme. »Welches Land hat dich von seinen Gestaden vertrieben?«

Die Äußerung wurmte Gonji, aber seine Miene verriet nichts. »Ich bin Sabataké Gonji-noh-Sadowara, Sohn des *Daimyo* Sabataké Todohiro aus *Dai Nihon*, dem Land der Götter.«

Die Kreatur lachte abschätzig. »Das Land der Götter!«, äffte sie Gonji nach. »Na, jetzt bist du in meinem Land. Ich bin Bulba und das sind meine Felsbrocken. Das dort drüben ist mein Baum. Und du reitest auf meinem Pfad.«

»Ich reite auf dem Schnee«, hielt ihm Gonji entgegen und spürte ebenso Groll wie Erheiterung. Der fettleibige Dämon unterstrich seine Worte mit klagenden Pfeiflauten.

»Der Schnee gehört auch mir!«

Gonji beugte sich über Toras Widerrist vor. »Der Schnee gehört dem *Kami* des Himmels. Er ist sein Teppich für ...«

»Bah!«, spottete Bulba und schwenkte einen wabbeligen Arm. »Das ist leeres theosophisches Geschwätz! Was immer aus *seinen* Taschen fällt ...«

Ein Finger vom Ausmaß eines Brotlaibs deutete aus einer fetten Faust nach oben.

»... und in *meinem* Gebiet landet ...«

Und nach unten, wenn auch nur leicht unterhalb der Horizontalen.

»... gehört *mir!*«

Gonji setzte die Schaller wieder auf. »Nichtsdestoweniger führt mein Weg durch dein Land. Wirst du jetzt deinen gewaltigen Körper aus meinem Weg nehmen oder muss ich dir dazu erst einen Anstoß geben?«

Bulbas Ohren wurden noch röter. Er holte Luft, bis es schien, als würden ihm gleich die Augen hervortreten, und nachdem er so stark angeschwollen war, dass er nahezu zwischen den beiden mächtigen Felsbrocken festgekeilt war, pustete er einen solchen Windstoß in den Schnee vor ihm, dass Gonji und Tora von einem blendenden Wirbel eingehüllt wurden, der sich erst nach Minuten wieder legte.

Gonji wischte sich mit festen, gleichmäßigen Strichen den Schnee aus dem Bart und von der verkrusteten Kleidung. Tora schnaubte, schüttelte den Kopf und zuckte mit den Ohren, während er am Gebiss nagte. Die ganze Zeit lang gackerte die schnaufende fette Kreatur vor Heiterkeit in den höchsten Tönen.

»Mach das noch einmal, du fette gestrandete Flunder«, warnte Gonji sie, »und ich schneide dich auf, dass deine Eingeweide über etliche Morgen Wald verspritzt werden!«

»*Si?* Ich walze dich und dein dummes Pferd so platt, dass dein Himmelsgott glauben wird, ihr wärt ein neuer Kontinent.«

»Ah, *so desu ka?* Tatsächlich? Hole noch einmal tief Luft, und ich jage dir so viele Pfeile in dein formloses Fell, dass du …«

»*Mande usted?* Was hast du gesagt?«

»… dass du wie eine Klette aussiehst.«

»Ich verschlucke den Kopf deines Pferdes!«

»Und den Schaft meiner Helmbarte gleich mit.«

»Du schwächlicher kleiner Sterblicher – *schnupper* – Ich werde – *schnupper* …« Bulba rümpfte die winzige Nase und schob sie auf Gonji zu. »Süßigkeiten«, sagte er, und seine gelben Augen wurden groß. »Du hast *Süßigkeiten!*«

In seinen Worten schwang ein Tonfall mit, als wäre er von einem Freund verraten worden. Gonji lächelte neckisch und nickte.

»Gib sie mir sofort!«

Der Samurai schüttelte langsam den Kopf. »Entferne erst deine – beträchtliche Leibesfülle aus meinem Weg.«

»Bah!« Bulba sprang wieder auf den Findling rechts von Gonji, und die korpulente Gestalt ergoss sich wie schmelzender Talg über diesen Hochsitz. Die nutzlosen Arme führte er in eine Haltung, die man als über der Brust verschränkt deuten konnte. Dort hockte er beleidigt, während Gonji ein Päckchen aus dem Beutel mit dem Proviant holte, den er von den Kaufleuten erworben hatte.

»Greife herzhaft zu, *Buta kao* – Schweinegesicht.« Der Samurai warf ihm das Päckchen zu.

»Toffee!«, schrie ihm Bulba nach. »Ich kriege immer nur Toffee! Nächstes Mal, wenn du hier des Weges kommst, bringst du am besten dieses französische Konfekt mit – mit dem weichen Ke…«

Die weiteren Worte gingen in einem klebrigen Genuschel unter und Gonji trabte in die Senke, während sich seine Gedanken allmählich schon gar nicht mehr um das Windelementar drehten.

Der erfahrene Krieger lernte es, auf vielfältige Art und Weise den Schwierigkeiten zu trotzen, die er auf seinem Wege antraf. Manchmal führte der Weg des geringsten Widerstands zum gesetzten Ziel über Waffengewalt, manchmal über die Kraft des Geistes. Bei wiederum anderen Gelegenheiten ...

Gonji konnte nicht umhin, die endlosen Wunder der Welt voller Ehrfurcht zu betrachten. Und nur jemand, der im Geiste des Shinto erzogen und durch Zen diszipliniert worden war, schien im Geiste angemessen vorbereitet, ihre tiefgründigen Mysterien zu bestaunen.

Er folgte eine Zeit lang dem zerklüfteten Pfad durch die Senke, ohne auf jemanden zu stoßen. Der Weg wurde schmaler, bis er fast nur noch eine finster dräuende Kluft bildete. Bald öffnete sich jedoch die Landschaft zur Linken wieder; der Baumbestand wurde spärlicher und dort zeigte sich erneut das triste Antlitz der spanischen Wildnis, mit dem Gonji vertraut war. Rechts schloss sich, so weit das Auge reichte, ein niedriges Tafelland an, durchzogen von scharfen Rinnen und Schluchten, denen der Samurai sorgsam aus dem Weg ging. In der Nähe eines solchen Einschnitts lockten ihn dann jedoch das Geräusch eines fließenden Gewässers und das Rauschen eines Wasserfalls. Ein Nebenfluss musste dort einen kleinen Wasserfall speisen, dachte er, als er abschwenkte, um einen vorsichtigen Blick darauf zu werfen.

Er nahm den herben Geruch des Riesen wahr, ehe er ihn sah. Er wusste, dass dieser ihn inzwischen gehört haben musste, und akzeptierte, dass es ein Fehler gewesen war, so kühn an das Tafelland heranzureiten, und so wandte er sich stoisch der Grotte zu, um sich dem Riesen zu stellen.

Ein Schauder des Erschreckens lief durch Gonjis Rückenmark

und sein Magen drehte sich um, als er die Kreatur erblickte. Das war eindeutig der furchterregendste Riese, dem er je begegnet war, auch wenn dies insgesamt nur selten geschehen war – handelte es sich bei den Riesen doch um eine dahinschwindende Lebensform.

Der Riese hockte an einem eisigen Teich am Fuß des Wasserfalls und knurrte Gonji an. Er hatte rote Wangen, einen schwarzen Bart und war von stämmiger Gestalt. Sogar in der Hocke hätte er drei Akrobaten überragt, von denen einer auf den Schultern des anderen stand. Er trug ein Flickwerk aus schrill unpassenden Fellen und Mänteln und Teilen von Plattenrüstungen – die letzteren, wie Gonji wohl wusste, von den zermalmten Leibern von Männern heruntergerissen, die den Riesen angegriffen hatten.

Im Allgemeinen waren Riesen von sanftmütigem Naturell und neigten nicht dazu, Menschen anzugreifen, solange man sie nicht provozierte. Dem äußeren Anschein nach war dieser Riese entweder einer Menge Trotteln begegnet oder er war leicht zu reizen.

»Ich wünsche Euch einen guten Tag, Herr Riese«, sagte Gonji und verneigte sich tief aus dem Sattel heraus.

Der Riese hatte jedoch bemerkt, dass Gonji unter dem Gestank des gewaltigen Leibes zusammengezuckt war, und schürzte unwillig die Lippen.

»Guten Tag auch dir, Milbe. Achte nur darauf, dass deine eklige kleine Gestalt dort drüben bleibt, und hör auf, das Gesicht zu verziehen. Verdammt, es ist viel zu kalt für einen Anakim, um ein Bad zu nehmen!«

»Verzeiht mir, *por favor*, aber könnt Ihr mir sagen, ob ich auf dem richtigen Weg nach Barbaso bin?«

Der Riese erhob sich zu seiner ganzen atemberaubenden Größe. »Du bist kein Spanier!«, sagte er in drohendem Ton. »Und du weißt verdammt gut, dass man in diesem Tal nichts anderes findet.«

Das wusste der Samurai tatsächlich, und er hatte die Frage nur im Interesse der Konversation gestellt und um seine Tapferkeit in Anbetracht des spitzen Winkels zu demonstrieren, in dem sich ihre Blicke trafen.

»Was also hast du hier verloren? Suchst du eine Anstellung beim Meister?«

»Dem Meister?«

»Hah, du bist sogar ein tumber Gesell, hm?«, brüllte der Riese. »Dieses Tal gehört dem Erzmagier Domingo Malaga y Colicos, und die es aufsuchen sind entweder seine Diener oder seine Feinde. Etwas anderes ist nicht möglich.«

Gonji kratzte sich nachdenklich die Bartstoppeln. »Ist es jener, der sich Domingo Negro nennt – *Schwarzer Sonntag?*«

»Ha ha, *si!* Ein Name, der die Herzen aller wackeren Kirchenstreiter mit Schrecken erfüllt, hm?«

»*Hai*«, pflichtete ihm Gonji bei, »aber warum sollte sich ein so starker Riese wie Ihr mit den Streitigkeiten der Menschen abgeben?«

Der Riese seufzte tief und als sein ranziger Atem an Gonji vorbeistrich, hielt dieser die Luft an, bis es vorüber war. »Selbsterhaltung, kleiner Mann. In diesem Tal schlägt man sich entweder auf eine Seite, oder man ist dem Untergang geweiht.«

»Ich bin derzeit nicht daran interessiert, mich für eine Seite zu entscheiden«, sagte Gonji. »Ich muss einer persönlichen Pflicht Folge leisten. Dieses Tal ist der kürzeste Weg nach …«

»Dann bist du ein Feind!«, brüllte der Riese und packte einen gewaltigen aus Eiche geschnitzten Knüppel. »Nenne mir einen Grund, warum ich deine brüchige kleine Gestalt nicht sofort im Schnee zermalmen sollte!«

»Ich nenne Euch gleich mehrere«, entgegnete Gonji trotzig und bemühte sich, Tora daran zu hindern, dass er zurückwich. »Als Erstes würde es Euch nicht leicht fallen, mich zu fangen, sollte ich mich zur Flucht entscheiden. Das werde ich jedoch nicht. Ich fürchte den Tod nicht wie irgendein ehrloser Ritter, den Ihr kriecherisch hinter einem Busch versteckt findet. Und Menschenstiche sind höchst unangenehm. Sie öffnen Wunden, welche ihrerseits Dämonen anlocken, die Eiter und Schwellungen verursachen und gelegentlich Fieber und Tod. Und ich kann vielfältig zustechen! Außerdem bin ich wie Ihr nur ein Ausgestoßener, der kein Land mehr sein Eigen nennen kann. Ich denke mir, das stellt so etwas wie ein Band der Brüderlichkeit zwischen uns her. Denkt Ihr nicht?«

Der Riese grunzte. »Nicht nur eklig und dumm, sondern auch *loco*. Ich denke jedoch, dass dies eine der Formen ist, in denen Tapferkeit auftritt. Sie hat dich immerhin bis hierher geführt. Hör mal, du bist nicht vielleicht willens, dieses Pferd gegen sicheres Geleit nach Barbaso einzutauschen, oder? Das Wild ist selten geworden und ich habe kein gutes Pferd mehr verspeisen können seit ...« Er sah, wie sich Gonji sträubte. »Dann *hinfort!*«

Gonji wendete Tora, aber als er kurz vor dem Ausgang der Grotte war, wandte er sich noch einmal ein Stück weit herum.

»Riese – habt Ihr in dieser Gegend viele Wunder gesehen?«

Die Miene des gewaltigen Streiters wechselte von Verständnislosigkeit über Ungläubigkeit zu brüllender Heiterkeit. Er schlug sich auf den mächtigen Schenkel und bei dem Echo regnete Schnee von den Felswänden in die Grotte.

Das Gelächter des Riesen stieg zum Himmel auf, während er antwortete: »Irgendwelche Wunder! Hah! Du bist wirklich einmalig, winziger *Hombre*. Reite nur weiter.« Er schüttelte den Kopf, setzte sich mit lautem Klatschen und lehnte sich auf die baumdicken Arme zurück. »Reite einfach nur weiter.«

Gonji schnaubte, wusste nicht recht, ob der Riese sich über ihn lustig machte. Er zuckte die Achseln und setzte seinen Weg fort und die dröhnende Stimme des Riesen donnerte hinter ihm, bis das Tafelland zu einer unebenen Stufe geschrumpft war und schließlich mit der umgebenden Landschaft verschmolz.

». . . er begegnet einem Sohn Anaks und fragt . . .«

Gonji war fasziniert. Die Riesen waren ein scharfsichtiges und unnahbares Volk, das nicht dazu neigte, sich ohne guten Grund in die Belange der Menschen einzumischen. Und dieser Hexenmeister, der sich Schwarzer Sonntag nannte – nach allem, was man hörte, wandte er Zauberkunst und weiße Magie an. Und es geschah nur selten, dass Riesen ein Bündnis mit jemandem eingingen, der sich in *irgendeiner* Form mit Hexerei befasste.

Gonji zügelte Tora, stieg ab und erleichterte seine Blase im Schnee. Er war hungrig und trödelte eine Zeit lang auf der breiten Ebene, die das Zentrum der Senke markieren musste. Hügel, bucklig von Schnee, ragten beiderseits am nahen Horizont auf, aber im Norden konnte Gonji die schneegekrönten Pyrenäen noch immer deutlich erkennen.

Während Gonji ein Stück getrocknetes Rindfleisch mampfte und Tora mit einigen Handvoll Mehl fütterte, dachte er erneut über die epochemachende Wiederbelebung des Mystischen in Europa nach, versuchte sie zu verstehen, darin ein kosmisches Muster zu erkennen. Die Welt schien unter der Last eines schweren karmischen Erbes aus vergangenen Zeiten zu ächzen. Mannigfaltige Kräfte rangen miteinander um die Vorherrschaft, und Gonji war mehr als genug davon selbst begegnet.

Und wie erging es Simon Sardonis wohl inzwischen, fragte er sich, während er wieder in den Sattel stieg.

»*Choléra!*«, brummte er seinen Lieblingskraftausdruck vor sich hin, ein Wort, das für eine Krankheit mit unappetitlichen Auswirkungen stand.

Seine Stimmung hellte sich auf, während er die Schulter des Rosses tätschelte. »Weißt du, Tora, was dieser Riese mit dir vorhatte?« Tora schien darum ganz unbekümmert, während es im Handgalopp über die verharschte Ebene ging.

Es konnte nicht mehr weit bis Barbaso sein, und verirren konnte sich Gonji auch nicht mehr, nicht mal mit seinem armseligen Orientierungssinn. Barbaso – und vielleicht einigen Antworten auf ein paar Fragen, ehe er seinen Weg nach Saragossa fortsetzte.

Die Abenddämmerung kam mit dem heftigen Nordwind, und Gonji hatte die Dächer von Barbaso noch immer nicht im Blick. Die Bäume gesellten sich zu Paaren, die Paare zu Wäldchen, und schon bald stoppte Gonji vor einem weiteren deplatzierten Wald. Hier stieg eine Angst in ihm auf, ein Gefühl der Verlassenheit und Verwundbarkeit. Der Anwesenheit von gänzlich unbekannten Dingen. Bestimmte Bäume und Büsche hier gehörten zu Abarten, denen er noch nie begegnet war, und der Wind schien in Wirbeln aus dem Wald hervorzuheulen und den Glücksritter mit seiner gefährlichen Verlockung herauszufordern.

Er entschied, sich eine passende Stelle zu suchen, dann an Feuerholz zu suchen, was er finden konnte, und das Nachtlager aufzuschlagen. Weiterzureiten schien ihm töricht, obwohl Barbaso vielleicht gerade mal dreihundert Meter hinter dem Wald lag. Gonji war müde und nicht in Stimmung für einen Spießrutenlauf durch die Reihen der nächtlichen Jäger.

Auf der Suche nach einem Lagerplatz war er noch nicht weit gekommen, als er zu der Überzeugung gelangte, dass ihn jemand verfolgte. Die Nackenhaare richteten sich ihm immer wieder auf, während er aus dem Augenwinkel den Umkreis absuchte. Einmal warf er sich spontan herum und legte mit derselben Bewegung einen Pfeil an, sah sich aber keinerlei aufgerissenem Maul gegenüber; im schwindenden Licht zeichnete sich keine andere Fährte ab als seine eigene.

Trotzdem bildete er sich ein, gedämpftes spöttisches Lachen

zu vernehmen. Wut rührte sich in seiner Brust, während er den Weg fortsetzte und allmählich zu dem Entschluss gelangte, Barbaso anhand des Lichtes der dortigen Lampen zu finden.

Dabei konzentrierte er sich so stark auf verstohlene Seitenblicke, dass ihm beinahe ein tödlicher Fehltritt unterlief. An einer Stelle, wo der Weg anstieg, gesäumt von dichtem Gebüsch und immergrünem Gehölz, sah er gerade noch eine blitzschnelle Bewegung, ehe Toras Wiehern ertönte – zu spät, um auszuweichen.

Eine Schlange!, war sein erster Gedanke, aber fast sofort wurde er eines Besseren belehrt. Die zugreifenden Schlingpflanzen wickelten sich um Toras Vorderbeine, und weitere schlossen sich ihnen aus dem Gebüsch heraus an – dicke, elastische braune Tentakel –, als auch schon die Helmbarte emporzuckte und auf der rechten Seite zuschlug. Dann wieder hoch, über Toras Widerrist hinweg. Ein harter Schlag nach links. Noch einmal auf jeder Seite, während das Pferd wiehernd zurückzuweichen versuchte.

Grüne Kleckse bedeckten die Axtschneide der Stangenwaffe.

Gonji lauschte dem Klicken des Röhrichts an der Basis der mörderischen Pflanze. Ob dort Schmerzen oder Zorn übermittelt wurden, das konnte er nicht feststellen.

Er beruhigte Tora und lenkte ihn ein gutes Stück weit unter die Bäume, um die Raubpflanze aus sicherer Entfernung zu betrachten, wobei eine Grimasse auf seinem Gesicht erstarrte.

Es war eine *Luna carnivora*, ein beliebter Fallstrick von Hexenmeistern. Sie wuchs stets paarweise, eine Pflanze auf jeder Seite des Weges, und lauerte dort hinter tarnenden Bäumen. Die schier endlosen, langgestreckten Ranken konnten selbst aus einem Stier das Leben herauspressen, und sobald die Beute bewegungsunfähig war, wurde sie langsam gehäutet und mit Klebezungen verspeist, die das Fleisch in dünnen Streifen herausrissen. Eine fürchterliche Art zu sterben. Der Tod eines Insekts.

Gonji räusperte sich und spuckte Galle aus. Mit zwiespältigen Gefühlen musterte er die jetzt wieder ruhenden Kreaturen. Die dem Weg abgewandten Seiten der Bäume waren mit Menschen- und Tierschädeln behangen, die Pflanzenwedel selbst mit klimpernden Knochen. Es hieß, an der Basis des Stiels jeder *Luna carnivora* säßen zwei Augenpaare, deren Blick so kalt für die Seele war, dass man, wenn man ihm begegnete, für immer gebannt blieb und voller Widerwillen diesen Blick ertragen musste. Augen, angesichts derer man die eigene Sehkraft verfluchte.

Gonji widerstand dem Drang und setzte seinen Weg fort. Überzeugt davon, dieses Lachen erneut vernommen zu haben.

Der Wald war unheimlich. Der Mond wirkte riesenhaft und schien anzüglich auf die Bäume herabzublicken, und ein feiner, hauchzarter Nebel schien von seinem trübe leuchtenden Rand aus Windrädchen zu bilden. Der Samurai folgte seinem Weg jedoch zuversichtlich. Noch immer war er keiner Zauberkunst begegnet, die er nicht hätte ergründen können, und keinem Fabeltier, dem er sich nicht hätte entgegenstellen wollen. Allerdings fragte er sich allmählich, in welchem Belagerungszustand – oder Schlimmerem – er Barbaso antreffen würde.

Der Wald wurde aufs Neue lichter, und der Pfad verbreiterte sich zu einer richtigen Straße. Die Umgebung erweckte den Eindruck landwirtschaftlicher Nutzung und war geformt wie eine riesige Schöpfkelle, durchzogen von Furchen aus Schnee. Die Bauernhöfe von Barbaso. Ein Stück weiter vorn an der Straße lag, eingesäumt von dichtem Gestrüpp und einem kurzen, beschädigten Lattenzaun, ein ländlicher Friedhof.

Gonji hielt hier an und richtete sich im Sattel auf, und seine scharfen dunklen Augen betrachteten forschend die mondhelle Landschaft. Die Ruhe mehrerer ferner Gräber war offenkundig gestört worden. Gefrorene Erde war aufgewühlt und im Schnee zerstreut. In jedem Land ein böses Omen.

Er reckte den Hals und nahm die Straße vor ihm in Augenschein, während er seinen Weg durch den blassgoldenen Schein des schweigsam blickenden Mondes fortsetzte.

Der Schimmer farbiger Lichter tauchte kurz im Schnee auf, einmal auf jeder Seite Gonjis, ehe ein stabiler Ring aus blauen und orangefarbenen Feuerblumen entstand und ein grelles Schillern verbreitete. Eine holde, traurige junge Frau saß im Schnee innerhalb dieses Rings, der sie gefangen hielt. Ihre Augen spiegelten erst Resignation wider, dann eine desinteressierte Kenntnisnahme von dem vorbeireitenden Krieger.

Gonjis stoische Miene war so desinteressiert wie ihre, und er wollte schon einfach weiter seinem Weg folgen, da legte die Frau neugierig den Kopf auf die Seite.

»Vor welcher Schlacht flüchtet Ihr?«, fragte sie mit melodischer Stimme.

»Vielen«, antwortete Gonji knapp.

»Ich fühle mich so kalt und einsam«, sagte sie schwermütig. »Wollt Ihr mich nicht aus diesem Gefängnis befreien?«

Der Samurai griff in die eingenähte Kimonotasche, fand aber kein Silber, also zog er einen Pfeil aus dem am Sattel hängenden Köcher und gab einen schnellen Schuss ab. Der Pfeil durchbohrte die Brust der Frau, und die Spitze trat unblutig zwischen den Schulterblättern wieder hervor. Die Frau fauchte, riss das Geschoss aus ihrem verhexten Fleisch und zerbrach es mühelos.

»Gutes Karma wünsche ich Euch«, sagte Gonji, und sein Blick ruhte schon wieder auf der Straße vor ihm.

»Mistkerl!«, schrie die Frau. »Nur ein Feigling wird meiner ansichtig, wisst Ihr das?«

»Dazu kann ich nichts sagen«, entgegnete er, »aber nur ein Feigling würde sich von Eurer sorgsam vorgespielten Unschuld angezogen fühlen.«

Sie zischte ihm nach, aber er hatte nicht mal mehr einen Blick für sie übrig und ritt beinahe apathisch weiter dahin, gelangweilt von der Ausbeute, die die Dunklen Mächte durch ihre Grabräuberei gemacht hatten. Falls die Zauberringmaiden das Schlimmste waren, was die geschändeten Gräber zu bieten hatten, brauchte Gonji sich nicht darum zu scheren.

Aber es war wieder ein Beispiel für schwarze Hexenkunst in diesem Gebiet. Der Erzmagier von Malaguer, von dem er gehört hatte, versuchte sich jedoch nicht in der grauenhaften Kunst der Nekromantie.

Gonji hielt an, als er hinter sich ein schrilles Gackern rasch näher kommen hörte. Eine kleine Gestalt stürmte zu Fuß durch den Schnee; sie trug einen Stab und schwenkte etwas um den Kopf, während sie sich dem Zauberring näherte. Der Verrückte feuerte aus seiner Schleuder einen Stein ab, der die böse Erscheinung mitten im Gesicht traf. Die Frau zischte ihn an und pflückte den Stein, als er abprallte, blitzschnell aus der Luft. Sie beschimpfte den kleinen Kerl in einer Sprache, die Gonji nicht kannte, und warf den Stein zurück. Er zerplatzte zu weißglühenden Fünkchen, als er die Feuerblumen überqueren wollte, und war verschwunden. Der unbändig lachende kleine Mann lief an den Ring heran, drehte sich um und schleuderte mit scharrenden Füßen wie ein rasender Hahn Schnee auf die Feengestalt. Der Schneewirbel verwandelte sich in Dampf, sobald er die tödliche Barriere erreichte.

Der Samurai packte das Heft des Sagami, als der Irre auf ihn zurannte. Lachfalten breiteten sich rings um die schwarzen Augen des Kleinen aus. Er war um die dreißig, zu dünn gekleidet und trug eine lächerlich lange Kapuze, mit der er wie ein Possenreißer aussah.

»Das gefällt mir!«, schrie er, die Worte durchsetzt von atemlosem Gelächter. »Mir gefällt dein Mumm! Das kann ich vielleicht gut gebrauchen. Komm schon, sehen wir mal, was auf uns wartet. Sehen wir mal, wie du mit diesem ...«

Und schon lief er Gonji voraus die Straße entlang und schwatzte dabei unzusammenhängendes Zeug.

»Jetzt mal langsam!«, kommandierte Gonji, sah sich jedoch gezwungen, den seltsamen Kerl im Trab wieder einzuholen, ehe er ihn erneut ansprechen konnte.

»Wer bist du?«

Der Kleine lachte heftig, schnappte im Laufen nach Luft und redete zwischen hektischen Atemzügen. »Wer ich bin? Oh nein, *Señor*, darauf falle ich nicht herein! Du kannst mich – du kannst mich *Luna Invierno* nennen – Wintermond, hm? Hihi! Ich gebe niemals – meinen richtigen Namen preis ... Du könntest schließlich – ein Hexenmeister sein, nicht wahr?«

Und er hatte natürlich recht. Manche Zauberer gewannen Macht über eine Person, indem sie einfach nur deren richtigen Namen verwendeten.

»In Ordnung, Mond«, sagte Gonji. »Welche Absichten verfolgst du?«

»Absichten? Hihi! Ich bin ein Schnorrer. Ein Dieb. Lebe von dem, was das Land hergibt. Nehme mir das, was es nicht von selbst hergeben will.«

»Und wie schaffst du es zu überleben? Ohne Pferd. Ohne Schwert ...«

»Ich stelle mich mit meinem Stab jederzeit deinem Schwert«, antwortete Mond verdrießlich, »und mit meiner Schleuder deinem Bogen.«

»Wirklich?«

»Und ich beherrsche meinen Teil an magischen Schutzvorkehrungen.«

Gonji schüttelte den Kopf. »Der Erzmagier dieses Tals ist keine große Herausforderung, wie es scheint. Die Zauberringmaiden erfordern kaum ...«

»Ah, die sind nicht von ihm! Dieser Domingo Negro – er ist ein böser Gesell. Hält sich nicht mit kleinen Zauberkunststücken und Fallstricken auf.«

»Dann existieren hier noch andere Mächte?«

Monds Lippen zuckten gereizt. »*Viele* Mächte messen hier ihre Kräfte. Ich dachte, du wüsstest, was du hier tust.«

Gonji wurde böse. »Vergiss es. Was suchst du? Was erwartest du von mir?«

»Ich habe vor, des Schwarzen Sonntags Garten der Wunder auszurauben. Und du wirst mir helfen – vorausgesetzt, du hast das Zeug dazu. Aber komm – sieh – was dich – als *Nächstes* – erwartet!« Seine stampfenden Schritte unterstrichen jedes Wort, während er auf eine Biegung des Pfades nach rechts zurannte.

»Ich werde nicht ...« Gonji zügelte Tora, das Gesicht verzerrt vor Zorn über die Anmaßung des kleinen Frettchens. Er trieb Tora zum Handgalopp und war schnell wieder neben Mond, wollte protestieren, entdeckte aber in diesem Augenblick die Windmühle hinter der Wegbiegung.

Der Himmel war dunkler geworden, und der hauchdünne Nebel überzog ihn mit flüchtigen Ranken, mit feinen Mustern, die erkennbar wurden, wo sie der Mondscheibe nahe kamen.

»Sieh nur!«, rief Mond und deutete auf die Windmühle, die jetzt vollständig ins Blickfeld geriet. Gonji versuchte, ihn zum Schweigen zu bringen, aber es gelang ihm nicht. »Sieh nur, was er getan hat – er macht keine Faxen, nicht wahr?«

Und dann sah es der Samurai. Er verzog die Lippen bei diesem Anblick. Die Windmühle war eingerahmt von riesigen kahlen Eichen. Und sowohl an den kahlen Ästen als auch den leicht abgeschrägten Flügeln des Windrades hingen die Gestalten spanischer Soldaten.

Geistlos wie Besessene vor sich hin murmelnd, wie sie da in ihren Kokons hingen, waren sie keine Menschen mehr.

SECHSTES KAPITEL

»Sieht so aus, als wäre die Tafel für jemanden gedeckt«, schwatzte Mond in einem leiernden Tonfall. Er tanzte in der Gegend herum, ungeachtet der als lebende Tote aufgehängten Gestalten. Er blickte erst sie an und dann zum Himmel hinauf und gackerte nervös. Mit erstaunlicher Lebhaftigkeit hüpfte er durch den Schnee und schlug ein Rad zu einer Pferdestange vor dem verlassenen Bauernhaus, das neben dem nächsten der beiden Bäume stand. Ohne auch nur einmal innezuhalten, setzte er mit akrobatischem Schwung über die Stange, schlug einen Purzelbaum über den Schnee und führte anschließend einen Doppelsalto aus, wonach er mit den Füßen auf einem saubergepickten Skelett landete.

Die Splitter spröder Knochen spritzten in alle Richtungen.

»Hihi!«

Gonji starrte entsetzt auf die hängenden Gestalten. Man hatte ihnen die Augen herausgebohrt. Sie wirkten gelähmt; die Köpfe rollten langsam schlaff hin und her, und idiotische Laute drangen aus den offenen Mündern.

Er machte sich daran, sie eine nach der anderen aus den baumwollartigen Kokons zu schneiden. »Hilf mir!«, befahl er.

»Bist du *loco?*«, erwiderte Mond. »Vergiss sie. Ihre Sache ist ein für allemal verloren.«

»So sollten Krieger nicht sterben. Die Ehre verlangt, dass ...«

»Was für ein Blödsinn!«, spöttelte Mond. »Sie sind nur noch baumelndes Fleisch.«

»Es sind *Soldaten!* Ein Krieger hat einen besseren Tod verdient.«

»Du bist *loco*, wie ich mir schon dachte«, fand Mond. »Aus was für einem Land kommst du eigentlich, wo eine Form des Todes besser gilt als eine andere? Komm schon, die Schätze eines Hexenmeisters harren der Plünderung! Und wenn dir *das hier* schon so zu schaffen macht, wirst du niemals dorthin gelangen. Schlimmeres wartet noch auf diesem Weg.«

»Ich habe nicht vor, irgendetwas zu plündern«, versetzte Gonji kühl und fuhr mit seiner grausigen Arbeit fort.

Mond nickte verächtlich. »Wie ich mir dachte – du stehst auf der Seite der Soldaten. Der Hexenmeister wird, wie mich dünkt, noch dafür sorgen, dass dir das leidtut.« Er hüpfte zur Rückseite des Bauernhauses.

Gonji sammelte die unglücklichen Soldaten ein – insgesamt fünfzehn – und enthauptete sie rituell. Er legte sie vor der Windmühle auf einen Haufen und wickelte die Köpfe in die Rumpfpanzer. Das Kokonmaterial war seltsam; es löste sich auf wie Himmelsstaub, wenn man es zerriss. Gleichzeitig war es stark genug, um das Gewicht erwachsener Männer zu tragen. Gonji mühte sich über eine Stunde lang mit der grausigen Aufgabe ab und empfand dabei eine Mischung aus Erschöpfung, Zorn und seelischer Leere.

Als er langsam zum Bauernhaus ging, um trockenes Holz zu suchen, fand er die Tür von innen verriegelt vor. Er war nicht in Stimmung, Rücksicht auf Widrigkeiten zu nehmen; also zog er die Schwerter aus dem *Obi*, nahm ein Stück Anlauf und attackierte die Tür. Mit einem heftigen Fußtritt, begleitet von einem dumpfen Krachen, rammte er sie auf.

»Nicht schlecht«, fand Mond und wischte sich die bärtigen Lippen mit der langen Quaste seiner Kapuze ab. »Deine Füße sind beinahe so gelenkig wie meine.« Mond saß inmitten der beweglichen Habe der Soldaten und trank aus einem Weinkrug. Die Soldaten hatten das Bauernhaus als Stellung oder Befehlsstand benutzt.

»Die Hintertür stand allerdings offen. Trotzdem – nicht schlecht.«

Gonji warf ihm einen finsteren Blick zu und machte sich daran, Holz zu sammeln. Draußen entfachte er damit ein loderndes Feuer, das zum Scheiterhaufen für die Soldaten wurde. Die Kokons gingen wie Seide in Flammen auf. Mond stolzierte heran.

»*Irgendetwas* wird darüber nicht erfreut sein«, warnte der Possenreißer. »Wahrscheinlich trittst du an deren Stelle, *Señor* Krieger. Hebe mal den Blick.«

Gonji folgte seinem Fingerzeig. Der Himmel war jetzt tatsächlich noch stärker von der dünnen Gaze verhangen, zugewebt mit den flüchtigen Mustern, die vom Mond auszugehen schienen und jetzt in Spiralbahnen fast bis zur Erde herabreichten. Auch Tora spürte an seinem Haltestrick die heraufziehende Gefahr, warf den Kopf und vollführte Bocksprünge.

»Wer bist du?«, fragte Gonji seinen Begleiter.

Mond schnaubte. »Das sagte ich dir schon – ich bin ein Dieb. Ich möchte des Hexenmeisters Schatz stehlen, den manche aufbewahren und andere zerstören würden. Das sind die Entscheidungen, die jeder zu treffen hat, der dieses Tal durchquert. Neutralität ist nicht möglich.« Er blickte wieder zum Himmel hinauf und lachte leise. »Und jetzt erkenne ich, dass für dich auch eine Flucht unmöglich ist; du wirst dein Pferd also nicht mehr brauchen.«

Er hob seinen Stab auf und lief auf Tora zu. Als er sah, wie Gonji das *Katana* zog und ihm nachstürmte, jauchzte er und sprang mit Hilfe des Stabes über das nervöse Ross hinweg.

»Haha! Ich brauche kein Pferd – dumme, geräuschvolle, nervöse Tiere! Ich wollte dir nur zeigen, wie gänzlich machtlos du bist.«

Gonji lief auf ihn zu, das Schwert senkrecht erhoben, zu einem zweihändigen Hieb ausholend. Die Gedanken des Samurai überschlugen sich, während er versuchte, aus dem Wahnsinn dieses Verrückten schlau zu werden, und dieses Nachdenken kostete ihn Reaktionszeit. Mond schlug einen Salto über Gonji hinweg und versetzte ihm dabei einen Schlag auf den oberen Rücken.

Sie standen einander gegenüber, gingen zum Zweikampf über. Der Dieb führte mehrere Finten aus und griff dann in rascher Folge wie mit einem Spieß an, oben, unten, oben. Gonji wehrte den Stab jedes Mal mühelos ab. Er passte den nächsten Angriff ab und parierte, hieb den Stab mit einem heftigen Gegenangriff zur Seite und wirbelte das Schwert zu einem Achterschlag aus glitzerndem Stahl, der Mond rückwärts trieb.

Abfällig kichernd, schlug der Dieb einen Salto rückwärts und versuchte es dann mit einem geduckten Ausfall, über den der Samurai jedoch hinwegsprang. Als der lange Stab wieder heransauste, unterschritt Gonji dessen Reichweite. Er rutschte dabei im Schnee aus, konnte aber den Rundschlag abwehren, der auf seine Bauchgegend zielte. Die Waffen der Kontrahenten knallten immer wieder aufeinander, ohne dass einer einen Vorteil errang.

»Du kämpfst ganz gut für jemanden, der darauf besteht, das Schwert mit zwei Händen zu führen«, stichelte Mond.

Zwei Kreisparaden schlugen Späne von dem Stab. Dann hackte das Sagami mit einem verstohlen angesetzten Hieb fünfzehn Zentimeter von der Stabspitze ab, sodass ein messerscharfer Dorn entstand.

Mond brüllte vor Lachen und warf Gonji eine Kusshand zu. »So sei es! Du stirbst praktisch von eigener Hand.«

Als er jedoch auf den Samurai zusprang, zog Gonji blitzschnell das *Ko-dachi*, sodass man der Bewegung mit dem Auge kaum folgen konnte, fing den jetzt tödlichen Stab mit einem X-Block auf und drehte ihn weg. Er trieb die Stabspitze in den Schnee, und ein einhändig ausgeführter Hieb mit dem Sagami zwang Mond zu der Entscheidung, entweder den Stab loszulassen oder den

Kopf zu verlieren. Dann attackierte der Samurai den zurückweichenden Dieb mit gekreuzten Klingen.

»Zu spät«, keuchte Mond. »Du hast ohnehin verloren – sieh nur.«

Reiter, die von den Hügeln herabkamen, hatten sie umzingelt. Sie trugen keine erkennbaren Flaggen oder Uniformen. Sogar im Dunkeln wurde erkennbar, dass es sich bei ihnen um einen Söldnerhaufen handelte. Dieser musste etwa vierzig Köpfe stark sein, war aber noch recht weit entfernt und zu dünn verteilt, um die Falle zu schließen.

Was für eine Kavallerietaktik ist das denn?, lautete die Frage, bei der sich Gonji ertappte.

»Ich lasse dich mitreiten«, erklärte der Samurai, »aber wenn du mir anbietest zu ...«

»Du verstehst es immer noch nicht, oder, du Narr?«, fragte Mond lachend und wich Richtung Bauernhaus zurück. »Ich kenne den Weg hier heraus. Du nicht. Du kannst ihnen nicht entkommen. Es sind Männer des Hexenmeisters. Denkst du, dieses Kreuz, das dein Pferd trägt, würde sie aufhalten? Der Hexenmeister fürchtet keine Symbole der Kirche. Vielleicht bieten dir seine Männer an, auf ihre Seite zu wechseln – vorausgesetzt, du lieferst dich ihrer Gnade aus.«

Gonji band Tora los und stieg auf. Als er den näher kommenden Haufen erneut betrachtete, musste er dem Impuls widerstehen, sich die Augen zu reiben. War er kurz eingeschlafen? Hatte man ihn verhext?

Sie hatten ihn beinahe erreicht. Keine hundert Meter weit entfernt mehr.

Welch üble Zauberkunst..? Welche Pferde waren so schnell?

Ihre Hufe schienen die Erde zu berühren, und doch kamen sie verblüffend schnell voran. Sie wurden in Gonjis Blickfeld größer wie ein Flecken, der sich im Wasser ausbreitete.

Der Samurai führte Tora zum Scheiterhaufen. Er wusste nicht

recht, wie er sich diesem letzten Ansturm entgegenstellen sollte, und verbannte die Erinnerungen eines ganzen Lebens, die um seine Aufmerksamkeit wetteiferten, all die jonglierten Größen in der bedeutungslosen Gleichung seines Lebens. Gab alles Nachdenken auf, das mit seinem Gewicht den *Bushi* in der Schlacht niedergerungen hätte.

Er entschied, vor dem Feuer Stellung zu beziehen. Er spannte den Langbogen zum Schuss. Er hörte die Reiter, die sich in seinem Rücken näherten – dort versprachen sich seinem zweiten Pfeil gut erreichbare Ziele.

»Verhalte dich ruhig!«, befahl ihm der Kommandant und trabte heran, die Bewegung jetzt ein normaler Vorgang, als hätte er zauberischen Grund verlassen und jene Erde betreten, über die auch Gonji schritt.

Der Haufen setzte sich überwiegend aus Söldnern zusammen, so viel war gewiss: Die Männer zeigten ein kunterbuntes Arsenal aus Waffen und Kleidung, wie Gonji es schon von vielen freien Kompanien kannte, mit denen er geritten war. Drei Männer unterschieden sich jedoch von den anderen. Der Reiter, der sich ihm näherte, wie auch die beiden weiteren, die ihn flankierten, trugen dünne Rumpfpanzerungen veralteten Zuschnitts. Ein seltsamer weicher Schimmer ging davon aus. Die Oberfläche wirkte undeutlich, wie umhüllt von einem kontrastlosen schwarzen Nebel.

Der Anführer ritt bis auf zehn Schritte heran, unbekümmert um Gonjis Bogen. Er setzte die Sturmhaube ab. Ein jugendliches, ruhiges Gesicht erwiderte den Blick des Samurai.

»Du kannst den Bogen wegstecken«, sagte der Mann in kultiviertem Tonfall. »Ich fürchte, du würdest ihn wirkungslos finden.«

Gonji sagte nichts, gehorchte aber, denn inzwischen war ihm eingefallen, was das für Rüstungen sein mussten. Falls seine Kenntnisse zutrafen, würde sich die Äußerung des schwarzen

Ritters bestätigen. Der Ritter lächelte und drückte seinen Dank durch eine knappe Verbeugung aus.

»Ich repräsentiere den Erzmagier Domingo Malaga y Colicos«, sagte er und zögerte, ehe er fortfuhr. »Du kennst ihn wahrscheinlich als Domingo Negro. Ein entsetzlicher Name, wenn man der raubgierigen Kirche dient.« Er deutete auf das Kreuz an Toras Hals.

»Ich diene keiner Kirche«, entgegnete Gonji gelassen. »Und ich verspüre kein Entsetzen.«

»Wahrhaftig nicht?«, fragte der Ritter sichtlich beeindruckt. »Kein Entsetzen vor so vielen, die gegen dich aufgestellt sind? Vor der Mondspinnerin, die zur Mitternacht herabsteigt?«

Mond! Gonji fragte sich kurz, ob der Dieb – wenn er denn wirklich ein Dieb war – einen Weg gefunden hatte, einen Salto aus dieser Falle heraus zu schlagen. Dann jedoch lenkte ihn ein anderer Gedanke ab.

»Mein Leben war von jeher auf ein solches Ende ausgerichtet, vorausgesetzt, dass es hier sein Ende findet.«

Der Ritter schien über etwas nachzusinnen, ehe er aufs Neue das Wort ergriff. »Es muss nicht dazu kommen, weißt du? Wir verfolgen deinen Weg jetzt schon eine ganze Zeit lang. Seit du ins Tal geritten kamst. Ich bin überzeugt, du weißt, dass Mächte hier miteinander im Krieg liegen. Du hast dich eingemischt, ohne deine Absichten oder Sympathien deutlich zu machen.«

»Ich möchte lediglich meinen Weg fortsetzen.«

»Ich fürchte, das ist nicht so einfach. Du hast den Erzmagier verärgert, dich leichtfertig in seine Angelegenheiten eingemischt, seine Verteidigungsmaßnahmen geschwächt, indem du ihre Arbeitsweise kennenlerntest. Dir bleiben somit zwei Möglichkeiten: Schließe dich dieser Söldnerkompanie an, die aus in ähnlicher Form rekrutierten Menschen aufgestellt ist, oder bleibe hier und erwarte den unmittelbar bevorstehenden Abstieg der Mondspinnerin. Dir bleibt wenig Zeit für diese Entscheidung. Mitternacht ist nahe.«

»Ich benötige Zeit für eine Entscheidung«, erwiderte Gonji kategorisch. »Ich bin ein *Ronin*. Ich diene keinem Herrn. Die Wahl fällt zurück an dich.«

Der Ritter blinzelte angesichts der Kühnheit Gonjis. »Du bist ein ungewöhnlicher Krieger.«

»Ich bin Samurai. Unseresgleichen findest du nicht auf diesem Kontinent.«

»Deine Worte sind voller Tapferkeit, *Señor* Samurai, und doch frage ich mich, ob du die Bedeutung des Heldenmuts wirklich begreifst. Wie ich sehe, interessierst du dich für meine Rüstung. Hast du je zuvor ein solches Stück erblickt? Sie hat erstaunliche Eigenschaften. Keine Waffe durchdringt sie.«

»Ich weiß ein wenig von der Rüstung des Heldenmuts«, stellte Gonji fest. »Wie die meisten zauberischen Werke ist sie stark vom Glauben und Mut des Trägers abhängig.«

»Sehr gut«, sagte der Ritter und lenkte sein Pferd mit selbstbewusster Haltung neben Gonji. »Und sie hat mir stets gute Dienste geleistet, so wie ich ihren Zauber respektiere. Sieh her.« Er deutete auf einen Fleck am Brustpanzer. »Diese winzige Pockennarbe? Die Pistole eines Banditen mit frechem Maul, abgefeuert auf ziemlich genau die Distanz, die jetzt gerade zwischen uns besteht.« Er ließ diese Anspielung einen Augenblick lang im Raum stehen.

Gonji wandte den Blick nicht von den Augen seines Gegenübers. »Die Pistole ist eine armselige Waffe gegen eine so gefechtstüchtige Rüstung.«

»Und trägst du eine stärkere Waffe?«

Gonji zog das Sagami. »Dieser prachtvolle Stahl hat schon rechtschaffene Erfolge erzielt gegen Mensch und Tier, Hexenmeister und Hexenkunst. Ich erspare dir jedoch seine Schärfe, wenn du mich unangefochten des Weges ziehen lässt.«

Der Ritter schien getroffen. Seine Augen wurden schmal, und er legte verblüfft den Kopf schief. Beinahe erinnerte er an jemanden, der gerade erfahren hatte, dass sein Vater und seine Mutter Bruder und Schwester waren.

»Dann schlag zu«, sagte er mit bebender Stimme.

Gonji holte mit dem Schwert im Kreis über dem Kopf aus und führte in weiter Bahn aus der Rumpfdrehung heraus einen Schlag, der das rechte Schulterstück des Ritters traf. Er erstarrte am Schlusspunkt dieser Bewegung und hielt die glänzende Schneide des Sagami an die Schulter des Ritters gedrückt. Beide Kämpfer unterbrachen zu keinem Zeitpunkt den Blickkontakt.

Langsam zog der Samurai die Klinge zurück, und das herausfordernde Lächeln des jungen Ritters schwand. Ein schmales Rinnsal aus Blut lief von der Mitte der Klinge zu ihrer Spitze, obwohl das Schulterstück der Rüstung keinerlei Beschädigung zeigte.

Gonji steckte das *Katana* zurück, ohne es abzuwischen. Als er sprach, war es kaum mehr als ein Flüstern: »Ich möchte dir keine Schande bereiten. Ich kenne mich gut mit dieser Zauberkunst aus und mein Glaube gleicht deinem. Ich habe den Schlag angehalten, um dich nicht zu töten.«

Die entsetzte Miene des Ritters verflog schnell. Er setzte die Sturmhaube wieder auf und riss das Pferd herum.

»Er hat beschlossen, sich der Mondspinnerin zu stellen!«, rief er seinen Untergebenen zu. Gelächter und Buhrufe galten Gonji. »Beeilen wir uns nun, ehe wir uns in ihrem Netz verfangen.«

Mit lautem Hufgetrappel kehrten sie den Weg zurück, den sie gekommen waren, nach wie vor in dem weit auseinander gezogenen Ring, und sie entschwanden auf die gleiche sonderbare raumübergreifende Art und Weise, die ihre Ankunft gekennzeichnet hatte. Sie machten jedoch auf den umliegenden Anhöhen Halt, und Gonji erkannte ihre Absicht in den bereitgehaltenen Pistolen und Armbrüsten.

Er würde zurückbleiben und sich der Mondspinnerin stellen, deren Netze, dunkler als die Nacht, sachte herabsanken und den Schnee berührten.

Zwei mächtige Feuer brodelten und loderten in scharfem Kontrast zur baufälligen Windmühle. Eine atemlose mitternächtliche Stille kroch ins Tal, als wäre die heller werdende Scheibe des Mondes ein hungriges Auge, das auf jede Kreatur Anspruch erhob, die es wagte, in seinem Blickfeld die Fülle des Lebens auszukosten.

Gonji saß in der Lotosstellung zwischen den Feuern und wahrte eine ernste Haltung. Bogen und Köcher lagen neben ihm, die *Daisho* hatte er sich auf den Rücken gebunden. Die drohende, gewetzte Schneide der Helmbarte ragte über seinem Kopf auf, der Schaft an seine Schulter gelehnt. Gonji trug keinen Helm und hatte bis auf den kurzen Kimono, Reithose und Stiefel die Kleidung abgelegt. Schulterstücke und Armschützer bildeten seine einzige Rüstung. Den blassen Schein des unheildrohenden Mondes erwiderte er unerschrocken mit finsterem Blick.

Als sich der dunkle Schatten auf dem Mond rührte, erhob sich der Samurai langsam. Er rammte den Schaft der Helmbarte in einen Schneehaufen und hob den Bogen und ein Bündel Kriegspfeile auf.

Der Schatten verstärkte sich, nahm eine feste, jedoch nicht bestimmbare Gestalt an. Aber er bewegte sich. Zuerst zog er eine Bahn über den Mond und schien dann von dessen leuchtender Oberfläche hochzuspringen und sich in Spiralen vom Himmel herabzubewegen – wie eine Himmelskutsche auf einer unsichtbaren Straße.

Das Gespinst der schwarzen Netze fiel jetzt kräftiger und vibrierte, kündete von der tödlichen Ankunft der Mondspinnerin. Die Umgebung der Windmühle blieb jedoch frei vom Gespinst, denn wo es in den Einzugsbereich von Gonjis Feuern geriet, wurde es von der Hitze zerrissen und flatterte wie brennende Seide empor.

Gonji verfolgte, wie die Erscheinung zu einem dunklen Finger wurde, der sich am Gewebe entlangschlängelte, dann zu einem abscheulichen, greifenden Arm, der den Samurai sogar auf diese gewaltige Entfernung unfehlbar ansteuerte. Der Arm näherte sich mit der gleichen mystischen Schnelligkeit, der gleichen räumlichen Verzerrung, die sich gezeigt hatte, als die Krieger des Hexenmeisters ihn umringten. Diese waren inzwischen auf den umliegenden Hügeln abgesessen, hatten selbst Feuer entfacht und warteten gespannt auf den Beginn des sich ankündigenden Schauspiels.

Auf eine plötzliche Eingebung hin stürmte Gonji zum Bauernhaus und drang dabei so weit vor, wie er es wagen konnte, ohne sich im umschließenden, leiterähnlichen schwarzen Netz zu verfangen. Er kam nicht sehr weit, wie er feststellte, und lief rasch zurück, um sich eine Fackel zu holen. Deren Feuer sengte sich hungrig durch das Netz, und Gonji wandte sich aufs Neue dem niederfahrenden Monster zu.

Umgeben vom dumpfen Knallen des brennenden Netzes, schlug sich Gonji nach links und sah sich mit einem Anblick konfrontiert, der ihm einen kalten Schauer über den Rücken jagte. In der veränderten Perspektive verlängerte sich die Gestalt des Monsters zu einem Kegel, ausgehend von der hintersten Spitze bis zum überdimensionierten Vorsprung des grauenhaften Kopfes – aus Gonjis Blickwinkel der einzige Teil, der an ein Lebewesen erinnerte.

Gonji konnte Spinnen nicht leiden.

Keinerlei Trost bot die überraschende Entdeckung, dass, wiewohl er das erwartet hatte, es sich hierbei *nicht* um eine Spinne handelte. Denn das Monster war etwas Schlimmeres. Etwas, das ihn mit primitivem Abscheu erfüllte.

Ein fernes Geräusch drang vom Himmel langsam auf ihn ein. Zuerst war es wie der Wind, der durch eine Schlucht fuhr. Dann klang es nach einer Million Ziegenmelkern, die in einer kilometertiefen Höhle in der Falle saßen. Und während er zu den Feuern zurücklief, ging das Geräusch in das blutrünstige Raunen eines Sarazenenangriffs über.

Als er wieder vor den Feuern stand, konnte er den sich immer deutlicher abzeichnenden Kopf des Monsters erkennen: dreieckig, inzwischen halb so groß wie die Mondscheibe, und die Mundwerkzeuge schnalzten vor lauter Vorfreude.

Es war hungrig, und der Samurai hatte ihm das Festmahl verdorben.

Er huschte an den Feuern vorbei hinter den abgeschnittenen Kegel der Windmühle. Er sah, wie das Gewebe der Mondspinnerin durch seine Fackel in Bewegung versetzt wurde und wie der durchscheinende Belag immer dicker wurde. Das Licht der Feuer, die die Söldner entfacht hatten, sickerte jetzt durch die Wölbung der Falle, die die Kreatur vorbereitet hatte. Gonji konnte die Gestalten der Männer kaum noch erkennen.

Die Umrisse der Mondspinnerin wurden jedoch nach wie vor klarer, und ungeachtet seines Ringens um Selbstbeherrschung ertappte sich Gonji dabei, wie er mit offenem Mund glotzte. In dem Stall unter dem Mansarddach wieherte jetzt Tora und trat aus.

Die Kegelgestalt wuchs immer schneller. Sie war ein gepanzerter Albtraum, ein scheußlicher Käfer mit einem langen gegliederten Körper und einer unbestimmbaren Anzahl von Beinen. Eindeutig war er aus irgendeiner Unterwelt heraufbeschworen worden und nicht von natürlichen Kräften gezeugt.

Gonji widerstand einem wilden Impuls zu fliehen, sich mit der Brandfackel einen Weg zu bahnen und panisch in Sicherheit zu bringen. Er wusste jedoch, dass er nirgendwo vor diesem Ding sicher war. Und eine Flucht war auch nicht der Weg des Kriegers. Diese Kreatur stellte eine Obszönität dar, eine Perversion des Wunders der Natur. Es drohte mit dem schändlichsten Tod, dem ehrlosen Tod eines Tieres in der Falle. Wenn er jetzt flüchtete, wie er einst vor dem ersten Angriff des geflügelten Lindwurms geflohen war, fand er keinen Frieden mehr, bis er zurückgekehrt war und sich diesem Gegner doch noch gestellt hatte.

Während er sich weiterhin auf die schnell näher kommende Kreatur konzentrierte, zählte er mit der Hand seine Pfeile: sechs waren noch übrig. Er legte einen an die Sehne des mächtigen Langbogens, bewegte sich leicht nach rechts und steckte die Fackel in den Schnee. Die Mondspinnerin hielt an und blickte auf ihn hinab; schwarze, gehörnte Augenkeile fixierten ihn aus diesem knochigen Totenschädel heraus. Das Monster bäumte sich im rechten Winkel zum langen Hintersegment auf; von den grausamen Mundwerkzeugen tropfte Gift, und sie klapperten wie Kampfstäbe im Gefecht vor einer Festungsmauer.

Als die Mondspinnerin erneut vordrang, war sie inzwischen zur Größe eines Geißelskorpions herangewachsen, auf Armeslänge Distanz betrachtet.

Gonji konnte nur vermuten, wie präzise seine Tiefenwahrnehmung in dieser raumverzerrten Umgebung noch war.

Atme und spanne. Drehe. Schieße . . .

Der Kriegspfeil zischte durch die kalte Luft, beschrieb eine gekrümmte Bahn zu diesem fremdartigen Schrecknis. Eine erschreckende Verkürzung der Perspektive erfolgte; einen Augenblick lang spürte Gonji Übelkeit und Desorientierung. Durch die Raumverzerrung fühlte er sich wie in einem Traum. Der Pfeil verschwand außer Sicht.

Ein Fehlschuss. Es schien, als hätte Gonji zu hoch gezielt, aber er konnte dessen nicht gewiss sein. Die Kreatur setzte ihren Weg fort und schlängelte sich durch ihr ätherisches Element wie eine von den Wogen hin und her geworfene Galeone. Die wundersamen schwarzen Netze vibrierten im Zentrum jetzt heftig. Gonji bemühte sich, seinen mühsamen Atem zu beruhigen, und konzentrierte sich auf die Netzschwingungen, benutzte sie als Bezugspunkt. Der scheußliche Kopf näherte sich ihm begierig, inzwischen für ihn so groß wie der einer Katze – aber wie weit entfernt noch? Die Mondspinnerin lief auf den vier Beinen des Hintersegments. Das vordere Gliederpaar, mit den Beißzangen und nadelspitzen Fäden gesäumt, hatte sie vorgereckt, um ihre Beute zu zerreißen.

Wie *weit* verdammt noch mal?

Mit zusammengebissenen Zähnen legte Gonji erneut einen Pfeil auf die Sehne seines Drei-Mann-Bogens und spannte ihn, und der Schweiß lief ihm über die Kinnbacken. Als der Kopf der Mondspinnerin so groß war, dass er dahinter nur noch die Korona des Mondes sah, schoss der Samurai.

Die unglaubliche Geschwindigkeit des Pfeils – erneut die bizarre Verkürzung der Perspektive …

Getroffen!

Der winzige Dorn des Dreizehn-Faust-Pfeils im Schädel des Monsters vermittelte Gonji eine Größeneinschätzung, während der gellende raue Entrüstungsschrei das Netzgewebe in Schwingung versetzte.

Er rechnete, stieß heißen Atem hervor und gab weitere Versuche mit dem Bogen auf. Die Kreatur war zu groß, um mit den Pfeilen eine Wirkung zu erzielen.

Er packte die Helmbarte, spürte das beruhigende Gewicht und hoffte, dass sie ihm helfen würde. Dann wich er zwischen die beiden mächtigen Feuer zurück und nahm eine Abwehrhaltung ein. Im Stall trat Tora auf dessen brüchige Planken ein.

Unvermittelt schwebte das Monster über dem Samurai wie etwas, das aus einem ungesehenen Spalt ragte, und erfüllte den Himmel über ihm mit zuschnappendem, zischendem Grauen.

Die Erde bebte, als es hinab in den Schnee sprang. Es schien unermüdlich, unaufhaltsam, als es direkt auf die winzige, vom Feuer umrahmte Schildwache losging.

Gonji hielt vor dem angreifenden Monster die Stellung. Dieses stockte kurz vor den Feuern und seine Kampfschreie klangen nach einem Dom voller Würger. Mit einer Beißzange attackierte es über die leckenden Flammen hinweg, aber Gonji parierte den Angriff des auf- und zuklappenden Schraubstocks. Die Vorderbeine der Mondspinnerin strotzten wie die einer Gottesanbeterin von messerscharfen Borsten.

Der Samurai führte eine Finte aus, gezielt auf das Gesicht der Gegnerin, und machte sie damit richtig wütend. Eine zweite weit ausholende Klaue landete funkenschlagend im Feuer, und die Mondspinnerin schrie erschrocken auf und taumelte auf den hinteren Gliedmaßen rückwärts. Gonji trat zwei Schritte vor und erreichte mit der Klinge beinahe eines der Mundwerkzeuge. Die Klauen der Kreatur schnitten über seinen Kopf hinweg, während er sich unter ihnen hindurchduckte und dabei beinahe in die Flammen wälzte. Er packte ein brennendes Scheit, warf es nach der über ihm aufragenden Monstrosität und krabbelte hinter die Scheiterhaufen.

Die schwerfällige Masse der Mondspinnerin bäumte sich auf, um über die Flammen hinweg nach dem Samurai zu greifen, aber Gonji nutzte dieses feurige Bollwerk und näherte sich in dessen Schutz der Gegnerin, so weit er die Hitze ertragen konnte. Er wirbelte die Helmbarte in einem Muster, das beinahe eine der suchenden Beißzangen abtrennte. Das Monster ruckte zur Seite und der unvermittelte kühne Vorstoß des Samurai um den Scheiterhaufen herum öffnete ihm eine Bahn zum Thorax der Kreatur.

Gonji stieß die Stangenwaffe vor, so weit sie reichte, aber die Speerspitze der Helmbarte stocherte nur in der Luft, als sich das Monster aus ihrer Bahn beugte. Die Mundwerkzeuge durchtrennten beim bösartigen Gegenangriff beinahe den Schaft der

Waffe. Gonji wich erneut hinter die Feuer zurück und verfluchte seinen armseligen Stoß.

Die Mondspinnerin riss eine Pferdestange aus ihrem Gestell und warf damit nach Gonji. Der Pfosten landete krachend mitten in den Flammen, und Funken prasselten schillernd auf den Schnee herab. Dann beugte sich die Kreatur vor und begann in einer unheimlichen Demonstration von Vernunft damit, mit beiden Klauen Schnee nach vorn zu schaufeln. Innerhalb von Sekunden erlosch einer der Scheiterhaufen zischend, und Dampf quoll empor.

Die ganze Zeit lang wehrte sie Gonji mit dem hohläugigen Totenkopf ab und klappte dabei die schartigen Kanten des Mauls auf und zu, während sie angesichts ihres Erfolges mit wachsender Raserei weiterarbeitete. Der Samurai führte zwei nutzlose Angriffe aus, wollte sie damit provozieren, ihm aufs Neue nachzusetzen. Er schnappte sich eine Fackel aus dem zweiten Scheiterhaufen und schüttelte sie trotzig vor dem Monster.

Es traf Anstalten, sich ihm wieder zuzuwenden, als es sah, wie er sich vom zweiten Scheiterhaufen in Richtung Windmühle zurückzog.

Und da hatte sich Tora mit den Hufen aus dem Stall befreit und galoppierte auf den Kampfschauplatz zu.

»Jetzt nicht, du dummes Tier!«

Eine Mischung aus nackter Angst, der Gefahr, in der Gonji schwebte, und der eigenen Kampfeslust hatte Tora dazu getrieben, sich an der Seite des Herrn in den Kampf zu stürzen. Das Ross zog eine Kreisbahn vor den Scheiterhaufen, ging durch, bäumte sich auf, schlug mit den Hufen aus.

Die Mondspinnerin musterte die neue größere Beute und trampelte hinter ihr her.

Gonji fluchte und setzte seinerseits mit aller Kraft der gewaltigen Kreatur nach. Er sah seinen Plan scheitern und sein einziges Fortbewegungsmittel im Begriff, als Appetithappen zu enden.

Tora wurde auf unheimliche Art und Weise langsamer, als er in das Netz geriet und aus Gonjis Perspektive durch immer dunklere Wolken eines Fiebernebels lief. Vorhang auf Vorhang aus tintiger Seide bedeckte das sich abkämpfende Pferd, und nachdem sich Tora in einem übernatürlich langsamen Ballett gedreht hatte, hing er schließlich fast kopfunter in der Nachtluft. Strampelnd und laut wiehernd sank er allmählich zum Boden herab, als steckte er in Treibsand.

Das Monster hielt an und ragte über ihm auf. Etwas leckte aus dem Maul hervor und packte ein Ende des Netzes. Mit einer seltsamen Gegenbewegung zog es die Netzstränge heran, und Tora kam den tropfenden Mundwerkzeugen so immer näher, wobei der ihn umschlingende Beutel wie unter dem Spiel eines Schlangenbeschwörers schwankte.

Gonji holte mit der Helmbarte in einer vollen Kreisbewegung aus und durchtrennte eines der Beine der Mondspinnerin am untersten Gelenk.

Die Kreatur stieß einen schauerlichen Schrei aus und ließ von Tora ab. Sie führte eine Bewegung aus, als wollte sie die hohle Luft hinaufklettern, verlor das Gleichgewicht und kippte beinahe rückwärts auf den Samurai.

Gonji rutschte aus und stürzte, rappelte sich wieder auf und rannte zum Scheiterhaufen zurück, wo er, ohne anzuhalten, ein brennendes Scheit aufhob. Das vor Schmerzen schier wahnsinnige Monster stürmte ihm nach, bewegte sich dabei jetzt ungelenk.

Gonji öffnete die Tür der Windmühle mit einem Fußtritt. Er lachte vor irrer Freude, während er mit drei langen Schritten über den mit Stroh und Spreu bedeckten Boden setzte. Hinter dem Mühlrad lief er die Wendeltreppe hinauf, die sich an der Wand bis zum Dach hinaufzog.

Er hatte gerade sechs Stufen überwunden, als die Mondspinnerin das antike Bauwerk ansprang, sodass der Samurai durch die

Erschütterung des Aufpralls auf ein Knie sank. Holz splitterte, und Verputz rieselte von der Wand. Welle und Getriebe, die vom Mühlrad bis zum Dach hinaufreichten, knarrten jetzt, als das Monster mit seinem Vordringen die Flügel in eine halbe Drehung versetzte. Gonji ließ beinahe die Fackel fallen, und sein Herz setzte einen Schlag aus.

Noch nicht!

Er hastete weiter die Treppe hinauf und erhielt auf der nächsten Biegung durch ein Fenster Ausblick auf das gewaltige Monster. Er stieg weiter bis zu einer Position, wo gerade der ungeschützte Leib der Kreatur vorbeikam. Er setzte die Fackel ab und versetzte der Kreatur einen Stoß mit der Helmbarte. Die Mondspinnerin schrie vor Schmerzen, während sie sich festzuhalten versuchte und dabei seitlich auswich.

Gonji schnitt eine Grimasse, als er den grünen Schleim auf der Spitze der Helmbarte sah. Dann schlug er schon wieder heftig nach einer Beißzange, die jedoch außer Reichweite war, während sie durch eine weitere Öffnung hereinlangte, die Welle des mächtigen Mühlrads packte und mit der Kralle eine horizontale Furche hineingrub. Getrieben von primitivem Instinkt, wollte das Monster den Samurai nur noch mit allen Mitteln vernichten. Das Licht der Fackel schien die wild rudernden Klauen zu leiten.

Gonji verkeilte die Fackel im Eisengeländer der Treppe. Er sprang erneut weiter nach oben, während die ganze Mühlenkonstruktion unter den wilden Schlägen bebte, die ihr die Mondspinnerin von außen versetzte.

So sehr konzentrierte er sich darauf, durch die Fenster Blicke auf das Untier zu erhaschen, dass er beinahe über die geduckte Gestalt Luna Inviernos stolperte.

»Mond!«, keuchte Gonji, und sein Herz hämmerte. »Was zum ...«

»Ich schätze, du verfolgst hier einen Plan«, sagte Mond sachlich.

Gonji nickte. Das Monster nagte jetzt an einem Fensterrahmen und formte daraus in Sekunden einen runden Durchgang.

»Die Windmühle abfackeln, was sonst?«, erläuterte der Samurai.

»Dachte ich mir.«

»Ich muss sie weiter hinauflocken.« Er traf Anstalten, seinen Weg nach oben fortzusetzen.

»Ist dir je durch den Kopf gegangen, dass sie nicht mehr zu tun braucht, als einfach hinabzuspringen?«

»Rings um die Mühle habe ich Stroh aufgehäuft. Das müsste ganz schön schnell in Flammen aufgehen«, sagte Gonji.

»Bah! Der Wunsch eines Toren«, fand Mond. Er brachte eine Seilrolle zum Vorschein. Während er ein rostiges Stück aus dem Eisengeländer riss, fuhr er fort: »Bring sie in Wut – sie soll erneut herein greifen.«

Gonji kratzte sich kurz den juckenden Bart, nickte und huschte treppauf zu der Stelle, wo die Mondspinnerin aus dem Fenster inzwischen einen Torbogen gemacht hatte.

Lautlos schlich Gonji, den Rücken an der Wand, die letzten paar Stufen hinauf, passte seine Aktion zeitlich genau ab, holte mit der Helmbarte aus und schlug zu. Der Hieb trennte die Spitze eines Mundwerkzeugs ab, das auf dem Sims ruhte. Die Kreatur zischte und leckte reflexhaft mit dem schauerlichen Rüssel herein. Gonji schlug danach, verfehlte ihn aber.

Das Monster justierte erneut seine Haltung, und die Windmühle knarrte unter dieser Belastung wie bei einem Hagelsturm. Gonji stieg an dem Fenster vorbei. Direkt über ihm lag jetzt der Holzsteg, der innerhalb des Haubendachs rings um das gewaltige Getriebe führte.

Eine kraftvolle Beißzange drang durch die vergrößerte Fensteröffnung herein und schnappte aufs Geratewohl in der Gegend herum. Weiter unten auf der Treppe wirbelte Mond jetzt die ans

Seilende gebundene Eisenstange im Kreis und warf sie nach oben. Er hatte gut gezielt. Das beschwerte Ende funktionierte wie ein Greifhaken, und das Seil schlang sich um die Beißzange und hielt sie fest.

»Hier!«, rief Mond und warf Gonji die Seilrolle zu. Der Samurai fing sie mit dem Schaft der Helmbarte auf und zog sie heran.

»Mache es dort oben fest!«

Die heftig umherpeitschende Beißzange raubte ihm beinahe das Gleichgewicht. Er ließ dem Seil mehr Spiel und nahm jeweils drei Stufen auf einmal, bis er unter dem Dach der Windmühle war. Er brummte vor sich hin, während er das Seil im Getriebe festmachte.

Er wich einen Schritt weit zurück. Das Zischen hinter ihm erschreckte ihn dermaßen, dass er die Helmbarte auf die Bodenbretter fallen ließ. Die Mondspinnerin lugte heimtückisch zu einem Dachfenster herein. Ihr Rüssel züngelte nach Gonji. Er sprang aus dem Weg, landete aber hinter dem Holzsteg auf der horizontalen Welle, auf der das Mühlrad steckte. Zwanzig Meter Absturz drohten unter ihm.

Er hielt das Gleichgewicht und sprang direkt auf das grässliche Gesicht der Kreatur zu, und in einer fortlaufenden Bewegung zog er das Sagami und führte einen Ausfallschritt aus.

Als der Rüssel erneut herumleckte, tat er dies zum letzten Mal, denn die scharfe Schneide des Sagami trennte die Spitze ab. Vor dem klagenden Schrei der Kreatur prallte Gonji zurück.

Er hob die Helmbarte auf und steckte das *Katana* wieder ins Rückengeschirr. Die Windmühle bebte heftig, als die Mondspinnerin mit dem Seil kämpfte, das ihre Klaue gefesselt hatte.

Gonji führte einen ungezielten Angriff aus und hoffte, damit die hornförmigen, an schwarzes Feuer erinnernden Augen des Monsters zu erreichen, während dieses mit entsetzlichen Verrenkungen gegen das Seil ankämpfte. Dann roch der Samurai den Rauch.

Mond hatte die Windmühle in Brand gesteckt. Das Erdgeschoss stand schon in hellen Flammen, die an den Wänden emporzüngelten. Damit saß Gonji in der eigenen Falle.

Ein oder zwei Sekunden lang blickte er sich vergeblich suchend um. Dann beruhigte er sich. Er lief zum Fenster gegenüber, durch das er zum Scheiterhaufen hinabblickte, wenige Augenblicke zuvor noch der Kampfschauplatz. Tora lag auf der Seite und strampelte hilflos gegen den schwarzen Kokon an.

Viel näher war Gonji das lange Hintersegment der Mondspinnerin, das krallte und schob; daneben einer der Windradflügel.

Gonji stieß entschlossen die Luft hervor und spürte hinter sich schon die Hitzewogen. Er warf die Helmbarte in so hohem Bogen hinaus, wie er nur konnte, hockte sich auf den Fenstersims und betete zum *Kami* des Glücks darum, das Monster möge es nicht schaffen, sich zu befreien. Lieber starb er im Sprung.

Er sprang hinaus und packte eine Kante des Flügels, wobei ihm die Luft aus den Lungen gepresst wurde. Der Flügel zersplitterte unter Gonjis Gewicht, und dieser rutschte daran hinab. Die Welle drehte sich langsam, sodass er noch weiter absank. Er kam dem strampelnden Hinterkörper des Monsters näher. Ein Schauer lief ihm schon bei der Vorstellung, es gleich zu berühren, über die Haut.

Als er über den glatten Rückenpanzer des kreischenden Monsters hinwegglitt, hielt er es nicht mehr aus. Er stieß sich ab und landete im Schnee. Schmerzen flammten in seinem Rücken auf, als er beim Abrollen schwer auf die *Daisho* im Rückengeschirr drückte.

Aber er war wieder auf den Beinen. Frei. Und am Leben.

Er blickte zur lodernden Windmühle hinauf. Das Feuer hatte das Dach erreicht und umschlang es vollständig. Die Fenster rülpsten Höllenzungen. Das Monster hatte sich trotz seiner panischen Versuche noch immer nicht befreien können.

Gonji fand seine Helmbarte und schnappte sich ein brennendes Scheit aus dem Scheiterhaufen. Er lief zu Tora hinüber, stellte fest, dass sein linker Knöchel schmerzte, scherte sich jedoch kaum darum.

»Tora, halt still!«, rief er. »Sachte, ich tue dir nicht weh.« Er befreite das panische Tier mit der Brandfackel aus dem Kokon und hatte Mühe, es zu beruhigen. Er konnte nicht in den Sattel steigen, bis Tora wieder zu Sinnen gekommen war. Das Pferd bäumte sich mit geweiteten Nüstern und Augen auf bei all den Netzresten, die noch an ihm klebten, gestattete seinem Herrn dann aber wieder, in den Sattel zu steigen.

Sie kamen zunächst nur langsam voran, während Gonji ihnen den Weg durch das magische Netz freibrannte. Dann jedoch breiteten sich die Flammen von allein aus und eilten ihnen voraus, und unvermittelt erhielt Gonji wieder freie Sicht in die Ferne. In die klare kalte Nachtluft. Die belebende Kälte lief durch ihn hindurch, als der Wind in das größer werdende Loch strömte.

Der Samurai wendete das Pferd und blickte zurück. Die Mondspinnerin war inzwischen frei, da die Windmühle ausreichend heruntergebrannt war, aber es hatte sie die Klaue gekostet. Sie hastete auf den übrig gebliebenen Gliedmaßen in geistlosem Insektengrauen an der Basis der rauchenden Mühle herum. Dann probierte sie erfolglos zwei Sprünge in die Luft, ehe sie endlich die Unterseite des Netzes zu fassen bekam und sich mühsam hinaufkämpfte, wobei sie kopfunter baumelte.

Gonji erinnerte sich an Bogen und Köcher und nutzte die Gelegenheit, um zurückzureiten und sie wieder einzusammeln, obwohl er absteigen musste, um sie aufzuheben, da Tora nicht bereit war, sich der brennenden Mühle zu nähern.

Gonji ritt hundert Schritte weit hinaus und empfand einen irren Schauer angesichts des ehrfurchtgebietenden Schauspiels der Flammen, die sich mit der Wut eines Vulkans am Netz hinauffraßen. Etwas Derartiges hatte er nie zuvor gesehen. Das erbarmungslose Feuer tobte in schönen Mustern eines himmlischen Maßwerks durch das Netzgewebe. Ein flüchtiges Kunstwerk, um den Himmels*kami* zu erfreuen. Die tastenden Flammen holten schließlich die entschwindende Gestalt der Mondspinnerin ein, die in weißglühendem Licht aufloderte. Wie eine Sternschnuppe stürzte sie in einem schiefen Winkel herab. Gonji schnappte nach Luft, als er den übernatürlichen Glanz wahrnahm, während die Gestalt in seinem Blickfeld mit der erstaunlichen Schnelligkeit anwuchs, die der unheimlichen Raumverzerrung geschuldet war. Einen Augenblick lang fürchtete er, mitgerissen zu werden, aber dann stürzte die Mondspinnerin vor der qualmenden Windmühle zu Boden und erzeugte einen Schauer aus Funken und Dampf.

Gonji stieß ein Triumphgebrüll aus und verbannte dann alle Gedanken an diese Kreatur, um sich dem neuen Problem zu widmen: den Söldnern auf den umgebenden Höhen, die sich jetzt am östlichen Ende der Straße sammelten, um ihn zu stellen. Die Entfernung war, wie er wusste, eine Illusion; sie konnten in Sekunden über ihn herfallen.

Dazu mussten sie ihn jedoch einholen. Sein Ziel lag im Westen; er hatte nicht vor, aufgrund der kurzfristigen Unannehmlichkeit eines Monsterinsekts und einer Armee von Halsabschneidern von seinem Weg abzuweichen.

Gonji lachte laut über diese Gedanken. Bei dem Schauspiel hier hätte er nur ungern Zuschauer gehabt, am wenigsten seinen Vater, den alten Todo. Seine norwegische Mutter hätte es jedoch zu würdigen verstanden. Hier zeigte sich wieder das westliche Kind in ihm, das er manchmal nicht beherrschen konnte. Er gestattete ihm, einen Augenblick lang Luft zu holen und sich zu strecken.

Tora wirbelte mit den Hufen Schnee auf, als sie am schrumpfenden Kadaver der Mondspinnerin vorbeikamen. Gonji fand Zeit für einen kurzen Blick auf den orangefarbenen hellen Feuerpfeil, der sich ins Zentrum des Mondes bohrte – ein Anblick, dazu angetan, in einem künftigen Augenblick gelassenen Nachsinnens die Dichtkunst eines *Waka* zu inspirieren. Dann wandte der Samurai sich wieder der Straße zu, die vor ihm lag. Der Straße nach Barbaso. Ein Band, das sich durch die Hügel schlängelte, die in mehreren Kilometern Entfernung aufragten, jedenfalls unter normalen räumlichen Bedingungen.

Er erreichte innerhalb einer Minute die sanft ansteigenden Hänge. Mehrere Söldner drangen von beiden Seiten auf ihn ein, wollten ihn in die Zange nehmen. Ihre Hauptmacht griff von hinten an.

In vollem Galopp legte er einen Pfeil an und spannte den Langbogen, und die Flammen, die er hinter sich gelassen hatte, spiegelten sich aufs Neue in den Tiefen seiner schwarzen Augen.

Der Anführer der schwarzen Ritter gab seinen beiden Gefährten mit einem Wink zu verstehen, dass sie ihn weiter flankieren sollten. Nachdenklich betastete er die oberflächliche Wunde an der eigenen Schulter, während er das wilde Gefecht auf dem kleinen Hügel dreihundert Meter weit im Westen beobachtete.

SIEBTES KAPITEL

Obwohl in Barbaso erst Mittag war, drang von den Straßen schon der Lärm ausgelassenen Feierns herein. Betrunkene Krakeeler, sowohl aus den Reihen der Soldaten als auch der Stadtbewohner, sangen und tanzten auf dem Marktplatz, in den Gaststätten, auf den Dächern. Ulanen, die jede Vernunft und jede Hoffnung aufgegeben hatten, führten ihre Wach- und Streifendienste in schicksalsergebener Haltung aus. Ihre Waffen hingen wahllos an Gürteln und Gurten; die Männer trugen religiöse Symbole, Knoblauchzöpfe und hatten die Taschen voller einheimischer Talismane und Zaubertrünke, und sie beteten mit hohlen Stimmen darum, dass ihre Bewaffnung ausreiche, den Mächten des Hexenmeisters zu trotzen. Immer wieder ließen sie jedoch die Waffen los und griffen berauscht zu Krügen voller geistiger Getränke.

Die Hoffnung auf Sieg hatten sie eingetauscht gegen die verzweifelte Sehnsucht nach einem schmerzlosen Tod.

Hauptmann Salguero lauschte mutlos den Begleitgeräuschen des Untergangs der Zivilisation und hörte nur gelegentlich die leiernde, anklagende Stimme des jungen Amtmanns.

»Also gedenkt Ihr keine Anstrengung zu unternehmen, Eure Befehle auch auszuführen?«, fragte Cardenas gerade. »Wiewohl sie von unserem eigenen Oberkommando kommen?«

Salguero war es leid, mit ihm über diesen Punkt zu streiten, war es müde, eine unhaltbare Position zu verteidigen, war all dieser Anschuldigungen überdrüssig. Die Stadt trug ebenso viel Verantwortung wie er. Zumindest beharrte sein Stolz darauf.

Er blickte Cardenas an. Der gut gekleidete, glattrasierte

Cardenas, Advokat der Stadt, war einer der wenigen gebildeten Einwohner Barbasos. Und doch gehörte er zu der Handvoll Personen, mit denen zu reden der Hauptmann sich am wenigsten wünschte. Des Advokaten Beharren auf Äußerlichkeiten und Ordnung selbst unter den derzeitigen Umständen war irritierend.

Ein Gefühl der Schuld.

»Nun, Hauptmann?«

»*Nun*, Hauptmann?«, blaffte Salguero zurück und erschreckte ihn damit. »Nun, nun, *nun*, *Señor* Cardenas? Wo soll ich anfangen? Ich sage es Euch. Ich fange mit dem Befehl an Euch an, eine Ausgangssperre über Eure Leute zu verhängen und sie von meinen Leuten fern zu halten. Dann werde ich ...«

Rufe und abgehackte Schreie von der Straße unterbrachen seine Tirade. Salguero zog die Pistole und lief hinaus auf die Eingangstreppe des Rathauses, Cardenas dicht auf den Fersen.

Ein Pferd galoppierte vorbei, der tote Reiter hing auf seinem Hals. Es war kein Ulan, und Salguero vermutete, dass man sie erneut angriff. Er reckte den Hals und blickte die Hauptstraße hinunter, wo zwei weitere Rösser, diesmal ohne Reiter, die Reihen der zusammenströmenden Gaffer teilten.

Und noch ein Pferd. Diesmal war der tote Reiter aus dem Sattel nach hinten gebeugt und hatte die Füße in den Steigbügeln verhakt.

Zwei weitere, eines vor Erschöpfung und Verletzungen mit Schaum vor dem Maul; das andere zerrte eine von Schwerthieben gezeichnete Leiche an einem festhängenden Stiefel hinter sich her.

Möglicherweise Söldner. Oder Banditen.

Ein weiteres Pferd fiel aus leichtem Galopp in Schritttempo zurück. Sein Reiter war erkennbar am Leben.

Salguero traten die Augen hervor. Seine Wangenmuskeln zuckten.

»Kyushi?«, flüsterte er und lächelte, als sein Gedächtnis dieses Wort preisgab.

»Das müssen Männer des Hexenmeisters sein«, sagte Cardenas, aber Salguero war schon losgelaufen, erst langsam, dann mit vollem Tempo, auf den Reiter mit der ausdruckslosen Miene zu.

»Kyushi!«

Gonji reagierte unwillkürlich auf das schon lange nicht mehr vernommene Wort, gerufen von dieser herzerwärmend vertrauten Stimme. *Lehrer*, hatte diese Stimme gerufen, und er reagierte mit dem japanischen Wort für Hauptmann:

»Senchu.«

Ein Pistolenknall zerriss die Luft. Gonji hörte das vertraute Pfeifen der schweren Kugel, die an seinem Gesicht vorbeiraste, im Kopfsteinpflaster der Straße einschlug und Schnee emporschleuderte. Es kam ihm ungewöhnlich lange vor, bis er die sich anschließenden Schreie vernahm und Tora beruhigen musste. Er hörte Salguero Befehle brüllen, sah Menschen hastig gehorchen. Gonji hatte anderthalb Tage lang nicht geschlafen, und die Erschöpfung überwältigte ihn auf einmal. Seine einzige Reaktion darauf, dass jemand gerade auf ihn geschossen hatte, bestand in der matten Erkenntnis, dass er die ganze Nacht lang ohne seine Schaller gekämpft hatte. Er nahm den am Sattel hängenden Helm, setzte ihn auf und befestigte langsam den Riemen, während er zu dem Fenster hinaufblickte, aus dem der Schuss gefallen war. Die ganze Zeit lang blieb seine Miene unverändert, weniger aus Disziplin als aus Benommenheit. Nach wie vor empfand er nichts anderes als eine vage Freude darüber, Salguero zu sehen, als der sich heftig wehrende Stadtbewohner von zwei Ulanen vor den Hauptmann gezerrt wurde.

Man hielt den Mann an den auf den Rücken gedrehten Armen fest. Jemand reichte dem Hauptmann eine Pistole. Gonji vernahm etwas von »Monstern« und den »gottverdammten Teufeln des Hexenmeisters«. Offenkundig hatte man ihn mit jemandem verwechselt. Der Mann wurde wenig später weggeführt, nachdem Salguero ihm strenge Vorhaltungen gemacht hatte. Damit war die Angelegenheit erledigt.

Salguero stand neben Gonji, hielt ihm eine Hand hin, fragte, ob er verletzt war, zeigte Besorgnis, während er auf Gonjis Kimono deutete. Dieser war rot verfärbt. Irgendein Fleck. Ah, dachte Gonji, das rote Fleisch der Frucht aus den Höhlen der *Ogros canibalis*. Seine einzige Reaktion auf Salgueros Besorgnis bestand jedoch darin, den Kopf zu schütteln. Er sah ein weiteres reiterloses Pferd vorbeilaufen, Blutspritzer auf Sattel und Hinterteil, und vage war er sich der Tatsache bewusst, dass er selbst etwas damit zu tun hatte.

Er blickte erneut zu dem Fenster hinauf, ehe er etwas sagte.

»Eine ungastliche Stadt hast du hier, Senchu«, meinte Gonji.

Salguero konnte sein Erstaunen nicht verhehlen. Derselbe alte Gonji. Ein ironischer Humor selbst unter den schlimmsten Umständen.

»Was ist passiert?«, erkundigte sich der Hauptmann. »All diese toten Männer ... Jesus-Maria, Gon-shie, ich kann gar nicht glauben, dass du immer noch lebst nach all ...« Er konnte den Satz nicht mal vollenden, nur ungläubig den Kopf schütteln, während der Samurai schwerfällig vom Pferd stieg.

Sie verneigten sich voreinander, begleitet vom Murmeln der Umstehenden. Salguero betrachtete den Samurai forschend. Er hatte ihn noch nie mit Bart gesehen, soweit er sich erinnerte. Abgesehen davon, dass er nach seiner Reise noch unrasiert war und einige neue Ausrüstungsgegenstände sein eigen nannte, sah Gonji noch ganz so aus wie – wann eigentlich? Vielleicht vor inzwischen drei Jahren.

Ihre Bekanntschaft reichte jedoch viel weiter zurück. Vor *zehn* Jahren war der seltsame junge Wanderer aus Japan mit dem Posten des persönlichen Schwertmeisters von König Philip II. geehrt worden. Er hatte es sich in einer Machtposition bequem gemacht, wie sie jemand von solch ungewöhnlicher Herkunft nie zuvor erreicht hatte. Seine revolutionäre Kavallerietaktik hatte König Philip überzeugt, dass das Schießpulver noch nicht ganz zum ausschlaggebenden Faktor auf dem Schlachtfeld geworden war, und ihn nach der vernichtenden Niederlage der Armada beschwichtigt. Das Land, so lehrte Gonji, bildete die Domäne des Kämpfers. Die See hingegen war ihre eigene Herrin. Und mit Spanien in seiner Kimonotasche war der Samurai eines Tages den königlichen Befehl missachtend einfach auf der Suche nach der eigenen seltsamen Bestimmung davongeritten.

Jahre vergingen, aber Salguero vergaß nie die Lektionen in Kriegsführung, die er von dem viel jüngeren Krieger gelernt hatte, dessen Männer ihn *Kyushi* nannten. Japanische Redewendungen kamen eine Zeit lang in Mode, ungeachtet der Kritik gewisser Kreise innerhalb der Kirche.

Aber die Lage hatte sich verändert. Gonjis Ruf hatte auf eine Art und Weise an Gewicht gewonnen, dass er sich nun gegen ihn wandte. Die Inquisition richtete bereits ihren finsteren Blick auf ihn, als er und Salguero einander erneut begegneten.

Aragonien. Graf Cervera von Saragossa – inzwischen Herzog. Die Contessa Theresa, seine Tochter. Die unglaublichen Ereignisse, die Gonjis Verfolgung von Aragonien quer durch Europa bis in die ungarischen Marken begleiteten.

Eine schlimme Zeit war das gewesen. Eine sehr schlimme Zeit. Und jetzt?

Aber Gonji meldete sich erneut zu Wort.

»Es scheint«, sagte er mit ruhiger, erschöpfter Stimme, »dass Barbaso schwieriger zu erreichen ist, als die Karte erkennen lässt.«

Salguero lachte herzlich. »Du ... Ich kann gar nicht glauben, dass du es bist.« Er wurde leiser. »Hör mal, *Amigo*, ich werde deine *Bushido*-Ethik nicht durch eine Umarmung vor diesen gaffenden Gaunern entehren, aber *Dios*, es ist schön, dich zu sehen!«

»Ich brauche Schlaf, Hernando«, sagte Gonji und nickte geistesabwesend. »Schlaf und ...«

Salguero kam ihm jedoch zuvor, denn er erinnerte sich noch gut an Gonjis wunderliche asiatische Gewohnheiten. »Ich weiß – und ein gutes Bad, hm? Wir haben hier ein Dampfbad. Und mein Haus gehört dir. Komm, gehen wir hinein und lassen die Kälte hinter uns. Diese Straßen sind noch gefährlicher, als es den Anschein hat. Andererseits vermute ich, dass du das längst weißt, da du es bis hierher geschafft hast. Wir haben über vieles zu reden, sobald du dich ausgeruht hast ... Tora, hm?«

Der Hauptmann deutete mit dem Daumen auf das Pferd und lächelte. Er hatte Gonji damals in Madrid geholfen, einen Namen für den prachtvollen Fuchshengst zu finden. »Du siehst nach jemandem aus, der eine gute Mahlzeit vertragen könnte, mein Freund.«

»Hai, domo.«

»*Do itashimashite* – nichts zu danken«, sagte Salguero.

Sie lachten gemeinsam voller Wärme. Feldwebel Orozco kam hinzu und wechselte Grußworte mit dem Samurai. Er warf Salguero einen vielsagenden Blick zu. Auch er erinnerte sich gut an Gonji.

»Männer – zurück an die Arbeit!«, befahl Salguero einem herumlungernden Haufen Lanzenreiter. Und als sie zögerten, dem Befehl nachzukommen, blickte er ihnen fest in die Augen und setzte streng hinzu: »Aber *pronto!* Ich möchte, dass die Stadt gesichert wird. Kümmert euch um die Leichen und sammelt die Pferde ein. Schafft bis auf Weiteres die Bürger von der Straße.«

Salguero sah, wie seine Männer auf den neu erwachten Befehlston in seiner Stimme reagierten. Er verspürte eine innere Zufriedenheit, wie er sie lange nicht empfunden hatte.

Die Abendschatten neigten sich über die Straßen Barbasos. Durch das Fenster, an dem Gonji saß, schienen die gedrungenen Geschäfte und die Giebelhäuser der freien Hauptstraße wie unter dunklen Gitterstäben zu liegen. Es war das Netz der Mondspinnerin.

Gonji rieb sich das frisch rasierte Gesicht. Er hatte im Herrenhaus des toten Magistrats tief und fest geschlafen und am späten Nachmittag das heilende Dampfbad aufgesucht, wobei er sich ständig der feindseligen Haltung der Einwohner bewusst war. Er fragte sich, welch schlechter Ruf ihm vorauseilte, welche fantasievollen Erzählungen sich um ihn rankten.

Möglicherweise, entschied er, tauchten fantastische Erzählungen ihn in ein vorteilhafteres Licht, als die Wahrheit ihm zuteil werden ließe, würde sie denn bekannt.

Er hatte seine Wunden gesäubert und festgestellt, dass sie unbedeutender Art waren. Jetzt erduldete er – den Haarknoten sorgfältig gebunden und die Kleidung gewaschen, damit sie ihn nicht beschämte – das Protokoll von Salgueros Abendtafel in Gesellschaft einiger kleiner städtischer Beamter, vor allem des scharfsinnigen Advokaten Pablo Cardenas und, dem Samurai am wenigsten wohlgesonnen, des Pfarrers der Stadt, Pater Robles. Hauptmann Salguero ergötzte sich allem Anschein nach an der Tafel, die er hatte anrichten lassen, denn während Gans aufgetragen und heißes Brot gebrochen wurde, während Bier schwappte und dampfender Pudding genossen wurde, wirkte sich eine viel pikantere Chemie im Speisesaal aus: in dieser bildeten Feindseligkeit den Hauptgang und Argwohn die Nachspeise. Und Salguero überschaute das alles mit Spannung und kaum verhohlener Freude.

»Ah, Gonji«, sagte er jetzt und warf verstohlene Blicke auf die anderen, »du hast dich seit der alten Zeit kaum verändert, hm? Noch genauso würdevoll und schicklich, aber vielleicht ein wenig ernster und ruhiger?«

»Gewisse Dinge, die ich gesehen und getan habe, prägten mich tief.« Die Worte des Samurai kamen langsam und wohlüberlegt. Mit kaum merklich gerunzelter Stirn betrachtete er seinen Becher. »Vedun. Vedun hat einige Narben hinterlassen, die, wie es scheint, nicht verheilen werden.«

»Nur zu verständlich, nach allem, was ich gehört habe«, warf Pater Robles ein, ohne Gonji anzublicken.

Salguero lenkte Gonjis durchdringenden Blick wieder auf sich. »Du legst nach wie vor die gleiche Furchtlosigkeit an den Tag, die ich gut kenne. Es ist dieser dem Samurai eigene Fatalismus im Angesicht des Todes, nicht wahr?«

»Der Tod – ist so leicht wie eine Feder, Senchu. Ich habe erstaunliche Dinge gesehen ...«

Der Hauptmann lachte herzlich. »Nicht erstaunlicher als du selbst. Ich werde nie vergessen, wie ich dich zum ersten Mal erlebt habe, als du auf dem Kadaver des eigenen Pferdes standest, dieses blendend schnelle Schwert gewirbelt hast, als tote Banditen rings um dich verstreut lagen ...« Er brach ab und schätzte rasch die Reaktionen der anderen ab. Robles' Gesicht war in Grimm erstarrt. Orozco rülpste, und ein leises Lachen polterte durch seine Brust, als ihm eine persönliche Erinnerung durch den Kopf ging.

Cardenas räusperte sich. »Dass Ihr hier aufgetaucht seid, das untermauert schon die ehrenvollen Titel, mit denen man Euch belegt. Wisst Ihr, welche Bezeichnungen von Euch kursieren?«

Anita lief um den Tisch, um Gonji Bier nachzuschenken. Er wich ihrem suchenden Blick aus, der anzudeuten schien, dass gewisse Möglichkeiten für sie beide bestanden. Ihr aufreizendes Benehmen beleidigte die Ehre seines Freundes Salguero.

»Der Wind des Todes von Vedun«, fuhr Cardenas fort, »und das Rote Schwert des Ostens. Schon als ich noch in Italien studierte, kamen mir Legenden von einem Krieger aus dem Fernen Osten zu Gehör, der auf der Suche nach einem geheimnisvollen Tier war, welches seinerseits durch das Reich des Westens wanderte ...«

Gonji wurde melancholisch, während er von seinem Bier trank. Die Ironie all dessen berührte ihn. Früher mal hatte er danach getrachtet, sich in Europa einen Ruf zu schaffen, und war jedes Mal enttäuscht gewesen, wenn dieser Ruf ihm irgendwohin nicht vorausgeeilt war. Jetzt verstand er, was Weise ihm in früherer Zeit zu vermitteln versucht hatten – die Weisheit, die darin bestand, in schwieriger Zeit unbekannt zu bleiben.

Aber jetzt drangen unfreundliche Worte Pater Robles' an sein Ohr und vertrieben die Träumerei.

»... und die Geißel Avignons, *Señor* Samurai. Möchtet Ihr Euch zu diesem Attribut äußern?«

Gonjis Laune verfinsterte sich. »Sprecht zu mir nicht in diesem Ton von Avignon, und bringt meinen Namen nicht auf diese Weise damit in Verbindung! Was Ihr gehört habt, ist eine Verzerrung der erbärmlichen Tatsachen. Ihr habt ja keine Vorstellung von den Gräueln, die sich dort breit gemacht hatten. Nennt mich niemals die Geißel jener bösen Stadt. Ich habe sie *gesäubert!*«

Die anderen wurden von den kalten Worten des Samurai eingeschüchtert, aber Pater Robles blieb beharrlich. Eifer machte sich in seinem Tonfall bemerkbar.

»Es heißt, Ihr stündet im Pakt mit Dämonen, wisst Ihr? Manche sagen gar, Ihr wärt *selbst* einer. Ihr könntet Euch bei Nacht in ein Tier verwandeln.« Der Priester zupfte an dem Kruzifix, das an der Schärpe um seine Taille hing.

Salguero wurde starr, packte die Tischkante und schien im Begriff, Pater Robles Vorhaltungen zu machen. Gonji seufzte jedoch und ließ sich gegen die hohe Rückenlehne seines Stuhls sinken. Unweigerlich und trotzdem unglaublich – sein Ruf hatte sich mit dem des Simon Sardonis vermischt. Am liebsten hätte er gelacht und zugleich vor Seelenpein aufgeschrien.

»Zooanthropie«, sagte Cardenas, ohne sich damit an eine bestimmte Person zu wenden. »Wisst Ihr, ich habe in Florenz höhere Wissenschaften studiert. Ich dachte, ich würde einmal Mathematiker, ein Professor an der Universität. Ich studierte die Prinzipien des großen da Vinci persönlich. Wisst Ihr, Padre, dass die heutige Wissenschaft jeder Erwähnung eines Phänomens spottet, wie Ihr es zur Sprache gebracht habt? Natürlich sind wir hier weit von Florenz entfernt, nicht wahr?«

»Eure Wissenschaft vermag die Werke Satans nicht zu erklären«, hielt ihm Pater Robles entgegen.

Cardenas sprach weiter, als hätte er ihn nicht gehört. »Nehmen wir zum Beispiel die Riesen. Wisst Ihr, dass ein Riese unmöglich existieren kann? Dass ihn das eigene Gewicht so unweigerlich zermalmen würde wie eine Kanonenkugel? Und doch bestehen unsere Ulanen hier darauf, dass sie einen in genau dieser Gegend gesehen haben.«

»Böses existiert im Überfluss«, beteuerte Robles, »und seine Gestalten sind grenzenlos mannigfaltig.«

»Wahrhaftig«, bestätigte Gonji und beugte sich vor, »und während die Anhänger Iasus sich gegenseitig massakrieren, weil sie über die Formen des Gottesdienstes uneins sind, umschlängelt Euch das Böse und nährt sich von Eurem eigenen kleinlichen Hass. Und es geht dabei unterschwelliger zu Werk, als Ihr Euch vorzustellen wagt. Stets verbirgt es seine Absichten hinter Illusion, Täuschung ...«

»Es – es – es!«, wetterte der Priester. »Nennt es beim Namen: *Satan!*«

Gonji blinzelte, blieb aber gelassen. Er nickte dem Priester zu und fuhr fort: »Dann also Satan, obgleich ich viele Namen für ihn gehört habe. Illusion und Täuschung. Missverständnisse, Habgier, Unduldsamkeit – das sind seine Werkzeuge. Nicht alles, was Ihr ein Monster nennen würdet, dient dem Bösen.«

Feldwebel Orozco schnaubte. »Die hiesigen Monster tun es«, sagte er, hob den Becher vor Gonji und nahm einen kräftigen Schluck.

Cardenas ignorierte ihn. »Möchtet Ihr damit sagen, dass die Zauberkünste, die in diesem Tal wirken, bloß ein Schwindel sind? Ich versichere Euch, dass der Hexenmeister kaum etwas für die Vorstellungskraft übrig gelassen hat. Menschen sterben hier auf den Straßen durch ...«

»Oh nein!«, verwahrte sich Gonji und schüttelte den Kopf. »Was Ihr hier seht, ist nur zu wirklich. Ich stelle lediglich Fragen nach dem Ursprung der Kräfte, die Euch angreifen. Ich habe derlei an vielen Orten angetroffen. Das Böse ist stark im heutigen Europa. Stark und zielbewusst wie nur irgendeine sorgfältig inszenierte Verschwörung. Und es tut mir sehr leid, aber Eure vielgepriesene Inquisition, Padre, greift wie ein zorniges, erschrockenes Kind im Deckmantel der Dunkelheit den eigenen Besitzstand und hilflose Unschuldige an.«

Robles rammte seinen Becher auf den Tisch. »Nicht überraschend, das von Euch zu hören – von Euch, einem Heiden, der hier dem machtvollen Zugriff der Kirche so nahe gekommen ist.«

»Zugriff«, entgegnete Gonji bissig, »ist das treffende Wort, denke ich. Religiöse Raffgier stellt nur eines der Probleme dieses Kontinents dar.«

Pater Robles wurde rot. »*Si?* Nun, so erläutert mir, *por favor*, welche heidnischen Ideen Ihr uns vortragen möchtet, um unsere vielschichtigen Probleme zu lösen – um uns vor der Finsternis der Sünde und des Bösen zu retten?«

»Ihr wollt wissen, was ich glaube?«

»Si.«

Gonji lächelte und verschränkte die Hände. »Ich bin mir

selbst gar nicht mehr so sicher – was mein recht vermischter Kodex alles umfasst. Gelegentlich ertappe ich mich dabei, wie ich fast gar nichts mehr anzweifle. Wunder existieren, die Eure Theologie – und Eure Wissenschaft, Cardenas – nicht im Ansatz begreifen kann. Die zerbrechliche Schönheit anderer Dinge wird gar durch Erklärung des Mysteriums zerstört. Habt Ihr seit Eurer Rückkehr von der Universität, *Señor* Cardenas, mit Pater Robles schon einmal die anhaltende Kontroverse über die Bewegung der Sonne diskutiert?«

Beide wurden jetzt rot.

»Oder werdet Ihr zu einem späteren Zeitpunkt«, setzte ihnen der Samurai weiter zu, »über dieses Mysterium die Schwerter kreuzen? Vielleicht wenn die Armee Euch von der Macht des Hexenmeisters befreit hat, *neh?* Ich denke, dass genug Raum ist für jegliche Art von Erwägung. Erwägung braucht so wenig Raum, *neh?* Beobachtet. Meditiert über Eure Beobachtungen. Und die wahren Werke des Bösen werden sich Eurem Blick nicht entziehen können.«

Der Priester spreizte die Hände auf dem Tisch.

»Und Ihr, *Señor*, habt uns damit das perfekte Beispiel für das Wirken des Teufels geboten. Eure grob vereinfachende Sichtweise kommt einer Einladung zum Chaos gleich. Obskurantismus ist das Bier des Teufels.«

Gonji sann über den Begriff nach. Er hatte ihn zum ersten Mal vernommen. Es würde nicht das letzte Mal sein.

»Sollten Euch meine Überzeugungen kränken«, sagte er schließlich, »dann bleiben Euch zwei Möglichkeiten: Gebt mir Raum oder tötet mich.« Stille breitete sich im Zimmer aus, bis Orozco hustete und Anita die Gelegenheit nutzte, um die Becher nachzufüllen. Pater Robles deckte seinen mit der Hand ab, kam Anita damit aber nur mit knapper Not zuvor.

»Ich frage mich«, ergänzte Gonji, »für welche dieser Möglichkeiten sich Iasu entscheiden würde.«

Pater Robles saß reglos wie ein Eisfeld, ehe er unerwartet ein allerdings freudloses Lächeln zeigte. »Sehr schlau. Ich werde Euch natürlich den Raum geben, um den Ihr ersucht. Es geschieht nicht häufig, dass ich mit Fremden, die seltsame Überzeugungen hegen, das Brot breche, und ich muss Euch zugestehen, dass Ihr ein interessanter *Hombre* seid, obgleich ein pietätloser. Der Hauptmann vertraut Euch; also vermute ich, das sollte genügend Anreiz geben, es ihm gleichzutun.«

Salguero rang hinter seinem Becher mit einem Lächeln. »Ihr müsst mir verzeihen, Padre, aber ich wusste, dass es dazu kommen würde. Gonji kritisiert schon seit Langem bestimmte, hm – Haltungen der Heiligen Mutter Kirche, wenn ich es mal so ausdrücken darf.«

»Ihr braucht Euch nicht zu entschuldigen«, sagte der Priester und entspannte sich wieder. »Er hat einen Weg in dieses Tal gefunden, und das hat seit vielen Wochen kein anderer Reisender mehr geschafft. *Quiza* – vielleicht erweist er sich als derjenige, der Euch zeigt, wie man diesen bösen, uns feindlich gesinnten Hexenmeister besiegen kann. Womöglich gewähre ich ihm gar meinen Segen, wenn er fortgeht, vorausgesetzt, er verbreitet keine seiner heidnischen Ideen in dieser bereits schmutzigen kleinen Stadt.«

Er schlug einen fröhlichen Ton an, aber Anita, die seinem Blick stets um jeden Preis auswich, verschwand verstohlen aus dem Zimmer. Gonji verbeugte sich andeutungsweise vor dem Priester, der ihm seinerseits zunickte.

»Warum *seid* Ihr denn nach Barbaso gekommen?«, erkundigte sich Cardenas.

»*Si*, erzähle uns von den Schrecknissen, denen du unterwegs begegnet bist.« Orozco zuckte abwehrend die Achseln, als er den finsteren Blick sah, mit dem ihn Salguero bedachte.

»Nein, das ist schon in Ordnung«, sagte Gonji. »Ich suchte den kürzesten Weg nach Saragossa, und Barbaso ist bis dorthin die einzige nennenswert große Stadt. Ich benötigte Vorräte und menschliche Gesellschaft, wie ich gern einräume …«

Der Hauptmann lachte und strich sich die Fransen des Schnurrbarts glatt. »Du *hast* dich verändert – eine menschliche Schwäche so rundweg einzugestehen!«

»Wiewohl ich keine Ahnung hatte, wen ich hier antreffen würde, so danke ich dem Großen Kami dafür, dass du und Orozco nach wie vor in kampftauglicher Verfassung seid! Und das ist schon alles, was ich zu berichten habe. Ich hatte nie viel Glück mit Dörfern, und so musste es Barbaso sein, falls ich meiner Karte trauen konnte.«

»Allerdings meinst du es sicherlich nicht ernst, dass du Cervera sehen möchtest.«

Gonji zeigte eine gequälte Miene. »Das muss ich, Hernando. Ich muss unser Verhältnis bereinigen und die Wahrheit über Theresas Schicksal berichten. Das wird eine der schwierigsten Aufgaben sein, die sich mir je stellte.«

Trübsinn befiel den Hauptmann. Er lehnte sich mit verschränkten Armen zurück und starrte auf seine Stiefel. »Er wird dich umbringen, Gonji. Weißt du, ich erhielt selbst die Anweisung, das zu tun.«

»Das wäre deine Pflicht gewesen.«

Sie blickten sich in schmerzlicher Kameradschaft an. Dann durchbrach Gonji diese Stimmung und gab eine verschmitzte Haltung vor. »Also hat sich der alte König Philip zu seinen Ahnen gesellt. Ich hätte es wissen müssen. Er wäre inzwischen so alt gewesen. Und Philip der Dritte übt die Macht aus.«

»Denkst du, er hat vergessen, dass du in der Gunst seines Vaters standest? Er selbst konnte dich nie sonderlich leiden, weißt du?«

Gonji lächelte knapp. »*Hai*, vorsichtig ausgedrückt.«

»Und in der Frage, wer heute in Spanien das Zepter der Macht schwingt, so fürchte ich, hast du noch weniger Glück, als wenn

Philip das Hündchen es persönlich täte. Die administrative Gewalt liegt zum größten Teil in den Händen des Premierministers Rojas – des Herzogs de Lerma, erinnerst du dich? Der Hammer der Inquisition?«

Gonji rieb sich das Kinn mit dem Daumen und wurde nachdenklich. »Ah, *so desu ka?* Ist die Lage so?« Er schüttelte ernst den Kopf. »Aus der Hand des Teufels befreit, aber dafür in seinem Maul gelandet, wie es scheint.«

»Ich verwehre mich gegen diese Bemerkung, mein Herr«, knirschte Pater Robles.

»Tut mir sehr leid. Ich sprach damit nur meine Lage an ...«

»Wirklich?«, mischte sich Salguero ein.

»Das ist ein verdammt gutes Bild der Lage, wie sie sich entwickelt hat«, knurrte Orozco in seinen Becher.

»So könnte die Verteilung der Macht ganz generell beschrieben werden«, fuhr Salguero fort und übertönte das Gebrumm des Feldwebels. Er sprach zu Gonji, hielt aber die ganze Zeit lang den Blick auf den herumzappelnden Priester gerichtet. »Die Steuern ruinieren uns, die Türken bedrohen jeden Hafen, den nicht die Engländer ausplündern, und was unternimmt das Königssöhnchen? Er unterdrückt die *Moriscos* – unsere eigenen Landsleute – und zudem Christen! Wenn er nicht gerade an endlosen Festen und scheinheiligen frommen Riten teilnimmt, die ...«

»Solche Worte sind Ketzerei!«, wetterte Pater Robles.

»*Si*, und noch *mehr!*«, schrie der Hauptmann und fuhr beinahe von seinem Stuhl hoch. »*Verrat* – ich übe mit Worten Verrat, Padre.« Er wandte sich Gonji zu, und ein inständiges Flehen stand ihm auf die Stirn geschrieben. »Sie haben meine Heimatstadt abgetreten, *Kyushi*. Haben sie den Franzosen geschenkt, bewegt von einer feigen Angst, die sie als politisch zweckdienliche Entscheidung ausgeben. Jetzt lebt meine Familie unter der Fuchtel der verdammten Français, während ich hier festsitze und einen langsamen und hoffnungslosen Tod sterbe. Während ich zusehe, wie meine stolze Kompanie dezimiert und in wehleidigen Abschaum verwandelt wird. Die Männer sind berauscht und mutlos. Und wen der Hexenmeister nicht zerstört, dem raubt diese schmutzige Stadt jede Kraft.«

Pater Robles gab einen tadelnden Laut von sich, sagte aber nichts. Salguero lehnte an der Tischkante; seine Verbitterung sättigte die Atmosphäre im Zimmer, und seine rauen Worte hatten Anita wieder an die Tür gelockt. Sie lehnte am Türpfosten und warf einen verächtlichen Blick auf ihren ehemaligen Liebhaber. Der Feldwebel, der inzwischen kräftig in den Becher geblickt hatte, hing schlaff auf seinem Stuhl und nickte immer wieder schwer in missmutiger Zustimmung. Cardenas klappte lautlos den Mund auf und zu und schob mit einem Messer die Essensreste auf seinem Teller herum.

»Was gedenkst du also zu tun, Senchu?«, fragte Gonji behutsam. »Nach wie vor hast du deine Pflicht zu erfüllen.«

»Pflicht!«, fauchte Salguero, gewann aber fast sofort die Fassung zurück. »Was *kann* ich schon tun?« Er setzte sich wieder hin.

Gonji räusperte sich und richtete sich auf seinem Stuhl hoch auf. »Weißt du, ich muss nach wie vor an Burg Malaguer vorbeireiten, wenn ich das Tal verlasse. Diese Sache hat meine Neugier geweckt. Auf bestimmte Fragen möchte ich gern Antworten hören. Und du brauchst vielleicht einen kundigen Wegfinder, der dich durch all das führt, was dir dieser Zauberer in den Weg stellt.«

Die Augen des Hauptmanns leuchteten. »Kyushi? Möchtest du damit wirklich sagen, was ich denke?«

Gonji verschränkte die Arme und kniff die Augen zusammen. »Da ist etwas, was mir an dieser Stadt zu schaffen macht. Ehe ich Hilfe leiste, möchte ich etwas erfahren. Warum sind mir seit meiner Ankunft keinerlei Kindern begegnet?«

Seine Tischgefährten blickten sich gegenseitig unsicher an.

»Wir behalten sie zu ihrem Schutz in den Häusern, seit der Krieg gegen Domingo Negro begonnen hat«, erklärte Cardenas.

Pater Robles setzte hinzu: »In Barbaso ist man bei Tag und bei Nacht niemals sicher. Die Unschuldigen ...«

»Ich verstehe nicht, worauf du hinaus möchtest, Gonji«, sagte Salguero.

»Ich möchte Kinder aus dieser Stadt sehen«, verlangte der Samurai.

»Ich versichere Euch, dass wir welche haben«, sagte der Advokat. »Ich habe selbst zwei.«

»Bringt sie her. Oder wenn es Euch lieber ist, suchen wir Euer Haus auf. Ich möchte sie jedoch persönlich sehen.«

Sie schimpften und diskutierten Notwendigkeit und Grund der seltsamen Bitte des Samurai, aber schließlich willigte Cardenas ein und holte seine Kinder, einen Jungen und ein Mädchen, die zerzaust aussahen, nachdem man sie aus den Betten geholt hatte, aber vor lauter Furcht mit ganz wachen Augen blickten. Eine bewaffnete Eskorte führte sie ins Wohnzimmer des Herrenhauses.

Gonji plauderte sanft mit den Kindern, erzählte ihnen kurze Geschichten aus seiner Jugend in Japan und schenkte jedem von ihnen ein Stück Konfekt als Ausgleich für ihre Mühen. Angesichts seines ruhigen Auftretens beruhigten sich die Kinder, aber die Erwachsenen zeigten sich von dem geheimnisvollen Tun verwirrt, denn sie bemerkten, wie er die Kinder forschend musterte, sie sorgfältig betrachtete und mit seltsamen Fragen aushorchte, eingeflochten in das unterhaltsame Geplauder, das die Kinder schnell verzaubert hatte.

Als diese wieder nach Hause zurückgebracht wurden, setzte sich Gonji vor das bullernde Kaminfeuer und schenkte sich noch ein Bier ein. Mit ernster Miene wehrte er die neugierigen Blicke der anderen ab. Sie diskutierten über den Feldzug der Lanzenreiter gegen den Hexenmeister, bis Cardenas zurückkehrte.

»Würde es Euch etwas ausmachen«, sagte dieser, während er sich aus seinem Mantel befreite, »mir zu erklären, warum meine Kinder aus dem Schlaf gerissen und in die kalte Nachtluft hinausgezerrt werden mussten?«

Gonji starrte in die lodernden Flammen. »Das sind sehr hübsche Kinder. Sie wirken ganz gesund – und scheinen sehr geliebt zu werden.«

»*Muchas gracias*«, sagte Cardenas, aber in seinen Worten schwang Sarkasmus mit.

»Worauf genau spielt Ihr an?«, wollte Pater Robles wissen.

»Eines Tages«, antwortete Gonji ungerührt von seinem Platz vor dem prasselnden Feuer aus, »eines Tages erkläre ich es Euch.«

ACHTES KAPITEL

Buey führte mit der riesigen Faust einen harten rechten Querschlag aus, der ein Helmvisier hätte zertrümmern können. Der kleine Japs duckte sich unter dem Schlag hindurch und setzte eine kurze Gerade in Bueys Bauch.

Der Mann, den die übrigen Ulanen den *Ochsen* nannten, steckte die kurze Gerade in den harten Bauch mit einem höhnischen Grunzen ein. Er grinste anzüglich auf den kleineren Gegner hinab und zeigte ihm so klar und deutlich, wie wenig er sich um dessen Schläge scherte. Der letzte im Halbkreis geführte Kampftritt in die eigenen Rippen hatte jedoch wehgetan.

Dieser *Hombre* konnte vielleicht zutreten!

Buey hatte schon gegen die Besten der verfluchten französischen Fußsoldaten gekämpft und sie alle besinnungslos geschlagen, aber die Verbindung von Treten und Boxen, die dieser Asiate einsetzte, war schneller und tödlicher und bot vielfältigere Angriffsformen.

Buey ging wie ein Stier auf seinen Gegner los, brüllte einschüchternd und deckte den Japsen mit einer wütenden Folge von Fausthieben ein. Der Gegner wich jedoch flink zurück und parierte die fürchterlichen Hiebe des Ulanen mit Abwehrgesten der offenen Hände. Buey bot ihm keine Öffnung, und als er das Gefühl hatte, dass ein weiterer Tritt in die Rippen bevorstand, riss er scharf das Knie hoch.

Ihre Beine prallten dumpf aufeinander. Der Japs ließ die Hände sinken, um das Gleichgewicht zu halten, und Buey konnte ihm einen Streifschlag an die Schädelseite versetzen. Es gelang ihm jedoch nicht schnell genug, mit einem weiteren Angriff nachzusetzen, und der heftige Gegenschlag des Asiaten rammte ihm den Schädel in den Nacken. Er schmeckte Blut im Mund und spürte das warme Rinnsal im Schnurrbart.

Knurrend griff er unter einer Flut von Gefühlen aufs Neue an. Die Zuschauermenge der übrigen Soldaten schubste und drängelte, um den Kämpfern aus dem Weg zu gehen, und flehte Buey dabei an, mit diesem arroganten Wichtigtuer ein Ende zu machen. Buey griff mit einem Tritt aus dem Sprung an, darauf gezielt, Gonji zu enthaupten, aber auf dem höchsten Punkt der Sprungbahn erkannte er den eigenen Fehler. Im Flug war Buey verwundbar und musste hilflos zusehen, wie der Asiate geduckt im Kreis wirbelte. Mit dem dabei ausgeführten Tritt riss er dem Ulanen das Standbein weg.

Er krachte schwer auf den Boden der Kaserne und hob die Arme vors Gesicht, als der Japs rittlings auf ihn sprang.

Mit einem hämmernden Kniestoß schleuderte er Gonji jedoch in eine Rolle vorwärts. Buey hörte, wie dem anderen die Luft zischend durch die zusammengepressten Zähne entwich, und spürte den eigenen Vorteil. Er sprang auf und attackierte den Japsen mit wild rudernden fleischigen Fäusten, und er riss dabei immer wieder die Knie hoch, um Tritte des Gegners abzuwehren, während er die eigenen geübten Angriffe mit wohlgezielten blitzschnellen Tritten würzte.

Die Enttäuschung über die Erfolglosigkeit seiner Attacken trieb den Ulanen zu unmäßiger Wut. Seine Hiebe landeten zu häufig wirkungslos und endeten auch mal in der hohlen Luft. Er trat erneut zu, tat sich aber nur selbst weh, als der Asiate ihn mit einem Handkantenschlag an den Knöchel abwehrte.

Erneut ein scharfer Schmerz im Knie, dann im Knöchel – dem anderen Knöchel …

Der Japs war zu einer blitzschnellen Folge von Angriff und Rückzug übergegangen und attackierte mit niedrig angesetzten blitzschnellen Tritten von der Seite die Schienbeine des Ulanen.

Buey blickte immer wieder auf die pantherflinken Füße des Gegners hinab. Er hob das Knie, um einen Tritt abzuwehren. Auf einmal war der Samurai hoch in der Luft. Mit beiden Füßen trat er Buey voll gegen den oberen Brustkorb. Der Ulan stolperte atemlos rückwärts und landete schwer auf dem Hinterteil.

Aber der Asiate war selbst unglücklich gelandet und zuckte vor Schmerzen zusammen. Er musste sich einen Knöchel verletzt haben. Buey stemmte sich wieder auf die Beine und griff mit rotierenden Fäusten an, die Schultern entschlossen vorgereckt. Der Samurai wechselte die Haltung, um das verletzte Bein zu entlasten.

Sie tauschten eine rasende Folge von Hieben aus. Die Soldaten *ohten* und brüllten aufgeregt. Alles trieb einem raschen Ende entgegen.

Buey versetzte dem Japsen eine kurze Linke. Der Samurai wich einen Schritt weit zurück, drehte das verletzte Bein, stieß es nach vorn, drehte es zurück, fintierte oben und unten. Dann ...

Ein schneller geradliniger Tritt erwischte Buey unmittelbar oberhalb der Leiste. Reflexartig nahm er die Arme herunter. Ein geschlenzter Halbkreistritt erwischte ihn in den schon schmerzenden Rippen. Der Atem schoss ihm aus den Lungen. Der Samurai wechselte erneut das Bein – er hatte geblufft. Der rechte Fuß flog heran und knallte von der anderen Seite in Bueys Rippen. Eine Finte mit einem tief angesetzten Tritt ...

Wie ein Hammer krachte ein kreisförmig ausholender Tritt an Bueys Unterkiefer und brachte seine Anhänger zum Schweigen. Er hörte nur noch Flüstern, gedämpft wie durch Baumwolldrell, und sah harte Funken wie von verwaschenem Kerzenlicht. Benommen torkelte der Ulan rückwärts. Und landete erneut heftig auf dem Boden, die Arme nach hinten ausgestreckt, die Hände flach ausgebreitet.

Gazeschichten hoben sich von seinen Augen. Der Samurai stand vor ihm und schnappte nach Luft, die Hände in den Hüften.

»*No mas?*«, fragte der Japs leise.

Wut und Adrenalin strömten mit dem Blut, das in den Schläfen des Ulanen hämmerte. Er kam stolpernd auf die Beine, spuckte einen Zahn aus und stürmte los. Als er in Reichweite des arroganten Samurai kam, sah er, wie Montoya hinter dem zähen kleinen Mistkerl einen Schemel anhob und damit zum Schlag ausholte.

Gonji hatte sich gezwungen gesehen, gegen Buey zu kämpfen. Nach zwei Tagen voller vergeblicher Versuche, Salgueros zügellosen Ersten Katalanischen Lanzenreitern wieder Disziplin beizubringen, hatte er entschieden, dass keine andere Möglichkeit bestand.

Sticheleien und Beleidigungen, läppische Anstrengungen und vorgespielte Unfähigkeit waren der Lohn gewesen, als er die Truppe auf die Schlacht gegen die Mächte des Hexenmeisters vorzubereiten trachtete. Ein Zweikampf gegen den Recken, um den sich die Soldaten sammelten, schien ihm der letzte Ausweg – abgesehen davon, sie alle umzubringen –, um ihren Respekt zu gewinnen. Anscheinend hatte es funktioniert. Sie gingen die Ausbildung jetzt professioneller an. Leicht war es jedoch nicht gewesen: Buey war erstaunlich flink und kombinierte dies mit einer Schlagkraft, die zum Härtesten gehörte, womit es der Samurai je zu tun gehabt hatte. Unter einem einzigen Hieb dröhnte ihm der Schädel, und er hatte noch stundenlang nach dem Kampf Kopfschmerzen. Und mit der missglückten Landung nach dem Sprungtritt tat er der Heilung des schmerzenden Knöchels auch keinen Gefallen.

In der ernsten Stimmung, die nach seinem Sieg herrschte, wusste Gonji nicht recht, was Bueys Zorn und Scham wohl für die Zukunft versprachen. Wenigstens hatte sich der Ochse jedoch als Mann von Ehre erwiesen, als er den ruchlosen Montoya daran hinderte, Gonji den Schädel einzuschlagen.

Sobald Gonji den Posten als Salgueros Militärberater angetreten hatte, startete er ein Programm der Disziplinierung und der Waffenübungen, das sich bei der Ulanenkompanie sofort als unbeliebt erwies. Er trieb sie dazu, ihre trägen Gewohnheiten zu korrigieren – und seine Maßnahmen reichten von persönlicher Sauberkeit über Instandhaltung der Uniformen bis hin zur Säuberung der stinkenden Unterkünfte, von der Instandsetzung der Ställe, die sich in beschämendem Zustand zeigten, bis zum Ölen und Polieren der Waffen.

An die Waffenschulung gingen die Ulanen mit mürrischer Skepsis heran: Was nutzten schon Schwert und Bogen, wenn ein Soldat mit modernem Kriegsgerät ausgerüstet war – nämlich Muskete und Pistole? Gonjis Argumente ernteten Gekicher, wenn er davon sprach, dass Bogen und Armbrust an Reichweite und Schussgeschwindigkeit überlegen waren und dass ehrlicher Stahl im Nahkampf und mit seiner geradezu mystischen Zuverlässigkeit unter gewissen Umständen Vorteile bot.

Nichtsdestoweniger trieb er sie durch diesen Drill, bis er die Geduld mit ihrer widerspenstigen Haltung verlor und er sich gezwungen sah, ihnen wider ihren Willen Respekt und Furcht abzuringen, indem er es mit ihrem Recken aufnahm.

Nach dem Kampf gegen Buey genoss er die Aufmerksamkeit der Truppe. Die Männer arbeiteten jetzt härter mit ihren entstaubten Bögen, und sowohl der Samurai als auch seine alten Freunde verfolgten mit nostalgischer Zufriedenheit die Drills im Bogenschuss vom Pferd und im Fechten. Gonji seinerseits erlebte, wie die schleichende Gleichgültigkeit und der nackte Überlebenskampf der zurückliegenden Wochen einem erneuerten Gefühl von Pflicht und Zielbewusstsein wichen. Er stürzte sich munter in seine Führungsverantwortung, wenngleich er in stillen persönlichen Augenblicken zu Anfällen von Melancholie neigte: Bittersüße Erinnerungen an die Ausbildung der tapferen Miliz von Vedun verfolgten ihn im Schlaf und machten ihm die seelische Leere seiner derzeitigen taktischen Bemühungen bewusst. In diesen Augenblicken war er froh über die Gesellschaft seines alten Freundes Salguero und den trockenen Witz des treuen Feldwebels Orozco.

Die Ulanen erwiesen sich mit ihren Pistolen und Hakenbüchsen als sehr fähige Schützen, und sie lernten mühelos die Technik der sich abwechselnden Schützenreihen. Der Pulvervorrat war jedoch gering, und so konnte nicht viel in der Ausbildung vergeudet werden. Gleichermaßen zeigten viele eine Begabung für den Bogenschuss vom Pferd; sie waren fähige Reiter, und manche lernten schnell, auf beträchtliche Entfernung aus vollem Galopp bewegliche Ziele zu treffen. Allerdings waren auch Pfeile und Armbrustbolzen knapp, und Barbasos nörglerischer Pfeilmacher meckerte unaufhörlich darüber, dass er für die Herstellung der Geschosse Überstunden machen musste. Gonji stellte frustriert fest, dass die Qualität der Produkte umso geringer wurde, je mehr der Mann und seine Lehrlinge unter Druck standen. Als Jugendlicher in Japan hatte Gonji sich, wie er sich erinnerte, daran gewöhnt, bei der *Kyu-jutsu*-Ausbildung täglich tausend Pfeile zu verschießen; die Soldaten in Barbaso jedoch konnten an einem guten Tag von Glück sagen, wenn sie auf zwei Dutzend kamen.

Die Nahkampfausbildung mit Schwert und Axt und Helmbarte erwies sich von Anfang an als unbeliebt. Die Begeisterung der Lanzenreiter dafür sank auch noch weiter, als sich einer ihrer Kameraden bei der Übung mit der Stangenwaffe zu Pferd die Schulter ausrenkte.

Disziplin und Kampffähigkeiten nahmen trotzdem rasch zu, während die Tage vergingen. Unvermittelt wurde es für eine Zeit lang warm, was die Ulanen aufmunterte und die Vorfreude auf das bevorstehende Fühlingstauwetter förderte. Sie arbeiteten von jetzt an noch härter.

Manche Soldaten erwiesen sich hingegen als nicht endendes

Problem, besonders die Gruppe, die von dem hinterlistigen Montoya geführt wurde. Ihnen mangelte es unrettbar an Aufrichtigkeit, und sie reagierten weder auf Verhätscheln noch auf Strenge. Montoya selbst zeichnete sich durch die Persönlichkeit eines arroganten Schakals aus und verbrachte mehr Zeit in der Arrestzelle als im Dienst. Mit rachsüchtiger Befriedigung nahm Gonji die Nachricht auf, dass der Mann schließlich ein für alle Mal aus dem Dienst entlassen wurde. Vom Dienst freigestellt, da er vorgeblich krank war, entdeckte man Montoya im Keller eines Privathauses, wo er sternhagelvoll in den Armen einer Frau lag. Der unverbesserliche Soldat wurde eingekerkert, bis ein Kriegsgericht diesen Fall von vorgetäuschter Dienstunfähigkeit und Pflichtvernachlässigung verhandeln konnte. Nur der Nachsicht Hauptmann Salgueros war es zu verdanken, dass ihm unter den gegebenen schlimmen Umständen die Hinrichtung erspart blieb. Dieses böswilligen Einflusses beraubt, zeigten jetzt sogar Montoyas Kumpane widerstrebend frische Kraft bei der Ausbildung.

Die Einwohner waren von Gonjis Bedeutung nicht erbaut. Er wusste, was sie dachten, denn es spiegelte sich in ihren Augen, und er hatte dergleichen schon oft durchlitten. Wie konnte eine minderwertige Person – noch dazu ein Heide – mit der Aufgabe militärischer Beratung betraut werden, deren Ausgang womöglich über Barbasos Zukunft entschied? Er hörte aus zweiter Hand, wie Pater Robles unter den Stadtoberen Unzufriedenheit darüber säte, dass Salguero diesem asiatischen Killer vertraute, dessen Ruf der eines kaltblütigen Teufels war.

Anita, die verdorbene Tochter des verstorbenen Magistrats und frühere Geliebte Salgueros, bandelte inzwischen mit dem Stallburschen Ferrugia an, der die Pferde der Lanzenreiter versorgte. Sie versäumte es nie, sich bei den Ställen herumzutreiben, wenn die Rösser am Ende des Tages hereingeführt wurden. Stets war sie hinreißend gekleidet und parfümiert – was in der rustikalen Umgebung der Ställe beinahe mitleiderregend komisch wirkte –

und machte sich anzüglich an den errötenden Ferrugia heran, während sie dem Hauptmann und Gonji kalte Blicke zuwarf. Die Soldaten empfanden sie als amüsantes Objekt der Begierde und gingen dazu über, sie das Luder zu nennen.

Der Advokat Pablo Cardenas war eine rätselhafte Gestalt. Er sagte wenig und verriet noch weniger durch seine Taten, aber er schien bei den Ausbildungseinheiten ständig zugegen, und Gonji malte sich aus, wie der Mann ihn stets von hinten kritisch musterte. Und in dieser Hinsicht glich Cardenas ganz den übrigen Stadtbewohnern.

Sie waren ein fauler Haufen, ging Gonji durch den Sinn. Sie murrten unaufhörlich über die schwindenden Wintervorräte, die lange Abwesenheit der fahrenden Händler von Barbaso und die schreckliche Unterdrückung durch den Hexenmeister, der sich Schwarzer Sonntag nannte. Trotzdem wirkten sie seltsam zufrieden, wie er fand, wenn auch irgendwie verzagt.

Etwas bereitete Gonji Sorgen. Durchaus möglich, dass diese Menschen nicht alles verrieten, was sie über das Wirken und die Absichten des Hexenmeisters wussten. Es ergab keinen Sinn, dass der Hexenmeister sie angriff, denn er hatte dadurch allem Anschein nach nichts zu gewinnen. Und es war für Gonji überhaupt nicht befriedigend, dass sie unter Schmähungen seine neugierigen Fragen abwiesen und sie für bedeutungslos erklärten, weil ihrer Ansicht nach das Böse niemals einen Grund für seine heimtückischen Machenschaften benötigte.

Sie misstrauten ihm, wie er ihnen misstraute. Soweit er jedoch erkennen konnte, hatten sie bislang weder ihre Menschlichkeit noch ihre Seelen verkauft. Und auch nicht die ihrer Kinder. Anders als in jener Stadt bei Avignon, wo er zu lange gezögert hatte, um vom bloßen Argwohn zur Tat überzugehen.

Und was den Erzmagier Domingo Malaga y Colicos anbetraf, so blieb dieser eine geheimnisvolle Präsenz, die über dem Gebiet lauerte und Albträume hervorrief. Trotzdem kam es in den beiden Wochen der taktischen Drills und der Waffenausbildung nur zu zwei übernatürlichen Vorfällen.

Einmal kam eine morgens aufgebrochene Gruppe Jäger erschüttert und mit leeren Händen zurückgerannt, und der Mittagshimmel verdunkelte sich wie die unergründlichen Tiefen des Meeres. Ein dumpfes, höhnisches Gelächter tönte über den Himmel und ging allmählich wieder zurück, als die Sonne die Dunkelheit wegbrannte.

Der zweite Zwischenfall war tödlicher.

Bei einem Kavallerie-Übungsgefecht auf den Ebenen westlich der Stadt erblickte Gonji zum ersten Mal die abscheuliche heulende Todesfee, die den zitternden Tod brachte. Als die Soldaten sahen, wie die Todesfee den geisterhaften Mantel über das ganze Tal hinweg ausbreitete, scherten sie sich nicht mehr um Gonjis gebrüllten Befehl, an Ort und Stelle standzuhalten, sondern stürmten im Zustand einer Massenpanik zur Stadt zurück. In Gonjis Gedächtnis rührte sich eine Erkenntnis über die Bedeutung dieser Erscheinung, aber als er die kalte Wut in den unergründlichen, hungrigen Augen des Todesfee erblickte, als er ihren Grabesgestank roch und spürte, wie bloßgestellt er nach der Flucht seiner Gefährten war, lag sein Selbstvertrauen in Trümmern.

Auch er flüchtete vor ihrem eisigen grauen Griff und ihrem klagenden Geheul, bei dem ihnen das Blut in den Adern gefror, und fluchte dabei die ganze Zeit.

Als alle sich atemlos und schwitzend in den Ställen drängten, schalt Gonji die Soldaten für die Flucht, wenngleich er über sich wütender war als über die anderen. Er schrie sie an, um die nagende Stimme des eigenen Schuldgefühls zu übertönen. Er erzählte von den Legenden, die sich um die Todesfee rankten, fragte die Soldaten, warum sie in Panik geraten waren und warum sie sich jetzt sicher fühlten, und erklärte ihnen, was sie tun mussten, wenn sie sich später erneut ihrem Blick stellen mussten, womit sie sicher rechnen mussten.

Und er wusste, dass er die Wahrheit seiner Worte durch das eigene Beispiel bekräftigen musste, wenn es denn die Wahrheit war.

Zwei Männer und ihre Pferde wurden an diesem Tag von der Todesfee eingeholt. Ihre Hand berührte sie, belegte sie mit ihrem Fluch, läutete ihren vorzeitigen Tod ein. Die Agonie der zitternden Opfer schien nicht enden zu wollen, wich dann jedoch der Lähmung. Und schließlich dem Tode.

Eine Frau sah einem der Toten in die Augen, und bei dem, was sie dort erblickte, verfiel sie in Hysterie.

Es war der Abdruck des Antlitzes der Todesfee.

»Vergesst nicht«, rief Gonji der aufmarschierten Kolonne aus dreißig Lanzenreitern zu, deren Pferde in der kalten Morgenluft zitterten und schnaubten, »dies ist eine militärische Expedition, *si*, aber keine Belagerungsarmee! Sollten wir angegriffen werden, dann verteidigen wir uns, aber wir greifen nicht selbst an. Ich möchte, wenn möglich, mit diesem Hexenmeister auf Grundlage der Vernunft verhandeln, wenn er denn ein vernünftiger Mann ist.«

Die aufgeregten Einwohner der Stadt waren massenhaft in die Kälte des blauen Morgengrauens hinausgeströmt, um die Kolonne abrücken zu sehen. Die Menschen drängelten sich auf beiden Seiten der Hauptstraße, mahnten sich gegenseitig zur Stille, um die Worte des Samurai zu vernehmen, wisperten aufgeregt und spekulierten über den Grund, warum der Asiate neben Hauptmann Salguero an der Spitze der Truppe ritt. Jedes militärische Protokoll schien für diesen arroganten Heiden, der mit so vielen verrufenen Namen belegt war, außer Kraft gesetzt.

Gonji hatte dieses Schauspiel mit Salgueros Zustimmung arrangiert. Wenngleich der Hauptmann das Kommando führte, verfügte Gonji hier als Einziger über nützliche Erfahrung mit dem Listenreichtum Domingos. Somit war der Samurai der Späher und Fährtensucher – und auf eigenen Wunsch die Vorhut, das vorrangige Ziel für jedwede Gefahr, der sie begegneten. Er sprach lange und laut zur versammelten Truppe und erläuterte ihre Pläne, und jeder mit militärischer Erfahrung hätte diese als tollkühn und jeder Sicherheit Hohn sprechend beurteilt.

Genau so hatte es Gonji geplant. Die Vergangenheit lehrte ihn Vorsicht, und er ging von der Annahme aus, dass der Hexenmeister Agenten in Barbaso hatte. Falls es dem Samurai gelang, Domingo davon zu überzeugen, dass sie in friedlicher Absicht kamen, rettete dies womöglich viele Menschenleben.

Jeder Vorteil war willkommen.

Begleitet von Jubelrufen und guten Wünschen, ritten sie aus der Stadt. Bald übertönten die donnernden Hufschläge und das Klappern der Ausrüstung alle Geräusche der Stadt.

Sie hielten durch das Tal nach Norden, und die Ebenen stiegen allmählich zu den kleinen Hügeln an, in die sich die Schreckensburg Malaguer nistete. Lanzenfähnchen flatterten in der frischen Luft und verkündeten mit ihren Farben, dass hier Seiner Majestät Philip Königliche Ulanen kamen. Gonji und Feldwebel Orozco ritten rechts der Kolonne und achteten auf den Weg voraus. Salguero bildete die Spitze der Lanzenreiterkolonne und wirkte in seiner glänzenden Kavallerierüstung stolz und kampfesmüde zugleich. Gelegentlich warf er einen fragenden Blick auf Gonji, als wäre er selbst ein unerfahrener Offizier, der Orientierung von einem Vorgesetzten erbat. Diese zunehmende Unentschlossenheit eines früher so kraftvollen Kommandeurs bereitete Gonji ein wenig Sorgen. Sie erinnerte ihn an den nervösen jungen Leutnant Valdez, dem Salguero die Befestigung Barbasos anvertraut hatte. Bis spät am vorangegangenen Abend hatte Valdez hartnäckig Salguero immer wieder Fragen gestellt, was er im Falle möglicher Unwägbarkeiten tun sollte. Hatte seinen Verstand mit vielfältigen namenlosen Ängsten überschüttet.

Einen solchen Eindruck machte inzwischen auch Salguero, und es versprach nichts Gutes.

Sie ritten ohne Zwischenfall, bis sich die Mittagssonne grell auf hartem, verkrustetem Schnee spiegelte. Während einer Pause, die dem Essen und der Erholung der Pferde diente, widmeten sich die Männer leerem Geplauder, während sie besorgt zu den Höhen hinaufblickten. In den kommenden Tagen würde sich Gonji oft an die Kürze des Ritts an diesem Morgen erinnern, im Gedächtnis zusammengedrängt unter der Last der gewaltigen und zahlreichen Wunder, mit denen sie später an diesem ereignisreichen Tag zu tun bekommen hatten.

Während sie am frühen Nachmittag über die verschneite Savanne trabten, veränderte sich die Landschaft. Zunächst kaum auffällig, erschienen Gehölze und Felszungen, wo keine hätten sein dürfen. Dann verschob sich der Horizont, wuchs an, zeigte scheinbar mit jedem Schritt der Rösser neue Merkmale. Tafelberge wurden in der Ferne erkennbar und bildeten eine abgerissene Linie, die den unteren Saum des dunstigen Himmels berührte. Die Soldaten brummten ungläubig und rieben sich die Augen, als die Felswände unnatürlich schnell vor ihnen anwuchsen. Dafür gab es nur eine Erklärung: Die Truppe durchquerte eine weitere räumliche Verzerrung, wie Gonji sie von der Windmühle her kannte.

Der Samurai hatte die Männer vor diesem Phänomen gewarnt, hatte es als Beispiel für eine jener Situationen angeführt, wo die Schusswaffen nicht hilfreich waren, da man der Flugbahn einer Kugel nicht folgen konnte, um Zielentfernungen abzuschätzen. Aber obgleich er vorgewarnt war, verließ Salguero der Mut und er ließ die Kolonne immer langsamer reiten und hielt sie schließlich ganz an.

Er trappelte zu Gonji und Orozco hinüber, und sein Gesicht war totenbleich, als er mit zitternder Stimme feststellte:

»Das – das ist nicht Spanien.«

Gonji nickte knapp. »So scheint es. Anhand des Sonnenstandes erkennen wir jedoch, dass wir noch immer nach Norden reiten. Ich sage: Ziehen wir weiter.«

Der Hauptmann schien zunächst protestieren zu wollen, nickte dann aber und wendete, um erneut die Kolonne anzuführen.

Sie setzten ihren Weg jetzt langsamer fort, aber trotzdem ragten die Tafelberge von Minute zu Minute immer höher zum Saum des Himmels auf.

Der Baumbestand wurde dichter. Gonji ließ die Truppe an einer Stelle anhalten und führte sie dann in einem weiten Bogen vom Weg herunter und durch festgepackten Schnee. Die Lanzenreiter stellten die Nörgelei über diese Unannehmlichkeit ein, als Gonji sie auf die eingerollten Ranken einer schlummernden *Luna carnivora* hinwies. Seine anschauliche Schilderung ihrer Gewohnheiten beendete jedes Gemecker und verlieh den Männern mehr Zuversicht in die Führung des Samurai. Viele Soldaten achteten von jetzt an auf seine Reaktionen, um sich daran zu orientieren.

Die Kolonne geriet völlig in Unordnung, als die erste der Zauberringmaiden unter den kahlen Pappeln zu ihrer Linken auftauchte und die Pferde wiehernd Bocksprünge machten. Wenig später folgten zwei weitere Ringe dem ersten. Die Ringsteine warfen grellbuntes Licht auf den Pulverschnee und funkelten wie riesige Diamanten in allen Farben des Regenbogens.

Gonji hob eine Hand, und Salguero brüllte Befehle, dass die Soldaten erneut ihre Formation einnehmen sollten, ohne die verführerischen Erscheinungen eines Blickes zu würdigen.

Gonji ritt auf den Ring mit der ersten am Boden sitzenden, schmollenden Maid zu. Traurige blaue Augen blickten ihm unter einem lässigen Schwung langer goldener Haare hervor entgegen.

»Reitet weiter«, sagte sie mit lieblicher Stimme. »Ihr habt nicht den Mut, mich aus meinen Banden zu befreien.«

Orozco tauchte neben Gonji auf und musterte die Frau argwöhnisch. »Ist das …«

»*Hai*«, antwortete Gonji und wandte sich erneut an die Frau: »Aber nicht Mut ist es, der dich befreit, nicht wahr? Orozco, hast du etwas Silber für mich?«

Die Zauberringmaid machte große Augen. Sie entblößte die Zähne. Ein Ausdruck unmenschlichen Irrsinns grub sich in ihr Gesicht.

Der Feldwebel griff in eine Tasche und holte eine Silbermünze hervor. Er hielt sie Gonji hin, eine Braue argwöhnisch hochgezogen. »Wozu möchtest du sie?«

Gonji antwortete nicht, sondern löste die Münze aus Orozcos festem Griff. »Ich schulde sie dir.«

Die Maid zischte jetzt wie eine Viper, als sie den Glanz des Silbers erblickte. Gonji warf die Münze einen knappen Meter außerhalb des funkelnden Rings in den Schnee. Die Frau führte einen übermenschlichen Sprung aus, wie von einer versteckten Sprungfeder angetrieben, landete außerhalb des Rings und krallte in den Schnee, um dieses amulettähnliche Stück reinen Silbers zu ergreifen.

Sofort wich das Licht aus den Steinen. Sie verschwanden gänzlich. Eine erschreckende Verwandlung trat ein, und die Pferde bockten in urtümlichem Grauen, sodass Orozco mit klappernder Ausrüstung rücklings im Schnee landete.

Das Ding, das sich vor ihnen wand, ungeschützt jetzt, da es den Zauberring verlassen hatte, war keine Frau. Die Leiche der jungen Frau war in ihr aufgebrochenes Grab zurückgekehrte, um dort ihren ewigen Schlaf wiederaufzunehmen. Die schneckenartige Monstrosität, die ihre Gestalt geraubt hatte, wälzte sich bibbernd im Schnee und verfaulte unter den entsetzten Blicken der Soldaten.

Schreie unverhohlenen Grauens stiegen empor; vor Ekel schnappten manche nach Luft, während die bösartigen Körperglieder in ohnmächtiger Wut umherpeitschten und sich wanden wie Weidenzweige in einem Wirbelsturm. Niemals wieder würden sie in unachtsame Reisende eindringen und sie von innen heraus verzehren, während das Opfer eines qualvollen Todes starb, sich lebendige Tentakel in ihm ausbreiteten und an den noch warmen lebenswichtigen Organen saugten.

»Silber, seht ihr?«, erklärte Gonji. »Sie können ihm nicht widerstehen. Ob das jedoch an seinem Glanz oder seiner Reinheit liegt, das weiß niemand.«

Das Monster verausgabte seine Wut in einem letzten gurgelnden Schrei, und faulige Materie spritzte aus der Öffnung im birnenförmigen Kopf und landete dampfend im Schnee. Einige Ulanen hielten sich die Nasen zu. Andere bekreuzigten sich, während sie langsam davonritten und den entsetzlichen Anblick zurückließen.

Gonji half Orozco wieder auf die Beine. Er entleerte des Feldwebels Geldbörse und wendete die gleiche Taktik gegen die anderen Zauberringinsassen an. Missmutig und besorgt, bewegt von dem Gedanken, welche unbekannten Schrecknisse noch vor ihnen lagen, donnerten die Lanzenreiter davon und warfen keinen Blick zurück.

Orozco folgte ihnen, hing aber leicht zurück, hatte es nicht eilig, wieder seine Position an der Spitze der Kolonne einzunehmen. Überall an ihm klebte Schnee. Eine taube Hand hatte er in die Tasche gesteckt, in der jetzt nichts mehr klimperte. Es dauerte lange, bis der Ausdruck des frisch zum Opfer gewordenen Menschen, die Miene mit den zusammengekniffenen Augen, wieder verschwand, während er dahinritt.

Eine Zeit lang setzten sie ihren Weg in angespanntem Schweigen fort. Die Tafelberge rückten stetig näher und wuchsen dabei auf unheimliche Art und Weise an, als wären sie eine gemalte

Landschaft, die der Truppe von unsichtbarer Hand entgegengeschoben wurde. Die Lanzenreiter behielten Gonji scharf im Blick, und ihre Bewunderung dafür, mit welch leichter Hand er die Illusion der Zauberringe durchbrochen und ihr schreckliches Geheimnis gelüftet hatte, stieg fortwährend.

Gonji sah, welch angespannte Miene Salguero machte, wie sich Gereiztheit breitmachte, seit der Hauptmann bemerkt hatte, dass sich die Loyalität seiner Soldaten verschob. Der Samurai wollte das Band zwischen ihm selbst und dem alten Freund nicht durchbrochen sehen, aber als er sich Salguero näherte, um mit ihm zu reden, wehrte der Hauptmann ihn mit knappen Antworten ab und beendete das Gespräch schnell wieder.

Gonji ließ es damit bewenden, und als er an die Spitze der Kolonne zurückkehrte, weckte die seltsame Vertrautheit der Felswände vor ihm seine Aufmerksamkeit. Auch dies jedoch war sofort vergessen, als die ersten Armbrustbolzen vom Himmel herab auf sie einprasselten.

Ein Ulan schrie auf und fiel rücklings über das Hinterteil seines Pferdes. Salguero brüllte Befehle. Bogen wurden schussbereit gemacht und auf die fliegenden Todesbringer gerichtet – zwei Wygyll, die ihre Armbrüste mit tödlicher Präzision abfeuerten.

Ein weiterer Soldat fiel; ein Bolzen hatte ihm den Brustpanzer durchschlagen, sodass dunkles Blut hervorspritzte.

Gonji zügelte das Pferd und hob die Hand, um den Soldaten Einhalt zu gebieten. Seine Gedanken überschlugen sich. Er ritt auf die Kolonne zu und überschrie die Soldaten mit den Worten: »Nicht schießen! Steigt ab – nehmt Deckung hinter den Pferden ...«

Salguero knirschte mit den Zähnen, während er den Blick von den herabstoßenden Vogelmenschen auf Gonji und dann wieder zurück wandte und dabei unsicher die Pistole schwenkte.

»Bist du von Sinnen? Was hast du vor, Samurai, mit denen *verhandeln?*«

»Lass einfach deine Männer absteigen, Senchuu – *por favor* –, damit ich etwas ausprobieren kann.«

Der Hauptmann leckte sich die trockenen Lippen. Ein Bolzen fuhr vor den Hufen seines Pferdes in den Schnee. Das Tier wich unsicheren Schrittes zurück. »Ich hoffe, du weißt, was du tust.« Er schwang sich vom Pferd und zielte mit der Radschlosswaffe über den Sattel hinweg.

»*Hai*, das hoffe ich auch«, sagte Gonji so leise, dass nur Orozco, der neben ihm abstieg, ihn hörte.

Gonji holte das Artefakt hervor, das ihm der Wygyll aus der früheren Begegnung geschenkt hatte, steckte es auf die Speerspitze der Helmbarte und reckte es in die Höhe. Dann schwenkte er es langsam hin und her, während die flügelschlagenden Angreifer auf ihn herabstießen.

Ein zischender Bolzen streifte ihn am Oberschenkel. Er holte Atem und hielt die Luft an, und das Herz klopfte heftig. Der Gefährte des Schützen schwebte in der Nähe und stieß schrill seine Blutgier hervor. Er drückte den Schnabel an den Schaft der Armbrust, während er auf den einzelnen, kühn im Sattel ausharrenden Menschen anlegte.

Der andere Wygyll trällerte jetzt eine Folge fast menschlich klingender Silben hervor, zog die Aufmerksamkeit des anderen auf sich und deutete mit der Hand. Der Größere der beiden senkte die Waffe und blickte aus hellen, intelligenten Augen forschend herab. Er stieß schnatternd eine Gegenrede hervor und legte die Armbrust erneut an, während er weiter unweit des Samurai schwebte. Der andere Wygyll stieß jedoch einen einzelnen Ton hervor und ließ sich neben ihn sinken. Die wütende Kreatur klackte einmal und ging auf eine spiralförmige Flugbahn, um dort abzuwarten, und sie krächzte dabei auf die Männer herab, die unter ihren Pferden Deckung gesucht hatten.

Gonji hörte das Flüstern hinter ihm, während der kleinere Wygyll mit lässiger Eleganz herabsank.

»Pollo – pecho – seño . . .«

Ein Huhn mit den Brüsten einer Frau, diese Schlussfolgerung zogen die Soldaten in ihrer Verwirrung. Und dieser Wygyll war tatsächlich der weibliche Partner. Die nahezu menschlichen Brüste ragten aus den spärlichen Daunen des Rumpfes hervor. Dieser Flaum wies eine Weichheit und einen Glanz auf, die sich von den Federn des männlichen Partners abhoben, sogar von den eigenen schwereren Flügelfedern des Weibchens. Außerdem war dessen Brustbein nicht zu erkennen, ihre Konturen damit menschenähnlicher als die des Männchens, dessen Vorderseite vom mächtigen Bogen des vorgewölbten Brustbeins beherrscht wurde. Die Rückentwicklung zu einer geflügelten Lebensform schien bei den Weibchen langsamer zu verlaufen.

Sie pflückte das Wygyll-Artefakt sachte von der Spitze der Helmbarte, während ihr Partner einen warnenden Ruf ausstieß. Sie betastete den Gegenstand mit krallenbewehrten Händen, die trotzdem geschickt wirkten, senkte den Kopf und schloss die Augen, als sie das Artefakt an den eigenen Schnabel führte. Tränen traten aus ihren Augenwinkeln hervor, Rinnsale, die über die schrägen Seiten des Schnabels liefen. Ein warmer Ausdruck stand in ihren Augen, als sie den Samurai erneut anblickte.

Gonji lächelte und verneigte sich vor ihr, fühlte sich geehrt, gerührt von einem empathischen Austausch. Eine solche Empfindung hatte er auf unbestimmte Art und Weise gelegentlich schon früher gehabt, wenn ihn die ernste Aussage eines Gedichts bewegte oder eine Passage in einem Musikstück.

Sie steckte das Trauersymbol der Wygyll wieder auf die Spitze der Helmbarte, entfaltete in einer wellenförmigen Bewegung die vier Meter Spannweite ihrer Flügel und schwang sich erneut in die Luft, um sich ihrem Gefährten anzuschließen. Das plappernde Männchen näherte sich ihr. Sie ergriffen einander mit den krallenbewehrten Füßen und hielten sich mit schlagenden Flügeln schwankend in der Luft, während sie sich zu beraten schienen, wobei der Mann die ganze Zeit lang schwatzte und mit dem Schnabel klapperte. Seine Gefährtin hingegen hängte sich die Armbrust am Riemen um den Hals und platzierte die Waffe auf dem Köcher, eine Geste, mit der sie alle Feindseligkeiten einstellte.

Der Mann zögerte eine Zeit lang und folgte dann ihrem Beispiel. Er löste sich von ihr und zog zweimal seine Bahn über die abgestiegene Kolonne, stieß dabei tief auf die Soldaten hinab und kreischte sie an – eine meisterliche Darbietung von enttäuschter Wut und atemberaubender Schnelligkeit.

Die Pferde bäumten sich erschrocken auf und ließen sich erst wieder beruhigen, als die Wygyll nach Norden hin fast außer Sicht waren.

Nur Tora hielt stand und erfüllte Gonji so mit Stolz. Der Samurai seufzte erleichtert darüber, dass ihn sein Instinkt wieder mal nicht im Stich gelassen hatte. Wiewohl gestärkt durch die gestiegene Zuversicht der Kompanie und den tiefen Eindruck, den er auf sie gemacht hatte, stürzte seine Laune jedoch gleich wieder ab, als er sah, dass Salguero noch missmutiger wurde, während sie ihren Weg fortsetzten.

Das Déjà-vu-Erlebnis von vorher mündete in grimmigen Betrachtungen: Die Tafelberge voraus waren dieselben, an denen Gonji schon *südlich* von Barbaso vorbeigekommen war.

Er fluchte leise vor sich hin und wusste nicht recht, ob er den Hauptmann über seine Befürchtungen unterrichten oder den entmutigten Mann seinem düsteren Brüten überlassen sollte. Denn fast wie von selbst war die Befehlsgewalt an Gonji übergegangen: Salguero sagte nichts mehr und führte die Truppe nur dorthin, wohin der Samurai ihn wies.

Dieser sprach nicht von dem Phänomen, während der niedrige Tafelberg auf unerklärliche Weise aus der Ebene zur Rechten der Kolonne emporwuchs. Folgten sie inzwischen einer endlosen Schleife durch das Land, dazu verdammt, auf ewig immer wieder denselben Grund zu überqueren? Würde man sie bei Einbruch der Nacht nach Barbaso zurückreiten sehen wie eine Truppe fehlgeleiteter Idioten? Oder hatte vielleicht der Erzmagier das gesamte Tal in eine verlorene Welt ungezählter Schrecknisse geworfen? Saß er jetzt in seiner Zwingburg in der wirklichen Welt und lachte über seinem Weinbecher?

Aber nein – auf den Hügeln über dem Horizont ragten in einer Entfernung, die unter den bestehenden räumlichen Umständen nicht einzuschätzen war, die dunklen Türme der Burg Malaguer auf.

Gonji fand Zeit für einen spekulativen Gedanken. Dann hörte er das Rauschen des Wasserfalls hinter der nächsten Biegung in der Felswand.

Als sie sich der Grotte näherten, an die sich der Samurai so gut erinnerte, führte er den Trupp in weitem Bogen herum. Was ein Glück war, denn ein gewaltiger Felsbrocken flog in hohem Bogen über die Felskanten und krachte so heftig auf den Weg, den sie verlassen hatten, dass die Erde bebte.

Die Kolonne geriet durcheinander; Soldaten sprengten in alle Richtungen kurze Strecken weit davon und kämpften mit ihren panischen Pferden, während der Riese aus der Grotte hervortrat und sich lässig an die Felswand lehnte. Er hob den Eichenstab, bei dem es sich um den abgerissenen Katapultarm einer Mangonel hätte handeln können, und kratzte sich damit hinterm Ohr.

»*Buenos dias!*«, brüllte er schelmisch. »Auf einer Suche sind wir, nicht wahr, *Conquistadores?* Lässt Eure Suche Raum für einen möglichen Fehlschlag aufgrund zermalmter Knochen, nachdem eure kleinen Gestalten in den Schnee hineingestampft wurden?«

Salguero gab seinen Männern einen Wink, und sie schwärmten aus und spannten ihre Bögen. Gonji überquerte den breiten

Grund zwischen den Soldaten und dem Riesen und warnte laustark, dass nicht geschossen werden sollte. Zwei übereifrige Ulanen feuerten jedoch ihre Pfeile ab und kamen damit jedem Schießbefehl zuvor. Ein Pfeil prallte harmlos von der zusammengestückelten Rüstung des Riesen ab, aber der zweite fand einen Spalt darin und grub sich in den Oberarm.

Ein Tumult war die Folge.

Der Riese heulte auf und riss den Pfeil heraus, was ihm nur noch mehr Schmerzen bereitete. Er packte einen weiteren mächtigen Felsbrocken, fasste die beiden Soldaten ins Auge, die auf ihn geschossen hatten, und schleuderte mit gewaltiger Kraft den Stein über den Schnee hinweg.

»*Cuidado!* Vorsicht!«

Ein Reiter wich dem hüpfenden Moloch aus, aber das Pferd des anderen stolperte. Ross und Reiter wurden von dem enormen Gewicht zermalmt. Der Ulan war sofort tot, und das Pferd lag schreiend und strampelnd auf der Seite.

Salguero schrie etwas, und die Kompanie feuerte eine Salve wiehernder Pfeile ab. Der Riese wandte sich ab und schützte seinen Kopf. Die meisten Geschosse prallten von der Platten-und-Fell-Rüstung des Behemots ab oder blieben darin stecken, aber einige gruben sich in sein Fleisch.

Gonji galoppierte zwischen den Kombattanten hin und her, schrie heiser und schwenkte den Bogen.

»*Alto! Alto!* Halt! Das ist ein Irrtum – *alto!*«

Der Hauptmann unterband die nächste Salve, allerdings drang der Riese jetzt auf Gonji ein und ließ den mächtigen Eichenknüppel über dem Kopf kreisen, um zum Schlag auszuholen.

»Haltet Euch zurück, Herr Riese! Gestattet mir zumindest, ein Wort mit Euch zu wechseln.«

Der Riese hielt inne und blickte scharf auf ihn herab. Während er einen weiteren Pfeil aus seinem Fell riss, beugte er den

Kopf zurück, als er Gonji erkannte. »Ich kenne dich! Du bist der kleine Krabbler, der nach Wundern sucht, aber nur Riesen findet, hm?« Er brach in Gelächter aus, das zunächst nach einem kehligen Knurren klang und dann zu brüllender, den ganzen Körper schüttelnder Heiterkeit anstieg, während er den Kopf in den Nacken warf. »Ob ich wohl Wunder erblickt habe, wahrhaftig! Ich habe Humor, weißt du, und ich mag ein kleines Ringeltier, das lieber reden möchte, als mir mit Stacheln wehzutun.«

Finster blickte er zu den Soldaten hinüber, die sich gegenseitig unbehagliche Blicke zuwarfen, sich aber zurückhielten.

Gonji kämpfte mit dem Zügel, um Tora näher an den Riesen heranzulenken. »*Si*, ich *möchte* lieber reden, wenn Ihr es mir nur gestattet. Verschont diese Männer – Ihr habt sie mit Eurer eindrucksvollen Erscheinung erschreckt –, und ich sorge dafür, dass sie nicht mehr schießen. Bevor es Euch gelänge, sie alle umzubringen, kosten sie Euch womöglich ein Auge oder ein Ohr, und ich möchte einen so gewaltigen Krieger wie Euch nur ungern nur wegen Menschenstichen als bloßen Überrest herumlaufen sehen.«

Nachdem er so mit der berühmten Furcht der Riesen vor Vergiftung durch Menschen gespielt hatte, gelang es Gonji, ein gemeinsames Abendessen zu vereinbaren, das keiner der Lanzenreiter je wieder vergessen würde.

Die meisten nahmen unweit des Eingangs zur Grotte Platz, aßen von ihrem kalten Proviant und staunten über die gewaltige Gestalt des Riesen, hielten sich dabei aber stets in der Nähe ihrer Pferde, für den Fall, dass der Riese plötzlich feindselig wurde oder vielleicht Verdauungsstörungen bekam.

Buey und zwei seiner Speichellecker saßen dem Riesen an dessen loderndem Kochfeuer gegenüber – über dem sich der Kadaver des vom Felsbrocken getroffenen Pferdes drehte. Der Ochse schien darauf erpicht, seit seiner Niederlage im Kampf stets seine Kühnheit zu demonstrieren, wenn er sich in Gonjis Gesellschaft befand. Und als ein Riese unter den Menschen faszinierte ihn von jeher alles, das groß und stark war. Sich zum Abendessen niederzusetzen, nur die Länge einer Stangenwaffe weit von der zermalmenden Kraft eines echten Riesen entfernt, das war der Stoff von Erzählungen und Balladen.

Gonji, Hauptmann Salguero und Feldwebel Orozco saßen alle zur Linken des Riesen, und die Spanier zuckten gelegentlich zusammen, wenn sie sahen, wie sich dieser voller Vorfreude auf das am Spieß brutzelnde Pferdefleisch mit dem rollenden roten Sack von einer Zunge über die feuchten Lippen fuhr. Der Samurai bemühte sich, keine Reaktion auf die diversen und unausweichlichen vulgären Verhaltensweisen des Riesen zu zeigen, denn ihr Gastgeber schien empfindlich zu sein, was diese anging, worunter der saure Atem noch am schlimmsten ausfiel.

»Nennt mich – Urso«, sagte der Riese, als sie sich gesetzt hatten, die Trinkbecher in den Händen. »Das ist natürlich nicht mein richtiger Name. Oh nein! So naiv bin ich nicht. Ich habe ihn dem Hexenmeister nicht genannt, und ihr erfahrt ihn auch nicht.«

»Ist das nicht das portugiesische Wort für *Bär?*«, fragte Orozco zögernd.

Urso lachte so heftig, dass die Erde bebte. »So ist es! So ist es!«

»Na ja, von mir bekommst du keinen Einwand zu hören«, sagte Orozco und nahm einen Schluck aus dem Weinschlauch.

»Haha, ich mag dich, kleiner Mann!« Er trommelte mit den Fingern auf den Knien und erzeugte damit so etwas wie das Geräusch näher kommender Karrengäule. »Das ist – eigentlich ganz nett, nicht wahr? Ich kann die Gesellschaft intelligenter Menschen gebrauchen. Sogar die von euch kleinen Leuten mit eurem kleinlichen Dünkel und eurer pompös klimpernden Ausrüstung ... Nur kommt mir nicht zu nahe. Ich möchte nicht spüren, wie ihr mit euren kleinen Händen und Füßen über mich hinweg krabbelt. Das ist einer meiner schlimmsten Albträume, wisst ihr?«

Gonji saß mit verschränkten Armen da, und ein Ausdruck der Erheiterung lief über sein Gesicht. Die anderen entspannten sich allmählich ebenfalls, so verblüfft sie auch über dieses Ereignis waren.

»Du arbeitest also für den Hexenmeister?«, fragte Gonji.

»*Si*, wir haben eine Übereinkunft getroffen«, räumte Urso ein. »Jedoch nicht das, was du vermutlich denkst. Wenn ich es richtig verstehe, bist du ihm noch nicht begegnet, hm, Wundersucher?« Er lachte feucht und schöpfte ein Fass Wasser aus dem Teich.

Gonji schüttelte den Kopf, und der Riese schwafelte weiter.

»*Si*, ich habe ihm versprochen, mein Bestes zu tun und Soldaten abzuschrecken, verstehst du? Es kommen nicht mehr so viele, aber die es doch tun, sind verdammt viel kühner als früher, das muss ich eingestehen.«

»Darauf trinke ich!«, mischte sich Orozco ein.

Urso lächelte erst, wurde dann jedoch missmutig. »Ich habe nicht versprochen, welche umzubringen. Tut mir leid um den Mann, der auf diesem Pferd geritten ist. Ich habe einfach den Kopf verloren, als er auf mich schoss. Ihr benutzt doch keine vergifteten Pfeile, oder?« Er untersuchte aufs Neue seine Wunden.

Salguero versicherte ihm, dass es nicht so war. »Also bist du ein Riese mit einem Gespür für Moral.«

»Natürlich!«, sagte Urso barsch. »Ihr kleinen Leute glaubt womöglich, ihr würdet einen Rang von – einzigartiger Würde einnehmen. Aber seht doch mal, was ihr alles tut! Trotzdem seid ihr fühlende Wesen, und Götter müssen beschwichtigt werden, wenn man welche von euch wahllos umgebracht hat. Ich tat es jedoch zur Selbstverteidigung, also denke ich nicht, dass es ihnen etwas ausmacht, wenn ich dieses Pferd verspeise.«

Ein paar Männer schauderte es, als Urso fortfuhr.

»Ich mag dieses ganze Töten nicht, deshalb habe ich auch in nichts Dergleichen eingewilligt. Ich denke, das Schlimmste daran, kleine Menschen zu töten – abgesehen von den ekelhaften Quetschgeräuschen, die dabei entstehen –, das Schlimmste ist, dass sie eine vollständige Gestalt nach dem Bilde der Anakim haben. Sie weisen umfassende Gliedmaßen auf. Arme, Beine – es liegt etwas Furchtbares darin, das Leben aus etwas herauszuquetschen, das eine winzige Version von einem selbst darstellt.«

»Du bist ein Philosoph«, bemerkte Gonji.

»Unter anderem«, bestätigte Urso. »Ich bin ein Erkunder, weißt du? Ich erkunde fremde neue Welten und halte fest, was ich dabei entdecke, einfach alles dort – Felsen, Pflanzen, tierisches Leben. Ich habe eine recht ansehnliche Sammlung aus der hiesigen Welt in der Höhle hinter dem Wasserfall. Oh, guck nicht so erstaunt! Ist es denn so schwer zu glauben, dass man Welten innerhalb und außerhalb der hiesigen findet, selbst in Anbetracht des Wenigen, was *du* gesehen hast? Es heißt, dass einst alle diese Welten miteinander verbunden und für alle zugänglich waren. Dann geschah etwas. Alles zerfiel. Jetzt finden nur noch privilegierte Auserwählte den Weg zwischen den Welten und erforschen und kartografieren sie unterwegs. Das bin ich. Urso der Forscher. Nur habe ich mich verirrt – oder etwas hat mich daran gehindert, in meine Welt zurückzukehren. Scheint lange zurückzuliegen. Meine Welt ist sehr viel größer als die hiesige. Wie nennt ihr das hier, eine Klippe?« Er schlug mit einer gewaltigen Faust auf die Wand des Tafelberges. »Ich weiß nicht mehr, wie wir es genannt hätten. Vielleicht eine Stufe. Neben Forschungsreisen gefällt es mir zu essen …« Er erzeugte einen hungrigen Schlürflaut, als er sich erneut die Lippen leckte. »… und natürlich dem Verzücken zu frönen.«

Die Soldaten blickten sich gegenseitig fragend an, wussten nicht, was er damit meinte.

»Wisst ihr«, erklärte Urso, »es bedeutet, die Erde mit einer Liebsten zu erschüttern – kopulieren.«

Die Lanzenreiter, die sich inzwischen in seiner Gesellschaft wohler fühlten, heulten vor Lachen bei der Vorstellung zweier brunftiger Behemots.

»Was ist denn daran so komisch, *Hombres pequeños?* Ich habe schon das ruckartige Zappeln gesehen, bei dem ihr von Liebemachen sprecht. Anakim in den Qualen der Leidenschaft zu sehen, das ist ein ehrfurchtgebietender Anblick. Es heißt, dass die Ekstasen der Riesen einst Erdbeben hervorriefen. Deshalb wurden wir in eine größere Welt geführt.«

Als die allgemeine Heiterkeit unter Salgueros mahnendem Blick wieder abgeflaut war, wandte sich Gonji erneut an Urso.

»Sehe ich es richtig, dass wir hier dann nach wie vor in Spanien *sind*, ungeachtet der seltsamen Veränderungen in der Landschaft, die wir gesehen haben?«

»Soweit ich es verstehe, sind es Teile des Spaniens, das ihr kennt, und Teile eines anderen«, antwortete der Sohn Anaks. »Das ist Domingos Werk. Seine Versuche, für mich einen Weg zurück in meine Welt zu finden. Das gehört zu unserer Abmachung. Warum möchtet ihr ihn angreifen?«

»Er ist böse«, sagte Salguero. »Er zerstört langsam Barbaso. Er *tötet* Menschen – etwas, von dem du sagst, dass es dich bekümmert. Also frage ich mich, wie du es ertragen kannst, in seinem Dienst zu stehen.«

»Was ihr einander antut, das geht mich nichts an. Ihr seht für mich ohnehin alle gleich aus. Mit Ausnahmen – wie dieser Wundersucher hier: Er ist irgendwie anders und außerdem tapferer als jeder Spanier, dem ich je begegnet bin. Und was das Böse angeht – ich verstehe eure Definition des Bösen nicht. Ich wage nicht mal zu vermuten, was zwischen den Mächten vorgeht, die hier miteinander im Wettstreit liegen. Werde nicht mal versuchen, darüber ein Urteil zu fällen. Ich kann nur sagen, dass mehr

Mächte in dieser Gegend am Werk sind, als ihr denkt. Ich habe Dinge in der Nacht vorbeiziehen sehen, bei denen es selbst *mich* schaudert.«

»Wir sind keine Gefahr für den Hexenmeister«, sagte Gonji. »Wir möchten mit ihm reden.«

»Wahrhaftig?«, fragte der Riese. »Na, dann viel Glück. Er ist ziemlich unnahbar, wie es scheint.«

»Stehst du nicht in Kontakt mit ihm?«

Urso schüttelte traurig das mächtige, bärtige Haupt und stocherte an dem brutzelnden Kadaver herum. »Nein, ich denke nicht. Er nimmt Verbindung zu mir auf, wenn er möchte, und das geschieht nicht häufig. Um die Wahrheit zu sagen, denke ich nicht, dass ich ihn schon mal gesehen habe. Aber andererseits sagte ich schon, dass ihr für mich alle ganz gleich ausseht.«

Gonji sann darüber nach, während sie eine Zeit lang neckisch plauderten. Er versuchte zu überlegen, was vor ihnen lag, und verfeinerte sein Gedankenporträt des rätselhaften Hexenmeisters. Das Pferd war inzwischen gar, und Urso haute mit einem Elan hinein, bei dem die Soldaten glotzten und sich gegenseitig mit den Ellbogen anstießen. Zwischen Orozco und dem Riesen schien eine seltsame Beziehung zu entstehen, und der Feldwebel becherte kräftig, ohne sich um Salgueros durchdringende Blicke zu scheren. Das würde künftig zu einem privaten Scherz zwischen ihnen werden: Wenn Salguero ihm zu heftig zusetzte, erklärte Orozco, er würde seinen Freund den Riesen anweisen, den Hauptmann zu fressen.

Salguero war ein Stück weit weggegangen und saß in sich gekehrt an der Felswand. Gonji näherte sich ihm, kniete sich in den Schnee und reichte Salguero den Wasserschlauch.

»Wir haben noch keine Gelegenheit gefunden, miteinander zu reden«, sagte der Samurai. »Es scheint ... Macht es dir zu schaffen, Senchu, dass die Männer Führung von mir erwarten? Tut mir leid, wenn ich es so offen anspreche ...«

Salguero riss die Augen auf und lächelte dann. »Ach, sei nicht albern. Wir brauchen dich jetzt. *Die Männer* brauchen dich jetzt genau so, wie du bist. Andere Dinge bereiten mir derzeit Kummer. Ich bin es leid, Männer in Schlachten zu führen, an deren Sinn ich nicht glaube, oder Lippendienste an Treuepflichten zu leisten, die ich nicht mehr empfinde. Ich weiß, dass dich das schmerzen wird, *Amigo*, der du ein so erhabenes Pflichtgefühl dein Eigen nennst. Ich weiß einfach nicht, wie ich mir helfen kann. Ich denke viel an meine Frau, meine Kinder. Daran, wie es ihnen in Port-Bou vielleicht ergeht.

Sollten wir diesen Wahnsinn überleben ... Ich weiß einfach nicht ...« Er brach ab, übertönt vom Lärm dieses bizarren Gelages von Mensch und Riese. Gonji spürte Salgueros Schmerz und hatte Mitgefühl. Er fand jedoch keine Worte, mit denen er den alten Freund hätte trösten können.

Beide hielten es für klug, den Soldaten die Möglichkeit zu geben, dass sie ihre Anspannung abbauten. Noch mehr Weinschläuche tauchten auf – obwohl es verboten gewesen war, sie mitzubringen –, und die Entspannung schien den Ulanen gutzutun. Sie verbrachten die Nacht in der Grotte und hielten nur in kleiner Anzahl Wache, solange sie sich in der tröstlichen Nähe des Riesen wussten, obwohl Gonji selbst auf alle starken Getränke verzichtete und nur in kurzen Etappen schlief, stets wachsam und argwöhnisch, und die Schwerter dabei ständig in Griffweite hatte.

Der Morgen dämmerte grau und trüb herauf, und während die Männer aufsaßen, wies Urso auf den vor ihnen liegenden Weg.

»Ich sehe, dass ihr in Sichtweite eures Ziels seid«, sagte er. Burg Malaguer tauchte immer wieder bedrohlich hinter dem Wolkenschleier am Horizont auf, nur um bald wieder darin unterzutauchen. »Näher bin ich ihr selbst nie gekommen. Ich hoffe, der Hexenmeister weiß, was er tut.«

»Warum begleitest du uns nicht?«, fragte Gonji. »Mit dir in

unserer Mitte könnte weiteres Blutvergießen verhindert werden. Damit erhalten wir womöglich friedlich eine Audienz bei Domingo Negro.«

»Nein. Ich habe vorläufig genug von der Verwicklung in die Belange winziger Leute. Außerdem kann ich diese Gegend nicht verlassen. Vielleicht öffnet mir der Hexenmeister noch die Tür in meine Welt, ehe ihr – ihn vernichtet, oder was immer ihr im Schilde führt.«

Gonji nickte und wendete das Pferd, um sich der Kolonne anzuschließen.

»Wenn du noch mehr kleine Menschen findest, die nach Wundern suchen«, rief ihm Urso nach, »tue mir einen Gefallen und schicke sie nicht hierher, hm?«

Sein brüllendes Gelächter folgte ihnen noch weit. Als es zu einem Widerhall im Gedächtnis geworden war, schlich sich aufs Neue Beklemmung in die Herzen der Männer. Nervöse Blicke flackerten aus düsteren Mienen hervor und betrachteten forschend den unbekannten Weg, der sich vor ihnen in die Ferne schlängelte.

NEUNTES KAPITEL

Die Landschaft veränderte sich aufs Neue, ehe es Mittag wurde.

Ein Wald verschluckte den Pfad, dem die Lanzenreiter folgten, und verströmte eine Atmosphäre des Fremdartigen, sodass die ganze Kolonne aufgeregt summte. Gonji empfahl, die erkennbare Todesfalle zu umgehen und sich lieber in die tückische Hügellandschaft zur Rechten zu wenden.

Während sie die unwegsamen Hänge hinaufritten und aller Blicke wie gebannt auf dem Waldrand ruhten, wurde es rasch Nacht, und es dauerte nicht länger, als eine Wolke brauchte, um die Sonne zu verhüllen.

Das bis ins Mark treffende, entsetzliche Geheul der Todesfee ging ihrem Auftauchen am Himmel voraus. Diesmal stürmte sie in erkennbar drohender Absicht direkt auf die Männer los, und ihre hauchdünnen grauen Gewänder breiteten ihre tödliche Blässe aus und umfingen damit die Reiterkolonne.

Gonji schrie Befehle und ermahnte die Soldaten, wie wichtig es war, standzuhalten und sich dem eigenen Entsetzen mit allem an Mut zu stellen, was sie nur aufzubringen vermochten. Er trieb Tora auf die Kuppe des Hügels, wo er das Sagami zog und sich trotzig vor der grausigen Erscheinung in Positur brachte.

Einige Männer lenkten ihre Pferde rückwärts, murmelten unverständliche Worte, Laute kindlicher Angst, die wimmernd über bebende Lippen kamen. Salguero und Orozco, die ihre eigene Angst beherrschten und sich vom Anblick der Todeshexe losrissen, schrien ihnen zu, sie sollten die Stellung halten. Trotzdem lösten sich zwei oder drei aus den Reihen und ergriffen die Flucht. Ihre Panik breitete sich in der ganzen Kolonne aus.

Andere wichen zurück und flehten ihre Kameraden an, ihnen in die trügerische Sicherheit einer Flucht zu folgen.

Die imposante Gestalt Bueys lenkte das Pferd hinter die Kameraden und drohte ihnen mit der Pistole, fauchte sie an und winkte sie zurück in die Formation.

»Zurück ins Glied, ihr winselnden Hunde!«, knurrte er den dreien nach, die den Mut verloren hatten. Sie galoppierten jedoch weiter davon, konnten an nichts anderes denken als das Entsetzen, das sie antrieb. Ein Pferd rutschte auf dem glatten Hang aus und stürzte, und Ross und Reiter stürzten sich überschlagend immer weiter auf den Wald in der Tiefe zu.

Gonji sah nichts von dem, was auf dem Hang unter ihm geschah. Für seine Begriffe stand er ganz allein dem hungrigen Zugriff der Todesfee gegenüber. Ein heftiger Wind stemmte sich gegen ihn, wie er dort mit erhobenem Schwert auf Tora saß. Der Wind fuhr wirbelnd von Westen heran, zauste Toras Mähne und bemühte sich, sie beide niederzuwerfen.

Der Samurai beruhigte das schnaubende Streitross, biss die Zähne zusammen und saugte die Luft zwischen ihnen hindurch.

»Sa-do-wa-raaa!«

Während er den Kriegsruf seines Clans brüllte, schlug er mit aller Macht nach der ausgestreckten Skelettklaue der Todesfee. Er erschauerte unter dem kalten Hauch, der durch ihn raste, und spürte einen unheimlichen Widerstand, als die scharfe Klinge des *Katana* durch die Luft schnitt. Die Klaue zuckte heftig zurück, wenngleich sie nicht erkennbar verletzt war, und er fragte sich, welchen Schmerz es diesem gespenstischen Wesen womöglich bereitete, wenn ein Krieger die Kapitulation verweigerte.

Einen Augenblick lang hatte er den Eindruck, dass sich das Gesicht des Totenkopfes veränderte, zu seinem eigenen Gesicht wurde, verzerrt in Todesqualen. Manche behaupteten, man erblickte in einem solchen Augenblick eine Vision des eigenen Todes, während andere es nur als böse Illusion betrachteten, die eines Menschen Tapferkeit verschlang. Für Gonji war diese Frage ohne Belang. Er fürchtete sich auch nicht, solange er das Sagami in der Hand hielt. Er hatte schon bei einer früheren Gelegenheit das eigene Gesicht gesehen, wie es ihn zum Sterben aufforderte. Jene Illusion war dahingegangen, wie es diese auch tun würde, während er am Leben blieb.

Oder von eigener Hand starb.

Das Gesicht neigte sich widerlich grinsend zu ihm herab. Gonji führte einen blendend schnellen Achterschlag mit dem Stahl aus, der in einer felsenfesten hohen Abwehrhaltung endete. In dem heulenden Wind hielt er Toras Flanken mit den Beinen fest umklammert.

Die Stimme der Todesfee gluckerte trübe, als dränge sie durch Eiswasser.

»*Du wirst hier sterben!*«, verkündete sie. »*Du und dieser andere, der wie du ist.*«

»Karma«, erwiderte Gonji gelassen, obwohl eine Spur Giftigkeit in seinem Ton mitschwang.

Sie kreischte ihn an, und die Ähnlichkeit mit seinem Gesicht schwand aus dieser Todesmaske, und dann war die Kreatur an ihm vorbei. Er holte tief und gleichmäßig Luft, während er das Sagami in die Scheide zurücksteckte und Tora beruhigend tätschelte. Schüsse krachten hinter ihm. Der Wind trug Schreie heran. Er wendete das Pferd und lenkte es vorsichtig seitwärts den Hang hinab. Er konnte unterhalb von ihm nichts von der Todesfee sehen, und der dunstige Tag trat bereits wieder an die Stelle des Abschnitts endloser Nacht, wie diese winkende Jägerin sie verhieß.

Er konnte den anderen nicht helfen. Jeder musste sich auf seine eigene Art und Weise mit der Todesfee auseinandersetzen. Falls der Todeswunsch stark genug war oder jemand sich der eigenen

Furcht ergab, dann bestand auch keine Möglichkeit mehr, ihm gegen die Auswirkungen ihrer Berührung beizustehen.

Sechs Männer und fünf Pferde lagen in der graugefleckten Lähmung, die dem Tode vorausging. Ein anderer Ulan brachte sich schnell und schamlos in den Besitz des tapferen Rosses, das der Panik des eigenen Herrn widerstanden hatte.

Sie alle hatten diese unwürdige Art zu sterben schon früher gesehen, und trotzdem beharrte der Hauptmann darauf, drei Männer zurückzulassen, um die Opfer zu versorgen. Auch gestattete er Gonji nicht, ihrem Leiden ein schnelles Ende zu bereiten. Hier war das einfach nicht Brauch.

Der Samurai nahm Salguero auf die Seite, und die beiden alten Freunde diskutierten ihre gegensätzlichen Ansichten. Gonjis ernstes Ersuchen, die Zwangslage zu berücksichtigen, in der sie sich befanden, trug schließlich den Sieg davon: Sie konnten keine Männer für eine sinnlose Wacht abstellen; tatsächlich würden alle, die man zurückließ, großer Gefahr ausgesetzt, wohingegen die Opfer schon das Bewusstsein verloren hatten. Für sie konnte nichts mehr getan werden.

Die Truppe setzte grimmig ihren Weg fort.

Sie umgingen den kleinen Wald und scherten sich nicht um die schauerlichen Geräusche, die aus seinem Innern zu ihnen drangen. Burg Malaguer ragte immer höher vor ihnen auf. Und jetzt schien sich die Landschaft vor ihnen fast mit jedem Schritt zu verändern. Die Hügel wurden steiler, unter der Schneedecke unmöglich zu erklimmen. Die Kolonne sah sich gezwungen, erneut zum schmalen Talgrund hinabzureiten, der sich fast sofort zu einer Schlucht streckte, deren Seitenwände immer höher emporragten, je weiter die Männer vordrangen.

Sie überwanden eine Reihe runder Erdhügel am Grund der Schlucht und folgten dann deren gebogenem Verlauf. Schließlich tauchte die Burg erneut vor ihnen auf, näher jetzt, und flirrte auf ihrer verzauberten Hügelkuppe.

Feldwebel Orozco jedoch wandte die Aufmerksamkeit aller gen Himmel, indem er nach oben deutete. »Seht nur – die Sonne schrumpft!«

Gonji blickte hinauf. Die dunstige Sonnenscheibe wirkte tatsächlich weiter entfernt. Erneut die Raumverzerrung. Die Sonne war zu klein. *Eine Illusion*, dachte der Samurai. Auch die Klippen waren inzwischen zweifellos viel näher, als es den Anschein hatte.

Eine geeignete Stelle für einen Hinterhalt.

Gonji ließ Orozco anhalten und winkte die Kolonne weiter, wobei er die Lanzenreiter anwies, sich im Sattel tief zu ducken, um möglichst kleine Ziele abzugeben. Dann galoppierten die beiden wieder an die Spitze.

Sie erreichten die nächste Wegbiegung, und die Wölfe fielen aus allen Richtungen über sie her, sprangen sie aus Felsnischen an, um sie zu zerreißen. Grausame Fangzähne schnappten zu, wo die pelzigen Gestalten auf die Reiter prallten, und die ganze Kolonne geriet durcheinander, während sich die Pferde wiehernd aufbäumten.

Schüsse krachten überall rings um Gonji, begleitet von den Schreien übel zugerichteter Soldaten. Der Samurai zog das Sagami, schlug nach einem Raubtier, das ihn ansprang, und zertrümmerte ihm den Schädel. Der Aufprall des Tieres brachte sie beinahe zu Fall, als Tora bockte und zur Seite taumelte, um dem Angriff auszuweichen. Gonji beruhigte das Ross und kam noch rechtzeitig wieder zu Sinnen, um sich den mächtigen Kiefern eines weiteren Wolfs zu stellen.

Gliedmaßen wurden abgerissen und Hälse zerfetzt, während Pferde und Menschen scharenweise fielen. Salguero und Gonji schrien im Kampf aufmunternde Worte und musterten die grausamen Angreifer finster unter behelmter Stirn hervor.

Erneut krachten Pistolen – und Wölfe stürzten sterbend zu Boden, krochen davon, zogen verletzte Hinterteile nach. Rüstungen und Stränge klirrten, wo Reiter zu Boden gingen – die Streitrösser blickten aus vor Angst wahnsinnigen Augen …

Ein Albtraum war in ihre wache Welt hereingeplatzt.

Dann war unvermittelt alles vorbei. Die Kreaturen ergriffen die Flucht, als hätten sie einen unhörbaren Befehl erhalten. Die aufgebrochene Ulanenformation sammelte sich wieder. Gonji und Salguero blickten sich kurz gegenseitig in die Augen, zählten die Überlebenden und riefen ihnen zu, sie sollten weitergaloppieren. Die zerfleischten Toten ritten unter den Lebenden, während die Pferde über den Boden der Schlucht hinwegjagten und dabei mehr dem blinden Instinkt folgten als den Befehlen ihrer Reiter. Der letzte Wolf wurde von den Hufen zertrampelt, und die verrückte Jagd war damit in vollem Gang.

Sie waren kaum hundert Meter weit galoppiert, als die ersten Schüsse über ihnen krachten. Pistolen, abgefeuert von unsichtbaren Söldnern.

»Also soll es ein Spießrutenlauf werden!«, rief Gonji. »Reitet! Reitet um euer Leben!«

Sie preschten über den Grund der Schlucht, Feuer in den Augen. Ein Mann wurde vom herabregnenden Geschosshagel seitlich aus dem Sattel geworfen, aber die Stiefel blieben in den Steigbügeln hängen. Jetzt wurde der Feind erkennbar: die freie Kompanie des Erzmagiers. Gonji erkannte Kleidung und Ausrüstung wieder – und ein weißes Ross.

Die Größe der Söldner wuchs auf magische Weise, während Felswände und Felskanten schrumpften. Die bizarre Raumverzerrung dieser Gegend löste sich allmählich auf; die Illusion schwand, als sich die Ulanen Burg Malaguer näherten.

Die Burg tanzte auf der Hügelkuppe vor ihnen. Die Schlucht lief aus, und der Tafelberg wurde zu einem brüchigen Vorsprung aus landumschlossenen Sandbänken. Ein weiterer Geschosshagel prasselte auf Gonjis Trupp ein. Schwerter und Armbrüste waren von beiden Seiten auf sie gerichtet, während die im Hinterhalt liegenden Söldner, die sie in einem Zangengriff umfasst hatten, aus der Deckung brachen und heranstürmten.

Ein wirbelndes apokalyptisches Bild breitete sich vor Gonji aus, als der Himmel rings um die Burg von einem sich schnell ausbreitenden violett-schwarzen Fleck verschlungen wurde. Eine Flutwelle aus Dunkelheit verhüllte die Himmelskuppel, und Blitze funkelten in unbehaglich anmutenden Mustern rings um die Zwingburg.

Gonji ließ anhalten, das Schwert in der Hand, und richtete sich in den Steigbügeln auf.

»Hexenmeeeister! Habt den Mut und die Würde, mit mir zu sprechen, ehe Ihr tut, was Ihr tun müsst!«

Die Söldner stockten im Angriff und drehten sich wie ein Mann zur Burg um. In jetzt etwa dreihundert Metern Entfernung leckten Feuerzungen an den Kanten der Zugbrücke entlang. Die Brücke sank herab, ohne dabei von Ketten oder Winden geführt zu werden, und heraus ritten die drei schwarzen Ritter, denen Gonji schon bei der Windmühle begegnet war. Die freien Gefährten wichen langsam zurück und murrten enttäuscht, während die abgerissenen Überreste der Ersten Katalanischen Lanzenreiter sie scharf im Auge behielten.

Vierzehn Mann waren noch übrig, Gonji mitgezählt. Ein irres Licht flackerte in ihren Augen. Ihr Atem ging zischend und dampfend, wie sie dort auf ihren schnaubenden, verletzten Rössern saßen. Sie blickten zum knisternden, verwundeten Himmel hinauf und zu den Widersachern hinüber, die sie umringt hatten.

Der Samurai nahm seine Männer in Augenschein, richtete nacheinander den Blick auf jeden von ihnen, während er die schwarzen Ritter aus den Augenwinkeln betrachtete. Die Ulanen zeigten die wilden Gesichter von Männern, die dem Tode trotzten. Keinem von ihnen würde der Schwertarm noch versagen. Als sich Gonjis Augen auf Buey richteten, nickte der große

Soldat ihm beruhigend zu und befingerte dabei mit blutigen Händen den Schaft eines Spießes. Fetzen von Wolfsfell hingen noch an dessen Spitze.

Gonji erwiderte das Nicken und trabte dann den verzauberten Rittern entgegen, und der Hauptmann schwenkte an seine Seite. Schließlich galoppierte auch Orozco von hinten heran. Wortlos ritten sie dahin, bis sie vor den seltsamen jungen Rittern auf ihren mit prachtvollen Satteldecken geschmückten Pferden die Zügel anzogen. Der Ritter in der Mitte setzte den Scharnierhelm ab und blickte sie nacheinander an. Es war der Mann, gegen den Gonji schon gekämpft hatte.

Dem Blick Gonjis begegnete er als Letztes. »Sprecht Ihr Latein?«, fragte er vorsichtig.

Gonji dachte erst nach, ehe er etwas sagte. »Mit nur wenig Übung. Schlecht«, antwortete er stockend und ergänzte schließlich: »Sprache der Zauberformeln.«

Der Ritter wölbte die Augenbrauen. »Ja. Dann ist Euch klar, dass ich unverwundbar bin.«

»Ich – habe schon gezeigt – dass mein Vertrauen in die Waffen – die ich führe – so stark ist wie Eure Rüstung des Glaubens.«

Der Ritter blinzelte. »Trotzdem«, seufzte er, »muss ich Euch erschlagen. Sucht Ihr mit solchem Eifer den Tod?«

»Karma. Ich habe keinen Streit mit Euch. Möchte jedoch Euren Herrn sehen.«

Der schwarze Ritter stieg ab und zog das Breitschwert. Seine Kameraden ergriffen die Zügel seines Rosses und führten es weg, um ihm Platz für den Kampf zu geben.

»Eure Suche endet hier. Greift an!«

Gonji zeigte Salguero ein dünnes Lächeln, stieg von Tora und reichte Orozco den Zügel. Er trat auf den Ritter zu, der jetzt Spanisch sprach, während er den gefiederten Helm wieder aufsetzte.

»Ich bin Sir Hugh, Spross von Malaguer und erstgeborener Sohn Domingo Malagas y Colicos.«

»Ich bin Sabataké Gonji-noh-Sadowara«, antwortete der Samurai, während das Sagami aus der Scheide zuckte, »Sohn des höchst edlen *Daimyo* Sabataké Todohiro von *Dai Nihon.*«

»Und so werfe ich Euch aus dem Gleichgewicht, Mann des Ostens ...«

Sir Hugh gab seine mittelhohe Abwehrhaltung auf und machte mit dem an Länge überlegenen Breitschwert einen Ausfall. Gonji sprang außer Reichweite und fing die Klinge des Gegners zweimal mit dem *Katana* auf, ehe sie wieder außer Reichweite war. Seine Miene blieb ungerührt, und alle Gedanken hatten sich gelegt, waren der zen-geschulten Einheit mit den Waffen gewichen.

Das lange schwere Schwert des Ritters fegte in hohem Bogen heran, den Gonji über dem Kopf abwehrte, wobei sich scheinbar nur seine Handgelenke bewegten. Erneut zog das Breitschwert einen Kreis, diesmal auf einer tiefen Bahn, darauf gezielt, Gonji die Beine abzutrennen. Gonji sprang mühelos über die Klinge des Angriffs hinweg, drang vor und wirbelte das *Katana* zu einem Hieb, der dem Ritter den Bauch aufgeschlitzt hätte, wäre die Waffe nicht wirkungslos an der magischen Rüstung abgeglitten.

Der Samurai sprang mit katzenhafter Eleganz rückwärts, parierte einen weiteren Schlag, führte den Gegenangriff auf einer hohen Bahn, prallte jedoch von einer gepanzerten Schulter ab. Ein weiteres Mal – und diesmal teilte er mit dem Gegenangriff zwei scharfe Hiebe aus, die jeden gewöhnlichen Gegner verstümmelt hätten.

Der Ritter setzte zunehmend selbstbewusst nach. Die Schwerter prallten singend voneinander ab und erhellten die Dunkelheit mit den Funken des Zorns, geschlagen aus scharfer Schneide. Ein ums andere Mal wurden die Angriffe des Ritters rasch und gewandt abgewehrt; die Fechtkunst des Samurai übertraf eindeutig die des schwarzen Ritters, wenn er diesem auch keine Wunde beibringen konnte.

Sir Hugh atmete schwer, während er einen Schritt weit zurückwich, sich entspannte, die Klinge niedrig, aber kampfbereit hielt und so Gonji zu einem erneuten Angriff aufforderte. Die Reaktionen der Zuschauer auf das Duell fielen sehr unterschiedlich aus. Die spanischen Ulanen verfolgten den Kampf besorgt, schienen Gonjis Anstrengungen doch vergeblich. Die Söldner hingegen scherzten in ihren Sätteln und stießen sich gegenseitig an; sie hatten schon viele Feinde vor den schwarz gepanzerten Eliterittern des Hexenmeisters fallen gesehen.

Auch Gonji entspannte sich jetzt, während er den Ritter musterte und eine noch offenere Haltung einnahm als der andere.

»Ihr seid von arrogantem Schlage«, erklärte Sir Hugh. »Sicherlich habt Ihr doch gesehen, dass Eure erbärmliche Klinge mich nicht zu verletzen vermag. Ihr kämpft gut, aber es ist nur eine Frage der Zeit, ehe ich Euch ermüdet und meinen Stahl durch Eure Knochen gestoßen habe.«

»Wahrhaftig?«, lautete Gonjis Entgegnung. »Ich dachte, bei unserem jüngsten Aufeinandertreffen hätte ich bereits gezeigt, dass meine Magie der Euren gewachsen ist. Mein Zeichen ziert schließlich Euer Fleisch. Ihr tragt Eure Rüstung der Kühnheit schon zu lange. Das treue Herz, das ihr einst Stärke verlieh, ist dem Dünkel gewichen. Eure Rüstung versagt. Tut mir sehr leid, aber ich gebe mir alle Mühe, Euch nicht zu verletzen. Ich werde Euch nicht Schande bereiten, indem ich Eure fruchtlosen Angriffe einfach missachte und Euch umgehe. Warum erkennt Ihr nicht, wie weise es wäre, ein Unentschieden zu erklären und für mich eine Audienz bei Eurem Gebieter zu vereinbaren?«

Sir Hugh lief rot an und ging voll blinder Wut auf ihn los. Gonji wich zurück und wehrte Sir Hughs Schläge mit geschlängelten, kreisförmigen Paraden ab, die jeder Anstrengung Hohn sprachen, während er die ganze Zeit lang weiter mit ihm redete.

»Ihr setzt mich mit Eurer Starrköpfigkeit unter Zwang ...«

Der Samurai wehrte einen diagonalen Angriff weit zur Seite hin ab. Mit der Riposte aus dem Handgelenk schlug er den Federbusch von Sir Hughs Helm.

»Mein Herz ist treu in dieser Sache – meine Wünsche ehrenhaft ...«

Er wich einem auf Enthauptung zielenden Angriff summenden Stahls aus, wirbelte im Kreis und hackte den Beinharnisch des Ritters auf. Ein dünnes Rinnsal Blut tauchte am Saum der Wunde auf.

»Ihr kämpft in hohlem Zorn – schwächt damit Eure Rüstung – und Eure Fähigkeiten, fürchte ich, bedürfen der Verfeinerung ...«

Kleine Stöße wütenden Atmens drangen aus dem Visier des Ritters, während er ein ums andere Mal mit einer Wut nach Gonji schlug, die ihm selbst das Gleichgewicht raubte. Der Samurai wich mal zurück und drang mal wieder vor, legte dabei eine Schnelligkeit und Sicherheit der Bewegung an den Tag, die dem Gegner Hohn sprach. Sir Hugh führte einen tief angesetzten Ausfall und zielte mit der Klinge auf Gonjis Bauch, und er ächzte, so verzweifelt war der Kraftaufwand dabei.

Gonji schlug die gegnerische Schwertspitze in den Schnee, trat kräftig auf die Klinge, um sie Hugh aus der Hand zu reißen, und rammte das Sagami über die Schulter. Die Spitze berührte ganz leicht den Ringkragen an Sir Hughs Kehle. Der schwarze Ritter wurde ein Opfer der Angst. Er beugte sich von der tödlichen Schwertspitze weg, und die Knie wurden ihm weich, sodass er mit klirrender Rüstung in den Schnee stürzte.

Gonji stand über ihm und zielte mit dem Sagami in beidhändigem Griff auf Hughs Herz. Sir Hugh setzte langsam den Helm ab. Die Erschöpfung stand ihm ins Gesicht geschrieben, und

Schweiß lief ihm über die Kieferknochen, während er nach Luft schnappte.

»Ich verschone Euer Leben, Herr Ritter. *Jetzt gestattet mir, Euren Vater zu sprechen . . .«*

Gackerndes Gelächter ertönte hinter der Reihe flüsternder Söldner zur Linken Gonjis. Zwei ihrer Pferde taumelten zur Seite, als eine Purzelbaum schlagende Gestalt zwischen ihnen hindurchsprang, einen Handstandüberschlag durch den Schnee vollführte und neben dem Samurai landete.

Es war Mond. Der klitzekleine Akrobat rutschte am Schluss seiner Nummer aus und fiel in den Schnee, worauf er nur umso lauter lachte. Er streckte eine Hand nach Gonji aus, der ihm auf die Beine half.

»*Señor* – Domingo Malaga y Colicos?«, fragte Gonji lächelnd.

»Nenne mich Domingo«, antwortete der Erzmagier, »aber was den *Señor* angeht – nun, wir werden sehen. Ich hatte ohnehin nicht erwartet, dich noch lange hereinzulegen. Erhebe dich und folge uns, Hugh. Er ist ein beachtlicher Schwertkämpfer, hm?«

Der gestürzte Ritter stand auf und verbeugte sich vor Gonji, der diesem Beispiel folgte. »Der Beste, den ich je gesehen habe, ohne Ausnahme.«

»Gracias«, sagte Gonji freundlich.

»Du verstehst also, über welche Art Macht die Rüstung meines Sohnes verfügt?«, fragte Domingo. »Diese drei sind allesamt meine Söhne.«

»Ich habe schon gelernt, welche Macht der Glaube zauberischen Handlungen verleiht.«

»Also bist du selbst so etwas wie ein Eingeweihter. Und du hast mich davon überzeugt, dass du kein Dieb bist. Also komm, reden wir inmitten der Annehmlichkeiten weiter, die meine Burg zu bieten hat. Denkst du, dass diese Soldaten in deiner Begleitung sich benehmen können?«

Die spanischen Lanzenreiter wirkten feindselig und wachsam

angesichts der Gefahr, womöglich in der Zwingburg des Hexenmeisters in einer Falle zu sitzen.

Nachdem er sich mit seinen Männern besprochen hatte, kam Salguero herbei und wandte sich an Gonji und den Hexenmeister. Hass blitzte in seinen Augen, als er sie auf den Erzmagier richtete. Er war tief verletzt von den Verheerungen, die seinem Kommando zugefügt worden waren. »Meine Männer sind nicht bereit, in diese Bastion des Bösen zu reiten, Kyushi. Ich bin dafür, diesen Kampf *jetzt* zu beenden. Ich dachte, das wäre auch das Ziel unseres Vorstoßes.«

Ehe Gonji antworten konnte, revanchierte Domingo sich mit gleicher Münze für die harten Worte des Hauptmanns.

»Böse, sagst du? Ihr seid wirklich die Richtigen, um andere des Bösen zu beschuldigen! Ihr und eure ganze grausame Kirche. Es stimmt, dass ich kein Christ bin, aber ich bin es auch nicht, der seine Nachbarn niedermetzelt, nur weil Differenzen über Formen und Riten und unterschiedliche Auslegungsweisen im Hinblick auf heilige Schriften bestehen. Was mich angeht, so passe ich nicht in euer Schema von bindender Moral. Man könnte sagen, dass ich im Hinblick auf den Großteil eures Systems amoralisch bin. Außerhalb eurer engen Grenzen lebe. Ich denke jedoch, das macht mich nach eurer Art zu denken böse genug. Törichte, habgierige kleine Leute! So überzeugt von eurem Kreuzzug, so überzeugt von eurer Rechtschaffenheit! So sicher, alle Antworten zu kennen, die ihr kennen müsst!

Dann jagt doch eure Brüder ins Meer! Ihr werdet jedoch nicht Domingo Negro von hier vertreiben. Hier lebt meine Familie schon länger, als irgendjemand von euch ahnt. Und hier beziehe ich meine Stellung. Oh, ihr habt Böses zu fürchten, kein Vertun! Böses in mehr Gestalten, als ihr euch vorzustellen vermögt. Aber nichts davon ist böser als das, was ihr selbst tut. Mächte stehen Mächten entgegen, die sich wiederum mit anderen Mächten konfrontiert sehen – es ist ein vielschichtiger Kosmos. Und die wahrhaft bösen Mächte kennen eure selbstgefällige Dummheit und verspotten euch dafür.«

Als Salguero vom Pferd stieg, trat Gonji zwischen sie, ehe sie handgreiflich werden konnten. Nach hitziger Diskussion überzeugte der Samurai seinen alten Freund davon, dass er klug beraten wäre, Domingo wenigstens anzuhören. Endlich fiel die Entscheidung, dass Gonji, der Hauptmann, Feldwebel Orozco und Buey den Erzmagier zum Abendessen besuchen sollten, um die bestehenden Unstimmigkeiten zu besprechen – obwohl es lange dauerte, Salguero dafür zu gewinnen.

Die zehn übrigen Soldaten schlugen vor den Mauern der Burg ihr Lager auf, und Domingo sagte ihnen Schutz zu. Als Zeichen des guten Willens schickte er die Söldnerkompanie in ihre Unterkünfte. Warme Speisen wurden zu den Ulanen hinausgebracht, die sie anfangs anzurühren fürchteten, bis sie schließlich einsahen, wie angreifbar sie grundsätzlich waren: Der Hexenmeister konnte sie auf viele Arten und Weisen umbringen, und Vergiften schien nur schlecht zu seiner gewohnten Vorgehensweise zu passen.

Innerhalb der Mauern eingetroffen, übergaben die Gäste ihre Pferde den Stallknechten Domingos, während Gonji bei diesem nachbohrte.

»Ich möchte dir viele Fragen stellen, Herr Zauberer«, sagte er, »aber am meisten bewegt mich, aus welchem Grunde du dich solchen Mühen unterzogen hast, um uns auszulöschen, nur um uns jetzt ins Vertrauen zu ziehen?«

»Selbstschutz natürlich. Ich kämpfe jetzt schon seit längerer Zeit gegen die Krieger des wackeren Hauptmanns, und du hattest dich an ihre Spitze gesetzt. Immerhin hattest du mein Gefallen gefunden mit deinem Gebaren als einsamer Wolf und deiner Furchtlosigkeit im Schlupfwinkel der Mondspinnerin. Erst als du meinem Sohn Hugh Gnade erwiesen hast, obwohl du fähig warst, seine Rüstung zu überwinden, schenkte ich dir mein Vertrauen. Ehrlichkeit, Mut und Mitgefühl sind Eigenschaften, denen man heute nur selten begegnet. Einen Krieger, der sie alle besitzt, sollte man anhören.«

»Also«, setzte ihm Gonji weiter zu, während die Erinnerung kam, »warum hast du mir gegen das gewaltige Insekt beigestanden und dann die Windmühle unter meinem tapferen Hintern abgefackelt?«

Domingo lachte und schlug ein Rad durch den Torbogen in das Kreuzgratgewölbe, welches die Vorhalle zum zentralen Bergfried bildete. Im Bergfried herrschte reges Treiben, und Dienstboten eilten mit einer Vielzahl von Aufgaben durch die Gegend.

»Kannst du dir vorstellen«, antwortete der Hexenmeister, der sich kopfschüttelnd erinnerte, »dass ich trotz der ausgezeichneten Koordination dieses prachtvollen Körpers das verdammte Ding fallen gelassen habe? Ein Athlet und Gaukler«, gluckste er, »und ich habe die Fackel fallen gelassen.«

Gonji war nicht überzeugt, sagte jedoch nichts, während seine Aufmerksamkeit auf ein inzwischen vertrautes Wunder gelenkt wurde: Sie bogen um eine Ecke und erreichten damit einen Korridor, der sich in die Unendlichkeit zu dehnen schien. Aus der Ferne kamen ihnen Dienstboten entgegen und lächelten schalkhaft, als sie die Fremden blinzeln sahen, da sich ihnen die Dienstboten übernatürlich schnell näherten, obgleich sie ihre Schritte nicht im Mindesten beschleunigt hatten.

Der Hexenmeister reagierte mit höchster Heiterkeit, derweil er seine Dienstboten begrüßte. »Ihr habt das schon erlebt, hm? Tricks mit der Perspektive, seht ihr? Raum, zum äußersten Vorteil genutzt. Die Alten reisten einst auf diese Weise zwischen den Welten. Welten innerhalb – und außerhalb. Alles ist irgendwo Wissenschaft, aber hier ist alles Magie. Kommt – probiert es mal! Es gelingt am besten direkt an der Korridorwand. Schiebt euch mit dem Rücken daran entlang. Ihr werdet die Türen vorbeifliegen spüren. Kümmert euch einfach nicht darum und bewegt euch auf das hintere Ende des Gangs zu. Ich möchte euch dort unten etwas zeigen.«

Gonji versuchte es als Erster und zeigte eine beruhigende Geste, als Salguero mahnend die Hand hob. Buey nahm die Wand gegenüber, während sie dem Hexenmeister folgten. Sie gingen seitwärts, den Rücken an den Granitblöcken, und stellten fest, dass es sich genau so anfühlte wie von Domingo geschildert. Torbögen huschten in ihrem Rücken vorbei und wurden dabei schmaler, fast wie von eigener Kraft angetrieben, während die Gäste keinerlei Empfindung von ihrer eigenen Geschwindigkeit hatten. Für Gonji fielen Salguero, Orozco und das Korridorstück hinter ihm schnell zurück, wie von einem gigantischen Flaschenzug befördert. Die beiden schlossen sich ihnen jedoch schnell wieder an, und das Blut pochte in ihren Schläfen, als sie sich am Ende des Gangs erneut sammelten. Orozco wirkte ein wenig aufgekratzt und blickte zurück, als wollte er das aus kindlicher Freude noch einmal ausprobieren.

Domingo grinste zufrieden und führte sie eine steile Treppe hinab in einen Keller, der zwei Etagen unterhalb der Erde lag. In einem feuchten, bemoosten Raum hob er eine Hand und wandte sich mit funkelnden Augen an sie.

»Bereitet euch jetzt auf einen seltsamen Anblick vor!«

Die Rückwand verwandelte sich in Dunst und verschwand. Sie erlebten unvermittelt ein Schwindelgefühl. Sie blickten hinaus und abwärts – auf die Dächer der Stadt Barbaso. Keine Miniatur, sondern die Stadt aus der Höhe betrachtet, von Leben wimmelnd. Menschen schrien und deuteten auf die Dunkelheit, die plötzlich den frühen Abendhimmel verdeckte.

»Grandios, hm?«, flüsterte der Hexenmeister begeistert. »Jetzt gebt acht – gebt acht …«

Er strich mit dem Finger in rascher Folge über die Lippen, sodass seine Stimme wie unter Wasser hallte, als er laut verkündete:

»Menschen von Barbaso – fürchtet euch nicht – eure Soldaten sind meine Gäste.«

Beim Blick auf die heftigen Reaktionen, die man auf den Straßen sah, hielt er sich die Hand vor den Mund, um sein Lachen zu dämpfen. Dann gab er seinen Gästen mit einem Wink zu verstehen, sie sollten eilends zur kahlen Treppe zurückkehren.

»Ich mache das so gerne«, sagte er und gackerte die ganze Zeit lang, während sie hinaufstiegen. »Aber ein klein wenig hält lange vor, wie man so schön sagt, sodass ich mich zurückhalten musste.«

»War das wirklich Barbaso?«, fragte Salguero beunruhigt. »Keine Illusion?«

»Natürlich.«

»Warum hast du sie nicht einfach zerstört? Geschmolzenes Blei hinabgegossen – oder Monster hinein geschickt?« Orozco unterstrich seine Frage mit einem pragmatischen Schulterzucken.

»Zum einen«, antwortete Domingo, »ist das kein richtiger Durchgang, nur eine Art Sichtfenster. Geräusche durchqueren es, aber kein fester Stoff. Echte intersphärische Durchgänge zeigen nach meiner Erfahrung niemals, was hinter ihnen liegt. Das führt zu manch aufregender Entdeckung. Nebenbei: Wie hört sich das dort unten an? Ich liebe es so sehr, wenn die Leute davonrennen ...«

»Du bist genauso böse, wie die Leute sagen«, knirschte Salguero, während sie erneut den perspektivisch verzerrten Korridor entlanggingen. »Böse auf diese verschlagenste Art und Weise, die Satan sich und seinen Handlangern vorbehält.«

»*Ach, Drachenfürze!*«, schimpfte der Erzmagier. »Böse, böse, böse – mehr seht ihr Kirchenfanatiker nie in den Wundern, die sich nicht bedingungslos eurem Diktat fügen. Erkläre mir, was daran böse ist, einen Massenangriff auf meinen Privatbereich zu verhindern. Was habe ich euch denn Böses zugefügt, das man nicht schlicht als Verteidigung dessen bezeichnen könnte, was mein ist?«

»Die Monster, die du auf uns gehetzt hast!«, tobte Salguero. »Ich vermute, all die toten Männer unter meinem Kommando sind an Illusionen gestorben.«

»Der Riese«, erinnerte Orozco.

»Ah, der Riese!«, wiederholte Domingo sarkastisch. »Sage mir – hast du dir schon bei seinem bloßen Anblick in die Hose gemacht? Er klettert den ganzen Tag lang auf den Felsen herum und erschnuppert ihm noch unbekannte Blumen. *Jesu Christe*, er hätte nicht mal Fleisch zu essen, wenn andere Kreaturen aufhören würden, ihn aus blinder Angst und Unwissenheit anzugreifen!«

»Wie ist es bei der Todesfee?«, fragte Gonji leise, die Augen zu schmalen, durchdringend blickenden Schlitzen zusammengekniffen.

»Dieses Miststück des Todes gehört nicht zu meinem Arsenal. Jemand anderes hat diese Dämonin losgelassen. Wenn ihr über das Böse reden möchtet – *da* liegt es! Ich sagte euch ja, dass noch andere Parteien an diesem verwirrenden Machtkampf beteiligt sind. Ich verstehe nicht mal mehr deren Aufstellung, aber ich glaube, deine Anwesenheit hat etwas mit all dem zu tun, Wanderer.«

Er hatte damit direkt Gonji angesprochen, der unwillkürlich auffuhr, als er auf diese Weise herausgegriffen wurde. Nicht zum ersten Mal wurde er beschuldigt, Machtverschiebungen außerhalb seines Gesichtskreises verursacht zu haben.

»Die Vogelmenschen ...«, warf Orozco ein.

»Eine tragische Lebensform. Ergänze ihre schon schwere Bürde nicht um den Vorwurf des Bösen. Und der Wanderer hier scheint ein alter Freund von ihnen zu sein.«

»Die Wölfe ...«

»Die Maiden in den Feuerringen, die sich in Schmutz verwandeln – bis zu Monstern direkt aus ...«

Der Hexenmeister schnaubte. »Wölfe müssen fressen. Ohnehin sind sie in jüngster Zeit unbeherrschbar geworden. Ich weiß nicht, was in sie gefahren ist. Sie scheinen gelenkt, wenngleich nicht von mir, und was die Zauberringmaiden anbetrifft ... « Er wandte sich Gonji zu. »Die bösen Toten sind aus ihren Gräbern gerufen worden, Wanderer. Das ist schlimm. Ich dilettiere jedoch nicht in Nekromantie, der Kunst der Totenbeschwörungen. Habe ich noch nie, und auch keiner aus meiner Linie zuvor – es sei denn vielleicht mein unberechenbarer Urgroßvater. Derlei Zauberkunst ist so ordinär ... «

Er führte sie in einen opulent ausgestatteten Salon, bei dessen Anblick Gonji in sichtlichem Abscheu zusammenzuckte. Der Raum war ein Chaos von Entwürfen und Ausstattung, ein Albtraum der Ornamentik wie das Innere eines riesigen Schmuckkastens. Roter Samt und Goldintarsien bedeckten die Wände. Von der Decke hingen gewirkte Vorhänge, die asiatischen und türkischen Einfluss verrieten, während die goldenen Feuerschalen, mit denen die Wände besetzt waren, filigrane Rokokomuster aufwiesen. Edelsteine verschiedener Größen und Farben, in verdunkelten Winkeln angebracht, reflektierten das Lampenlicht in bunten Scherben des Regenbogens. Und hauchdünne Netze in zarten Mustern trennten den Raum. Sie schwenkten zur Seite, wenn man hindurchging, wichen vor selbst der sachtesten ausgestreckten Hand zurück.

»Seide der Mondspinnerin«, erklärte Domingo dem Samurai. »Dank dir jetzt unbezahlbar.«

»Eine bösartige Kreatur, ungeachtet der hohen Kunst«, stellte Gonji fest.

»Hmmm.« Der Hexenmeister wurde nachdenklich. »Ich vermute, da hast du recht. Auch sie musste jedoch fressen, nachdem sie der natürlichen Beute ihrer eigenen Welt beraubt worden war. Und ich habe nur Feinde auf ihre Jagdgründe gelockt. Kaufleute und harmlose Reisende wurden auf sicherem Weg hindurchgeführt – bis sie irgendwann gar nicht mehr kamen. Menschen ohne kriegerische Absichten suchen mein geliebtes Tal heute nicht mehr auf. Handelsgüter werden selten. Oh – du verzeihst mir doch die dekadente Wirkung hier! Sie ist das Resultat von Jahrhunderten des Wandels im adligen Geschmack, hm?«

Domingo ging zu einem Ständer mit etwas, das nach silbernen Rohrkolben oder einem Windspiel aussah. Er strich mit der Hand darüber und eine leise Melodie mit fortlaufend wechselnden Varianten und sich wiederholenden Kehrreimen erklang. Gonji reagierte verblüfft. Die Klänge erinnerten ihn sehr an die weichen Klänge der *Shamisen*, deren Musik seine Jugenderinnerungen prägte. Er sah, wie Domingo ihn anlächelte.

»Vertraut, hm?«

Gonji verneigte sich. *»Domo arigato.«*

»Jetzt«, drängte der Magier seine Gäste, »macht es euch bequem. Ich geselle mich alsbald wieder zu euch. Seid nicht beunruhigt – *ex corpore!*«

Domingos Körper brach leblos auf dem dicken Teppich zusammen.

Buey zog als Erster die Pistole und holte scharf Luft. Salguero und Orozco folgten seinem Beispiel, blickten von der gestürzten Gestalt in die Runde und erwarteten irgendeinen unberechenbaren Angriff.

»Kyushi?«, fragte der Hauptmann verwirrt.

Nur Gonji hatte keine Waffe gezogen. Die Schwerter steckten nach wie vor im *Obi*, als er neben der kleinen Gestalt niederkniete und sie sorgfältig untersuchte. Zu ihrer Überraschung erhob sich Domingo wieder und lächelte sie nacheinander matt an.

Aber es war nicht Domingo. Nicht die Person, die ihnen vorher Gesellschaft geleistet hatte. Etwas fehlte. Das Licht der Intelligenz in den jetzt schwachsinnig blickenden Augen. Der kleine Mann wirkte zunächst etwas unsicher, schien dann aber das Gleichgewicht zurückzugewinnen, vollführte vor ihnen einen Überschlag, erhob sich und breitete die Arme zu einer beifallsheischenden Geste aus.

Salguero packte ihn an den Armen. »Was geht hier vor? Sag uns, welches Spiel du hier treibst. Unsere Geduld hat Grenzen.«

Aber der kleine Possenreißer entzog sich seinem Griff und gab durch nichts zu erkennen, dass er sich bedroht gefühlt hätte. Nachdem er auf seinen Hals gedeutet und mit leerem Gesicht den Kopf geschüttelt hatte, bewegte er sich Rad schlagend aus dem Prunksaal auf den Korridor hinaus, langsamer und mit weniger Schwung, als er zuvor gezeigt hatte.

ZEHNTES KAPITEL

Den vier Gästen auf Burg Malaguer wurde das Abendessen im Prunksaal serviert. Sie bedienten sich von einem reichhaltigen Eintopf, der aus einer Vielzahl von Fleisch und Gemüsen bestand, begleitet von frischem Brot und Wein aus Madrid. Unter dem wachsamen Blick eines pedantischen Oberaufwärters richteten Dienstboten das Mahl auf einer robusten, mit aufwändigen Schnitzereien verzierten französischen Speisetafel an.

Die eleganten Kissen, auf denen die Gäste Platz nahmen, erinnerten Gonji an die *Futons* seiner Heimat, von einem bedeutsamen Unterschied abgesehen: Die Kissen schwebten durch Zauberei über dem Boden und reagierten in Höhe und Abstand auf leichte Anstöße mit dem Hinterteil. Wenn jemand aufstand, sank das Kissen sachte zu Boden, um dort zu warten, bis es aufs Neue benutzt wurde.

Entspannt durch die sich ausbreitende Wärme des Weins und die allmähliche Gewöhnung an diese seltsame Umgebung, lernten es Orozco und Buey rasch, die Beweglichkeit ihrer Kissen auf die Probe zu stellen. Salguero bereitete ihren Lausbubenstreichen schließlich im Namen der militärischen Würde ein Ende, nachdem Buey einen Salto rückwärts schlug und auf der Nase landete.

Sie waren gerade mitten in ihrer Mahlzeit, als sich eine Fremde zu ihnen gesellte und sie mit der Bekanntmachung schockierte, dass sie sich jetzt wirklich in Gesellschaft Domingo Malagas y Colicos' befanden.

Domingo war allerdings kein Hexenmeister. Sie war eine Hexe.

»*Si*, die Letzte meiner Linie«, erklärte sie dem glotzenden

Quartett, »aber die Menschen dieser Gegend erwarten von jeher einen männlichen Erzmagier, sodass ich ihnen gegeben habe, was sie wollten. Ich habe es mir reiflich überlegt, ehe ich entschied, euch die Wahrheit zu zeigen; wir alle brauchen jetzt jedoch die Wahrheit, wenn wir überleben wollen.«

Sie erhoben sich einer nach dem anderen, um ihr Ehrerbietung zu zeigen, wobei Orozco von seinem schwebenden Kissen stürzte und sich mit vor Verlegenheit roten Wangen wieder aufrappelte. Domingo lachte und spendete ihm Worte des Trostes, während sie ihre drei Söhne – Hugh, Rowland und Darien – zu ihren Plätzen an der Tafel führte. Anschließend nahm sie selbst am Kopfende Platz.

Die Söhne verhielten sich ruhig und würdevoll an ihren Plätzen, machten im Verlaufe des Mahls nur beiläufige Bemerkungen und antworteten einsilbig auf Fragen. Offenkundig lag ihrer Erziehung die strenge Einhaltung von Manieren und Benimmregeln zugrunde, aber sie unterschieden sich äußerlich stark voneinander.

»Tut mir sehr leid«, sagte Gonji, »aber erwähntest du nicht, du wärest die Letzte deiner Linie? Sind dies also nicht deine tatsächlichen Söhne?«

»Oh, das sind sie ganz gewiss«, antwortete sie. »Was ich meinte: Sie stammen alle von unterschiedlichen Vätern, siehst du? Und leider verfügt keiner von ihnen über irgendeine spezielle zauberische Gabe.« Sie lächelte sie an, aber sie schienen sich unter dieser mütterlichen Zuwendung unbehaglich zu fühlen. »Ich bin also die Letzte einer langen Reihe von Colicos-Adepten, die bis nach Griechenland zurückreicht. Und der letzte *Hidalgo* der Malagas – nicht *Hijo*, sondern *Hija*, wie ihr seht.« Sie lachte herzlich über den eigenen Scherz.

Eine Wasserpfeife aus Keramik mit facettenreichem Sockel wurde ihr gebracht. Sie rauchte sie, während sie in ihrem Essen herumstocherte. Blaue Rauchfahnen drehten sich um sie und bildeten Muster und erkennbare Formen, während ihre Lippen erheitert zuckten.

Sie war eine attraktive Frau, entschied Gonji, und unbestimmbaren Alters. Vielleicht in den Sechzigern, aber die Jahre schmeichelten ihr, wie es typisch war für Frauen, die es gelernt hatten, das Altern durch Hinnahme seines ermüdenden Fortschreitens zu meistern. Ihre Augen spiegelten in der Farbe den Frühling am Mittelmeer und waren voller Weisheit, Ausgeglichenheit und Intelligenz. Domingo war von scharfem Geist und schien ständig kurz davor, einem etwas zu erzählen, was man von sich selbst noch gar nicht geahnt hatte.

»Also, Conquistador«, wandte sie sich an Gonji, »du findest meinen Lieblingssaal eher ordinär, hm?«

Der Samurai furchte die Stirn, während sein Blick über die kitschige Ausstattung wanderte, und zuckte schließlich leicht die Achseln.

Domingo lachte. »Ein wenig Alchemie, ein bisschen Erdmagie – damit erreicht man schon viel, nicht wahr? Oh – ich hoffe, dir macht die *Olla podrida* nichts aus! Es liegt an meinem Koch, weißt du. Er kann sich nie für die Speisen entscheiden, wenn ich sage, dass es ein besonderes Mahl werden soll, also wirft er einfach alles hinein, was ihm nur in den Sinn kommt.«

Sie alle stimmten zu, dass der Eintopf wohlschmeckend war, und dann fragte Salguero betont:

»Du sagst, dass du Alchemie betreibst?«

Sie seufzte nachsichtig. »*Si, mi capitan* – von der Kirche absolut verboten, ich weiß. Ich liebe jedoch den Glanz des Goldes und stelle nur genug her, um mich zu erfreuen. Es ist ohnehin harte Arbeit, täusche dich nicht, und ich würde niemals eine Schwemme erzeugen, die den Wert des Goldes minderte. Kein Alchemist mit einem Deut Vernunft würde jemals die eigene Arbeit entwerten. Mit Habgier setzt man sich nur im eigenen vergoldeten Gefängnis fest.«

Gonji lächelte mit den Augen. Er liebte Fragen der Disziplin und einer Ethik, die man sich selbst auferlegte. Es war schwierig, diese Hexenwitwe mit dem Bild des ruchlosen Schwarzen Sonntags in Einklang zu bringen, mit dem die Menschen in dieser Gegend lebten.

»Es ist amüsant«, fuhr Domingo versonnen fort. »Die Menschen suchen in der neuen Welt nach Eldorado, und dabei habe ich es hier geschaffen. Allerdings muss ich wohl senil werden, wenn ich spanischen Soldaten so viel über mich erzähle.«

»Was ist eigentlich geschehen, das dich gezwungen hat, gegen Barbaso vorzugehen?«, erkundigte sich Gonji.

»Wovon haben wir gerade gesprochen – Habgier?«, fragte sie vielsagend. »Früher hat meine Familie dieses Tal vor Eindringlingen geschützt. Du hättest niemanden die Zaubersprüche meines Großvaters kritisieren gehört, als die Banditenhorden Aragonien terrorisierten. Wir und die Menschen hier hatten eine ausgezeichnetes Verhältnis auf Gegenseitigkeit. Sie lieferten uns bestimmte Güter, trieben Handel für uns und stellten uns Krieger und Dienstboten zur Verfügung, wie wir sie jeweils benötigten. Im Gegenzug haben die Malagas den Frieden im Tal bewahrt, manchmal das Wetter zum Wohle der Menschen beeinflusst und diesen sogar – was wohl unbedacht war – gelegentlich gewisse Segnungen mit Hilfe unserer Kräfte zuteil werden lassen.«

»Heute zerstörst du ihre Ernte und ihr Wild, beraubst sie des Handels – kein einziger fahrender Händler sucht dieses Tal mehr auf – und hungerst sie aus«, murrte Salguero.

»Ach, komm schon, Hauptmann! Sie sind wohl kaum am Verhungern, ungeachtet der Schauspielerei, mit der sie die leiderprobten Unterdrückten mimen. Und bei allen Geistern, sie haben genug goldene Passionsfrüchte aus meiner verzauberten Laube gestohlen, um auf Jahrzehnte hinaus bei Kräften zu bleiben. Und wie steht es um meine Ochsen? Die Kreuzungen, die ich gezüchtet habe – wie oft haben du und deine Männer von ihrem zarten Fleisch gespeist?« Sie wandte sich an Gonji. »Meine Ahnen haben ein Nutztier von ungewöhnlichen Eigenschaften erzeugt, Wanderer. Ein wunderbares Tier von erstaunlicher Kraft und Ausdauer, leicht für alle Aufgaben auszubilden. Diese Tiere verfügen über die wunderbare Eigenschaft einer langen Reifung, an deren Ende sie sich niederlegen und sterben und im Tode das beste Fleisch hergeben, das du jemals gekostet hast. Wir hatten mal eine große Herde dieser Tiere. Jetzt bleiben mir noch *zwei*, dank der diebischen Einwohner dieses Tals, und diese beiden pflanzen sich einfach nicht fort. Ich vermute mal, selbst *sie* hätte ich schon nicht mehr, wenn ich eine Möglichkeit gefunden hätte, wie sie sich nach ihrem Tode selbst zerlegen könnten.

In meinem Garten der Wunder«, fuhr sie fort und erwärmte sich für ihren Vortrag, »haben die Leute einfach *jeden Stein* umgedreht. Ich musste ihn unter ständige Bewachung stellen. Ich habe dort Rankengewächse, die zu Musik tanzen – zertrampelt von den Leuten in ihrer Gier, meine singenden Blüten als Haarschmuck für ihre Damen zu stehlen. Und weder Flora noch Fauna wagen sich ihnen in den Weg zu stellen, wenn sie sich einen Zugang zu meinem Obstgarten trampeln, um Passionsfrüchte zu pflücken. Diese wachsen in enttäuschend geringer Zahl; mit nichts, was wir versucht haben, konnten wir ihrer Vermehrung auf die Sprünge helfen. Nur eine davon zu verspeisen erzeugt jedoch Zähigkeit, Schwung und gute Gesundheit – sowie Nahrung für viele Tage. Genießt man jedoch mehr als nur eine ...«

Sie lehnte sich zurück und betrachtete die Soldaten durchdringend unter hochgezogenen Brauen hervor.

»Genießt man jedoch mehr als nur eine, entsteht der müde Rausch, nach dem alle in dieser dummen Stadt lechzen. Euphorie und Mattigkeit und grenzenlose Bereitwilligkeit – nichts, was eine gute Flasche Rum nicht auch erzeugte, mit der Ausnahme, dass Rum am nächsten Tag seinen Griff um den Trinker löst, wenn auch nicht ohne den Kater, der einem bei den Passionsfrüchten erspart bleibt. Begreift ihr Jungs denn nicht, dass Erholung von der Arbeit der Lohn des Gerechten ist, Flucht hingegen nur der Traum eines Narren?«

Der Hauptmann wurde ärgerlich. »Meinen Männern ist es verboten, deine verhexten Früchte zu essen.«

»Tatsächlich? Nun, wir werden sehen.« Sie wandte sich erneut an Gonji. »Siehst du, das ist lange so weitergegangen. Einem habsüchtigen Geist kann man keine Vorhaltungen machen. Und dann kam es zu anderen Vorfällen. Dinge geschahen, die auch ich böse nenne. Und alles wurde mir zugeschrieben. Menschen verschwanden. Monstererscheinungen fielen über die Ernte und die Herden her. Jäger wurden auf den nebelumwallten Ebenen von Unholden ermordet. Und all das sei mein Werk, hieß es. So wandten sich die Menschen an die Kirche, und der *Adelantado* der Provinz entsandte diese standhaften Ulanen, um mich zu vernichten.«

»Unsere Befehle stammen nicht von Herzog Cervera, sondern direkt vom Hohen Offizium in Madrid«, berichtigte Salguero sie, »und ich habe in diesem Tal nichts gesehen, was mich von deiner Unschuld überzeugt hätte.«

»Das ist nicht meine Sache, Hauptmann.«

Gonji wurde starr, als Cerveras Name fiel, vergaß ihn aber gleich wieder, als er Anstalten traf, um das zwischen den beiden Tischgefährten schwelende Unheil zu ersticken.

In diesem Augenblick schlug Luna Invierno ein Rad in den Raum und rollte sich anschließend neben der Hexe zusammen. Er lächelte sie an wie ein unschuldiger Säugling, der sich des elterlichen Schutzes gewiss war.

Während Domingo ihm liebevoll übers Haar strich und ihn anschnurrte, entdeckte sie Gonjis fragenden Blick. »Das ist

Paco. Du fragst dich, wie das möglich ist, hm, Wanderer? Wie ich in Pacos Körper eindringen und ein Abenteuer mit dir erleben konnte, wie ich so meisterlich mit dir kämpfen konnte. Nun, ich denke nicht, dass ich es dir erzähle!« Sie richtete den Blick zur Decke und lachte auf ihre so typische kehlige Art, ein Lachen voll freundlichen Spaßes und warmherziger Kameradschaft. Dann trübte Trauer ihre edlen Züge, und ihre nun folgenden Worte klangen, als dächte sie laut nach.

»Paco ist mein *Gracioso*, mein lieber süßer Possenreißer, der meine melancholischen Stimmungen mit Streichen vertreibt. Das ist eine ehrenvollere Stellung, als du vermuten würdest. Seine Familie dient der meinen seit Generationen auf diese Weise. Der arme Paco wurde jedoch behindert geboren. Verkrüppelt, siehst du? Seine Gliedmaßen waren so mitleiderregend verformt, dass seine liebe Mutter verzweifelte und nicht mehr glaubte, er – und sie selbst könnten überleben. Ihre Schmerzen rührten mich. Sie wurden zu meinen eigenen. Ich benutzte jeden Zaubertrank und jede Tinktur, die ich je gelernt hatte, um das Kind genesen zu lassen. Schließlich hatte ich Erfolg – *glaubte* ich Erfolg zu haben, als ich einen vielschichtigen Zauber einsetzte, vor dem man mich oft gewarnt hatte. Pacos Körper wurde heil und ganz, im Grunde ein regelrechtes Wunder von einem Athleten, aber … Da war ein Preis zu entrichten, siehst du? Gemeinsam werden wir jedoch zu Luna Invierno, heil und mächtig.«

Der einfältige Spaßmacher lächelte vertrauensvoll zu ihr hinauf und legte ihr dann den Kopf in den Schoß. Ihre Lippen bebten leicht.

»Ich dachte immer, dass es an mir gelegen hätte, den Preis zu entrichten. Himmlische Vergeltung für – böse Praktiken, würdest du sagen, hm, Hauptmann? Ah, na ja. Ich habe versucht, Paco gegenüber Wiedergutmachung zu leisten. Es scheint ihn zu erfreuen, wenn ich seinen Körper übernehme und ihm zeige, wie er behände Kunststücke ausführen kann, auf die er von allein nicht kommt. Sein freundlicher Geist rollt sich dabei in einem fernen Winkel zusammen und – ich könnte fast weinen, wenn ich die Freude spüre, die er zu empfinden scheint, wenn wir gemeinsam losspringen. Seht mich nicht so an, meine Herren. Euer Tadel und meine Rührseligkeit tun sich zusammen, um hier drin die Luft zu verpesten.«

Der Bann ihrer seltsamen Erzählung war gebrochen, und die Gäste blickten einander unbehaglich an, denn sie fühlten sich unwohl angesichts der Macht über die Lebensvorgänge, die sie zu haben behauptete. Nur Gonji raffte sich zu einer Bemerkung auf.

»Zumindest bleibt seine Unschuld gewahrt. Das ist kaum die schlechteste Eigenschaft des menschlichen Geistes.«

Domingo starrte ihn durchdringend an. »Man nennt dich das Rote Schwert des Ostens, nicht wahr?«

Gonji erschrak ein wenig. Er hatte diesen Titel schon länger nicht mehr gehört.

»Unter anderem«, sagte er.

Domingo nickte mit mütterlicher Anmut. »Kommt, meine Herren, gestattet mir, euch einige Dinge zu zeigen, die mich beunruhigen.«

Sie verließen den Saal und betraten erneut die unzähligen Räume und räumlich verzerrten Korridore, und die Hexe führte sie durch diese grenzenlos faszinierenden Phänomene. Es schien, dass sie eine erstaunlich weite Strecke zurücklegten, ehe sie auf den nördlichen Außenhof hinaustraten, umgeben von einer Reihe befestigter steinerner Kurtinen, die sich scheinbar endlos bis über den Horizont erstreckten.

Buey und Orozco blieben abrupt stehen, und der große Soldat schnappte erstaunt nach Luft.

»Frische Bautätigkeit, siehst du?«, erklärte Domingo erheitert und forderte sie mit einem Wink auf weiterzugehen.

Sie durchquerten ein Torhaus in der nächsten Mauer und

gelangten in einen weiteren Burghof. Überall standen Versorgungswagen herum. Ein langes Backhaus zog sich an einer Mauer entlang, und an der Mauer gegenüber ragte eine Kaserne auf. Söldner, die im Freien herumlungerten, sahen, dass ihre Soldgeberin vorbeikam, salutierten und nahmen respektvoll Haltung an, um sich anschließend gegenseitig anzustoßen und miteinander zu flüstern. Es war deutlich, dass Domingos Identität die meisten von ihnen überraschte.

Die Gruppe durchquerte eine weitere Außenmauer, und noch immer fanden die weitläufigen Anlagen der Burg kein Ende. Das umschlossene Gebiet hätte einer Stadt von ansehnlicher Größe Platz geboten. Schließlich verließ die Gruppe die eigentliche Burg unter einem gewaltigen Trommelturm hindurch und gelangte auf ein Stück Land, dem eine verborgene Quelle Wärme spendete. Es schien, als hätte keine Spur des Winters diese Stätte erreicht.

Hier durchquerten sie Domingos Laube und das, was sie ihren Garten der Wunder nannte. Und so schien es buchstäblich, denn es war ein Ort, den die Hand eines künstlerisch gesinnten Gottes gestaltet hatte. Sogar im Mondlicht war es hier hell und schön, und die Blumenmuster konnten sich mit denen der Alhambra messen. Vögel flitzten innerhalb des Gartens herum und entlockten schwankenden Blüten ein liebliches Klimpern. Seltsame Tiere erstarrten vor Schreck, als die Gruppe vorbeikam, nur um dann an die heckengesäumte Grenze zu traben, wenn sie ihre Herrin witterten.

Domingo blieb stehen und atmete die berauschenden Düfte des Gartens tief ein. »Mehr Dinge existieren zwischen Himmel und Erde …«, begann sie das Zitat und warf dann die Hände hoch, als das Gedächtnis sie im Stich ließ. »Ah, dieser scharfsinnige Inglés!«

Ein kleines Einhorn näherte sich der Hexe, und den Männern stockte der Atem, als sie die grazile Anmut des Geschöpfs wahrnahmen. Es schien kaum die Erde zu berühren, während es herantappte.

Domingo streichelte seine Schnauze durch eine Lücke im Formschnitt der Hecke hindurch. »Alle Wunder der Welt fallen vor dem Schwert. Bald bleibt euch Kriegern jedoch nichts mehr, was ihr bekämpfen könntet, und dann werdet ihr euch gegenseitig vernichten. Und die Magie wird die Dunkelheit abschütteln und aufs Neue leben.«

»Karma«, sagte Gonji leise. Weder Trotz noch Rankūne schwangen in seinem Ton mit.

»Komm, Rotes Schwert«, sagte Domingo. »Ich denke, das jetzt wird dir gefallen. Auch ihr, *Amigos* – folgt mir einfach, wohin ich mich wende. Fürchtet euch nicht.«

Sie umquerte eine Ecke der Hecke und blieb vor einer Stelle mit eckig geschnittenen Büschen stehen. Die Hexe warf einen schelmischen Blick über die Schulter, marschierte schnurstracks auf das dichte Gesträuch zu – und verschwand, sobald sie es berührte.

Gonji traf Anstalten, ihr zu folgen, und rückte die Schwerter in der Gürtelschärpe zurecht. Salguero fasste ihn an der Schulter, und in den Runzeln rings um seine Augen zeigte sich Besorgnis.

»Wir riskieren das Urteil Gottes, fürchte ich, Gonji, wenn wir an solcher Zauberkunst teilhaben.«

»Wir schaden niemandem, Senchu, wenn wir die Wunder der Welt erkunden. Komm, sehen wir mal, was sie im Schilde führt.«

Gonji wappnete sich und trat an die Hecke heran. Er erlebte einen Augenblick des Schwindelgefühls und der Blindheit. Er saugte kalte Luft ein. Eine Empfindung von Schwerelosigkeit, dann erreichten seine Füße wieder festen Boden. Die Knie gaben leicht nach, als hätte er auf einer Treppe die nächste Stufe verfehlt. Er fing sich, spürte sich von einer ernüchternden Brise eiskalten Windes umfangen und erblickte das lächelnde Gesicht Domingos.

Sie befanden sich hoch am Nachthimmel. Gonji erkannte die Laibungen fast sofort. Es war die Spitze des Trommelturms.

»Am besten trittst du zur Seite, ehe deine Gefährten dich niederrennen.«

Er trat an die Schießscharten heran und blickte zum Garten in der Tiefe hinab. Er sah, wie die drei miteinander redeten und sich Salguero dann langsam der Hecke näherte. Die Arme des Hauptmanns tauchten in der Luft über dem steinernen Boden des Dachstandes auf. Sie wurden heftig zurückgezogen. Dann kam Salguero hindurchgestürmt, das Schwert in der Hand. Er rannte beinahe in die Hexe hinein, wich zurück und blickte sich suchend um. Als er Gonji sah, entspannte er sich.

Orozco machte als Nächster einen Salto hindurch, rollte sich in die Sitzhaltung ab, die Pistole in der Hand. Gefolgt von Buey, der brüllte und eine Riesenfaust schwang.

Sie konnten nicht umhin, gemeinsam zu lachen, als sie alle ihre sieben Sinne wieder beisammen hatten.

Domingo führte sie eine dunkle Wendeltreppe hinab, die sich durch den zentralen Schacht des großen Turms wand. Wenig später geleitete sie sie in einen erstaunlichen Raum, der in einem phosphoreszierenden Licht ohne erkennbaren Ursprung lag und mit den Arkana ihrer geheimen Zauberkünste ausgestattet war, den Objekten ihres mystischen Handwerks. Die verschimmelten Wände waren bedeckt mit Karten und Schriftrollen mit komplizierten Schriften in unbekannten Sprachen. Kolben und Retorten voller trüber Flüssigkeiten und unschicklicher Lebensformen säumten die Regale. Die Mitte des Raums beherrschte ein gewaltiger Arbeitstisch, dicht bepackt mit geometrischen Instrumenten und Schreibmaterial, mit hohen Stapeln aus Pergamenten und staubigen Folianten.

»Hier ist etwas Wunderbares, das du zu schätzen wissen wirst, Rotes Schwert.« Domingo bewegte die Hände in gegenläufigen Kreisen, und sofort tauchte über dem Tisch ein zerbrechliches

Gewebe aus konzentrischen Kugeln auf, die aus einem durchsichtigen Material bestanden und durch dünne Spinnweben verbunden waren. Sie rotierten bedächtig in unterschiedlichen Geschwindigkeiten, und das Netz zog sich mal in die Länge, verkürzte sich mal und verschwand mal ganz, jeweils wie es die Notwendigkeit gebot.

»Die Seefahrer, die in die Ferne streben und ihre Entdeckungen festhalten, bezeichnen ihre Arbeit als Kartografie. Wie jedoch würden sie *dies hier* nennen? Welten innerhalb und außerhalb. Rund sind sie, siehst du, wie unsere Welt. Hm, wir befinden uns – *hier.*«

Sie deutete mit einem Finger auf die Stelle, und eine Linie aus weißem Licht sprang von der Fingerspitze ins Netz hinein und erzeugte einen winzigen Lichtfunken auf einer der inneren Kugeln.

»Aber das zeigt dir wenig. Pass auf.«

Die Hexe murmelte jetzt vor sich hin und führte eine Folge von Handbewegungen aus, mit denen sie Gegenstände in der Luft bearbeitete, die nur für sie sichtbar waren. Neben der verschachtelten Abbildung tauchte eine zweite auf, eine Zwillingsausgabe der ersten. Jede der zart gezeichneten Kugeln schälte sich jetzt, streckte sich zu einer flachen Ebene, was mit der äußersten Sphäre begann und sich nacheinander fortsetzte, bis aus der Abbildung eine ausgefächerte Verknüpfung durchsichtiger Karten geworden war, die alle auf derselben Achse rotierten. In der sich fortlaufend bewegenden Konstruktion tauchten jetzt Funken auf, weiße Lichtpunkte, wo die rotierenden Ebenen einander an verschiedenen Punkten berührten. Die innerste Ebene zeigte die meisten Lichter, und während die Gäste zusahen, bemerkten sie, dass manche Lichter nicht ortsgebunden waren, sondern von einer Karte zur nächsten und wieder einer weiteren sprangen und dabei auf ihren Bahnen ein Maßwerk aus Licht erzeugten, das an Sternschnuppen erinnerte.

»Korridore und Tore, seht ihr?«, erklärte Domingo. »Sie führen von einer Kugel zur nächsten. Unsere – dort – ist keine der aktiveren, weist aber doch an manchen Stellen Verbindungen zu anderen auf. Die Tore zu finden und zu benutzen ist heute der letzte Schrei in der Zauberei. Manche Dinge versuchen einzudringen oder zu fliehen. Andere benutzen unsere Sphäre nur als Trittstein zu anderen Welten. Für mich ist das alles recht neu. Ich interessiere mich nicht besonders dafür, Tore zu öffnen, aber mich begeistern die Möglichkeiten, die es mit sich bringt, wenn ich den Raum nach meinem eigenen Bedarf umgestalten kann. Zu meinem Nutzen, wie ihr es alle erlebt habt. Jedoch existieren andere Mächte, schreckliche Mächte, die die Tore zu ihrer eigenen Verherrlichung kartografieren möchten. Oh ja, Hauptmann, die Dinge, die du als böse bezeichnest, benutzen die Tore sehr gern. In jüngerer Zeit hat es den Anschein, als würden Sphärenreisen besonders in Gebieten begünstigt, wo großes Wissen herrscht und eine große Empfänglichkeit für die Tore besteht. Der Künstlergott, der die Sphären in Rotation versetzt hat, wie es scheint, erschuf eine Welt unendlicher Möglichkeiten und größter räumlicher Effizienz. Platz für grenzenloses Wachstum. Scheinbar war dieses Wissen über Zeitalter hinweg verloren. Warum, das weiß ich nicht. Heute leben wir jedoch in einer Zeit epochalen Wandels, und ich denke auch, dass wir in einem Gebiet leben – einem recht großen Gebiet –, das für die agierenden Mächte sehr wichtig ist. Ob die führenden Mächte nun gut oder böse sind, das kann ich nicht sagen. Vielleicht sind sie einfach – amoralisch wie ich, hm, Hauptmann? Würde dir das Trost oder Kummer bereiten?«

Salguero antwortete nicht, war wie die anderen völlig von der Erscheinung gebannt. Gonji sichtete jedoch schon die ganze Zeit lang seine Erinnerungen und seine Intuition, suchte nach den richtigen Worten, um seinen Sorgen Ausdruck zu verleihen.

»*Señora* Malaga«, fragte der Samurai mit einem Stirnrunzeln, »welche weiteren Gebiete, in denen – eine Empfänglichkeit besteht, wie du sagst, findest du auf der Karte unserer Welt?«

Sie nickte ernst. »*Si*, aus genau diesem Grunde habe ich entschieden, dir das hier zu zeigen, Rotes Schwert. Deiner Legende zufolge bist du schon in Konflikt mit den Mächten geraten, die im Umfeld mehrerer der aktivsten Tore herrschen. Sieh her …« Sie deutete auf mehrere Stellen der sachte rotierenden Ebenen. »Die Tore öffnen und schließen sich für unterschiedlich lange Zeitspannen – hier in dieser Abbildung stark beschleunigt, damit ich die Entwicklung der Muster verfolgen kann, ohne Stunden oder gar Tage zu warten. Diejenigen Muster, die ich der Schilderung halber als die brauchbarsten bezeichne, sind solche mit den engsten und symmetrischsten geometrischen Formen. Wir befinden uns *hier* – an der westlichen Spitze einer Raute mit hoher intersphärischer Aktivität. Der Riese, dem ihr begegnet seid, ist *hier* hindurchgestolpert – von einer der größeren Welten, aber an einer Stelle, die der östlichen Spitze der Raute entspricht.«

Domingo blickte Gonji vielsagend an.

»Wo ist das?«

»Auf unserer Welt in den Karpaten. Habe ich nicht schon gehört, dass man dich den *Wind des Todes von Vedun* nennt? Ich weiß von Vedun. Alle Adepten tun es. Hast du nicht an einer Schlacht teilgenommen, in deren Verlauf die antike Stadt ein weiteres Mal zerstört wurde?«

Jede Farbe wich aus Gonjis Wangen, und er schluckte, antwortete aber nicht. Domingo fuhr jedoch fort.

»Sobald Urso das Tor durchquert hatte, stellte er fest, dass ihm die Rückkehr verwehrt blieb. Feindselige Mächte beherrschten die Welten, die mit diesem Durchgang verbunden waren. Der Adept, der ihn anleitete, wurde entführt – oder Schlimmeres. Ich entdeckte den Riesen, wie er auf dem öden Fragment einer ungastlichen Welt hungerte, während ich gerade erkundete, wohin überall das Tor hier führte. Diese Punkte *berühren* sich, verstehst du? Die Macht, die alle Punkte der geometrischen Form beherrscht – unsere Raute –, kann die gesamte umfasste Region angreifen. Auf *allen* Welten, die von der Form berührt werden.

Nord- und Südspitze«, fuhr sie fort, »liegen im nordöstlichen Frankreich und – hier – in der afrikanischen Wüste. An jedem dieser Punkte steht eine Festung. Eine Burg oder Zwingfeste, in uralter Zeit von namenlosen Erbauern errichtet. Ungeachtet des enormen Wissensschatzes meiner Familie und eines reichen Erbes an esoterischen Kenntnissen kann ich nicht sagen, wer die Burg errichtet hat, in der wir uns hier aufhalten. Oder warum. Hast du schon mal darüber nachgedacht, wie strategisch unpassend Burg Malaguer liegt? Hast du auf deinen Reisen nicht schon viele Festungen gesehen, nur um dich zu fragen, welcher Teufel ihre Erbauer geritten hat, als sie die ersten Pfähle einrammten?«

Tatsächlich hatte Gonji nie über den Standort von Burg Malaguer nachgedacht; die spanischen Savannen boten kaum natürliche Voraussetzungen für eine Festung. Er hatte jedoch wirklich schon Burgen an den sinnlosesten Orten gesehen. Hatte sogar zu den tragischen Verteidigern von mehr als einer von ihnen gehört.

Jetzt stieg jedoch eine andere Erinnerung auf.

»Was weißt du von einem Ort namens Akryllon?«

»Akryllon?«, wiederholte Domingo überrascht. »Diese Insel ist doch schon vor Zeitaltern gesunken, nicht wahr? Hätte sie zumindest tun sollen. Sag mir nicht, dass du nach Akryllon suchst! Das ist jetzt mal ein Land, das zu deiner Beschreibung des Bösen passt, Hauptmann Salguero. Die Kirche hätte beim Thema Akryllon in eine regelrechte Kreuzzugseuphorie geraten können. Jenes Land war eine Insel oder auch ein Kontinent. Niemand weiß es mit Bestimmtheit. Dort liebte man die Macht um ihretwillen und mehr als alles andere. Die Herrscher Akryllons pflegten jedes Mittel einzusetzen, ganz gleich wie widernatürlich, um sich über ihre Mitmenschen zu erheben. Was sie nicht beherrschen konnten, das trachteten sie zu zerstören. So berichten es die Legenden.«

»Es heißt, es wäre eine – *schwimmende* Insel«, sagte Gonji. »Ein mystisches Land, das dort erscheint, wo es will, und jedem Versuch trotzt, es zu finden. Ist es möglich, dass ein so großes Tor zwischen Welten existiert? Groß genug, dass eine ganze Insel hindurchpasste?«

Domingo legte den Kopf schief und dachte über Gonjis Frage nach. »Ich weiß nicht recht. Ich habe nie eine so starke Störung erlebt. Andererseits darfst du nicht vergessen, dass ich nur die Welten kartografieren konnte, die ich entdeckt habe. Es gibt noch viel mehr. Vielleicht ist ihre Zahl gar grenzenlos. Wie ich schon sagte, ist das für mich kein ernsthafter Forschungsgegenstand, sondern seit Kurzem ein Zeitvertreib. Ich kümmere mich ansonsten um meine Gärten und meine Kunst – wovon ich euch erst wenig gezeigt habe. Sollte Akryllon nach wie vor existieren, würde es gewiss eurer Definition des Bösen gerecht werden. Ich bin jedoch nicht daran interessiert, die relativen Moralkodizes eines vielschichtigen kosmischen Netzes zu kartografieren. Ich dachte nur, ihr würdet gern mal einen Hinweis darauf sehen, welche unzähligen Wunder uns umgeben.« Ihr Blick schweifte, in Gedanken versunken, in die Ferne, ohne sich auf etwas Bestimmtes zu richten. »Es sieht jedoch ganz danach aus, als webte sich das Böse einen Weg durch die Übergänge zwischen den Sphären.«

»Mit der Hölle im Zentrum?«, fragte Orozco und musterte die funkelnde Ebene im Mittelpunkt der Darstellung.

»Vielleicht ist es so«, antwortete sie rundheraus.

ELFTES KAPITEL

Früh am nächsten Morgen kehrten sie wieder zu den besorgten Ulanen zurück. Die Hexenmeisterin stellte ihnen eine Söldnereskorte für den Weg durch das Tal nach Barbaso zur Verfügung. Sie brauchten sich keiner Gefahr zu erwehren, weder einer natürlichen noch einer übernatürlichen, während sie ihren Weg über den festgestampften Schnee ritten. Der graue Himmel zeigte an manchen Stellen den leuchtenden Saum des Versprechens, dass später am Tag die Sonne auftauchen würde.

»Du traust ihr«, sagte Hauptmann Salguero, der neben dem Samurai ritt.

»*Hai*. Arglistige Betrüger legen nur selten, noch dazu mit solchem Enthusiasmus, so viel von ihrem geheimen Selbst offen, *neh?* Und du?«

»Ich vermute, dass sie auch mich überzeugt hat. Wahrscheinlich wurden wir alle verhext ...«

»Oder es war etwas in dem Wein«, mischte sich Orozco ein, der hinter ihnen ritt. Er setzte die Sturmhaube ab und rieb sich den schmerzenden Kopf.

»Ich weiß jedoch nicht, wie ich es schaffen soll, Barbaso von der Ehrenhaftigkeit ihrer Absichten zu überzeugen, von dem Waffenstillstand und all dem. Die Menschen dort möchten Blut sehen ...«

Orozco schnaubte. »Und goldene Passionsfrüchte.«

Der Hauptmann wiegte erheitert den Kopf. »Und ich kann nicht behaupten, dass ich Domingos Beschäftigung mit Magie jetzt mehr billige als zuvor. Irgendwie habe ich das Gefühl, dass Magie eine verlorene Sache ist. Und selbst wenn ich Barbaso gewinnen kann, was unternehme ich im Hinblick auf die Heilige Mutter Kirche?«

Gonji betrachtete ihn mitfühlend. »*Giri* und *Ninjo* – Pflicht und Neigung im ewigen Konflikt. Das ewige Dilemma des ehrenhaften Menschen. Ich verstehe dich, Senchu.«

Der Feldwebel kicherte vor sich hin. »Überreden wir die Hexe doch einfach, jedem Einwohner einen dieser magischen Sträucher zu schenken. Denkt doch, wie kooperativ sich die Leute zeigen werden, wenn sie feststellen, dass sie nie wieder Treppen steigen müssen.«

Sie stimmten in ein freundschaftliches Lachen ein, und Salguero bedachte Gonji mit einem Blick, der Zuneigung und Kameradschaft versprach, aber nicht frei von einer Spur Traurigkeit war. Er wusste, dass er sich aufs Neue vom alten Freund trennen würde, und er zweifelte nicht im Mindesten daran, dass es diesmal für immer sein würde.

»Wohin wirst du dich wenden?«, fragte er und wusste sehr wohl, wie die Antwort womöglich lautete.

»Ich übernachte in Barbaso. Sehe mir an, wie du dem Pöbel all das zu vermitteln versuchst, was wir gesehen haben.« Das Funkeln in seinen Augen verdüsterte sich fast sofort wieder. »Dann packe ich meine Habseligkeiten ein und reite nach Saragossa.«

Der Hauptmann seufzte und nickte resigniert. Niemand konnte den Samurai von einem Ziel abbringen, das er sich gesetzt hatte. Gonji konnte der starrköpfigste aller Menschen sein, wie Salguero nur zu gut wusste.

»Immer noch darauf erpicht, Selbstmord zu begehen«, meinte er. »Cervera wird dir gar keine Gelegenheit geben auszureden. Wir haben jedoch Zeit. Warum erzählst du mir nicht, was wirklich zwischen dir und Theresa geschehen ist – mit dem ermordeten Mönch – den Szekelys – einfach alles?«

Der Samurai sann eine Weile darüber nach und folgte der Aufforderung schließlich, sprach aber zu leise, als dass sonst jemand hätte mithören können. Was Salguero erfuhr, machte sein Blut auf eine Art und Weise gefrieren, wie es selbst der kalte Winter nicht vermochte. Sicherlich war dieser heidnische Krieger von den Handlangern Satans dazu ausersehen worden, die schlimmste Pein zu erleiden. Nur der göttlichen Vorsehung konnte es zu verdanken sein, dass er bis jetzt überlebt hatte.

»Glaubst du das, was ich dir erzählt habe?«, fragte Gonji schließlich.

»Ich weiß nur, dass du mich noch nie belogen hast«, antwortete Salguero in aller Aufrichtigkeit. »Entweder war das Gottes eigene Wahrheit, oder du hast dir ein Leben lang alle Lügen aufgespart und sie alle in diese eine Geschichte gepackt.«

Gonji lächelte und nickte.

»Erlaube mir zumindest, dir einen Brief an Cervera mitzugeben. Ich bürge für mein eigenes Vertrauen in deine Worte. Wahrscheinlich besiegelt das meinen Untergang ebenso wie deinen. Verdammt, es scheint darauf einfach nicht mehr anzukommen, Kyushi!«

Als sich die Nacht über das Land legte, ritten sie an zwei Wachtposten nördlich von Barbaso vorbei, und an dieser Stelle wendete die Söldnereskorte ihre Rösser und galoppierte Richtung Burg Malaguer davon. Die Wachsoldaten machten sich bereit, aus ihren befestigten Stellungen heraus auf die Glücksritter zu feuern, aber Salguero befahl ihnen, darauf zu verzichten. Die Wachsoldaten musterten ihn argwöhnisch, gehorchten aber. Dann gaben sie das Signal weiter, dass die Reste der Kolonne zurückkehrten.

Die Disziplin kehrte nur schrittweise zu diesen heruntergekommenen Soldaten zurück. Ein Postenpaar salutierte nachlässig, während das andere dazu überhaupt keine Anstalten machte. Das würde sich jetzt ändern.

Als sie in unmittelbarer Nähe der Stadt waren, spürte Salguero Gonjis Anspannung; beide Männer erahnten intuitiv, welch feindselige Atmosphäre in der Stadt herrschte. Sie wechselten vielsagende Blicke.

»Etwas ist dort im Gange«, erklärte der Samurai.

»*Si*. Männer, gebt acht!«, rief Salguero über die Schulter. Dann setzte er ausschließlich für Gonji hinzu: »Man sollte denken, dass sie alle ins Freie geströmt kämen, nicht wahr?«

»*Hai*.«

Sie rätselten über die Blicke, die durch Fensterläden und Türschlitzen auf sie gerichtet waren, während sie in kurzem Galopp der Hauptstraße folgten. Als sie sich dem Zunfthaus näherten, strömte ein großes Aufgebot von Bürgern daraus hervor und stellte sich ihnen in den Weg. An ihrer Spitze stand Pablo Cardenas. Fackeln erhellten den in Dunkelheit liegenden Marktplatz, als sich Reiter und Fußgänger begegneten und einander nervös begrüßten.

»Warum so ernst, Cardenas?«, rief der Hauptmann dem Advokaten zu. Dessen Gesicht wirkte im Fackellicht seines Gefährten angespannt und schweißbedeckt.

»Wirke ich so? Tut mir leid, Hauptmann. Es ist spät. Die meisten Menschen liegen schon im Bett. Ich fürchte – um die Wahrheit zu sagen, hat keiner von ihnen erwartet, Euch lebend wiederzusehen.« Die Worte des Advokaten endeten in einem undeutlichen Gemurmel, das gar nicht zu ihm passte. Er schien besorgt, als hätte er gern mehr gesagt, fände aber die Worte nicht.

Pater Robles kam von der Kirche her über die Straße gelaufen und gesellte sich zu ihnen. »Also seid Ihr schließlich doch zurückgekehrt. Gott sei's gelobt, dass Ihr nach wie vor heil und ganz seid. Sind das alle Überlebenden der Truppe, mit der Ihr losgeritten seid?«

Salguero reagierte pikiert darauf, dass der Priester so unverhohlen auf die schweren Verluste hinwies. Das war schließlich deutlich genug erkennbar. Und in diesem Augenblick traf ihn die Erkenntnis wie eine Faust in den Magen, dass der Waffenstillstand mit Domingo einseitig erscheinen würde – egal, wie er ihn präsentierte.

»Bedauerlicherweise«, räumte er besorgt ein.

»Erzählt uns also«, fuhr Robles mit anklagendem Tonfall fort, bei dem die Kiefermuskeln des Hauptmanns in wachsendem Zorn zuckten, »habt Ihr den Hexenmeister vernichtet? Seiner Macht eine für alle Mal ein Ende bereitet?«

»Ich …« Salguero versagte die Stimme. »Wir sind müde. Meine Männer haben in den zurückliegenden Tagen viel durchgemacht. Am besten besprechen wir die Lage morgen früh. Versammeln wir uns um acht Uhr im Zunfthaus. Eines sage ich jedoch gleich: Ihr könnt heute Nacht friedvoll schlafen …«

»Dann habt Ihr den üblen Gesellen *nicht* zur Strecke gebracht, wie es Euer Auftrag war?«, tobte Robles und zeigte mit dem Finger auf ihn.

»Was hat das zu bedeuten?«, schäumte Salguero und tastete nach der Pistole in seinem Gürtel. Er hörte, wie neben ihm Gonjis Schwert aus der Scheide fuhr, hörte das Trappeln von Stiefeln und stampfende Hufe in den schneebedeckten Gassen. Spanische Soldaten kamen auf die Hauptstraße gelaufen und umringten die Truppe.

Sie gehörten nicht zu Salgueros Kommando. Er sah ihre Kennzeichen – das Elitekavallerieregiment des Generals de la Vega, eine Einheit aus Toledo.

»Lasst Eure Schwerter stecken, meine Herren! Werft die Pistolen auf die Straße, oder meine Männer schießen Euch aus den Sätteln!«

Der Kommandant trabte heran und zügelte sein Pferd zwanzig Meter vor dem hektischen Gedränge der Bürger, die jetzt vor dem drohenden Beschuss Reißaus nahmen und in Deckung hasteten. Nur Robles und Cardenas blieben auf dem Platz zurück. Der Priester wirkte rachsüchtig, während Cardenas das Ganze anscheinend peinlich war.

Salguero hatte nur noch Augen für den Kommandanten des spanischen Regiments. Er erkannte in ihm den Oberst Bartolomé Nuñez wieder, einen unbarmherzigen Leuteschinder unter dem direkten Befehl des Herzogs von Lerma. Unter Nuñez' Kommando war an einen Kompromiss mit einer Hexe nicht zu denken. Salguero hatte jedoch jetzt noch größere Probleme.

Stechende Blicke voller Abscheu zuckten unter Nuñez' buschigen Augenbrauen hervor und durchborten Salguero, während der Oberst näher heranritt. Er rümpfte die Adlernase in unverhohlener Verachtung, während er den Hauptmann von Kopf bis Fuß musterte.

»Der gefeierte Hauptmann Salguero«, spöttelte Nuñez affektiert, »hält nach wie vor sein Kommando, obwohl seine Niederlagen die Siege an Zahl übersteigen. Das ist jedoch kein Problem mehr. Ihr seid Eures Kommandos enthoben – oh, und Ihr seid verhaftet! Ihr werdet mir verzeihen, wenn ich Seiner Majestät Heer nicht weiter in Verlegenheit bringe, indem ich vor diesen Zivilisten ausführe ...«

»Unter welcher Anklage?«

»*Qué?*«

»Ich fragte, unter welcher Anklage ich verhaftet werden soll?«

Nuñez grinste höhnisch. »Fangen wir doch mal mit Pflichtversäumnis an, mit Feigheit im Feld und ...« Er blickte Gonji an, der kerzengerade im Sattel saß, die Hand auf dem Griff des in der Schärpe steckenden Schwertes. »... Gewährung von Unterschlupf für einen bekannten Feind des Glaubens. Aber warum sollte ich fortfahren? Ich schulde Euch keine Erklärung.«

Salguero spürte, wie ihm unter der Kleidung der Schweiß in klammen Rinnsalen herablief. Furcht, Zorn und Verwirrung stritten sich in ihm, raubten ihm die Entschlossenheit und die Sprache. Er sah, wie Pater Robles an Gonjis Seite trat, hörte die Worte des Priesters:

»Ihr seid ein Mann der Pflicht. Ihr versteht doch, dass das *meine* Pflicht war?«

Der Hauptmann sah Gonji knapp nicken, hörte dessen einzelnes Wort der Bestätigung. Und in diesem Augenblick handelte der Samurai.

Gonji gab seinem Ross die Fersen und zog gleichzeitig das Schwert. Er donnerte an Nuñez vorbei und versetzte dessen Pferd einen Klaps auf die Flanke, damit es bockte. Das Ablenkungsmanöver, das er geplant hatte, funktionierte jedoch nicht. Die erfahrenen Soldaten legten Pistolen und Bögen auf ihn an. Er war ein toter Mann.

Salguero zuckte zusammen, erwartete den Geschosshagel.

»Nein!«, schrie Nuñez und beruhigte sein Pferd. »Ergreift ihn lebend!«

Der Hauptmann bedachte seinen Vorgesetzten mit einem hasserfüllten Blick, denn er kannte dessen entsetzliche Absichten. Die Inquisition sollte, wenn möglich, ihren Spaß mit Gonji haben. Gonji würde jedoch eher sterben, davon war der Hauptmann überzeugt. Er sah zu und knirschte mit den Zähnen.

Die Kavalleristen, die Gonji den Weg versperrten, öffneten ihre Linie und lenkten ihre Pferde außer Reichweite seines blitzenden *Katanas*. Salguero blinzelte ... Einen Augenblick lang blitzte Hoffnung auf – dann ...

Schüsse krachten. Tora ruckte unter den Einschlägen. Ross und Reiter krachten zu Boden. Salguero sah Tora strampeln und hörte ihn wie wahnsinnig wiehern. Gonji kam stolpernd auf die Beine, hatte beim Sturz aber das sagenumwobene *Katana* verloren.

Die Fußsoldaten fielen mit Lanzengriffen über ihn her und prügelten auf ihn ein. In Sekunden war es vorbei. Salguero gaffte, während der bewusstlose Samurai vor den Oberst gezerrt wurde. Nie zuvor hatte der Hauptmann Gonji von seinen legendären

Schwertern getrennt gesehen. Ein Ulan schleppte diese jetzt so lässig heran, wie er es auch mit einem Rucksack getan hätte.

»Das ist also der berüchtigte Gonji Sabataké«, sagte Oberst Nuñez gerade. Die Stimme erreichte Salgueros Ohren nur gedämpft, pochte diesem doch das Blut in den Schläfen.

Eine Muskete krachte, und schwarzer Qualm stieg auf. Soldaten liefen rings um Gonjis totes Ross durcheinander.

Salguero stellte fest, dass sein Atem in kurzen Stößen ging, als er aus dem Sattel gezerrt wurde und eine bewaffnete Eskorte ihn wegführte. Er hörte Stimmen winselnd gegen ihn und den Samurai Zeugnis ablegen.

»Bindet ihn gut! Dieser Schurke kann mit Monstern sprechen!«

»Er hat Umgang mit dem Teufel – er benutzt Hexenkunst, Oberst ...«

»Er kämpft wie ein Tier. Es heißt, er könne sich in eines *verwandeln* ...«

Einige dieser Stimmen gehörten Männern, die von Salguero und Gonji zu Burg Malaguer und wieder zurückgeführt worden waren.

»Hauptmann Salguero hat seine Befehle von dem heidnischen Teufel empfangen ...«

Salguero stellte fest, dass er nicht mehr denken konnte.

Der Hauptmann lehnte am vergitterten Fenster einer alten Werkstatt, die er selbst in ein Gefängnis hatte umbauen lassen. Er wusste nicht, was mit Gonji geschehen war. Er hatte nicht schlafen können, hatte die ganze Nacht lang bis ein gutes Stück in den nächsten Morgen hinein nachgedacht und war auf und ab gelaufen, hatte mal über sein Schicksal nachgesonnen, mal die Verräter verflucht, die sich gegen ihn gewandt hatten, mal sich dafür gescholten, dass er Gonji nicht zu Hilfe geeilt war, obgleich der Samurai ihm schon mehr als einmal das Leben gerettet hatte.

Er betrachtete den Aufmarsch der Truppen des Obersten und ihrer Ausrüstung, und er begriff ihre Absichten, als er den Lauf der gewaltigen Kanone durch sein Blickfeld auf die Straßen fahren sah.

Sie hatten vor, die Hexe in ihrer Zwingburg anzugreifen, Burg Malaguer zu belagern und zu erobern. Mit Gewalt jede Hoffnung auf den Waffenstillstand und das Verständnis für Domingos mystische Wege zu zerstören, wie es Gonji auszuhandeln geholfen hatte. War die Hexe wohl vorbereitet? Oder wurde ihre Abwehr durch das aufkeimende Band des Vertrauens geschwächt, das sie mit der Außenwelt geknüpft hatte? Vielleicht hatte Gonji recht mit seiner Überlegung, dass ihre Magie missverstanden worden war. Vielleicht konnte man ihre Kräfte nicht rundweg als Wirken des Bösen abtun.

Vielleicht hatten Gonji und Salguero selbst es möglich gemacht, dass Domingos geheimnisvolle Künste zusammen mit ihr vernichtet wurden.

Salguero schmetterte die Hand gegen die Gitterstäbe und stieß eine Verwünschung aus seiner wie zugeschnürt engen Kehle hervor. Er ging zu dem kleinen Ofen, der die einzige Wärmequelle in dem kargen Gefängnis darstellte. Er zog das Bett näher heran und wärmte seine tauben Hände und Füße, und er blinzelte, um den Blick von den Tränen der Wut zu befreien.

Das Schloss quietschte, und die Tür schwang auf. Der große Ulan Buey stand davor und bückte sich, damit er hindurchpasste. Er trug ein großes, zugedecktes Tablett.

»Da ist er ja, hm?«, sagte er über die Schulter zu den Wachtposten hinter ihm. »So habe ich es gern – dass er im Bett liegt, wisst ihr? Nur dieses Mal ohne seine kleine Dirne!« Die Wachen lachten pflichtschuldigst. Bueys rüpelhaftes Benehmen bewirkte, dass Menschen in seiner engeren Umgebung sich seinen

Launen anpassten wie Entenküken, die blindlings ihrer Mutter folgen.

»Jetzt ist Schluss damit, uns herum exerzieren zu lassen, hm, Salguero? Hört mal, *Muchachos*, wie wäre es, wenn wir die Tür schließen, damit ich für einige Augenblicke mit *mi capitan* allein sein kann, hm?«

Die Wachen grinsten wissend. Einer von ihnen warf Salguero einen vielsagenden Blick zu und schloss und verriegelte die schwere Eichentür.

Buey lächelte unter hochgezogenen Augenbrauen. Salguero stand auf und ballte die Fäuste.

»Du Mistkerl!«, flüsterte er rau.

»Ah ha, seht Euch erst mal an, was ich Euch zu essen mitgebracht habe.«

Buey nahm das obere Tuch weg und legte eine dampfende Mahlzeit und eine Flasche frei. Nach einem kurzen Blick zum Fenster packte er den Saum des unteren Tuchs.

»Feldwebel Orozco hat das persönlich für Euch angerichtet – und es um ein besonderes Dessert ergänzt ...«

Er riss das zweite Tuch weg. Zwei Pistolen lagen in der Schüssel. Buey grinste verschmitzt, und Salguero wich zurück und fuhr sich mit den Fingern durchs Haar.

»Was..?«

»Seht Ihr, *Capitan*, Orozco und ich, wir haben nachgedacht. Hier sieht es nicht mehr gut aus. Wir haben unser Bestes getan, aber einige – höhere Autoritäten, na ja, sie scheinen uns einfach nicht mehr zu schätzen. Orozco hatte diese fantastische Idee, vielleicht noch einmal einen Kampf zu liefern, ehe wir uns ein ruhiges Plätzchen suchen. Etwas, das mit Port-Bou zu tun hat. Falls Ihr uns führen möchtet ...«

Salguero traute beinahe seinen Ohren nicht. Genau dieser Irrsinn, den sie ihm vorschlugen, war ihm selbst oft durch den Kopf gegangen, aber er hatte ihn nie ausgesprochen.

»Wie viele Männer? Wie viele stehen auf unserer Seite?«, fragte er, während die Gefühle in ihm hochkochten.

»Das ist eine heikle Frage. Wir wissen eher, wem wir *nicht* trauen können. Aber vielleicht acht aus der Patrouille und ein weiteres Dutzend derer, die zurückgeblieben waren, werden es wohl sein.«

Salguero schüttelte den Kopf. »Zwanzig Mann. Und wir müssen an den besten von de la Vegas Regiment vorbei.«

»Wir haben einen guten Fluchtplan. Überlasst uns das. Seid nur um zehn Uhr heute Abend abmarschbereit. Was ist mit der Hexe? Warnen wir sie vor Nuñez' Belagerungsarmee?«

Salguero dachte kurz nach und massierte sich versonnen den Hals. »Nein. Damit muss sie selbst fertig werden. Vielleicht verfolgt sie ja alles aus ihrem magischen Aussichtsraum. Es tut mir leid, dass wir vielleicht ihre Wachsamkeit geschwächt haben, aber ich bringe noch genug Loyalität für Spanien und das Heilige Offizium auf, dass ich mich nicht dazu durchringen kann, diese Soldaten in eine Todesfalle zu schicken. Möge Gott selbst über den Ausgang dieses Machtkampfs entscheiden. Wie steht es um Gonji? Ich kann ihn nicht der Inquisition überlassen.«

»Aii«, sorgte sich Buey, »er wird gut bewacht! Wir haben ihn jedoch in unserem Plan berücksichtigt. Macht Euch keine Sorgen – so, jetzt hoch mit Euren Fäusten!«

»*Qué?*«

»Ich kann keinen Mann schlagen, der es nicht wenigstens erwartet.«

Buey traf ihn mit einer kurzen linken Gerade, die Salgueros Lippen aufplatzen ließ. Der Hauptmann rieb sich benommen den Mund und verschmierte das Blut auf Hand und Gesicht. Buey packte ihn an den Schultern, betrachtete ihn gutmütig und drückte in hinunter, bis Salguero auf dem Boden saß. Der Ochse marschierte zur Tür und klopfte mit der fleischigen Faust daran.

»Das wollte ich schon immer mal tun«, erklärte er den lachenden Wachtposten und deutete auf den am Boden sitzenden Salguero.

Er versetzte einem von ihnen einen freundschaftlichen Klaps auf den Rücken, wobei dem Mann jedoch der Topfhelm vom Kopf flog.

Gonji saß mit übereinander geschlagenen Beinen im feuchtkalten, kohlschwarzen Keller; ein kalter Nachtlotos, der Feindseligkeit ausstrahlte.

Über eine gewisse Zeit nach seiner Gefangennahme war er völlig untätig geblieben, hatte den meditativen Prozess eingeleitet, der, wie er wusste, nötig war, um die Heilung des geschundenen Körpers zu beschleunigen und die vollkommene Kontrolle über sein spirituelles Wesen zurückzuerlangen. Dann entflammte der Zorn sein Inneres, als die Schmerzen seine Konzentration störten. Er hasste die Spanier – Soldaten und Zivilisten gleichermaßen – für das, was sie ihm angetan hatten. Er hasste ihre Kirche für das, was sie zu tun plante. Am meisten jedoch verabscheute er sich selbst für seine Dummheit und dafür, dass er sich so leicht hatte gefangen nehmen lassen. Erfahrung, Mut und Geschicklichkeit hatten ihn bislang nahezu unversehrt durch die Abenteuer eines ganzen Lebens geführt. Jetzt hatte er zugelassen, dass er auf unwürdige Art und Weise in eine Falle tappte, der jeder unerfahrene junge Samurai entgangen wäre.

Er erinnerte sich noch an die Gedanken, die dabei in ihm aufgeblitzt waren: Er wollte Salguero nicht mit hereinziehen, der ihm womöglich zu Hilfe gekommen wäre, wenn er einen Kampf provoziert hätte. Das war jedoch töricht gewesen; dem Hauptmann erging es nicht besser. Es wäre besser gewesen, wenn Gonji eine Gelegenheit gefunden hätte, ehrenvoll zu sterben, ein Kämpfer bis zum letzten Augenblick. Und wenn das nicht gelang, dann hätte er sich lieber den eigenen Bauch aufgeschlitzt, als sich wie ein hirnloses Jagdwild niederreiten zu lassen.

Jetzt war er ohne seine *Daisho*. Er konnte seine Schande nicht einmal durch *Seppuku* sühnen.

Und er war ohne Tora. Das beherzte Tier hatte tiefe Zuneigung in ihm geweckt, war sein einziger Weggefährte gewesen und mehr als einmal Kampfgefährte. Ein unerklärliches Band hatte zwischen ihnen bestanden. Und Gonji hatte den Hengst sterben lassen und war nicht mal fähig gewesen, ihm selbst den Gnadenstoß zu geben.

Der dumpfe Schmerz der Seelenqual mischte sich mit den schärferen Schmerzen des Körpers. Gonjis Hände waren an den Handgelenken auf den Rücken gebunden und die Arme fest mit den Flanken verschnürt. In dieser Lage konnte er nicht einmal feststellen, ob irgendeine seiner ramponierten Rippen gebrochen war, aber es war ihm nicht möglich, den Rumpf zu drehen, ohne dass heftige Schmerzen aufflammten. Das Gesicht war gespannt und klebrig von geronnenem Blut, und er glaubte, dass seine Nase gebrochen war. Das linke Auge war vollständig zugeschwollen. Der Kopf pochte unerträglich.

Er spuckte Blut, während er über die Ironie seiner Lage nachdachte. Gestern noch war er Herr seines Schicksals gewesen, Zeuge faszinierender neuer Wunder, hatte verlockende neue Hoffnungen und andere neue Faktoren in der verwirrenden Gleichung seines Wanderlebens gefunden. Die unvermittelte und vollständige Wendung seines Karma erschütterte ihn bis ins Mark. Ungeachtet seiner Ausbildung konnte er diese Wendung der Dinge einfach nicht akzeptieren. Es war ihm unmöglich, sich mit der trostlosen Lage zu versöhnen. Die Dunkelheit erzeugte Illusionen. Er stellte sich vor, dass er sich in der Welt der Träume befand. Bald – bald würde er aufwachen, die Schwerter an seiner Seite, Toras leises Wiehern an der Schulter.

Aber jedes Mal, wenn er sich zu überzeugen versuchte, dass er einen Albtraum hatte, und aus dessen Schrecken zu erwachen trachtete, tauchte das schwitzende, aufgedunsene Gesicht des Wachmanns im öligen Fackelschein hinter dem winzigen Türgitter oben an der Treppe auf.

»Hexer!« So sprach ihn der Wärter ständig an. »Deine üble Zauberkunst kann dich jetzt nicht mehr befreien, weißt du? Knoblauch hängt am Türsturz, und das Kreuz Christi versiegelt die Tür.«

Den ganzen Tag schon sah dieser Quälgeist von einem Wachmann immer wieder nach ihm. Verspottete ihn mit aus Selbstgerechtigkeit geborener ätzender Schärfe und bekreuzigte sich ständig auf eine Art und Weise, die Gonji unerträglich fand, als wäre der Samurai einer der wandelnden Toten.

Soldaten brachten ihm Essen und Trinken, stellten es auf den oberen Treppenabsatz und drängten sich dann am Gitterfenster der Tür, um ihm zuzuschauen. Sie banden ihm nicht die Hände los, und offenkundig erwarteten sie, sich an dem Schauspiel ergötzen zu dürfen, dass er seine Mahlzeit wie ein Hund direkt aus dem Napf verschlang. Gonji sagte nichts und rührte das Essen nicht an.

»Waschbär«, sagte der Wachmann, als er das unberührte Essen aufhob. »Ein böser Waschbär – so siehst du aus. Es *heißt* ja, du könntest dich in ein Tier verwandeln.«

Gonji musterte ihn unheilvoll, aber innerlich wärmte ihn ein Anflug von perversem Humor. Er musste zwei blaue Augen haben wie ein sagenumwobenes aasfressendes Tier Amerikas; das war es, was der Wachmann andeutete. Gonjis verschütteter Humor meldete sich zurück und rettete ihm den Verstand. Sie konnten ihn mit ihren Sticheleien nicht brechen.

Von diesem Punkt an benutzte Gonji die Anwesenheit des Wachmanns als Übungshilfe für die eigene Konzentration; allmählich sperrte er Anblick und Worte des Mannes aus dem Bewusstsein aus, so zuverlässig wie unter mehreren Lagen Baumwollwatte.

Am frühen Abend erschien Oberst Nuñez mit umfangreicher Leibwache, um den Samurai zu verhören. Als der ungeduldige Offizier Gonji meditierend antraf, setzte er jedes ihm bekannte Mittel von Lockungen bis hin zu ungeheuerlichen Drohungen, um seine Aufmerksamkeit zu erlangen. Erst als der Oberst die Faust hob, um Gonji einen Schlag auf den Kopf zu versetzen, konnte er den Gefangenen damit aus der Entrückung locken. Er führte den beabsichtigten Schlag jedoch nie aus; vor der Maske des äußersten Trotzes, die der Samurai zeigte, wich der Oberst zurück und entfernte sich dann, wobei er Worte ohnmächtiger Wut und Ankündigungen kommender Schrecken seitens der Inquisition vor sich hinmurmelte. Gonji empfand Stolz über den kleinen Triumph.

Während er in der umhüllenden Dunkelheit der zweiten Nacht saß und den Schreien und Schüssen auf den Straßen über ihm lauschte, erfasste er intuitiv, dass er dabei eine Rolle spielte, aber er empfand sich nicht so sehr als Hauptfigur, sondern als distanzierter Betrachter, der nichts erwartete, ungeachtet der Bedeutung und des Ausgangs der Kämpfe. Viel später erst erfuhr er von der Aktion Hauptmann Salgueros und seiner Getreuen.

Als der Lärm verklungen war, spähte der Wachmann erneut durch das Türgitter, und das angespannte Gesicht leuchtete rötlich neben der Fackel. »*Monster* – deine Hexerei verdreht sogar den Untertanen des Königs die Sinne!«

Gonji raffte genügend von seinem den gesellschaftlichen Umgang steuernden Anstand auf, um ihm die höfliche Geste eines wütenden Blicks zu zu gewähren.

Wenig später tauchte das Gesicht Pablo Cardenas' an der Tür auf und starrte lange mit undeutbarer Miene herab. Gonji konnte nur darüber spekulieren, was dem Mann durch den Kopf ging. Schließlich sagte Cardenas: »Es tut mir leid, *Señor*. Ich weiß nicht warum, aber das tut es.« Und dann war er verschwunden.

Um Mitternacht wurde der eigensinnige Ulan Montoya in Gonjis Zelle geführt. Er schlurfte verdrießlich die Treppe herunter und widmete dem am Boden sitzenden Gefangenen mürrische Blicke. Er war nicht gefesselt, anders als der Samurai, und Gonji betrachtete mit Argwohn den Blick, den Montoya mit dem hyänenhaften Wachmann wechselte.

Gonji streckte die Beine flach am Boden aus und reckte sich mehrfach, drehte sich dabei hin und her, um Muskelspannungen zu lockern. Montoya schnaubte, während er das verfolgte. Dann legte er damit los, Beleidigungen her zu beten, und stakste dabei wie eine auf Kampf erpichte Wildkatze hin und her.

Gonji ignorierte das Gerede des rüpelhaften Soldaten und konzentrierte sich lieber auf das Muster und die Geräusche seiner Schritte, während er sich selbst nach vorn hängen ließ, die Augen zu schmalen Schlitzen geschlossen, das Kinn schlaff auf der Brust, als stünde er im Begriff, nach Art eines Kranichs einzuschlafen.

Als er hörte, wie das Messer leise aus Montoyas Stiefel glitt, reagierte er nicht. Er verriet auch nicht, dass er die verstohlenen Schritte des Mannes hörte. Erst als er förmlich spürte, wie sich die Luft teilte, als Montoya mit dem Messer zustoßen wollte, warf sich der Samurai zur Seite und sprang auf. Die Not elektrisierte den schmerzenden Körper.

»Komm schon! Komm schon, du Japsteufel!«, fauchte Montoya, umkreiste Gonji vorsichtig und achtete dabei auf dessen tödliche Füße.

Der Samurai verzichtete auf jede überflüssige Bewegung und bannte im matten Schein der Türfackel mit den harten schwarzen Augen den glänzenden Blick des Spaniers. Er spürte, wie der Wachmann, der Anstifter dieses Angriffs, von oben zusah.

Montoya führte eine Finte nach der anderen aus und senkte dabei die Messerspitze im Vorgriff auf den Abwehrtritt, der nie erfolgte.

Auf einmal drang Gonji vor, und Montoya wich rasch zurück,

bis er fast mit dem Rücken zur Wand war. Ein Ablenkungsmanöver mit einem hochgerissenen Fuß verleitete den Ulanen dazu, das Messer bis auf Augenhöhe hochzureißen. Dann erwischte Gonjis blitzschneller seitlicher Tritt Montoyas Knöchel und raubte ihm das Gleichgewicht. Ein schneller, bogenförmiger Fußtritt schlug ihm das Messer aus der Hand und schleuderte es klappernd an die Rückwand. Montoya erstarrte.

»Zur Hölle mit dir!«, quetschte der Soldat knurrend zwischen den Zähnen hervor.

Er hob die Hände, aber ein heftiger Tritt Gonjis in seine Leiste warf ihn auf die Knie, wo er sich vor Schmerzen stöhnend krümmte. Ein Tritt mit dem linken Fuß erwischte ihn neben dem Ohr, dass seine Kiefer klappernd aufeinander schlugen. Gonji setzte die Drehbewegung fort, führte einen wuchtigen rechten Tritt, unterstützt durch seine Körperdrehung auf der Ferse, und Montoya landete in der dunklen Zelle schlaff auf die Seite.

Das einzige Geräusch war das Knarren der Türangeln, als der Wachtposten eintrat und die Treppe herabstieg, die Pistole halb gespannt. Gonji erwiderte den irren Blick des Mannes mit der entfesselten Kampfeswut, die sich nach wie vor in den eigenen Augen spiegelte.

»Denkst du vielleicht, meinen Tod herbeizuführen, das könnte deine zitternde Seele retten?«, brüllte der Samurai und kämpfte darum, seinen rasenden Zorn unter Kontrolle zu behalten. »Dann bring es zu *Ende!*«

Noch mehr Wachleute erschienen oben an der Treppe, die Waffen gezückt. Der Wärter blickte zu ihnen hinauf und sah dann wieder Gonji an.

»Du – du bist Satan persönlich!«

Der Wärter forderte die anderen mit einem Wink auf, Montoya hinauszutragen.

»Hast du ihm die Freiheit angeboten?«, fragte Gonji eisig.

»Sei still, *Diablo!*«

Der Wärter wich die Treppe hinauf zurück, hielt die Pistole weiter im Anschlag. Gonji ging zur Rückwand und entdeckte dort etwas.

»Muchacho!«, rief er dem zurückweichenden Soldaten nach. Er schob das vergessene Messer mit den Zehen hin und her und grinste freudlos. Dann beförderte er es mit einem heftigen Tritt zum Fuß der Treppe hinüber.

Die Abteilung, die Gonji nach Toledo bringen sollte, sammelte sich früh am nächsten Morgen.

Der Samurai wurde grob auf einen Ochsenkarren mit dicken Gittern geworfen, jetzt an Händen und Füßen gefesselt und zum Schutz vor den Unbilden des Wetters in einen Mantel gewickelt. Er kämpfte gegen die Grimasse an, die jeden Moment seine Miene zu verzerren drohte, so heftig waren inzwischen seine vielfältigen Schmerzen.

Die Marschkolonne fuhr ihn an der gewaltigen Belagerungskanone und den berittenen Kompanien vorbei, die sich zum Angriff auf Burg Malaguer bereitmachten.

Die holprige Fahrt des Wagens trug nichts dazu bei, Gonjis Heilung zu fördern.

Sein letzter Eindruck von Barbaso war das Aufflackern eines lautstarken Streits auf der Straße. Er sah, dass sich Bürger und Soldaten über irgendetwas in die Haare geraten waren. Es war ihm egal. Er hörte etwas wie »Würde – lasst ihn wenigstens in Würde reiten – er ist kein Tier ...«

Würde.

Gonji sehnte sich ernstlich nach seinen Schwertern, fühlte sich ohne sie leer, jeder Entscheidungsfreiheit beraubt. Als die letzten Häuser an seinem Blick vorbeigezogen waren und die Tore von Barbaso hinter ihm schrumpften, wandten sich seine Gedanken dem Tode zu.

ZWEITER TEIL

DER TOD SEI BEZWUNGEN

ZWÖLFTES KAPITEL

Ein seltsames und vielgestaltiges Gremium trat in Toledo zusammen, um sich mit dem Problem des asiatischen Barbaren zu befassen. Sie versammelten sich in einem kargen, laternenerleuchteten Raum und debattierten bis tief in die Nacht, welche Verfügung über den berüchtigten Krieger getroffen werden sollte.

Prälaten des Hohen Offiziums saßen am Tisch auf dem Podium, und der einstweilige Großinquisitor, Bischof Ignazio Izquierdo, führte den Vorsitz. Die übrige Versammlung setzte sich aus wechselnden Mitgliedern zusammen, die dem Klerus, dem Militär und dem Adel entstammten. Toledo war ein Zentrum reger Betriebsamkeit geworden. Ankunft und Abreise bedeutender Gestalten waren die tägliche Norm, und hohes Protokoll und verschnörkelte Formulierungen bestimmten den Tagesablauf.

»Diese Bewegung der *Wunderritter*, wie die Leute sie inzwischen nennen«, sagte gerade General de la Vega, »nagt in diesen gefährlichen Zeiten am Fundament der militärischen Machtordnung Europas. Schon durch ihren Namen beanspruchen diese Leute den Rang einer Elite, erhaben über alle übrigen Menschen, und legen eine militante Haltung an den Tag ...«

Ein ältlicher Priester, ein Gelehrter des Archivs, unterbrach ihn. »*Dispenseme usted* – verzeiht mir, aber ich glaube, mit dem deutschen Wort *Wunder* heben sie auf ihre nicht näher beschriebene Ehrfurcht vor den erhabenen Wundern der Schöpfung ab. Welche Lehrsätze sie genau vertreten, das erfordert noch sorgsame Studien, ehe ein genaues Mandat ...«

»Es tut mir leid, *Padre*«, mischte sich ein anderer Offizier ein, »aber die Zeit ist stets der Feind. Vergebt mir, aber theologische

Studien sind von jeher nicht gerade berühmt für Schnelligkeit und Produktivität des Strebens.«

»Ewige Belange«, hielt ihm der Priester entgegen, »unterliegen niemals zeitlichen Erwägungen. Das ist ein heikles Thema.«

»Heikel *und* dringlich«, erwiderte der Offizier verärgert, gab aber sofort klein bei, als er sah, wie die versammelten erlauchten Führungspersonen über seine Worte die Brauen hochzogen.

Der Vertreter des *Adelantado* von Leon erhob sich. »Eure Eminenz, heilige Brüder, Edle und Kavaliere – Seine Exzellenz der Gouverneur versteht sehr gut, wie sensibel dieses Problem des asiatischen Barbaren und seiner irregeleiteten Anhänger ist. Jedoch muss darauf hingewiesen werden, dass er angeblich der Sohn eines mächtigen Kriegsherrn in seinem Heimatland ist. Japan hat sich als eine ertragreiche Quelle neuer Handelsbeziehungen erwiesen. Wir alle, denke ich, haben vom Vordringen der Portugiesen in diese – bedauerlicherweise – heidnische Kultur profitiert. *Und*, möchte ich eilends hinzusetzen, die Heilige Mutter Kirche hat eine beträchtliche Verbreitung ihres Einflusses auf die Japaner erlebt. Sie werden fast von selbst katholisch, könnte man sagen. Und die Stärke einer Nation wächst auf mehr Grundlagen als nur denen der Waffen, falls unsere wackeren Streiter mir diese Worte verzeihen möchten.«

Die Vertreter des Militärs redeten erbost durcheinander.

General de la Vega lieh ihren Einwänden die Stimme. »Ihr schlagt also vor, diesen – Sohn eines Affengenerals freizulassen, damit er mit seinen Ideen unsere Kraft von innen heraus zersetzt, ja?«

Der Vertreter Leons wandte sich an Bischof Izquierdo. »Was hält Seine Eminenz der Großinquisitor für die dringlichere Frage – die der Politik und Ökonomie oder, mit allem gebührenden Respekt, die ... wohlbegründeten Sorgen der militärischen Führung?«

Izquierdo räusperte sich. »Nun, verehrte Mitglieder des Gremiums, für beide Belange können viele gewichtige Argumente vorgetragen werden. Wir müssen unsere kommerziellen Interessen fördern; die Streitkräfte müssen für unsere Verteidigung sorgen. Dies ist jedoch das Offizium der Inquisition. Unsere Bemühungen müssen vorrangig der Integrität des Glaubens gelten.«

Der Bischof verstummte und schien hinter dem Tisch zu schrumpfen, als seiner unverbindlichen und zwecklosen Zusammenfassung der Debatte nur unbehagliches Schweigen folgte.

Der Herzog von Lerma stand auf und beugte sich über den Tisch vor. Die Vorgänge schienen ihn zu langweilen. Er war ein distinguiert aussehender Herr, der Selbstvertrauen ausstrahlte und die führende weltliche Autorität hinter der Inquisition darstellte. »Meine Herren«, leitete er seine Ausführungen gelangweilt ein, »ich vermag da keinen Widerspruch zu erkennen. Wir sind hier auf eigenem Gebiet. Hier üben wir Souveränität über jeden Eindringling aus, ungeachtet seiner Herkunft. Warum so viel Aufhebens um einen einzelnen Zauberkünstler oder Hexer oder was immer er ist? Überführt ihn einfach zum Autodafé.«

Der Mann aus Leon stand auf und schüttelte energisch den Kopf. »Mein Herr, ich stelle erneut fest, dass wir sorgsam mit den verschiedenen Faktoren umgehen sollten, die die Verfolgung dieses Gefangenen betreffen. Sicher ist Euch doch bekannt, wie ich hoffe, dass Erzherzog Friedrich von Österreich, der *Vetter* unseres geliebten Königs, dringend um eine würdige Behandlung dieses Japaners ersucht hat.«

»Würdige Behandlung, meiner Treu!«, platzte jemand hervor, während die Versammlung ungläubig gluckste.

Der Herzog von Lerma seufzte. »Wir sind hier nicht in Österreich«, gab er zu bedenken und artikulierte dabei jedes einzelne Wort mit Nachdruck. »Die Haltung des Königs gegenüber Ketzern und Frevlern ist eindeutig, und ich dachte, das wäre vom Hohen Offizium ebenfalls zu erwarten.« Er warf dem einstweilige Großinquisitor einen vernichtenden Blick zu.

Pater Martin de la Cenza erhob sich, verneigte sich vor der Versammlung und kam seinem Oberen zu Hilfe.

»Es muss festgehalten werden, dass der Asiate nicht im strengen Wortsinn ein *Ketzer* ist. Ein Heide vielleicht, aber selbst das wurde bislang nicht nachgewiesen. Welche Überzeugungen er vertritt, das bleibt unklar, obwohl ich die Sorgen des Rates bezüglich der Gefahren des Obskurantismus verstehe, zumindest soweit es das theologische Denken angeht. Die Schlussfolgerung jedoch – die geäußerte Haltung der Wunderritter zur natürlichen Welt mit ihrer, wie ich sie verstehe, Gottesbezogenheit – scheint nicht so verschieden von den Stellungnahmen des Glaubens, wie jene gelehrten Gremien sie abgefasst haben, die sich mit dem Problem der physikalischen Wissenschaftler befassten.«

Während de la Cenza fortfuhr, wirkte er größer, als seine winzige Gestalt es rechtfertigte, und seine Stimme erhob sich über das aufkommende Murren der Einwände. »Niemand legt uns Beweise für frevlerische Äußerungen des Mannes vor. Und wir haben vernommen, dass dieser asiatische Edle, nicht wahr, das *Vertrauen* des verstorbenen Königs genoss.«

»Das bleibt fraglich!«, polterte der stämmige General de la Vega. »Aber so ohne Weiteres ist das schwer zu glauben.«

Der General war Gonji nie in jener Zeit begegnet, in der Letztgenannter im Dienst Philips II. gestanden hatte. Mehrere Offiziere in der Versammlung hingegen kannten den Samurai von damals und waren von ihm geschult worden. Jetzt jedoch erhob sich niemand zu seiner Verteidigung. Der Groll über Gonjis früher so erhabene Stellung ging tief.

»Hat er *irgendein* Verbrechen gestanden, das durch ein Autodafé zu ahnden wäre?«, flehte Pater de la Cenza regelrecht.

»Er hat überhaupt nicht viel geredet«, antwortete ein Offizier, der im Kerker Dienst tat.

»Politische Einmischungen«, setzte ein anderer giftig hinzu, »scheinen die Hand des Folterknechts zu lähmen. Hätte man uns gestattet, diese Ermittlungen mit sämtlichen autorisierten Überredungsmitteln zu führen, könnten wir jetzt schon sein Geständnis verlesen und dieses ehrenwerte Gremium würde nicht seine kostbare Zeit vergeuden!«

Einzelne Jubel- und Beifallsrufe ertönten.

Pater Martin überschrie die Versammlung mit den Worten: »Was kann den in seinem Fall bewiesen werden? Dass er im Herzen Ideen birgt, die unseren entgegenlaufen? Er, ein Mann aus einem fernen und unerleuchteten Land? Ich habe gehört, dass er selbst von Jugend an durch Lehrer der *Gesellschaft Jesu* erzogen wurde!«

Mancher holte erschrocken Luft, als er Gonjis Namen so kühn mit dem der militanten Jesuiten verknüpft hörte.

»Ich habe auf *Latein* mit ihm gesprochen.«

»*Si*«, ergänzte ein Ordensbruder vom Offizium des Glaubens, »ich bin sicher, dass er diese Sprache beherrscht. Sogar Dämonen in ihrer Verderbtheit haben sie erlernt – mögen die Heiligen uns beschützen! –, um die Heilige Mutter Kirche besser verwirren zu können.«

De la Cenza schüttelte den Kopf. »Zugegeben, sein Einfluss scheint manche dazu verleitet zu haben, dass sie ihre nationalen Ideale über Bord warfen, aber das ist ein gesellschaftliches Verbrechen, ein Verbrechen gegen ...«

»Verzeiht mir, Pater«, mischte sich ein Prälat des Archivs ein, »aber *es lo mismo*. Das läuft alles aufs Gleiche hinaus. Die Gesellschaft ist nicht von der Kirche zu trennen. Euer inbrünstiger Wunsch, diesen Mann zu schützen, verwirrt Eure eigenen Gedanken.«

Pater Martins Kopf ruckte nach hinten, als hätte man ihn geschlagen. Er nickte reuig und setzte sich langsam wieder auf seinen Stuhl.

General de la Vega stemmte sich erneut hoch. »Vielleicht möchte der Klerus die Zuständigkeit für diese Strafverfolgung an die Streitkräfte abtreten. Ist die Inquisition verweichlicht? Sollte das so sein, kümmert sich das Heer um die Angelegenheit. Wir benötigen nur einen Befehl, der die Übertragung genehmigt.« Der General setzte sich, und ein selbstgefälliger Ausdruck lag auf seinen sonst so strengen Zügen. Applaus begleitete seine Worte und erstarb langsam in der von Anspannung geladenen Atmosphäre.

Bischof Izquierdo lief vor Verlegenheit rot an und warf Pater de la Cenza einen vernichtenden Blick zu, also wollte er ihm so befehlen, das Offizium von der Bloßstellung zu befreien, in die er es manövriert hatte.

Pater Martin stellte sich dieser Aufgabe und gab sich diesmal beherrschter, als er sich erneut zu Wort meldete. »Ich weise lediglich darauf hin, dass mehrere im Zusammenhang stehende Faktoren diesen Fall von Strafverfolgung schwierig gestalten. Falls Ihr fürchtet, die Inquisition könnte an Eifer in der Verfolgung ihrer Ziele verloren haben, so braucht Ihr nur die Kerker und die Folterkammern zu inspizieren. Der Brennende Hof ist hell erleuchtet von den Flammen, in denen Ketzer und Besessene sterben.«

Der einstweilige Großinquisitor schien besänftigt. Er ließ sich auf dem hochlehnigen Stuhl nach hinten sinken und fächerte sich mit einem Stoß Papiere lässig Luft zu.

Der apostolische Nuntius, Erzbischof Roderigo Texeira, der Vertreter des Heiligen Vaters in Spanien, ergriff jetzt das Wort. Bis jetzt hatte er die Diskussion schweigend verfolgt. Er war ein großer Mann mit akademischer Ausstrahlung, von blässlicher Hautfarbe und mit dem griesgrämigen Gesicht eines Richters.

»Brüder in Christo«, hob er mit einer Stimme an, die zwar leise war, aber trotzdem bezwingend klang. »Ich bin aus Madrid angereist, um mich diesem erlauchten Gremium anzuschließen. Geduldig habe ich mir Worte angehört, die von Verwirrung geprägt waren und erfüllt von nebulösen Andeutungen, welche den zur Diskussion stehenden Fall nur noch mehr verdunkeln.

Ich muss gestehen, dass ich allmählich die Geduld verliere. Überzeugt davon, dass dieser Fall im Gebet erörtert wurde, ersuche ich das Hohe Offizium jetzt darum, seinen Fall gegen diesen Japaner zu präzisieren. Wie lauten die gegen ihn erhobenen Anklagen nun genau?«

Als wären diese einleitenden Worte des päpstlichen Gesandten ein Signal gewesen, betrat Anton Balaerik den Raum. Geflüster folgte seinen würdevollen, gemessenen Schritten, als er sich dem ihm zugewiesenen Platz neben Texeira näherte.

»Ihr werdet mir verzeihen, Eure Eminenz, aber wir sind uns noch nicht begegnet«, wandte er sich an den Nuntius. »Ich bin *Donado*, Bruder Anton Balaerik aus Moldawien. Die für meinen Orden unverzichtbare Geheimhaltung verbietet mir weitere Erklärungen, aber ich vertraue darauf, dass Ihr die Bruderschaft der Heiligen Waffen kennt, kürzlich von unserem Vikar seligen Angedenkens ins Leben gerufen – möge sich seine Seele an der Gesellschaft der Engel erfreuen.«

Texeira nickte. Er erwiderte Balaeriks seltsames Lächeln nicht ohne Wärme. »Ritter der Traurigen Haltung habe ich Euch nennen gehört. Eure Tätigkeit erstreckt sich inzwischen auf viele Länder, nicht wahr?«

»Wie es auch nötig wurde. Unser verstorbener Heiliger Vater sah angesichts des Ansturms übernatürlicher böser Kräfte in der heutigen Welt die Notwendigkeit, unseren Orden ins Leben zu rufen. Ich war es, der das grausame Treiben dieses unsäglichen asiatischen Hexenmeisters aufdeckte. Was seine Verbrechen angeht, so sind sie mannigfaltig: Hexerei, Verwandlung in Tiere, Dämonismus; er gebietet über Monster und böse Geister; er verschwört sich mit Ketzern und Juden, um den Glauben zu untergraben. *Es la pura verdad* – es ist die reine Wahrheit. Aber – Ihr müsst ohnehin schon die unzweideutige Autorisierung zu Gesicht bekommen haben, unter der ich meinen Fall bearbeite.« Balaerik blickte den apostolischen Nuntius gespannt an.

Texeira wog seine Worte ab, ehe er darauf reagierte. »Ich – habe das päpstliche Sendschreiben gelesen, *si*.«

Ein vorwurfsvoller Ausdruck schlich sich in Balaeriks Züge. »Mehr als ein Sendschreiben – sicherlich ist Euch das doch bewusst! Dieser Hexer ist Gegenstand einer *eigenen päpstlichen Bulle!* Ihr stellt doch sicher nicht die Unfehlbarkeit des Stellvertreters Christi infrage?«

Texeira zog die Brauen hoch. Das war eine unvorstellbare Beleidigung. Er blieb in der Grabesstille jedoch gelassen. »Nein. Und doch bedarf sie der Überlegung, bedenkt man – die derzeitigen unruhigen Zustände in Rom.«

Balaerik musterte ihn mit verächtlicher Ungläubigkeit und ließ einen Blick über die Versammlung schweifen, der um ihre Zustimmung buhlte. »Tatsächlich! Ungeachtet der tragischen Natur kürzlicher Vorfälle rings um den Heiligen Stuhl ist diese spezielle Anklage vom Papst sanktioniert. Unter allen Angehörigen des Klerus in Spanien seid es doch sicherlich Ihr, der das Knie vor der Bedeutung dessen beugen muss.«

Pater de la Cenza sprang erneut auf und mischte sich unter Missachtung des Protokolls kühn in die Diskussion der beiden ein.

»All diese Anschuldigungen beruhen jedoch lediglich auf Hörensagen, falls ich so verwegen sein darf, ehrenwerter *Donado*. Welche Beweise stützen sie?«

Entrüstete Äußerungen waren die Reaktion auf seine Unbesonnenheit.

Balaerik bedachte ihn mit einem unheilvollen Lächeln. »Die Zerstörung der Stadt Vedun in den Karpaten, herbeigeführt von Ungeheuern unter Anleitung des Hexers. Eine Stadt in Frankreich – bis auf die Grundmauern niedergebrannt, ein Inferno, das dort jeden Mann, jede Frau und jedes Kind verschlang.« Er wandte sich an den Wachtmeister. »Lasst dem Rat seine Waffen vorlegen, *por favor*. Er kann sich in Raubtiere verwandeln …«

»Können zuverlässige Zeugen dies belegen?«, setzte de la Cenza nach.

»Die meisten Zeugen sind tot, von dem Hexer aus begreiflichen Gründen grausam niedergemacht. *Ich habe es jedoch selbst gesehen ...*«

Diese dramatische Bekanntmachung hatte eine aufschlussreiche Wirkung auf die jetzt gebannt lauschenden Mitglieder des Gremiums.

»Viele sind bereit, Zeugnis darüber abzulegen, wie der Asiate die Ziele der Inquisition untergraben hat. Er stellt Bündnisse her zwischen verhassten Ketzern der Reformation, Juden und abtrünnigen Katholiken. Ungestraft bedroht er unser Recht, innerkirchliche Streitigkeiten ohne heidnische Einmischung beizulegen!« Balaerik unterstrich seine Worte, indem er mit der Faust auf den Tisch schlug, und erzeugte damit eine ihn unterstützende emotionale Reaktion, besonders bei den Vertretern der Streitkräfte. Er nutzte seinen Vorteil, indem er die Stimme hob und mit glimmenden Augen fortfuhr: »Am Schlimmsten überhaupt: Er reist in Begleitung eines dämonischen Vertrauten – *lobis homem* –, eines Werwolfs! *Si*, meine Brüder, glaubtet Ihr, der *lobis homem* wäre auf spanischem Boden ausgerottet? Das dachten wir auch von den Karpaten. Er nennt ihn *Simon*. Und dieser kann nicht weit zurückgeblieben sein, und er wird ihn auch nicht im Stich lassen. Simon – Ihr erinnert Euch sicher an den Zauberer ähnlichen Namens aus der Heiligen Schrift. Um dieses dämonische Wesen in die Falle zu locken, stellen wir den Hexer auf den Zinnen zur Schau, damit der Vertraute zu ihm vordringt. Die Vertreter der Streitkräfte haben recht: Dieser Mann untergräbt die Autorität Spaniens. Wir müssen jedoch Vorsicht walten lassen, was den Umgang mit ihm angeht. Er ist schließlich der Köder für den noch tödlicheren Vertrauten. Da sie in der päpstlichen Bulle gezielt miteinander in Verbindung gebracht werden, ist die Autorität des Heiligen Vaters vonnöten, ehe diesem Gonji der Prozess gemacht werden kann. Ich bin ein Vertreter dieser Autorität, und ich halte die Elite meiner Dämonenjäger zurück, bis ich ihren Einsatz für nötig erachte.«

Erzbischof Texeira ergriff aufs Neue das Wort. »Ich stimme Euch darin zu, dass in diesem Punkt die Klärung durch den Papst erforderlich ist. Aus diesem Grund habe ich dem gewählten Heiligen Vater bereits eine Nachricht geschickt mit der Bitte, ein Urteil über diese Anklage zu fällen.«

Balaerik schien getroffen. In seiner Stimme schwang weniger Zuversicht mit, als er fortfuhr: »Tatsächlich? Das wusste ich nicht. Natürlich seid Ihr der Nuntius. Ich vertraue darauf, dass Seine Heiligkeit in andächtiger Übereinstimmung mit seinem tragischen Vorgänger handeln wird.«

Der Herzog von Lerma erhob sich und steckte die Hände in die Taschen der in Brokat gefassten Jacke. »Ich hoffe, Ihr nehmt keinen Anstoß, Brüder in Christo, aber ich muss doch zu bedenken geben, dass wir hier in Spanien sind, wo Philip als König herrscht. Und auch ich werde mich an meinen Oberen wenden und um Anleitung über das weitere Verfahren in diesem Fall ersuchen. Das Offizium der Inquisition für Spanien ist nämlich nur angeblich abschließende Autorität in Glaubensfragen.«

Bischof Izquierdo verfolgte mit totenbleicher Miene, wie seine Macht als Großinquisitor von den anderen zerstückelt und verschlungen wurde. Er wusste, dass er sein Gesicht wahren und eine starke Haltung einnehmen musste. Tief im Herzen war ihm jedoch klar, dass seine Bemühungen zu spät kamen und wirkungslos waren. In ihm herrschte ein Widerstreit gegensätzlicher Stimmen.

»Ihr zweifelt doch nicht die Macht der Kirche an, nur um die Sache der Inquisition zu fördern, oder, edler Herzog?«

Der Herzog erwiderte seinen Blick offen. »Ihr heiligen Männer habt schon Übereinstimmung darin erzielt, dass keine Trennung zwischen Kirche und Staat bestehen kann. *Einer* muss herrschen. Wenn Spanien in irgendeiner Form bedroht wird, muss diese Herrschaft von Philip ausgehen, dem Enkel Karls des Fünften, des Heiligen Römischen Kaisers – mit Eurer Erlaubnis, Eure Eminenz. Meine Herren.«

Der Herzog von Lerma schritt aus dem Saal. Er kam am Wachtmeister vorbei, der zwei Soldaten beaufsichtigte, während sie einen Wagen mit den berühmten Schwertern des Samurai schoben, mit seinem Bogen, der Helmbarte und den Pistolen. Auch die übrigen persönlichen Habseligkeiten gehörten dazu, einschließlich der Kleidung. Zwei Priester gingen beiderseits des Wagens, einer mit Weihrauchgefäß, der andere mit einer Gießkanne voll Weihwasser. Beißende Rauschschwaden erfüllten den Raum, und Tropfen Weihwasser spritzten wiederholt auf die Habseligkeiten des Samurai und die Soldaten, die diese beförderten, um ihre Reinheit zu gewährleisten, denn man fürchtete, dass böse Magie diese Gegenstände durchdrang.

Balaerik führte den Vorsitz über eine Präsentation der Gegenstände.

»Seht seinen Bogen. Ich habe gesehen, wie er damit Pfeile über Entfernungen schoss, die für einen Menschen unmöglich zu schaffen waren. Und diese Schwerter – fortwährend ersucht er darum, dass ihm das kürzere davon zurückgegeben wird, damit er *sich selbst das Leben nehmen kann!*« Zuhörer schnappten erstaunt nach Luft. »Das würde natürlich seinen dämonischen Geist befreien, der daraufhin vom Körper einer weiteren armen Seele Besitz ergreifen könnte«, erläuterte der *Donado*. »Seine Verschlagenheit ist grenzenlos. Seht Euch nur das längere Schwert an – Rinnen sind hineingegraben, damit er darin das Blut jener sammeln kann, die er erschlagen hat.«

»Was ist schon dabei?«, wandte ein Offizier ein. »Wir kennen hier in Europa viele Schwerter mit Blutrinnen.«

»*Indudablemente* – zweifellos«, bestätigte Balaerik, »aber deren Benutzer *trinken damit nicht das Blut ihrer Opfer!* Und wisst

Ihr, was das hier ist?« Er hielt das eingeritzte Medaillon des Wygylls hoch. »Ich schlage vor, dass Ihr Euch den Hauptzweck deutlich macht, der einen Handel zwischen Mensch und Dämon zu verstehen gibt. Und *dieser* Artikel hier – ich überlasse es Eurer Vorstellungskraft, *dessen* Bedeutung zu ergründen.«

Unheilvoll schwenkte er dabei Gonjis *Nekode*, den Stachelhandschuh, mit dessen Hilfe der Samurai die Felswand zum Horst des Wygylls erstiegen hatte.

Der Großinquisitor schlenderte in Gesellschaft des apostolischen Nuntius am frühen Abend durch einen blühenden Garten. Die Luft war frisch und voller Düfte; sie trug die berauschenden Aromen des Spätfrühlings. Die beiden Männer redeten in gedämpftem Ton miteinander, die Hände lässig auf dem Rücken verschränkt. Wenn sie an Ordensbrüdern und Wachtposten vorbeikamen, die sie respektvoll grüßten, unterbrachen sie das Gespräch, erteilten ihren Segen und setzten die Diskussion fort, wenn die Passanten sicher außer Hörweite waren.

»Das Schlimmste ist, Ignazio«, sagte Erzbischof Texeira, »dass Ihr ihm ermöglicht habt, die Macht Eures eigenen Amtes an sich zu reißen. Das ist der Hauptgrund für diese ganze Unruhe.«

»Was hätte ich denn sonst tun können? Als er hier erschien, legte er mir das päpstliche Edikt vor.«

»Sicherlich wisst Ihr doch, wie selten sich eine päpstliche Bulle gegen eine Einzelperson richtet. Wir sprechen hier nicht über einen so beeindruckenden Feind der Kirche wie Martin Luther oder Arius oder ...«

»Aber er trug das päpstliche *Siegel* bei sich!«

»*Si*, *si*, meinetwegen«, räumte der Nuntius ein und hob abwehrend die Hand, »aber habt Ihr nicht eine mögliche Manipulation oder Fälschung bedacht oder sogar ... Ignazio, wir leben in schwierigen Zeiten. Wir müssen auf der Hut sein vor den Ränken des Bösen, *wo immer* diese wirksam sind. Ihr kennt doch die entsetzlichen Gerüchte. Manche davon stimmen. Eine üble Saat wurde in den Boden der Heiligen Mutter Kirche selbst gesenkt. Wir müssen ihr Wachstum beschneiden, es eindämmen. Indem Ihr diesem radikalen Orden so viel Macht in den Belangen der Inquisition eingeräumt habt – einem Orden, dessen schiere Rechtmäßigkeit fraglich ist –, habt Ihr die Autorität der Inquisition kompromittiert. Jetzt sind sowohl militärische als auch politische Gruppierungen Zeuge geworden, dass Euer Amt geschwächt ist ...«

Bischof Izquierdo warf verwirrt die Hände hoch. »Soll ich also den Asiaten zum Autodafé ausliefern?«

»Nein, Ihr habt mir nicht zugehört«, antwortete Erzbischof Texeira geduldig. »Etwas Seltsames umgibt diesen Mann, das eine Untersuchung und andächtige Überlegung vertragen könnte. Er hat an zu vielen hohen Stellen und bei so vielen verschiedenen Mächten Gehör und Interesse gefunden. Ich habe zu seinem Fall schriftliche Aussagen aus der Priesterschaft und dem Adel erhalten. Bei manchen davon würdet Ihr die Brauen hochziehen. Kein einzelner Mensch könnte solches vollbringen – ob nun gut *oder* böse –, wie es diesem Japaner zugesprochen wird. Und dieser unheimliche Balaerik zeigt zu viel Interesse an ihm. Dieses Unterfangen, den Mann auszustellen, damit ihm sein Vertrauter zu Hilfe kommt – lächerlich! Habt Ihr je daran gedacht, dass ein dämonischer Vertrauter keinen physischen Wegweiser zu seinem Meister benötigt? Ich möchte, dass der Fall dieses ausländischen Kriegers ausgesetzt wird, bis dazu eine persönliche Nachricht vom gewählten Papst eingegangen ist.«

Der vorläufige Großinquisitor nickte nachsichtig. »Und bis dahin, *qué tengo yo que hacer?* Was soll ich tun?«

Texeira wich seinem Blick aus.

»Ich denke, Ihr habt alles getan, was in Eurer Macht steht.«

Izquierdo blickte dem Nuntius nach, als sich dieser entfernte, und seine eigenen Schritte wurden langsamer. Diese Worte hatten den Unterton einer Anklage.

Pater Martin de la Cenza tauchte mit erleichterter Bürde aus dem Beichtstuhl auf, nur um sich dem *Donado* Anton Balaerik gegenüberzusehen, der im Vestibül der Kirche auf ihn wartete. Das Herz des Prälaten hämmerte los, so verstörend wirkte das unvermittelte Erscheinen des Laienbruders im trüben Laternenlicht. De la Cenza grüßte ihn mit einem reservierten Nicken, das auch nicht warmherziger ausgefallen wäre, hätte er sich einem mutmaßlichen Straßenräuber gegenüber gesehen.

»Ihr mögt mich nicht«, sagte Balaerik ohne Vorrede. In seinem Ton schwang keinerlei Enttäuschung mit.

»Nein«, ertappte sich Martin bei einer wahrheitsgemäßen Antwort.

»Ich bewundere Offenheit. Derlei ist heutzutage richtig erfrischend.«

»Ihr scheint überdies zufrieden.«

Balaerik lächelte. »Wir müssen einander nicht mögen, solange wir nur den guten Streit für den Glauben fechten.«

»Tun wir das?«, hielt ihm der Prälat entgegen. »Ich kann nicht umhin, mich das zu fragen. Wisst Ihr, Ihr habt auf der Ratsversammlung etwas gesagt, das bei mir haften geblieben ist. Ihr spracht davon, unsere innerkirchlichen Auseinandersetzungen ohne Einmischung auszutragen. Sofort ging mir dabei der Gedanke durch den Kopf: Ihr hättet im gleichen Tonfall davon sprechen können, wie wir uns gegenseitig aufgrund abweichender Vorstellungen umbrächten. Und dann überlegte ich mir: Wer bliebe letztlich übrig, täten wir das?«

Pater de la Cenza stolzierte davon. Er zitterte leicht und spürte die greifbare Drohung von Balaeriks Blicken, die sich in ihn bohrten und den Saum seiner Seele versengten.

DREIZEHNTES KAPITEL

Böse Geister besuchten ihn in den fürchterlichen Kerkernächten.

Gonji richtete sich dann von seiner Strohmatte auf und erwartete sie mutig, und durch schiere Willenskraft schickte er sie zurück ins Chaos, aus dem sie hervorgetreten waren.

Bei diesen Gelegenheiten kehrte der Schlaf dann nicht zurück. So saß der Samurai auf seiner Matte und meditierte in der Dunkelheit, umgeben von den üblen Gerüchen dieses tiefen unterirdischen Kerkers und dem beißenden Schwefelgestank. Die Gelenkschmerzen, die in der schleimigen Feuchtigkeit auftraten, bekämpfte er mit ritualisierten Drehungen und Dehnübungen, was sich schließlich zu einer allnächtlichen Gewohnheit entwickelte. Reglementierung und geordnete Lebensführung entwickelten sich zu einem Bollwerk gegen den Wahnsinn.

Und in jenen Nächten, in denen er das Bewusstsein nicht von Gedanken befreien konnte, wenn das Elend ihn verhöhnte und verspottete, als wäre es ein greifbares Monster, das gleich hinter ihm stand, ergab er sich dem Selbstmitleid und schwelgte in rührseligen Erinnerungen.

Aufs Neue bin ich, so sann er, *der beklagenswerteste aller Menschen*. Mein Karma ist eine unerträgliche Last. Ehrenvolle *Giri* – Pflicht – bleibt mir verwehrt. Ich habe weder Heimat noch Familie – denn sicherlich ist der alte Todo inzwischen aus Scham über seinen missratenen Erstgeborenen gestorben. Ich habe das adelige Erbe meines Vaters aufgegeben, und im Lande meiner Mutter lehnt man mich als einen Barbaren ab, hier so fremd, wie ich es in *Dai Nihon* war. Und Reiko – wie sie heute wohl aussieht?

Trauert sie um ihren verlorenen Gatten, meinen unwürdigen Bruder? Oder um mich? Wahrscheinlich eher um ihre verlorene Ehre, da sie es versäumte, mich zu töten. Am besten wäre es überhaupt gewesen, ich hätte es zugelassen. *Iyé!* Nein, so empfinde ich es gar nicht. Sogar die Impulse der Ehre gehen mir inzwischen verloren. Und doch muss es einen Grund geben, warum ich auf dieser seltsamen, endlosen Reise überlebt habe. Nein. Kein Grund. Karma. Das ist alles. *Emeric* ... Der gute alte Emeric, der Dichter von einem Krieger. Der Mann mit seinem stets griffbereiten Skizzenbuch voller hingekritzelter Ideen und Lebensweisheiten und vereinzelter Brocken echter Weisheit. Was sagte er stets über das Böse? Über die Art, wie es seine Kraft nur zeigte, wenn man ihm Widerstand leistete, wie es nur dann angriff, wenn es bedroht wurde? Er fragte mich immer wieder nach Einzelheiten meiner Reisen, versuchte in all dem einen Sinn zu erkennen – zunächst durch Astrologie, um, wie er sagte, mein künftiges Karma zu ergründen – wozu er seine irren Karten von meinen gewundenen Reisen anfertigte, und dabei Ereignisse ausschloss, die er für bedeutungslos hielt ... Narr! Brillanter, treuer Narr! Der Punkte auf der Karte miteinander verband, mir die geometrischen Formen zeigte, die mein Karma regieren – Irrsinn! *Hüte dich vor dem Stern, Gonji-san. Der Stern ist kein günstiges Omen.* Der Stern. Die Raute. Die Raute – die rautenförmige Festungskonfiguration der Erzmagierin Domingo. Alte Burgen. Niemand weiß, woher sie stammen. Niemand kann den Anpruch erheben, er hätte sie errichtet. Geschwätz. Blödsinn. Paille. Alain Paille. König des Blödsinns. Wem bürdet er inzwischen die Last seines Genies auf? Falls er noch lebt. Seltsam. Sein grandioses Epos über den *Wind des Todes von Vedun* – fand nie die Zeit, es zu lesen. Jetzt habe ich alle Zeit der Welt. Zeit. Dunkelheit. Tora. Tut mir sehr leid, alter Freund, aber ich konnte in deinem letzten Augenblick nicht bei dir sein, weil ich ein Narr war – ein solcher Narr, überzeugt von seiner Wichtigkeit, von solch hochmütiger Haltung; und dann der Conquistador – Conquistador nennen sie mich, die spottenden Mistkerle! *Hai*, so mühelos konnte man ihn gefangen nehmen, und er ließ dich wie irgendein gewöhnliches Tier sterben, das du nicht warst. Das du ganz gewiss nicht warst. Meine *Daisho*. Das Sagami. Geehrte Waffe zahlloser Generationen edler Helden. Fort. Geraubt von irgendeinem dreckigen Spanier. *Dozo – bitte*, verzeiht mir, Väter meines Vaters! Ich werde darauf bestehen, dass sie mir das *Ko-dachi* bringen, und ich werde es immer wieder fordern, bis ihnen klar wird, dass es wahrhaft eine exotische Nummer für sie sein würde, den *Seppuku* eines ehrenvollen Samurai mitzuerleben. *Hai*, so soll es sein. Der Tod soll auf den Ehrverlust folgen. Tod. Tod in Würde. Todeswind – *Shi-kaze* – und Simon. Simon Sardonis. *Domo*. *Domo*, treuloser Freund.

Du trägst mehr Verantwortung für meinen Selbsthass als ich.

Die Tage vergingen und dehnten sich zu Wochen. An jedem Tag, den er in den Kerkern der Inquisition schmachtete, ergänzte Gonji sein Übungsprogramm um ein neues Ritual. Wie geringfügig – die Erweiterung einer Kampfsport-*Kata* um eine neue Bewegung – oder mühselig auch immer – das gewissenhafte Einmeißeln eines Ideogramms in die Zellenmauer, um irgendeinen Peiniger zu verspotten: Jedes Tages Zusatz verlieh dem neuen Leben, an das er sich jetzt anpassen musste, frische Bedeutung, durchbrach den Bann der Langeweile, half bei der Abhärtung gegen die endlose Verhöhnung und Folter und sadistische Behandlung, unterstützte seine Konzentration, sperrte das fortwährende Gejammer von Gefangenen aus, die Schmerzen litten, und das Scharren der Ratten im Gemäuer.

Er ging dazu über, manche Gegebenheiten als aufs Neue erstaunlich – wenngleich gang und gäbe – anzusehen, wie zum Beispiel die Symmetrie seiner Hände; und er betrachtete Dinge als ewig erhaben, wie den Zorn des Sturm-*Kami*. Neue Gedanken gingen ihm durch den Kopf, neue Verknüpfungen anscheinend ungleicher Ideen. Das morgendliche Ritual der Bitte um *Seppuku* ergänzte er später um die Bitte, ihm Schreibmaterial zu geben. Beides wurde stets abgelehnt, das Erstgenannte mit Widerwillen, das Zweite mit gewöhnlicher Verärgerung oder einem Scherz, der sich um seine beachtliche Bildung drehte, was ihn zunehmend ärgerte, obwohl er durch all dies hindurch stets seine Würde bewahrte.

Als er bemerkte, wie armselige und gelegentlich ranzige Nahrung seine körperliche Verfassung beeinträchtigte, bemühte er sich, noch härter zu trainieren, soweit es die Enge der Zelle erlaubte. Er steigerte seine Verfassung auf eine beachtliche Höhe, schien aber ab einem gewissen Punkt keine weitere Entwicklung mehr zu erreichen.

Als er eines Tages gerade die dynamische *Kata* übte, deren tägliche Erweiterung zu seinem Kerkerkalender geworden war, platzten zwei stämmige Wachleute in die Zelle, getrieben von frustrierter Feindseligkeit – denn er hatte ihre Anwesenheit beharrlich nicht beachtet, wenngleich sie ihn unaufhörlich verhöhnt und mit Steinen und Fäkalien beworfen hatten.

Nach heftigem Kampf in der engen Zelle hatte Gonji die Angreifer zu Boden gestreckt, wo sie sich vor Schmerzen wanden. Weitere Wachleute feuerten zwei Warnschüsse auf ihn ab, die er nicht beachtete, während er aus der Zelle stürmte und die Schützen mit bloßen Händen angriff. In seinem geschwächten Zustand – die Nase war ein zweites Mal gebrochen worden – wurde er schnell überwältigt und zurück in die Zelle geworfen. Vor Schmerzen schier wahnsinnige Mitgefangene jubelten und brüllten – für wen, das konnte Gonji nicht feststellen –, als man ihn später zur Auspeitschung in die Folterkammern führte.

Danach konnte er eine Woche lang nicht auf dem Rücken liegen, und doch trieb er sich unter Schmerzen an, das tägliche Übungsprogramm zu absolvieren. Die angeschlagene Verfassung zwang ihn jedoch, es abzukürzen. Seine Disziplin verlor zwangsläufig an Schwung, und er markierte das Voranschreiten der Zeit vom Tag der Auspeitschung an, indem er *Waka*-Gedichte verfasste.

Sein Ersuchen um Schreibmaterial wurde weiterhin täglich abgewiesen, und so prägte er sich das neue *Waka* des Tages ins Gedächtnis ein, wiederholte es lautlos, bis es ordentlich seinen Platz neben den Geschwistern einnahm.

In den Kerkern wechselte sich das Wachpersonal in drei Schichten ab.

Die spät am Nachmittag kamen und bis Mitternacht blieben, sie waren die Schlimmsten. Sie waren die Unmenschen, die Gonji geschlagen und ausgepeitscht hatten, und nur durch äußersten Aufwand an Konzentration hatte er gelernt, ihre Anwesenheit auszublenden, wenn er seinen täglichen Kampf um ein würdevolles Dasein führte. Gelegentlich schleiften sie ihn aus der Zelle und führten ihn durch die Folterkammern, demonstrierten ihm dort ausgiebig an einem unglücklichen Gefangenen die Streckbank oder die eiserne Jungfrau oder eine ähnliche dämonische Apparatur.

Gonji lernte rasch, sich nicht mehr gegen sie zu wehren und willig mitzugehen; die Schläge, die er sich sonst einhandelte, waren sinnlos, und es war deutlich geworden, dass sie den Befehl hatten, ihn nicht zu töten. Die Folterdemonstrationen dienten vermutlich dazu, ihn mit Schrecken zu erfüllen, und mit doch so etwas wie leichter Befriedigung bemerkte er ihre Frustration über seine ausdruckslose Hinnahme der Gräuel, deren Zeuge er wurde.

Kurzzeitig versuchten sie, ihn auf anderem Wege zu entmutigen: der Folter der Erwartung. Dazu banden sie ihn auf die Streckbank und streckten ihn dort bis auf kaum mehr erträgliches Maß, ehe sie ihn wieder losließen. Oder der Folterknecht versengte ihm mit rotglühendem Eisen oberflächlich die Haut, jedoch niemals an einer lebenswichtigen Stelle oder im Gesicht, wo es andere gesehen hätten. Und der Samurai quälte seinerseits den Folterknecht, indem er ihm zu seiner subtilen Arbeit gratulierte. Einmal zwang man Gonji zu verfolgen, wie ein verurteilter Dieb gevierteilt wurde – indem man dessen Gliedmaßen an vier Pferde band und diese dann in entgegengesetzte Richtungen trieb. Gonji wurde dann selbst auf diese Weise gebunden und mit der drohenden Gefahr gepeinigt, selbst gevierteilt zu werden, letztlich jedoch wieder mit einem launigen Scherz losgebunden, er wäre zu dumm, um zu begreifen, welche Macht man über ihn ausübe.

Schließlich hörten die Wärter gelangweilt mit diesen Schikanen auf, da er nicht mitarbeitete und es auch versäumte, um sein Leben zu betteln. Es war klar, dass eine höhere Autorität darauf bestand, ihn vorläufig zu verschonen. Zu welchem Zweck jedoch, das konnte er nur mutmaßen.

Die Beschuldigungen, mit denen ihn die Soldaten überhäuften, waren in ihrer verrückten Ironie geradezu erstaunlich, und Gonji stellte fest, wie sich seine innere Haltung dadurch allmählich veränderte. Er entwickelte eine perverse Sturheit in dem Wunsch, lange genug am Leben zu bleiben, um seinen Ruf reinzuwaschen, egal was es ihn kostete. Und obwohl er schon lange jede Hoffnung aufgegeben hatte, der Inquisition lebend zu entrinnen, war er entschlossen, einen ehrenvollen Tod zu finden.

Zu seinen Bedingungen. Und möglichst von eigener Hand.

Die zweite Schicht schikanöser Kerkerwärter arbeitete die Nacht hindurch. Das war der abergläubische Haufen. Bedingt durch ihre gespenstische Aufgabe, die stöhnenden und schreienden Insassen des schlaflosen Dunkels zu bewachen, führten sie ständig Gebetsrituale aus, benutzten Weihwasser und andere sakramentale Utensilien und bekreuzigten sich wiederholt, wann immer ihre schwitzenden Gesichter am Türgitter einer Zelle auftauchten. Gonji fand ihre selbstgerechte frömmlerische Haltung zunächst unerträglich, lernte aber rasch, sie zu ignorieren.

Die dritte Schicht, die Morgenmannschaft unter einem gewissen Feldwebel Morales, umfasste die einzigen Wärter, die ein gewisses Maß Menschlichkeit an den Tag legten. Grimmig und schweigsam versahen sie ihren Dienst, und Gonji lernte allmählich, Morales, dem Mann mit dem traurigen Blick, zu vertrauen. Wie sich zeigte, war er der einzige Wärter, der die Gefangenen im Kerkerblock grüßte und sich nach ihrem Befinden erkundigte. Morales war es auch, der höflich, wenn auch ablehnend, Gonjis tägliche Bitten um das *Seppuku*-Schwert und Schreibmaterial vernahm.

Die Tagschicht war die einzige, von der der Samurai eine Mahlzeit akzeptierte, denn obwohl er wusste, dass sein Körper schrumpfte und er allmählich Kraft verlor, hegte er den Verdacht, dass die Abendschicht seine Mahlzeiten mit irgendetwas versetzte. Ungeachtet der Tatsache, dass das Essen ohnehin häufig schon ranzig war.

Feldwebel Morales war es, der Gonjis täglich Wasserration allmählich erhöhte, als er die Gewohnheit des Samurai bemerkte, einen Schein von Würde aufrechtzuerhalten, indem er einen Teil seines Wassers dazu benutzte, seine zerfledderte Kleidung und den Körper zu waschen.

Dieses Bemühen war vergebens. Als der Winter dem Frühling wich, stellte der Samurai mit hilflosem Abscheu fest, dass er sich Läuse zugezogen hatte.

Als Gonji eines Nachts an einem Frühlingsvollmond gerade einschlief, platzten Soldaten in seine Zelle. Sie weckten ihn, und ein Priester in ihrer Begleitung kommandierte mit Handbewegungen zwei Novizen, die Gewänder in sehr unterschiedlichen Farben in Händen hielten.

»Such dir eines davon aus, Hexer!«, verlangte der Priester.

Gonji erhob sich lustlos und nahm die Kleidungsstücke in Augenschein. Eines war hellgelb und zeigte jeweils ein blutrotes Kruzifix auf Brust und Rücken. Das andere war schwarz und mit roten Flammen und finster blickenden Teufeln verziert.

Gonji lächelte, als er sich das Schwarze aussuchte und über dem Lendenschurz anzog.

»Wie man hätte erwarten können«, leierte der Priester süffisant.

»Die Regimentsfarben meines Vaters«, entgegnete Gonji. »Und es ist interessant geschnitten.«

Ein Musketier hob den Schaft der Waffe, als wollte er ihm damit einen Stoß versetzen, aber Gonji sprang außer Reichweite und ballte die Faust. Er entspannte sie sofort, als mehrere Pistolen auf ihn gerichtet wurden.

Zum ersten Mal seit Wochen führte man ihn nach oben und aus den Kerkern heraus. Ein Hochgefühl durchströmte ihn, als er die saubere frische Luft roch, und er genoss den kalten Nachtwind. Sie führten ihn auf die Mauern des Hohen Offiziums, wo man ihn dreißig Meter über dem zentralen Platz der Stadt auf einer Mauerzinne des Alcazar festband. Zwei Wachtposten bauten sich beiderseits von ihm auf und hielten Schilde vor ihn, vermutlich um zu verhindern, dass er von unten erschossen wurde.

Ein bärtiger Ordensbruder in braunem Habit stand an der Schießscharte neben ihm. »Rufe ihn«, verlangte dieser. »Rufe nach Simon, deinem Vertrauten, auf dass er dich erlöse. Jetzt hast du deine Chance. Erprobe deine dunkle Macht gegenüber jener der Kirche.«

Gonji erwiderte den Blick des *Donado*, der ihm unheilvoll bekannt schien. Trotzdem war der Samurai sicher, dass er ihn nie zuvor gesehen hatte.

»Rufe *du* ihn«, erwiderte der Samurai. »Er nascht gern Mönche.«

Der Bruder zischte ihn durch zusammengebissene Zähne an und entfernte sich.

Die ganze Nacht hindurch lauschte Gonji den Spottrufen von den Straßen unter ihm. Hin und wieder pfiff ein Pfeil vorbei oder prallte ein Stein klappernd an die Granitwälle. Unruhe breitete sich jeweils aus, wenn Soldaten die auf den Straßen wachsende ameisenhafte Menge auseinandertrieben.

»Eine Gargouille!«, schrie jemand. »Sie haben eine neue Gargouille auf der Mauer herangezüchtet!«

Andere griffen den Ruf auf, und mit diesem Wort wurde Gonji daraufhin jeweils begrüßt, wenn man ihn in den Vollmondnächten der kommenden Monate ausstellte, wiewohl es ihn wenig kümmerte. Immerhin waren diese stimulierenden, das Leben bekräftigenden Präsentationen über der Stadt führend unter den erbärmlich wenigen Dingen, die ihn aus seiner brütenden Innenschau rissen und ihm zeigten, dass er nach wie vor unter den Lebenden weilte.

»Ohayo, Morarei-san.«

»*Buenos dias, Señor* Samurai«, antwortete Feldwebel Morales.

Sie verbeugten sich voreinander, und Gonji lächelte, als der Soldat ihm seine Morgenmahlzeit und einen Krug Wasser anbot. Der Rest ihres morgendlichen Rituals folgte in der üblichen Weise.

»Tut mir sehr leid, aber ich muss meine Bitte um das *Seppuku*-Schwert respektvoll wiederholen.«

Der Feldwebel seufzte gutmütig. »Und ich, *Señor*, bedaure sehr, Euch daran erinnern zu müssen, dass Selbstmord eine große Sünde ist. Die schlimmste aller Sünden, sagen manche. Eure Beharrlichkeit jedoch raubt meinem Widerstand die Kraft. Wäre ich in der Lage, diese Schwerter in die Hand zu bekommen, käme ich Eurer Bitte vielleicht nach ...«

»Dann muss ich aufs Neue meine ...«

Morales' Augen funkelten, als er ihn mit erhobener Hand unterbrach. »Nein, schont Euren Atem. Man gesteht Euch weiterhin kein Schreibmaterial zu. Die heikle Wahrheit ist, dass mein Anus ein gutes Stück größer wurde, seit ich Euer Ersuchen zuletzt weitergab. Es heißt, Ihr könntet mit Feder und Papier womöglich einen Zauber niederschreiben, der uns alle in den Wahnsinn treibt, versteht Ihr? Hm, zum Beispiel diese Figuren, die Ihr dort drüben in die Wand geritzt habt. Oh, und – man hat mir offiziell verboten, mit Euch zu sprechen. Es heißt, Eure Zauber trübten schon meine Gedanken. Ich benähme mich höchst unsoldatisch.«

Morales grinste.

»*Domo, Señor*«, sagte Gonji und verbeugte sich knapp, »für die Mühen, die Ihr mir zuliebe auf Euch genommen habt.«

»Ahh!« Morales machte eine abschätzige Handbewegung. »Ihr gehört nicht an diese elende Stätte. Ich bin mehr als einem Soldaten begegnet, der früher an Eurer Seite gedient hat. Fast ausnahmslos schwören sie auf Eure Tapferkeit und Euer Ehrgefühl. Und was ein ehrenvoller Mann an Überzeugungen im Herzen hegt, das ist allein seine Sache, soweit es mich angeht. Versucht nur nicht, meine Kinder mit Euren dreckigen fernöstlichen Methoden umzudrehen! So, hier, jetzt speist ordentlich und rasch – Ihr werdet heute Morgen Besuch erhalten.«

Gonji folgte diesem Ansinnen und versteckte dabei den eigenen Eifer hinter einer Maske der Gleichgültigkeit. Die Neugier verzehrte ihn.

Forschend betrachtete er eine halbe Stunde später das Gesicht des Mannes, der durchs Türgitter hereinblickte. Tiefe, warme Augen von durchdringender Intensität bannten Gonjis Blick. Der Besucher hatte eine ausgeprägte Nase und ein ausgesprochen kantiges Kinn, das vom ordentlich gestutzten Bart noch betont wurde. Er war in den Fünfzigern und schon teilweise ergraut, strahlte aber die jugendliche Energie eines neugierigen Intellekts aus.

»*Señor?*«, fragte Gonji.

»Verzeiht mir, ich vergesse meine Umgangsformen, aber Ihr seid wahrhaftig ein erstaunlicher Mann. Ich bin Miguel de Cervantes Saavedra. Ich vermute nicht, dass Ihr schon von mir gehört habt. Ich bin ein Schreiberling volkstümlicher Erzählungen – nein! Ihr Kritiker! Auf meine Art bin ich ein Bilderstürmer, der die Vorstellung der Masse davon, wie sie unterhalten werden sollte, zertrümmert. Stets bestrebt, sie zu erheben, während ich sie zugleich ablenke.«

»Ein Zauberer«, sagte Gonji mit einer Spur Erheiterung. »Ihr solltet hier mit mir eingekerkert sein.«

Cervantes lachte. »*Si*, aber das ist beklagenswert, nicht wahr? Ich fürchte, diese Leute leben in schrecklicher Angst vor Euch. Ich wünschte mir, wir wären uns unter günstigeren Umständen begegnet. Hat man es Euch hier unerträglich gemacht?« Seine Augen schimmerten feucht, Niederschlag einer Aufrichtigkeit, die aus den Tiefen seiner Seele aufstieg.

Gonjis Augen wurden schmaler. »So hat sich nun mal mein Leben entwickelt. Jedes Leben bringt Mühen mit sich, die getragen werden müssen, Cervantes«, sagte er nachdenklich. »Ich kenne Euren Namen jedoch. Habt Ihr nicht Briefe mit dem verrückten Dichter Paille gewechselt?«

Cervantes zog die Brauen hoch. »*Alain* Paille? Hah! Erzählt mir bloß nicht, dass Ihr die Bekanntschaft dieses Irren gemacht habt!«

»Es sieht ganz so aus.«

»Ich habe schon länger nichts mehr von ihm gehört. Er schrieb mir, seine Stadt würde von Drachen und Hexen belagert. Hat mir sogar Auszüge eines überspannt fantasievollen, noch unvollendeten Epos geschickt, das er zum Andenken an diese Belagerung verfasst. Für Paille ist das Leben nie farbenprächtig genug. Er muss es einfach noch ausschmücken, indem er ... Gewiss seid *Ihr* jedoch nicht das Rote Schwert, um das sich diese Ereignisse drehten, dort in – wie heißt das noch? *Vedun?*«

Gonjis Lippen bildeten eine dünne Linie. Er wusste nicht, ob er lachen oder weinen sollte. »Wie könnte ich das sein? Ich bin gewiss nicht *farbenprächtig* genug, um dieser Held zu sein, der – was noch gleich? – gegen einen schwachsinnigen Riesen gekämpft hat? Der einen geflügelten Lindwurm allein mit Pfeil und Bogen angegriffen hat? Der vielleicht gar die Verteidiger der Stadt in den darunter liegenden Katakomben im Kampf gegen einen Monsterwurm anführte?«

Cervantes' spaßhafter Ton wich dem Ernst. »Ihr *seid* es! Der Asiate auf der abenteuerlichen Suche nach etwas, das der Wind des Todes genannt wird. Der vom Blödsinn des europäischen Lebens gesprochen hat, von der Blindheit gegenüber ungezählten Wundern. Erzählt mir, *Señor*, habt Ihr denn auf Eurer Suche das Geheimnis ergründen können, nach dem Ihr strebtet? Was *ist* der Wind des Todes? Ich muss erfahren, worauf die Suche eines Menschen, wie Ihr einer seid, letztlich hinausläuft. Ich habe selbst eine sehr lange Erzählung über die Suche eines Idealisten nach der Substanz seiner Träume verfasst. Erzählt mir, was Ihr gelernt habt, *por favor.*«

Gonji wusste nicht recht, ob er sich geehrt oder beleidigt fühlen sollte. Der Philosoph in ihm stellte sich jedoch der Aufgabe. »In Ordnung, *Amigo*. Ich erzähle Euch, was mir meine Suche gebracht hat. Das Ende des Wissens, die flüchtige Natur des Lebens, den Spott des Schicksals. Mit diesen Dingen wurde ich auf meiner Suche belohnt.«

Sie sprachen ausgiebig miteinander, und Cervantes entlockte Gonji Einzelheiten besonderer Abenteuer. Die ganze Zeit lang schenkte ihm der Schriftsteller gebannte Aufmerksamkeit.

»Glaubt Ihr, dass all das, was Ihr mir berichtet«, fragte Cervantes schließlich, »wirklich geschehen ist?«

Gonji dachte über diese Frage erst nach, ehe er antwortete. »Kommt es denn darauf an? Ob es nun tatsächlich geschehen ist oder eine Illusion war, ich trage heute die Folgen. Das ganze Leben erscheint mir als große, veränderliche Illusion. Es ist sehr seltsam, wisst Ihr? Manche sagen, ich sollte das Gewebe der Lügen widerrufen, aus dem mein Leben besteht. Anderer wiederum finden, ich trüge die *Schuld* an den unglaublichen Ereignissen, die ich überlebt habe. Nur ich selbst, der den Vorteil hat, die Wahrheit zu kennen, sage, dass all das vergessen werden sollte als die bedeutungslose Illusion, die es nun einmal darstellt, als flüchtige Erscheinungen der Augenblicke.«

»Eine Illusion«, wiederholte Cervantes versonnen.

Gonji lachte und zerstörte damit den Bann. »Nehmt nichts von dem, was ich sage, zu ernst, *mi amigo*, auf dass Ihr nicht dem Wahnsinn verfallt beim Versuch, einen Sinn darin zu erkennen. Das Beste, was Ihr derzeit tun könnt, wäre Euren Einfluss zu nutzen, damit ich Schreibmaterial erhalte und ebenfalls in einen Briefwechsel mit Euch treten kann.«

»Dann werde ich mein Bestes tun, *Señor.*«

Sie schieden als Freunde, und Gonji fühlte sich von dieser Begegnung aufgemuntert. Weiterhin erhielt er jedoch weder Feder noch Papier.

Nach dem Besuch Cervantes' empfand Gonji neue Hoffnung. Es schien, dass er noch nicht für das Land der Toten bestimmt war; nach wie vor musste es Menschen geben, die an ihn dachten, die sich für seine Lage interessierten. In den sich anschließenden Tagen ging der Samurai seinem täglichen Programm mit frischem Elan nach. Aufs Neue war er neugierig darauf, was die Inquisition mit ihm vorhatte. Er ging dazu über, sich innerlich selbst zu schelten, weil er sich erlaubt hatte, sich so stark in die eigenen Gedanken zurückzuziehen. Noch musste man ihn erst mit förmlichen Anklagen vor ein Tribunal stellen, aber obwohl er dem anscheinend mitfühlenden Morales mit Fragen zusetzte, war der Feldwebel entweder nicht bereit oder tatsächlich nicht in der Lage, ihm Antworten zu geben.

Als er eines Nachts im Halbschlaf lag und das Stöhnen der gerade Gefolterten unfertige Schnipsel widerwärtiger Träume erzeugte, spürte Gonji die Augen, die ihn durch das Türgitter musterten. Er raffte sich auf, kam schnell auf die Beine und ging zur Tür.

Er blickte in große, blinzelnde Augen, die sowohl Furcht als auch Feindseligkeit ausstrahlten. Gonji brauchte einen Augenblick, um sich an den Titel zu erinnern, zu dem dieses Gesicht gehörte – der Großinquisitor persönlich, der ihn mit enormem Abscheu gemustert, aber nichts gesagt hatte, als man Gonji vor so vielen Wochen nach Toledo brachte.

»Bereue, Hexer«, sagte Bischof Izquierdo bebend und stieß diese Worte mit einem völligen Mangel an Selbstvertrauen hervor, wie der Ausfall eines zaghaften Fechters. »Bereue, auf dass dir deine Sünden vergeben werden.«

»Was möchtet Ihr, das ich sage?«, fragte Gonji ernst. »Warum sperrt Ihr mich hier an diesem ehrlosen Ort ein? Wenn Ihr mir nur meine Schwerter übergeben ließet, ersparte ich Euch die Mühe, mich weiter zu misshandeln. Welche Anschuldigungen möchtet Ihr gegen mich vorbringen? *Machen wir dem ein Ende!*«

Gonji schluckte schwer und legte aufs Neue ein ruhiges Äußeres an den Tag. Er bedauerte den Ausbruch, fühlte sich dadurch aber besser. Als er sah, wie Izquierdo überrascht rückwärts stolperte, lockerte er den Griff um das Gitter, das er fest umklammert gehalten hatte. Ein Wachmann stampfte heran und schlug Gonji mit dem Schwertgriff auf die Fingerknöchel.

»Sogar die eigenen Worte verdammen dich«, erklärte der Großinquisitor. »Ketzerei, Hexerei, der abartige Wunsch nach Selbstmord – die letzte Zuflucht einer Seele, die verzweifelt.«

»Nach dem Wenigen zu urteilen, das man mir gestattet hat zu hören, möchtet Ihr, dass ich mein ganzes Leben widerrufe. Tut mir sehr leid, aber das ist völlig unmöglich. Nicht mal die katholischen Mönche, die meine Jugend mit der Lehre Iasus füllten, versuchten mir die Schwerter wegzunehmen. Sie verstanden, dass die Seele des Samurai an die Schwerter gebunden ist. *Cholèra* – warum klagt Ihr mich an? Das ist so dumm, *neh?* Ketzerei? Beim heiligen Namen Christi, ich habe nicht den leisesten Wunsch, Eure Anhänger auf einen anderen Weg zu bringen. Und was Hexerei anbetrifft, so schreibt Ihr mir viel zu viel Macht zu. Verfügte ich darüber, so hätte ich mich gewiss schon lange aus Euren Klauen befreit.«

»Lügen!«, schimpfte der Großinquisitor. »Du hast eine Spur der Sündhaftigkeit und des Gemetzels gezogen, die keine Täuschung je zu tilgen vermag. Du bist der Wind des Todes von Vedun – die Geißel Avignons – Mörder von Frauen und Kindern. Du pflegst Umgang mit Hexen und Dämonen, und selbst jetzt harrst du der Befreiung durch deinen dämonischen Vertrauten, den du *Simon* nennst!«

Gonji verzog das Gesicht, als hätte er auf einmal Schmerzen. Dann lachte er jedoch. Er wandte sich vom Gitter ab und krümmte sich, während er krampfartig kicherte. Er wandte sich dem Bischof erst wieder zu, als er die Beherrschung zurückgewonnen hatte, obwohl seine Augen nach wie vor Erstaunen spiegelten.

»Ihr habt alles dermaßen verdreht, Priester, dass ich kaum einen Ansatz finde, den Knoten aufzulösen. Jemand hat Euch mit Gift über mich gefüllt, und ich denke, dagegen existiert kein Heilmittel mehr, nicht in diesem fortgeschrittenen Stadium. Aber dieser Simon, von dem Ihr sprecht: Wisst Ihr irgendetwas über ihn? Er ist eine gepeinigte Seele, wohl wahr. Gepeinigt auf eine Art und Weise, die niemand völlig erfassen kann, denke ich. Nicht jedoch auf die Art, von der Ihr sprecht. Er ist kein dämonischer Vertrauter irgendeiner Hexe. Habt Ihr niemals von dem Wolfskind gehört, das in einem Konvent auf dem Weg Iasus großgezogen wurde?«

»*Si*«, schäumte Izquierdo, »und mit der Macht des ihm innewohnenden Dämons *zerstörte* er diesen Konvent und noch *weitere*, und wenn er kommt, um dich zu befreien, werden wir ihn erwarten! Und bei der Macht des allmächtigen Gottes, er soll *dein Schicksal teilen!*«

Izquierdo stolzierte davon.

»Dann macht ein Ende mit mir!«, brüllte Gonji ihm nach. »Bringt mir meine Schwerter oder werft mich Euren sadistischen Hunden vor! Aber befreit mich von dieser dreckigen spanischen Verderbnis! Und hier ist noch ein Gedanke, den Ihr mit in Euer dunkles Schlafgemach nehmen könnt: *Simon kommt!* Schlaft gut, Inquisitor! *Simon kommt!*«

Der Wärter schlug Gonji so heftig auf die Fingerknöchel, während der Samurai die Gitterstäbe umklammert hielt, dass dieser vor Schmerzen aufschrie.

»*Choléra* und Syphilis über dich, spanischer Abschaum! Mistkerl! Feigling!«

Lampen leuchteten im Kerkerblock auf, und hektische Aktivität folgte Gonjis Aufschrei. Augenblicke später stürmte ein Trupp Soldaten in seine Zelle und überwältigte ihn, um ihn für eine weitere Auspeitschung in die Folterkammer zu schleifen.

Gonji biss ein Stück vom Revers der Teufelsrobe und behielt es im Mund, um während dieser Prüfung nicht zu schreien. Als sie mit ihm fertig waren, täuschte er Ohnmacht vor, bis sich der Soldat, der ihm den Fingerknöchel gebrochen hatte, zu ihm herabbeugte. Gonji stieß ein ohrenbetäubendes »*Kiyai!*« aus, machte einen Sprung und versetzte diesem Soldaten einen Fußtritt unters Kinn. Der Unterkiefer des Mannes brach wie Sellerie.

Die anderen Wärter fielen über Gonji her und prügelten zur Vergeltung auf ihn ein. Sie zerrten ihn wieder an den Auspeitschungspfahl und wollten gerade aufs Neue beginnen, als ein Prälat hereinkam und sie mit schroffen Befehlen daran hinderte.

Gonji hörte durch das Klingeln in seinen Ohren, dass ein Gespräch stattfand, verstand aber kein Wort. Vage sah er, wie Hände sich seinem Gesicht näherten, erblickte die Falten der Kapuze, die der Prälat trug.

Ein kleiner Mann, der sprach – die Lippen bewegte – schwebte – mit der Dunkelheit verschmolz.

Hic jacet …

Hic jacet Sabataké Gonji, Samurai …

»Hier ruht Gonji Sabataké, Samurai, Hexenmeister, Monster von eintausend Gestalten.

Dessen Verbrechen so zahllos sind, dass sie ungenannt bleiben sollen.«

Der Frühsommer fächerte der Welt draußen warme Brisen zu. Gonji saß auf dem Boden seiner Zelle und sichtete missmutig seine morbiden Gedanken. Mit dem Sommer waren die Fliegen gekommen, und eine neue Übung ergänzte jetzt sein monotones tägliches Programm. Er pflückte die summenden Plagegeister aus der Luft und übte so Schnelligkeit und Koordination, und er konzentrierte sich dabei mehr auf die verletzte Hand, während sie allmählich heilte.

Mit der Ankunft des Sommers hatten auch die Läuse ihre Aktivität gesteigert. Desgleichen die Ratten – von denen er gerade heute Morgen in der Zelle eine totgetreten hatte, als sie versuchte, seine Mahlzeit vor ihm zu erreichen.

Als die Phase des Fliegenfangens vorüber war, gekennzeichnet durch den Wärter, der die Überreste von Gonjis Mahlzeit abräumte, stand der Samurai auf und führte seine Dehnübungen aus, um die entzündeten Gelenke zu lockern. Ihnen schloss sich die lange Folge von waffenlosen *Kata* an. Während er darin vertieft war, inzwischen von einem dünnen Schweißfilm bedeckt, bemerkte er das Gesicht, das ihm durchs Gitter zusah.

Erneut dieser kleine Priester, den er mittlerweile als Pater Martin de la Cenza kannte. Dieser *Padre* war es gewesen, der ihn einige Wochen zuvor vor dem Zorn der Nachtwärter gerettet hatte. Seitdem war de la Cenza mehrmals zu den Kerkern hinabgestiegen, um den Versuch zu machen und mit Gonji zu plaudern, aber der Samurai verweigerte hartnäckig den Gedankenaustausch. Er begegnete inzwischen allen spanischen Priestern mit Argwohn, denn sie waren es, die ihn unter diesen quälenden Umständen gefangen hielten. Ihn als irgendein unerforschliches wildes Tier betrachteten.

»Warum ahmst du die Tiere nach?«, fragte de la Cenza freundlich.

Erstaunlicherweise hielt Gonji inne, nachdem die aktuelle *Kata* abgeschlossen war. Er starrte den Priester ausdruckslos an, und dieser schien leicht erschrocken, eine Antwort von ihm zu hören.

»Man kann von den Tieren viel lernen. Ihre Geschmeidigkeit und Anmut sind schön für das Auge. Die Kunstfertigkeit des Großen Kami, *neh?*« Er näherte sich der Tür. »Warum habt Ihr ihnen Einhalt geboten?«

»Ich wollte nicht, dass sie Euch weiter verletzen.«

»Ah, *so desu ka?* Weil es Iasu gefiel, *neh?* Ihr hättet ihm noch mehr Freude bereiten können, indem Ihr die Folterung der anderen unterbindet, sodass wir alle nachts schlafen könnten.«

Der Priester nickte. »Gonji«, hob er langsam an, und seine Augen leuchteten unvermittelt auf. »Darf ich Euch Gonji nennen?«

»Gonji-*san* wäre noch höflicher. Ohnehin kann ich Euch nicht daran hindern. Ihr braucht jedoch nicht zu befürchten, dass ich Euren Namen benutze. Das verliehe mir magische Macht über Euch, *neh?*«

De la Cenza lächelte. »Nennt mich Martin – *san*. Ihr müsst mir glauben, wenn ich Euch sage, dass ich an den Folterungen nichts ändern kann. Viele von uns sind nicht damit einverstanden; trotzdem haben es unsere Oberen angeordnet.«

»Nicht jedoch Iasu.«

»Nein«, seufzte der Priester, »nicht Jesus.«

»Also *Giri«*, folgerte Gonji. »Pflicht. Dienst. Ich bin einzigartig befähigt, das zu verstehen. Natürlich verfolgt man manche Pflichten mit weniger Eifer als andere.«

Nach langem Schweigen ergriff de la Cenza erneut das Wort.

»Ich muss Euch bitten, Eurem eigenen Wohl zuliebe dieses Spiel von ›Simon kommt‹ einzustellen. Es hilft Euch in Eurer Lage nicht. Diese Person, die ihr da nennt, genießt außerdem ebenfalls die besondere Aufmerksamkeit der Inquisition.«

Gonji lachte freudlos in sich hinein. »*Hai*. Diese Leute richten ihre ganze Kraft weiterhin in alle falschen Richtungen.«

»Gibt es ihn wirklich? Wird er kommen?«, fragte der Prälat ernsthaft.

»Es gibt ihn wirklich, aber er ist nicht, was Ihr unter ihm versteht. Obwohl er für die Krieger Iasus interessant ist. Ich kann mir jedoch nicht vorstellen, dass er ausgerechnet hierher kommt. Er scheint mit dem Klerus stets so viele Probleme gehabt zu haben wie ich.«

De la Cenza senkte den Kopf und nickte schließlich ernst. Er wandte sich ab, als wollte er gehen, stockte dann jedoch.

»Gonji-*san*, es fällt schwer, Euch das begreiflich zu machen, aber wir tun, was wir tun müssen. Es ist unsere Pflicht, Angriffe auf den Glauben abzuwehren. Manchmal scheinen die Methoden, die dabei angewandt werden – fragwürdig.« Er blickte sich um, wollte sich davon überzeugen, dass möglichst keine Soldaten diese potenziell gefährliche Äußerung mitgehört hatten.

»Ich verstehe«, sagte Gonji und sprach lauter, um den Priester zu bewegen, dass er blieb und ihn bis zum Schluss anhörte. »*Ich* glaube an die Geschichten von Christus, obwohl ich viele davon nicht verstehe. Und weil ich mich Eurem Einfluss entziehe, wollt Ihr mich vernichten. Und dann werdet Ihr die Reformatoren auf dem Kontinent vernichten und sie Euch. Was bleibt dann noch an Kraft übrig, um das Kreuz Iasus aufzurichten? Erklärt mir das, Martin-*san!*«

De la Cenza starrte längere Zeit lang auf die glibberigen Steine des Fußbodens, anscheinend von den Worten des Samurai beunruhigt. Gonji spürte, dass er eine Bresche geschlagen hatte, und setzte ihm nur umso härter zu, wobei er Gefasstheit für Eindringlichkeit opferte.

»Schickt mir meine Schwerter, damit ich diesem sinnlosen Grauen ein Ende machen kann.«

Der Bann war gebrochen. Die Augen des Prälaten weiteten sich vor Abscheu. Das waren die falschen Worte gewesen.

»Das ist vollkommen unmöglich. Ihr wisst das.« Er wandte sich erneut zum Gehen.

»Nun, dann – sorgt wenigstens dafür, dass man mich lange genug für ein Bad aus dieser gottverdammten Zelle holt! Sie können ruhig eine Kanone auf mich richten, wenn sie möchten! Mich an Händen und Füßen binden! Wisst Ihr, ich habe gehört, dass eine solcherart gefesselte Hexe auf Wasser schwimmt, während ein Unschuldiger ertrinkt. Also lasst sie mich im Namen Iasus ertränken! Ungeziefer krabbelt auf mir herum – wisst Ihr eigentlich, was für ein Gräuel das für einen Samurai ist? Dabei könnte ich zugleich sauber und entlastet werden, *neh?*«

Falten breiteten sich um Pater Martins Augen aus, als er den Schimmer in Gonjis Augen sah. Er lachte mit belegter Stimme. »Ihr seid wahrhaftig eine erstaunliche Person! Es tut mir leid, Gonji-*san*. Bislang wurde keine förmliche Anklage gegen Euch vorgebracht, obwohl gewisse Indizien für Zersetzung vorliegen. Ich *kann* Euch schlicht nicht aus diesem Kerker befreien, auf dass ich nicht selbst darin ende.«

»In Ordnung, in Ordnung«, sagte Gonji, wurde leiser und hob besänftigend die Handfläche. »Dann *dozo* – bitte schickt mir Schreibmaterial! Tag für Tag versinken meine Gedanken und Betrachtungen im Nichts dieser zeitlosen Hölle.«

»Eure Findigkeit scheint Euch in dieser Hinsicht bereits gute Dienste geleistet zu haben, wenn man die Wände Eurer Zelle betrachtet.«

Gonji warf einen verzweifelten Blick über die Schulter. »*Iyé!* Zweimal haben die Wärter meine Arbeit schon mit ihrem dummen Werkzeug zerstört. Poesie ist nur schwierig in Stein zu meißeln, und sobald sie einmal vergessen ist ...« Eine wilde Hoffnung dämmerte im flackernden Fackelschein in Gonjis Gesicht.

De la Cenza hob langsam die Hand und erteilte ihm den Segen.

»*Por favor*«, sagte er, »ertragt Eure Lage, so gut Ihr es vermögt.«

Gonji starrte auf den leeren Korridor hinaus, die Kiefer angespannt mahlend. Er fühlte sich abwechselnd dumm, verraten und zornig.

Gonji lag mit verschränkten Armen auf der stinkenden Matte und versank immer wieder mal in dem flachen Halbschlaf, der seine Art zu schlummern geworden war. Gelegentlich kratzte er sich den Bart oder den Kopf, wenn es juckte. Lauschte dabei dem Trippeln der Ratten und dem todlosen Stöhnen menschlichen Leids. Und da wurde ein weiteres Geräusch vernehmbar – ein leises Scharren außen an der Tür.

Er fuhr ruckhaft hoch, auf einen Ellbogen gestützt. Ein Gesicht wandte sich dort ruckartig mal nach oben, mal nach unten und erstarrte wie ein erschrockener Hase, als sich die Blicke beider Männer begegneten.

Ein bärtiger Mann mittleren Alters, in dessen Augen ein fiebriger Glanz flackerte.

»Ist ohnehin Zeit aufzustehen. Über der Erde ertönen die Morgengebete.« Er musterte Gonji eindringlich, während er sprach, und seine Worte klangen eher nach lauten Gedanken und weniger nach einer Äußerung, die er persönlich an den Samurai richtete.

»Wer seid Ihr?«, wollte Gonji wissen, aber er erhielt keine Antwort. »Ich fragte, wer *seid* Ihr?«

Der Mann, der den Kopf erneut mal auf-, mal abgewendet hatte, erstarrte wiederum, wie aus einem Tagtraum gerissen. »Ich sehe keinen Grund, warum ich Euch eine Antwort geben sollte.«

Gonjis Augen wurden schmal. Er stand auf und schlenderte bedrohlich auf die vergitterte Tür zu. Und obwohl der andere hinter dem Eisenportal in Sicherheit war, flog sein Kopf ruckartig zurück, als hätte man ihm eine Ohrfeige versetzt.

»Kyriakos«, sagte der Mann in einem Ton, als wiese er einen Hund zurecht. Dann blickte er erneut mal hierhin, mal dorthin. Gonji sah jetzt, dass der andere mit einem Kohlestift Skizzen auf eine Tafel zeichnete.

»Ein Grieche?«

»Ein Kreter«, korrigierte ihn der Künstler rau, verärgert über die Störungen. »Dreht Euch nach links – von mir aus gesehen rechts, *por favor.*«

»Verschwindet!«, knurrte Gonji.

Der Künstler unterbrach seine Arbeit plötzlich und blickte Gonji tief in die funkelnden Augen. »Ihr seid gar nicht so faszinierend, wie ich gehofft hatte. Warum kämpft Ihr gegen die Kirche?«

»Lasst mich in Ruhe?«

»*Warum?*«, beharrte Kyriakos.

»Warum fürchtet Ihr mich?«, stellte Gonji eine Gegenfrage.

»Euch fürchten?«, wiederholte der Künstler verächtlich. »Man möchte Eure heidnische Seele retten. Könnt Ihr das nicht begreifen?«

»Dann sagt denen, sie sollen mir meine Schwerter schicken.«

Kyriakos legte den Kopf schief, als musterte er ein seltsames Tier. »Ein heidnischer Barbar, genau wie sie gesagt haben. Ihr hättet Euch als Gegenstand eines wichtigen Erlösungsbildes erweisen können ...«

»*Verschwindet!*«

»Jetzt«, fauchte der Künstler, während er sich zurückzog, »landet Ihr vielleicht in einem finsteren Winkel der ...«

Gonji deckte ihn mit Schimpfworten ein, die jedem Seemann in den Hafenkneipen Barcelonas Ehre erwiesen hätten.

Morales näherte sich ihm und lächelte verschmitzt. »Da hast du ja einen neuen *Amigo* gewonnen, nicht wahr?«

»*Ohayo, Morarei-san.*« Gonji beherrschte sich sofort wieder.

»Weißt du eigentlich, wer das war?«

»Mir ist egal, wer ...«

»Es war der große Künstler El Greco ...«

»Vergiss das. Ich muss respektvoll darum ersuchen ...«

»Nein, nein, *Señor*, kein Selbstmord heute Morgen ...«

»Dann«, beharrte Gonji, »erlaubt man mir vielleicht ein Bad oder gibt mir wenigstens einen Hammer, damit ich mich um die Läuse kümmern kann, die in meinen nutzlosen ...«

»Nein, die Läuse bleiben ungeschoren, aber hör mal.« Morales wedelte mit der Hand, damit Gonji ihm seine ganze Beachtung schenkte. »Kommt Simon heute?«, fragte er und sprach die Worte in einem spaßhaft verschwörerischen Flüsterton.

»Wer weiß?«, sagte Gonji und spielte mit. »Wieso?«

»Wenn er kommt, verschlingt er mich dann?«

»Er zerstückelt dich vielleicht, aber er findet keinen Geschmack an verfaultem spanischem Fleisch.«

»Du beschützt mich also, wenn ich mich als dein Freund erwiesen habe, nicht wahr?«

Morales verbarg etwas, und Gonjis Neugier war geweckt.

»Worauf willst du hinaus?«

Der Feldwebel zuckte die Achseln, als wollte er das Ganze abtun, und trug dann den abgedeckten Napf mit Gonjis Frühstück und einen Krug Wasser in die Zelle. Ein grimmiger *Pistolero* behielt Gonji vom Korridor aus scharf im Auge, bis Morales sich wieder zurückgezogen und die Zellentür abgeschlossen hatte.

Gonji zog das schwarze Gewand mit den grotesken Verzierungen aus und machte sich daran, es in den Türspalt über dem Gitter zu stopfen.

»Was treibst du da?«

Gonji klappte das Gewand zur Seite und blickte hinaus. »Keine weiteren Besucher, *hm?*«

Der Feldwebel brach in Gelächter aus, und seine Heiterkeit steigerte sich noch, während er fortging. »Zu finster zum Essen.«

»Ich schaffe das schon«, erwiderte der Samurai aus der abgedunkelten Zelle. Er zog das Tuch vom Napf. Einen Augenblick später riss er das Gewand erneut zur Seite.

»*Yoi! Yoi* – gut, Morarei-*san!*«

Der Feldwebel kehrte zurück und grinste dabei immer noch.

»Von dir?«, flüsterte Gonji.

Morales schüttelte den Kopf. »Von Pater Martin – aber ich hätte es nicht bringen müssen.«

Gonji verbeugte sich vor ihm, ging zurück und verharrte in dankbarem Schweigen auf den Knien, während er mit beiden Händen über die Feder, das Tintenfass und das Papier neben seinen Speisen strich.

VIERZEHNTES KAPITEL

Als die Hitze des Sommers allmählich das Land an der Erdoberfläche erfasste, sodass die Mauersteine des Kerkers regelrecht Wärme ausdünsteten und der Schimmel an den schleimigen oberen Mauersteinen der Zellen gut gedieh, veränderte erneut etwas Gonjis stoisches Dasein.

Valentina trat in sein Leben.

Die Zelle, die seiner gegenüberlag, stand seit einigen Tagen leer, war doch der Mörder, der darin gelitten hatte, hingerichtet worden.

Eines Morgens tauchte Feldwebel Morales' Gesicht am Türgitter auf. Er traf vor der lärmenden Gruppe ein, die eine schreiende Frau in die Zelle gegenüber schleifte.

»Das wird dir gefallen«, erklärte Morales Gonji. »Etwas, worüber du schreiben kannst, hm?« Er zuckte anzüglich mit den Augenbrauen.

Gonji kratzte sich gedankenverloren, während er das Spektakel verfolgte. Er hatte noch nie solche Obszönitäten von den Lippen einer Frau vernommen.

»Dreckiger Abschaum! Ich reiße euch die *Cojones* zwischen den krummen Beinen hervor und stopfe sie euch ins Maul! Kommt schon, einer nach dem anderen! Ich lasse euch alle in den Qualen des Höllenfeuers zucken, dass euch die Pest die verschrumpelten Glieder abfaulen lässt, ihr gottverdammten …«

Die Tür wurde zugeknallt und erwischte die Frau, sodass sie auf dem Hinterteil landete. Dann wurde rasch abgeschlossen. Eine Hand mit langen Fingernägeln griff durchs Türgitter nach einem Wärter, dessen zerkratztes Gesicht schon Kunde vom Temperament der Frau ablegte.

»Ich möchte dir *La Strega* vorstellen, die Hexe«, wandte sich Morales an Gonji.

»Ich heiße Valentina de Corsia«, schimpfte sie, »und dass du das ja nicht vergisst! Obwohl ich tatsächlich eine Hexe bin, wie ihr alle bald erleben werdet. Denn ihr werdet meiner Zauberkraft nicht widerstehen können. Jeder von euch wird mich des Nachts aufsuchen, und dann wird mein Fluch *ihn vernichten!* Verdammte Mistkerle! Die Pest über euch, ihr Lumpen! Tausend Seuchen der Schmerzen und der Trübsal!«

Sie bemerkte, dass Gonji sie durch das Türgitter ansah. »Dramatisch, nicht wahr? Ich wollte schon immer Schauspielerin werden.« Sie legte den Kopf in den Nacken und lachte heiser, und eine Sekunde später verflog ihre Stimmung. »Na, worauf zum Teufel glotzt du, Schlitzauge? Möchtest du etwas, was du anglotzen kannst?«

Sie riss das Mieder ihres verschmutzten Kleids auf und kämpfte wie eine Irre damit, ehe sie aus dem ganzen Kleid heraus war und es an die Zellenwand schleuderte. Sie lehnte irgendetwas an die Tür und stieg darauf. Nachdem sie sich noch die Unterwäsche heruntergerissen hatte, stellte sie ihre üppige Oberweite zur Schau.

»Wie findest du das, Mann aus Cathay – eine doppelte Portion Vergnügen, nicht wahr? Selbst du wirst einen Weg finden, aus deiner Zelle auszubrechen und zu mir vorzudringen, und dann wirst du dir die Blattern zuziehen wie sie alle.«

»In Ordnung, La Strega«, unterbrach Morales sie, »zieh das an.« Er warf eines der schwarzen Gewänder, die mit roten Teufeln und den Flammen des Hades verziert waren, in ihre Zelle. »Jetzt hast du wirklich etwas, worüber du schreiben kannst«, wandte er sich an Gonji.

Der Samurai starrte weiterhin die neue Nachbarin an und

hoffte, dass sich nicht in seinen Zügen spiegelte, was er in den Lenden spürte. Er hatte seit Monaten keine Frau mehr erblickt, obwohl er auch die Schmerzenslaute weiblicher Gefangener gehört hatte. Diese kaum noch menschlichen Klagelaute hatten ihm jedoch dabei geholfen, nicht an fleischliche Vergnügungen denken zu müssen. Er benötigte keine zusätzliche Folter, um sich daran zu erinnern, wie scharf er vom eigentlichen Strom des Lebens abgeschnitten war. Jetzt musste er sich jedoch an eine neue Lage anpassen, und es würde nicht leicht werden. Ein hohles Gefühl lag ihm im Magen, und seine Innereien entflammten derart im Rhythmus des Begehrens, dass er zitterte. Der Atem rauschte in kurzen Zügen durch seine Nase. Er verfolgte, wie Valentina die langen, zerzausten schwarzen Haare über die Kapuze des Gewandes warf. Ihre Augen zeigten einen wilden und düsteren Ausdruck, und die Bemalung der Lippen war bei der groben Behandlung durch die Wärter verschmiert worden. Ein dünnes Blutrinnsal sickerte aus ihrer Nase. Sie wischte es oberflächlich mit dem Ärmel ab, während sie erneut auf den Korridor hinausblickte.

»Du hast wahrscheinlich recht.« Gonji ertappte sich dabei, wie ihm diese Worte über die Lippen kamen, ohne dass er nachgedacht hätte. »Auch wenn ich noch nicht weiß, wie ich es zuwege bringe.«

Sie blickte ihn einen Augenblick lang mit leerer Miene an, bis das Verstehen dämmerte, und ein mürrischer Zug legte sich auf ihre geschminkten Lippen. »Spar dir das. Du bist nicht, was ich möchte. Du hast schon genug Schwierigkeiten.«

Gonji dachte eine Zeit lang über diese Worte nach. Er konnte den Blick noch immer nicht von ihr wenden, als er sie erneut ansprach. »Was werfen sie dir vor?«

Sie stieß ein schrilles, schroffes Gelächter aus. »Den König imitieren – was interessiert dich das?« Dann schlug ihr Tonfall fast augenblicklich um. »Tut mir leid. Wir brauchen einander womöglich, um hier nicht *loco* zu werden. Verführung und Hexerei – was hast du denn erwartet? Das gilt für die meisten Frauen in diesem zugeschissenen Kerker, vermute ich – Verführung und Hexerei. Nur dass sie mich zu spät erwischt haben ...« Sie wurde lauter, brüllte regelrecht. »Euer Artilleriehauptmann hat meinen Fluch schon kennengelernt, ihr Schufte, und nichts kann ihn mehr retten!«

Gonji hörte zu, wie sie eine Zeit lang ihre Wut austobte und es schließlich müde wurde. Aber ehe er sich wieder seinen täglichen Gewohnheiten zuwandte, fiel ihm etwas ein.

»Nebenbei, *Señorita«*, setzte er La Strega auseinander, »bin ich nicht aus Cathay. Ich bin ein Samurai aus *Dai Nihon* – Japan.«

»Wirklich?«, fragte sie schalkhaft. »Soll das auch irgendetwas bedeuten?«

»Si«, antwortete er gelassen, »das tut es.«

Ihre Augen flackerten ganz leicht, aber sie sagte nichts, und Gonji ging leise zu seiner Matte, auf der er dann lange Zeit mit dem Schreibzeug saß. Er schrieb jedoch nichts, während sich die Vormittagsstunden quälend dahinschleppten.

Die Abendschicht trat ihren Dienst an und hatte den gleichen Zusammenstoß mit Valentina wie die Morgenwärter. Gonji lächelte unwillkürlich, während er den grenzenlos erfindungsreichen Tiraden lauschte, gewürzt mit ihrer giftigen Zunge. Er hörte, wie die Wärter Valentinas Verwünschungen laute Gebete und Unheilsversprechen entgegenhielten. Dann krachte Valentinas Essensnapf laut an die Wand.

Der Samurai trat ans Gitterfenster.

»Dafür bekommst du die Folterbank zu kosten, böses Frauenzimmer«, sagte ein vollgespritzter Soldat gerade.

»Steck es dir sonst wohin, du Sohn eines Schweins und einer Hündin!«

»Ist so etwas möglich?«, fragte Gonji erheitert.

»Das Gleiche gilt für dich, *señor sa-mu-rai*«, erwiderte sie.

»Es war wohl nur gut, dass du das Abendessen verweigert hast. Ich möchte dir etwas erklären. Nur der Morgenschicht kann man über den Weg trauen, was die Mahlzeiten angeht.«

»*Gracias, señor*«, sagte sie und ahmte einen anmutigen Knicks nach. »Was interessiert dich das jedoch? Dieser Abschaum kann meine Speisen mit nichts verunreinigen, womit ich nicht schon zu tun gehabt hätte.«

Gonji wandte sich verärgert ab, aber sie hielt ihn auf.

»Heh, hör mal!« Ihr Ton war jetzt leiser, aufrichtig. »Wenn ich sage, ich würde die Männer hier verfluchen, meine ich nicht dich, der du hier gefangen bist. Nur diese prahlerischen Mistkerle, die denken, sie würden die Welt beherrschen. Diejenigen, die denken, sie könnten mit jeder Frau machen, was sie wollten. Wie, sagtest du noch, lautet dein Name?«

»Ich sagte gar nichts. Nenn mich Gonji.«

»Gon-shie – was bedeutet das?«

»Es ist mein Name. Da wir in diesem Höllenloch gleichrangig sind, darfst du mich mit Gonji-*san* anreden. Oder, wenn du möchtest – da du bemerkt hast, dass ich diesen Barbaren überlegen bin –, kannst du auch Gonji-*sama* sagen.«

»Es bleibt noch abzuwarten, ob du überlegen bist, mein Lieber«, sagte sie anzüglich.

Er gluckste. »Dann Gonji-*san*. Du blickst also, wie ich bemerke, auf ein Leben voller leidvoller Erfahrungen mit der Soldatenkaste zurück, *neh?*«

Valentina seufzte bitter. »Seit ich dreizehn war. Als meine aus Mailand stammende Mutter an der Pest starb. Ich erbte ihre unwiderstehlichen italienischen Reize. Na ja, du dachtest doch sicher nicht, ich wäre erst gestern so aufgeblüht, oder? Mit dreizehn wurde ich zum Straßenkind. Unmenschen pflegten sich mit mir zu vergnügen. Manchmal konnte ich es aushalten. Bei anderen Gelegenheiten ... Letztlich lernte ich zu verabscheuen, was aus mir geworden war. Und *sie* zu verabscheuen, die mir das angetan hatten. Ich betete, fand darin aber keine Erlösung. Also ging ich dazu über, diese Männer immer und immer wieder zu verfluchen, bis mir Satan eines Tages Macht über sie schenkte. Jetzt bin *ich* es, die angreift! Ich bringe diese Leute ins Grab, wobei sie sich in Qualen winden. Natürlich braucht das Zeit, aber sie alle sterben. Ich führe einen Feldzug, siehst du? Ich habe vor, jeden Mann, den ich hasse, durch meine Berührung mit der Pest heimzusuchen und ins Grab zu bringen. Ich hinterlasse meinen Fluch mit jedem Vergnügen, das sie sich mit mir machen, und ich habe schon viele flachgelegt, wohlgemerkt.«

Gonji empfand wirkliches Mitgefühl. Zweimal öffnete er den Mund, ehe er dann sagte: »Du hast die gallische Krankheit.«

»Wovon redest du da?«, schrie sie. »Was ich habe, ist Macht – die dunkle Macht, die sie *fürchten!*«

»Nur die Macht, die schon dabei ist, die Hälfte dieses schmutzigen Kontinents zu zerstören.«

»Gallische Krankheit«, wiederholte sie verächtlich. »Was weißt du denn schon?«

Sie legte den Kopf ans Türgitter, und als sie sich erneut zu Wort meldete, klang ihre Stimme dumpf. »Kennt man sie auch in deinem Land?«

»Selten. Erst seit die Spanier kamen. Natürlich geben sie den Holländern die Schuld und diese den Engländern. In jüngster Zeit, denke ich, haben sie alle einen Waffenstillstand geschlossen und sich die Gallier als Sündenböcke ausgesucht.«

»Kann dein Volk den bösen Geist verbannen?«, fragte sie in einem Tonfall ohne Hoffnung.

»*Iyé*. Tut mir sehr leid. Es kann nicht mehr tun, als die europäischen Händler zu vertreiben.«

»Ich habe es mit Stechwinde versucht. Sie soll helfen, weißt du. Verdammt, ich bin voll mit dem Zeug! Scheiße, Pisse und

Höllenfeuer! Was schert es mich? Mein Feldzug geht weiter, mehr nicht.«

»Was es dich angeht? Gute Frage«, fand Gonji, entfernte sich von der Tür und setzte sich zu seiner Abendmeditation, was die Wärter dieser Schicht stets zu beunruhigen schien.

Er wälzte sich in kaltem Schweiß, die Dunkelheit ein fast greifbares Etwas, während er unruhig von einem Albtraum in den nächsten stolperte.

Riesigen, höhnischen Gesichtern entsprossen ungehörige Auswüchse, die nach ihm tasteten und nie Boden verloren, obwohl er lief und lief und immer wieder mit dem Schwert nach ihnen schlug, mit aller aufgestauten Wut seiner langen Gefangenschaft.

Sabataké Gonji-noh-Sadowara . . .

Er ritt wieder auf Tora, und sie übersprangen Abgründe, wie von unsichtbaren Schwingen getragen, während monströse Raubtiere mit schnappendem Gebiss auf ihn losgingen – setzten dann erneut über eine Kluft, in der die Köpfe erschlagener Feinde klapperten und ihn mit ihrer Unsterblichkeit verhöhnten.

Das Rote Schwert des Ostens . . .

Er fuhr kerzengerade hoch und hob abwehrend die Messerhand. Er hörte nur die erstickende Stille, dann ein leises Stöhnen aus einer anderen Zelle. Kein Gemurmel der Wärter.

Dann – die flüsternde Stimme aus der Zelle gegenüber:

»Schnell, Gonji-*san*, wir haben nicht viel Zeit!«

Er lief zum Türgitter und blickte forschend hinaus; er sah Valentinas besorgtes Gesicht, aber keinen Wärter.

»Sie schlafen«, sagte sie, »aber wir wissen nicht, wie lange. Wir müssen reden.«

»Worum geht es, Tina-*san?*« So nannte er sie inzwischen.

»Nenne mich nicht Valentina. Nenne mich Domingo.«

Gonjis Atem ging rau, während er seine taumelnden Gedanken zur Ordnung rief. »Domingo? Die Hexe?« Und er blickte tief in ihre verwandelten Augen und erkannte, dass es stimmte. »*Yoi!* Kannst du – kannst du uns hier herausholen?«

Sie schüttelte traurig den Kopf. »Ich fürchte nein, *mi amigo*, obwohl ich wünschte, es wäre anders. Es ist amüsant, siehst du – sie bemühen sich so angestrengt, Hexen zu ergreifen, und jetzt haben sie eine echte erwischt. Aber nicht für lange – und diese hier kam freiwillig. Es ist eine Schande, dass ich diese notleidende Frau opfern musste, um hier herein zu gelangen, aber sie war die beste Möglichkeit, die sich bot. Es war ohnehin geplant, sie festzunehmen, glaube ich, und die Menschen, die mir in ihrem Kopf Wohnstatt bieten, müssen mir eine Unvollkommenheit als Einfallstor bieten. Eine körperliche Schwäche: Pacos Einfalt, Valentinas Krankheit – so etwas muss sich als Weg anbieten.«

Gonji schüttelte den Kopf. »*Wakarimasen – no entiende* – ich verstehe nicht. Du bist jetzt hier. Du hattest die Macht hierherzugelangen. Ist dir nicht noch Macht verblieben, um den Raum zu verzerren, einen Ausgang in der Wand zu schaffen wie in deiner Zauberhecke?«

Die Hexe schloss die Augen, ein Ausdruck des Endgültigen. »Unmöglich. Die Gegend hier ist fest in der diesseitigen Sphäre verankert.«

Gonji senkte den Kopf. »Warum zum Teufel bist du dann gekommen?«, fragte er niedergeschlagen. Dann fiel ihm etwas anderes ein. »Wie ist der Angriff verlaufen? Offenkundig hast du die Spanier besiegt.«

»Was ist daran offenkundig?«, erwiderte sie. »Weißt du denn, woher ich jetzt komme? Vordergründige Annahmen sind gefährlich, wenn man mit Zauberei zu tun hat.«

Der Samurai empfand ein eigenartiges Unbehagen. Er blickte ihr tief in die Augen. Dort fand er müde Resignation. Er öffnete den Mund, um etwas zu sagen, aber sie fuhr bereits fort:

»Sie haben die Burg zerstört, Gonji-*san*. Böse Mächte haben ihnen dabei geholfen, und ich habe mich töricht selbstzufrieden verhalten. Sie vernichteten das Ergebnis von Generationen lebensfördernder Erdmagie. Und sie haben mich gleich mit vernichtet. Wie auch meine Söhne.«

»Aber wie?«

»Wie sie das vollbrachten, das ist weniger wichtig als das Warum. Deshalb besuche ich dich hier. Was den *Weg* angeht, auf dem ich gekommen bin ...« Sie erzeugte ein leises Gurgeln. »Peinlicherweise bin ich mir gar nicht sicher. Glaube mir einfach, wenn ich dir erzähle, dass man mir genug Zeit gewährt hat, um getrennt von meinem zerfetzten Körper das Land der Lebenden zu durchstreifen, auf dass ich die Dinge so sehe, wie sie sind. Und ich glaube, damit ich dich auf einen neuen Weg bringe. Die Agenten des Unbekannten Bösen sind hier stark, und sie haben dich ausgesucht, um dein Ansehen zu zerstören und dich grausam zu töten. Irgendwie muss es dir gelingen, sie zu identifizieren. Sie aufzuhalten.«

»Wie? Warum?«, fragte Gonji stockend. »Warum sollte ich mir nach den schmerzlichen Jahren, die ich hier verbracht habe, etwas daraus machen, welches Böse Europa überwältigt?«

»Weil es deine Pflicht ist.«

»Pflicht?« Gonji kniff verwundert die Augen zusammen.

»Du hast, wenn auch unabsichtlich, deinen Einfluss weit über diesen Kontinent ausgebreitet. Du hast Freunde und Anhänger, die du vielleicht noch gar nicht kennst. Und nicht nur Europa ist betroffen. Das Unbekannte Böse kennt keine Grenzen. Und, Gonji – vielleicht existiert das schreckliche Akryllon, nach dem du gefragt hast, noch immer und hat sich mit dem Bösen verbündet. Ich spreche damit nicht von ganz irdischer Schlechtigkeit, die aus bösen Absichten entsteht, wie du sie hier antriffst. Ich warne dich vor der lautlosen, tödlichen, gierigen Flut des Bösen, die danach trachtet, zu verderben und zu beherrschen und zu zerschmettern, bis von der Schöpfung nichts mehr übrig ist. Sie greift gezielt nach dir! Wirst du vor ihr fliehen?«

Gonji presste die Zähne zusammen und reckte den Hals, als er ihre berechnete Herausforderung vernahm. »Was kann ich von hier aus schon bewirken?«

»Das weiß ich nicht. Das Gleichgewicht mehrerer Interessen hält dich hier in der Schwebe. Manche dieser Interessen dienen dem Guten, andere sind irregeleitet, manche eindeutig neue Auswüchse des Unbekannten Bösen. Du musst, solange du hier gefangen sitzt, so viel in Erfahrung bringen wie nur möglich, und sobald du der Meinung bist, dass der richtige Zeitpunkt gekommen ist, musst du dich befreien und nach Afrika reisen.«

»*Afrika?* Was?«

»Vergiss nicht die Raute – die Darstellung der Sphären in meinem Turm der Zauberei –; die Raute strafft derzeit ihre Form, wird symmetrischer. Wer die Festungen an den Eckpunkten der Winkel besitzt, beherrscht die Verknüpfung der Welten und die darin enthaltenen Gebiete. Du hast die Macht des Bösen in Vedun zerschmettert, an der östlichen Spitze. Ich habe die westliche Spitze in meiner Torheit an sie verloren. Die Bergfeste an der Nordspitze ist Gegenstand eines unaufhörlichen Kampfes von Mächten, die du nicht verstehen würdest. Ich ebenfalls nicht, um ganz offen zu sprechen. Aber die *südliche* Spitze, die in der weglosen Wüste Algeriens liegt, dient als Anker. *Du musst das dortige Tor verschließen*, auf dass das Böse nicht die Macht über die Raute erlange und damit über deren Durchgänge, um nach eigenem Gutdünken alle Welten anzugreifen, die von diesen Portalen berührt werden. Und, Gonji-*san*, du brauchst Hilfe, um das zu erreichen.«

Gonji starrte sie verblüfft an und runzelte die Stirn. »Was für Hilfe?«

»Die des Pförtners natürlich«, antwortete sie mysteriös. »Dessen, der das Geheimnis der Südspitze verborgen gehalten hat.«

»Wie hast du es dann herausgefunden?«, rätselte Gonji. »Und

wenn du es geschafft hast, warum dann nicht auch diese böse Verschwörung, von der du sprichst?«

»Hmm.« Sie lächelte und wedelte mit dem Finger, mahnte ihn so, keine weiteren Fragen zu stellen. »Auf die gleiche Art, wie *du* es erfahren wirst. Und jetzt führe ich einen abschließenden Zauber aus. Ich hoffe doch, dass dieses Kind über den Gebrauch aller Finger verfügt ... *Si*, sie wird es gut machen.«

Gonji konnte wenig von dem esoterischen Zauber sehen, den die Hexe wirkte. Er vernahm ein leises Murmeln oder einen Singsang, dessen Motive sich ständig wiederholten, in einer Sprache, die ihm unbekannt war. Gelegentlich sah er ihre Hände – Valentinas Hände – in der Luft hantieren.

Unvermittelt flammte ein Leuchten in der anderen Zelle auf, begleitet von einem Geräusch, als rauschte Wind durch eine aufgestoßene Tür, die dann abrupt wieder geschlossen wurde. Dann tauchte die von der Hexe besessene Valentina erneut am Gitterfenster auf.

Sie hielt das Medaillon des Wygyll hoch.

»Ist es das, das ich getragen habe?«, fragte der Samurai erstaunt.

»Genau das. Du wirst es brauchen. Ich kann dir nicht sagen, warum, oder sie entreißen dir dieses Wissen möglicherweise durch Folter ... Sieh mich nicht so entrüstet an! Bislang haben sie dir das Schlimmste erspart, wie es scheint. Wir verstecken dies hier an der *Señorita* – die sicherste Stelle, die ich mir derzeit vorstellen kann –, und du musst sie einfach mitnehmen, sobald du dich zur Flucht entschließt.«

»Das ist Irrsinn!«, schimpfte Gonji, senkte seine Lautstärke aber gleich wieder auf einen Flüsterton, als er hörte, wie ein Wärter zu schnarchen aufhörte. »Warum kannst du mir nicht mehr Hilfe geben? Wenn du dieses Ding mit Hilfe deiner Macht hergeholt hast, warum kannst du mir dann nicht meine Schwerter schicken? Oder eine Pistole?«

Sie seufzte und schüttelte den Kopf. »Meine Macht ist geschwunden. Schon in diesem Augenblick spüre ich den erbarmungslosen Zug der Silberkordel, die meinen Geist in die Große Offenbarung hineinziehen möchte, die Antwort auf die ewigen Mysterien – möge ich Erbarmen finden! Ich hoffe, es offenbart sich nicht alles in einem tränenreichen Zusammenbruch! Ah, na ja, das, was du vollbringen wirst, wirkt sich womöglich sogar auf mich aus in der Welt, die auf mich wartet. Wer weiß es schon?

Erinnerst du dich, wie ich – wie Paco – dir einst erklärte, Neutralität wäre unmöglich? Ich habe es versäumt, auf die eigene Mahnung zu hören. Darin liegt mein tragisches Scheitern begründet. Wir leben in einer Zeit der Entscheidungen. *Du* musst dich für eine Seite entscheiden und *kämpfen!* Wie du es früher schon getan hast. Die Mächte, die das Gute unterstützen, sind verwirrt und bekämpfen sich gegenseitig. Sie benötigen die klare Schärfe deiner objektiven Sicht, Gonji. Vielleicht bist du von allen Kriegern am besten geeignet, um die Verschwörung des Bösen zu entlarven, die in der heutigen Welt jede Ordnung zerstört. Vernichte diese Verschwörung, ehe sie alle erreichbaren Welten versklavt!«

Gonji fuhr sich mit einer Hand durch die langen, struppigen Haare und dachte über all das nach. Er sah, dass Valentina zu zittern begann.

»Ich fürchte, für mich geht es zu Ende. Kämpfe gut, Gonji-*san*«, sagte die Hexe mit bebender Stimme.

»Warte, Domingo-*san!* Die Frau, Valentina – gibt es in irgendeiner Form Hilfe für sie?«

»Nein. Sie hat die Krankheit, die Fracastoro benannt hat – ah, die *Syphilis*.«

»*Hai*, die Syphiris«, wiederholte Gonji, dem es jetzt wieder einfiel. Das konzentrierte Nachdenken brachte aufs Neue sein chronisches Ausspracheproblem zu Tage. »Die Leute geben einem bösen Geist die Schuld daran.«

»*Si*«, antwortete die Hexe, die jetzt voller Angst zitterte, »der Magie wirft man gern solche scheußlichen Dinge vor … *Adios, conquistador!*«

Gonji sah, dass Valentina die Augen verdrehte und ihr Kopf nach hinten ruckte. Dann sank sie außer Sicht – langsam, wie durch einen Traumnebel hindurch.

Als bei Anbruch des Morgens der Schichtwechsel erfolgte, war Gonji keineswegs überrascht, dass er die ganze Nacht lang nicht an Schlaf gedacht hatte. Und er war auch nicht schläfrig. Erschöpft und voller nervöser Anspannung, ganz gewiss. Aber nicht auf Schlaf erpicht.

Er hörte Valentinas Stimme, als Morales eintraf, die Gefangenen begrüßte und ihnen das Frühstück brachte. Gonji blickte forschend in Valentinas Augen, die noch schwer vom Schlaf waren.

»*Buenos dias*, Gonji-*san*«, sagte sie matt und schien gar nicht bei sich zu sein. »Hast du von mir geträumt?«

»*Si*«, antwortete er. »Ich denke, das habe ich.«

»Träumen ist nicht das Gleiche wie Haben, mein Süßer. Wie sagt man ›mein Süßer‹ auf Japanisch?«

Etwas regte sich in dem Samurai. »Du kannst ›chan‹ sagen – nenne mich Gonji-*chan*.«

»Gonji-*chan*.« Sie lachte; der Klang gefiel ihr. »Und bin ich dann Val-*chan?*«

Gonji schüttelte langsam den Kopf; seine Gedanken galten nach wie vor anderen Dingen. »*Iyé*. Tina-*chan*. Der anderen Version mangelt es an Poesie.«

»*Poesie?* Hah! Jetzt hör ihn sich mal einer an!«

Gonji blickte ihr tief in die Augen und hielt die Luft an, ehe er flüsterte: »*Domingo*.«

Er sprach es nicht als Namen aus, sondern im flachen Ausdruck irgendeines beliebigen Worts.

»*Domingo?*«, fragte sie. »Sonntag? Was ist damit? Gehen wir in die Kirche?« Sie feixte ihn an, schien dann aber nachdenklich zu werden. »Habe ich letzte Nacht im Schlaf geredet?«

Gonji schluckte. »Du redest doch immer.«

»Manchmal ist das alles, was einem übrig bleibt.«

»Manchmal ist es am besten, nicht mit den eigenen Gedanken allein zu bleiben.«

Valentina warf ihm einen tadelnden Blick zu und schien beleidigt. Gonji blickte jedoch den Korridor entlang, um zu sehen, wie nahe Morales und seine Männer gekommen waren. Noch zwei Zellen auf Gonjis Seite entfernt.

»Tina-*chan*, hör mir zu!«, flüsterte er.

»*Qué?*«

»Höre mir einfach nur zu, *por favor*. Vergangene Nacht habe ich – habe ich dir etwas geschickt. Ich habe geübt, weißt du. Hab keine Angst. Sieh einfach nur nach, ob – ob du es immer noch bei dir hast.«

Sie zog eine Braue hoch und betrachtete ihn einen Augenblick lang, als hätte sie es mit einem Irren zu tun. Dann dämmerte es ihr, und sie tastete unter ihrem Gewand herum, während sich das Begreifen in ihren Zügen ausbreitete.

»*Diablo!*«, sagte sie leise. »Was hast du sonst noch gemacht? Mein Pestdämon wird dich verschlingen! Wie?« Sie schien von der Rätselhaftigkeit des Ereignisses beunruhigt.

Gonji schluckte und hob beruhigend die Hand. »Vergiss das. Ich habe nichts weiter getan, sondern es nur – nur versteckt. Du musst mir vertrauen. Es wird dir nicht schaden. Ich muss ...«

»*Ohayo*, Gonji-*san*.«

Morales stand unvermittelt vor ihm, und Gonji zeigte sofort wieder seine ausdruckslose Miene.

»*Ohayo*, Morarei-*san*. Ich muss darum bitten ...«

»Nein, alle Bitten sind erneut abgelehnt.«

»Warum gibst du ihm nicht seine Schwerter?«, murrte Valentina hinter dem Feldwebel. »Und überlässt mir dann sein Bad?«

»Ruhe, Hexe!«, rief Morales über die Schulter.

»Steck es dir sonst wohin!«

»Nun, *Amigo*«, sagte Morales, »ich habe schlechte Nachrichten, und zusätzlich habe ich noch schlechtere Nachrichten. Die schlechte Nachricht lautet, dass du einen weiteren Besucher hast, aber da du es ablehnst, Besucher zu empfangen ...«

»Einen Besucher? Wen?«

Morales schien verblüfft. »Einen Juden. Einen reichen, nach seinem Äußeren zu urteilen. Erzähle mir bloß nicht, dass du es dir noch rechtzeitig anders überlegt hast und hier unten einen Juden empfängst! Die einzigen, die wir bislang hier hatten, kamen nie wieder hinaus.«

»*Hai*, ich möchte ihn sehen, *por favor.*« Gonjis Gedanken überschlugen sich, aber er wurde aus der Sache einfach nicht schlau. Sein Schicksal war noch nie seltsamer gewesen. »Was noch?«

»Ah ... *Si*, ich fürchte, dass ich versetzt werde. Der neue Wärter in dieser Schicht wird ab morgen Feldwebel Padilla sein.« Er beantwortete Gonjis fragenden Blick negativ. »Nein, ihr werdet euch nicht verstehen. Möchtest du wirklich diesen Juden sehen? Ich dachte, ihr Samurai bliebt hartnäckig, wenn ihr einmal einen Entschluss gefasst habt ...«

»Dieses Essen ist die *schlechte* Nachricht von heute Morgen«, beschwerte sich Valentina auf der anderen Seite des Korridors.

»Sei still, Hexe, oder du bekommst die Peitsche des Folterknechts zu schmecken!«

»Das kann man so und so verstehen ...«

»Morarei-*san*«, fragte Gonji ernsthaft, »hast du irgendetwas gehört, wie unbestimmt auch immer, das die mir gegenüber bestehenden Absichten erhellen könnte?«

»Nein. Es tut mir leid. Ich kann dir nur Glück wünschen.«

Gonji verbeugte sich steif, und Morales blickte sich unbehaglich um, ehe er kurz vor ihm salutierte.

Gonji beendete seine Mahlzeit rasch, und der geheimnisvolle Besucher wurde zu ihm geführt. Der Samurai gaffte einen Augenblick lang, ehe er sich wieder fasste. Wer da mit vogelhafter Aufgeregtheit durch den Korridor marschierte und nervös über die bedrückende Umgebung des Kerkers schnalzte, das war der Kaufmann Jakob Neriah. Er wurde in Gonjis Zelle geführt.

»Ein Jude!«, schrie Valentina. »Ein Ungläubiger! Wieso spaziert *er* frei durch diesen Kerker, während *ich* hier verrotte?«

»Sei still, Valentina. Er ist ein guter Freund«, mahnte Gonji ohne Groll.

»Dein *Amigo?*«, fragte sie ungläubig. »Ich werde sofort meine Meinung von dir ändern, Schlitzauge. Erzähle deinem Freund, wie wir unsere Läuse begatten!«

Neriah starrte sie erschrocken an, bis die Tür zufiel. Die Umgebung erschütterte ihn sichtlich.

»Mögen alle guten *Kami* auf dich herablächeln, alter Mann, trotz deines unehrenhaften Berufs als Kaufmann«, sagte Gonji freundlich und verneigte sich vor ihm.

»Und möge Jahwe dir die schlimmsten Foltern ersparen, Freund Samurai«, antwortete Neriah mit bebender Stimme, »obwohl ich fürchte, mein Gebet könnte vergebens sein.« Er schlug sich auf die Brust und blickte sich in dem engen, kargen Raum um. »Und ganz gewiss weiß ich nicht, wo ich den törichten Mut gefunden habe, dich hier aufzusuchen. Wenn ich bedenke, wie gründlich sie mich durchsucht haben, schätze ich beinahe, dass sie überlegt haben, mich hierzubehalten.«

»Den Unterschied macht wohl dein Geld«, sagte Gonji und lächelte wissend, während er die gute Reisekleidung des wohlhabenden Kaufmanns musterte.

»Ja, mein Freund, wenn das nicht wäre, teilten wir die Folterbank!«

Gonji war über den Besuch des redseligen, runzligen Kaufmanns, den er seit der Zerstörung Veduns nicht mehr gesehen hatte, sowohl verblüfft als auch erfreut. Er mochte den alten Jakob, obwohl man den Samurai zu der Überzeugung erzogen hatte, dass ein Kaufmann gesellschaftlich noch unter einem Totengräber stand.

Neriah schien von der Last der Jahre noch stärker gebeugt, und wenn überhaupt, so erwies er sich als noch schwatzhafter denn je. Sie sprachen über die Siedlung, die die Überlebenden Veduns auf Land errichtet hatten, das Neriah in Österreich besaß, und über die erstaunlichen Umstände, die ihn zu Gonji geführt hatten.

»Wir holen dich hier heraus«, sagte der alte Jakob, »das werden wir, weißt du? Bei all den heiligen Stämmen, aber hier stinkt es! Wie vereinst du das mit deiner strengen Erziehung? Liebe Güte noch einmal ... Nun, weißt du, Wilfred und Genya Gundersen übermitteln dir ihre Gebete und guten Wünsche. Und die Benedettos und Monettos und – und ... Nun, hast du schon von der erstaunlichen gesellschaftlichen Bewegung gehört, die du hervorgebracht hast?«

Gonji schüttelte verständnislos den Kopf.

»Ja, nun – ob gesellschaftlich oder religiös – das ist nur unter Schwierigkeiten genau auszumachen, außer dass es dabei um Toleranz gegenüber dem Glauben anderer geht, und ich denke, dass die Bewegung im Lauf der Jahre militanter wird. Du bist inzwischen sehr verrufen, hast aber auch Anhänger in hohen Ämtern: Großherzog Friedrich in Wien und gewisse Prälaten unter den ...«

»Den Wunderrittern?«, fragte Gonji.

»Ja! Meine Güte, ihr Wirken durchdringt sogar diese christliche Knochenmühle.« Er zog ein Taschentuch hervor und putzte sich die gereizte Nase.

»Ich denke, dass diese Bewegung – oder was immer es ist – die

Ursache meines ganzen Kummers bildet. Haben die Leute es gewagt, meinen Namen im Zusammenhang mit ihren Unternehmungen zu gebrauchen?«

»Na ja, aber du *bist* schließlich der führende Einfluss hinter ihnen. Du und deine Lehren von einem Platz für jede Art zu denken und dergleichen. Du hast deine Überzeugungen doch nicht gewechselt, oder?«

»Ich weiß nicht recht, ob ich heute noch an Überzeugungen festhalte. Was meintest du mit der Bemerkung, mich aus diesem stinkenden Höllenloch herauszuholen?«

»Ah, na ja, ich weiß noch nicht genau, was sie planen. Sie haben mich aufgefordert, mich persönlich davon zu überzeugen, dass du noch lebst, wie es die Inquisition behauptet. Du hast ja keine Ahnung, was alles an Passierscheinen nötig war, um ... Oh oh! Sei guten Mutes, mein Freund! Deine kostbaren Schwerter, deine *Dai ... Dai ...*«

»*Daisho*«, flüsterte Gonji voll Staunen und war jetzt ganz aufmerksam.

»Ja! Ich habe sie für dich gerettet. Natürlich konnte ich sie nicht hierher mitbringen, aber ...«

»Du hast meine Schwerter?«, fragte Gonji mit leuchtenden Augen.

»Es ist erstaunlich, was die Kirche alles verkauft, wenn sie Geld für ihre Sache braucht. Wie es scheint, haben sie deine Hexenschwerter als frei von schwarzer Magie eingestuft, nachdem sie sie genug in Weihwasser getaucht hatten. Ich hoffe, dass sie dabei nicht verrostet sind.«

»Öle sie, *dozo*, und verwahre sie sicher.«

Neriah nickte. »Ich behalte sie bei mir, und ich plane zu bleiben, bis sich deine Lage geklärt hat. Kopf hoch! Briefe, die deine Freilassung fordern – na ja, um die Wahrheit zu sagen, sie *regnen* in Toledo nicht gerade vom Himmel, aber ...« Er breitete die Hände zu einer Geste aus, die Gonji keinen Trost bot. »Weißt du, Gonji, du bist ein höchst ungewöhnlicher *Goy* – ein Heide, soll das heißen. Wären da nicht deine seltsamen heidnischen Bräuche, würde ich dich auf deine Art mit – mit Moses vergleichen. Sogar Moses wurde von Heiden aufgezogen.«

»Vergiss das jetzt. Tu einfach dein Bestes, um mich hier herauszuholen, *dozo*. Da du meine Schwerter gekauft hast, kann ich die Wärter nicht mehr dazu überreden, dass sie mir gestatten, *Seppuku* zu begehen und damit dieser Ehrlosigkeit zu entrinnen.«

»Immer noch auf den Märtyrertod bedacht?«

Gonji seufzte. »Diese Aussicht ist seltsam verlockend, aber du – und andere – haben in mir Gedanken angeregt, die eher dem Leben verbunden sind. Böses ist im Gange, Neriah-*san*. Böses, das sich entschlossen hat, mich zu vernichten. Ich wüsste gern den Grund.«

Neriah nickte. »Man trifft es reichlich an, aber das Gute ebenfalls. Das Böse schwelgt in den heutigen religiösen Konflikten.«

»*Hai*, aber was habe ich damit zu schaffen? Das möchte ich erfahren.«

»Sei beruhigt«, drängte ihn der Kaufmann. »Ich muss jetzt diese Stätte verlassen, ehe ich ersticke. Soll ich deinen Freunden die Parole übermitteln?«

»Die Parole?«

Neriah bedachte ihn mit einem vertraulichen Lächeln. »*Shi-kaze* – Wind des Todes. Die Parole, die ihnen sagt, dass du sie in den Kampf gegen das Böse führen wirst, das Europa zu verschlingen droht.«

Gonji verneigte sich. »Dann ist die Parole ergangen. *Shi-kaze*.«

Jakob nickte zufrieden und wandte sich zum Gehen.

»Oh, Neriah-*san* – was ist aus Simon geworden? Hat irgendjemand ihn gesehen oder von ihm gehört?«

Der Kaufmann verzog das Gesicht, und ihn schauderte. »Niemand«, flüsterte er. »Vergiss diese gequälte Seele.«

Gonji war wieder allein. Seine Gedanken überschlugen sich,

sichteten die Erfahrungen seines Lebens, versuchten darin einen Sinn zu erkennen, sie anhand der neuen Informationen des zurückliegenden Tages abzuwägen. Nur vage bekam er mit, wie Valentina Neriah verspottete und der alte Mann mit einem Schwall von Abweisungen und vernichtender Kritik an den erbärmlichen Kerkern antwortete.

Morales trat später am Tag vors Gitterfenster, kurz vor dem Ende seiner letzten Schicht. Die beiden Männer verabschiedeten sich voneinander.

»Ein letzter Ratschlag«, krächzte Morales in einem leisen Tonfall, damit niemand mithörte. »Sie haben es dir nie erklärt, aber du hast dich für das *Sanbenito* entschieden, das von der unbußfertigen Seele kündet.«

»*Qué?*«, fragte der Samurai.

»Es könnte dir nützen, wenn du um das Gelbe bittest mit dem roten Andreaskreuz auf Brust und Rücken. Zumindest – solltest du Bußfertigkeit vortäuschen. Dir selbst zuliebe, weißt du?«

Der Hauch eines Lächelns spielte um Gonjis Lippen. »Ich bin in dieser Frage weder unbußfertig noch bußfertig.«

Morales zuckte die Achseln und ging. Sobald er fort war, dachte Gonji über etwas nach, zog dann das schwarze *Sanbenito* aus und zerriss es mit den Zähnen, die er einmal im Kreis führte, bis das Gewand etwa auf die Länge seines alten kurzen Kimonos reduziert war. Die meisten der roten Hadesflammen und teuflischen Gestalten waren mit dem unteren Teil abgetrennt. Aus der abgebissenen roten Verzierung fabrizierte er eine ausgefranste Schärpe für die Taille und ein helles *Hachi-maki*, das er sich um die Stirn band.

So ausgestattet, setzte er sich und meditierte und baute dabei frische Entschlossenheit auf.

FÜNFZEHNTES KAPITEL

Das untere Kellergeschoss der vierhundert Jahre alten steinernen Kirche am Stadtrand von Toledo hatte solche heimliche Aktivität seit der Errichtung nicht mehr erlebt, seit die almohadischen Invasoren von christlichen Truppen besiegt wurden und die maurische Macht in Spanien gebrochen war.

Heutzutage musste man nachts damit rechnen, dass Flüchtlinge in die Kirche schlichen, Glücksritter und Abweichler, die die Inquisition fürchteten und hassten. Nach sorgfältiger Prüfung wurden die Personen, die man für vertrauenswürdig hielt, zum Einzelgespräch mit dem abtrünnigen Offizier und dem religiösen Ansprechpartner Pater Marquez geführt.

Die Landlosen, die zu Unrecht Unterdrückten, die Verzweifelten.

Freunde und frühere Kameraden Gonji Sabatakés.

»De la Hoz«, stellte sich der Mann vor, während er sich vorsichtig im Kerzenlicht umsah, das den Keller erhellte. »Gabriel de la Hoz. Meine Großmutter – man beschuldigt sie, auf Hexerei beruhende Heilkräfte zu benutzen. Es heißt, dass bald mit Soldaten zu rechnen ist, die sie festnehmen. Wir wissen nicht, was wir sonst tun sollen. Sie ist keine Hexe. Ich schwöre bei allem, was heilig ist, dass …«

»Ich glaube Euch«, sagte der Offizier tröstend. »Selbst wenn ich es nicht täte, steht uns kein Urteil zu. Bindet Euch irgendetwas an Toledo? Etwas, das Eure Entschlossenheit erschüttern könnte, wenn es Zeit zum Aufbruch wird?«

»Nichts. Meine Familie wird schon heute Nacht losziehen, wenn …«

»Habt Ihr über die Gefahr nachgedacht, dass Ihr bei den vielleicht folgenden Auseinandersetzungen *sterben* könntet? Wir werden versuchen, Euch in eine sichere Zuflucht zu bringen. Das wurde arrangiert. Jedoch nur unter der Voraussetzung, dass Ihr Eure Rolle dabei spielen werdet, uns bei der Befreiung des asiatischen Kriegers zu helfen.«

De la Hoz zögerte und nickte dann entschlossen. »Ich verstehe.«

Abschließende Anweisungen wurden erteilt, und Pater Marquez spendete den Segen. De la Hoz ging, und man führte einen weiteren Mann herein. Es war ein stämmiger Bursche von zwielichtiger Erscheinung und mit einer entzündeten Narbe im Gesicht, ein Typ, wie man ihn in den Hafenkneipen des Mittelmeers reichlich antraf, wo Duelle mit Schwertern nach wie vor der beliebteste Zeitvertreib waren.

»Corsini«, stellte sich der große Räuber vor. »Mehr braucht Ihr nicht zu wissen. Ihr müsst mir einfach vertrauen, wie ich gezwungen bin, Euch zu vertrauen. Ich denke jedoch, dass ich das kann. Diese Geschichte ist einfach zu verrückt, um nicht die reine Wahrheit zu sein. Ich muss Euren *loco* Idealismus bewundern, Hauptmann.«

»*Señor* wird reichen.« Der Offizier musterte den Mann ruhig, aber argwöhnisch. »Was interessiert Euch an der Sache?«

Corsini holte eine Pfeife hervor, stopfte sie und zündete sie mit Hilfe einer Wachskerze an, während er sprach. »Ich möchte den Samurai in Freiheit sehen, wie Ihr anscheinend auch. Zwischen uns ist noch eine Wette offen.« Rauchschwaden stiegen zur niedrigen Balkendecke empor.

»Ich denke nicht, dass er unter den gegebenen Umständen in der Lage sein wird, Schulden zu bezahlen.«

»Ich bin nicht hier, um zu kassieren«, erklärte ihm Corsini, in dessen Augen unerwartete Heiterkeit funkelte. »Ich bin hier, um zu bezahlen. Er ist ein ehrenvoller *Hombre*, und ich will verdammt sein, wenn er mich nicht auch in einen verwandelt hat«, sagte er, wobei sein Blick von Erinnerungen in die Ferne gelockt wurde. »Ich schulde ihm mindestens einmal mein Leben. Das ist eine große Schuld. Also, braucht Ihr mich?«

»*Si.*« Sie schüttelten sich die Hände, und Pater Marquez trat hinzu, um seinen Anteil beizutragen.

»*Gracias*, *Señor* Salguero«, sagte Corsini. »Ich hoffe, dass Ihr Euren Ruhestand lange und in Wohlstand genießen könnt.«

Salguero dachte über Corsinis Worte nach und hoffte, dass dieser verschrobene Wunsch in Erfüllung ging. Falls es dazu kam, dann nur auf schicksalhaftem Wege, denn der Weg, den er sich gewählt hatte, war nicht von glückverheißenden Vorzeichen gesäumt. Der Überfall auf Port-Bou hatte ihm einen gesteigerten schlechten Ruf eingebracht – obwohl es ihn nicht störte, denn das Unternehmen war erfolgreich verlaufen; sie hatten ihre Familien und viele weitere Flüchtlinge herausgeholt und die Franzosen verwirrt zurückgelassen, was die Herkunft der Angreifer anging. Trotzdem dachte man in Frankreich über Vergeltungsmaßnahmen gegen Spanien nach, und das lastete schwer auf Salgueros Gewissen. Und jetzt wagten er und seine Männer es, sich in dieser Brutstätte der Inquisition gegen ihre früheren Kameraden zu erheben – und selbst die Heilige Mutter Kirche! Und all das einem einzelnen Japaner zuliebe.

Nein. Nicht nur für ihn. Für die Ideen, die er verfocht und an die die Renegaten ihrerseits glaubten. Und um die Verwirrung und das Grauen zu bekämpfen, wie es die Dunklen Mächte verbreiteten.

Inzwischen war jedoch eine Spaltung in den Reihen der Anhänger Gonjis aufgetreten. Der reiche Jude Jakob Neriah warnte davor, Feindseligkeiten zu eröffnen, und beharrte darauf, dass Geld und politischer Einfluss den Samurai auch ohne Blutvergießen befreien würden; Diplomatie wäre der richtige Weg, um sie an den Zufluchtsort in Österreich zu bringen. Salguero und Neriah lagen sich über unterschiedliche Pläne in den Haaren, und der Letztere zeigte sich umso hartnäckiger in seinen Überzeugungen, als er Gonji bei halbwegs guter Gesundheit und in lebhafter Verfassung angetroffen hatte.

Konnte man sich darauf verlassen, dass sich Neriah an die Entscheidung der Mehrheit hielt? Konnte Salguero ihm begreiflich machen, wie tief sich das Böse schon eingenistet hatte? Dass man nicht erwarten konnte, es würde seinen Griff wieder lockern, ohne dass man ihm die Hände abschlug?

Ein rempelnder Haufen ächzender Gestalten riss den Hauptmann aus seiner Grübelei.

Der riesige Soldat Buey drängte sich unter dem schmalen Torbogen hindurch und hielt dabei eine strampelnde Gestalt fest umklammert, die unter der erstickenden Kapuze gedämpfte Flüche ausstieß. Feldwebel Orozco in der Kleidung eines Stallknechts folgte ihm auf dem Fuße.

»Wir dachten, es wäre besser, wenn du dich sofort damit befasst«, erklärte Orozco, als Buey dem Mann die Kapuze herunterzog.

Es war Pablo Cardenas, der Advokat aus Barbaso.

»Also stimmt es!«, schrie Cardenas und schlenkerte den Kopf, um die verfilzten Haare aus dem Weg zu bekommen, die ihm über ein Auge fielen. »Ihr *seid* also ein Verräter an Gott ebenso wie am Vaterland!«

Salgueros Miene zeigte Verwirrung, während er Cardenas von Kopf bis Fuß musterte, und er wusste nicht recht, was er sagen sollte. Als er schließlich das Wort ergriff, war es an Orozco gerichtet. »Ich hatte euch nicht angewiesen, irgendjemanden *einzuziehen!* Cardenas, was hat das alles zu bedeuten?«

»Ihr seid der Richtige, diese Frage an *mich* zu richten, *Hauptmann!* Nicht zufrieden damit, Euch auf die Seite von Hexenmeistern und Ungläubigen zu schlagen, plant Ihr jetzt, die Kirche in einer ihrer Hochburgen zu belagern.«

»Wir planen lediglich, gewisse Ungerechtigkeiten zu beheben.«

»*Ungerechtigkeiten?* Darf ich in diesem Zusammenhang erwähnen, wie Ihr und dieser Japaner mich und meine Familie mit Euren teuflischen Listen gezwungen habt, vor unserem eigenen *Heer* zu fliehen, um unser Leben zu retten? Ich möchte nur eines wissen: Warum habt Ihr meine Kinder mit Hexerei behelligt? Liegt darin der Grund, warum dieser barbarische Mistkerl, den Ihr Euren Freund nennt, darum bat, sie in jener Nacht des vergangenen Winters zu sehen?«

Pater Marquez zischte und klatschte in die Hände, ein panischer Versuch, Cardenas' Temperamentsausbruch zu beherrschen. Fremde – und einige Soldaten – hielten sich über ihnen im Kirchenschiff auf.

Salgueros Stimme versagte, als er sich möglichst leise zu Wort meldete, und nur ein heiseres Flüstern kam heraus. »Wovon zum *Teufel* redet Ihr da?«

»Hütet Eure Zunge, *Señor*«, rügte ihn der Priester.

»Von diesem *Ding*«, antwortete Cardenas, dessen Zuversicht jedoch erschüttert war. »Diesem Stück Hexenschmuck, das man im Schlafzimmer meiner Kinder fand ...«

Er kramte den Gegenstand unter seiner Jacke hervor. Wiewohl er kleiner und somit weniger präzise gearbeitet war, stellte er trotzdem ein recht exaktes Duplikat des Wygyll-Medaillons dar, das Gonji mitgeführt hatte.

»Wir sind in der Nacht um unser Leben gerannt«, erklärte Cardenas schmerzlich. »Ich weiß nicht, wie wir ihnen entkommen sind. Ich musste meine Familie heimlich bei fernen Verwandten unterbringen. Ich habe nicht mal gewagt, meinen Lieben den Grund für unsere Flucht zu erklären. Ich konnte ihnen lediglich sagen, dass es die Gräuel des Hexenmeisters waren, die uns vertrieben hatten.«

Der Hauptmann musterte den Gegenstand. »Vielleicht hat Gonji eine Erklärung dafür.«

»Da bin ich sicher! Ich bin sicher, dass er alles erklären wird, was er über Monster und Zauberei weiß, wenn sie ihn auf dem Scheiterhaufen rösten. Und ich habe vor, Zeuge dessen zu werden.«

»Nein, *Señor*«, sagte Salguero leise, »das denke ich nicht.«

Buey schlang einen mächtigen Arm um den Hals des Mannes.

»Nein – Sakrileg!«, sorgte sich Pater Marquez und drängte sich heran, um Cardenas zu helfen.

»Nein, nein, *Padre*, er wird ihn nicht töten«, beruhigte ihn Salguero. »Setze ihn einfach außer Gefecht, Buey.«

Der Ochsenmann grinste und nickte, während er den hilflos zappelnden Advokaten aus dem Raum zerrte. Der kurze, scharfe Knall eines Schlages ertönte aus dem Vorraum. Dann hörte man Füße über Bodenfliesen schleifen.

Orozco kratzte sich am Hals, lächelte seinen Vorgesetzten an und zog wortlos und erheitert die Brauen hoch. Salguero war jedoch betrübt. Er sank schwer auf eine eisenverstärkte Kiste und legte die Stirn in Falten.

»Ein Grund mehr zur Sorge, Carlos. Ich wünschte, ich hätte davon gehört, ehe der Jude Gonji aufsuchte. Vielleicht hätte er ... *Jesus-Maria*, ich hoffe, dass wir in dieser Sache auf der richtigen Seite stehen!«

Tief in der Nacht schlich Hernando Salguero, ehemaliger Hauptmann der Ersten Katalanischen Lanzenreiter, durch die stillen verwinkelten Straßen auf dem höchsten Grund Toledos. Er durchquerte unzählige Tore, passierte ausgedehnte Herrensitze, errichtet in alter maurischer Zeit, und lauschte den Fluten des Tajo in der Ferne. Als er sich den mächtigen Türmen des Alcazar näherte, erkannte er in der Tiefe die gotischen Türme von San Juan de los Reyes sowie El Transito, die ungeweihte

Synagoge. Und in der Nähe – den brütenden Platz des Zocodover.

Der Brennende Hof. Der Hinrichtungsplatz der Inquisition.

In der Hitze vor dem Morgengrauen schauderte er, wischte sich die Stirn ab und eilte zum Treffpunkt, von wo aus man ihn zu seiner neuen Unterkunft führen würde. Diese brauchte er nur für wenige Tage, um dann erneut umzuziehen, denn nur durch solche Vorsichtsmaßnahmen könnte er seine Anonymität wahren.

Er erreichte die schmale Gasse, zu der man ihm den Weg gewiesen hatte, und zögerte am ersten Tor lange genug, um sich hinzuknien und einen schmutzigen Stiefelabsatz zu reinigen. Als er so das Signal gegeben hatte, schlenderte er weiter zum nächsten Tor.

Eine Gestalt tauchte unter dem Torbogen auf. Nicht die Person, die er erwartet hatte. Ein *Pistolero*. Das zornige Auge der Pistolenmündung war auf Salguero gerichtet.

»In Eile, *Hauptmann* Salguero?«

Er spürte, wie ihm der Atem als kurzer Stoß über die Lippen fuhr, während er einen Schritt rückwärts machte. Ein weiterer Schritt – und eine Rapierspitze wurde ihm ins Kreuz gedrückt. Noch zwei Soldaten, die Schwerter zum tödlichen Stoß bereitgehalten.

»Euer *Amigo* war ein Feigling«, erklärte der Anführer und deutete mit der Radschlosspistole hinüber.

Salguero verzog das Gesicht. Sein angehender Führer, ein liebenswürdiger Gelehrter von der Universität, hing kopfunter an einem eingemauerten Gitter. Im Licht des sinkenden Mondes stellte Salguero voller Abscheu fest, dass dunkles Blut vom Kopf des Mannes tropfte und eine sich verdickende Pfütze auf den Steinen speiste.

»Feige Mistkerle!«, knurrte der Hauptmann.

»Nein, das gilt für *Euch* – verräterischer Hund!«

Der Anführer trat schweren Schrittes auf ihn zu und schmetterte ihm den Pistolenlauf an den Unterkiefer.

Salguero erblickte einen blau-weißen Blitz; dann entschwand die Welt vor seinen Augen.

Salguero hatte, als er wieder zu sich kam, das Gefühl, dass er lange bewusstlos gewesen war. Er versuchte sich zu orientieren. Er lag auf dem Rücken, noch immer in jener Gasse, nach dem schmalen Streifen Himmel zu urteilen, der von den gewundenen Mauern umgrenzt wurde. Der Hauptmann konnte allerdings nicht lange ohne Besinnung gewesen sein, denn nach wie vor war es dunkel. Stechende Schmerzen fuhren durch die linke Gesichtsseite, wo die Beule von dem Pistolenhieb den Unterkiefer zierte.

Wo steckten die Angreifer?

Er stemmte sich auf einen Ellbogen hoch, wobei sich um ihn herum alles drehte, und sah die niedergestreckten Gestalten in der dunklen Gasse liegen.

Jesus-Maria!

»Ihr seid Hauptmann Hernando Salguero?«

Die knirschende Stimme, kehlig und nichtmenschlich, kam aus dem Schatten. Salguero blickte sich in der Dunkelheit um, bis sich seine Augen angepasst hatten. Geräuschvoll saugte er die Luft ein, als er die Konturen der riesigen Gestalt erblickte, die in einem Winkel des Torbogens kauerte. Sie verbarg sich unter einem Umhang, der rings um den Körper bis auf den Boden reichte, und hielt die Kapuze mit ungesehener Hand tief herabgezogen. Angesichts der Breite der Schultern war klar, dass diese Gestalt, wer immer sie war, selbst neben Buey riesenhaft erscheinen würde.

»*Si*«, flüsterte der Hauptmann. »Und wer seid Ihr? Habt Ihr das getan?«

»Es war nötig, Euer Leben zu bewahren, bis ich Gelegenheit fand, mit Euch zu reden. Ihr seid es, der eine Verschwörung anzettelt, um Gonji Sabataké aus dem Kerker der Inquisition zu befreien?«

Salgueros Herz hämmerte. Freund oder Feind des Samurai? Nein, für einen Feind hätte es keinen Sinn gemacht, den Hauptmann zu retten. Trotzdem spürte er eine entsetzliche Wildheit in diesem Wesen, das Wissen um einen größeren Kampf um die Vorherrschaft, der bereits tobte, während sie sprachen. Gewalt war das Wesen dieses Fremden. Wieder mal eine Täuschung, erzeugt von den Mächten des Bösen?

Nein. Das war nicht einleuchtend.

»Das *ist* mein Plan«, räumte Salguero ein. »Ist diese Angelegenheit von Belang für Euch?«

Schroffes Gelächter war die Antwort. »Von Belang?«, knurrte die Stimme. »*Si* – und notwendig. Wappnet Euch. Schreit nicht.«

Salguero drehte sich der Magen um. Die Gestalt trat aus dem Schatten hervor. Die Kapuze klappte nach hinten, und was Salguero dort sah, raubte ihm beinahe die Herrschaft über seine Schließmuskeln. Jetzt erlebte er einen Augenblick, wie ihm schon so viele Kameraden auf dem Schlachtfeld begegnet waren, laut schreiend, als es ihnen bewusst wurde.

Die Gewissheit, dass der Augenblick des Todes gekommen war.

SECHZEHNTES KAPITEL

Der neue, brutale Leiter der Tagesschicht, Feldwebel Padilla, bewies schnell seinen Hass auf Gonji.

Er reduzierte die tägliche Wasserration des Samurai so stark, dass dessen hartnäckiger Kampf um Sauberkeit erneut schwer beeinträchtigt wurde. Als es zum ersten geistigen Wettstreit zwischen den beiden kam, kapitulierte Padilla am Ende enttäuscht und schickte Gonji zur Auspeitschung. Und jedes Mal, wenn ein offizieller Vertreter des Klerus oder der Politik seinen Besuch ankündigte, um den brisanten Gefangenen zu begaffen, musste Gonji erneut eine kurze Tortur auf der Folterbank oder unter der Peitsche erdulden, um »ihm etwas von seiner Übellaunigkeit auszutreiben«, wie Padilla es gern ausdrückte.

Während sich der Sommer in die Länge zog, erschien eine wachsende Anzahl feindseliger Würdenträger, um Gonji anzustarren oder ihm Anschuldigungen an den Kopf zu werfen, die unbeantwortet blieben. Erst später fand Gonji die Identität der einen oder anderen Person heraus, und das auch nur dank Padillas rüpelhafter Bemühungen, ihn einzuschüchtern. Denn den Samurai scherte es nicht im Geringsten, dass der heilige Mann mit der näselnden Stimme und hochmütigen Miene der apostolische Nuntius war oder dass der arrogante und beleidigende Herzog von Lerma – der davonstürmte, als Gonji dessen großspuriges Auftreten mit schweigender Verachtung strafte – die führende Macht hinter der Inquisition darstellte.

Erst als Herzog Alonzo Cervera eines Tages überraschend im Kerker auftauchte, zeigte Gonji Interesse daran, mit einem seiner erlauchten Besucher zu sprechen.

Ironischerweise war Cervera seinerseits nicht geneigt, mit ihm zu reden.

Als Gonji sah, wie der Mann, dem seine jüngste Suche gegolten hatte, mit erkennbarem Schmerz durch das Türgitter blickte, weiteten sich seine Augen. Fürs Erste gab der Samurai seinen lakonischen Gleichmut auf, erhob sich und trat an die Fensteröffnung, wusste dabei aber nicht recht, welche Worte er wählen sollte. Denn hier stand sein früherer geliebter Herr, Vater der ermordeten Frau, die Gonjis ungeborenes Kind unter dem Herzen getragen hatte, ein Mann, den die barbarischen Taten eines böswilligen Wesens gegen den Samurai aufgebracht hatten – eines Wesens, das einen großen Teil der Verantwortung dafür trug, dass Gonji derzeit in so kaltes Licht getaucht war.

Um das Verhältnis zwischen ihnen zu klären, hatte der Samurai diese tödliche Reise unternommen.

»Mein Herr«, sprach Gonji ehrerbietig und verbeugte sich dabei. »Cervera-*sama* …«

»Tut es nicht«, unterbrach ihn der Herzog, dessen Miene von Seelenqualen gezeichnet war. »Ich weiß nicht, warum ich hergekommen bin. Es war ein Fehler.« Er wandte sich zum Gehen.

»*Dozo* – bitte, mein Herr. Es war kein Fehler. Ihr müsst mich anhören! Es war auf der Suche nach Euch, dass ich in diese Hölle der Lebenden geriet.«

»Wie Ihr es auch verdient habt«, antwortete Cervera über die eigene bebende Schulter hinweg. »Kehrt zurück in Eure Grube.«

»*Iyé*, es war nicht meine Schuld. Es lag an diesem *Ding*, das meine Pflicht korrumpierte, mich *täuschte*. Das Monster hat jene Tat vollbracht und die Spur des Grauens gezogen, der Ihr gefolgt seid. Bei allem, was heilig ist, denkt Ihr, ich würde *mein eigenes Kind und die Frau vernichten, die mich liebte?*«

Cervera schluchzte jetzt. »Ich – ich weiß nicht, *wozu* Ihr fähig seid. Ihr denkt anders als wir. Von jeher.«

Er stürmte davon, den Korridor entlang, und sein Verschwinden war für Gonji wie eine unvermittelte Niederlage, nachdem sich ein Sieg schon abgezeichnet hatte.

»Bei Iasu selbst!«, schrie ihm Gonji nach. »Ich schwöre Euch, dass ich dieser Verbrechen nicht schuldig bin!«

»Halt die Klappe, du schlitzäugiger Teufel!«, brüllte Padilla und fuhr mit einem Dolch am Gitterfenster entlang. »Ziehe dich dorthinein zurück zu den Ratten und Läusen.«

Gonji setzte sich auf die Matte und knirschte verbittert mit den Zähnen. Er hörte den leisen Ruf Valentinas und einen Hauch von Zärtlichkeit in ihrer Stimme, die hier fehl am Platz schien.

»Gonji-*chan?*«

»Lass mich in Ruhe, Valentina«, sagte er und zitterte förmlich vor widerstreitenden Gefühlen. »Lass mich einfach in Ruhe.«

Pater de la Cenza war tief beunruhigt vom Tenor, der in den endlosen Beratungen über das Schicksal des inzwischen berüchtigten gefangenen Samurai zum Ausdruck kam. Er suchte den Kerker in der Absicht auf, bestimmte relevante Fragen zu diskutieren, und es war das erste Mal seit Wochen, dass er Gonji besuchte.

Der Samurai schien unerklärlich feindselig und wies ihn auf diese unnachgiebige Art und Weise ab, die der Prälat inzwischen so gut kannte.

Als de la Cenza enttäuscht aufgab, stellte er überrascht fest, dass die Dirne in der Zelle gegenüber ungewöhnlich umgänglich war. Er nahm ihr die Beichte ab, obwohl er die Absolution zurückhalten musste, bis sie die Hexerei gestanden hatte, derer man sie beschuldigte. Ebensowenig konnte sie die Kommunion erhalten. Diese Mitteilung nahm sie mit finsterer Miene auf, und sie legte den üblichen Groll an den Tag, als sie sich in ihre Zelle zurückzog.

Als er sich zum Gehen wandte, erlebte er seine zweite Überraschung: Gonji rief ihn zurück, eine für diesen seltsamen Krieger sehr untypische Demonstration von innerer Umkehr.

De la Cenza grüßte und segnete ihn.

»Wie kommt es«, fragte der Samurai mit schiefem Lächeln, »dass Ihr unter all den Angehörigen des Klerus, die kommen, um mich anzugaffen, als Einziger jemals Segen spendet?«

»Nun, ich vermute, dass die anderen es als nutzlose Geste betrachten.«

»So ist es wohl«, sagte Gonji brummig. Dann setzte er mit mehr Aufrichtigkeit hinzu: »Aber Ihr vermittelt damit eine gewisse Wärme. Das stört mich überhaupt nicht.«

»*Gracias*. Ich bin sicher, dass Gott erleichtert sein wird, das zu hören.« Ein kurzes Lächeln spielte um seine Augen. Dann wurde er ernst. »Ihr seid ein ganz schönes Ärgernis für diese Leute geworden. Sie wissen nicht, was sie mit Euch machen sollen. Wisst Ihr, dass sie sich gar an den Papst wenden und um Anleitung für den Umgang mit Euch ersuchen? Der neue Innozenz – er ähnelt ganz und gar nicht jenem Papst, der die Folter genehmigte, um Schuldgeständnisse zu erhalten. Nein, nicht nach dem, was wir an Informationen erhalten. Und er ähnelt auch dem unmittelbaren Vorgänger nicht besonders. Das ist derzeit ein sehr wunder Punkt für die Heilige Mutter Kirche, Gonji-*san*. Man munkelt sehr üble Dinge über den verstorbenen Heiligen Vater, dessen Amtszeit so kurz war.« Er stellte fest, dass ihm der Mund austrocknete, wenn er über dieses heikle Thema sprach. »Seit seiner Wahl herrschte ein Klima äußerster Unterdrückung und großen Aufruhrs sowohl religiöser als auch politischer Natur. In der Hierarchie kursieren Gerüchte, denen zufolge sich eine Bewegung gebildet hat, die alle Aufzeichnungen über seine Amtszeit und sein Werk *auslöschen* möchte. So tun möchte, als hätte er nie existiert. Das ist ein beispielloser Vorgang, müsst Ihr wissen. Und er ist für Euch wichtiger, als Euch vielleicht bewusst ist. Möglicherweise hat man es Euch nie berichtet, aber Ihr selbst sowie diese Bewegung in Europa, die Ihr hervorgerufen habt, und dieses Wesen namens Simon – Ihr *alle* seid Gegenstand einer besonderen päpstlichen Bulle, die der verstorbene Heilige Vater erlassen hat. Sicher versteht Ihr, welche Bedeutung es womöglich für Euch hat, sollte sein Werk ausgelöscht werden.

Ihr – und Euer Wirken – scheint hohen Ortes viel Bestürzung hervorgerufen zu haben. Ihr habt sowohl Anhänger als auch Feinde in erlauchter Stellung. Der allererlauchtesten, könnte man vermutlich sagen, wenn man bedenkt, dass sowohl der Stellvertreter Christi *als auch* der regierende Monarch Spaniens in Fragen Eurer Verfolgung konsultiert wurden. Es wäre, denke ich, ganz in Eurem persönlichen Interesse, in bestimmten Fragen offener zu sein, als Ihr Euch bislang bereit gezeigt habt.«

Gonji schien darüber nachzudenken. Als er sich zu Wort meldete, klang er zurückhaltend. »Zum Beispiel welchen, Martin-*san?*«

»Was wisst Ihr über diese Bewegung der *Wunderritter?*«

»Die Wunderritter?« Gonji schien auf selbstgefällige Art erheitert. »Ich kann nicht glauben, dass sie solche Bedeutung haben. Ich weiß nicht einmal, wer damit begonnen hat. Mir scheint es eine Art universelle Toleranzbewegung zu sein. Mich überrascht nicht, dass Ihr Euch dem entgegenstellt, da Ihr so stur darauf beharrt, dass Euch jeder bedroht, der sich weigert, sich Eurer Knute zu unterwerfen. Was meine Rolle dabei angeht, so kann ich nur Vermutungen anstellen. Möglicherweise haben diese Leute Prinzipien der Shinto-Praxis meiner Jugend entlehnt.«

»Shinto?«, fragte de la Cenza.

»Sicherlich haben die Jesuiten Informationen darüber nach Europa übermittelt. Obwohl es recht schwierig ist, diese Prinzipien in Euren Begriffen auszudrücken.«

Und Pater Martin hörte zu, während Gonji es trotzdem versuchte, und erkannte die Gefahren in den Unklarheiten dieser Lehre, ihrer Verehrung der Ahnen, eher als der Gottes, oder so schien es zumindest, wenngleich der Asiate in dieser Hinsicht unklar oder ausweichend blieb. Der Prälat wurde sich bitter bewusst, dass Gonji es genoss, mit den anscheinend unvereinbaren theologischen Differenzen zu jonglieren, die zwischen ihnen bestanden, und keinen Widerspruch darin fand, mal den Werten der einen Seite, mal denen der anderen Reverenz zu erweisen. Ungeachtet des strengen Charakters, wie er den *Bushido*-Ehrenkodex kennzeichnete, erschien Pater Martin die kosmische Weltanschauung dieses Mannes ein unauflösliches Labyrinth zu sein, mit dem sich der Samurai nichtsdestoweniger wohlfühlte.

Pater Martin gab dieses Thema zugunsten eines noch verstörenderen auf.

»Was wisst Ihr über den *Donado* Anton Balaerik? Auf welche Weise seid Ihr mit ihm aneinandergeraten?«

Der Samurai schien jedoch tatsächlich nichts über diesen unheimlichen Mönch und dessen Orden zu wissen, obwohl de la Cenza überzeugt war, dass Balaerik den Kerker mehr als einmal aufgesucht hatte. Außerdem war Balaerik es gewesen, der darauf bestand, dass man den Samurai zu Vollmond auf den Zinnen über der Gefängnisfestung ausstellte.

Aus welcher Quelle speiste sich der unbeirrbare Fanatismus des *Donados*?

Der Prälat beschrieb Balaerik, und Gonji schien sich an etwas zu erinnern, sagte jedoch nichts weiter zu diesem Thema. Pater Martin erzählte Gonji von seiner Angst und brachte sie damit zum ersten Mal einem anderen als Gott gegenüber zum Ausdruck.

»Etwas an diesem Balaerik verstört mich zutiefst, Gonji-*san*. Er sagte eines Tages etwas in der Ratsversammlung. Etwas über unser gottgegebenes Recht, unsere theologischen Differenzen ohne heidnische Einmischung beizulegen. Niemand schien über diese Worte beunruhigt, aber mir kam unvermittelt der Gedanke, dass er genauso gut von ›unserem Recht‹ hätte sprechen können, ›uns gegenseitig im Namen Christi abzuschlachten‹. Und dann sagtet *Ihr* etwas Ähnliches, als ich Euch zum erstenmal hier unten besuchte. Ihr könnt also sehen, wie Ihr beide in meinen Gedanken unauflöslich verbunden seid.

Gonji-*san*«, fuhr er fort und offenbarte sein innerstes Grauen, »ich leide inzwischen an ernsten Bedenken. Ich fürchte, unser eigener Eifer – ja gar unsere Bösartigkeit! – gestattete es dem Bösen, für kurze Zeit sogar *auf dem Heiligen Stuhl selbst* Platz zu nehmen. Gott vergebe mir!«

Er spürte Gonjis durchdringenden Blick. »Ihr habt Eure Probleme. Ich habe meine.«

De la Cenza war getroffen. Seltsamerweise hatte er die Hoffnung gehegt, zwischen ihnen könnte in dieser düsteren Angelegenheit eine Seelenverwandtschaft bestehen. Traurig rief er nach dem Wärter, damit ihn dieser aus dem Kerkerblock geleitete.

»Wartet«, sagte Gonji. »Ich erzähle Euch sonst gern alles, das mir einfällt und das Euch helfen könnte. Ich weiß, dass Ihr Euer Möglichstes tut, um meiner Sache zu helfen. Ich benötige allerdings dringend etwas, Martin-*san*. Könnt Ihr mir mehr Papier schicken?«

»Ich sehe mal, was ich tun kann«, antwortete der Prälat und brach ab, ehe er seinen Gedanken zu Ende führte.

Er hatte dem Samurai nichts vom gerade heute gefassten Beschluss des Rates erzählt. Es schien unnötig, seinen Schlaf mit Hinweisen auf den Ernst seiner Lage noch unruhiger zu gestalten, aber der Rat hatte beschlossen, ihn wegen Hexerei anzuklagen, ohne länger auf Empfehlungen aus Rom oder Madrid zu warten.

Der Prozess war für den Tag nach dem Erntemond angesetzt. In zwei Nächten.

Gonji wurde seines Lendenschurzes beraubt, und man nahm ihm das *Hachi-maki* und das gekürzte Gewand weg, um beides zu verbrennen. Danach verlangte man von ihm, ein neues *Sanbenito* des Unbußfertigen überzustreifen. Er leistete keinen Widerstand, denn er wollte höchst ungern die Gelegenheit verlieren, einmal im Monat die Empfindungen der wirklichen Welt zu erleben, der Welt der Lebenden.

Man führte ihn auf den Wehrgang des Alcazar und band ihn zwischen den schon vertrauten Schießscharten fest. Die übliche Menge von Vollmondspöttern versammelte sich auf den Straßen vor den Mauern, aber heute Nacht traf man viel mehr blutrünstige Gaffer auf dem großen Platz des Zocodover an. Die ausgedehnte Promenade bildete den Schauplatz eines beliebten Ereignisses, das Gonji zum ersten Mal miterleben würde – ein Autodafé, die öffentliche Verbrennung verurteilter Missetäter.

Mönche mit Kapuzen trugen die Verbrechen der drei Verurteilten vor: Wucher, Mord und Hexerei. Gonji verfolgte in gebannter Faszination, wie die Menge still wurde und die Inquisitoren eine Danksagung sprachen – begleitet von den hitzigen Flüchen eines Gefangenen, der nach wie vor das schwarze *Sanbenito* des Unbußfertigen trug – er war es, dem Hexerei vorgeworfen wurde. Die beiden anderen, die die gelben Gewänder der Unterwerfung trugen, ließen nur die Köpfe hängen und schluchzten.

Gonji fand die ehrlosen Posen der drei unwürdig und geschmacklos und widmete sich der Überlegung, wie er selbst sich hielte, sollte ihm das gleiche Schicksal zuteil werden.

Die Gefangenen wurden zu den Pfosten geführt, die von erhöhten Plattformen aufragten, und Soldaten übernahmen jetzt die Vollstreckung der Urteile.

Gonji erlebte ein wildes Aufbäumen von Zorn und Trotz, als die drei wie verrückt zappelnden Gestalten in hellen Flammen aufgingen, während die Menge jubelte und sich die Menschen gegenseitig Getränke anboten. Grellbunte Kleidung wirbelte auf den Straßen in der Tiefe durcheinander, während höfische Herren und Damen in Mantillen unrhythmisch die *Seguidilla* zu der musikalischen Kakofonie tanzten, die zu Gonji emporstieg.

Er versuchte, die groteske Belustigung, die lebhaften Bilder und Geräusche, den Geruch brennenden Holzes, exotischen Parfüms und üppiger Speisen und Getränke in Einklang mit geliebten Erinnerungen aus früheren Jahren zu bringen, aber all das erschien ihm jetzt fremd.

Spanien hatte für ihn jeden Reiz verloren. Es war nur noch dekadent wie der größte Teil Europas.

Und dann warnten ihn seine Instinkte vor Gefahr. Als er über die Schulter blickte, um zu sehen, wer dort hinter ihm stand und ihn mit ruchloser Freude musterte, wusste er gleich, welche Bedeutung das ganze Ereignis hatte. Es war jetzt vollständig.

Der Brennende Hof war ein Vorgeschmack auf die Hölle, die diese Europäer fürchteten.

»Balaerik«, knirschte Gonji, als wollte er seine Zunge von einem üblen Geschmack befreien.

»Du kennst meinen Namen«, sagte der böse *Donado*. »Ich fühle mich geschmeichelt.«

»Und ich weiß, wofür du stehst, böser Priester.«

»Böse?«, fragte Balaerik in gespielter Verwirrung. »Aber was *ist* böse? Von deinem Standpunkt aus können sicherlich alle, die die Kirche repräsentieren, als böse gelten.«

»Sie sind einfach fehlgeleitet«, sagte Gonji und spürte, wie ihm der Schweiß über die Stirn lief, während Hitzewogen in ihm aufstiegen. »Du kannst meine Gedanken nicht so vernebeln, wie es dir bei Fanatikern gelingt.«

Balaerik schritt auf und ab, die Hände auf dem Rücken verschränkt, und strahlte Zuversicht und Selbstzufriedenheit aus.

»Also glaubst du, außerhalb des moralischen Universums zu

stehen«, sagte er. »Hältst dich für größer, wichtiger, befähigt, über andere zu urteilen, wie du es für richtig hältst.«

»Tue ich das?«

»Oh ja, wirklich – und du hast recht. Du bist das. Desgleichen ich und andere, die wie ich sind. Macht über die Schwachen ist alles, was im kosmischen Plan zählt. Du weißt das. Deshalb erlangtest du Bedeutung für uns, schon während deiner Jugend in *Dai Nihon*.«

Gonji erlebte, wie ihn ein elektrisierender Kälteschauer durchfuhr, der nicht auf die erste Herbstbrise zurückging. Trotz und Hilflosigkeit stritten sich in ihm. Erneut sah er sich bis über beide Ohren in die Angelegenheiten der Menschen verstrickt. Er wollte am liebsten zuschlagen, die Priester dort unten anschreien, seine Schwerter in den Händen spüren. Die bösen Mächte angreifen, die er zu lange einfach nur ertragen hatte.

Er erkannte es jetzt deutlich: Stolz und Großspurigkeit hatten ihn verlockt, den allgegenwärtigen Kampf gegen das Böse aufzugeben. Nicht die Spanier waren es, die ihn zu Fall gebracht hatten. Die eigene Gleichgültigkeit war es. Er gehörte jetzt zu diesem Land, und Domingo hatte recht gehabt – er musste sich für eine Seite entscheiden. Denn so unsicher das Gute dahinstolperte, so fest waren die Schritte des Bösen.

Und es trampelte alles auf seinem Weg nieder.

»Du kannst nicht siegen, weißt du«, erklärte Gonji verwegen. »Du konntest sie noch nicht mal überreden, mich zu beseitigen.«

»Oh, aber das konnte ich sehr wohl! Du wirst sehen. Hattest du noch keine Vorahnung der eigenen Vernichtung? Ich übe unumschränkte Macht über dich aus. Ich weiß, dass du den eigenen Tod nicht fürchtest. So lauten deine Worte. Trotzdem weigerst du dich hartnäckig zu sterben, obgleich du oft Gelegenheit hattest! Hegst du womöglich den Wunsch, dich selbst an die Spitze der Bewegung zu setzen?«

»Schmeichle dir nicht selbst, Hurensohn! Was könntest du mir schon anbieten?«

»*Macht*. Stellung. Du verstehst die Bedeutung dieser Dinge. Du brauchst nicht mehr zu tun, als mir die *Bestie* auszuliefern.«

»Simon?«, fragte Gonji und lächelte neckisch.

»Ja – Simon.« Balaerik hauchte diesen Namen hervor, als wäre er ein unerreichbares Objekt brennenden Verlangens. »Sein Vater möchte ihn zurückhaben.«

Gonji zügelte seine Wut ein ums andere Mal, nahm das temperamentvolle Erbe seiner Mutter an die Kandare, wohl wissend, dass er einen kühlen Kopf bewahren musste, um sich mit diesem Erzfeind auseinanderzusetzen. Und doch fühlte er sich die ganze Zeit lang, als würde er gleich explodieren, denn Balaerik kannte wahrscheinlich die Antworten auf unzählige Fragen, die sich in Gonji nach einem Leben voller Kämpfe gegen die Mächte des Chaos angesammelt hatten.

Iyé, räsonierte er schließlich, *stelle keine Frage, die deine eigene Schwäche verrät. Schlechte Taktik.*

Erkaufe Zeit.

»Vielleicht wartet er nur auf den richtigen Augenblick, *neh?*« Er warf diese Worte mit gespielter Sorglosigkeit in den Raum. *Jetzt – verbessere deine Lage in kleinen Schritten.* »Oder vielleicht konnte er meine Witterung einfach noch nicht aufnehmen bei all dem Schmutz, von dem ich bedeckt bin.«

Balaerik schien darüber nachzudenken. Dann leuchteten seine dunklen Augen auf, und er streckte die Hand über die Schießscharten aus, als hätte er einen Krampfanfall.

»Höre nur!«, sagte er ehrfürchtig. »Höre, wie ihre Knochen im Feuer bersten. Der Geist bleibt zurück, selbst wenn das Bewusstsein geflohen ist. Stell dir vor, wie sich das anfühlen muss, Samurai. Stell dir den Ruhm vor, den es dem starken Geist des Samurai bringen muss.«

Als Gonji seine Aufmerksamkeit von dem Anblick in der

Tiefe befreite, war Balaerik verschwunden. In diesem Augenblick glaubte der Samurai, ein fernes Heulen zu vernehmen.

Ein Wolf, der den Mond anbellte.

Obwohl er von der Vollmondtortur erschöpft war, fand Gonji keinen Schlaf, als er am nächsten Morgen in seiner Zelle lag.

Ein Untergebener Padillas brachte ihm das Frühstück, und es schien, dass die Tagschicht erneut in verspielter Stimmung war: Auf dem Teller lag ein ausgefranstes Stück rohen blutigen Fleisches; und obwohl Gonjis Kehle ausgedörrt war, mochte er nicht von dem Wasser trinken, denn er hatte den Verdacht, dass sie hineingepinkelt hatten.

Gonji saß mit verschränkten Armen und Beinen mitten in der Zelle auf dem Fußboden und verzichtete auf seine Morgenübungen, weniger aus Müdigkeit, sondern aufgrund der Freude, die es ihm bereitete, dem anzüglich hereinlugenden Wärter giftige Blicke zuzuwerfen. Padilla verlor schnell die Lust daran, ihn weiter zu schmähen, als deutlich wurde, dass Gonji nicht daran dachte, ihm die Befriedigung einer scharfen Erwiderung zu gönnen.

Vielmehr legte der Samurai die feindseligen Gedanken, die auszusprechen mehr als unnütz gewesen wäre, in seinen finsteren Blick.

Der einstweilige Großinquisitor, Bischof Izquierdo, suchte ihn an diesem Vormittag auf, gleich nachdem er Grüße mit Valentina gewechselt hatte.

Die Metze schnurrte den verdrießlichen Bischof auf diese Art und Weise an, die sie nur bei ihm zeigte, obwohl Gonji sie oft davor gewarnt hatte. Izquierdo bedrohte sie mit dem Versprechen des Höllenfeuers und trat dann, noch immer vor Wut bebend, vor Gonjis Gitterfenster.

Zitternd vor unterdrückten Gefühlen, stotterte Izquierdo ganz schön, als er seine Ansprache ausspie. »Möge Gott dich deinem bösen Gebieter ausliefern für all die Übel, die du Seiner Kirche gebracht hast. *Mögest du im tiefsten Schlund der Hölle brennen!*«

»Und wer ist *dein* Gebieter, Priester?«, feuerte Gonji zurück. »Balaerik? *Er* ist dein Feind, nicht ich. Erkennst du das nicht? Bist du zu blind, um die Wahrheit zu sehen?«

»Halt die Klappe, heidnisches Schwein!«, schrie Padilla, der neben dem Bischof stand.

Und dann zog Valentina mit Worten über sie her, denen Gonji jedoch in seiner eigenen Wut nicht zuhören konnte. Sie schrie von der Rückwand ihrer Zelle aus statt vom Gitterfenster, und als sie sich ihr zuwandten, um sie für ihre Unverschämtheit zu bestrafen, zischte der Großinquisitor erschrocken bei dem Anblick, der sich ihm bot, und wandte sich in schockiertem Anstand davon ab.

»Nein, Val!«, schrie Gonji jetzt. Zwar wusste er nicht, was sie getan hatte, aber ihm war klar, dass es ernste Folgen haben würde. »Val, *lass es gut sein!*«

Soldaten öffneten ihre Zelle und zerrten sie durch den Korridor, während sie strampelte und schrie. Dann schickte Izquierdo andere Soldaten in Gonjis feuchtkalte Zelle.

»Bringt ihn in eine andere Zelle!«, befahl der Bischof. »Löscht diese heidnischen Symbole aus.« Er deutete auf die mit japanischen Ideogrammen gefüllte Wand. Ein Soldat legte los und hämmerte mit einer Axt auf die Gravuren ein, und zerbröckelnde Scherben rieselten an der Wand herab.

»Verbrennt das!«, befahl Izquierdo als Nächstes und deutete auf den Stapel mit Lyrik, Betrachtungen und Erinnerungen des Samurai.

Man sperrte Gonji in die Zelle neben der Valentinas. Eine Zeit lang tobte er seine hilflose Wut an den Mauern des neuen Gefängnisses aus. Als seine Hände blutig und die Füße geschwollen waren, fasste er sich wieder. Mit einem langen bebenden Seufzen setzte er sich auf die feuchte Matte und sammelte seine

Gedanken und Kräfte. Mit Augen, die vor Hass brannten, sehnte er sich danach, seiner Feindseligkeit Ausdruck zu verleihen. Er rang mit der fatalistischen Entschlossenheit, den nächsten dummen Spanier umzubringen, der seine Zelle betrat.

Aber obwohl mehrere in den folgenden Stunden zu ihm hereinblickten, wagte es niemand, ihn herauszufordern.

»Tina-*chan*, haben sie dir sehr wehgetan?«, rief Gonji mit gedämpfter Lautstärke durch das Gitterfenster. Er hatte eine Zeit lang gewartet, ehe er sie anzusprechen versuchte. Sie schluchzte seit ihrer Rückkehr aus der Folterkammer.

Etwas raschelte in ihrer Zelle, und es blieb lange still, ehe Valentina mit unsicherer Stimme antwortete.

»Nicht so schlimm.« Ihre Stimme schien aus großer Ferne herüberzutreiben. Valentina lag auf dem Boden ihrer Zelle. »*Dios*, Gonji – ich wusste ja gar nicht ... All diese Male, die sie dich ausgepeitscht haben ... Ich wusste gar nicht, dass die Schmerzen schlimmer werden, sobald sie fertig sind ... Ich dachte, sie würden einen auspeitschen, und es wäre vorüber.«

Er spürte einen tiefen Stich des Mitgefühls, sagte aber nichts. Er wusste, dass es nach der Peitsche keinen Trost gab, bis man schließlich vom Vergessen des Schlafes übermannt wurde.

»Ich denke nicht ...«, begann sie aufs Neue. »Ich denke nicht, dass ich – noch lange bei dir sein werde. Sie haben geredet, weißt du.«

Er verstand. Ihr Prozess stand bevor. Er überlegte, nach dem Artefakt des Wygylls zu fragen, entschied sich aber dagegen. Allmählich erschien es ihm unwichtig.

Am nächsten Morgen weckte ein Trupp Soldaten mit ernsten Gesichtern Gonji und führte ihn aus der Zelle, die Waffen drohend angelegt. Einen Augenblick lang spielte er mit der Idee, sie anzugreifen, denn er hatte die Folterkammer satt. Dann jedoch setzten sich gesunder Menschenverstand und stoische Hinnahme durch. Wenn Neriah recht hatte und tatsächlich eine Bewegung existierte, die ihn aus den Kerkern zu befreien trachtete, denn wäre es töricht gewesen, sich zum jetzigen Zeitpunkt sinnlos zu opfern.

Er konnte Balaerik keinen so leichten Sieg gönnen. Eine Abrechnung musste stattfinden, und dazu benötigte Gonji Geduld. Mehr Fragen denn je schrien nach Antworten. Von einem war er jedoch überzeugt: Auf irgendeine Weise musste er selbst ein Stolperstein für die Mächte des Bösen und der Ungerechtigkeit geworden sein. Und sogar in seiner derzeitigen erbärmlichen Verfassung musste er sich mit knapper Not daran klammern, die Dinge in der Hand zu behalten.

Seine Neugier wurde angefacht, als man ihn am vertrauten trostlosen Flügel mit den Folterkammern vorbei und durch einen angrenzenden, schwer bewachten und befestigten Korridor in einen Block aus düsteren Gemächern in der nächsten Etage führte.

Die Eskorte wirkte heute besonders nervös und betrachtete ihn mit einem gewissen Respekt, wie er ihn lange nicht mehr erlebt hatte. Dies ungeachtet ihrer schweren Bewaffnung. Seine Träumerei wurde jedoch unvermittelt beendet. Er staunte mit großen Augen und spürte eine Flut der Erleichterung, als er allmählich bemerkte, dass hier tatsächlich sein Ziel war.

Er fand sich in einem Raum mit riesigen Fässern wieder, aus denen Dampf aufstieg. Außerdem lag dort eine Vielzahl an Reinigungsutensilien herum.

Das Bad!

Er verschwendete kaum einen Gedanken an den Grund hierfür, sondern stürzte sich voller Begeisterung in das Ritual der

Säuberung, das für den Samurai so wichtig war wie seine Meditationen.

Düstere Wachen hielten ihn umzingelt, während er sich dem Bad widmete. Er achtete nicht auf sie, abgesehen von der einen oder anderen freundlichen Bemerkung, die er an sie richtete, ohne eine Antwort zu erwarten oder zu erhalten.

Allmählich fragte er sich, ob das nicht Hinweis bot auf einen kleinen Sieg über Balaerik. Und je mehr er darüber nachdachte, desto überzeugter war er davon. Seine List mit der Behauptung, Simon müsse in die Lage versetzt werden, seine Geruchsspur unter all den anderen herauszufinden, war vielleicht der Grund für diese Entwicklung.

Er musste das einfach glauben. Musste jede kleine Befriedigung in den Mantel des Sieges kleiden.

Gonji schwelgte in der extremen Hitze des seifigen Wassers im Fass und schrubbte begeistert und wiederholt jeden Zoll an seinem Körper. Befreit vom Gestank und den Fliegen und den Läusen und dem Schlamm seines kleinen Winkels der Hölle, stellte er sich allmählich vor, dass sogar die Gedanken klarer wurden. Am intensivsten widmete er sich den Haaren und dem Bart und dem Gemächt und lachte innerlich über das Unbehagen der Wachleute an seiner schamlosen Wonne.

Waffen wurden erneut angelegt, als der Bader mit dem Rasiermesser eintraf. Die Wachen verfolgten gespannt, wie der Samurai rasiert wurde, ohne dass er sich beklagte, aber es kam zum Streit, als der Bader seine Absicht kundgab, Gonji auch den Kopf zu scheren.

Die Wachen wollten ihn gerade ergreifen und die Angelegenheit mit Gewalt klären, als Pater Martin de la Cenza eintraf. Er befahl ihnen, davon Abstand zu nehmen.

»Ich dachte mir schon, dass hier Schwierigkeiten entstehen würden. Es ist die Routinebehandlung, Gonji-*san*. Sicherlich ist es Euer Wunsch ...«

»Tut mir sehr leid, Martin-*san*«, unterbrach ihn Gonji, »aber ein rasierter Schädel ist eine schwere Beleidigung für einen Samurai. Es kennzeichnet den Verlust der Ehre, den Haarknoten aufzugeben.«

»Aber die Läuse ...«

»Ich denke, Ihr werdet feststellen, dass ich mich schon selbst darum gekümmert habe.«

Sie debattierten eine Zeit lang und gelangten zu einem Kompromiss, den Gonji akzeptabel fand: Er ließ sich die Haare kräftig zurückschneiden, vorausgesetzt, dass der Zopf dabei nicht zu stark gekürzt wurde. Vorher tauchte er erneut für einen zusätzlichen Durchgang mit einer noch stärkeren Seife im Badewasser unter. Das stufte er als einen weiteren persönlichen Triumph ein.

De la Cenza kommandierte die Wachleute auf den Korridor hinaus, und sie gehorchten nach kurzem Zögern. Der Priester zeigte sich jetzt tief besorgt.

»Ihr wisst natürlich, warum man Euch hierhergeführt hat.«

Gonji nickte ernst, während der Bader seiner Arbeit nachging.

»Man hat beschlossen, nicht auf weitere Genehmigungen zu warten. Euer Prozess wurde für heute Abend angesetzt.«

Gonji musterte ihn aus schmalen Augen. »Endlich, hm?« Er strahlte Ruhe und Zuversicht aus, obwohl er tief im Herzen nagenden Zweifel spürte. Er hatte seit dem aufmunternden Besuch Jakob Neriahs nicht mehr mit einem Prozess gerechnet. Wenn es jetzt noch verhindert werden sollte, musste das bald geschehen.

»Ihr scheint nicht besorgt«, sagte Pater Martin. »Ich wäre es an Eurer Stelle.« Er trat mit ernster Miene näher heran, aber er schien etwas für sich zu behalten – etwas, das jedoch darum kämpfte, offenbart zu werden.

Der Priester plauderte mit Gonji erst mal über dessen Verfassung – und entschuldigte sich dabei auch für den Verlust des

Schreibmaterials –, bis der Bader seine Arbeit beendet hatte und gegangen war.

»Wartet noch!«, flehte er die Wachen geradezu an, sodass sie den Samurai nicht gleich in seine Zelle zurückführten. »Gonji-*san*, hört ... Es ist zu einer Reihe von Mordtaten bei Vollmond gekommen, wobei die Opfer brutal hingeschlachtet wurden. Soldaten wurden massakriert, wie von einem wilden Tier ...« Er verstummte, sodass Gonjis Gedanken den Satz zu Ende führen konnten. »Ist es Simon?«

»Woher soll ich das wissen?«, lautete Gonjis lässige Gegenfrage. »Man gestattet mir nicht gerade, jederzeit aus meiner Zelle zu spazieren, wenn ...«

»Aber Ihr wart in jener Nacht auf dem Wehrgang«, flüsterte der Priester heiser. »Habt Ihr ihn gerufen, damit er diese Grausamkeiten begeht?«

»Grausamkeiten«, wiederholte Gonji matt. »Dieses Wort solltet Ihr Inquisitoren sorgfältig abwägen, ehe Ihr es auf jemand anderen anwendet. Ihr versteht immer noch nicht, oder? Balaerik ist Euer Feind. Er ist Satans Abgesandter in dieser – törichten Kontroverse. Und wir alle tragen die Schuld daran. Ich ebenso wie Ihr und Euer verängstigter Großinquisitor. *Balaerik!*«, wiederholte er mit der Emphase der Aufrichtigkeit. »*Er* ist Euer Feind, der Feind von uns allen.«

De la Cenza wirkte gequält. »Ist Euch klar, was Ihr mich da zu glauben auffordert? Ihr möchtet, dass ich die Partei eines mordenden *Monsters* ergreife statt die eines autorisierten Vertreters der Kirche. Und doch – und doch *glaube* ich Euch. Ich weiß jedoch nicht, was ich in dieser Hinsicht bewirken kann. Es tut mir leid.«

»*Hai*, mir auch. Was ist mit Valentina? Was geschieht mit ihr?«

Der Prälat schüttelte traurig den Kopf. »Was sie angeht, so vermag ich keinerlei Schuldgefühl aufzubringen. Eine seuchenverbreitende Metze. Ich weiß jedoch, dass Ihr einander Trost gespendet habt. Ich fürchte – auch das ist dem Rat zu Gehör gelangt. Ihr wird an Eurer Seite der Prozess gemacht.«

Gonji drückte sich ans Gitterfenster, um Valentina zu sehen, als sie vom Bad zurückgebracht wurde. Sie hielt ihrerseits Ausschau nach ihm und blickte ihm tief in die Augen. Sie wirkte seltsam kleinlaut, schien in großem Schmerz, ihr Geist gebrochen. Gonji fühlte sich dadurch leicht beunruhigt. Ihr bissiges Mundwerk und ihre energische Herangehensweise sogar an das groteske Leben im Kerker hatten ihm mehr Kraft gespendet, als er sich selbst eingestanden hatte. Ihre Haare waren jetzt kurz geschoren, und die langen Wimpern hingen leblos, als sie sich abwandte.

Ein Wärter packte den Rücken ihres schwarzen *Sanbenito* und stieß sie in die Zelle. Sie schrie vor Schmerzen auf.

»*Choléra!*«, fluchte Gonji, unbekümmert darum, dass er einem anderen den Verlust der Fassung verriet. »Warum versuchst du das nicht bei mir?«

Der Wärter stapfte heran und spuckte ihm ins Gesicht. Gonji ertrug diese tiefe Kränkung, ohne mit der Wimper zu zucken.

»Bald ist von dir nichts mehr übrig, womit man es noch versuchen könnte, Hexer.«

Gonji starrte ihn einen Augenblick lang hart an. »Dann kannst du ja gut schlafen – und von meinem todlosen Fluch träumen. Wir Hexen haben die lästige Angewohnheit, das Grab zu verlassen, wenn unvollendete Aufgaben rufen.«

Der Wachmann stieß ein verächtliches Räuspern voller Prahlerei aus und stolzierte davon.

»Tina-*chan?*«, rief Gonji laut. »Geht es dir gut?«

Er hörte, wie sie zu ihrer Tür ging.

»Gut genug für deine Absichten. Kratzt du immer noch an

den Mauern deiner neuen Zelle herum? Warum schneidest du kein Loch zu meiner hinein, das groß genug für deine asiatische Männlichkeit ist? Hat keinen Sinn mehr, jetzt noch mit etwas zu warten.«

Gonji zwang sich zu lachen, aber ihn verstörte die Teilnahmslosigkeit in ihrer Stimme, die auch ihr Versuch in derbem Humor nicht überdecken konnte.

»Val«, flüsterte er scharf und benutzte dabei eine Abkürzung ihres Namens, wie sie ihm nur unter Belastung entfuhr, »das Emblem ... Haben sie ...?«

»In meiner Matte, Gonji – innerhalb meiner Matte«, flüsterte sie zur Antwort.

Er senkte den Kopf und empfand noch tieferen Respekt vor dem Mut dieser Frau als zuvor.

SIEBZEHNTES KAPITEL

Es war ein sorgfältig zusammengestellter Albtraum der Verdammnis.

Künstliche Feuersäulen loderten bis zu den Mauerkronen rings um die Promenade des Zocodover-Platzes hinauf. Ein steifer Herbstwind peitschte und drehte die leckenden Flammen in Richtung der Stelle, wo der Brennende Hof präsidierte, an drei Seiten umstanden von der riesigen Menge aufgeregter Zuschauer, die gekommen waren, um zu verfolgen, wie der berüchtigte asiatische Hexer aus dem Weg geschafft wurde.

Obwohl die Nacht schwer auf Toledo lag, warfen die grellen Flammen ein hartes Licht auf den Platz und dräuende Schatten bevölkerten die Mauern. Der Hauptmann der Soldaten, die den Schauplatz umstellt hatten, forderte die Menge wiederholt auf, still zu sein; weitere Soldaten drängten sich auf den Mauern zwischen einem gewaltigen Arsenal an modernen Waffen. Pistolen, Musketen und Kanonen lugten von Türmen herab. Armbrüste lehnten sich aus Schießscharten.

Es war klar, dass man mit Schwierigkeiten rechnete. Gonji empfand eine wilde Schadenfreude, da er wusste, dass er die Ursache für all das war. Er konnte sich an keine noch spektakulärere Demonstration von Furcht erinnern, die er geweckt hatte.

Iyé, das stimmt nicht ganz, nicht wahr, sagte er sich in einem Anflug von Ehrlichkeit. *Sie erwarten die Ankunft Simons*.

Und Gonji spürte selbst den Kitzel der Spannung, der Gewissheit, dass sein Freund, der Lykanthrop, ihn tatsächlich aus den Klauen der Inquisition retten würde. So betrachtete er den Ablauf der Dinge mit einer Distanz, als wäre er einer der entfernteren Zuschauer, welche die unglaublichen Aussagen über ihn nur mit knapper Not verstanden.

Er stand mit Handschellen an eine Säule gefesselt, allein, fühlte sich irgendwie gottgleich, über das grimmige Drama erhaben, Teilnehmer an einem bizarren Traum.

Ein Blitz zuckte über den Himmel und entlockte der Menge Schreie, gefolgt von erleichtertem Lachen.

Der Wind drückte gegen Gonji und wehte ihm die Haare nach hinten, war wild und belebend, und die Flammensäulen verneigten sich vor dem Samurai, bedeckten den Zocodover mit züngelndem Licht und grellen Farben. Eine Kutsche geriet in Brand und wurde unter Geschrei und gebrüllten Befehlen wieder gelöscht, nachdem sie einen Teil der versammelten Menge in Aufregung versetzt hatte.

Eine kurze Pause im Ablauf des Prozesses trat ein, in der die mit dunklen Kapuzen verhüllten Priester sich berieten. Wie stets während solcher Pausen hallte der Klang der großen Pfeifenorgel unter der Kolonnade über den Platz. Düstere Melodien brachten die Luft zum Schwingen. Gonji ertappte sich erneut dabei, wie er einen gregorianischen Choral mitsummte.

Die Orgel verstummte, die Menge ebenfalls. Ein weiterer Zeuge erhob sich, um im Sinne der Inquisition auszusagen. Einer der Lanzenreiter, die seinerzeit unter Salgueros und Gonjis Befehl Barbaso verlassen hatten.

»... gebot über Monster und fliegende Dämonen ...«

Ich werde von diesem Irrsinn befreit. Ich werde ihnen jetzt jeden Moment entkommen.

»... verschwor sich mit dem Hexenmeister Domingo Negro ... sagte uns, wir alle müssten ewige Qualen erleiden, wenn wir nicht ...«

Wie?

Wieder ein neuer Zeuge. Ein Zivilist. Gonji glaubte nicht, dass er den Mann je gesehen hatte.

»Er kann sich in einen Schakal verwandeln. Ich habe es einmal im Mondlicht miterlebt ...«

Gonjis forschender Blick wanderte über die Mauern, und er vertrieb sich die Zeit, indem er die Soldaten zählte. Er hörte bei vierhundert auf.

Simon wird kommen.

»Wirkte einen Zauber der Verführung gegen meine Tochter ...«

»Tötete einen Mann mit nur einem Blick seiner Dämonenaugen ...«

»Bewirkte, dass eine Ziege mit Menschenkopf geboren wurde ...«

Jemand wird kommen.

»Sagt ihm, er soll sich in ein Tier verwandeln!«, brüllte jemand aus der Zuschauermenge.

»Wie wäre es mit einem Gorilla?«, setzte ein betrunkener Begleiter des ersten Mannes hinzu. Die umstehenden Soldaten und Priester bemühten sich, sie zum Schweigen zu bringen. Die Menge wurde jedoch lauter, während der Wein in Strömen floss.

»Nein, er wird sich nicht freiwillig für uns verwandeln!«, erklärte Anton Balaerik, während er mit dramatischer Gebärde vor den sitzenden Inquisitoren aufmarschierte. »Vielleicht lockt er jedoch noch seinen Vertrauten, den *Lobis homem*, herbei, auf dass dieser der himmlischen Gerechtigkeit überantwortet werden kann. Den Werwolf! Sag uns, wo wir ihn finden, Hexer, und rette so deine unsterbliche Seele!«

Gonji nahm nur am Rande wahr, dass er es war, auf den Balaerik deutete, an den er seine Forderung richtete.

Wie zum Teufel werden sie es bewerkstelligen?

»Obskurantismus ...«

Ich muss wachsam bleiben, auf das Signal vorbereitet sein.

»... verwirft auf grob vereinfachende Weise jeden Akt himmlischer Macht als eine Art unergründlicher Zauberei ...«

Die Nacht schleppte sich dahin.

»... wollte sogar, dass wir die Ketzer der Reformation tolerieren, bei allen Heiligen!«

Seine Kehle schmerzte vor Durst.

»... nicht mehrere Anschuldigungen zugleich. Diese Behauptung, er wäre ein Zooanthrop, ist nun völlig absurd. Kein Beweis liegt vor außer der Aussage eines verängstigten Bauern. *Por favor*, verzeiht meine ...«

Pater Martin. Wie klein du dort unten wirkst! Domo, Freund Priester, du riskierst viel, indem du es versuchst.

Eine weitere Stunde verging ohne Rettung. Gonji glaubte schon, er sähe erneut Geister. Er schüttelte den Kopf, um die sonderbare Empfindung abzuschütteln.

Herzog Alonso Cervera stieg auf das Podium der Zeugen und wirkte verlegen und seltsam fehl am Platz. Er warf Gonji nur einen kurzen Blick zu und wandte sich sofort wieder ab.

Zum ersten Mal seit Stunden erwachte in Gonji Interesse an dem, was über ihn gesagt wurde. Der Herzog sprach die Wahrheit, als er von ihrer Beziehung erzählte, von Gonjis ehrenhaftem Dienst. Er stockte, als er auf Theresa zu sprechen kam.

»Hat er nicht Eure Tochter *geschändet*, mein Herr?«, schmetterte Balaerik.

Cervera schien seine Gedanken zu ordnen, ehe er antwortete. Dann: »Nein – so war es nicht ...«

»Er hat sie verführt, und sie zeugten ein unheiliges und uneheliches Kind!«

Der Herzog stand auf, das Gesicht rot angelaufen. »*Donado*, befleißigt Euch gefälligst eines anderen Tons, wenn Ihr von meiner geliebten Tochter sprecht!«

Menschen schnappten erschrocken nach Luft.

Izquierdo zeigte mit dem Finger auf Cervera. »Bedenkt, dass Ihr mit einem Vertreter des Heiligen Offiziums sprecht.«

»*Lo siento mucho*, es tut mir sehr leid«, wandte sich Herzog Cervera an die Inquisitorenbank.

Es war jedoch Balaerik, der an ihrer Stelle reagierte, als wäre er allein angesprochen worden. »Ist schon in Ordnung. Ich verstehe, wie verstörend es für Euch sein muss, den Hexer aus solcher Nähe zu erblicken.«

Cerveras Blick zuckte zu Gonji hinüber, aber er wandte sich schnell wieder ab.

»Also wurde Eure geliebte Tochter verführt und empfing ein Kind. Und sowohl Mutter als auch Kind wurden von dem Monster getötet, in das sich dieser heidnische Hexer verwandelte!«, brüllte Balaerik.

Gonjis Stimme brüllte jedoch noch lauter und brachte den ganzen Platz zum Schweigen.

»Das ist eine Lüge!«

Der Schrei einer Frau von irgendwo außerhalb der Promenade durchbrach die Stille. Scharenweise schnappen Zuschauer nach Luft, begleitet von Schreckensrufen. Soldaten hasteten los, um nachzusehen.

Jetzt! Es muss jetzt passieren.

Gonji prüfte die Handfesseln. Nutzloser Kampf. Er blickte sich auf dem ganzen Platz um, suchte nach den heimlichen Rettern. Es zeigte sich jedoch keiner. Die Unruhe legte sich so schnell wieder, wie sie aufgebrandet war.

Balaerik bedrängte Cervera erneut. »Ist es nicht genau so, wie ich es geschildert habe, mein Herr?«

Der Herzog stand auf. »Nein …« Oh's und Ah's begleiteten seine überraschende Antwort. »Jetzt, wo ich es so dargestellt höre, seht Ihr, kann ich … Es kann nicht wahr sein. Ich weigere mich, das zu glauben, und lehne ab, dass irgendein Wort, das ich spreche, gegen diesen Mann verwendet wird.« Er trat zwei Schritte weit vom Podium herunter und blickte Gonji in die Augen. »Verzeiht mir, mein Sohn, denn ich habe zugelassen, dass mein gebrochenes Herz meine Gedanken vernebelte.«

Tiefe Erleichterung durchflutete Gonji. »*Arigato goziemashite*, mein Herr«, antwortete er mit ausgesuchter Höflichkeit, denn der Herzog hatte tatsächlich die Worte gesprochen, die zu hören Gonji so weit gereist war.

Als das aufgeregte Summen der Menge wieder unter Kontrolle war und die Orgel ihre dröhnende Grabmusik beendet hatte, wurde Gonji vom Pfahl los gemacht und auf das Zeugenpodium geführt. Angespannte Erwartung breitete sich in der abergläubischen Menge aus. Kruzifixe, Reliquien und diverse Sakramentalgegenstände wurden gezückt und zu einer grotesken Demonstration allgemeiner Abwehr der bösen Geister Gonjis hoch gehalten.

Der Samurai wappnete sich, denn er wusste, dass die Tortur der nächsten Augenblicke durchaus unerträglicher werden konnte als die gesamte Zeit der Kerkerhaft bislang.

Die einleitenden Fragen. Gonjis voller Titel, spöttisch wiederholt von einigen rüpelhaften Zuschauern. Er ertrug es, ohne mit der Wimper zu zucken.

Balaerik stand keinen Meter vor ihm und musterte ihn drohend.

»Wir alle haben die gegen dich erhobenen Anschuldigungen gehört, wie sie ein ums andere Mal an diesem Abend vorgetragen wurden. Belegt und erhärtet und wiederholt in einem endlosen Reigen, den selbst die heiligen Engel unerträglich finden müssen.«

Nicht mehr als dich, du arroganter und übler Bastard. Wo zum Teufel bleiben meine Compadres?

»Wir haben deinen eindrucksvollen Ehrentitel vernommen – Wind des Todes von Vedun, hm?« Balaerik lächelte herablassend.

Gonji biss sich auf die Zunge und schluckte mühsam.

»Aber wir bringen das jetzt zu Ende. Nur eine einzige Anschuldigung möchte ich von dir selbst beantwortet hören. Ich meine damit die Anklage, vorgebracht von keinem Geringeren als den französischen Ritter des Ordens vom ... Mein Eid hindert mich jedoch daran, den heiligsten aller Namen auszusprechen ...«

»Des Ordens vom Heiligen Geist«, vollendete ein Prälat von der langen Bank aus, auf der die kapuzenbewehrten Ankläger saßen.

»*Gracias*«, sagte Balaerik. »Die Anklage betrifft schwarze Magie, die zur Auslöschung einer Stadt bei Avignon in Frankreich führte. Schwarze Magie, von dir ausgeübt, Hexer. Du hast jeden Mann, jede Frau und jedes Kind in ...«

»Man traf keinerlei Kinder mehr in jener Stadt an«, gab Gonji zurück und beugte sich eindringlich vor. »Sie waren *von den eigenen Eltern* Satan geopfert worden – *deinem* Herrn!«

In der verblüfften Menge wurde entrüstet nach Luft geschnappt.

»Frevel!«

»Unverschämter Schweinehund!«

»Dafür wirst du brennen, du ...«

Balaerik forderte Ruhe. »Wirklich? Und kannst du auch Zeugen nennen, um diese ... diese ...«

»Du weißt, dass ich das nicht kann, sonst könntest du nicht so selbstgewiss auftreten.«

»Aber ich kann die Wahrheit dessen bezeugen, was der Ankläger sagt. Jemand möge mir helfen, *por favor* ...«

Das Publikum raunte, als der Mann, der sich aus seinen Reihen zu Wort gemeldet hatte, erkannt und von hilfreichen Händen auf die Plattform der Ankläger geführt wurde. Er war blind und hatte die Augen mit länglichen Stücken schwarzen Stoffs verbunden, was ihm eine unheimliche Ausstrahlung verlieh.

Und Gonji traute den eigenen Augen nicht. Bis er Balaeriks

Blick begegnete, in dem eine so aufreizende Selbstgefälligkeit schimmerte.

»Dieser Mann ist *tot!*« Gonji brachte kaum genügend Überzeugung auf, um diesen geflüsterten Worten wirklich Stimme zu verleihen, so sehr erschrak ihn diese Erscheinung für den Augenblick. »Ich habe ihn *getötet!*«

»*Hast* du das?« Es war eine rhetorische Frage, die Scheitern oder Selbsttäuschung andeutete.

Oder vielleicht noch etwas anderes, wie Gonji allmählich glaubte und wie er allein es bemerkte. Das Eingeständnis von etwas, das Balaerik selbst getan hatte und noch schwerer wog als die Gewalttat, die in Gonjis Aussage angedeutet war. Und als er die kapuzenbewehrten Priester schwatzen hörte und die Köpfe drehen sah, wurde ihm klar, dass sie seine Worte klar genug verstanden hatten. Gonji war seinem Ziel, sich als vollkommen unschuldig zu präsentieren, keinen Schritt näher gekommen.

In Wahrheit hatten *sowohl* Gonji *als auch* sein toter Gefährte Emeric mit diesem Zeugnis ablegenden Wiedergänger zu tun gehabt. Emeric hatte diesem die unirdischen Augen zerstört, um deren grausige Macht zu bannen, und Gonji hatte dem verdorbenen Leben des Mannes ein Ende gemacht. Zumindest hatte er das geglaubt.

»Das ist *Monsieur* Perreault. Er wird eine tragische Geschichte menschlichen Jammers vortragen. Noch das geringste Leid darin war seine grausame Blendung durch diesen Hexer und seine Helfershelfer.«

Balaeriks dramatische Ankündigung bereitete die Bühne für die Lügen des wiederbelebten Teufels. Gonji konnte schier nicht glauben, was er zu hören bekam, denn er und seine Gefährten traten an die Stelle der Übeltäter, die jene herzloseste und unmenschlichste aller bösen Taten begangen hatten, deren Zeuge er jemals geworden war.

»Meine Kleinen!«, schluchzte der untote Perreault ohne Tränen. »Geopfert, auf dass dieses Monster unheilige Kräfte gewänne ...«

»Das ist eine böse Lüge!«, brüllte Gonji. »Lasst ihn doch bei Christus schwören – jemand berühre ihn mit dem Kruzifix Christi!«

»Schweig, Hexer!«, befahl Balaerik in tödlicher Ruhe und deutete mit dem Finger auf ihn. »Sprich nicht den Heiligsten Namen aus.«

»... zwang mich zuzusehen und stach mir dann die Augen aus, damit ich für immer mit der Erinnerung an dieses letzte grauenhafte Bild leben müsse.«

»Nehmt ihm die Augenklappen ab! Seht Euch an, was darunter liegt!« Gonji verlor jetzt jede Selbstbeherrschung, als der Albtraum ihn mit nervenzermürbender Kraft packte.

»Schweig stille!«, brüllte der Großinquisitor auf Latein und führte eine Schutzgeste aus, nachdem er sich von der Bank erhoben hatte.

»Die goldene Rhone wurde rot von Blut. Jetzt ruft nur noch der *Mistral*, wo man einst Kinder spielen hörte«, jammerte Perreaults belebte Leiche klagend.

»Neiiin!«, schrie Gonji. »Ihr seid alle *loco* ... Erkennt ihr denn nicht, was sie ...«

Balaerik drehte sich um und ohrfeigte ihn, obwohl Gonji den Kopf drehte, um dem Schlag auszuweichen. Da seine Hände und Füße an einen Pfosten gefesselt waren, konnte er sich nicht wehren, sondern seinen Zorn nur in dem Blick bündeln, den er jetzt auf seinen Widersacher richtete.

»Verzeih mir«, bat Balaerik in gespielter Aufrichtigkeit. Er streckte beide Hände aus, um Gonjis Gesicht in gönnerhafter Zuneigung zu streicheln. Der Samurai riss den Kopf zurück, konnte damit aber nicht den kalten Händen des bösen *Donado* ausweichen. »Jetzt erkenne ich, dass du keine Verantwortung trägst für das, was du bist.«

Er wich zurück und wandte sich an die Menge. »Erkennt Ihr nicht, Eure Eminenz, verehrte Brüder und Schwestern, dass er von jenem Dämon besessen ist, der den uns so wohlbekannten Mondwahnsinn mit sich bringt? Ich kann diesem heiligen Gerichtshof nicht Schande bringen, indem ich diese arme Seele weiter verfolge.« Er marschierte davon.

Gonji knirschte mit den Zähnen, während er den zitternden Körper und seine blutgierigen Gedanken wieder zu beherrschen versuchte.

»Genug, *Donado*«, sagte Bischof Izquierdo und begleitete diese Worte mit einer Handbewegung, die die Versammlung zur Ordnung rief. »Wir haben genug gesehen. Bei der heiligen Vollmacht, mit der mich das Hohe Offizium der Inquisition ...«

Gonji verstand nur wenig von dem, was der Großinquisitor sagte, und noch weniger scherte es ihn.

»... Hexerei und dämonische Besessenheit und übelste Mordtaten ...«

Gonjis Augen hingen wie gebannt am aufgeblasen herumstolzierenden Balaerik.

»... auf dem Scheiterhaufen zu verbrennen, sobald die Sonne morgen vor dem Einbruch der Dunkelheit geflohen ist ...«

Wenn ich sogar aus dem Grab zurückkehren muss, Vollstrecker des Bösen, ich werde dich finden und die schweren Kränkungen rächen, die du mir zugefügt hast! Bei der Ehre meiner Ahnen soll es so sein.

ACHTZEHNTES KAPITEL

»Ich verstehe nicht, was in den zurückliegenden Monaten über ihn gekommen ist, aber ich fürchte das Schlimmste.«

Pater de la Cenza rang die Hände, während er in Gesellschaft des zu Besuch weilenden Oblaten die Empfangshalle verließ. Die Sorgen drückten auf seine schmalen Schultern, aber trotzdem fühlte er sich etwas aufgemuntert. Das Gefolge des unerwarteten Gastes war erst vor wenigen Augenblicken eingetroffen, begleitet vom Nuntius Erzbischof Texeira, und brachte wichtige Nachrichten Seiner Heiligkeit zum Fall des verurteilten Samurai.

Texeira kehrte aus der Kathedrale zurück und kam ihnen in einem langen, mit Teppichen ausgelegten Flur entgegen. Bevor er in Hörweite war, fuhr de la Cenza fort: »Ich muss sagen, Pater Sebastio, dass es mich tröstet, endlich die Gesellschaft eines weiteren Mannes Gottes zu genießen, der so fühlt wie ich.«

Der päpstliche Sendbote lächelte und legte Pater Martin tröstend die Hand auf die Schulter. Pater Jan Sebastio war ein zäher Mann mit rundem, bärtigem Gesicht und lebhaften nussbraunen Augen. Nur der symmetrische weiße Kranz des Bartes verriet die sechzig Lebensjahre, und der Griff seiner kurzen dicken Finger verriet Kraft und Zielstrebigkeit.

»Seid guten Mutes«, riet ihm Sebastio. »Gott hat uns nicht über all die Hindernisse auf unserem Weg hinweggeführt, um uns jetzt im Stich zu lassen.«

Pater Martin nickte. »Wie kamt Ihr zu dem Namen Jan?«

»Hmm – durch meine heilig gesprochene Mutter. Ich bin zugleich *Holländer* und Portugiese, seht Ihr? Unter den derzeitigen Umständen eine fast so unwahrscheinliche Herkunft wie die Gonjis, nicht wahr?« Er stieß ein gut gelauntes, polterndes Lachen aus. »Wisst Ihr, ich vermute, dass seine Mutter eine schiffbrüchige Norwegerin war, eine Gefangene holländischer Plünderer. Das Schicksal führte sie in die Ehe mit einem der mächtigsten Kriegsfürsten Japans. Gonjis Vater und mein guter Freund.«

»Dann kennt Ihr ihn gut?«

»Ah, wir waren enge Gefährten, als er noch ein Junge war. Ein absolut erstaunlicher Junge. Er kannte mich noch als *Bruder* Jan. Die Priesterweihe und die Aufnahme in die Gesellschaft Jesu empfing ich, nachdem er Japan verlassen hatte. Acht Jahre liegt meine Priesterweihe beim nächsten Fest der Heiligen Agnes zurück. Ah – Euer Gnaden!«

Pater Sebastio verbeugte sich und küsste den Ring Erzbischof Texeiras.

»Gott sei mit Euch.«

»Und mit Euch, *Padre«*, antwortete der Nuntius. »Ihr habt unserem Martin hier erklärt, welche Nachrichten Seiner Heiligkeit Ihr überbringt?«

»Si.«

»Dann wollen wir keine Zeit vergeuden.«

»Er schläft vielleicht noch«, teilte ihnen Pater de la Cenza mit, während sie den angrenzenden Flügel mit den Privatunterkünften durchschritten.

»Es war ein langer und ereignisreicher Abend, soweit ich gehört habe«, sagte Texeira.

»*Si*, Eure Eminenz«, sagte Martin ernst. »Pater Sebastio, was wisst Ihr über die Bruderschaft der Heiligen Waffen und ihren Bevollmächtigten hier, einen *Donado* namens Anton Balaerik?«

Sebastio und Texeira blickten sich gegenseitig in die Augen.

»Interessant, dass Ihr diese Frage stellt. Gemach! Es scheint, dass Gonji-*san* viel Aufmerksamkeit geweckt hat. Was ich über ihn vernommen habe, ist absolut unglaublich. Wer von unserer Freundschaft erfährt, will unzählige Fragen über ihn beantwortet haben. Nachrichten von seiner abenteuerlichen Suche haben sogar Japan erreicht, wisst Ihr? Als ich seine Fährte aufnahm, geschah dies aus einem ganz anderen Grund als dem, weshalb ich jetzt hier bin. Bei Gott unserem Vater, als einfacher Bursche hätte ich nie zu denken gewagt, dass ich eines Tages in Geschäften des Heiligen Vaters selbst unterwegs sein würde! Und das auch noch aufgrund eines eigenwilligen Japaners! Aber täuscht Euch nicht – Gonji ist ein einzigartiger Bursche aus einem Land, das selbst schwer zu verstehen ist. Und aus irgendeinem Grund möchte der Herr des Himmels für ihn gesorgt sehen, obwohl Gonji sich als Heide erwies, als *ich* zuletzt mit ihm rang.« Pater Sebastio schüttelte langsam den Kopf.

Sie erreichten die Gemächer Bischof Izquierdos. Der junge Novize, der dort Wache hielt, wurde bleich, als er die Bedeutung seiner Besucher erkannte, und ging hinein, um den einstweiligen Großinquisitor zu informieren.

Der apostolische Nuntius verschränkte die Hände auf dem Rücken und runzelte die Stirn. »Martin, Ihr sollt wissen, dass dieser peinliche Mangel an Selbstbeherrschung, an dem Seine Gnaden leidet, in der Hierarchie des Hohen Offiziums gebührende Beachtung erfahren hat. Es wird zu Veränderungen kommen müssen. Manche sähen es gern, wenn *Ihr* zum Großinquisitor berufen würdet. Die Schriften, in denen Ihr die Sakramente verteidigt, sind weithin bekannt und respektiert. Natürlich muss der korrekte Gang des Verfahrens eingehalten werden. Es könnte seine Zeit dauern, Euch das Bischofsamt zu übertragen. Bis dahin ...«

Pater de la Cenza räusperte sich und setzte das Birett ab. Er wischte sich den Schweiß von der Stirn, ehe er das Wort ergriff.

»Verzeiht mir, Eure Eminenz, aber ich habe im Gebet über das nachgedacht, was ich jetzt sagen möchte. Ich – ich kann keine weitergehende Verantwortung im – im Hohen Offizium …« Er schluckte schwer und wich Texeiras Blick aus. »Es scheint, dass ich Gewissensqualen entwickelt habe, die meinen weiteren Nutzen zweifelhaft erscheinen lassen. Ich spüre die Berufung, mich aufs Neue ganz dem Dienst an Gott zu widmen.«

Texeira dachte eine Weile darüber nach, ehe er ein schiefes Lächeln zustande brachte. »Wie Ihr wünscht, Martin.«

Der Novize kehrte zurück und informierte sie darüber, dass Bischof Izquierdo bis zum abendlichen Autodafé nicht gestört zu werden wünschte.

»Ich denke, junger Novize«, sagte Erzbischof Texeira gereizt, »dass er es sich anders überlegen wird, sobald er das hier sieht.« Er nahm Sebastio die Reisetasche ab, öffnete sie und brachte das Päckchen mit dem päpstlichen Siegel zum Vorschein.

»Ihr scheint nicht zu begreifen«, sagte Bischof Izquierdo nachdrücklich, »dass der Befehl dazu von König Philip persönlich kommt.« Das Kaminfeuer spiegelte sich in seinen Augen, während er es nervös mit einem Schürhaken anfachte.

»Über den Herzog von Lerma«, ergänzte Pater Martin.

»*Si*, über den Herzog«, pflichtete ihm Izquierdo bei, während er sich zu ihm umdrehte. »Und was möchtet Ihr damit andeuten, Martin? Rojas *ist* die Verbindung der Inquisition zum König.«

»Mehr als das, scheint es«, beharrte de la Cenza und verschränkte die Arme, während er sich auf der Kante eines Tisches niederließ.

Pater Sebastio räusperte sich. »Ich vermag nicht zu erkennen, warum der König zu einer theologischen Frage konsultiert werden musste, Eure Eminenz.«

»Das ging nicht von mir aus, Pater Sebastio. Rojas war es, der König Philip konsultierte. Der Befehl war unmissverständlich: Stellt den Ungläubigen bei frühester Gelegenheit vor Gericht, und der Thron wird jedes Urteil unterstützen, das auf Autodafé lautet.«

»Ah«, warf Pater Martin ein, »dann kam es gar nicht zu dieser zufälligen Begegnung beider Befehle. Ihr habt den Befehl des Königs schon – wie lange?«

Izquierdo schien getroffen. »Seit zwei Monaten.«

»Zwei Monaten?«, fragte de la Cenza überrascht.

»Also«, mischte sich Erzbischof Texeira ein, die Brauen hochgezogen, »ich hätte mir denken können, dass die Entscheidung, den Prozess endlich in Gang zu setzen, nicht die Eure war. Trotzdem erwecktet Ihr den Eindruck, es wäre so.«

Der einstweilige Großinquisitor drehte sich inzwischen hin und her, als wollte er eine Serie von Angriffen parieren. Sein Atem ging schnell und mühsam.

»Zwei Monate«, wiederholte de la Cenza erneut. »Warum habt Ihr dann so lange gewartet? Obwohl Gott gelobt sei, dass Ihr es tatet.« Ein dunkler Verdacht meldete sich in Pater Martin und spiegelte sich in seinen Zügen. Er stand langsam auf. »Es war Balaerik, der Euch aufhielt! Ihr habt gewartet, bis *er* sagte, es wäre Zeit, den Samurai vor Gericht zu stellen.«

»Nein! Ich wartete, bis alle Beweise gesammelt waren. Was erwartet Ihr von mir, Martin? Ich dachte, es wäre Euer Wunsch, dass Euer heidnischer Freund so lange wie möglich verschont bliebe.«

»Das ist er. Das ist jedoch nicht, was mir Sorgen macht. Es ist vielmehr Eure ständige Nachgiebigkeit diesem fragwürdigen *Donado* gegenüber.«

»Er erschien hier mit Anweisungen, die das päpstliche Siegel trugen!«, wetterte der bedrängte Bischof. »Ihr werdet Euch erinnern, dass Ihr Einwände dagegen erhobt, diesen Anweisungen zu folgen. Jetzt bringt Ihr mir Pater Sebastio und *seine* Befehle des Heiligen Vaters, und diesmal erwartet Ihr von mir, sie fraglos anzuwenden. Was wird nur aus der hierarchischen Autorität in der Kirche?«

Er schlug mit der Faust an den Kaminsims. Die drei anderen Offiziellen musterten einander unbehaglich.

»Nun, genau das ist es, was uns allen in dieser bösen Zeit Sorge bereitet, Eure Eminenz.« Pater Sebastio musterte ihn sorgfältig, während er seine Worte wählte. »Wir haben gerade die dunkelsten Tage überhaupt hinter uns gebracht, in denen es um den Heiligen Stuhl des Stellvertreters Christi ging. Wir alle mussten unser Handeln andächtig abwägen. Die entsetzliche Tatsache ist, dass auf kurze Zeit das Böse den Heiligen Stuhl besetzt zu halten schien.«

»Frevel!«, beschuldigte ihn Izquierdo barsch.

»Nein, die Wahrheit«, hielt ihm Sebastio entgegen. »Der gewählte Heilige Vater gibt sich größte Mühe, die chaotischen Manipulationen seines unbeweinten Vorgängers zu untersuchen. Jener hatte Dinge vorangetrieben, die derzeit neu überdacht und wieder aufgegeben werden. Dazu gehört Anton Balaeriks finstere Bruderschaft der Heiligen Waffen. Als ich von Gonjis Schicksal erfuhr, hatte mich himmlische Fügung nach Rom geführt. Dort traf ich noch weitere Personen an, die Kenntnisse von Gonjis Begegnungen mit dem Bösen in Europa hatten. Durch enge Zusammenarbeit mit dem Offizium des Glaubens konnte ich herausfinden, dass man ihn mancherorts als heiligen Krieger betrachtet. Seine Heiligkeit entwickelte genug Faszination für den Fall, sodass er befahl, ihn vor dem Hauptquartier des Hohen Offiziums in Rom zu Gehör zu bringen. Und er bestimmte mich und meine Begleiter dazu, Gonji sofort dorthin zu bringen. Nicht als Gefangenen, sondern unter unserem Schutz.«

Izquierdo starrte ihn an, als wäre er ein Haufen verfaulender Materie. »Die böse Magie dieses Heiden hat Euch in den Wahnsinn getrieben. Ich kann *keinem* dieser Worte Glauben schenken. Und *Ihr*, Roderigo – der apostolische Nuntius! Ich kann Martins verdrehte Gedanken und seinen versagenden Glauben verstehen. Er hat sich die widerwärtigen Ansichten des Heiden zu eigen gemacht, seit dieser hierhergebracht wurde – und denkt ja nicht, das wäre nicht gebührend vermerkt worden, Martin! Der Nuntius jedoch – und der Heilige Stuhl selbst! Nur gut, dass sich die Kraft der Inquisition hier in Spanien bündelt, wo der gute Kampf des Glaubens von jeher am inbrünstigsten ausgetragen wird. Wo der herrschende Monarch die Notwendigkeit erkennt, dass die Kirche ihre Macht ohne Einmischung ausübt.«

»Er *usurpiert* diese Macht – erkennt Ihr denn nicht, was Ihr da sagt?« In Pater Martins Gesicht stand die Verwirrung geschrieben.

»*Si*, ich weiß, was ich sage, und ich weiß, was Ihr alle im Schilde führt. Ihr wollt mir mein Amt entreißen!« Er schimpfte weiter und schenkte ihren Gesichtern, in denen grimmige Erkenntnis stand, keine Beachtung. »Ihr begreift das nicht, nicht wahr? Ich bin der Großinquisitor. Und auf Befehl der Inquisition soll der Heide heute Abend brennen!«

»Wer ist Euer Herr?«, brüllte Pater Sebastio ihn an. Er hatte unvermittelt die Fassung verloren.

Bischof Izquierdo deutete nach oben. »Der Herrgott des Himmels. Und wer ist Eurer, Pater?«

Sebastio ignorierte die Frage. »Und wer ist Sein Stellvertreter auf Erden?«

Izquierdo versteifte sich. Ein inneres Licht brannte in seinen Augen. »Ihr könnt mich nicht in Euer kindisches Ränkespiel verstricken. Ihr habt selbst eingestanden, dass es in der päpstlichen Nachfolge zu Fehlern gekommen ist. Ihr sagt, andächtige Erwägung wäre vonnöten. Und ich habe die Frage erwogen. In Spanien ist es die Inquisition, die das Banner des Glaubens aufgerichtet hält. Und in Spanien regiert König Philip.«

Er schob den Unterkiefer vor, und seine ganze Haltung drückte selbstgefälligen Trotz aus. Die anderen traten unbehaglich von einem Fuß auf den anderen. Pater Sebastio ging vorsichtig näher an Izquierdo heran und blickte ihm forschend in die Augen.

»Werdet Ihr mir Gonji Sabataké übergeben?«, fragte er eindringlich und wog dabei jedes Wort ab.

»Ich übergebe Euch am Morgen seine Asche.«

»Gestattet Ihr mir, ihn aufzusuchen, mit ihm zu reden? Ich habe Neuigkeiten von seinem Vater und seinem Heimatland zu überbringen.«

Izquierdo schnaubte. »Auf dass Ihr seinem Zauberbann zum Opfer fallt? Ihr steht hier unter meinem Schutz, Pater. Niemand wird bis heute Abend in seine Nähe kommen. Die Soldaten haben ihn in den Gefängnisturm gebracht. Ich habe damit keinen Zugriff mehr auf ihn.«

Pater Sebastio zitterte vor kaum beherrschter Wut. »Eure Eminenz, Eure Frömmigkeit verwandelt sich schon in Gift, während Ihr Euch noch bemüht, Eure unmenschliche Amtsführung in ein feierliches Gewand zu kleiden. Ich vermute, dass Ihr damit Eure Position politisch festigt, wenn zutrifft, was ich über den Herzog von Lerma gehört habe. Machiavelli hätte seine Zustimmung erteilt, denke ich.«

Die Lippen des Bischofs bebten. »Lasst mich mit meinem Gott allein. Und möge Er Euch vergeben – wie ich es auch tue.«

»*Mil gracias*«, sagte Sebastio. »Tausend Dank.«

»Ich fürchte, dass wir alle in schrecklicher Gefahr schweben«, sagte Erzbischof Texeira auf dem Flur zu den anderen.

»Inwiefern?«, fragte Pater de la Cenza ernst.

Texeira blickte Sebastio an, und Gonjis ehemaliger Vertrauter wandte sich mit leiser Stimme an Martin. »Wie lange arbeitet Ihr schon mit ihm zusammen?«

Pater Martin zuckte die Achseln. »Sieben, acht Jahre – lange bevor er zum Granden der Inquisition wurde. Warum?«

»Dann seid Ihr womöglich einfach schon abgehärtet«, stellte der Nuntius fest. »Ich möchte andeuten, dass Eure Überlegung, ein neues geistliches Amt anzutreten, womöglich genau zum richtigen Zeitpunkt kommt.«

»Warum? Worauf zielt Ihr ab?«, fragte Martin verwirrt.

»Ich glaube, Martin, dass Bischof Izquierdo völlig verrückt geworden ist.«

NEUNZEHNTES KAPITEL

Die enorme Hitze, die von den tosenden Flammensäulen des Brennenden Hofes ausging, wälzte sich am Turm herauf und wärmte Gonji sogar in der herbstlichen Kühle das Gesicht, und der tintenschwarze Rauch drang ihm beißend in die Augen.

Der Abend hatte nicht anbrechen wollen. Und als es dann doch geschah, fühlte es sich an, als wäre der vergangene Tag nur ein kurzer Funke gewesen. Der Samurai konnte sich an nichts erinnern, was er seit der Nacht zuvor getan hatte.

Er konnte sich mit diesem Abend einfach nicht abfinden. Konnte sich selbst nicht mit der Aussicht versöhnen, dass sein derzeitiges Leben dazu bestimmt war, in einem so unwürdigen Tod zu enden.

Wie von fern hörte er den Wachwechsel vor der Zelle, registrierte ihn aufmerksam, wie er es gewöhnt war, scherte sich aber nicht weiter darum. Machte sich nicht die Mühe, einen Blick durch den schmiedeeisernen Fensterschlitz in der schweren Tür zu werfen. Der Wachwechsel bedeutete nur, dass jemandem der tödliche Angriff erspart blieb, den Gonji auf die erste Person zu führen plante, die ihn holen wollte.

Sie hatten seine Fußfesseln gelöst, und er plante, seine Füße zu benutzen.

Er blickte weiterhin durch die Schießscharte hinab auf die schaurige Zeremonie in der Tiefe, während eine Prozession kapuzenbewehrter Mönche mit Weihrauchgefäßen und hohen Kreuzen die Verurteilten zu den Pfählen führte. Die Menge vor dem Turm erhitzte sich am Höllenfeuerersatz der Inquisition und sah den kommenden Ereignissen mit makabrer Freude entgegen. In unterschiedlicher Haltung, von Schicksalsergebenheit bis hin zu namenlosem Entsetzen, erstiegen die Gefangenen die Plattformen mit den bereitstehenden Pfählen. Sie bildeten das Vorprogramm, um den Appetit der Menge auf Gonji, die Hauptattraktion, zu steigern.

Zu diesen Gefangenen gehörte Valentina, kaum erkennbar im Rauch und grellen Feuerschein und dem Gedränge der schlurfenden Gestalten.

Dann gewann unvermittelt die Tatsache, dass ein Wachwechsel stattgefunden hatte, doch noch an Bedeutung. Gonji vernahm hinter sich die aufreizende Stimme des Feldwebels Padilla.

»Also, *Señor* Hexer – endlich der Augenblick der Wahrheit. Ob Satan dich wohl den Flammen entreißt, nur um dich mit seinen eigenen zu kitzeln?« Er lachte heiser.

Gonji seufzte, war über jede Form der Verbitterung hinaus. Glaubte er zumindest.

»Wen da unten siehst du dir an? Die Schlampe? Man hätte euch gemeinsam an denselben Pfahl binden sollen, wie? Hätte dir das gefallen, barbarisches Schwein? Ihr hättet euch gegenseitig in die Hölle ficken können.«

Gonji knirschte mit den Zähnen. Sein Magen war in Aufruhr, und ihm trommelte das Blut in den Ohren. *Selbstbeherrschung! Du bist doch stolz auf deine Selbstbeherrschung.*

»Nein, ich denke nicht, dass sie es richtig machen. Ich hätte es besser gemacht … Schreit sie denn schon? Weißt du, wie ich es gemacht hätte? Das erste brennende Reisigbündel wäre direkt in ihr schmutziges Loch gewandert.« Er stieß ein vulgäres Stöhnen aus, um seine Äußerung zu unterstreichen. Gefolgt von hässlichem Lachen.

Ein Schnalzen entfuhr Gonjis trockenem Mund. *»Choléra«*, flüsterte er und unterdrückte ein Schluchzen.

Im Hinterkopf glaubte er eine eindringliche Stimme gehört zu haben, die aus irgendeinem fernen Winkel der Erinnerung heraus seinen Namen rief, aber sie durchdrang nie seine aufgewühlten Gefühle.

Die erste Explosion auf den Wänden des Zocodover erfolgte unmittelbar, nachdem Padillas niederträchtiges Lachen in einem erstickten Laut geendet hatte.

Eine zweite Detonation schloss sich an, begleitet von Schreien und der wogenden Masse Menschen, die den auf sie einprasselnden Mauerbrocken zu entkommen trachteten.

Gonji schnappte nach Luft und blickte angestrengt durch die Schießscharte.

Eine erneute Explosion – und ein Scharren an der Tür.

Er stürmte zum Gitterfenster der Tür und betrachtete aus schmalen Augen konzentriert das Ringen draußen. Ein gewaltiger Unterarm hielt Padillas Hals umklammert und versuchte, ihm die Luftröhre zu zerquetschen. Gonji konnte aus diesem Winkel nicht die Köpfe der beiden ausmachen, aber der Angreifer war ungefähr so groß wie der kräftige Feldwebel.

Simon?, galoppierten seine Gedanken in düsterer Freude.

Nein, nicht Simon. Stämmig, mit fassförmiger Brust, ein Bär von einem Mann – ein Ochse.

Buey.

Der Ulan steckte in einer Uniform, wie die Elitegarde der Inquisition sie trug. Padillas Gesicht lief dunkelrot an, während Buey ihm die Luft abdrückte und dem Mann einen Arm auf den Rücken gedreht hielt. Buey redete leise auf ihn ein, knirschte die Worte zwischen den Zähnen hervor, während er das Leben aus dem höhnischen Soldaten herausquetschte.

Eine weitere Explosion in der Tiefe. Gonji blickte sich hektisch nach einer Gelegenheit um, seine aufgestauten Emotionen herauszulassen. Er lief erneut zur Schießscharte, als er sich an Valentina erinnerte. Er konnte sie dort unten nicht ausfindig machen. Einige der Scheiterhaufen waren in Flammen aufgegangen und verschlangen an den Pfählen hängende Opfer;

andere waren noch nicht angezündet worden. Die Soldaten und Angehörigen des Klerus liefen verwirrt durcheinander. Schüsse krachten auf der Promenade. Schwerter glommen im Licht der Flammensäulen.

»Gonji, *vámonos!*« Feldwebel Orozco tauchte an der jetzt offenen Tür auf; er trug die gleiche Uniform und Rumpfpanzerung wie Buey. »Komm schon, *Hombre*. Es ist toll, dich zu sehen, *mi amigo*, aber wir müssen uns das alles für später aufsparen. Es wird nicht mehr lange dauern, bis sie auf die Idee kommen, Verstärkung zu schicken. Dich vergessen sie ganz gewiss nicht.«

Eine weitere gewaltige Explosion erfolgte weiter unten entlang der Promenade.

»Noch eine übrig, denke ich – gehen wir!«

»Ist Salguero bei euch?«, fragte Gonji und wich vor der rauchverhangenen Aussicht hinter der Schießscharte zurück.

»*Si*. Jetzt beeile dich!«

Wie zur Antwort erschien nun der Hauptmann selbst an der Zellentür, gekleidet in eine Offiziersuniform. Er stürmte herein und packte Gonji an den Schultern, und zurückgehaltene Freudentränen glänzten in seinen Augen.

»Gott sei Dank, dass du unversehrt bist, *mi amigo!*«

Gonji schluckte und verbeugte sich vor ihm. »*Domo arigato*, Senchu. Ich war schon kurz davor, die Hoffnung zu verlieren.«

»Hier, zieh das an, *pronto!*«, kommandierte Salguero, als Buey die Uniform und den Rumpfpanzer eines toten Wärters hereinwarf. »Wir halten nur diesen Turm. Ich denke nicht, dass man uns schon entdeckt hat, aber wir müssen den Bergfried verlassen. Deine Schultern wirken knochig, aber sie haben dir doch alle übrigen Teile gelassen, oder?«

»*Hai*«, antwortete Gonji, als er sich rasch auszog und dann in eine Reithose und Stiefel schlüpfte. »Ich hoffe, ihr habt einen guten Plan, wie wir vom Platz entkommen.«

»Plan ist vielleicht zu viel gesagt«, antwortete der Hauptmann und musterte seine Begleiter. Seine Infiltratoren säumten inzwischen den Korridor, atmeten schwer und warteten auf die nächste Aktion. »Wir mischen uns weitgehend unter die Soldaten, die die Ordnung wiederherzustellen und die zur Ablenkung gelegten Brände außerhalb der Mauern zu löschen versuchen. Sie sind alle auf der Südseite. Wir bewegen uns gegen die Flut nach Norden.«

»Zum Fluss?«, fragte Gonji verblüfft.

»*Si*. Wir fahren mit einem Lastkahn den Tajo hinab nach Aranjuez. Dann flüchten wir wie von allen Furien gehetzt – und danach wird es auch aussehen – zum Meer. Wir besteigen unser Schiff unweit Valencias.«

»Valencia?« Gonji zog eine Braue hoch. »Nichts als steinige Untiefen.«

»Was schlägst du dann vor – Barcelona? Dort würde man uns nicht wirklich mit offenen Armen empfangen«, sagte Salguero.

»Hmm«, pflichtete ihm Gonji nachdenklich bei. »Und dann?«

Salguero zuckte die Achseln. »Nach Genua und von dorthinauf ins Heilige Römische Reich. Du hast Freunde in Österreich, in der Nähe von Wien. Dort finden wir Zuflucht, bis wir uns darüber klar geworden sind, was wir weiter vorhaben.«

Gonji dachte darüber nach, während er sich fertig anzog und zum Schluss den Topfhelm eines Pikeniers aufsetzte. Etwas an diesem Reiseplan bereitete ihm vages Unbehagen, aber er verdrängte es. »Für dich ist es absolut verrückt, dabei mitzumachen, Hernando. Was wird aus deiner Familie? Was wird mit den Familien der anderen verheirateten Männer in deiner Rebelleneinheit?«

»Sie stoßen in Valencia zu uns.«

Sie blickten sich gegenseitig in die Augen, und Gonji streckte in einer ungewohnten Geste die Hand aus und drückte die seines alten Freundes.

»Jemand kommt!«, meldete eine raue Stimme vom Korridor.

Die Männer fuchtelten besorgt mit ihren Waffen. Man zerrte die toten Wärter in Gonjis Zelle und reichte dem Samurai zwei geladene Pistolen. Dann nahm Buey ein eingewickeltes Paket von seinem Rücken.

»Beinahe vergessen.« Er grinste breit.

»*Yoi!*«, rief Gonji, als er aufs Neue das tröstliche Gewicht der *Daisho* in den Händen spürte. Er schnallte sich die Schwerter um und zog sofort das *Katana* aus der Scheide, und seine Augen leuchteten, als er das himmlische Wellenmuster auf der Klinge erblickte. Sie fühlte sich in den geschundenen Händen schwer an. Er hatte trotz seiner Übungen auf engem Raum in den Kerkern viel Kraft verloren.

Gezischte Mahnungen, still zu sein ...

Die Zellentür wurde Gonji ins Gesicht gerammt. Drei Soldaten kamen von unteren Stockwerken heraufgestürmt. Sie gehörten nicht zu Salguero. Während sie sich näherten, um ihn anzusprechen, reagierten sie auf einmal beunruhigt auf etwas oder jemanden, das oder der nicht hier her passte. Sie zogen die Waffen, wurden aber in einem kurzen, leisen Handgemenge überwältigt.

»Keine Pistolen, sofern es nicht absolut sein muss!«, warnte Salguero. »Gehen wir, Gonji.«

»Wartet«, sagte der Samurai, und alle erstarrten. »Diese Frau dort unten auf dem Scheiterhaufen. Wenn sie noch lebt, möchte ich, dass wir sie mitnehmen.«

»*Qué?* Die Schlampe?«

»Wozu?«, wandte Orozco ein. »Wir haben schon genug Schwierigkeiten ...«

»Nehmt sie einfach mit, *por favor.*«

Als er den flehenden Unterton des Samurai hörte, nickte Salguero gereizt. Er schickte drei Männer los, um der Bitte nachzukommen.

»Und noch etwas«, setzte Gonji hinzu. »Ich muss noch etwas aus dem Kerker holen.«

»Verdammt noch mal! Bist du *verrückt?*«, wetterte der Hauptmann. »*Was* zum Teufel ist es denn?«

»*Ich* steige nicht dorthinab«, murrte Orozco. »Scheiße! Der Kerker der Inquisition – und *er* möchte dorthin zurückkehren!«

»Niemand verlangt von dir mitzukommen, Carlos«, bemerkte Gonji und prüfte die Spannung der Pistole.

Die abschließende Explosion erschütterte den Zocodover. Ein Durcheinander panischer Stimmen stieg von den Straßen unter ihnen auf.

»*Capitan*, das *war's!*«, rief ein Ulan aus dem Gang.

Salguero räusperte sich und spuckte, als er die vertraute Unnachgiebigkeit in Gonjis Gesicht las. »In Ordnung, gehen wir.«

»Du nicht, Senchu. Draußen brauchen sie deine Führung. Gib mir einfach jemanden mit, dem du vertraust.«

»Ich komme mit«, brummelte Orozco.

»Vergiss es, Carlos.«

»Wieso?«, beschwerte sich der Feldwebel. »Bin ich auf einmal nicht mehr gut genug, um an deiner Seite zu kämpfen?«

»Meine Herren, *por favor!* Noch mehr Soldaten sind im Anmarsch.«

»Je weniger meiner Landsleute ich umbringen muss, desto besser schlafe ich«, mahnte Buey düster.

»In Ordnung – Carlos und ihr zwei«, befahl Salguero, »ihr begleitet Gonji. *Vaya con Dios*, ihr alle. Gonji ...«

Der Hauptmann näherte sich ihm und leckte sich die trockenen Lippen.

»Ich habe ihn *gesehen*, Gonji. Er ist hier.«

Gonji blickte ihm forschend in die Augen. »Simon«, sagte er knapp.

Salguero nickte, einen Schimmer der Ehrfurcht in den Augen. »Er hat versprochen, zur Stelle zu sein, wenn wir ...«

Die Tür am Ende des Korridors wurde aus den Angeln gesprengt, und die Hölle brach aus. Im Zusammenprall der Waffen und dem scharfen Krachen der Pistolen spürte Gonji aufs neue den alten Kitzel der Schlacht.

Verstohlen durchquerten sie die Gänge des Hohen Offiziums und suchten auf dem Weg zum Gefängnisflügel Deckung im Gedränge der Priester und Soldaten, die hier entlangliefen. Gonjis drei Begleiter drängten sich um ihn, um ihn besser vor Entdeckung abzuschirmen, obwohl er die gleiche Uniform trug.

Der Samurai hielt das Gesicht gesenkt und blickte sporadisch auf. Er hielt eine Pistole an der Seite, hatte das berüchtigte Sagami aus dem Gürtel gezogen und in die Brigantine eines Soldaten eingewickelt.

Sie erreichten den Kerkerflügel ohne Zwischenfall. Die meisten der eiligen Personen, denen sie begegneten, waren unterwegs hinaus auf die Straße.

Orozco beschäftigte die beiden Wachtposten am ersten Tor mit der erfundenen Geschichte von einem dringenden Auftrag für den diensthabenden Wärter dort unten. Sie öffneten das Tor, ehe sie auf die Idee kamen, nach einem schriftlichen Befehl zu fragen, und die vier Eindringlinge stürmten ins Torhaus und überwältigten sie in Sekunden, obwohl der Lärm weiter unten vernommen wurde.

Gonji eilte die vertraute und zutiefst verhasste Treppe zum Kerker hinab und erledigte den ersten neugierigen Wachmann mit einem Pistolenschuss, ehe er die Waffe durch das unterirdische Portal auf den nächsten Mann schleuderte und das Sagami zückte. Der zweite Wachmann wich jedoch der Radschlosswaffe aus und legte die eigene Pistole an. Gonji hackte ihm den Arm ab, ehe er schießen konnte, und platzte dann in die nächste Wachstube hinein, dicht gefolgt von Orozco.

Das *Katana* fühlte sich im Griff seltsam an, und Gonji stellte fest, dass er seinen bevorzugten zweihändigen Griff unbewusst so veränderte, dass die Hand entlastet wurde, deren Knöchel man ihm Monate zuvor gebrochen hatte. Das kostete ihn Schnelligkeit, und die Beherrschung der Waffe wurde ungenau, aber er wehrte das erste Rapier ab, das auf seine Brust zufuhr, und schlitzte dem Soldaten mit dem Gegenangriff den Bauch auf.

Ein schriller Schrei, und er sprang über die Leiche des Mannes und landete zwischen zwei weiteren Schwertkämpfern.

Orozco schrie etwas, das Gonji nicht richtig verstand. Er sank auf ein Knie und parierte mit hochgerissener Waffe eine Schwertspitze, die ihn zu durchbohren drohte; der bogenförmige Gegenschlag durchschnitt dem Angreifer die Rumpfbrigantine und die Rippen. Der zweite Mann machte einen Ausfall, der an Gonjis Ohr vorbeisang. Der Samurai wirbelte herum und schlug die gegnerische Klinge mit metallischem Scheppern zur Seite, holte aus und führte die Waffe abwärts, verfehlte das Ziel jedoch knapp.

Eine Pistole bellte hinter Gonji. Rauch quoll in seinem Blickfeld auf, und ein weiterer Wachmann stürzte unter der Tür. Dann stürmten die beiden Männer in Orozcos Begleitung an Gonjis Kampfschauplatz vorbei und hinab zum nächsttieferen Stockwerk, wo der Samurai eingekerkert gewesen war. Ein Schuss krachte dort unten. Eine Gestalt purzelte die Treppe hinab, inmitten der Geräusche heftigen Scharrens und trappelnder Schritte.

Jetzt erkannte Gonji den Mann wieder, mit dem er die Klingen kreuzte: ein früherer Quälgeist aus der Abendschicht, der mehr als einmal dabei mitgewirkt hatte, den Samurai zu verprügeln.

Gonji holte mit dem Sagami weit über dem eigenen Kopf aus, hatte aber seiner Feindseligkeit zu viel Zeit gegeben, sich in den Vordergrund zu drängen. Der Soldat nahm eine Pistole von einem Waffenständer und zielte auf den Samurai.

Orozco schrie ihm etwas zu, als er vorbeistürmte und dabei Kurs auf die aus dem Gestein gemeißelte Treppe nahm. Der Feldwebel legte die eigene Waffe an. Gonjis Gegner drehte sich als

Reaktion darauf. Beide Pistolen krachten, und die Echos hallten durch die Kerkerräume. Der Wachmann wurde mit durchschossenem Gesicht an die Wand geschleudert. Feldwebel Orozco drehte sich und stürzte und griff mit schmerzverzerrter Miene nach dem Oberschenkel.

Gonji lief zu ihm hinüber, aber Orozco schubste ihn auf die Treppe zu. Der Samurai machte sich an den Abstieg und sah einen seiner Leute langgestreckt auf dem Boden des unteren Kellergeschosses liegen. Eine Pistole krachte – und der zweite Mann stürzte schwer vor der Wachstube.

Der Samurai sprintete hinab zur Wachstube, obwohl er nicht feststellen konnte, wie viele Wachleute noch übrig waren. Stets hatte es den Anschein gehabt, dass ihre Mannschaftsstärke schwankte. Er hoffte, dass Morales nicht zu ihnen gehörte.

Er blieb vor der Wachstube kurz stehen, sammelte sich und huschte dann kurz hinein und gleich wieder heraus, eine List, mit der er die Verschwendung einer Pistolenkugel erreichte und gleichzeitig herausfand, dass in dem Flügel nur noch zwei Wachleute am Leben waren.

Wie viele jedoch würden sich alsbald von weiter oben auf ihn und Orozco stürzen?

Er stürmte erneut in die Wachstube, zog dabei das angriffsbereite *Katana* hinter sich her und brüllte einen mächtigen *Kiyai*, wobei sein Angriff dem näher stehenden Wärter galt. Beide Wärter luden panisch ihre Pistolen nach. Der erste von ihnen, der Gonji einst die Peitsche hatte spüren lassen, erkannte ihn sofort und warf die halb geladene Radschlosspistole weg. Er packte den Griff einer Axt und brüllte Gonji an, er möge doch kommen. Der zweite Mann drehte rasch am Spannrad der Pistole, und ihm quollen dabei die Augen aus dem Kopf.

Gefangene in den Zellen brüllten und heulten vor Begeisterung, als sie ihre Peiniger in Bedrängnis sahen.

Gonji lief glatt in den kurzen, wütenden Schwung der Axt

hinein und zuckte gerade noch rechtzeitig zurück. Die Wand des fahl erleuchteten Korridors explodierte zu einem Regen aus Geröll und Staub. Gonjis vertikaler Hieb schlitzte dem Gegner das Gesicht auf und trennte ihm die rechte Hand am Gelenk ab. Der Samurai stürmte an dem Mann vorbei und ging direkt auf den letzten Wachmann los, der seine Pistole hob und spannte. Der Soldat stieß einen kurzen Schrei aus, der im krachenden, qualmenden Schuss seiner Waffe unterging. Die Kugel prallte vom Topfhelm des Samurai ab, als dieser sich duckte, einen Moment lang benommen war. Der Soldat ließ die Pistole fallen und griff nach dem Rapier in seinem Gürtel. Bevor er es jedoch ziehen konnte, attackierte ihn der wütend knurrende Gonji erneut, das *Katana* parallel zum Ohr, bereit zum tödlichen Stoß.

Ein langer klagender Schrei ertönte, erstickt von einer Eruption aus Blut in der Kehle des Mannes, als Gonji die dunkel glänzende Schwertspitze aus der oberen Brusthälfte seines Gegners herauszog.

Der Samurai seufzte bebend und schlenkerte die Blutspritzer von der Klinge, während er die zitternden Muskeln wieder unter Kontrolle brachte. Die Gefangenen brüllten inzwischen, er möge sie herauslassen. Gonji ging durch den Korridor und warf einen kurzen Blick in seine alte Zelle, das Heim so vieler bitterer Erinnerungen. Was er dort sah, erschreckte ihn mit der Erkenntnis, dass er Valentinas Zelle in einem ähnlichen Zustand vorfinden würde.

Beide waren mit Feuer gereinigt worden, die übliche Praxis, nachdem dort eine der Hexerei verdächtige Person eingesessen hatte. Das hatte er vergessen. Er verlor den Mut. Valentinas Zelle war versengt, die Wände angekohlt, nichts mehr übrig als Schwefelgestank.

Das Medaillon des Wygylls war fort. Zerstört.

»Choléra!«

Gonji vernahm Orozcos Ruf vom Stockwerk darüber. Er lief

an den durch die Gitter greifenden, flehenden Gefangenen vorbei. Er konnte nichts für sie tun, obwohl er ihr Leid schmerzhaft nachempfinden konnte. Manche, das wusste er, waren zu Recht inhaftiert – Mörder, Diebe und dergleichen. Und die anderen?

Karma.

Die Zeit reichte nicht.

Er erreichte Orozco, der sich gerade die Beinwunde verband und mit dem Kopf zur Treppe und der oberen Wachstube deutete. Stimmen und stampfende Schritte ertönten überall im Stockwerk über ihnen. Gonji massierte sich einen Augenblick lang den schmerzenden Kopf und drängte den verwundeten Feldwebel, zur Treppe zu hüpfen, sei es auch unter Schmerzen. Gonji atmete inzwischen schwer und war schweißnass. Er sah, dass auf seiner linken Hand Blut aus einer Kopfwunde verschmiert war, die erhalten zu haben er sich gar nicht erinnern konnte. In seiner geschwächten Verfassung, in der er auch noch den verwundeten Orozco mitschleppte, spürte er, wie sich Verzweiflung in ihm ausbreitete. Er hatte so lange im Kerker gelitten und immer wieder ein wildes Aufflackern von sporadischer Hoffnung erlebt; dann war ihm vergönnt gewesen, kurz die Freiheit zu kosten. Und jetzt ...

Gonji steckte das *Katana* ein, das er jetzt nicht einmal mehr in die Rumpfrüstung einwickeln konnte. Er tüftelte gerade an einem halbgaren Plan, da ging ihm endgültig die Zeit aus. Ein Trupp Soldaten erwartete sie vor der Wachstube, in der Mitte ein Priester.

Der Samurai gaffte. Es war Pater Martin de la Cenza.

»Wartet, Gonji, *Amigos!*«

Feldwebel Morales gehörte auch dazu. Die anderen – insgesamt vier – waren eindeutig Männer Salgueros oder neu gewonnene Sympathisanten. Sie bemerkten sofort Orozcos Verletzung und halfen ihm die Treppe herauf.

»Martin-*san*«, sagte Gonji atemlos, »ich gehe nicht wieder dorthinunter. Das weißt du.«

»*Si*, ich weiß«, bestätigte der Prälat und wedelte beruhigend mit den Händen. »Wir müssen uns beeilen, solange sich noch alle Aktivität auf den Platz konzentriert. Sind viele Menschen getötet worden?« Der Priester runzelte schmerzlich die Stirn.

Gonji schluckte. »Zu viele, fürchte ich. Es tut mir leid, mein Freund, aber es schien keinen anderen Weg zu geben.«

Pater Martin schüttelte den Kopf und führte sie zu den Ausgängen an der Nordseite des Alcazar. Gonji wechselte unterwegs erneut die Kleidung, entschied sich für den Habit und die Kapuze eines Mönchs. Der Priester führte sie durch ein Torhaus und hinaus in die alten maurischen Gassen des Nordviertels. Alle Welt schien sich nur um die zur Ablenkung gelegten Brände im Süden zu kümmern. Die Flüchtenden hörten den Donner der Stampede von Pferden und Stieren auf dem Platz und die Rufe und Schreie, die aus der Stadt aufstiegen. Das Chaos feierte ein Fest in Toledo.

»Ich bete zum allmächtigen Gott, dass ich das Richtige getan habe«, sagte Pater Martin mit sorgenvoll gefurchter Stirn. »Euer Hauptmann Salguero und seine Leute haben den Aufruhr gut vorbereitet. Durcheinander allerorts, obwohl anscheinend nur wenige Menschen verletzt wurden. Es wird ein Vermögen an Menschen und Material kosten, die Schäden zu beheben.«

Sie konnten jetzt die Schlucht des Flusses Tajo sehen, in die sie würden hinabsteigen müssen.

»Gonji-*san*«, sagte Martin schließlich und ließ sie unweit der kalten, stillen Essen der großen Schwertschmiede Toledos anhalten, »ich habe jetzt nicht die Zeit, um dir die Gewissenszweifel auseinanderzusetzen, deretwegen ich mich gegen meine Oberen – und vielleicht meinen Gott – gestellt habe, indem ich dir half. Trost bietet mir nur, dass ich nicht allein bin. Diese tapferen Soldaten hier scheinen nur die Speerspitze einer Untergrundbewegung zu sein, die sich aus der Kirche selbst heraus gegen die Macht der Inquisition richtet. Wäre das Wetten keine Sünde – und besäße ich irgendetwas, das ich setzen könnte …« Er lächelte sanft. »Ich würde wetten, dass man mehr als nur eine Handvoll Gelehrte von der Universität *und* dem Offizium des Glaubens auf den Barrikaden findet, die derzeit rings um ganz Toledo errichtet werden.«

»Und wohin soll die Flucht führen?«, fragte Gonji geistesabwesend und rückte die Waffen unter dem Habit in bequeme Positionen.

»*Fort* von der Inquisition und *wohin* immer du diese Menschen führst«, antwortete Pater Martin rätselhaft.

Gonji erwiderte seinen Blick, wusste nicht, wie diese Worte zu verstehen waren. »Ich führe niemanden irgendwohin. Derzeit bin ich nur selbst auf der Flucht. So schnell und so weit ich von diesem Ort fliehen kann.«

»Hmm. Sie folgen dir jedoch *tatsächlich*, weißt du? Getrieben von einem Gespür für die Bedeutung all dessen. Ich denke, solltest du es bis Österreich schaffen, wirst du feststellen, dass du noch verrufener bist – und zugleich mehr Respekt genießt –, als du denkst. Viele Menschenleben wurden aufs Spiel gesetzt – und viele gingen verloren –, um dich zu retten. Ich bete nur darum, dass du dein wiedergefundenes Leben sinnvoll nutzt. Wenn du über geheime Kenntnisse vom Wirken des Bösen verfügst, dann nutze dieses Wissen, um gegen das Böse zu kämpfen. Und *por favor*, töte keinen Menschen wahllos, auf dass ich nicht vor Gott zu deinem Komplizen werde.«

Gonji sann über die Worte des Priesters nach, und seine Gedanken überschlugen sich angesichts der aufregenden Andeutungen. Ideen, Annahmen, Erinnerungen und Erlebnisse überschlugen sich in ihm, aber er legte sie schließlich zur Ruhe, bis er die Zeit fände, sie vernünftig zu durchdenken. Die Flucht war jetzt alles, worauf es ankam.

Eine gewaltige Explosion erschütterte die Stadt – Pulvermagazine waren entzündet worden. De la Cenza und einige der Soldaten bekreuzigten sich.

»So unnötig inzwischen!«, sagte der Priester. »*Geht!* Ehe ich wieder zur Vernunft komme und die Pflicht tue, die zu erfüllen ich geschworen habe.«

Gonji verneigte sich vor ihm. Der Priester erwiderte die Geste, und während sie das taten, drangen Entsetzensschreie in ihre Ohren. Und ein wildes Brüllen auf dem Platz.

Sie blickten zurück zur Kathedrale, die im Zentrum Toledos den Himmel beherrschte: Musketenkugeln und Pfeile zogen ihre Bahnen durch die Luft. In ihrem Mittelpunkt ragte die knurrende Gestalt des großen goldenen Werwolfs Simon Sardonis auf und brüllte von den Turmspitzen des Doms auf die Verteidiger hinab.

»*Si*«, sagte de la Cenza mit einem bebenden Atemzug, »*si*, er ist also ebenfalls gekommen, wie du gesagt hattest ... Geht jetzt! Geht rasch, auf dass er nicht noch jemanden verletze ...«

Einen Augenblick lang konnte Gonji den Blick einfach nicht von der urtümlichen Wut der Bestie abwenden. Die Erinnerungen an den Feldzug in Vedun, die ihn im Schlaf heimsuchten, stiegen erneut auf.

Und dann drängten ihn die Gefährten weiterzugehen, und alsbald stiegen sie in die Flussklamm hinab, die Toledo an drei Seiten schützte. Lastkähne und Ruderboote lagen in der Dunkelheit bereit, wo der wogende Fluss an ihren Tauen zerrte. Zivilisten und Soldaten gleichermaßen sammelten sich am Ufer, erfüllt von Angst und Erschöpfung, die Augen weit aufgerissen vor Erwartung. Gonji ließ ungeduldig über sich ergehen, wie ihm eine Unzahl von Personen vorgestellt wurde, während man die Boote belud.

Fassungslos nahm er seinen Platz auf einem Lastkahn ein. Er hätte eine verstohlene Flucht lieber gehabt. Das hier war schierer Wahnsinn. Ein unorganisierter Mob. Frauen und Kinder schwebten in Gefahr, von Schüssen getroffen zu werden, als jetzt kleine Scharmützel mit Lanzenreiterpatrouillen ausbrachen.

Endlich legten sie ab und folgten dem Fluss nach Osten. Gonji glaubte, noch immer die Schreie des Werwolfs zu hören, dessen Schicksal nach verschiedenen Prophezeiungen auf eine erstaunliche Art und Weise mit seinem eigenen verknüpft war. Dann dachte er erneut an die Stimme zurück, die er früher am Abend vernommen hatte, eine Stimme voller lebhafter Erinnerungen, denen es an Gesichtern oder Namen mangelte.

Die Bootsführer ließen die Fahrzeuge an der festgelegten Stelle ans Ufer schrammen, und schreiende Passagiere stürzten unter der Erschütterung ins Wasser. Gonji zuckte innerlich heftig zusammen angesichts dieses chaotischen Plans, während die über Bord gegangenen Menschen aus dem Wasser gezogen wurden und weitere Boote vorbeiglitten, von denen gute Wünsche herüberklangen.

Eine weitere Gruppe Flüchtlinge näherte sich zu Fuß und zu Pferd. Die meisten von ihnen Soldaten.

Wohin zum Teufel flüchten sie alle?, ging es Gonji durch den Kopf. *Beim Großen Kami, die können doch nicht alle Schwierigkeiten mit der Inquisition haben!*

Er dachte erneut an Pater Martins karmaschwangere Worte und an Jakob Neriahs Gerede von Moses und den Wunderrittern und Gonjis *Daisho* – und wo steckte der alte Jude? Er musste etwas mit diesem Irrsinn zu tun haben, denn er hatte ja dafür gesorgt, dass Gonji die Schwerter zurückgegeben wurden. Und dann fiel dem Samurai wieder ein, wie Domingo Negro ihm in jener Nacht ihres Besuches nahegelegt hatte, die schwere Bürde der Verantwortung auf sich zu nehmen. Und an ähnliche Herausforderungen durch Glücksritter in der Vergangenheit: Emeric; Joost van de Berg; Clement der Jungfräuliche; Bruder Friedrich; und sogar …

Und dann kamen ihm andere Gedanken. Hauptmann Salguero betrat schweiß- und blutbedeckt den Kahn, verbeugte sich vor Gonji und drückte ihm die Hand.

Hinter ihm stand Valentina. Sie trug einen Mantel, zitterte aber in der Kälte. Ihre Augen vermittelten Wärme und Gefühle, die von Gonji erwidert wurden, obwohl sie nichts sagte.

Auf einmal ertappte sich Gonji fast bei dem Wunsch, dass erneut eine Mauer zwischen ihnen stünde, denn er fürchtete sich davor, was Valentina in ihrer Impulsivität vielleicht sogar unter diesen heiklen Umständen tun würde. Und während die anderen zusahen, fürchtete er noch mehr, er könnte selbst wünschen, der Leidenschaft nachzugeben.

Die Verteidiger der Stadt richteten ihre sinnlose Wut darauf, die Ordnung wiederherzustellen. Keinerlei Guerillas griffen sie an, während sie nach jemandem suchten, gegen den sie kämpfen konnten. Die gesetzlosen Rebellen waren verschwunden wie unstete Nachtgespenster, wie Irrlichter, die kurz aufflackerten, nur um wieder zu verlöschen, ehe irgendeine Hand an sie rühren konnte. Kein Feind stellte sich dem Bestreben der Verteidiger in den Weg, die Brände unter Kontrolle zu bringen, die Ausgangssperre durchzusetzen, die ziellos herumlaufende Pferde und Rinder einzusammeln. Keine Monster tobten mehr über die Dächer, erschreckten die Kinder in ihren Betten oder terrorisierten die Soldaten, die ihren Dienst versahen. Gerüchte kursierten, der asiatische Hexer wäre im Zuge des Aufstandes den Feuern der Inquisition entronnen, aber bislang erfolgte keine Bestätigung. Und noch mehr Gerüchte rankten sich um die Ursachen des Zwischenfalls.

Noch während man sich fragte, wer oder was der Feind war, floh dieser Feind aus Toledo.

ZWANZIGSTES KAPITEL

Dicker Rauch wallte über Toledo und stieg in die frische Herbstnacht auf. Die Stadt kam allmählich wieder zur Vernunft und ordnete sich tief unter ihm erneut, während Anton Balaerik vom Wehrgang des Alcazar hinabblickte. Seine Augen zuckten, wenn er an all die unbeantworteten Fragen dachte.

Warum hat er sich widersetzt? Er wollte kommen, aber er hat widerstanden. Der Geist des Wirtskörpers ist zu stark geworden. Jetzt muss er zusammen mit ihm sterben. Und zusammen mit dem Samurai. Sein Vater wird es verstehen. Es ist eine unumgängliche Notlösung.

Er dachte an den Großen Plan zur Erlangung von Macht und Herrschaft, wie er von den Planern in einer weit entfernten Sphäre gestaltet worden war. Weit entfernt und paradoxerweise ganz nah in dieser Zeit, in der man die Durchgänge neu entdeckte. Diese panisch umherrennenden kleinen Leute ahnten ja so wenig von den Mächten, die ihr Schicksal bestimmten! Ah, was sie alles *böse* nannten! Die Wesen, die sie als Dämonen bezeichneten!

Er lächelte und schüttelte in selbstgefälliger Erheiterung den Kopf.

Noch ein paar geringfügige Einzelheiten sind zu regeln, dann ist meine Arbeit vorläufig getan.

Ohne Eile suchte er das Hohe Offizium auf und begab sich schnurstracks in Bischof Ignazio Izquierdos private Unterkunft. Dort fand er den einstweiligen Großinquisitor auf den Knien vor, zitternd ins Gebet versunken.

»Eure Eminenz«, unterbrach er ihn behutsam.

»Balaerik«, sagte Izquierdo und erhob sich bebend, »was in Gottes Namen haben wir falsch gemacht? Wie konnte er entkommen? Der dämonische Vertraute kam, wie er es angekündigt hatte. Er befreite ihn im gleichen Augenblick, in dem wir unseren glorreichen Sieg über das Böse feiern wollten. Jetzt sind *beide* erneut entfesselt und die Welt ist ihnen ausgeliefert. Was kann ich *tun?*«

Balaerik hob beruhigend die Hand. »Geduld! Nicht alles ist verloren. Wir müssen unsere Kräfte bündeln, um diesen Leuten nachzusetzen und sie zu vernichten.«

»Ich konnte einfach nicht gewinnen«, sagte der Bischof. »Ihr habt mich zurückgehalten, als ich den Hexer jederzeit hätte verbrennen lassen können.«

»Im Gegenteil. Die Macht *lag* die ganze Zeit lang in Euren Händen. Ich habe Euch nur beraten.«

Izquierdos Augen weiteten sich, und das innere Feuer darin wurde angefacht, während er laut nachdachte. »*Si, ich* bin der Großinquisitor.«

»Ihr seid der Großinquisitor«, wiederholte Balaerik gönnerhaft.

»Der Feldzug gegen das Böse ist *meine* Aufgabe.«

»So ist es«, pflichtete ihm der hochgewachsene Mann bei.

»Ich muss foltern und brennen und peitschen, bis der Meister zufriedengestellt ist und bis all die verdorbenen Ungläubigen ausgerottet sind.« Izquierdos Stimme war jetzt von Inbrunst erfüllt. »Aber – wie lautet des Meisters Name, Balaerik? Wagen wir ihn auszusprechen?«

»Nein. Nein, das wagen wir nicht. Bei unserer Arbeit müssen wir uns in Demut üben und dürfen die heiligsten Namen nicht nennen.« Balaerik lächelte inzwischen, während er den gequälten Mann in seiner Träumerei lenkte.

»Aber wie sollen wir ihn dann erkennen? Wie sollen wir, die für das Gute kämpfen, uns *gegenseitig* erkennen?«

Balaerik holte das runde Reliquar hervor, das er dem Großinquisitor früher schon einmal gezeigt hatte, und drehte es in der Hand, während er sprach. »Jeder Mensch muss den eigenen Meister erkennen, muss diese Kenntnis heimlich im eigenen Herzen bewahren. Welche Bedeutung hat schon, wen andere für seinen Meister halten? Derzeit müssen wir uns jedoch um andere Dinge kümmern, Eure Eminenz.« Izquierdos leuchtende Augen hingen an der schimmernden Kugel, die sich in Balaeriks Handfläche drehte. Er sah nichts anderes. »Ihr müsst Nachricht von den geflüchteten Hexen und Ungläubigen und den tragischen Abtrünnigen senden, die aus Toledo entwichen sind und sich der heiligen Gerechtigkeit entzogen haben.«

»*Si*, das muss ich«, sagte Izquierdo hilflos.

»Die besten Soldaten des Königs müssen sie verfolgen, sie zur Strecke bringen – sie *vernichten!* Ihr müsst jeden Außenposten alarmieren. Sendboten müssen in die hintersten Winkel vordringen und jeden Hafen erreichen.«

Der Bischof nickte ernst und behutsam.

»Mein eigenes Elitekorps wird sich am heiligen Gemetzel beteiligen, und zwar dergestalt, dass kein Tropfen Blut in den Adern der Ungläubigen und ihrer dämonischen Anführer zurückbleibt.«

»*Si* – so soll es geschehen.«

Im Verlauf der nächsten Stunde setzte der Großinquisitor alle Räder zur Verfolgung in Gang, unterzeichnete die nötigen Befehle und verfasste mit Balaeriks Hilfe Sendschreiben. Halb bekleidete Novizen, Sekretäre des Hohen Offiziums, bereiteten die Anweisungen vor und ergänzten sie um das Siegel des Offiziums. Sendboten wurden losgeschickt. Außerdem genehmigte der Großinquisitor die Geldmittel, die benötigt wurden, um die Jagd nach dem asiatischen Monster und seinen verhexten Gefährten zu finanzieren.

Alle Vorbereitungen wurden auf Geheiß Anton Balaeriks getroffen, und Bischof Izquierdo übernahm dabei die Funktion eines symbolischen Aufsehers. Die Novizen schienen vom unheimlichen Benehmen des Großinquisitors misstrauisch Notiz zu nehmen, aber sie äußerten sich nicht.

Als die Sekretäre nach getaner Arbeit in der Stunde vor der Morgendämmerung entlassen wurden, erteilte Balaerik dem Bischof noch eine weitere Anweisung.

»Ihr wurdet von einem Eurer vertrauten Untergebenen verraten, Eure Eminenz. Ihr müsst Pater Martin de la Cenza wegen Ketzerei, Verschwörung und Dämonismus festnehmen lassen. *Er* war es, der die Flucht des Asiaten ermöglichte.«

Izquierdo nickte langsam, und ein düsterer, hässlicher Ausdruck grub sich in sein Gesicht. Er rief nach Soldaten, die Pater Martin verhaften sollten. Dann waren er und Balaerik wieder allein.

»Ihr braucht mich nicht wieder aufzusuchen«, erklärte ihm Balaerik, »es sei denn, Ihr möchtet um meine Hilfe flehen. Ihr habt mir gute Dienste geleistet.«

Balaerik schlenderte dicht an ihn heran, packte ihn an den Armen und küsste ihn auf die Wange. Bischof Izquierdos Augen blitzten wahnsinnig, und ein seltsamer Schrei entrang sich ihm, als er zurückwich. Er brach in Gelächter aus und betastete die Wange, wo ihn der furchterregende *Donado* geküsst hatte.

»Wer seid Ihr?«, fragte Balaerik. »Wie lautet das Geheimnis, das nur wir beide teilen? *Wer seid Ihr?*«

»Ich bin – der Großinquisitor«, flüsterte Izquierdo ehrfürchtig, als hätte er diese Tatsache gerade erst erfahren.

»Und wie lautet Euer richtiger Name?«

Izquierdos Miene hellte sich auf. »Torquemada.« Sein Flüstern übersprang rau den Abstand zwischen ihnen. »Ich bin Torquemada.«

»Ja«, pflichtete ihm Balaerik lächelnd bei, »führend unter allen Anklägern der Inquisition. Und wie lautet Eure heilige Mission?«

»Die Hexen zu verbrennen und bluten zu lassen und zu zerstückeln, auch die Ungläubigen – alle, die sich mir entgegenstellen.«

Balaerik nickte und zog sich in den Schatten zurück.

»Das ist gut.«

Pater Martin blinzelte überrascht, als er Pater Jan Sebastio unter den Gestalten antraf, die über den Zocodover eilten. Sie beide waren mit Schweiß und Dreck verschmiert, Gesichter und Kleidung voller schwarzer Rauchflecken.

»Ihr …«, sagte de la Cenza und glotzte den päpstlichen Sendboten an. »Ich dachte …«

Sebastio zog ihn auf die Seite, außer Hörweite der Soldaten. »Habt Ihr an dieser Sache mitgewirkt, Martin?«

De la Cenza zögerte, ehe er die Frage langsam bejahte.

»Warum habt Ihr mir nichts gesagt?«, wollte Sebastio verärgert wissen. »Ich rief zum Fenster seines Gefängnisses hinauf, aber näher kam ich nicht an ihn heran.«

»Ich – ich dachte, Ihr wärt schon eingeweiht, da Ihr Gonjis Freund seid – und wenn nicht, so konnte ich Euch nicht vertrauen, dass Ihr – auf uns hören würdet – uns, die Verschwörer gegen die Kirche, gegen die spanische Krone …«

»Nicht gegen die Kirche, sondern gegen das Böse, Vater«, hielt ihm Sebastio entgegen. »Gegen Dinge, von denen wir wissen, dass sie falsch sind.« Er blickte sich um und deutete mit dem Kopf auf die unter lautem Gerassel vorbeilaufenden Soldatenkolonnen. »Auf der Jagd nach den Rebellen, soweit ich es verstehe. Ich hoffe doch, dass es ein solider Plan ist, in den Ihr mich da nicht eingeweiht habt.« In seinem Ton schwang noch immer Entrüstung mit.

»Ich weiß nicht. Ich hatte wenig damit zu tun.«

»Habt Ihr mit Gonji über mich gesprochen?«

De la Cenza zog dazu ein schmerzliches Gesicht. »Nein, tut mir leid. Es war nur wenig Zeit, um überhaupt über etwas zu sprechen. Und wie ich schon sagte, ich dachte, Ihr würdet mit ihm fortgehen.«

»*Psst!*«, warnte Sebastio. »Das sieht nach Ärger aus!«

Ein Trupp grimmig dreinschauender Wachmänner aus dem Alcazar näherte sich ihnen im Laufschritt.

»Pater Martin de la Cenza? Ihr werdet uns, *por favor*, in die Unterkunft Seiner Eminenz begleiten.«

»Darf ich nach dem Grund fragen?«

Der befehlshabende Offizier räusperte sich, um sich vom beißenden Geschmack des Schwefels zu befreien, ehe er antwortete. »Ihr werdet mir verzeihen, aber ich fürchte, es ist meine Pflicht, Euch in Arrest zu nehmen.«

»Auf Grundlage welchen Vorwurfs?«, brauste Sebastio auf.

Der Soldat musterte ihn aus schmalen Augen, als wollte er den Priester damit mahnen, sich gefälligst um seine eigenen Angelegenheiten zu kümmern. Dann antwortete er jedoch zurückhaltend: »Zum einen Verschwörung. Der Großinquisitor wird dies in seinen Räumen erläutern, denke ich. Darf ich fragen, wer *Ihr* seid, Padre?«

»Pater Jan Sebastio, Sendbote des Papstes, und Ihr, junger Mann, werdet sofort den Nuntius, Erzbischof Texeira, auffordern, uns in den Räumen des Großinquisitors Gesellschaft zu leisten. Bischof Izquierdo war in jüngster Zeit unausgewogen in seinen Entscheidungen, und ich habe vor, den Beweis zu führen, dass er ungeeignet ist, dem Hohen Offizium vorzustehen.«

»Ich nehme meine Befehle vom Oberst entgegen, Pater.«

»Tatsächlich?«, brüllte Sebastio. »Und ich denke, dass es General de la Vega interessieren wird zu hören, wie der Großinquisitor sich unrechtmäßig die Vollmachten angeeignet hat, die dem General zustehen. Nicht erst heute Abend, sondern schon seit Längerem. Werdet Ihr jetzt einen Eurer Männer zum Nuntius schicken, oder soll ich den General veranlassen, dass er das selbst übernimmt?«

Der Offizier musterte ihn herablassend, ehe er dann nickte, und einer seiner Männer machte sich im Laufschritt auf die Suche nach Erzbischof Texeira.

»Martin«, sagte der Großinquisitor sanft, als Pater de la Cenza vor ihn geführt wurde. Er schüttelte ungehalten den Kopf und glich darin einem ruhigen, liebevollen Vater, der sich gezwungen sah, ein eigenwilliges Kind zurechtzuweisen. »Lieber, irregeleiteter Martin. Ich fürchtete schon, dass es dazu kommen würde, als Ihr beschlossen habt, so viel Zeit ... Was tut *Ihr* denn hier?« Sein Verhalten änderte sich, als er sah, dass Pater Sebastio dem Trupp, der de la Cenza festgenommen hatte, auf dem Fuße folgte.

Sebastio schloss die Zimmertür. »Nein, nein, achtet nicht auf mich. Fahrt mit Euren Anschuldigungen fort. Ah – ist Euer Ratgeber nicht hier, dieser Balaerik?«

»*Ich* bin der Großinquisitor.«

»*Si*, absolut«, pflichtete ihm Sebastio bei. »Also, dann klagt Pater de la Cenza an und legt Eure Beweise vor.«

Jemand klopfte an die Tür.

»Lasst niemanden mehr eintreten!«, brüllte Izquierdo das stumme Portal an. »Das ist eine private Sitzung.«

Die Tür schwang jedoch derart heftig auf, dass ein heftiger Luftzug entstand, und ein Wachtposten gewährte mit grimmiger Miene Erzbischof Texeira Eintritt. Bestürzung breitete sich auf Izquierdos Miene aus.

»Was hat diese Störung zu bedeuten?«, wollte der Bischof wissen.

»Gerade wollte ich Euch genau das Gleiche fragen, Euer Gnaden. Warum habt Ihr Martin verhaftet?«

»Von welchem Belang ist diese Frage für das päpstliche Amt?«

Izquierdo bebte vor Zorn und Argwohn. Ein irres Flackern lag in seinem Blick, als dieser im Laternenlicht des Raums zuckend von Gesicht zu Gesicht sprang.

Sebastio wandte sich an den Nuntius, ohne Izquierdo aus den Augen zu lassen. »Es scheint, dass Seine Eminenz niemandem mehr über den Weg traut. Niemandem außer Balaerik. Wer übt derzeit in diesem Amt die Macht aus?«

»Ich bin hier die Autorität!«, wetterte Izquierdo. »Und wer sich mir in den Weg stellt, muss die Folgen tragen, wer immer es auch sein mag!« Er deutete jetzt anklagend mit dem Finger auf Sebastio.

»Wirklich?«, fragte Texeira. »Und soll auch ich festgenommen werden? Ich habe meine Zweifel, was den Umfang der Vollmachten angeht, die Ihr für Euch beansprucht. Wer hat das Heer beauftragt, die Flüchtlinge zu verfolgen? Ich habe gesehen, wie Menschen auf den Straßen niedergestreckt oder grundlos festgenommen wurden, nur weil sie in ihrer Angst und Verwirrung blindlings umherirrten. Wäre das nicht das Vorrecht General de la Vegas? Habt Ihr ihn konsultiert, ehe Ihr den Soldaten den Befahl gabt, auf unsichtbare Feinde einzuschlagen?«

»Das ist meine Sache!«

»Zieht Eure Befehle sofort zurück und lasst Pater de la Cenza frei«, verlangte Sebastio, »bis diese Ereignisse vernünftig untersucht werden können.«

»Ich erteile hier die Befehle!«, schrie Izquierdo. »Kräfte wurden in Gang gesetzt, die niemand mehr aufhalten kann.« Er posierte jetzt in Siegerhaltung und wirkte dabei verstörend selbstgefällig. Sogar die Wachleute musterten ihren Vorgesetzten voller Unbehagen. »Wachen, nehmt *alle* drei in Gewahrsam! Sobald Ihr mit der Eisernen Jungfrau Bekanntschaft gemacht habt, werdet Ihr Euch dem Hohen Offizium unterwerfen. Niemand kann es wagen, meine Macht anzuzweifeln, die sich – vom Meister selbst herleitet!«

Sebastio warf Martin einen vielsagenden Blick zu. Sie hatten den gleichen Gedanken.

»Er kann seinen Namen nicht aussprechen«, flüsterte de la Cenza entsetzt.

»Was?«, schnauzte Izquierdo.

»Habt Ihr dasselbe Gelöbnis abgelegt wie Balaeriks böse Bruderschaft?«, fragte der Prälat angewidert.

»Sprecht seinen Namen aus!«, verlangte Sebastio.

»Verhaftet sie! Werft sie in den Kerker!«, brüllte der Bischof.

Erzbischof Texeira hob mahnend die Hand, wenngleich die unsicheren Wachleute keinerlei Anstalten machten, irgendetwas zu tun. »Erklärt uns, Ignazio, von wem sich Eure Macht herleitet. Spricht den Namen Gottes des Vaters und Seines Sohnes Jesus Christus aus!«

»Bringt sie fort! Schafft sie auf den Scheiterhaufen!« Izquierdo führte eine drohende Handbewegung aus, und die Wachleute spannten sich. Ihr Anführer trat zwischen den Bischof und die beschuldigten Priester.

»Ich fürchte, dem Großinquisitor geht es nicht gut«, informierte Texeira sie. »Die Belastungen seines Amtes fordern ihren Tribut. Unterrichtet General de la Vega und schickt auch dem Herzog von Lerma eine Nachricht, dass Bischof Izquierdo zu seiner eigenen Sicherheit in Gewahrsam genommen wurde.«

»Nein!«

Izquierdo griff fluchend und knurrend den apostolischen Nuntius an. Drei Wachleute, waren nötig, um ihn zu überwältigen.

Der Truppführer bat Pater Martin und Erzbischof Texeira mit einem Blick um Anweisungen.

»Korporal, informiert Euren Vorgesetzten darüber, was hier geschehen ist«, sagte Pater Martin. »Sagt ihm, dass wir mit General de la Vega sprechen müssen. Ich rufe die Sekretäre zusammen, um herauszufinden, welche Schritte der Bischof unternommen hat. Vor allem müssen wir die Ordnung wiederherstellen.

Und jemand – jemand muss den *Donado* Anton Balaerik finden und zur Befragung herbringen.«

»Lasst mich los!«, schrie Izquierdo, während er mit den Wachen kämpfte. »Ihr wagt es, Hand an mich zu legen? Ich bin Torquemada …«

»Torquemada!«

Ein kalter Hauch fuhr durch das Gemach, als der Name des schon lange toten ersten Großinquisitors erklang. Man verband ihn mit einer Schreckensherrschaft der Inquisition, neben der jede politische Tyrannei der Gegenwart verblasste.

Die zehn spanischen Lanzenreiter warteten hoch zu Ross in der Rinne des Tajo-Flusstals, wie man es ihnen befohlen hatte. So begierig sie darauf waren, sich an der Verfolgung der Rebellen zu beteiligen, die die Autodafés vom vorangegangenen Abend in Toledo gestört hatten, so fürchteten sie doch die Macht, über die Bruder Anton gebot.

Einer der Männer hatte von der Entstehung der mysteriösen Bruderschaft der Heiligen Waffen gehört und beglückte seine Kameraden mit fragwürdigen Geschichten, bei denen es ihnen kalt über den Rücken lief, obwohl sie rüpelhaft knurrend ihre Zustimmung zu den Zielen des neuen Ordens zum Ausdruck brachten.

»Mir gefällt der Mond heute Nacht nicht«, sagte einer von ihnen nervös und blickte zum kränklich leuchtenden Dreiviertelmond hinauf.

»Halt die Klappe«, wies ihn sein Befehlshaber an. »Wen interessiert schon, was dir gefällt?«

»Was tut er eigentlich da draußen? *Dios* – denkst du, ich sollte mal nachsehen?«

»Du bleibst auf deinem Posten«, befahl der Feldwebel.

»Wir sind es doch schließlich, die man ausgesucht hat, um mit seiner Gruppe zu reiten, hm?«, meinte ein anderer Mann herausfordernd und kratzte sich an seinem Gemächt.

Die Frage bedurfte keiner Antwort, denn alle wussten, dass es so war, und ihren grimmigen Mienen war deutlich zu entnehmen, dass es für sie gleichermaßen ein Horror wie auch eine Ehre war, von dem seltsamen *Donado* ausgesucht worden zu sein.

Und außerhalb ihrer Sichtweite, am Ufer des Tajo, fand ein unheimliches Ereignis statt.

Balaerik holte den runden Gegenstand hervor, den er als das Reliquar seines namenlosen Heiligen bezeichnet hatte. Er hielt ihn mit ausgestreckten Armen vor sich und formte mit dem Mund lautlose Worte, während er sich bückte und die Elfenbeinkugel in den Uferschlamm legte. Dort glühte sie in weichem Licht auf, begann zu rotieren, und aus einer unsichtbaren Öffnung ergoss sich ein dünner grauer Nebel, der wirbelnd aufstieg und sich zu einer wabernden Wolke sammelte, die von schemenhaften Formen belebt wurde.

Diese Formen trennten sich voneinander, wurden zu zehn eigenständig rotierenden Wirbeln aus sich verdichtender Dunkelheit, die unmittelbar über dem Ufer schwebten.

Die Augen tauchten als Erstes auf, glutvolle rote Augenschlitze mit winzigen irisierenden Pupillen. Dann zeichneten sich im Nebel kräftige Gliedmaßen ab, jeweils vier, denen glänzende Hakenkrallen wuchsen und die sich schließlich zur Erde herabsenkten. Sie schienen den Boden kaum zu berühren, obwohl die Köpfe und Rümpfe, die jetzt solide Gestalt annahmen, sehr muskulös wirkten. Geschmeidigkeit, Anmut und Wildheit wetteiferten miteinander, als sich die Kreaturen in der weichen Umarmung des schwarzen Nebels absolut gleichzeitig zu bewegen begannen. Der Nebel schien sie beharrlich zu begleiten, wie um ihr schattenhaftes Dasein zu verhüllen.

Ihrer Bedeutung entsprechend nannten die Menschen sie

Dämonen, denn das waren sie wahrhaftig: riesige, bösartige, vernunftbegabte Tempelkatzen. Hexenverwandte aus einer anderen Welt, einer hungrigen Welt. Wächter und Helfer von Nekromanten bei deren ruchloser Tätigkeit.

Sie umkreisten Balaerik einmal und bleckten dunkle messerscharfe Zähne, während sie sich streckten und atmeten und von ihrer neuen Umgebung Besitz ergriffen. Listenreich und anpassungsfähig, wie sie waren, wussten sie, welches Werk sie zu verrichten hatten, ohne dass dazu Worte gewechselt werden mussten.

Die Gestalten der Dunklen Kompanie trieben gegen die Strömung des Flusses auf sie zu. Die fischartigen, aufgedunsenen, langsam in einem schaurigen Ballett rotierenden Ewigen schwebten auf das Ufer zu, wo Balaerik sie mit verschränkten Armen geduldig erwartete.

Die Tempelkatzen lechzten danach, sie zu packen, aber sie schätzten die kalte Hand des Wassers nicht. Als die Leichname flacheres Gewässer erreichten, für einen Menschen nur noch knöcheltief, tappten die Katzen behutsam auf sie zu und gaben dabei ihr eigentümliches weiches Fauchen von sich.

Jede Katze packte einen Leichnam mit sanftem und zugleich festem Biss am Hals und schleppte ihn ans Ufer. Dort machten sie sich daran, die Leichen zu lecken, zu putzen, sie dabei bei Bedarf umzudrehen und so letztlich eine erstaunliche Umwandlung in Gang zu setzen: Die vermodernden Gestalten und zerfledderten Kleidungsstücke erneuerten sich langsam und mühsam. Die Rüstungen wurden getrocknet und repariert, die umgehängten Waffen von Rost und Moder gesäubert. Das aufgedunsene, fleckige Fleisch jedes Kadavers schrumpfte ein, nahm eine gleichmäßige fahle Färbung und die Starrheit des gerade erst Getöteten an.

Die Augenlider wurden mit Katzenzungen geöffnet und legten tote milchig-weiße Augäpfel frei. Jede Katze saß jetzt auf einer

Leiche, umfasste deren Gesicht mit dem Gebiss und hauchte Luft zugleich in Lungen, Nasenlöcher und Augen.

Die Bewegung begann im Bereich der Brusthöhlen. Die Katzen tranken das auslaufende Flusswasser auf und würgten es am Ufer wieder heraus.

Als sie ihr grausiges Werk vollbracht hatten, hatte die Zeit schichtweise die vermoderten Leichname freigegeben, wenngleich sie nach wie vor zum Heer der Toten gehörten.

Jede der vernunftbegabten Katzen bezog jetzt in gelangweilter sphinxhafter Haltung Position neben dem Kopf einer der am Boden liegenden Gestalten und starrte konzentriert auf den toten Krieger. Balaerik trat nacheinander an jede der lautlosen Gestalten heran und baute sich vor ihr auf.

»Hilmar – Ulrich – Wiemer …«, sprach er über dem ersten Erschlagenen. »Dein Tod sei bezwungen.«

So etwas wie ein Schlag traf den Leichnam. Ein Riss klaffte in Kürass und Hemd und oberem Brustbereich auf. Blut spritzte aus der entzündeten Wunde. Eine unvermittelte Umkehrung setzte ein, ein Irrlauf der Zeit – und eine Pistolenkugel fuhr aus der Brust des Mannes hervor und rollte in den Uferschlamm. Die Wunde blieb wie der Kegel eines ausbrechenden Vulkans bestehen, aber der Körper bewegte sich jetzt, und der Krieger rollte wild mit den Augen, als die Dunkelheit des Grabes von ihnen genommen wurde.

»Jürgen – Kleinhenz … Dein Tod sei bezwungen.«

Der verdrehte, gebrochene Hals des ungeschlachten Mörders schnappte mit einem hohlen Knacken, das die Hand der Gerechtigkeit verhöhnte, wieder in die richtige Position.

Der Feldwebel unterband das Geflüster seiner Soldaten, indem er sich auf den Schenkel schlug. Balaeriks Bruderschaft der Heiligen Waffen ähnelte niemandem, mit dem sie es je zu tun gehabt hätten, obwohl sie jetzt seit fast einer Stunde darüber Vermutungen anstellten.

»Sie werden Pferde brauchen, nicht wahr?«, meinte der Feldwebel und schluckte krampfhaft, als er Balaerik selbstgefällig lächeln sah.

»Das wird kein Problem sein«, antwortete der *Donado*, und einer der jüngeren Ulanen wimmerte unverhohlen.

»Was zum Teufel ... Gott im Himmel!«

Sie sahen, wie sich die Katzen an der Mündung der Klamm versammelten, als auch schon die Dunkle Kompanie mit Bogen und Armbrust das Feuer auf die Lanzenreiter eröffnete. Der Feldwebel gehörte zu den Ersten, die fielen. Männer schrien und Pferde bäumten sich auf. Zwei Ulanen konnten beinahe zu den Angreifern vorstoßen, ehe sich die Tempelkatzen mit ausgefahrenen Klauen und Fangzähnen auf sie stürzten.

Ein tapferer Lanzenreiter, der schon beinahe einen Arm an die Katzen verloren hatte, fand die verzweifelte Kraft, seine Pistole anzulegen und einem der wiederbelebten Unholde ins Gesicht zu schießen. Das Letzte, was er sah, war ein zertrümmertes, dunkles Gesicht, das sich wieder zusammensetzte, während der arrogante Untote, des Ulanen anvisiertes Opfer, über ihm aufragte, die Hände in die Hüften gestemmt.

Die Tempelkatzen trieben die vor Angst schier wahnsinnigen Pferde schnell in die Sackgasse der Klamm. Balaerik hob eine Lanze auf, näherte sich einem bockenden Pferd und schlitzte diesem den Hals auf. Während das Tier strampelnd im Todeskampf lag, sammelte er das verlöschende Leben mit der nekromantischen Kugel ein. Es leistete keinen Widerstand, denn Tiere waren noch leichter zu lenken als verdorbene Seelen.

»So sei es«, flüsterte Balaerik. »Das Ende der Augenblicke – und ein neuer dunkler Anfang.« Er raubte den Pferden die letzten Atemzüge, einen nach dem anderen, unterstützt von der Dunklen Kompanie, der er jetzt eine Frage stellte.

»Schätzt ihr dieses Leben?«

Bestätigungen wurden in einem halben Dutzend Sprachen aus Kehlen gezischt, die erst noch im Begriff waren, die Gabe der Sprache zurückzuerlangen.

»Möchtet ihr für alle Zeit am Leben bleiben – unsterblich sein?«

Eine eifrige Antwort erfolgte, erfüllt vom Grauen jener, die schon erfahren hatten, was das Grab für sie bereithielt.

»Ich verlasse euch jetzt mit dieser Hoffnung: Erfüllt die Aufgabe, die ich euch stelle, und lebt für immer. Ein Scheitern kommt für euch nicht infrage, wie ihr wohl wisst. Ihr kennt eure Beute, und diesmal unterliegt ihr keinerlei Beschränkung. Letztes Mal hatte ich euch angewiesen, ihn auf große Entfernung zu quälen, auf dass er den Schmerz der Einsamkeit und des Verlustes erführe und er sich erneut mit jenem anderen Wesen vereine, das uns Sorgen bereitet. Das hat er inzwischen getan. Jetzt könnt ihr ihnen auf jede Art, die ihr wünscht, wehtun, ehe ihr sie vernichtet. So lautet mein Befehl. Vernichtet den Samurai und den Mann, der die Bestie im Zaum hält, und ihr werdet für immer leben.«

Ein leises Zischen voller Staunen ertönte, als die Untoten diese so überaus verlockende Möglichkeit erwogen.

»Der Tod sei bezwungen.«

Ein schwarzer Wallach erhob sich wieder, unsicher zunächst, da man ihn so grob ins Leben zurückrief. Dann trat er mit weit aufgerissenen Augen und Nüstern auf Balaerik zu und verbeugte sich vor ihm.

DRITTER TEIL

DIE WAISEN ARKADIENS

EINUNDZWANZIGSTES KAPITEL

Die Flüchtlinge und die Renegaten, die zusammen mit Gonji Toledo verlassen hatten, gingen in der Nähe von Aranjuez an Land und überließen ihre Lastkähne und Boote den Wellen. Dann schlossen sie sich einer Wagenkarawane an; diese beförderte Textilien, die Jakob Neriah erworben hatte.

Der listige alte Kaufmann hatte gut vorgesorgt: Die Wagen boten reichlich Platz für die Nichtkombattanten; Salgueros neue Truppe von Glücksrittern schaffte aus geheimen Lagern Proviant für die wilde Flucht zum Meer heran, und aus den Ställen von drei Dörfern wurden Pferde für die kriegerischen Mitglieder der zusammengewürfelten Entourage bereit gestellt.

»Ganz wie in Vedun«, hatte Neriah nostalgisch gescherzt, aber Gonji konnte seinen Enthusiasmus nicht teilen.

Der Samurai fuhr zunächst auf einem Wagen mit und gönnte seinem strapazierten Körper Ruhe, bis der Plan die Aufteilung in kleinere Karawanen vorsah und er sich wieder ausreichend reisetüchtig fühlte, um die Zügel einer schwarzen Stute zu ergreifen.

Er fand sich mit etlichen alten Kampfgefährten vereint, darunter der unwirsche Corsini, und er stellte erfreut fest, dass er noch immer genug Ansehen genoss, sodass diese alten Schuldner sich aufgemacht hatten, um sich bei ihm für früher gewährte Gefälligkeiten zu revanchieren.

Aber je mehr Gonji von den Menschen sah, die vor der Inquisition flohen, desto weniger gefiel es ihm. Viele Familien waren dabei, junge Menschen und alte. Wie es schien, wähnten sie sich auf einer Art heiliger Pilgerfahrt zur Zuflucht der *Wun-*

derritter in Österreich, und der Samurai fühlte sich unbehaglich bei der Vorstellung, dass man ihn zum spirituellen und militärischen Anführer dieses gefährlichen Rückzugs bestimmt hatte.

Und obwohl er wenig darüber sprach, wusste er, dass er, sobald das Meer erreicht war, einen Weg einschlagen würde, der von ihrem abwich.

Einige Tage lang flohen sie gen Osten und bogen dann allmählich in Richtung Valencia ab. Neriahs Geld war in die richtigen Hände gelangt, und man warnte die Karawane vor dem, was die spanische Armee im Hinblick auf sie plante. Man hatte Kuriere losgeschickt, damit die militärischen Außenposten entlang des Mittelmeers Straßensperren errichteten, und Gonji glaubte, das Unheil über ihrer Fährte schweben zu spüren.

Zu dieser düsteren Ahnung gesellte sich eine weitere Sorge: In den zwei Tagen seit der Flucht aus Toledo hatte sich Simon nicht der ständig wachsenden Gruppe angeschlossen.

Bueys kleiner Rebellentrupp stieß spät am zweiten Abend zur Hauptgruppe der Karawane. Gonji saß gerade neben dem verletzten Feldwebel Orozco, als sie angeritten kamen. Der Feldwebel glühte geradezu im Fieber, seit man die Kugel aus dem Bein entfernt hatte. Eine Roma, deren goldene Ohrringe klimperten und im Feuerschein funkelten, versorgte Orozco und spülte seine Wunde mit einem übelriechenden Trank. Das Fieber schien nachzulassen.

Der Ochse rief einen Gruß, zerrte anschließend eine gefesselte und geknebelte Gestalt von einem Pferd und stieß den Gefangenen auf Gonji zu. Es war Pablo Cardenas, der Advokat aus Barbaso.

»Asiatischer *Teufel!*«, schrie Cardenas, sobald man ihm den Knebel abgenommen hatte. »Ihr seid verantwortlich dafür, dass meine Familie in Gefahr schwebt. Aber noch seid Ihr nicht entkommen! Die Soldaten werden Euch durchlöchern, und *dann* pfählen sie Euch ...«

»Jetzt wartet mal einen Moment und beruhigt Euch, Cardenas!«, brauste Gonji auf. »Ich weiß nicht, was Ihr mir vorwerft, aber eins sage ich Euch: Ich habe die Nase voll von spanischen Anschuldigungen. Schneidet ihn los!«

Ein Soldat führte den Befehl aus, und dann standen die beiden Männer da und musterten einander feindselig.

»Er wirft dir das hier vor«, sagte Buey und warf Gonji das Duplikat des verlorenen Wygyll-Emblems zu.

»*Choléra!*«, fluchte der Samurai, fing das Medaillon auf und hielt es vors Gesicht. »Nicht dasselbe, aber sehr ähnlich. Woher habt Ihr das?«

Ehe Cardenas antworten konnte, richtete sich Orozco ächzend auf einen Ellbogen auf. »Willst du damit sagen, dass er dieses Ding die ganze Zeit lang dabeihatte? Ich *wusste* ja, dass du nur deshalb meinen Tod wolltest, damit du mir nicht das Silber zurückzuzahlen brauchst, das du mir schuldest.«

Cardenas blickte von Orozcos verschwitztem Grinsen zu Gonjis neugieriger Miene. »Ich ... Es wurde im Schlafzimmer meiner Kinder gefunden. Ihr meint, Ihr hattet nichts damit zu tun?«

»Wie, denkst du, ist es dorthingekommen, Kyushi?«, fragte Hauptmann Salguero, stellte einen Fuß auf einen Schemel und beugte sich vor.

»Vermutlich war es die Hexe«, sagte Gonji leise.

»Domingo Negro?«, fragte Cardenas mit großen Augen.

Der Samurai nickte versonnen. »Von ihr stammte das andere Stück, das ich im Kerker dabeihatte. Es ging verloren, als sie Valentinas Zelle ausbrannten. Domingo schien es für sehr wichtig zu halten. Vielleicht hat sie uns deshalb zwei davon geschickt.«

»Aber wieso *mir?* Wieso meinen Kindern?«, wollte der Advokat wissen. »Warum uns in diesen Wahnsinn hineinziehen? Ich habe nicht den Wunsch, Euch in den Tod zu folgen. Sobald Ihr mich freilasst, werde ich zu meiner Familie zurückkehren. Wisst Ihr eigentlich, dass wir selbst wegen dieser Sache vor den Truppen des Obersten flüchten mussten? Verdammt sei diese Hexe in den tiefsten Schlund der Hölle!«

»Oder«, fuhr Gonji tief in Gedanken versunken fort, »sie wollte Euch mit Hilfe des Emblems vielleicht zwingen, Euch uns anzuschließen. Vielleicht gibt es ja einen Grund, warum Ihr mich begleiten solltet.«

»Nach Österreich?«, schrie Cardenas. »Ihr müsst verrückt sein! Ich begleite Euch nirgendwohin.«

Gonji blickte ihn von der Seite aus an, sagte aber nichts.

»Ist Eure Familie also in Sicherheit?«, fragte Salguero.

»*Si*, ich denke schon.«

»Wo habt Ihr sie versteckt?«, hakte Buey nach.

Cardenas hätte beinahe geantwortet, beherrschte sich aber. »Sagen wir einfach, dass wir vorläufig in dieselbe Richtung reisen.«

»Tut mir sehr leid, *Señor*«, sagte Gonji behutsam, »aber ich denke, wir müssen Euch mitnehmen, bis wir das Meer erreicht haben. Eurer eigenen Sicherheit zuliebe.«

»Ihr könnt mich nicht festhalten! *Ich bin nicht Euer Gefangener!*«

»Wir vertrauen Euch«, mischte sich Salguero ein. »Wir können lediglich nicht wissen, wem Ihr unterwegs womöglich begegnet. Wir tragen die Verantwortung für viele Menschenleben. Viele Familien könnten durch unsere Verfolger in Gefahr geraten.«

Cardenas runzelte die Stirn und leckte sich die trockenen Lippen, während er sich den Kragen fest um den Hals zuzog, um sich vor dem kalten Nachtwind zu schützen, der lebhaft über das Grasland fuhr. »Ich kann gar nicht glauben, dass Ihr Euer Land und Eure Kirche dermaßen verraten habt, Hauptmann. Und Ihr, Samurai – ich versuchte Euch zu helfen, als sie Euch aus Barbaso fortbrachten. Ich drängte sie, Euch anständig zu behandeln. Beinahe hätten sie mich deshalb selbst eingekerkert.«

»*Hai, domo*, ich erinnere mich«, sagte Gonji zu ihm. »An diesen Dingen liegt es ja, dass die Männer hier ihre Vorgesetzten verraten haben. Ich kann, fürchte ich, niemandem von Euch jemals zurückzahlen, was Ihr für mich getan habt. Ich kann es nur versuchen ...«

Er ließ die Worte im pfeifenden Wind verklingen und senkte den Blick, während er in die Dunkelheit davonging.

Einen Augenblick später stieg Valentina aus dem Wagen, in dem sie gesessen und wortlos zugehört hatte, und brachte ihm eine Decke.

Ob der Grund Schock, Schmerzen oder unerwartete Würde war, konnte Gonji nicht erkennen, aber Valentina hatte ihn an jenem ersten Abend nicht mit offen gezeigter Zuneigung in Verlegenheit gebracht – als sie ihrem Verlangen nachgeben konnten, zusammen zu sein, ungehindert von Mauern oder Gittern. Durch einen schlichten beredten Händedruck, durch den Austausch der Gefühle in ihren Blicken, so teilten sie einander die tiefe Abhängigkeit vom anderen mit, die sich in den langen Kerkermonaten zwischen ihnen entwickelt hatte. Die Umstehenden hatten respektvoll geschwiegen, denn diese beiden misshandelten Gefangenen hielt für alle sichtbar ein Band der Liebe zusammen.

Für Gonji brachte die Freiheit jedoch eine bittersüße Erkenntnis mit sich. Als sie noch eingekerkert gewesen waren, war Valentina ein Gegenstand unerfüllbaren Verlangens gewesen. Jetzt, da sie die Freiheit wiedererlangt hatten, brach sich in ihrer Beziehung die harte Wirklichkeit Bahn: Aufgrund der unglücklichen Krankheit Valentinas konnte Gonji sie nicht nehmen, obwohl es sie nacheinander verlangte.

»Ich kann verstehen, welchen Reiz ein Flittchen auf einen einsamen Mann ausübt«, scherzte Salguero, als Gonji sich für die Rettung Valentinas bei ihm bedankte. Der Samurai brachte in diesem Punkt jedoch keinen Humor auf. Seine Begierde verwandelte sich alsbald in Enttäuschung und Schwermut, während sie sich in den kalten Nächten unterwegs gegenseitig Wärme spendeten.

Valentina brachte ihrerseits das Thema nie zur Sprache und begriff und akzeptierte ihre Lage auf eine Art und Weise, die Gonjis Schuldgefühle nur verstärkte. Valentinas ganze Haltung hatte sich verändert. Die vulgären Ausbrüche waren seltener geworden, und sie zeigte mehr Zurückhaltung, seit man sie in die Gemeinschaft der Flüchtlinge aufgenommen hatte. Sie verhielt sich nicht mehr wie eine Hure, galt aber bei den anderen auch nicht als Gonjis hingebungsvolle, ewig schmachtende Sklavin. Vielmehr demonstrierte sie eine wunderbare charakterliche Tiefe und Würde und gewährte dem Samurai Raum, trat jedoch bei Versammlungen als seine Partnerin auf.

Ihre Liebe war eindeutig, ihr Respekt jedoch auf eine verdrehte Art ärgerlich für ihn. Für ihn wäre es viel leichter gewesen, hätte sie sich eigensüchtiger verhalten.

Er lag am zweiten Abend in einem abgedeckten Wagen im Bett, und Valentina verband eine Wunde an seinem Rücken neu.

»Dank der Inquisition hast du jetzt mehr dauerhafte Narben auf deinem müden alten Buckel«, sagte sie.

»Gilt für uns beide, *neh?*«

»*Si*«, sagte sie lächelnd. »Wir beide tragen viele Narben herum. Gonji-*chan*, nichts von all dem hier ist einfach für dich, oder?«

Er nahm sich Zeit, bis er antwortete. »Für keinen von uns. Ein langer, harter Weg liegt vor uns.«

»Das habe ich nicht gemeint. Wäre es dir lieber, wenn ich fortginge?«

Er reckte den Hals, um sie anzusehen. »Was meinst du damit? Wohin würdest du gehen, wenn nicht nach Österreich? Hast du irgendwo in Spanien noch Verwandte?«

Sie lächelte. »Lieg still.« Sie drückte ihn mit fester Hand an der Schulter wieder nach unten. »Woher hast du diese hässliche Narbe?« Sie fuhr mit einem Finger an der Narbe der Schwertwunde entlang, über die er schon in tausend einsamen, mondbeschienenen Nächten schweigend nachgesonnen hatte.

Gonji grunzte unverbindlich und wechselte das Thema. »Ich habe dir das noch nie erzählt. Nie bot sich eine Gelegenheit. Eine Hexenmeisterin hat mich im Kerker aufgesucht – wobei sie deinen Körper benutzte. Sie kam, um mich über das Böse zu informieren, das uns quält. Sie konnte in dich eindringen, weil … Sei nicht beunruhigt! Sie war eine freundliche Hexe von scharfem Verstand. Das war nun einmal ihre Art, sich in das Bewusstsein anderer zu schleichen. Durch Verletzungen der Betroffenen, weißt du? Sie konnte dir nicht helfen, obwohl ich sie darum bat. Es tut mir leid, Tina-*chan*.«

»Ich liebe dich, Gonji«, sagte sie leise. »Ich denke, das weißt du. Sag nichts. Ich musste es mich nur selbst sagen hören. Es klingt so heilsam.« Sie lachte auf ihre derbe Art von einst, und einen Augenblick lang fühlte sich Gonji in den Kerker zurückversetzt. Ein flüchtiger Eindruck von Erhebung über das triste Elend. Dann wurde Valentina wieder ernst. »Du bist mir nichts schuldig. Freiheit ist für Menschen wie dich und mich ein zu kostbares Gut.«

Sie wich zurück und seufzte müde. Gonji drehte sich zu ihr um. Sie zuckte leicht zusammen, als sie mit dem noch immer wunden Rücken an die Seitenwand des Wagens stieß.

»Warum betrinken wir uns nicht?«, fragte sie. »Und dann kannst du mal sehen, wie du *meinem* Rücken helfen kannst. Und dann meiner Vorderseite ...« Sie lachte erneut, und Gonji fühlte sich von ihrer Heiterkeit angesteckt.

Er konnte einfach nicht grausam zu ihr sein. Er schuldete ihr viel. So sah er sich mit einer weiteren Pflicht beladen, denn eine Verpflichtung war für jemanden, der dem Kodex des *Bushido* folgte, nicht so leicht abzuweisen. Er hatte keine Ahnung, wie er damit letztlich umgehen sollte. Aber der Zeitpunkt rückte näher.

Kurz nach Anbruch der folgenden Morgendämmerung kam es zu einem Tumult im Lager. Gonji wurde von Valentina geweckt und stellte fest, wie die wölfische Gestalt des Simon Sardonis heranzottelte. Der Werwolf betrat das Lager mit der kraftvollen Eleganz, die Gonji so gut kannte. Der Atem des Samurai beschleunigte sich, während er sich den Kopf auf der Suche nach den richtigen Worten zerbrach, um diesen seltsam verfluchten Bundesgenossen anzusprechen, den er so lange nicht gesehen hatte.

»*Lobis homem* – der Werwolf.«

Wo immer der Blick dieser unheimlichen Silberaugen zur Ruhe kam, verstummte das Flüstern der in dicht gedrängten Gruppen stehenden Gaffer. Sie musterten ihn, wie sie es mit einem eingefangenen wilden Tier getan hätten, und konzentrierten sich mal auf den spitzen Kamm blonden Haares auf der Stirn, mal auf die kräftigen Armsehnen oder das Blut unter den dunklen Fingernägeln. Er trug zerrissene und blutige Kleidungsstücke: Hose, Hemd, Kürass und spanische Kavalleriebewaffnung. All das passte schlecht zusammen, und in Anbetracht der Legende dieses Wesens, das man Grejkill nannte, das Tier mit der Seele eines Menschen, konnte kaum ein Zweifel daran bestehen, wie und warum er in den Besitz dieser Dinge gelangt war.

Nur Stunden zuvor hatte er gar keine Kleidung gebraucht. Er war in Gestalt des großen goldenen Werwolfs über die Ebenen gestreift, und Soldaten hatten das Pech gehabt, ihm über den Weg zu laufen. Die Flüchtlinge waren darauf vorbereitet gewesen, dass er unter ihnen auftauchte; man hatte viel darüber geredet. Trotzdem gafften sie und bekreuzigten sich und betasteten besorgt ihre Waffen, während sie die Kinder zum Schutz hinter sich schoben.

Gonji verfolgte das alles schweigend. Er kannte Simons Unbehagen, bewunderte ihn aber sehr für den Mut, hier zu erscheinen. Menschen mieden ihn schon so lange aufgrund des grauenhaften Fluches, der auf ihm lastete, dass er begreiflicherweise im tiefsten Herzen ein Menschenfeind geworden war. Gonji erinnerte sich daran, welch traumatischen Preis es Simon abverlangt hatte, sich den Verteidigern Veduns anzuschließen.

Er überlegte, das anzusprechen, verwarf die Idee aber wieder, als ihm klar wurde, dass er Simon damit vielleicht in Verlegenheit brachte und sich der Werwolf wieder zurückzog. In genau diesem Augenblick trat Hauptmann Salguero vor und packte Simon an den Schultern, schüttelte ihm dann die Hand und hob sie schließlich, damit die Umstehenden das in die Handfläche des Lykanthropen gebrannte weiße Kreuz erblickten.

»Das ist der Mann, von dem ihr so viel gehört habt!«, trompetete Salguero wichtig. »Er ist ein Anhänger Christi, hat sich aber auch die universelle Toleranz der *Wunderritter* zu eigen gemacht, die uns allen so wichtig ist. Und er ist der Zorn Gottes für alle bösen Mächte …«

Gonji verschränkte die Arme und zog eine Braue hoch, während er zuhörte und dabei innerlich lächelte. Er sah, wie Simon allmählich in Schweiß ausbrach und sein Blick auf der Suche nach einer Zuflucht umherirrte, wenngleich hier keine zu finden war. Salguero hatte Simons Toleranz gegenüber Glaubensvorstellungen außerhalb des Dogmas der Heiligen Mutter Kirche natürlich übertrieben, sofern Simon sich nicht radikal verändert hatte, seit Gonji ihn zuletzt sah.

Und was sollte er mit dieser unvermittelten Kameradschaft zwischen Simon und dem Hauptmann anfangen? Salguero hatte gar nicht davon gesprochen, dass er und Simon jetzt feste Freunde waren. Diese Spanier hatten natürlich so eine Art, enge Bande zu jeder Zufallsbekanntschaft zu entwickeln. Gonji war nicht sicher, dass man ihn und Simon als Freunde bezeichnen konnte, obwohl der Samurai es gewesen war, der den einsiedlerischen Werwolf so beschämt hatte, dass dieser schließlich den Menschen Veduns half.

Auf einmal wurde ihm klar, dass er auf kindische Art eifersüchtig war, tadelte sich dafür und verbannte das törichte Gefühl. Simon umriss gerade besorgt ihre aktuelle Lage – sprach von den Kurieren, die unterwegs waren, um für Straßensperren zum Einfangen der Flüchtlinge zu sorgen; dass einige von ihnen ihre Bestimmungsorte erreicht hatten; dass zumindest eine Patrouille, die den Flüchtlingen auf der Spur war, nicht mehr zurückkehren würde. Dann verstummte Simon jedoch angesichts der grimmigen Mienen der spanischen Soldaten im Lager, deren gemischte Gefühle angesichts dieser Nachrichten nicht zu übersehen waren. Simon zog sich von Salguero zurück und blickte Gonji an.

Sie gingen aufeinander zu und verneigten sich dabei. Gonjis erste Worte waren die eines leicht sarkastischen Scherzes: »Hast du meine Lektionen über die Notwendigkeit eines Pferdes vergessen? Ich sehe, dass du wieder zu Fuß bist.«

Simon verzog verächtlich das Gesicht. »Du zeigst ja wieder deine typische ätzende Art. Ich habe mein Pferd draußen auf der Ebene zurückgelassen. Ich konnte es nicht dazu gewinnen zu warten, während ich …« Er bekam die Worte nicht heraus.

»Tut mir sehr leid. Schlechter Witz«, gestand Gonji. »Ich freue mich, dich zu sehen.«

»Du kannst dir deinen Humor und deine Dankbarkeit für später aufsparen«, sagte Simon leise mit schnarrender Stimme.

»Zunächst kannst du mir einen unauffälligen Wagen suchen, in dem ich mich hinlegen kann, und mir die Leute vom Leibe halten. Ich benötige dringend Schlaf. Macht heute Tempo in Richtung auf den Júcar. Wecke mich unmittelbar nach Mittag. Ihr werdet euch den Weg über die Brücke freikämpfen müssen. Wir reden dann, ehe die Sonne untergeht. Habt ihr einen Wundarzt dabei?«

Gonji schüttelte traurig den Kopf, während er dem anderen in die perlmuttfarbenen Augen blickte. Rot und rissig zeigten sie die Erschöpfung. Simon wirkte benommen. Und als Gonji den Blick auf die blutige Hand senkte, die Simon unter dem Hemd hervorholte, knirschte er mit den Zähnen.

Simon begann unter den Nachwirkungen der Pistolenwunde zu zittern.

»Dann«, sagte der Lykanthrop stockend, »schicke mir jemanden mit einer ruhigen Hand und einem scharfen Messer.«

Ein Soldat mit starken Nerven, der schon manch eine Pistolenkugel aus der Haut eines Kameraden geholt hatte, versorgte Simon an diesem Tag. Sichtlich erschüttert von diesem Erlebnis, konnte er nur ein ums andere Mal erzählen, wie Simon während der ganzen blutigen Prozedur wachgelegen hatte. Und verstörender noch: wie die Wunde erste Spuren der Heilung schon gerade mal eine Stunde nach Entfernung der Kugel zeigte.

Weitere Flüchtlinge stießen an jenem Tag auf der Straße zu ihnen: Juden, heimliche Protestanten, Morisken. Jakob Neriahs Karawane mischte sich somit unter den lemminghaften Zug von Flüchtlingen, die den Klauen der Inquisition zu entrinnen trachteten. Gonji hegte ernste Bedenken gegenüber dem Ausgang dieser Ereignisse.

»Wie viele Schiffe?«, fragte er den alten Jakob kurz vor dem höchsten Sonnenstand.

Neriah hob zwei Finger und blickte ihn dabei von der Seite an.

Auf den ersten ernsthaften Widerstand stießen sie, als sie die Brücke über den Fluss Júcar erreichten. Eine Streife aus fünf spanischen Ulanen hielt die Karawane an und stellte Neriah argwöhnische Fragen, wobei sie die ganze Zeit die bedrohliche Gestalt von Simon Sardonis betrachteten, der an Jakobs Seite ritt. Neriah zeigte ihnen korrekte Passierscheine und hatte die Streife fast schon dafür gewonnen, sie passieren zu lassen, als einer der Lanzenreiter mit einer Routinedurchsuchung der Wagen begann.

Als er die Kutsche erreichte, die von dem unauffällig verkleideten Gonji gelenkt wurde, erschrak der Soldat beim Anblick des Asiaten. Er lenkte das Pferd nahe an den lächelnden Samurai heran, der ihn gelassen grüßte.

Corsini jedoch – der sich aufgrund seiner Schuld bei Gonji wie auch aus Idealismus für Gonjis himmlischem Auftrag der Gruppe angeschlossen hatte – zog die Pistole und schoss dem Kommandanten der Streife durch den Kopf. Pferde wieherten schrill und bäumten sich auf, und es kam zu einem kurzen, hektischen Gefecht. Die drei Soldaten nahe dem Kommandanten wurden im Nahkampf niedergestreckt, wobei Simon einen mit einem Satz vom Pferd riss, während die beiden anderen der Söldnereskorte zum Opfer fielen.

Der Soldat neben Gonjis Kutsche zog das Rapier. Gonji zückte das neben ihm versteckte Sagami und schlug die gegnerische Klinge zur Seite. Gerade als der Samurai seinen Gegner angreifen wollte, riss diesen ein weiterer Schuss aus dem Sattel.

Noch ehe sich die Aufregung gelegt hatte, galoppierte Buey zu Corsini und hämmerte diesen mit einem wüsten Rückhandschlag vom Pferd.

»Neapolitanischer Mistkerl!«, knurrte der Ochse. »Wir hätten hier ohne Blutvergießen passieren können.«

Einige von Corsinis Gefährten wollten dem Freund zu Hilfe kommen, und ein heftiger Streit brach aus, in dem Gonji schließlich vermittelte.

»Keine Schüsse mehr«, warnte der Samurai, »und niemand provoziert einen Kampf, es sei denn, ich gebe den Befehl dazu oder eröffne ihn selbst. Ich oder Hauptmann Salguero. Wir haben Kinder dabei, und diese Schüsse hat man vermutlich meilenweit gehört.«

»Sind wir nun auf einer heiligen Mission oder *nicht?*«, murrte Corsini und wischte sich das Blut vom Mund. Seine Freunde knurrten beifällig.

»Auf was für einem Feldzug bist *du*, Neapolitaner?«, rief ein weiterer von Salgueros Ulanen.

»Wir töten keine Soldaten mehr, solange es nicht absolut unumgänglich wird«, befahl Hauptmann Salguero. »Bei mir liegt die Verantwortung zu entscheiden, wann einer meiner früheren *Compadres* sterben muss. Simon hat *gesagt*, dass kein Kurier so weit nach Osten vordringen konnte.«

»Und wie hat er sie aufgehalten?«, fragte Corsini anklagend und deutete auf den Lykanthropen. Als er jedoch den Ausdruck in Simons Augen bemerkte, schluckte er und ließ das Thema fallen, stieg zurück aufs Pferd und schwenkte mit seiner Schar aus freien Gefährten ab, um die Brücke zu überqueren.

Die Spanier blickten ihnen nach und brummten weiter feindselig. Das würde ein wunder Punkt zwischen ihnen bleiben, und in den folgenden Tagen spalteten sich die Kämpfer unter den Flüchtlingen in verschiedene Gruppierungen auf.

Gonji betrachtete diese Entwicklung als schlechtes Omen.

Simon aß mit Gonji an diesem Tag früh zu Abend. Er verfolgte, wie die Sonne zum Horizont sank, und seine Stimmung fiel mit ihr.

»Was hättest du mit der Streife getan?«, fragte er Gonji, außer Hörweite der anderen. »Früher oder später wird jemand unter der Anspannung nachgeben. Zu viele Familien schweben hier in Gefahr. Cardenas da drüben …« Er deutete auf den Advokaten aus Barbaso, der fünfzehn Meter entfernt an einem Wagenrad lehnte und in einem zerfledderten Buch las.

Gonji holte lautstark Luft. »Ich denke nicht, dass Cardenas Schwierigkeiten machen wird. Er ist ein kluger Mann. Er möchte zu seiner Familie zurückkehren. Ich habe versprochen, ihn laufen zu lassen, sobald wir die Küste erreicht haben, und das scheint ihm zu reichen. Ich weiß nicht, wie wir Schwierigkeiten vorbeugen sollen. Wir müssen irgendwann kämpfen, denke ich, und wir können keine Gefangenen mitnehmen. Nebenbei«, fuhr er lächelnd fort, »das war nett von dir, zu meiner Hinrichtung hereinzuschneien. Ich hatte schon befürchtet, du würdest sie versäumen.«

Simon reagierte mit finsterer Miene auf die launige Bemerkung.

»Wie es scheint, stehen wir aufs Neue in einer Verbindung«, sagte Gonji, »die von einer dritten Partei herbeigeführt wurde.«

»Inwiefern?«

»Dieser Balaerik, dieser böse Priester, der mit Hilfe des irrsinnigen Fanatismus der Inquisition versucht hat, dir eine Falle zu stellen – wobei ich den Köder abgab, weißt du? Er hat ein besonderes Interesse daran, uns beide zu vernichten. Oder jedenfalls mich. Deine Treue zur Kirche könnte ein wenig leiden, wenn ich dir Folgendes verrate: Weißt du eigentlich, dass wer immer hinter der Verschwörung steckt, uns umzubringen, so weit ging, für kurze Zeit einen bösen Papst in Rom zu installieren?«

Simons Antwort überraschte Gonji. »Ich vermute, das kann passieren. Das Böse ist mächtig. Man wird jetzt jedoch auf der Hut sein, dass jemals wieder so etwas Blasphemisches geschieht.

Mach nicht so ein selbstgefälliges Gesicht! Die Kirche ist nach wie vor Hüterin des Gotteswortes.«

Gonji zuckte die Achseln, deutete fast so etwas wie Zustimmung an. »Weißt du, Balaerik sagte, er hätte für dich eine Nachricht deines Vaters.«

»*Er ist nicht mein Vater!*«

Bei Simons Ausbruch wandten sich ihnen Köpfe zu. Er wurde rot und senkte die Stimme sofort wieder. »Nenne dieses Monster *niemals* meinen Vater!«

»Tut mir sehr leid, *mon ami*, dann also der Vater des Geistes, von dem du besessen bist.«

»Der Vater des *besessenen* Geistes. *Ich* bin nicht von einem Dämon besessen. Ich *trage* einen Besessenen in mir.«

Gonji runzelte verwirrt die Stirn. »Ein *dritter* Geist haust in dir? *Wakarimasen* – ich verstehe das nicht. *Sprich bitte Deutsch.*«

Sie wechselten von Französisch zu Hochdeutsch, einer Sprache, die Gonji viel besser beherrschte.

»Es sieht ungefähr so aus«, erklärte Simon. »Der Geist von Grimmolechs Sohn, den seine üble Zauberkunst irgendwie in den Körper der Tötenden Bestie bannte. Er ist ganz gewiss besessen und so böse wie sein Vater.«

»Aber ist Grimmolech ein Mensch? Kein Dämon, wie du früher sagtest?«

»Das eine wie das andere«, antwortete Simon voller Hass. »Ein Hohepriester von böser Macht.«

»Es wird allmählich schlimm, Simon«, sagte Gonji ernst. »Es muss etwas geschehen. Du musst damit aufhören, mir aus dem Weg zu gehen. Wir müssen ein Bündnis gegen diese böse Verschwörung eingehen, die uns keinen Frieden gönnt. Ich habe in deiner Heimat Frankreich manches erlebt, seit wir uns zuletzt begegnet sind. Ganze Städte werden für das Böse gewonnen. Eine Seherin, die ich traf – sie erinnerte mich ein wenig an Tralayn – erzählte mir von einer Verbindung böser Mächte, die unsere Welt zu beherrschen trachten, indem sie seltsame Durchgänge in andere Welten benutzen. Ich habe Beispiele gesehen, die die Wahrheit ihrer Worte bewiesen.«

Simon schüttelte den Kopf. »Es wäre ein Fehler, wenn wir gemeinsam in eine Falle tappten.«

»*Ich* möchte herausfinden, was hinter all dem steckt«, wandte Gonji ein. »Welche Gefahr wir für sie darstellen. Weißt du schon, dass ein *Toter* aus den Dunklen Landen zurückkehrte, um gegen mich auszusagen und gemeine Lügen zu verbreiten, die mich mit dem Bösen in Verbindung brachten, gegen das ich kämpfte?«

»Ich sagte, es wäre ein Fehler«, wiederholte Simon, »aber es *könnte* nötig werden, so vorzugehen, wie du es erklärt hast. Vielleicht eine Zeit lang. Auch ich habe Beweise für das gesehen, was du angedeutet hast. Und ich war auf der Suche nach dir – um deine Hilfe zu erbitten.«

Gonji glaubte, in den wie Perlmutt glänzenden Augen des Mannes zum ersten Mal, seit sie sich kannten, Furcht zu entdecken. Er entschied jedoch, dass der Effekt an der Sonne liegen musste, die jetzt auf dem westlichen Horizont lag.

»Ich erkläre es, sobald wir Zeit haben«, fügte Simon hinzu. »Ich helfe dir, diese Menschen zu den Schiffen zu bringen, und erkläre es dir dann. Sprich nicht von mir, wenn sie dich fragen.« Er erhob sich und wandte sich zum Gehen, getrieben von den ersten Regungen der Verwandlung. Denn da er in der Nacht des Vollmonds getötet hatte, war er dazu verurteilt, sich jede Nacht unter Schmerzen in einen Werwolf zu verwandeln, bis dieser Mond dem nächsten gewichen war. Trotzdem beharrte er nach wie vor rührend darauf, dass kein Gefährte Zeuge dieses tragischen Daseins würde, so als wäre nichts davon real.

»Da gibt es noch etwas«, sagte Simon und verfolgte, wie die trübe rote Kugel tiefer sank. »Ich habe erfahren, dass die Ritter vom Goldenen Vlies auf deine Fährte gesetzt wurden. Das ist ein

Orden von untadeliger Ehre und spiritueller Hingabe. Ich werde keinem von ihnen etwas zuleide tun. In ihrem erhabenen Pflichtgefühl erinnern sie mich an dich.« Er zeigte dem Samurai ein nervöses, wildes Grinsen, was einem Ausdruck von Humor so nahe kam, wie es Simon überhaupt möglich war.

Gonji zog eine Braue hoch. »Warte mal ... Das Meer ... Was hat es für eine Bewandtnis mit dem Zeitpunkt, an dem wir das Meer erreichen? Wie sollen wir ...«

Simon wehrte die Frage ab und zog sich in die zunehmende Dunkelheit zurück. »Ihr nehmt Schiffe; ich reise über Land. Was bleibt uns sonst übrig?«

»*Iyé*, das kommt nicht infrage! Ich reise nicht nach Österreich. Ich muss zu den Barbareskenstaaten segeln.«

»Nach *Afrika? Wofür* um alles in der Welt?«

»Später. Ich erkläre es später.«

Simon zitterte inzwischen. »Ich gehe *niemals* an Bord eines Schiffes. Du weißt, dass es Wahnsinn ist, das auch nur zu erwarten ... *Adieu!*«

»Simon«, flüsterte Gonji rau, »was hast du in dieser Nacht vor?«

»Ich *streife umher.*«

Dann sprang er auf ein scheues Pferd, gab ihm kräftig die Fersen und jagte über die Grassteppe, bis er in der Ferne verschwand. Das Pferd würde ihn, wie Gonji wusste, alsbald erschrocken im Stich lassen.

Der Samurai schlenderte missmutig zu Cardenas hinüber, der zu den beiden herübergeblickt hatte.

»Was liest du da?«, erkundigte sich Gonji, ohne recht zu wissen, warum er das tat, denn es interessierte ihn kaum.

»Bacon«, antwortete Cardenas lässig, steckte den Daumen an einer bestimmten Stelle ins Buch und zitierte, ohne hinzusehen: »›Ich glaube nicht, dass sich irgendein Mensch davor fürchtet, tot zu sein, sondern nur vor dem Schlag des Todes.‹«

Gonji erstarrte, und ein kalter Schauer lief ihm über den Rücken, als ihn jemand plötzlich sachte am Ellbogen berührte. Es war Valentina, die ihm einen Becher Rum anbot. Er nahm ihn dankbar an und hob ihn grüßend vor Cardenas, der zur Antwort den eigenen Pokal hochreckte.

»Auf den Schlag des Todes«, brachte Gonji einen Trinkspruch aus.

Die drei plauderten eine Zeit lang miteinander, und Gonji fiel die Helligkeit des sternenübersäten herbstlichen Nachthimmels auf. Er bemerkte auch die grüblerische Haltung der ehemaligen spanischen Soldaten, die vor Kummer über die Landsleute tranken, gegen die zu kämpfen sie sich gezwungen gesehen hatten.

Für Gonjis Geschmack konnten sie Spanien gar nicht schnell genug hinter sich lassen.

ZWEIUNDZWANZIGSTES KAPITEL

So verstohlen erfolgte der Angriff auf die dösenden Wachtposten nördlich des Lagers, dass nur einer davon Gelegenheit fand, einen Warnschuss abzugeben, ehe sie alle überwältigt wurden.

Der Schuss rüttelte das Lager auf. Erstickte Schreie wurden unterdrückt, und man trieb Frauen und Kinder zu ihrem Schutz in und unter die Wagen, während die erste Musketensalve die linke Flanke der Flüchtlinge bestrich. Ein Mann wurde getroffen, und noch ehe sich die benommenen Kämpfer formieren konnten, schlug eine zweite Salve prasselnd in das Lager ein und streckte einen weiteren Söldner und ein Zugpferd nieder.

Gonji steckte die Schwerter in den Gürtel und sprang auf die schwarze Stute. Gleichzeitig sah er Salguero in geduckter Haltung die Zündpfanne einer Pistole prüfen.

»Eine Streife?«, fragte Gonji.

»Eine Musketenkompanie«, korrigierte ihn der Hauptmann. »Wahrscheinlich aus Cuenca.«

»Wir müssen sie angreifen, Hernando«, sagte der Samurai. »Zu viele unschuldige Menschen schweben in Gefahr.«

Salguero leckte sich über die Lippen und nickte resigniert. »Ihre Waffen haben allerdings eine größere Reichweite als unsere Pistolen.«

»Das gilt aber nicht für unsere Bögen«, erinnerte ihn der Samurai, sprang wieder vom Pferd und rief den Kämpfern zu, sie sollten sich zu Fuß formieren. Er hob einen Langbogen und einen Köcher voller Pfeile auf, während eine weitere Salve ins Lager peitschte. In einem Wagen schrie jemand gellend auf, der getroffen worden war.

»Seht ihr das Mündungsfeuer?«, rief Salguero. »Zweihundert Meter.«

»Ich schätze die Entfernung auf hundertfünfundsiebzig«, sagte Gonji.

Sie teilten die Bogen- und Armbrustschützen in drei Gruppen auf und marschierten los. Sie feuerten abwechselnd; jede Gruppe rannte nach dem Schießen in der Dunkelheit geduckt nach vorn und lud dabei nach. Die Armbrustschützen, die mehr Zeit zum Nachladen brauchten, folgten den Bognern. Pfeile und Bolzen zogen wiehernd ihre Bahnen über den Sternenhimmel. So rückten die Verteidiger vor wie Schnabel und Flügel eines herabstoßenden Falken.

Die Musketiere erkannten jetzt die Taktik des Gegners, standen auf und feuerten konzentriert auf jeweils einen Flügel. Die linke Flanke der Bogenschützen bemerkte dies zu spät und feuerte gleichzeitig mit den spanischen Soldaten. Zwei der sechs Renegaten fielen, und einer schrie wiederholt vor Schmerzen, was in der Dunkelheit besonders furchtbar klang.

Gonjis Gruppe jedoch, die das Zentrum des Gegenangriffs bildete, sprang auf, als wollte sie feuern, und warf sich wieder zu Boden, als sie die Musketen auf sich einschwenken sah. Nach deren Entladung sprangen die Männer erneut auf und schossen nach eigenem Ermessen, während sie sich in zwei kleinere Flügel aufspalteten. Die Schreie getroffener Musketiere legten Zeugnis vom Erfolg dieser Taktik ab.

Jetzt griffen die Freiheitskämpfer im vollen Lauf an, und der Schweiß glänzte in ihren besorgten Gesichtern, als sie auf diese Weise das tödliche Musketenfeuer herausforderten. Die nächste Salve streckte zwei weitere freie Gefährten und einen der rebellischen Ulanen Salgueros nieder, aber eine gleiche Anzahl Musketiere stürzte durch Treffer von Bolzen und Kriegspfeilen.

Geladene Pistolen tauchten in den Händen der anstürmenden Verteidiger auf, sobald die Entfernung zu den Angreifern auf hundert Meter geschrumpft war. Trotzdem hielt die Musketenkompanie nach wie vor stand, und ihr Befehlshaber dehnte die Linie seiner Soldaten, um die Wirksamkeit des Gegenfeuers zu minimieren.

Ein Feuerstoß zischender Kugeln jagte vorbei. Gonji stieß scharf die Luft aus und entspannte sich, während er den Bogen kräftig spannte und auf den feindlichen Befehlshaber anlegte. Der Pfeil zischte los, und der Samurai folgte der schnittigen Flugbahn.

Zu hoch, entschied er. Dann ...

Es sah aus, als würde dem Befehlshaber unvermittelt der Kopf von den Schultern gefetzt, und es riss ihn von den Beinen. Die Bogenschützen stießen Triumphgeschrei aus, als sie das sahen. Die Musketiere wichen jetzt zurück, und die Flüchtlinge griffen sie mit aller Macht an. Quer über die Ebene zündeten Pistolen.

Gonji nickte zufrieden. Es war sein dritter Schuss auf den Befehlshaber gewesen. Die Zeit im Kerker kam ihn teuer zu stehen. Er zog das Sagami, während er den Bogen wegwarf, und stürmte mit den anderen weiter vor.

Es kam zu einem kurzen Schusswechsel, dann zum Aufeinanderprallen klirrenden Stahls, und einige Soldaten der spanischen Kompanie flohen in Panik.

»Buey!«, rief Gonji dem schwertschwingenden Riesen zu. »Keiner von denen darf entkommen!«

Der Ochse nickte und nahm zwei Männer mit auf die Verfolgung der fliehenden Soldaten.

Und dann steckte Gonji mitten im Getümmel. Zwei Schwertkämpfer griffen ihn gleichzeitig an. Er rannte in ihr Umzingelungsmanöver hinein, stoppte unvermittelt und brachte sie mit einer Finte aus dem Gleichgewicht. Mit blitzschnellen Sensenhieben schlug er ihre Klingen zur Seite, und seine Riposten schnitten in die Bauchgegend beider Männer, ehe die singenden Paraden in ihren Ohren verklungen waren.

Er stürmte weiter vor und stellte sich dem Ausfall einer fauchenden Rapierspitze, die eine Acht beschrieb. Der Spanier biss die Zähne zusammen, und sein Gesicht war von Anstrengung verzerrt, während er den Samurai mit dem Längenvorteil seiner Klinge auf Abstand zu halten versuchte. Sie prallten zweimal aufeinander und täuschten dann beide vor, sie wollten sich aus dem Zweikampf lösen, um damit eine Öffnung zu provozieren, die sie für einen Angriff nutzen konnten. Erneut regneten Funken in der kalten Dunkelheit.

Der Spanier führte einen tiefen Ausfall …

Gonji sank auf ein Knie und nahm die linke Hand vom Schwertgriff, um mit der Rechten die Waffe über dem Kopf entlangzuziehen. Damit trennte er die Schwerthand des Gegners am Gelenk ab, und das noch von der abgehackten Hand gehaltene Rapier wirbelte durch die Luft, während der Mann aufheulte. Blut spritzte auf Gonjis Jacke, als er mit einem beidhändigen Querschlag seinem Gegner den Todesstoß versetzte.

Jetzt stürmte jemand in einer spanischen Rumpfpanzerung von hinten heran, in jeder Hand eine Pistole. Gonjis Atem zischte, als er herumwirbelte und eine Abwehrhaltung auf mittlerer Höhe einnahm.

»*Gott* – verdammt, schlag nicht mit diesem Ding nach mir!«

Es war Feldwebel Orozco, der unbeholfen hinkte und ihn warnend angefaucht hatte. Gonji seufzte erleichtert und gab ihm mit einem Wink zu verstehen, er könne weiterlaufen.

»Du wirst mich wohl noch umbringen, ehe du mir das Silber zurückzahlen musst, hm?«, brüllte Orozco. Er schoss auf einen anstürmenden Soldaten und streckte ihn nieder. Dann humpelte er weiter Bueys Gruppe nach.

Ein Pikenier zog die blutige Lanzenspitze aus einem toten Söldner und richtete sie auf Gonji. Der Samurai stolperte rückwärts und hob das Schwert, stellte sich zum Kampf. Er stolperte über die Leiche eines Musketiers und sah die tödliche Pike auf sein Gesicht zustoßen, als er stürzte.

Er hörte Rufe und einen Schuss in jenem langgezogenen Augenblick, während er versuchte, sich aus der Reichweite der messerscharfen Pikenspitze zu wälzen. Diese bohrte sich durch die Oberseite seiner rechten Schulter, und er stieß einen heftigen Schmerzensschrei aus. Er holte mit dem *Katana* hinter seinem Rücken wild aus und hörte es an den hölzernen Schaft krachen.

Dann rappelte er sich auf die Knie auf, drückte die Hand auf das Blut, das aus der zerrissenen Jacke strömte, und stemmte sich wieder auf die Beine hoch. Im Zurückweichen schlug er erneut nach der zustoßenden Pike und wischte sich derweil die blutige Hand an der Hose ab.

Der Pikenier witterte leichte Beute. Ein Ausfall – ein Stoß – die Spitze zuckte mal hier, mal dort durch den Raum, der noch warm von Gonjis zurückweichender Gestalt war.

Der Samurai kam wieder zu Sinnen, und sein *Ko-dachi* – das kurze Schwert, das für *Seppuku* diente, den rituellen Selbstmord – fuhr klirrend aus der Scheide. Gonji knirschte trotzig mit den Zähnen und ging mit beiden Schwertern zum Gegenangriff über, wenngleich er das grimmige Potenzial des gut ausgebildeten Pikeniers erkannte.

Er fing einen Ausfall mit einer Überkreuzparade ab und trieb die Pikenspitze in den Erdboden. Entzog sich dem nächsten Angriff. Wehrte einen weiteren ab und trieb die gegnerische Waffe diesmal noch härter in den Boden. Als die Pikenspitze wieder daraus hervorplatzte und zu einem heftigen Schnitt in seine Leiste ansetzte, sprang er rückwärts. Der Pikenier verlor bei der heftigen, ruckartigen Bewegung den Topfhelm.

Noch ein blitzschneller Ausfall. Gonji parierte diesmal und lenkte die Pike zur Seite ab, ein kurzer, kreisförmiger Stoß des Kurzschwerts, der eine Kerbe im hölzernen Schaft zurückließ. Ein kurzer, horizontaler Hieb auf Augenhöhe zwang den Pikenier, sich nach hinten zu beugen. Gonji schob das *Katana* an der

Pike entlang und grub es in den Bauch des Kriegers. Ein anschließender Hieb des *Ko-dachi* schlitzte dem Mann die Kehle auf.

Das *Katana* war so tief eingedrungen, dass es mitgerissen wurde, als der Spanier auf den Rücken fiel. Mit einem kurzen Ruck zog Gonji die glänzende Klinge wieder frei. Dann blickte er sich um.

Es war vorbei. Seine Kameraden standen hier und dort, schnappten nach Luft und nickten ihm zu, während sie sich auf ihre Bögen stützten oder auf die Knie sanken.

Schüsse spalteten die Dunkelheit, winzige Feuerspeere, die weiter im Norden aufleuchteten. Gonji gab den anderen mit einem Wink zu verstehen, dass sie ihm folgen sollten.

Als sie knapp fünfzig Meter weit gekommen waren, stießen sie auf Bueys Verfolgerkommando – alle noch heil und ganz, einschließlich des Grimassen schneidenden Feldwebels Orozco, der seinem verletzten Bein eindeutig zu früh zugemutet hatte, wieder in den Kampf zu ziehen.

Hufgetrappel kam näher …

Salguero schrie den Befehl, sich neu zu formieren, aber Buey gab mit einem Wink zu verstehen, dass die Gefahr vorüber war, und deutete hinüber: Es waren die Pferde der Musketenkompanie. Zwei Berittene trieben sie auf das Lager zu. Fremde, die noch immer rauchende Pistolen in den Händen hielten.

»Wer …«, wollte Salguero schon fragen, aber Buey wehrte es mit einem Achselzucken ab.

»Sie haben uns geholfen. Haben die beiden letzten Soldaten niedergestreckt, als sie gerade davonreiten wollten. Corsini …« Buey näherte sich dem italienischen Briganten, streckte eine Hand aus und reichte ihm ein Halstuch, um das Blut aus einer Rapierwunde in Corsinis Gesicht zu stillen. Der Mann würde eine neue Narbe quer über der alten zurückbehalten, wie Buey bemerkte. Dann bereinigten die beiden Männer die Atmosphäre zwischen ihnen und legten ihre Differenzen bei.

Alle anderen jedoch behielten die näher kommenden Fremden im Auge. Die reiterlosen Pferde strömten vorbei, und die beiden Franzosen trabten heran und salutierten.

Der größere Mann musterte Salgueros Truppe mit durchdringenden blauen Augen. Er war blond und hellhäutig, und der Anflug eines Lächelns spielte um seine Lippen, als er Gonji ins Auge fasste.

»*Gracias, hombres*«, sagte Salguero. »*Habla usted español?*«

»*Castellano*«, antwortete der Franzose. »Kastilisches Spanisch.«

»Ah, hervorragend«, sagte der Hauptmann. »Darf ich fragen, wer Ihr seid und was Euch bewogen hat, uns zu helfen?«

»Ich bin Brian de Chancy«, antwortete der große Blonde. »Mein Gefährte ist Armand Le Clerc. Uns verbindet ein gemeinsames Interesse mit …« Er wandte sich von Salguero an Gonji.

Der Samurai wurde starr und kümmerte sich jetzt nicht mehr um die Schmerzen in seiner blutenden Schulter, heutzutage sehr argwöhnisch gegenüber Franzosen, die nach ihm suchten.

»Ihr seid doch, nicht wahr«, fragte der kleinere und dunklere Le Clerc mit jugendlicher Stimme, »der gefeierte Krieger Gonji Sabataké?«

Gonji nickte leicht, noch immer zurückhaltend. Die beiden Franzosen blickten sich gegenseitig an; dann stieg de Chancy ab und ging auf Gonji zu. Er griff in eine Tasche und holte eine ausgedörrte weiße Rose hervor. Diese hielt er Gonji vor die Nase.

Buey rieb sich die Nase und schnaubte. »Ich denke, man macht dir den Hof«, sagte er auf Portugiesisch, und einige der Männer kicherten.

De Chancy gluckste. »Ich verzichte auf jede Galanterie, mein pöbelhafter Freund«, erklärte er Buey, »da unser Auftrag dringlicher Natur ist.«

Buey reagierte mit einem säuerlichen Grinsen, während seine Kumpane über die nicht ausgesprochene Drohung in lautes

Gelächter ausbrachen. De Chancy wandte sich wieder Gonji zu.

»Erkennt Ihr dieses Symbol der Geheimhaltung?«

Gonji schüttelte den Kopf. »Tut mir sehr leid, aber ich kann das nicht bejahen.« Er dachte jedoch an die Wunderritter.

»Nun, wie ist es um Eure Kenntnis der Heraldik bestellt?«, fragte de Chancy, schälte sich aus dem schweren Übermantel und drehte sich langsam vor den neugierigen Blicken der anderen.

Er trug einen weißen Mantel, auf dem Rücken mit einem roten Tatzenkreuz markiert, und Gonji fragte sich, welche Bewandtnis es mit dem abrupten nach Luft schnappen und den Rufen einiger der Umstehenden hatte.

»Jesus-Maria!«, flüsterte Salguero. »Der Orden der Tempelritter ... Aber ...«

»Ja, ich weiß«, sagte de Chancy mit einem nachsichtigen Lächeln, »seit fast dreihundert Jahren unterdrückt – *aufgelöst*, wie man Euch weismachen wollte. Keineswegs. *Ich* bin derzeit der Großmeister der Templer, und wir wurden auf das Wirken des *Monsieur le samurai* aufmerksam gemacht. Ihr werdet mir vergeben, wenn ich meine Ausführungen knapp halte und gleich zur Sache komme.« Er wandte sich jetzt an Gonji, der über die Bedeutung all dessen nur erstaunt die Augen zusammenkneifen konnte.

»Seit Jahrhunderten sind wir die Hüter eines Wissens, auf das die Welt noch immer schlecht vorbereitet ist. Manche Kenntnisse, wisst Ihr, führen in den Wahnsinn. Ihr steht, wie es scheint, kurz vor der Entdeckung bestimmter wichtiger Facetten dieses Wissens. Euer langer Kampf gegen böse Mächte hat Euch an das Tor nach Arkadien geführt ...«

»Arkadien?«, wiederholte Gonji verblüfft.

»Ja, *Monsieur le samurai* – das Paradies. Der Garten Eden. Die verlorene Unschuld – was davon nach Äonen des Stolzes und der Habgier übrig ist. Das transzendente Wissen darüber, wie wir die zugleich körperliche wie geistige Welt wiedererlangen können, die der Schöpfer für die Menschheit erschaffen hat. Eine Welt grenzenloser Möglichkeiten, von der diese Erde, auf der wir wandeln, nur das winzigste Fragment darstellt. Gierige, hungrige Mächte streben danach, sich über ganz Arkadien zu erheben und alle intelligenten Lebensformen zu versklaven, die nicht schon versklavt sind.«

Gonji schüttelte den Kopf und wehrte so den Sturzbach aus leidenschaftlichen Worten ab, die der Ritter sprach. »Ich fürchte, Herr Ritter, dass über mein Verständnis geht, was Ihr da sagt. Was genau wird denn von mir erwartet bezüglich dieses – Kampfes der Welten, wenn ich nicht mal mit Sicherheit weiß, ob es mir gelingen wird, Spanien lebend zu verlassen?«

»Das muss es einfach«, sagte der junge Ritter Le Clerc schlicht.

»Nehmt dies«, sagte de Chancy und hielt Gonji eine Tasche hin. »Darin findet Ihr einen Scheck über einen – ansehnlichen Betrag, den die Habsburger honorieren werden, sobald Ihr Wien erreicht habt. Schenkt dem Namen auf der Vollmacht keine große Beachtung und bringt ihn auf keinerlei Weise mit dem Orden in Verbindung. Das Geld dient zur Verbreitung jener Bewegung, die man die *Wunderritter* nennt. Sobald Ihr das getan habt, müsst Ihr Eure Suche nach einem Tor fortsetzen, das nach Arkadien führt. Ihr erkennt es an den Worten *Et in Arcadia Ego*.«

»›Und ich in Arkadien …‹« Gonji legte fragend den Kopf schief, während er übersetzte. »Ich – was nun? Kein Verb?«

De Chancy blickte Le Clerc an und lächelte. »Das ist das Geheimnis Arkadiens. Ihr müsst uns helfen, es aufzudecken, damit wir die Schlacht um die Rückgewinnung Arkadiens gewinnen.«

»Wie?«, fragte Gonji gereizt.

»Indem Ihr den fragt – wer immer das Tor bewacht«, antwortete Le Clerc.

»Den Pförtner?«, fragte Gonji und erinnerte sich an einen ähnlichen Auftrag Domingos.

»*Oui*«, flüsterte de Chancy ehrfürchtig. »Aber gebt acht – es könnten Engel sein!«

Die Flüchtlinge flüsterten und stießen sich gegenseitig an, während Gonji still wurde und über die neuen Fragen nachdachte, die sich nun jenen zur Seite gesellten, welche bereits um Antworten buhlten.

»Afrika!«

»Afrika?«

»Er hat *wirklich* von Afrika gesprochen?«

Nur wenige im Lager fanden nach dem Angriff der Musketenkompanie noch Schlaf. Sobald also die Wachtposten verdoppelt worden waren und eine neue Schar Pilger aus dem Süden dazugestoßen und bei den Übrigen untergebracht war, erläuterte Gonji seine Pläne. Er konnte die anderen nicht mehr im Ungewissen lassen.

»Nein, das Wort war *Austria*, Österreich ...«

»Afrika«, wiederholte Gonji. »Die Barbareskenstaaten. Sie sind mein Ziel und das Ziel aller Kämpfer, die so frei sind, mit mir zu segeln.«

»Aber *warum* nur?«, sorgte sich Salguero.

»Weil ich eine Pflicht zu erfüllen habe, Senchu. Ich habe Domingo Negro vor ihrem Tod ein Versprechen gegeben. Und ...«, fuhr er nachdenklich fort, »... mich verzehrt förmlich die Neugier danach, was diese Sache mit Arkadien für mich persönlich bedeutet. Das Böse existiert im Übermaß und zeigt ein besonderes Interesse an meinem Ableben. Zugleich tauchen einflussreiche Bundesgenossen auf, von denen ich noch nie gehört hatte.«

Jakob Neriah brummelte vor sich hin. Er musterte noch schärfer den Scheck, den die Ritter Gonji ausgehändigt hatten und der Samurai an ihn weitergereicht hatte. Der Kaufmann schlug sich auf die Brust und verdrehte die Augen zum Himmel, als er aufs Neue die Summe gelesen hatte, über die das Dokument ausgestellt war.

»Was wird aus all diesen Menschen?«, erkundigte sich Feldwebel Orozco.

»Sie fahren wie geplant mit dem größeren Schiff nach Genua.«

»Der Platz reicht dafür niemals.«

Gonjis Miene wurde streng. »Dann nehmen sie eben *beide* Schiffe, und wir suchen uns eine Passage auf einem anderen. Du kannst mich nicht davon abbringen, Senchu. Notfalls ziehe ich sogar allein los.«

»Ich komme mit«, flüsterte Valentina hinter ihm, die gerade damit fertig wurde, ihm die Schulterwunde zu verbinden.

»Tut mir sehr leid, Tina-*chan*, aber wir haben keine Vorstellung von dem, was uns dort erwartet, welche Gefahren unser harren. Nicht einmal, wohin genau wir uns letztlich wenden müssen. In die Wüste, das ist alles, was ich weiß.«

»Wir werden sehen«, sagte sie stur.

Einer der abtrünnigen Ulanen lief auf Salguero zu und überbrachte ihm wichtige Nachrichten. Einige der Neuankömmlinge hatten gehört, dass Madrid die Elite seiner Reitertruppen auf ihre Fährte gesetzt hatte.

»Den Orden vom Goldenen Vlies?«, wiederholte Hauptmann Salguero ungläubig?

»*Hai*«, bestätigte Gonji. »Auch Simon hat mir erklärt, dass er uns auf den Fersen ist.«

Corsini, der an einem lodernden Feuer saß, rief herüber: »Sind sie gut?«

»Hah!«, grunzte Salguero zur Antwort. »Frag jeden beliebigen Ulanen. Es gibt keine Besseren.«

Grimmiges Schweigen breitete sich über die Versammlung aus und wurde schließlich von Gonji gebrochen. »Sie folgen uns nicht bis an die Barbareskenküste.«

»Aber sie folgen uns nach Genua!«, fauchte Salguero. »Wie schützen wir dann all diese unschuldigen Menschen?«

»Nur Schwierigkeiten auf eurem Weg, hm?«, fragte der an ein Wagenjoch gefesselte Cardenas süffisant.

Gonji seufzte. »Ich muss sie einfach – irgendwie – dazu bewegen, *mich* zu verfolgen.« Er blickte sich in der Versammlung um und versuchte sich ein Bild von ihrer Reaktion zu machen. Wie es schien, hatten die Menschen akzeptiert, dass er sich von ihnen trennen würde. »Überhaupt stellt sich die Frage, wie schnell sich die Ordensritter einschiffen können. Neriah-*san* zufolge liegen nur unsere Schiffe an jener Küste.«

In Gedanken versunken und niedergeschlagen löste sich die Versammlung allmählich auf. Die Menschen brauchten noch etwas Schlaf, ehe die Sonne aufging, was schon bald geschehen würde.

Gonji saß unweit des Feuers und kritzelte gedankenverloren auf einem ausgefransten Fetzen Papier. Valentina wechselte Orozcos Beinverband und teilte mit dem drolligen Renegaten einen Becher Wein, ehe sie sich Gonji leise von hinten näherte.

»Was steht da?«, fragte sie und blickte über seine Schulter. Er las es ihr zweimal laut vor und half ihr bei der Aussprache. Müde sagten sie einander ein paar Nettigkeiten, und dann entfernte sich der Samurai, um zu versuchen, noch eine Stunde Schlaf und damit Erholung von den drückenden Sorgen zu finden.

»Et in Arcadia Ego«, murmelte sie abermals vor sich hin, ehe der Schlaf sie übermannte.

DREIUNDZWANZIGSTES KAPITEL

Als sie sich der felsigen Hafenstadt Valencia näherten, teilten sie die Karawane in drei Gruppen auf, um Verfolger zu verwirren. Neriahs Schiffe hatten sich, wie es hieß, in einen versteckten Meeresarm zurückgezogen und ankerten dort vor einem kleinen Fischerdorf. Die Mannschaften beschäftigten sich dort mit überflüssigen Reparaturen und mit Nachkalfatern.

Hauptmann Salguero und seine Männer verließen das Lager und gingen, als Jäger aus dem Binnenland verkleidet, nach Valencia, um dort ihre Familien einzusammeln und zur Karawane zu führen. Nach zwei Tagen voller Sorgen kehrten sie unversehrt zurück. Sie waren auf keinerlei Schwierigkeiten gestoßen und brachten die ermutigende Neuigkeit mit, dass in Valencia offenbar kein allgemeiner Alarmzustand im Hinblick auf die Flüchtlinge herrschte.

»Ich sagte euch ja schon, dass kein Kurier durchgekommen ist«, erinnerte sie Simon verärgert.

»Vielleicht denkt man, wir wären in westlicher Richtung nach Estremadura gezogen«, meinte ein Ulan.

»Oder südwärts nach Granada«, setzte Salguero hinzu. »Es kursierten Gerüchte über Unruhen unter den Morisken.«

»Wir sollten für *jede* noch so geringe Ablenkung dankbar sein«, sagte Gonji nachdenklich.

Als sich der blau-graue Dunstschleier des Mittelmeeres am östlichen Horizont ausbreitete, führte der Samurai eine Gruppe Späher an den Rand der Klippen, die über dem Meeresarm aufragten. Simon und Jakob gehörten dazu, ebenso eine Handvoll Männer unter Salgueros Befehl.

Was sie auf dem Meer vor dem Dorf erblickten, ertränkte ihre Hoffnungen in einem Malstrom der Verzweiflung. Neriahs portugiesische Karacke und die venezianische Galeere ankerten neben dem ungeschlachten Rumpf eines spanischen Kriegsschiffs.

»*Mierda* – Scheiße!«, fluchte Buey, verzog das Gesicht und hämmerte mit der mächtigen Faust auf das Gestein.

»Nun, das klärt die Sache – wir müssen warten, bis das Kriegsschiff abgefahren ist.« Jakob nickte wiederholt, als wollte er sich selbst überzeugen.

»Unmöglich«, widersprach ihm Gonji leise.

»Ich sage euch, ihr müsst schnell fort von hier«, knurrte Simon gedämpft. »Die Ritter vom Goldenen Vlies sind nicht mehr weit hinter uns. Ihr könnt euch nicht darauf verlassen, dass sie sich verirren.«

»Nun«, begann Salguero und schnaubte besorgt, »irgendwelche Vorschläge?«

»Wir nehmen den Landweg«, sagte Simon eindringlich. »Wie ich es von Anfang an vorgeschlagen hatte.«

»Durch Frankreich?«, knurrte ein Ulan.

»Ich geleite euch sicher durch Frankreich«, versicherte ihm der Lykanthrop.

»Wir nehmen die Schiffe«, sagte Gonji schließlich, und alle wandten sich ihm zu.

»Du bist *loco*«, fand Buey und drückte damit die Gedanken aller aus. »Es mit einem Linienschiff aufnehmen? Einer erfahrenen Besatzung? Vierundzwanzig Kanonen?«

»Neriah-*san*«, sagte Gonji, ohne auf Bueys Frage einzugehen, »können wir uns darauf verlassen, dass Eure Schiffsbesatzungen nichts verraten haben?«

»Davon bin ich überzeugt«, antwortete der Kaufmann, »aber ...«

»Dann haben wir nur eine Möglichkeit: Ihr beginnt, Euer

Leute und Eure Fracht an Bord Eurer Schiffe zu bringen. Der größte Teil der Mannschaft des Kriegsschiffs scheint sich am Ufer aufzuhalten. Wir schalten sie aus und nehmen uns dann ihr Schiff ...«

»*Qué?*«

»Wie?«

»Wir müssen improvisieren«, erklärte ihnen Gonji mit einem knappen Lächeln. »Wir brauchen dieses Schiff, wenn wir alle mit an Bord nehmen möchten.«

»Ich sagte dir schon ... Ich komme nicht mit aufs Meer!« Simons Worte klangen drohend.

»Aber hilfst du mir, die Leute an Bord zu bringen?«, fragte Gonji.

»Ich weiß nicht ...«

»Das ist *Wahnsinn!*«

»*Choléra!*«, fluchte Gonji. »Sind wir nun Kämpfer oder *nicht?* Was sagen wir unseren Leuten? Ich habe sie nicht gebeten, sich mir auf der Flucht anzuschließen; *ihr* wart das. Ich habe nicht darum gebeten, ihr Anführer zu werden; ihr alle habt mich eingesetzt. Und *jetzt*, tut mir sehr leid, werdet ihr mir alle helfen, oder ich ziehe meiner Wege und überlasse es euch, über die Lage zu grübeln, bis die Soldaten eintreffen. Dann könnt ihr Simon im tiefsten Winter über die Pyrenäen folgen, bis euch die Ärsche an den Sätteln festfrieren und ihr gefressen werdet, sobald euch die ...«

Er fing sich und spuckte verächtlich aus.

»Ich fürchte, Gonji hat recht«, durchbrach Salguero das feindselige Schweigen. Die anderen murrten und fügten sich dann.

»In Ordnung«, sagte Simon und erhob sich als Letzter von der Stelle, wo sie gehockt hatten. »*Vámonos* ... Moses!«, sagte er und lächelte Gonji spöttisch an.

So viele Menschen, wie dort sicher untergebracht werden konnten, wurden zusammen mit den für sie nötigen Vorräten an Bord der Karacke gebracht. Das erwies sich als mühsames Unterfangen: Die Menschen mussten mit ihren Lasten einen schmalen Pfad hinabsteigen; Frauen, Kinder und Alte mussten die argwöhnischen Blicke der spanischen Seeleute passieren. Neriahs Passierscheine – und die gut geschmierte Hand des käuflichen Marinekapitäns – sorgten dafür, dass die Einschiffung bis Mitternacht friedlich verlief.

Jetzt begann der Teil, den sie alle fürchteten.

»Es ist so weit: Wir müssen uns trennen, fürchte ich, Senchu«, hatte Gonji zu Salguero gesagt. »Du und die übrigen Familienväter, ihr müsst das Kriegsschiff in Besitz nehmen und die Karacke nach Genua geleiten. Ich nehme die Galeere.«

»Aber die Galeere hat nur fünf Kanonen«, hatte Salgueros Einwand gelautet. »Du wirst aber noch am ehesten ein Gefecht zu bestehen haben, wenn Afrika dein Ziel bleibt.«

»Dich begleiten jedoch die Pilger. Und wenn Schwierigkeiten auftreten, ist die Karacke wehrlos.«

Salguero hatte schließlich resigniert eingewilligt, und sie hatten sich die Hände geschüttelt und verbeugt, ehe sie dem verzweifelten Plan zur Eroberung der spanischen Galeone den letzten Schliff gaben.

Am schlimmsten dabei war, dass die Hälfte der Flüchtlinge zunächst zurückbleiben musste, zusammen mit den Kämpfern und den Morisken – deren Anwesenheit sicherlich Argwohn geweckt hätte. Sie versammelten sich jetzt auf den Felskanten über dem Meeresarm, hockten sich dorthin und drängten sich angesichts des bevorstehenden Kampfes zusammen. Dessen Ausgang entschied über ihr Schicksal.

Jakob Neriah näherte sich dem abgedeckten Wagen, den sich Gonji zum persönlichen Gebrauch vorbehielt. Er klappte die Plane auf und stellte verlegen fest, dass er Valentina vor sich sah, die sich gerade umzog und bewaffnete und gerade noch in Unterwäsche war.

Sie lächelte und zog eine Braue hoch, als der alte Kaufmann nach Luft schnappte. »Nie hätte ich so etwas von *Euch* erwartet, *Señor.*«

»Giftnudel! Ich bin – lediglich auf der Suche – nach Gonji ...«

»Kommt schon!«, neckte sie den errötenden Alten, »ich kenne doch Eure Masche – der unschuldige Tattergreis.« Sie gluckste, als er völlig aus dem Häuschen geriet.

»Psst!«, mahnte Neriah sie, als der Samurai näher kam. »Gonji – Gonji, man hat mir gesagt, ich müsste einen Teil meiner Waren aufgeben!«

»Tut mir leid, mein Freund, aber die Menschen müssen auf schnellstem Wege an Bord des Kriegsschiffs gebracht werden, mal vorausgesetzt, dass wir siegreich bleiben.« Er schnallte sich die Schwerter auf den Rücken und schob sich eine Pistole in den Gürtel. »Da bleibt einfach keine Zeit, um ...«

Er sah sich gezwungen, eine Tirade des Kaufmanns abzuwehren, und besänftigte ihn schließlich, indem er ihn an das kleine Vermögen erinnerte, das ihnen die Tempelritter geschenkt hatten.

»Aber gestatte mir, Freund Samurai, dich daran zu erinnern«, hielt ihm Jakob mit durchtriebenem Lächeln entgegen, »dass das Gold, das ich dir für die Reise nach Afrika zugesteckt habe, aus meiner bescheidenen Börse stammt.«

Sie verbeugten sich voreinander, und Jakob sprach einen Segen über die getrennten Wege aus, die sie nun einschlagen mussten.

»Wir alle müssen unser Scherflein beitragen«, waren die letzten Worte, die Gonji von seinem Freund Jakob Neriah in Erinnerung behalten sollte.

Die meisten der spanischen Seeleute, die sich an Land aufhielten, lungerten rings um ein loderndes Feuer unweit des Strandes herum. Sie saßen im Sand oder auf Fässchen, gossen sich Rum hinter die Binde und lachten schallend, während sich das scheinbar endlose Gefolge des reichen Juden zu Füßen der Klippen versammelte. Die Scherzbolde und Wüstlinge unter den Seeleuten erzählten derbe Witze oder bewerteten die Frauen, die in ihr Blickfeld kamen. Undeutlich wunderten sie sich darüber, wo auf den beiden Schiffen für all diese Menschen Platz gefunden werden sollte.

Als Mitternacht heranrückte, hob ein einfallsreicher Seemann zu einer weitschweifenden Schilderung an, wie der kleine Laderaum der Galeere dicht mit sich windenden Leibern gefüllt sein würde. »Eine Sardinenorgie«, so beschloss er seine Beschreibung, und spöttisches Gelächter und weitere hämische Bemerkungen geißelten die Flüchtlinge.

Dann brach der Kampf aus.

Zwei große Männer trennten sich von der Flüchtlingsgruppe. Einer von ihnen lief auf die Spanier zu, nur damit der andere ihn von hinten angriff, und der Schlagabtausch war eröffnet. Die Spanier brüllten vor Begeisterung über diese spontane Darbietung ihres beliebtesten Zeitvertreibs, während die beiden korpulenten Streithähne einander mit gewaltigen Schlägen und kräftigen Tritten eindeckten.

Die Spanier suchten sich jeweils ihren Favoriten aus und feuerten diesen herzhaft an, und sie achteten nicht auf die Männer aus der Karawane, die um sie herumliefen und den Kämpfern zuriefen, sie sollten aufhören. Weitere verkleidete Renegaten und Söldner verteilten sich unauffällig im Dorf und bezogen strategische Positionen.

Auf das vereinbarte Signal hin warfen sich alle Nichtkombattanten – sowohl die an Land als auch die an Bord der beladenen portugiesischen Karacke – zu Boden und schützten ihre Köpfe mit den Armen. Pistolen und Schwerter wurden gezückt und erzeugten dabei ein lautes scharrendes Geräusch. Die verwirrten Seeleute sahen sich überwältigt, ohne dass ein Schuss abgefeuert oder Klingen gekreuzt worden wären. Man beschlagnahmte ihre Waffen und sperrte die Männer in ein behelfsmäßiges Gefangenenlager.

Gonji rannte nach vorn. »*Yoi!*«, sagte er und versetzte Buey und Corsini jeweils einen Klaps auf den Rücken. Blut floss aus einem Dutzend Gesichtswunden der beiden, während sie gemeinsam lachten und sich an den Armen packten.

»Du bist ein Mordsschläger«, lobte Corsini den Ulanen.

»Du bist aber auch gar nicht schlecht, Neapolitaner«, antwortete der Ochse. Er rieb sich den schmerzenden Unterkiefer und tastete ihn sachte ab. »Ich hege keinerlei Groll mehr gegen dich, muss ich schon sagen.«

Die Rumpfbesatzung an Bord des Kriegsschiffs bemerkte etwas, wusste aber nicht genau, was sich zugetragen hatte. Sie lud rasch die Backbordgeschütze und richtete sie auf die Felswand, wo die verbliebenen Kämpfer und Vorräte gerade eilig den Weg hinab zum Strand nahmen.

»Haltet die Köpfe unten!«, befahl Gonji.

Eine wiehernde Salve Pfeile und Bolzen stieg von den Klippen auf und prasselte auf das Kriegsschiff herab. Wenigstens ein Seemann wurde getroffen. Die Besatzung sammelte sich wieder an den Geschützluken, als die zweite Salve einschlug, unterstützt durch Schützen am Strand. Das Stakkato der scharfen Pfeilspitzen ertönte überall auf den Planken.

Die lautlose Gestalt des Werwolfs glitt jetzt an der unbewachten Steuerbordseite der Galeone hinauf. Mit den Krallen erstieg er die Reling, auf der er entlang balancierte, während er sein durch Mark und Bein durchdringendes Heulen ausstieß. Seeleute brüllten und verloren angesichts dieser zwei Meter zwanzig großen Erscheinung die Nerven. Die triefnasse goldene

Bestie richtete sich in animalischer Wut auf den Hinterbeinen auf.

Pistolen fuhren aus den Gürteln der kühneren Seelen, aber die Bestie stürmte bereits heran, stürzte sich auf ein panisches Knäuel Seeleute und trieb diese auf ihre Kameraden zu. Zwei Pistolen krachten, beides Fehlschüsse. Schwerter wurden gezückt und schnell wieder weggeworfen. Männer sprangen über Bord, um das nackte Leben zu retten, und ihre Panik steckte die Schiffsgefährten an.

Vom Ufer aus verfolgten Renegaten und Seeleute gemeinsam das unheimliche Schauspiel, das hinter dem schimmernden Dunstschleier ablief, den das Strandfeuer erzeugte. Als der letzte Seemann über Bord gesprungen war, stand Simon allein am Bug und heulte den Himmel an, ehe er auf alle viere herunter ging und sich das Meerwasser aus dem im Mond bronzen schimmernden Fell schüttelte.

Man führte den Lotsen des Kriegsschiffs zu Gonji und Salguero. Er schüttelte den Griff der Söldner von seinen Armen ab, knirschte eine Verwünschung hervor und musterte sie nacheinander.

»Dreckiger Verräter!«, schnauzte er den Hauptmann an. »Was soll das alles? Seid ihr Briganten oder einfach nur entlaufene Irre?«

»Beruhige dich, Lotse. Ich fürchte, das war nötig. Wir brauchen dein Schiff, siehst du?« Salguero verließ sie und machte sich daran, die Verladung von Personen und Vorräten in Ruderboote und Jollen zu überwachen und sie hinaus zur Galeone zu bringen. Die durchnässte Wachmannschaft des Schiffes traf am Ufer ein und wurde dort von Söldnern mit Pistolen in Schach gehalten. Die meisten der Seeleute reckten noch immer die Hälse und blickten, voller Furcht, er könnte ihnen nachsetzen, zur monströsen Gestalt des Werwolfs hinüber, der über dem Deck aufragte.

»Du …«, sagte der Lotse zu Gonji, und seine Miene verzerrte sich, als es ihm unvermittelt dämmerte. »Du kannst nur der verrufene Barbar aus dem Osten sein! Und dieses Monster – ist dein Freund, nicht wahr?«

Gonji blickte zum Schiff. »Das ist nur ein Mann, der unter einem Fluch leidet. Im Grunde gilt das für uns beide. Keiner eurer Leute wird verletzt, solange ihr keinen Widerstand leistet. Tut mir sehr leid. Wir müssen all diese Menschen in einen sicheren Hafen bringen. Wir haben Pferde und Wagen dort oben auf den Klippen. Sie gehören euch, wenn ihr sie haben wollt.«

»Ich hab gehört, man hätte dich verbrannt«, sagte der Lotse.

»Ich bin zurückgekehrt«, sagte Gonji gedankenverloren.

Dorfbewohner strömten jetzt zum Ufer, reagierten entsetzt auf den Anblick der Bestie auf dem Kriegsschiff und blickten sich verwirrt um, als sie die gefangene Besatzung entdeckten.

»Heiii!«, ertönte Orozcos Ruf von den Klippen. »Sie kommen! Die Ritter!«

Gonjis Blick wanderte vom Feldwebel zu den Gestalten, die jetzt eilig den Pfad herunterliefen. Cardenas brüllte ihn an, das Gesicht bleich im tanzenden Feuerschein.

»Mistkerl!«, schrie er Gonji an. »Ich sagte Euch, Ihr solltet mich gehen lassen – jetzt kann ich nicht mal mehr von hier entkommen, ohne als einer von *euch* ermordet zu werden!«

Eilig brachte man die Leute an Bord der Galeone. Die Mannschaft von Jakobs venezianischer Galeere stieg auf das Kriegsschiff um, und Neriah und Salguero gesellten sich zu ihnen, während sich der Hauptmann und die Hälfte der verbliebenen abtrünnigen Ulanen – die Familienväter – entsprechend der Belegungspläne neu ordneten.

»Beeil dich, Gonji!«, rief Salguero vom Schiff, an dessen Rumpf die Wellen schlugen. »Ich möchte nicht auf diese Ritter schießen!«

Gonji sammelte seine Kämpfertruppe und verteilte sie zusammen mit den Vorräten auf die Ruderboote, die jetzt zum Ufer zurückkehrten.

Einer von Corsinis Männern hielt Cardenas davon ab, sich auf Gonji zu stürzen. Der Advokat hatte jede Selbstbeherrschung verloren, und seine Schimpftirade – halb gegen Gonji gerichtet, halb gegen die stetig wachsende Kluft zu seiner Familie – löste sich in wütendem hilflosem Schluchzen auf.

»Bringt ihn auf die Galeere«, sagte Gonji, der sich mit anderen Gedanken beschäftigte, während er die letzten Angehörigen der Flüchtlingsgruppe im Auge behielt, die gerade den Pfad herabliefen. Orozco bildete das Schlusslicht.

»Neiiin!«, brüllte Cardenas. Und da tauchte Valentina an Gonjis Seite auf.

»So, *Señor* Samurai«, erklärte sie laut und fuchtelte mit einer Pistole, »wie es scheint, bekomme ich letztlich doch, was ich möchte, hm?« Sie deutete aufs Meer hinaus, wo die Karacke und das Kriegsschiff bereits die Anker lichteten.

»Geh an Bord der Galeere«, sagte er gereizt.

»Hör mal«, sagte sie, »das hier ist Achmed Il-Mohar ...« Sie deutete auf einen dunklen, bärtigen kleinen Mann, der sich ihnen mit einem gutmütigen Lächeln näherte.

»Ein Moriske«, setzte dieser hinzu und verbeugte sich vor dem Samurai. »Ich habe gehört, dass du nach Afrika segelst.«

»Das trifft zu.«

»Trifft es ebenfalls zu«, sondierte Achmed, »dass du nach der Festung der Toten suchst?«

Ein kalter Schauer lief Gonji über den Rücken. »Eine Festung, ja – so hat man es mir erklärt, obwohl ich diesen Namen noch nicht gehört habe. Ich weiß nur, dass sie irgendwo südlich von Algier in der Wüste liegt.«

Achmed schüttelte den Kopf. »Südlich von Tripolis. In der Sahara. Niemand sucht nach ihr, es sei denn, es verlangte ihn nach dem Tod.«

»Mein Verlangen gilt der Wahrheit. Sollte der Tod der Preis dafür sein, so ist das ein gutes Geschäft.«

Der Moriske lächelte. »Vielleicht. Wenn dein Ziel jedoch unabänderlich ist, benötigst du womöglich unsere Hilfe. Du segelst in Gewässern, die von den verhassten Türken beherrscht werden. Du musst wissen, welchen Stellen du ausweichen solltest, und benötigst vielleicht auch einen Dolmetscher. Wir, meine Gruppe und ich, möchten uns nicht in Österreich mit noch mehr Feindseligkeit konfrontiert sehen, was dort sicherlich unser Schicksal wäre. Gestatte uns, dich zu begleiten. Wir weisen dir den Weg.«

Gonji willigte widerstrebend ein, denn zur Gruppe der Morisken gehörten etliche Frauen, und er wusste nicht recht, wem ihre Loyalität galt. Die Worte des Mannes klangen jedoch einleuchtend.

»*Vámonos!*«, brüllte Orozco in diesem Moment.

Gonji und die italienischen Briganten unter Corsinis Führung stiegen als Letzte in die Jolle, die zur Galeere hinausfuhr. Valentina war mit an Bord, ebenso der missmutige Cardenas, den man erneut mit Stricken gefesselt und mit einem Taschentuch geknebelt hatte.

Sobald sie die Galeere erreicht hatten und die Ruder besetzt waren, gingen die am Ufer zurückgebliebenen Seeleute dazu über, Verwünschungen zu brüllen und hastig nach Waffen zu suchen. Die Flüchtlinge waren jedoch gründlich gewesen. So blieb der Besatzung des Kriegsschiffs nichts weiter übrig, als ihrer ohnmächtigen Wut mit obszönen Gesten Luft zu machen.

Die drei Schiffe ließen den Meeresarm hinter sich und fuhren auf die offene See hinaus. Gonji stand oberhalb der Backbordgeschützluke und blickte auf das Kielwasser der Galeere. Er sah, wie die Ritter vom Goldenen Vlies auf den schroffen Klippen ausfächerten, während sich eine kleine Gruppe von den anderen löste und zu Fuß den steinigen Pfad zum Dorf hinabstieg. Gonji entdeckte mindestens einen Priester in Begleitung der Ritter. Die Gestalt erschien ihm vage vertraut, aber er hatte keinen Grund, darüber nachzudenken. Er hatte für drei Lebenszeiten genug spanische Priester gesehen. Er verbannte alle Gedanken an das schmerzliche Jahr, das er in der Hand der Inquisition verbracht hatte. Es war, als sei dieser Lebensabschnitt förmlich aus der Erinnerung herausgeschnitten worden, abgesehen von den armselig wenigen Augenblicken der Aufmunterung, den Zeiten in Gesellschaft Valentinas, Morales', de la Cenzas sowie den Besuchen Jakobs und des Geistes von Domingo Malaga y Colicos.

Dann fiel ihm erneut Tora ein, sein nobles Ross, und sein Herz wurde schwer.

Er sah die dunkle Gestalt ihre schnittige Bahn durchs Wasser ziehen, und seine Hand wanderte zum Griff des *Katana*. Die Gestalt schwamm zu der Jolle, die von der Galeere an einem Tau mitgezogen wurde, das an einer Heckklampe festgemacht war.

Der Werwolf. Simon. Er wälzte sich in die Jolle und kroch unter die Segeltuchplane, um, wie Gonji wusste, dort zu bleiben, bis er sich bei Untergang des Mondes in einen Menschen zurückverwandelte.

Gonji empfand ein schmerzhaftes Mitgefühl mit dieser verlassenen Kreatur, die so verzweifelt einen Freund brauchte und doch aus ihrem Schamgefühl heraus jedes Freundschaftsangebot ablehnte.

Gonji blinzelte. Der Atem stockte ihm in der Kehle. Der Herzschlag pulsierte dumpf in den Schläfen.

Sie waren da. Am Ufer. Kein Zweifel. Ein Jahr, in dem er sich der Erinnerung widersetzt, die Auseinandersetzung mit der hässlichen Wirklichkeit vermieden hatte, konnte sie doch nicht auslöschen. Die Barrikaden, die er errichtet hatte, um nicht daran glauben zu müssen – fast die Überzeugung, dass irgendein Fieberbann sie als Konstrukt der eigenen Gedanken geschaffen hatte –, vermochten nicht, sie zum bloßen Albtraum herabzustufen. Und ebensowenig hatte die Lawine in den Pyrenäen sie vernichtet.

Eine Meile oder mehr südlich des Dorfes, dort saß die Dunkle Kompanie am Meeresufer auf ihren Pferden. Und obgleich er über diese Entfernung hinweg ihre Gesichter nicht erkannte, wusste er, dass sie allein ihn anstarrten.

VIERUNDZWANZIGSTES KAPITEL

Sie fuhren vom Meeresarm aus nach Südosten und zeigten ihren Kurs offen, um mögliche Verfolger zu verleiten, sich in diese Richtung zu orientieren. Südlich von Ibiza würden das Kriegsschiff und die Karacke dann abschwenken, die Balearen umrunden und nordwärts nach Genua segeln. Orozco wies Gonji auf die ironische Namensähnlichkeit zwischen diesen Inseln und dem Erzfeind des Samurais hin, Balaerik. Es schien, dass der böse *Donado* sogar hier eine Möglichkeit fand, Gonjis Gedanken heimzusuchen.

Die Galeere war langsamer als die beiden größeren Schiffe, aber statt vorauszufahren, schien Salguero entschieden zu haben, die Schiffe zurückzuhalten und Gonjis Gruppe möglichst lange Geleit zu geben. Entweder ignorierte er die Signale von der Galeere, sie zurückzulassen, oder er verstand sie nicht. Es dauerte drei Tage und bis zu einer Position ein gutes Stück südlich von Mallorca, ehe die Karacke und die Galeone träge nach Nordosten abschwenkten, begleitet von vielem Winken und lautstarken Segenswünschen.

Gonji litt an Schüttelfrost, bedingt durch das Fieber, das auf die Schulterwunde zurückging. Winkend und schwitzend stand er vor der Achterkabine, als seine Gefährten abschwenkten, und blickte ihnen nach, bis die Segel zu winzigen Flecken am Horizont geschrumpft waren. Er verbeugte sich tief in ihre Richtung und betete zum Meeres*kami* um ihren Schutz. Es war eine schwermütige Zeit. Er wusste, dass er eine gute Aussicht auf Zuflucht in Österreich zugunsten der ungewissen Schrecken Afrikas aufgegeben hatte. Um nach der Festung der Toten zu suchen.

Etwas in ihm sehnte sich danach, von seinem Kurs abgebracht, vom Karma der Pflicht befreit zu werden. Und doch verlangte es einen anderen Teil von ihm danach, endlich Antworten auf die Mysterien zu erhalten, mit denen der gewundene Pfad seiner Suche übersät war.

Seekrankheit erwies sich als ihr erster Feind. Viele an Bord hatten noch keinerlei Erfahrung mit dem Meer, und es brauchte etliche Tage heftiger Anfälle, bis sich einige von ihnen daran gewöhnten. Andere schafften es nie richtig. Bald hörte man das erste Gebrumm des Bedauerns, nicht auf diese vage und bedrohliche Suche verzichtet und sich lieber den Wunderrittern in Österreich angeschlossen zu haben. So erbärmlich zeigte sich das Leben auf dem Schiff für diejenigen, die nicht mit Seekrankheit gerechnet hatten, dass sie mittlerweile sogar die tückische Route über Land vorgezogen hätten.

Der frühe Einbruch eines tristen Mittelmeerwinters half auch nicht. Der graue Mantel des Himmels schien sich mit jedem Tag tiefer auf sie herabzusenken. Die steife Nordbrise wühlte die Gischt zu einem kalten, sich dahinwälzenden Sprühnebel auf, der die Galeere nach Süden prügelte und sie mit Übelkeit erzeugender Monotonie mal eintauchte, mal wieder hinaufsteigen ließ. Sogar Gonji, der viel Erfahrung mit der unbezähmbaren See hatte, kämpfte mehrere Tage lang mit einem mulmigen Gefühl, obwohl er wusste, dass es in seinem Fall auf Krankheit und Verwundung zurückzuführen war.

Er munterte die anderen mit einer zweifachen Erinnerung auf: Der Wind, der sie mit solch abartiger Fröhlichkeit durchschüttelte, ersparte ihnen die lästige Pflicht zu rudern, und sie waren ohnehin ernstlich unterbesetzt. Außerdem begegneten sie im Verlauf der ersten Woche nur einem einzigen Schiff, einem harmlosen Kauffahrer, der sich nach Norden kämpfte – obwohl sie ständig besorgt Ausschau nach spanischen Segeln hielten und bald auch jenen der Türken oder Barbareskenpiraten.

Eine Woche auf See festigte und vertiefte die Kameradschaft in der bunt zusammengewürfelten Mannschaft. Siebenundsiebzig Menschen waren an Bord, und jemand stellte die müßige Überlegung an, dass man einen neuen nautischen Standard begründet hatte, als man Menschen aus nicht weniger als neun Nationen auf demselben Schiff vereinte. Was Orozco gut gelaunt um den Hinweis ergänzte: »Neun verschiedene Herkunftsnationen – und kein einziges nationales Zugehörigkeitsgefühl mehr; *neununddreißig* unterschiedliche Vorstellungen von dem, was uns jenseits des Grabes erwartet; und *neunundsiebzig* Spekulationen über das, was uns in Afrika blüht – das Grab selbst!« Als ihn die glucksenden Zuhörer fragten, worin die Zahlendiskrepanz im letztgenannten Punkt begründet lag, antwortete der Feldwebel, dass er selbst mindestens drei Vorahnungen erlebt hatte, jede schlimmer als die vorherige.

Und ungeachtet ähnlicher Befürchtungen, die sie alle hegten, entwickelte sich die Stimmung gut. Sogar Pablo Cardenas schüttelte seine Verdrießlichkeit ab und akzeptierte die Lage stoisch, wie sie war. Er stand inzwischen gar auf freundschaftlichem Fuße mit Gonji und noch mehr mit einigen der spanischen Renegaten – besonders Orozco, den jeder mochte. Und er lebte von der aufrichtigen Hoffnung, dass er schlussendlich wieder mit seiner Familie in Spanien vereint werden würde.

Valentina schien in diesen besonderen Bedingungen richtig zu schwelgen. Sie leistete reguläre Arbeitsschichten, half den Männern tüchtig selbst bei schlimmster Plackerei und genoss den Respekt und die Bedeutung, die ihr die übrigen Frauen an Bord beimaßen. Deren Zahl belief sich auf insgesamt vierzehn. Valentina arrangierte zu aller Zufriedenheit die Behelfsmaßnahmen, um unter den engen Bedingungen und angesichts der gemischten Gesellschaft die nötige Privatsphäre zu schaffen. Mit ihrer Offenheit und ihrem derben Humor trug sie viel dazu bei, Zeitvergeudung durch Verlegenheit zu vermeiden und die Grenzen und Standards der Etikette festzulegen. Und doch brachte sie genügend kreative Weiblichkeit auf, um die Heckkabine auf eine Art und Weise auszugestalten, die den Beifall sogar der wählerischsten Frau fand, auch wenn einige der anderen Frauen ihr noch immer auswichen – hielt sie doch mit ihrem bissigen Mundwerk mühelos der Konkurrenz der Männer stand, und nur wenige wagten es, sich mit ihr auf einen Wettkampf der Beleidigungen einzulassen. Nur Orozco ging einem Wortgefecht nie aus dem Weg.

Gonji war froh, dass sie es geschafft hatten, Valentina vom Scheiterhaufen zu retten. Sie brachte ihre dringend benötigte Lebhaftigkeit ein und drehte den vor ihnen liegenden Erlebnissen eine Nase, womit sie die Männer der Gemeinschaft dazu provozierte, schon aus Scham die Tiefen der eigenen, noch unerprobten Unerschrockenheit auszuloten.

Die eigensinnige Frau von der Straße hatte ihre Nische gefunden, und Gonji hoffte, dass sie in dem Band, das sie mit Orozco verband, noch mehr fand – auch wenn er viel älter war als sie.

Buey trug mit seiner imposanten Präsenz viel dazu bei, die Nörgler bei der Stange zu halten, und der Samurai schätzte die vielseitigen Kampffähigkeiten des Ulanen, die bei irgendeinem kommenden Schrecknis noch aufs Äußerste gefordert werden konnten.

Corsini und sein wilder neapolitanischer Haufen erwiesen sich als Balsam für Gonjis Niedergeschlagenheit. Eines Tages gab der Samurai den wiederholten Schmeicheleien des alten Schwertbruders nach und warf die sorgsam gewahrte Würde ab, um sich an einer Attacke auf das Rumfass zu beteiligen. Zwanzig Männer und drei Frauen saßen unter Deck, tauschten abenteuerliche Reiseerzählungen aus und tranken auf gute

Gesundheit und den fortbestehenden Zusammenhalt aller Körperteile.

»Hinfort, Schwerter, die mich zu verstümmeln trachten! Hinfort, Monster, die meine stinkenden Innereien verschlingen möchten!« Mit diesen Worten überschrie LoPresti den Lärm, eine ungeladene Pistole in der Faust. Michelangelo LoPresti gehörte zu Corsinis Söldnerschar. Er war ein kleiner, muskulöser Brigant mit breitem lächelndem Gesicht und lockigen schwarzen Haaren, stets mit einem Waffenarsenal geschmückt, das ihn kopflastig erscheinen ließ. Die Geräusche, die er erzeugte, wenn er in die Schlacht zog, hatten Corsini dazu gebracht, ihm den Spitznamen »Klirrer« zu verleihen.

»Was soll dieser Hinfort-Mist, Klirrer?«, fragte Del Gaudio scherzend. »Wer sind wir denn inzwischen, schlappe Franzmänner? Bei allem gebührenden Respekt gegenüber euch schlappen Franzmännern in dieser Runde«, setzte er hinzu und rief damit rumträchtiges Gelächter bei der ganzen Versammlung hervor. Del Gaudio war ein weiterer Glücksritter aus Neapel, ein großer drahtiger Mann Mitte vierzig mit dünner werdendem Haar, wilden dunklen Augen und einer Neigung, selbst bei größter Heiterkeit eine ernste Miene zu wahren. Seine andere Neigung – zügellose Lust – hatte ihn mit einem flüchtigen Interesse an Valentina erfüllt, wenngleich sie seine Anspielungen geschickt abwehrte und er sich ganz generell beherrschte, seit bekannt geworden war, dass sie zu Gonji gehörte. Del Gaudio konnte jedoch über die offene Gleichgültigkeit, die der Samurai Valentina gegenüber an den Tag legte, nur verwirrt den Kopf schütteln.

»In Ordnung, in Ordnung, jetzt haltet alle mal die Klappe«, sagte Corsini gerade und wedelte energisch mit der Hand, »und ich erzähle euch, wie ich diesen Mann kennengelernt habe ...« An dieser Stelle deutete er auf Gonji, der sich langsam zurücklehnte, die Augen voller Tränen aufgrund des Rums und der Erinnerungen. »*Und* wie Luigi Leone hier sein Auge verlor!«

Luigi fluchte, als die Menge voller Vorfreude auf die kommende Erzählung brüllte. Der Nachname des kleinen Mannes lautete nicht Leone. Dieser Beiname stammte von Gonji aus der Zeit des gemeinsam erlebten tödlichen Abenteuers, dessen Vortrag jetzt die Versammlung im schaukelnden Laderaum der Galeere zum Schweigen brachte. Luigi hatte sich stets Sorgen gemacht, wie weit wohl sein Mut reichte, und Gonji riet ihm damals oft, sich selbst als Löwe vorzustellen – als *Leone*.

Das bizarre Ereignis, das inzwischen acht Jahre zurücklag, drehte sich um die Befreiung der Menschen eines Bergtales aus der unheiligen Knechtschaft ihrer Feudalherren – eines Clans von Vampiren. Corsinis Erzählung war durchsetzt von nostalgischen Anklängen an die Ideale jener gar nicht so lange zurückliegenden Tage im Schwarzwald und kündete auch vom gegenläufigen Aspekt des guten Geldes, das die Söldnerkompanie damals verdient hatte. Am eindringlichsten jedoch sprach er von den treuen Freunden, die in jenem Feldzug eines so entsetzlichen Todes gestorben waren.

Als die Erzählung zu Ende war, saß die Versammlung atemlos und von tiefer Trauer bewegt. Gonji mahlte mit den Kiefern und knirschte mit den Zähnen, während er in seinen Becher starrte. Luigi rieb sich in einem fort die Augenklappe, den Beweis seines Mutes, der ihm für alle Zeit den Spitznamen Leone eingetragen hatte.

Einen dramatischen Schlusspunkt setzte Corsini, indem er sein Hemd öffnete und die Spuren der Vampirzähne an Hals und Rumpf zeigte. Die Umsitzenden holten erschrocken Luft, während er erläuterte, dass das Narbenfleisch rings um die aufgeworfenen Bissmarken auf Gonji zurückging, der das Böse ausgebrannt hatte, die Wunden mit Brandfackel und Weihwasser reinigte, während Corsini ihn abzuwehren versuchte, bereits im Begriff, sich in einen der Untoten zu verwandeln.

Gonji spürte, wie ihm vor lauter Erinnerungen der Kopf schwirrte, und wich den erstaunten Blicken der anderen aus. Er erwiderte den Dank und den Trinkspruch, den Corsini unter Tränen auf ihn ausbrachte.

»Monster!«, knurrte Klirrer LoPresti. »Die Leute glauben gar nicht mehr an sie. Nur die von uns, die *buona amici* verloren haben ...«

Simon Sardonis, der bislang auf der Treppe gesessen hatte, erhob sich leise und stieg an Deck hinauf, schob sich dabei an Cardenas vorbei.

Stille senkte sich auf die Versammlung, durchbrochen nur von ein wenig Geflüster.

»Du redest zu viel, LoPresti«, fand Corsini.

Gonji stemmte sich hoch und füllte erst seinen Becher nach und dann einen weiteren. Er stieg hinter Simon den Aufgang hinauf.

»Sieht nach einer guten Idee aus«, sagte Cardenas, als Gonji an ihm vorbeikam. »Wir brauchen ihn womöglich noch.«

»Er braucht uns auch«, erwiderte Gonji mit zusammengekniffenen Augen, »ob er das nun akzeptieren möchte oder nicht.«

Gonji fand Simon an der Reling des Bugüberhangs.

»Lass es gut sein«, sagte Simon, ohne sich zu ihm umzudrehen. »Ich bin darüber hinaus, mich von Ausrutschern Betrunkener beleidigt zu fühlen.«

»Warum gesellst du dich dann nicht zu uns?«, erkundigte sich der Samurai. Simon schüttelte den Kopf, als er den Becher sah, den Gonji ihm reichte. »Noch eine Stunde«, stellte dieser nach einem Blick auf die sinkende Sonne fest, »und du brauchst das vielleicht. Hast du jemals versucht, einen guten ...«

»Wenn ich deine wunderliche Diagnose meiner Bedürfnisse hören möchte, frage ich danach!«, blaffte Simon.

»Sprich *bitte* Deutsch«, bat ihn Gonji. »Ich fürchte, ich habe dich – wieder mal nicht verstanden.« Er hielt ihm weiter den Becher Rum hin.

Simon musterte ihn brummig und entriss ihm dann den Becher, wobei Rum über die Reling schwappte. »In Ordnung, *Monsieur le samurai*, ich kann ja – den Menschen spielen, ganz wie du es manchmal schaffst.« Er legte den Kopf in den Nacken und stürzte den Rum hinunter.

»Gut«, sagte Gonji lächelnd.

»Lass die Jolle zu Wasser. Es wird Zeit für mich.«

Der Samurai verbeugte sich knapp vor ihm und blickte ihm nach, als der Werwolf zum Heck schlenderte. Dort angekommen, kletterte er auf die Stückpforte, drehte sich um und warf Gonji einen schiefen Blick zu.

»Denkst du, du könntest – *mich* notfalls mit Brandfackel und Weihwasser ausbrennen?«

Gonji erwiderte seinen Blick gelassen. »*Hai.*«

Simon erlaubte sich ein leises Lachen. »Ich denke, du bist wahrscheinlich derjenige, der es schaffen würde, falls es dazu kommt.«

»Was geht dir durch den Kopf, Simon?«

Die Miene des fluchbeladenen Kriegers verzerrte sich.

»Der Vollmond.«

Er sprang über die Stückpforte und stieg zum Deck hinab. Gonji rief der diensthabenden Mannschaft zu, die Jolle für Simons einsame Tortur hinabzulassen. Dann entdeckte er Achmed Il-Mohar, der unter der Überdachung hockte und den Zünder einer Kanone mit einer gewachsten Zündschnur ausstattete. Der Moriske lächelte und winkte.

Gonji fühlte sich plötzlich unwohl, wie immer, wenn er Achmeds wohlgefälliges Lächeln erblickte. Er fragte sich, was im Kopf dieses Mannes vor sich ging.

»Was ist es?«

Der Renegaten-Ulan, der die Achterwache hatte, schüttelte langsam den Kopf. »Was auch immer, es ist sehr klein. Scheint keine Gefahr für uns darzustellen. Dümpelt einfach nur herum.«

»Sie dümpeln nicht«, wandte sein Partner ein. »Halten vielmehr mit uns Schritt.«

»Ich sehe nicht, wie sie das schaffen«, antwortete der Ulan. »Ihre Segel sind eingerollt.«

»Wie lange ist es schon da?«, wollte Gonji wissen.

»Etwa eine Stunde.«

»Eine *Stunde?*«, krächzte Gonji. »Warum wurde ich nicht früher informiert?«

Der Ulan zuckte die Achseln. »Feldwebel Orozco – er wies uns an, Euch nicht zu wecken, solange wir nicht sicher wären, dass eine Gefahr besteht.«

Der Werwolf knurrte in der Jolle links von ihnen tief und volltönend. Gonji blickte hinab. Das kleine Boot tanzte wie ein Spielzeug am Ende des Schlepptaus.

»War es heute Nacht schlimm – für ihn?«, fragte der Samurai ernst.

»*Si, Señor,* eine Zeit lang, denke ich. Dann – kam er unter der Plane hervor – und lachte mich aus!« Der Soldat runzelte die Stirn, während er Gonji forschend in die Augen blickte.

»Er hat dich ausgelacht?«

Ein weiteres Knurren wie von einem Hund stieg aus dem Boot auf. Gonji sah gewaltige Fangzähne aufleuchten, als Simon das klaffende Maul voll aufriss und zu ihm hinauffauchte. Der Kopf eines Mannes passte zwischen diese Kiefer, und dabei blieb sogar noch Platz.

»Simon«, flüsterte Gonji, »ist alles klar bei dir?«

Etwas glänzte in der Klauenhand des Werwolfs. Ein durchdringendes Knarren ertönte, als würde ein Metallgegenstand zerdrückt. Dann warf Simon den Gegenstand zum Deck hinauf.

Der zweite Wachmann fing ihn auf: Es war der Rumbecher, zu unförmigem Schrott zerknüllt.

Ein weiteres gurgelndes Lachen stieg aus der Jolle auf, und einer der Männer lachte mit belegter Stimme. »Euer Freund, der *Lobis homem* – ich denke, er ist betrunken, *Señor!*«

»Nein!«, entgegnete Gonji mit rauer Stimme scharf. »Er hatte nur einen Becher ...« Seine Aufmerksamkeit wanderte zu dem winzigen Boot, das sich im wolkenverhangenen Schein des zunehmenden Mondes abzeichnete.

»Simon!«, rief er hinab und deutete aufs Meer hinaus.

Der Lykanthrop wandte sich langsam in die von Gonji gewiesene Richtung, und der Samurai hatte den Eindruck, das sein Freund etwas zeigte, das man nur als Grinsen eines Hundes bezeichnen konnte. Simon kroch an die Flanke der Jolle und blickte forschend zu dem anderen kleinen Fahrzeug hinaus. Die Jolle neigte sich so stark nach Steuerbord, dass die Zuschauer auf der Galeere glaubten, sie würde gleich kentern. Dann ...

Simon wich zurück, und der Wolfsschädel und die humanoiden Schultern reckten sich nach oben, während er den Mond anheulte. Der klagende Ton verklang schließlich in einem lang gezogenen Bellen.

»Jesus-Maria ...«

Die gesamte Mannschaft wurde wach und kam eilig an Deck. Einige der unsanft aufgeschreckten Frauen aus der Achterkabine schrien hysterisch, ungeachtet der Versuche Valentinas, sie zu beruhigen. Die Hälfte von ihnen verschwand unter Deck und weigerte sich, wieder so nahe an des Werwolfs nächtlicher Position zu schlafen.

Als Gonji am Morgen erwachte, sah er im matt erleuchteten Laderaum Simon über ihm aufragen.

»Nie wieder!«, sagte dieser entschieden.

Gonji ächzte, setzte sich auf und begann mit seinen Dehnübungen. »*Hai*. Was sollte das letzte Nacht? Alle dachten schon, du würdest dich gegen uns wenden.«

»Verharmlose das nicht.«

»Warst du betrunken?«

Die nach hinten gebogenen Silberaugen blinzelten hektisch; Simon schien seine Antwort sorgfältig abzuwägen. »Es war sehr merkwürdig. Ich denke, der Trank legte das Ding – die dämonische Kreatur, den besessenen Geist, den ich in mir trage – *schlafen*.« Er wirkte benommen, wie jemand, der zum ersten Mal etwas entdeckte, das wundervoll war und doch alltäglich.

»Das ist gut, *neh?*«

»*Non, au contraire* – es ist sehr gefährlich! Siehst du, die Bestie – sie – ich schien die Herrschaft über sie zu verlieren. Nicht auf eine grausame Art. Nicht so, dass ich das Tau hinaufgeklettert wäre und dir dein dreckiges kleines gelbes Herz herausgerissen hätte. Ich konnte sie nur einfach nicht mehr zum Reden bringen. Ich konnte nur knurren.«

»Und heulen«, erinnerte ihn Gonji lächelnd.

»*Oui*«, räumte Simon verlegen ein.

»Nur ein Becher Rum – sehr schlechte Selbstbeherrschung, *neh?*«, stichelte Gonji. »Kein Samurai würde seine geistigen Fähigkeiten so leicht ...«

»Ich scheine mich an einen Samurai in Vedun zu erinnern, der sich dermaßen betrank, dass er in einem Pökelfass die Straße entlanggerollt werden musste, um ihm den heidnischen Arsch zu retten, wie man erzählte.«

Gonji wollte schon den Fehdehandschuh aufheben, als Orozco auf halbe Höhe des Niedergangs herabgehumpelt kam und dabei rief: »Gonji, komm herauf! Schnell!«

»Was ist?«

Sie folgten dem Feldwebel aufs Deck und fanden die ganze Schiffsgemeinschaft an der Backbordreling versammelt.

»*Choléra*«, flüsterte Gonji. »Das kleine Schiff von letzter Nacht?«

»Nicht, sofern ihm nicht mordsmäßige ...«

»Das ist eine Galeasse«, erklärte ein Söldner. »Eine gottverdammte *Galeasse!*«

Das riesige Kriegsschiff nahm unverkennbar Kurs in ihre Richtung.

»Sechs-, siebenhundert Mann findet man auf einem solchen Schiff«, stellte Orozco ehrfürchtig fest.

»Die Ritter vom Goldenen Vlies – so schnell holen sie uns ein?«, staunte Gonji laut.

Panik breitete sich an Bord aus.

»Nun, was jetzt?«, fragte Cardenas, als er sich ihnen näherte, Furcht im Gesicht.

»Große Kanonenkugeln, könnte ich mir vorstellen«, vermutete Gonji leise.

»Wir stellen uns ihnen, oder?«, fragte Corsini, in dessen Augen die Vorfreude auf den Kampf funkelte. »Wir wenden uns und nehmen es mit ihnen auf.«

»Bist du verrückt?«, schrie jemand. »Unsere fünf Geschütze gegen – wie viele? Achtzig?«

»Wir kämpfen für eine gerechte Sache, nicht wahr?«, hielt ihm Corsini entgegen. »Sieh nur, worüber uns Gott schon hinweggeholfen hat.«

»Wir kämpfen nicht wie die Verrückten«, mahnte Gonji. »Deshalb sind wir auch noch am Leben. Simon?«

»Was ist?« Der Lykanthrop machte ein Gesicht, als hätte man ihm gerade einen Vorwurf gemacht.

»Kannst du nicht etwas tun?«

»Wir fliehen, das ist, was wir tun«, antwortete er.

»Unmöglich«, wandte Orozco ein und schüttelte mit finsterer Miene den Kopf. Er machte sich daran, seine Pistolen zu laden.«

Simon wich zurück, und seine Augen flackerten, als der Samurai ihm mit flehender Miene folgte. »Orozco hat recht. Wir können ihnen nicht entkommen.«

»Dann legen wir uns ordentlich in die Ruder. Zusammen mit den Segeln können wir dann ...«

»Denk mal nach, Mann, denk mal über deine Worte nach«, wandte Gonji ein und wurde lauter.

»Dreihundertfünfzig Ruderer haben die dort«, erklärte Orozco.

»Schick die Leute auf ihre Posten«, wies Gonji den Feldwebel an. »Jeden Mann an ein Ruder. Lass nicht zu, dass sie in Panik geraten. Simon ...«

»Ich nehme meinen Platz an den Rudern ein wie alle anderen ...«

»Simon ...«

»Was kann ich denn sonst tun? *Sag mir, was du verlangst!*«

Andere blickten inzwischen besorgt zu ihnen herüber. Die zu wenigen Ruderer legten sich kräftig in die Riemen, um ihrer hoffnungslosen Aufgabe nachzukommen, und Frauen setzten sich dabei neben die Männer.

»Hilfst du mir, die Leute unter Kontrolle zu halten?«, fragte Gonji mit zusammengebissenen Zähne.

»Was erwartest du von mir? Soll ich zur Galeasse hinüberschwimmen und dort so viele umbringen, wie ich nur kann, bis sie mich schließlich vernichten? Wofür hältst du mich eigentlich, eine Art mörderisches Monster?« Als ihm klar wurde, was er da gesagt hatte, wandte er Gonji den Rücken zu und ging steifbeinig zu einem unbesetzten Ruder. Die Stange knarrte in der Halterung, als er zu rudern begann.

Gonji nahm das Ruder hinter ihm.

»Simon – der *Sturm!*«, flüsterte er, während sie sich in die Riemen legten.

Als die gewaltigen Geschütze der Galeasse zum ersten Mal krachten, stiegen Entsetzensschreie von den Ruderern auf. Eine

Kugel schlug auf der Backbordseite des Bugs im Meer ein, und Wasser spritzte über die Reling und Speigatten.

»Erinnerst du dich, wie du einen Sturm auf Vedun herabgerufen hast«, fuhr Gonji fort, »als du zum ersten Mal die Miliz in den Katakomben aufsuchtest? *Damals* hast du unseren Feinden einen gehörigen Schrecken eingejagt …«

»Ich sagte dir schon, dass ich das nicht im Griff habe. Es folgt dem Willen des Herrgotts.«

»Vielleicht ist es Sein Wille, aber trotzdem geht die Inspiration dazu auf deine Stimmung zurück – deinen Zorn, deinen Stolz – *irgendwas!*«

»Lass mich in Ruhe!«

Eine weitere Salve. Noch mehr schwere Kugeln zischten vorbei. Das Meer platzte vor und hinter der Galeere auf, wo die Geschosse jeweils im Wasser landeten. Dann erfolgte eine Explosion über den Köpfen der Besatzung. Der Baum des Kreuzmastes zersplitterte und prasselte als Kleinholz auf die Achterkabine ein. Segel und Takelage senkten sich auf die schreienden Ruderer.

»*Sancta Mierda!* Heilige Scheiße!«, brüllte Buey. »Wenden wir doch das Schiff und geben denen mal eine Kostprobe *unserer* Kanonen! Lasst uns wie Soldaten sterben, nicht wie Karnickel!«

»*Simon!*« Gonji, den der Einschlag nach hinten geschleudert hatte, sprang wieder auf. »Was ist los, Simon!«, schrie er und packte den Lykanthropen an der Schulter. »Hast du Angst davor, deine kostbaren Ritter vom Goldenen Vlies zu verletzen? Und was wird derweil aus unseren Leuten? Wenn du einen Sturm heraufbeschwören kannst, gefährdet der uns ebenso wie den Gegner, aber zumindest haben wir dann eine faire Chance zu überleben. In einem Sturm können sie uns nicht angreifen. Um Gottes willen … Vollbringe, was ich dich schon einmal vollbringen gesehen habe … Rufe den Sturm*kami* … Rufe den *Kamikaze*, den Göttlichen Wind!«

Simon stieß ihn weg und lief nach achtern, um den anderen dabei zu helfen, die schweren Überreste des Kreuzmastes und seiner Takelage vom Heck zu entfernen. Eine weitere Salve peitschte ringsherum durch die Luft. Eine Kugel krachte über der Wasserlinie in die Backbordwang der Galeere, prallte von den Balken ab und rüttelte das Schiff heftig durch. Die gesamte Besatzung wurde von den Beinen gerissen, und die Menschen schrien und beteten um Errettung.

Gonji ging wütend auf Simon los. »In Ordnung, in Ordnung, dann vergiss ruhig, dass du ein Mann bist. Sei ein herumwuselndes Tier. Renne zu deiner Jolle und verstecke dich unter deiner Plane, damit dich die Augen bloßer Sterblicher nicht in deiner Angst und deiner Feigheit erblicken!«

»Dafür bringe ich dich um!« Simon pirschte auf Gonji zu, die Fäuste geballt, zur Gewalt entschlossen. Die wölfischen Silberaugen, die sich in Gonjis Seele bohrten, blitzten unter heftigen Gefühlen.

Gonji zog das Sagami aus der Scheide. »Dann komm doch, *Freund!* Reiße mich in Fetzen. Zeige ihnen, was für ein *Monster* du wirklich bist!«

»Ich bin kein Monster!«

Simon riss einem Söldner den Säbel aus dem Gürtel und schlug nach Gonji, und ihre Klingen prallten funkensprühend aufeinander und fuhren wütend kreischend aneinander entlang. Der Samurai wehrte ab und parierte und wich dabei Richtung Vorschiff zurück, wodurch sein Spielraum schrumpfte. Eine Kanonenkugel durchschlug das wild flappende Toppsegel und stürzte ins Meer, während sie gegeneinander kämpften. Die Schiffskameraden drängten heran und brüllten ihnen zu, sie sollten aufhören.

Ein zorniger Wind riss jetzt die Wogen auf und schüttelte die Galeere. Eiskalter Regen peitschte übers Deck und verwandelte sich in eine tobende Wassersäule. Menschen wurden umgerissen und landeten kreuz und quer auf den Planken, und manche krabbelten auf die Luken zu, um dort an Sicherheit zu finden, was gerade eben möglich war.

Simon holte mit dem Säbel hoch aus, der Mund zur Grimasse eines lautlosen Schreis erstarrt, während er über dem Samurai aufragte, der in einer Ecke auf einem Knie lag, das *Katana* abwehrend erhoben. Langsam senkte der Lykanthrop das Schwert wieder und wischte sich den peitschenden Regen aus den Augen, der ihm die Sicht trübte. Er blickte sich um, dann aufs Meer hinaus. Seine Brust wogte, während er das Gesicht verzog.

»Sieh nur ...«

Gonji stand neben ihm auf. Die anderen gesellten sich an der Reling zu ihnen und hielten sich dabei an den Tauen der Takelage fest. Ungläubig starrten sie zur Galeasse hinüber. Sie war in tobenden Wellen gefangen, die Segel vom unvermittelt entstandenen Orkan zum Bersten gebläht. So vom Sturm gepeitscht, wie sie selbst waren, erkannten die Flüchtlinge alsbald, dass ihnen die schlimmste Wut des Unwetters erspart blieb. Die venezianische Galeere vergrößerte den Vorsprung vor dem Verfolger langsam, aber unaufhaltsam.

»Yoi!«, flüsterte Gonji, die Augen wie von einer Offenbarung leuchtend. »Jetzt – jetzt wurde uns wahrhaftig eine Atempause gewährt. An die Ruder, allesamt! Rudert, bis euch die Rücken bersten!«

Sie setzten sich an ihre Plätze und legten sich nach Kräften in die Riemen. Sie ruderten den ganzen Tag lang und nahmen Nahrung und Wasser neben der endlosen Plackerei zu sich. Jedoch wurde keinerlei Beschwerde vernehmbar, nur ein gelegentlicher Ruf der dem Tode trotzenden Schadenfreude, wenn jemand sah, wie die Galeasse allmählich in dem Sturm schrumpfte, den sie im Norden zurückließen.

Eine tiefe Düsternis senkte sich herab, noch ehe die Sonne unterging. Als Simon seinen Platz in der Jolle einnahm, holte dichter Nebel sie von achtern ein. Die Ruderer arbeiteten bis tief in die Nacht weiter, und nur kleine Trupps legten jeweils eine Pause ein – wobei sich kein Ruderer noch aufrichten konnte, ohne über Schmerzen zu klagen –, um sich kurz zu erholen und bei der Reparatur der Segel und des Kreuzmastes mitzuhelfen.

Die Leute schwatzten nervös, um die Begleitgeräusche von Simons furchtbarer Verwandlung zu übertönen; sie alle wussten inzwischen, welche Agonie es bedeutete, wenn der Werwolf aus dem Menschen hervorbrach.

Del Gaudio war der Erste, der das kleine Schiff im Nebel entdeckte.

»Dasselbe wie vergangene Nacht?«, erkundigte sich Gonji. Mehrere Leute bestätigten brummend. »Wer sind sie? Wie haben sie den Sturm durchgehalten?«

»Ihre Segel sind eingerollt, und trotzdem halten sie Schritt.«

»Ganz schön aufgeholt mittlerweile«, stellte Orozco fest. »Geschütze haben sie nicht. Was haben sie vor? Sollten wir einen Zuruf probieren?«

»Nein!«, fauchte Gonji und schluckte, um das ungebetene Zittern der Stimme zu unterdrücken. Er kratzte sich nervös am Hinterkopf. Ein unbestimmte Furcht machte sich in ihm vernehmbar.

»Es ist eine Feluke«, erkannte Corsini den Schiffstyp, gerade als der erste dumpfe Einschlag eines Armbrustbolzens die flüsternde Stille störte.

»Was zum Teufel … Die müssen verrückt sein!«

Ein weiteres Geschoss bohrte sich an Steuerbord seitlich des Bugs ins Wasser. Zwei gruben sich in die Decksplanken.

»Yiii!«

Ein Söldner packte den Bolzen, der in seinem Schlüsselbein steckte, und die Augen drohten ihm aus den Höhlen zu treten.

Er stieß einen gurgelnden Schrei aus, während er an dem Geschoss zerrte, drehte sich und stürzte aufs Deck, wo er in Todeszuckungen lag, während die anderen zusahen, gelähmt vor Entsetzen.

Zwei weitere Geschosse verfehlten ihre Ziele nur knapp, ehe sich die Menschen auf der Galeere hinwarfen und einander panisch musterten.

»Mistkerle!«, schimpfte Buey. »Wenden wir und schicken sie auf den Meeresgrund!«

»Nein«, entgegnete Gonji, »wir können ihnen entkommen. Sie haben keine Chance, mit uns Schritt zu halten. Wir dürfen keine Zeit verschwenden. Wenn wir endlich gewendet hätten und uns ihnen stellten, könnte uns diese Galeasse wieder auf den Leib rücken. Möchtet ihr das?«

Sie starrten ihn kurz an, denn etwas in seinem Tonfall, das sie zuvor nicht vernommen hatten, erfüllte sie mit Vorsicht. Dann setzten sie sich wieder an die Ruder, legten sich in die Riemen und reckten dabei die Hälse nach Steuerbord.

Bolzen gruben sich weiterhin von Zeit zu Zeit mit dumpfem Laut ins Schiff, ein beinahe träger Vorgang. Wer immer der Gegner war, seine Arroganz war unerträglich. Der Verzicht auf jeden abgestimmten Beschuss verriet die Verachtung für die Feuerkraft und die Tapferkeit der Galeerenbesatzung. Noch etwas anderes bereitete den Renegaten jedoch Sorge: Auf diese Entfernung war die Präzision der feindlichen Schützen unglaublich. Obwohl die Reichweite der Armbrüste hier fast an ihre Grenze stieß, trafen die Bolzen ihre Ziele mit furchterregender Regelmäßigkeit.

So errichtete man eine behelfsmäßige Abschirmung an Steuerbord. Sporadisch schlugen die Nacht hindurch weiter Bolzen ein. Als die Morgendämmerung anbrach, hob sich der Nebel und zog sich die Feluke außer Sichtweite zurück.

Siebenundvierzig Bolzen steckten in den Schutzschilden und

Lukenabdeckungen. Den toten Söldner übergaben seine Gefährten der See.

Eine Veränderung zeigte sich im Verlauf des nächsten Tages an Gonji. Er saß Stunde um Stunde an der Pinne und starrte aufs Kielwasser und auf den nördlichen Horizont. Unheilvolle Erinnerungen plagten ihn, denn er wusste jetzt, wer seine Verfolger sein mussten, und fürchtete sie mehr, als er die Galeasse gefürchtet hatte, mehr als seit langer Zeit irgendeinen seiner Erzfeinde.

Die Dunkle Kompanie war ihm erneut auf die Fersen gesetzt worden. Noch immer bedrängten ihn Albträume von Tod und Einsamkeit, womit ihn diese Verfolger ein Jahr zuvor heimgesucht hatten. Viele seiner engen Freunde waren den verblüffenden Fähigkeiten der Dunklen Kompanie zum Opfer gefallen, und die Schuld daran trug er, denn er hatte keine Möglichkeit gefunden, dieser Gefahr zu begegnen – einer Gefahr, die ihn scheinbar so leicht nahm, während sie ihn gleichzeitig quälte.

Valentina brachte ihm eine leichte Mahlzeit aus geräuchertem Fisch und aus Bier. Er lehnte das Bier ab und trank lieber Wasser. Allerdings war das Trinkwasser inzwischen abgestanden.

»Es ist eine Erleichterung, das zu sehen«, sagte Valentina zu ihm.

Er warf ihr einen fragenden Blick zu. »Was meinst du damit?«

»Dass du dich vor etwas fürchten kannst wie jeder andere auch.«

»Sieht man das so deutlich?«, seufzte er, straffte die Schultern und wandte sich wieder dem Meer zu.

»Wer sind die, dass sie dir solche Sorgen bereiten?«

Er runzelte die Stirn. »Ein alter Feind. Mörder jener, die mir lieb waren.« Es überraschte ihn, diese offenen Worte von sich selbst zu hören.

Sie entschied jedoch, seine Äußerung bildlich zu verstehen. Sie trat nahe an ihn heran und legte ihm das Kinn auf die unverletzte Schulter. »Ich kenne diesen Schmerz, Gonji-*chan*. Ich habe einmal einen Jungen zur Welt gebracht, kannst du das glauben? Die Hure wurde zur Mutter. Er ist gestorben«, setzte sie dann schlicht hinzu, auch wenn der Ausdruck der Trauer in diesen Worten Gonji mit Mitgefühl erfüllte.

Valentina beendete nach einiger Zeit das stille Beisammensein. »Es war Gottes Wille, denke ich. Wir müssen einfach damit leben.«

»Ich nenne es Karma.«

»Ich weiß. Ich habe es schon gehört.« Sie drehte ihn herum und küsste ihn, und sie spitzte schelmisch die Lippen, als sie über das Deck blickte. »Sorge dich nicht. Niemand hat es gesehen.« Sie rümpfte die Nase und sprang lebhaft wieder aufs Zwischendeck hinab, um sich erneut einer Gruppe anzuschließen, die ein Segel reparierte.

Augenblicke später mahnte Feldwebel Orozco die Besatzung eindringlich, sich mit größerer Eile ihren Aufgaben zu widmen, und täuschte dabei einen militärischen Befehlston vor. Dann stieg er zu Gonji an der Pinne hinauf, um mit ihm zu reden.

»Ein Mordweib, was?«

»Hmm?«

»Deine Tina-*chan*.«

»*Hai*.«

»Du könntest bei ihr mehr erreichen«, stellte Orozco fest, spuckte ins Meer und wischte sich die Lippen mit dem Ärmel ab. »Diese Geschichte mit Fracastoros Krankheit und all das ... Mist! Wer hat sie heutzutage *nicht?*«

»Was möchtest du mir damit sagen, Orozco-*san?*«

»Orozco-*san!*«, äffte ihn der Feldwebel verächtlich nach. »Gib dich mir gegenüber bloß nicht steif und förmlich, *Señor* Sa-mu-rai. Welchen Unterschied macht es schon, ob du an einer Krankheit stirbst oder dich diese Teufelsschützen im Schlaf durchbohren? Ich erkläre dir mal den Unterschied: Bei der ersten Variante erhältst du Gelegenheit, erst die Freuden einer …«

»Carlos, habe ich mich je erdreistet, dir gegenüber so persönlich zu werden?«

Orozco schnaubte. »Ich kenne mich mit diesem Japsen-Kodex nicht aus. Jesus, hast du in all deinen Jahren in Europa nur mit Jungfrauen geschlafen? Das ist eine viel schwerwiegendere Sünde, weißt du, als – als … *Mierda*, warum vergeude ich meine Zeit nur damit, dir zu erklären zu versuchen, wie …«

»*Si*, warum *tust* du es?«

»Argh – als spräche man mit einer gottverdammten Stechpuppe auf dem Übungsplatz!« Orozco wedelte mit dem Arm und wandte sich ab.

»Warum machst du ihr nicht selbst den Hof, alter Mann, wenn du dich um Valentinas Einsamkeit sorgst?«

Orozco grinste spöttisch. »Vielleicht mache ich genau das.« Er schüttelte eine Faust und ging.

Widerstreitende Gefühle wühlten in Gonjis Eingeweiden. Es heiterte ihn auch nicht auf, dass sich Cardenas Augenblicke später zu ihm gesellte.

»Tut mir leid, in deine Privatsphäre einzudringen«, sagte der Advokat.

»Nun, du hast es getan, also sag schon, was dir durch den Kopf geht«, erwiderte Gonji.

»Erneut hast du mich in Zauberkünste verwickelt. Dieser Wirbelsturm …«

»Und diesmal hat es dir das Leben gerettet, *Señor*, hast du schon mal darüber nachgedacht?« Gonji rieb sich gereizt das angespannte Gesicht.

»*Si*, du hast mich nur nicht ausreden lassen«, antwortete Cardenas. »Die Ironie ist mir nicht entgangen.«

Gonji blickte ihm in die Augen und entdeckte dort zum ersten

Mal Wärme. Dann glitt, gewandt wie ein Schatten und völlig lautlos, die große Gestalt Simons neben ihnen empor.

»Die Leute sollen heute Abend den Achterladeraum räumen und mich darin einsperren«, sagte er zu Gonji. »Wenn dann die Aufregung vorüber ist, lasst mich heraus, und ich helfe an den Riemen.«

Eine gespenstische Szene trug sich in der Nacht zu, als der Werwolf seine Position am Ruder einnahm und sich sein breiter, kräftiger Rücken mühelos in diese Aufgabe hineinlegte. Die übrigen Flüchtlinge starrten erstaunt auf ihn, seltsam ermutigt vom Anblick dieser grauenhaften Erscheinung, deren Legende in den dunklen Winkeln ihrer Gedanken spukte und jetzt für sie arbeitete.

Ungestümer Mut erfasste sie alle, als gegen Mitternacht die Feluke erneut auftauchte. Gonji erteilte Befehl, das Schiff zu wenden und sich den kühnen Angreifern zu stellen. Auf ihrem Ausguck zwischen Schilden verfolgten der Samurai und seine vertrauten Anführer beklommen, wie die fünf schweren Buggeschütze der Galeere auf das winzige gegnerische Schiff geschwenkt wurden.

Die erste Salve schoss übers Ziel hinaus. Die zweite krachende Entladung erreichte es hingegen nicht, da der Schusswinkel zu stark angepasst worden war. Die dritte Salve aus aufeinanderfolgenden Schüssen prasselte rings um die Feluke ins Meer, die weiter in selbstmörderischer Sorglosigkeit durch die dunklen Wellen pflügte.

Man konnte jetzt Menschen auf der Feluke stehen sehen, die sich dort sammelten und zur Galeere herüberblickten. Die Söldner flüsterten und stießen sich gegenseitig an – welcher Krieger konnte die Gefahr für Leib und Leben so gelassen missachten? Und dann tauchte noch etwas anderes auf, andere Gestalten –

geschmeidig und schattenhaft wirkten sie, während sie über das Schiff hinwegglitten wie die Atemzüge eines Drachen.

Ein Nebel mit Augen wie feurige rote Abgründe. Fenster in die Hölle.

Eine Kanonenkugel krachte in die Feluke und erzeugte eine heftige Detonation aus Gischt und Rauch, Holzsplittern und Siegesschreien. Auf der Galeere begann man, sich gegenseitig auf den Rücken zu klopfen. Nur Gonji äußerte keinerlei Triumphgefühl.

Mit angehaltenem Atem verfolgte er in verzweifelter Anspannung, wie sich das zerstörte Schiff neigte. Der flache Rumpf war unter der Wasserlinie geborsten, sodass die Feluke Wasser aufnahm und in wenigen Minuten sank. Die ganze Zeit lang stand ihre Besatzung zusammen gedrängt auf dem einzelnen Deck, gab keinen Laut von sich und unternahm keinen Versuch, sich zu retten.

Das Meer verschluckte die Feluke. Rotierende Schatten, die an Ölflecken erinnerten, blieben als einzige Spur von ihr zurück.

Am folgenden Abend wurde die Galeere von einer unvermittelten Windbö überrascht, die die Segel flachdrückte. Dann legte sich der Wind vollständig, und Gonjis Gruppe fand sich bewegungslos auf dem windstillen Meer irgendwo südlich Siziliens wieder.

Die Mannschaft wurde störrisch, und es kam zu kleinen Auseinandersetzungen. Verschiedene Praktiken des Aberglaubens erlebten eine Renaissance, und viele private Gebete wurden gemurmelt. Allmählich weckte die seltsame Reise die heimlichen Ängste jeder Person an Bord.

So reagierte auch niemand besonders überrascht, als sich zeigte, dass die gesunkene Feluke auf teuflische Art und Weise wieder aufgetaucht war und sie erneut verfolgte.

Die Ruderer mühten sich ab, um ein wenig Fahrt zu machen, denn dies war jetzt ihr einziger Antrieb. Simon, der erneut in seine tierhafte Gestalt geschlüpft war, nahm seinen Platz auf einer Ruderbank ein.

»Wer im Namen aller dämonischen Mächte *sind* die eigentlich?«, wandte sich Gonji an einen schweigenden Kosmos.

»Vielleicht funktionieren sie wie die Zauberringmaiden«, überlegte Buey.

Orozco ächzte. »Von *mir* bekommst du kein Silber mehr, wenn du es erneut damit probieren möchtest.«

Gonji fingerte am Griff des Sagami herum, das in seinem Gürtel steckte. Das rhythmische Plätschern der Ruder im Wasser und das Knarren der Spieren waren eine ganze Weile lang die einzigen Geräusche. »Ich bezweifle es«, sagte er schließlich. »Sie sind etwas viel Schlimmeres. Irgendeine – gottlose schwarze Magie, wie wir ihr noch nie begegnet sind.«

»Ist es diesmal wieder dieselbe Mannschaft?«

»Schwer zu sagen.«

»Vielleicht stehlen sie das Leben jener, die sie töten«, mischte sich Corsini ein. »Vielleicht sollten wir unsere Toten nicht so leichtfertig ins Meer werfen.«

»Was sollen wir denn sonst mit ihnen machen?«, wollte Klirrer LoPresti wissen. »Wir können das Schiff doch nicht mit verwesten Leichen vollstänkern! Jesus …«

»Sie kommen näher«, stellte Orozco fest. »Sohn einer englischen Hure … Sie *rudern* nicht mal!«

»Bringt mir meinen Langbogen«, sagte Gonji zu niemandem im Besonderen, und ein fester Entschluss schwang in seinem Ton mit. »Sie kommen in unsere Reichweite, denke ich, Corsini-*san*.«

Der von Kämpfen gezeichnete Neapolitaner grinste breit und ging den eigenen Bogen holen.

Gonji ging zu den abgeschrägten Ruderbänken und wandte

sich an Simon. »Irgendein Gespür, was unsere beharrlichen Feinde da draußen angeht?«

»Nein«, antwortete der Lykanthrop einfach in dem kehligen Knurren, das die Stimme der Bestie darstellte.

»Möchtest du nicht noch mal schwimmen gehen und sehen, was du über sie herausfinden kannst?«

»Vergiss es. Ich bin vom letzten Mal noch immer klatschnass. Ich bekomme nicht gern Wasser in die Ohren. Mach *du* es diesmal.«

Gonjis Blick wanderte zu den starren, spitzen Organen, von denen der Werwolf gesprochen hatte, und wusste nicht recht, ob Simon es ernst meinte oder sich einfach nur einen sarkastischen Spaß gönnte. Die in der Nähe sitzenden Ruderer kicherten nervös, hatten offensichtlich die letztere Schlussfolgerung gezogen.

Gonji und Corsini, die besten Bogenschützen unter den Kämpfern an Bord, bezogen Positionen beiderseits eines Schilds, der über der Pinne aufragte. Die Feluke war inzwischen fast direkt hinter ihnen und kam nach wie vor näher.

»Ich kenne keinerlei Dämonen der Hölle, die einem Dreizehn-Faust-Kriegspfeil standhielten, abgefeuert von rechtschaffener Hand«, sagte Corsini und zog ein schiefes Gesicht, während er den Fingerschutz prüfte.

»Das macht *deinen* Bogen nutzlos, Corsini!«, rief Del Gaudio von hinten.

Die Leute lachten, und Gonji zischte ihnen zu, sie sollten still sein. Die beiden Schützen nickten einander zu und feuerten abwechselnd ihre Pfeile ab. Die Geschosse pfiffen durch die wolkenverhangene Nachtluft und fanden allmählich die richtige Distanz. Corsini erzielte als Erster einen Treffer auf dem Deck der Feluke, denn die verletzte Schulter erschwerte es Gonji, den mächtigen Bogen zu spannen. »Sieht so aus, als ginge der Wettkampf an dich«, räumte der Samurai ein und verfolgte, wie auf dem kleinen Schiff bedächtiges Schlurfen als Reaktion auf den im Holz steckenden Pfeil erfolgte.

»Was zum Teufel huscht dort auf dem Deck herum?«, fragte jemand.

»Hunde?«

»Zu schnell für Hunde.«

»Vielleicht haben sie ihre eigenen Werwölfe«, flüsterte Luigi Leone und warf einen Blick über die Schulter auf den mächtigen, rudernden Rücken, der von goldenem Fell bedeckt war.

»Halt die Klappe!«, warnte ihn Gonji.

Sie nahmen den Beschuss wieder auf, während die Feluke auf magischem Weg beschleunigte und nach Osten schwenkte, um sich an Backbord neben die Galeere zu setzen.

Twack! Der erste Armbrustbolzen bohrte sich in den Rumpf der Galeere.

»Verdammt, die beherrschen aber wirklich ihre Distanzschüsse!«

Gonji und sein alter Kampfgefährte liefen über das Deck, um neue Positionen an einem Backbordschild einzunehmen. Und sie eröffneten erneut das Feuer. Sie schätzten die Distanz zur Feluke jetzt auf knapp zweihundertdreißig Meter, als ein Bolzen mit Stahlspitze durch ein Speigatt fegte und einem brüllenden Söldner den Fußknöchel zertrümmerte.

»Blockiert die Speigatten mit Fässern!«, kommandierte Orozco. Mehrere Frauen und ein paar Männer, die keinen Dienst an den Rudern hatten, eilten los, um Gegenstände zu besorgen, die zum Absperren geeignet waren.

Corsinis nächster Schuss erwischte einen der gespenstischen Seefahrer an der Körperflanke, durchbohrte ihm den Arm, grub sich in den Brustkorb und nagelte den Arm so an die Flanke.

»Jo-ho!«, schrie Corsini, und seine Kameraden klopften ihm auf den Rücken. Ihre Aufregung legte sich jedoch, während sie sahen, was sich jetzt an Bord der Feluke zutrug.

Die Kameraden des Getroffenen versammelten sich um ihn. Einer riss ihm den Pfeil aus dem Leib und warf ihn über Bord. Der Getroffene trat an die Steuerbordreling, stellte lässig einen Fuß darauf und grinste anzüglich zur Galeere hinüber. Der prachtvolle Bogenschuss hatte ihm offensichtlich nicht das geringste Unbehagen bereitet.

Die Betrachter warfen einander entsetzte Blicke zu. Gonji spürte, wie sie der Mut verließ, und erkannte in dieser Mutlosigkeit den kraftraubenden Feind, der sie war. Er atmete in kurzen Stößen, versuchte den Strudel der Gedanken zu bändigen, sich auf irgendeinen nützlichen Plan zu konzentrieren, der wenigstens den Ausbruch von Panik verhinderte.

»Hier, seht her!«, befahl er. »Diese Dinger, die dort auf dem Deck herumlaufen. Versuchen wir mal, eines davon zu erwischen.«

»Wozu?«, fragte Corsini trostlos. »Als Schießübung?«

Zwei Bolzen trafen den Rumpf der Galeere. Ein dritter zischte vorbei und landete an Steuerbord im Wasser.

»Dann also eine Schießübung«, sagte Corsini resigniert, während Gonji ihm einen tadelnden Blick zuwarf.

Sie zielten auf eine der gleitenden Kreaturen, die sich gerade mit flinker Geschmeidigkeit an einer Reling entlangbewegte. Beide Schüsse verfehlten sie knapp, und die Kreatur schenkte ihnen auch keine Beachtung. Gonjis nächstes Geschoss fuhr in den Schiffsrumpf, direkt unter der Erscheinung, die jetzt, als die Feluke näher kam, einem geteerten Luchs ähnelte. Sie sahen, dass das Ding träge zu ihnen herüberblickte, und erschraken, als zwei Bolzen fast gleichzeitig in den Schild krachten, an dem sie standen.

»Denkst du, dass ihre Bolzen ebenso harmlos sind wie unsere Pfeile?«, fragte Corsini scherzhaft.

»Sie sind jetzt näher«, stellte Gonji fest. »Die übrigen Bogenschützen unter euch sollten sich jetzt ihre Waffen holen und sich hier zu uns gesellen.«

Während die Männer eilig dem Befehl nachkamen, probierten es die beiden mit einer neuen Salve. Das Resultat fiel bestürzend aus – Gonjis Pfeil jagte direkt über den Kopf der Kreatur hinweg, als diese sich zurücklegte, um sich auf dem Schiffsbug zu putzen. Sie senkte den hässlichen Kopf heftig, damit der Pfeil daran vorbeizog und beinahe einen Armbrustschützen hinter ihr traf. Corsinis Pfeil senkte sich zum Ziel hinab, und die Schattenkatze verfolgte die Geschossbahn, bis sie im letzten Augenblick eine Pfote zurückzog und so geschmeidig dem Pfeil auswich, der direkt daneben ins Holz hämmerte. Unbekümmert richtete sich die Kreatur auf und streckte sich, um dann weiter an der Reling entlangzupirschen.

»Schnell«, sagte Corsini rau. »Verdammt, die sind schnell!«

Die Bogenschützen versammelten sich jetzt, zehn insgesamt, und Gonji überlegte kurz, ehe er sie ausfächern hieß, damit ein maximaler Kreuzfeuereffekt erzielt würde.

»So, konzentriert alle den Beschuss auf dieses umherstreifende Tier«, wies er sie an. »Vergesst vorläufig die Männer.«

Sie zögerten einen Augenblick lang und willigten schließlich ein. Sie lauerten außer Sicht des Gegners hinter den Schilden, bis die Schattenkreatur wieder an die ihnen zugewandte Reling der Feluke tappte. Auf Gonjis Signal hin richteten sich die Männer dann an den Schusslücken zwischen den Schilden auf.

Die Dunkle Kompanie wartete schon darauf. Ein halbes Dutzend Armbrüste schnalzten, als die Flüchtlingsschützen spannten und schossen.

»Polidori«, sagte Corsini an Gonjis Seite, während mehrere Dinge in rascher Folge geschahen.

Die Schattenkatze sprang rückwärts, um zwei Pfeilen auszuweichen, aber ein dritter durchbohrte ihre Schulter und riss sie von der Reling herunter. Triumphschreie stiegen auf, wurden aber gleich erstickt und verwandelten sich dann in Schreckensrufe …

Corsini drehte sich mit dem Rücken zum Schild und umklammerte den Bolzen, der in seiner Brust steckte. Die glitschig-roten Hände fummelten am Hemd herum. Er gurgelte stöhnend vor Schmerzen, ein Laut, der vom Blut erstickt wurde. Gonji senkte Corsini aufs Deck, fuhr ihm hilflos mit der Hand durchs Haar, flüsterte den Namen seines Freundes.

»Poli – dori«, würgte der italienische Brigant hervor und packte mit blutiger Hand Gonjis Jacke.

Der Samurai befreite sich von den erstarrenden Fingern und richtete sich an der Reling auf. Die dunklen Augen blitzten voller Hass, brannten sich förmlich in die erbarmungslosen Verfolger hinein.

»Mistkerle!«, brüllte er. »Kommt doch und nehmt es mit miiir auf!«

Orozco versuchte, ihn wieder in Deckung zu ziehen, aber Gonji schüttelte seine Hände ab. Buey packte ihn mit mächtigem Klammergriff, und sie beide rangen miteinander und hörten erst auf, als sie Del Gaudios Schrei hörten.

»He, he, sie entfernen sich! Irgendwas passiert da!«

Sie alle drängten sich in die Lücken zwischen den Schilden, um es selbst zu sehen, und sogar die Ruderer verließen ihre Posten. Simon sprang auf die Marsstenge und klammerte sich mit krallenbewehrten Händen und Füßen fest.

Es stimmte. Die Feluke trieb ab, und die schrumpfenden Gestalten an Deck drängten sich auf eine merkwürdige Art zusammen.

»Es hat funktioniert ... Jesus-Maria, es hat *funktioniert* ...«

»Die Katzen sind es, die wir töten müssen, nicht wahr?«

Gonji beteiligte sich nicht an der Feier, denn er wusste nicht recht, wie dieser hart errungene Sieg letztlich zu verstehen war. »Luigi – Del Gaudio ... Was hat er damit gemeint, mit *Polidori?*«

Del Gaudio knurrte und schüttelte den Kopf. »*Si*, ich habe ihn auch gesehen. Den federgeschmückten Hut. Sein Markenzeichen. Eine *Minuto* lang dachte ich auch, es wäre Polidori.«

»Wer ist dieser Polidori?«

»Hast du nie von ihm gehört? *Cattivo uomo* – ein sehr übler Bursche. Ein Duellant aus Mailand; manche sagen, der größte überhaupt. Hat – wie viele, Luigi? – hundertfünfzig oder mehr Gegner umgebracht?« Er redete weiter, während Luigi ihn unter Tränen abwehrte und sich über den gefallenen Corsini beugte. »Seine Spezialität war es, der Damen wegen zu töten – der Damen anderer Männer. Das Töten schätzte er weit mehr als die Liebe, aber ich vermute, am allerliebsten hatte er es, wenn beides zusammenging, denn es war seine Art, verheiratete Damen zu verführen oder anderweitig zu entehren und so ihre Gatten zu zwingen, dass sie sich mit ihm duellierten. Der Witwenmacher haben seine *Amici* ihn genannt.«

»Ich kenne diesen Schlag«, sagte Valentina angewidert, »und du hast recht, Del Gaudio, solchen Männer gefällt es mehr, anderen Hörner aufzusetzen und sie zu töten, als mit den Frauen ins Bett zu gehen. Was sie brauchen, ist mal der richtigen Frau zu begegnen. Einer mit einem Gespür für Ehre in diesen Dingen. Diese verzärtelten Mailänder *Damen*, von denen du sprichst, sollten *gehängt* werden, jede Einzelne von ihnen! Manche Menschen sind erst glücklich, wenn sie sich in der Gosse wälzen.«

Sie drehte sich auf den Fersen um und stelzte davon, und das Gift in ihrem Tonfall hing noch in der düsteren Atmosphäre. Eine Zeit lang sagte niemand etwas, denn ihr Freimut hatte alle überrascht.

»Na ja, jemand hat ihn erledigt«, setzte Del Gaudio schließlich hinzu.

»Hm?«

»Polidori – deshalb kann er es nicht gewesen sein. Er wurde letztlich ermordet, habe ich gehört.«

Gonjis Augen wurden schmal. Er drückte den Griff des *Katana* fest, während er aufs Meer hinausblickte. »Manchmal – bleiben die Toten nicht tot.«

Simon schrie ein Hundegelächter von der Marsstenge herab. Alle musterten ihn unbehaglich, als sie diesen unvertrauten Laut hörten.

»Man muss den Toten mit fester Hand begegnen«, krächzte er gespenstisch herab, und sein Gelächter vertrieb die morbide Stille an Deck, während er das Maul zum Mond emporreckte.

»Werde mir jetzt bloß nicht irre!«, schimpfte Gonji zu ihm hinauf. Dabei entging ihm die Ironie der eigenen Worte, bis er sich darüber klar wurde, was Simons erneuter Ausbruch bellenden Gelächters zu bedeuten hatte. In der Nacht, die auf den nächsten Tag folgte, würde der Vollmond am Himmel stehen.

Die Nacht der Ketten, so war Simon es gewöhnt, sie zu nennen, denn in den Vollmondnächten seiner Jugend – als das Wolfskind in einem französischen Kloster aufwuchs – kettete man ihn stets an die Wand eines verschlossenen und verriegelten Kellers.

Die Galeere bot keine entsprechende Sicherheitsvorrichtung für seinen Wahnsinn in einer solchen Nacht, und davor graute es Simon mehr als vor allem anderen. Denn in der Nacht der ersten Verwandlung hatte ihn der Dämon im eigenen Inneren voll im Griff. Simons Bewusstsein blieb auf einen matten Winkel des gemeinsamen Geistes beschränkt, und für die Grausamkeiten, die die primitive Bestie womöglich anrichtete, existierten keinerlei Grenzen. Tötete sie in der gleichen Nacht einen Menschen, trat die schmerzhafte Verwandlung, die ihn aus der menschlichen Gesellschaft aussperrte, in jeder Nacht bis zum nächsten Vollmond auf, wenn auch Simon dabei die Vorherrschaft gegenüber dem Dämon behielt. Hinderte man ihn daran zu töten, blieb er für den anschließenden Monat ein normaler Mensch, frei von dem Grauen, mit dem er sonst das Schwinden des Tageslichts betrachtete.

Gonji war es, der ihn vor Jahren durch Beschämung aus dem Selbstmitleid gerüttelt und den Beweis geführt hatte, dass Simon die Kraft und den Mut besaß, sogar in der Nacht der Ketten die Kontrolle über die tobende Bestie zu übernehmen. Der Kampf um die Vorherrschaft war grauenhaft anzusehen, eine Tortur, gegen die sich Simon wehrte, aber in der heutigen Vollmondnacht schien sie unumgänglich, da er die Bestie um jeden Preis daran hindern musste zu töten.

Gonji seinerseits glaubte, dass der Verlust der Kräfte des Werwolfs für den weiteren Verlauf dieser zunehmend tödlichen Reise Schlechtes versprach. Er vermied es jedoch, dem schauerlichen Gedanken, dem er nun schon eine Zeit lang nachhing, Ausdruck zu verleihen: dass einer aus ihren Reihen in dieser Nacht als Opfer ausgewählt werden sollte, damit die anderen vielleicht überlebten. Er wusste, wie Simon auf diese undenkbare Idee reagiert hätte, denn der Lykanthrop verabscheute die Grausamkeit der Bestie und sehnte sich ernstlich danach, wie andere Menschen zu sein.

Als die Nacht heranrückte, wurde ein grimmiger Simon – der sich wieder mal weigerte, irgendjemandem in die Augen zu blicken – mit schweren Stricken und Tauwerk in der Jolle festgebunden, an Planken und Klampen festgemacht, um die Bestie in Schach zu halten. Man ließ die Jolle zu Wasser und gab dem Schlepptau auf voller Länge Spiel. Mit Pistolen und Bögen in den schwitzenden Händen übernahm eine nervöse Gruppe unter Gonjis Kommando die Wache am Heck – um dort gleichzeitig nach einer Rückkehr der Feluke mit der Dunklen Kompanie Ausschau zu halten und auf die unbeherrschte Bestie achtzugeben, die sich womöglich befreite und am Schlepptau entlang aufs Schiff zu klettern versuchte. Heranschwimmen konnte Simon nicht, denn eine steife Brise trug sie jetzt auf ihrem Kurs, und man hatte die Ruder eingeholt.

Während sich die Furcht in Temperamentsausbrüchen Bahn brach, wurde zugleich der heftige Kampf in der Jolle erkennbar. Man sah, wie die Plane zerrissen wurde und das Boot hin und her schleuderte, während es seine Bahn durch die Wellen zog. Ein krachender und reißender Lärm drang an die Ohren der Männer. Eine Klampe löste sich und sprang hoch. Dann vernahm man das entsetzliche Gebrüll des angebundenen Werwolfs, die Laute seines inneren Ringens, das sich in Fluchen und Gebrüll zweier verschiedener Stimmen ausdrückte.

Einen Augenblick lang war Ruhe. Dann zerrissen auf einmal Stricke unter dem Angriff von Zahn und Klaue und peitschten in die Luft, und das Monster, das nicht Simon Sardonis war, ragte über dem Bug der Jolle auf und blickte aus blutrünstigen roten Augen zur Galeere herüber.

Überall an Deck wurde nach Luft geschnappt; das Vertrauen, das die Menschen in die machtvolle Präsenz des Werwolfs zu setzen gelernt hatten, war restlos zerstört.

»Haltet weiter Ausschau«, mahnte Gonji, ohne selbst den Blick von dem unheilvollen Monster zu wenden. »Haltet Ausschau nach der Feluke.«

Der Werwolf packte das Schlepptau und kletterte los.

»Simon!«, schrie Gonji. »Übernimm das Kommando! Du weißt, dass du das kannst!«

»*Ja* – komm und hilf mir, kleine Halbglatze.« Die Stimme der Bestie, die ihm auf Hochdeutsch Antwort gab, war nicht die Simons, sondern eines Fremden. Erschreckend in dem darin mitschwingenden Verlangen zu töten, zu verschlingen. Simon hatte Gonji schon vor langer Zeit vom Wunsch des Dämons berichtet, den Samurai umzubringen, hatte vom wortlosen, lautlosen Drängen erzählt, Simon möge ihn zerfetzen. Wie er es in einem entsetzlichen, ahnungslosen Augenblick verlorener Selbstbeherrschung beinahe einmal versucht hätte.

»Sollen wir ihn erschießen?«, fragte Orozco, die Pistole in der zitternden Hand. »Oder *was?*«

Gonji überlegte. Seine Gedanken galoppierten in verschiedene Richtungen, bis er schließlich energisch den Kopf schüttelte. »Wir müssen ihn nur verletzen.«

»Was? Bei *diesem* Seegang? Wie willst du da ruhig zielen?«

»Lass es mich einfach *versuchen!*«, erwiderte Gonji heftig. »Er ist *mein Compadre*. Meine Verantwortung. Du wirst nicht schießen, solang es nicht nötig wird.«

Die Bestie strich mit dem Rücken über die Wellen, während sie hängend am schweren Tau entlang kletterte. Dann verschwand sie ganz unter einer Welle. Als sie wieder auftauchte, brüllte sie gegen die Elemente an, der Pelz verklebt und im harten Widerschein des Vollmonds glänzend.

Gonji feuerte einen Pfeil ab, der unter dem Werwolf in den kalten grauen Wogen landete. Er legte einen weiteren Pfeil mit messerscharfer Spitze an und schwenkte ihn aufs Ziel ein. Schoss ...

Die Bestie heulte auf und zerrte an dem Kriegspfeil, der in ihrer Schulter steckte.

»Das wird ihn nicht aufhalten!«, schrie Buey.

»Aber vielleicht bremst es ihn, macht ihn nachdenklich«, erinnerte ihn Gonji. »Falls er überhaupt noch einen Gedanken fassen kann.«

In diesem Augenblick brach am Bug ein Tumult aus.

Aller Augen waren auf das absonderliche Drama am Heck gerichtet gewesen. Niemand hatte verfolgt, wie der durchnässte Eindringling in Kaftan und Burnus an Bord geklettert war. Schnell jedoch fand man heraus, mit welcher Absicht.

Eine Frau drehte sich um, als sie das Platschen von Meerwasser hörte, und kreischte. Sie zog einen Dolch aus dem Gürtel und hob ihn, um sich zu wehren, aber der Krummsäbel des böse grinsenden Fremden zuckte vor und grub sich in ihren Bauch. Ein grausam gekrümmter Keil aus Damaszenerstahl glitt wieder frei und fuhr glitschig und rot durch die zugreifenden Finger der Frau, während sie stürzte.

Schreckens- und Wutschreie ertönten. Zwei Pistolen krachten beiderseits der gestürzten Frau, und die Bleikugeln bohrten sich auf Kernschussweite in den dunkelhäutigen Killer. Dieser blickte auf die schwarzen Löcher in seinem Kaftan hinab und stieß dann mit dem Säbel zu, hackte einem erschrockenen Söldner die Hand ab und durchtrennte die Luftröhre des anderen. Er rückte weiter vor und ließ herausfordernd den Krummsäbel kreisen.

Die Kämpfer umschlichen ihn vorsichtig und attackierten mit blankem Stahl. Die Morisken unter ihnen schrien in ihrer Sprache auf ihn ein, riefen Drohungen und forderten ihn auf, sich zu ergeben. Der Eindringling erlitt ein Dutzend Schwertwunden, die keinerlei Wirkung zeigten, während er durch die Reihen seiner Gegner fuhr und drei weitere Männer mit tödlichen Schnitten niederstreckte. Ohne Eile ging er zu Werk, eine erbarmungslose, unzerstörbare Gewalt.

Inzwischen war Gonji klar gewordenen, dass die Dunkle Kompanie auf das Schiff vorgestoßen war. Er blickte zwischen dem Gemetzel an Deck und dem näher kommenden Werwolf hin und her, der nach wie vor am Schlepptau hing.

»Was sollen wir tun?«, schrien Gonjis Leute.

»Ich sage euch, was wir tun«, antwortete Orozco. Seine Pistole donnerte durch die Nacht, und die Kugel schlug in der heulenden Bestie ein. »Wir kämpfen um unser Leben!«, brüllte der Feldwebel.

Gonji legte erneut auf die Bestie an, beruhigte seinen Atem, glich das Schlingern des Schiffs im Wellengang aus, versuchte, eine Stelle an der Bestie anzuvisieren, die für sie nicht tödlich war. Er schoss. Der Pfeil traf die Kreatur im Schenkel. Sie brüllte und verlor mit dem verletzten Bein den Halt, und mit harkender Fußklaue versuchte sie, das Tau damit wieder zu erreichen.

Dann stürmte der Samurai schon übers Deck und schrie den anderen zu, sie sollten ihm aus dem Weg gehen. Seine *Daisho* fuhren wie eins aus den Scheiden, während er auf den höhnisch grinsenden Araber losging, dessen untoter Körper inzwischen von zwanzig Schwert- und Pistolenverletzungen gezeichnet war.

Gonji hielt abrupt an, trat dann einen Schritt vor, fing den auf Enthauptung gezielten Hieb des Krummsäbels mit dem *Ko-dachi* ab und lenkte ihn über den eigenen Kopf hinweg. Er sank auf ein Knie, holte mit dem *Katana* auf tiefer Bahn aus und trennte dem Assassinen ein Bein am Kniegelenk ab. Das Monster verriet keine Schmerzen, sondern nur Überraschung, als es auf die Planken kippte. Dabei verlor es auch den Krummsäbel, und der Samurai griff die gestürzte Gestalt voller Wut an und trennte ihr mit dem nächsten Hieb den Kopf ab. Schreie des Ekels ertönten, als der Kopf an die Reling rollte, die Augen offen, während der Mund noch auf und zu klappte.

Ein raspelndes Zischen drang aus dem Mund. Er versuchte Worte zu formen, die aus der Luft selbst an die Ohren der Umstehenden zu dringen schienen. Gonji pirschte sich an den Kopf an, als handelte es sich um irgendein widerliches Ungeziefer, das ihn womöglich ansprang.

Die Schattenkatze schlug aus ihrer Position am Speigatt, wo sie ungesehen gelauert hatte, mit der Tatze nach ihm, lautlos und tödlich wie ein nächtlicher Schatten. Die Krallen gruben sich in seinen Stiefel und zerkratzten ihm den Knöchel. Gonji sprang zwei Schritte weit zurück und attackierte dann die Kreatur, beide Schwerter wie die Zwillingszähne seines Zorns gezückt, traf aber nur Holz, als ihm die Katze erstaunlich schnell auswich.

Die abgetrennten Körperteile des Assassinen glitten jetzt wie plumpe Vipern übers Deck.

»Zerstört das Ding!«, schrie Gonji. »Schneidet es in kleine Fetzen!«

Die anderen reagierten jedoch nur langsam, und sogar der Samurai zögerte, war unsicher, wie er sich den nass dahinkriechenden Teilen nähern sollte, wo er wirkungsvoll zuschlagen konnte. Die Angst vor der dunklen Zauberkunst, die den untoten Mörder belebte, lähmte sie alle.

Der Rumpf zog sich über die Reling, und Kopf und Beine glitten gespenstisch durch die Speigatten. So verschwand der in drei Teile zerhackte Assassine in den Wellen. Die Katze sprang vom Schiff, und Bogenschützen liefen an die Reling, um Pfeile hinterherzujagen. Die Kreatur löste sich jedoch zu einem dunklen Fleck auf dem Wasser auf und trieb lässig davon, eine Tintengestalt, besetzt mit höllenroten Augen, eine Verfärbung, die auf den Wogen davontrieb.

Gonji fluchte und schlug mit der Faust auf die Reling, ehe er zum Heck sprintete, wo er Buey nach ihm rufen hörte.

Der Werwolf zog sich unaufhaltsam weiter am Tau entlang und knurrte die totenbleiche Truppe am Heck wütend an.

»Können wir ihn töten?«, heulte Orozco.

»Das ist schwieriger, als du denkst«, entgegnete Gonji. »Ich habe schon erlebt, wie er in einer einzigen Nacht mehr Wunden verkraftete als dieses Ding dort hinten, das wir gerade erledigt haben.«

Sie eröffneten das Feuer aus ihren Pistolen und gaben einen Schuss nach dem anderen ab, wobei sie die Wirkung auf den Lykanthropen abschätzten und zu vermeiden versuchten, dass sie ihn an einer lebenswichtigen Stelle trafen. Jeder Schuss bremste das Fortkommen der Kreatur, bis sie schließlich das Tau losließ und ins aufgewühlte Meer stürzte.

»*Choléra!*«, knurrte Gonji und hoffte, dass man Simon jetzt nicht an den Ozean verlor. »*Simon!*«, schrie er ins Kielwasser hinab.

Eine Zeit lang war der zweibeinige Wolf nicht zu sehen; dann packte ein Arm voller goldener Büschel die Ruderdolle des Beiboots. Der zweite Arm folgte. Schmerzhaft wuchtete sich der Werwolf an Bord und schlitzte und riss sofort am Mast der Jolle herum, stürzte ihn in seiner Wut und seinen Schmerzen, prügelte anschließend auf die Planken ein, bis die Jolle leck schlug. Die wilde Bestie tobte ihren primitiven Zorn trotzdem weiter aus und riss ganze Rumpfabschnitte heraus, sodass die Auflanger der Konstruktion zu Tage traten. Als der Werwolf sich verausgabt hatte, brach er zusammen und klammerte sich an die zertrümmerten Überreste des Bootes, die nach wie vor vom zerfaserten, sich auflösenden Schlepptau nachgezogen wurden.

Als das unnachgiebige Auge des Mondes allmählich vom grauen Schleier der Morgendämmerung ausgelöscht wurde, war nur noch Gonji zugegen und verfolgte die Rückkehr des fluchbeladenen Mannes in die Reihen der Menschheit. Man zog ihn aus dem Wasser und versorgte seine Wunden. Die anderen entdeckten jetzt jenes Phänomen, das Gonji schon vom Feldzug in Vedun kannte: Die Pistolenkugeln und Pfeilspitzen waren bei der Rückverwandlung aus dem Körper ausgeschieden worden. Die zahlreichen Verletzungen, vom Meerwasser kauterisiert, hatten bereits zu heilen begonnen und wurden jetzt mit einer maurischen Salbe behandelt und verbunden. Erschöpft und dem Delirium nahe, brachte Simon doch eine matte Geste der Dankbarkeit für das zustande, was die anderen für ihn getan hatten. Schließlich munterte ihn auch die Aussicht auf einen Monat auf, in dessen Verlauf er von der Bestie frei sein würde.

Die Toten wurden dem Meer übergeben, während Gonji schlief. Furcht und primitives Grauen angesichts der unheilvollen Ereignisse der zurückliegenden Nacht führten, verbunden mit den Auswirkungen der Erschöpfung, zu Gewalt und Meuterei unter den Flüchtlingen.

Ein österreichischer Söldner glaubte, ein Moriske, der sich ihm von hinten näherte, wäre der Angreifer aus der Nacht. Er schoss ihm durch den Kopf. Ein Kampf brach aus, wurde aber von Buey und den übrigen Ulanen unterbunden, ehe es zu weiteren ernsten Verletzungen kam.

Gonji wurde von einer heftigen Diskussion der Schiffsgemeinschaft über den Abschluss ihrer Suche geweckt. Viele sprachen sich dafür aus, die fluchbeladene Reise abzubrechen und sich lieber wieder den Gefährten in Österreich anzuschließen. Diejenigen, die einfach genug von böser Zauberei hatten, sahen sich jetzt von gewissen Personen unterstützt, die Gonji und seine Führungsmethoden ablehnten, noch befeuert von der Überzeugung, dass ihnen Simons Unterstützung abhanden gekommen war. Befreit vom Schatten der Bestie, sprachen sie jetzt offen ihre heimlichen Befürchtungen aus.

Gonji organisierte kurz entschlossen eine Abstimmung, und wer ihm weiter zu folgen wünschte, gesellte sich am Schiffsbug zu ihm. Die spanischen Ulanen und die italienischen Gauner taten dies, ebenso Valentina und zwei Frauen, deren Männer getötet worden waren, sowie die Morisken und mehrere Personen, die den Reihen der Abweichler den Rücken kehrten. Trotzdem stellte der Samurai erstaunt fest, dass seine Partei in Unterzahl blieb.

Er zog das Sagami und beendete den Vorgang kurzerhand, indem er alle daran erinnerte, dass sie hier in der militärischen Struktur einer freien Söldnertruppe agierten und keine Demokratie waren. Er trieb sie mit einer unverblümten Warnung vor mangelnder Entschlossenheit auseinander.

»Sehr schön gemacht«, erklärte ihm Achmed Il-Mohar Augenblicke später. »Ich hatte auch nicht erwartet, dass du dich von einem in Panik geratenen Mob von deinem Weg abbringen lassen würdest.«

Gonji kratzte sich die Bartstoppeln und zog eine Braue hoch. Er war unsicher, was die Aufrichtigkeit des Morisken anbetraf.

»Einer Sache kannst du jedoch gewiss sein«, ergänzte Achmed leise. »Die Toten greifen uns tatsächlich an, wie es der arme Corsini glaubte. Dieser Maure, dessen Einzelteile sich vergangene Nacht weigerten, in Frieden zu ruhen … Das war Ottef Abu-Nissar, der Schlächter von Oran. Man hat ihn vor etwa drei Jahren gehängt. Erfolglos, scheint es.«

FÜNFUNDZWANZIGSTES KAPITEL

Die von Achmed empfohlenen Schifffahrtsstraßen bestätigten seine Einschätzung, obgleich Gonji ursprünglich skeptisch war. Die Galeere begegnete weder Barbareskenpiraten noch den mächtigen Türken. An einem frischen, sonnendurchfluteten Morgen ging sie vor der Nordküste von Tripolis vor Anker. Eine öde Felsenküste ragte über dem Sandstrand auf, so weit das Auge reichte.

Gonji überließ die Galeere den Abweichlern, und vier Fahrten des verbliebenen Ruderboots setzten letztlich sechsundzwanzig Männer und vier Frauen an der einsamen Küste ab.

Eine Zeit lang ruhten sie sich aus und nahmen die Umgebung in Augenschein. Niemand brachte das Thema zur Sprache, wie sie ohne Pferde ihren nächsten Schritt tun sollten. Lediglich Achmed Il-Mohar zeigte sich geduldig und unbesorgt, und als Gonji ihn um Rat fragte, reagierte der Maure ausweichend. Er blieb lieber im Abstrakten und gestand zum ersten Mal seine persönlichen Gründe, warum er sich der Gruppe angeschlossen hatte.

»Für die Morisken neigt sich die Zeit in Spanien dem Ende entgegen«, sagte er. »Ich denke, das ist eindeutig. Für das Christentum hat eine unglückliche Epoche der Selbstzerfleischung begonnen. Es war das Beste für uns, in die alte Heimat aufzubrechen. Wenn ich schon umkommen soll, dann lieber auf eigenem Gebiet im Kampf gegen die Türken als gegen meine Mitchristen auf dem anderen Kontinent. Du, mein Freund«, erklärte er Gonji, »bist ein höchst faszinierender Gesell. Deine unerschütterliche Haltung dem Bösen gegenüber hat dich zu einer ganz schön heldenhaften Gestalt gemacht. Du vermittelst den Eindruck, dass es ein edles Streben ist, für Ideale in den Tod zu gehen. Das ist etwas, was ich lange nicht erlebt habe.«

Gonji hörte ihm eine Zeit lang zu, gab nur wenige Antworten und dachte über die Ironie in den Worten des Mannes nach. Er fragte sich, wie weit er Achmed trauen konnte. Die Überlegungen des Samurai fanden jedoch am frühen Nachmittag ein jähes Ende, als eine große Gruppe Berittener aus der Wüste herandonnerte.

»Türken?«, wandte sich Gonji fragend an Achmed, während seine Leute besorgt die Waffen bereitmachten.

»Nein«, antwortete Achmed zuversichtlich. »Nomaden der Wüste. Das wandernde Volk des Fessan.«

Die Nomaden nahmen eine drohende Haltung ein, während sie auf höher gelegenem Grund zu einer Schützenlinie ausfächerten und die Gefahr, die von den Feuerwaffen der reiterlosen Gruppe ausging, durch drohend angelegte Kurzbögen neutralisierten.

Achmed ging los und traf sich auf dem Sandhügel mit ihnen. Mit Handbewegungen gab er sich als Freund zu erkennen und redete lange mit ihnen. Gonji wartete beklommen; die mangelnde Beherrschung der einheimischen Sprache erwies sich als Nachteil für ihn und die Europäer. Sie waren gezwungen, den Morisken zu vertrauen.

Als Achmed lächelnd zurückkehrte, stellte der Samurai fest, dass die Mauren ihre Blicke jetzt auf Simon richteten, der auf einer Trage lag, nach wie vor durch Schwäche und Blutverlust außer Gefecht.

»Sie kennen jetzt unsere Notlage und scheinen bereit, uns zu einer Oase in der Nähe zu bringen, wo wir Pferde kaufen und uns mit Wasser versorgen können. Ja«, setzte er als Antwort auf Gonjis fragenden Blick hinzu, »sogar hier hat man den Ruf deines Freundes vernommen, des *Lobis homem*. Du und ich, wir begleiten ein Kontingent dieser Männer zur Oase. Dort treffen wir jemanden, mit dem zu reden sich als nützlich erweisen wird. Sie lassen Reiter zurück, die unsere Gruppe zu beschützen helfen. Da gibt es etwas, was du, wie ich denke, mitnehmen solltest – dein Artefakt mit dem Symbol der Vogelmenschen. Bei diesen Nomaden gilt es als machtvolles Omen.«

Trotz seines Argwohns, blieb Gonji nichts anderes übrig, als dem Folge zu leisten. Als sie sich auf zwei geliehene Pferde schwangen, nachdem einige eilige Erklärungen für die anderen abgegeben worden waren, hörten alle Geschützdonner weit draußen auf See, und Blitze und Rauch mischten sich mit dem fernen Dunst des Mittelmeeres. Sehr wahrscheinlich wurde die Galeere angegriffen.

»Vorläufig scheint es, als wäre unsere Entscheidung die richtige«, sagte Achmed.

Auf eine Eingebung hin forderte Gonji Pablo Cardenas auf, sie zu begleiten, da der Advokat Träger des Wygyll-Symbols gewesen war. Als Cardenas dieser Aufforderung zögernd Folge leistete, trat auch Valentina vor und wollte sich anschließen.

Gonji gab ihr mit einem Wink zu verstehen, dass sie zu den anderen zurückkehren sollte, und legte dazu eine strenge Miene an den Tag. »Ich möchte dich nicht in meiner Nähe haben, solange wir gefährdet sind.«

»Warum?«, wollte sie wissen. »Ich kann kämpfen.«

»Sorgen um deine Sicherheit würden meine Reflexe schwächen. Diese Bürde kann ich nicht übernehmen.«

»Ich bin selbst für mein Leben verantwortlich«, hielt sie ihm entgegen.

»Trage diese Verantwortung dort, wo ich nicht zugegen bin.« Als er den Blick sah, den sie ihm zuwarf, bedauerte er gleich sowohl seine Wortwahl wie auch seinen Ton. Ihm fiel jedoch jede öffentliche Demonstration von Zärtlichkeit schwer, und er war erleichtert, als Valentina sich abwandte und keine weiteren Einwände erhob.

»Mir müssen uns beeilen«, riet Achmed.

Gonji betrat das Zelt und verneigte sich tief vor der kleinwüchsigen runzligen Gestalt, die auf dem Läufer in der Mitte saß. Der bärtige Mann war unglaublich alt, die Haut rissig und welk und gebräunt von Jahren in der Wüstensonne, deren Zahl sich nach den Sternen am Himmel bemaß. Der Bart kräuselte sich in einem Halbkreis vor ihm auf dem Läufer. Der Alte lächelte Gonji, Achmed und Cardenas an, während sie näher kamen.

Er wedelte mit den Fingern, und Achmed nahm das Wygyll-Medaillon von Gonji entgegen. Der alte Mann ergriff es gespannt und hielt es sich vor ein weit geöffnetes Auge, während er das andere schloss. Er nickte mit Gewissheit und hieß sie, sich zu setzen.

Achmed stellte sie einander vor. »Das ist Mirhubah Habibiti. Hm, so weit ich es verstehe, ist er ein fessanischer Derwischmufti – der Großmufti der Oasen, der den Glauben der hiesigen Menschen auslegt und ihr Wissen hütet.«

Der Mufti ergriff das Wort, beinahe ein feierlicher Gesang, und Achmed übersetzte stockend: »Er sagt, du wärst ein Freund der Himmelskinder und dadurch als jemand Besonderes gekennzeichnet – als bevorzugt. Die untoten Krieger, die dich verfolgen, sind tatsächlich gnadenlose Mörder, zurückgeholt durch … Nein – der Augenblick ihres Todes wurde *angehalten*. Ah, sie wurden eingefangen – festgehalten, *geschützt* von den Tempelkatzen, die – ah, ihre Vertrauten sind, ihre – Schatten. Bei Tage von flüchtiger Gestalt. Harmlos, glaubt er. Aber bei Tage eben auch nicht zu töten. Sie – *halten* den Augenblick des Todes jedes dieser Meuchelmörder *an*. Beschützen ihn. Der Tod wurde aufgehoben, außerhalb des Laufs der Zeit.«

»Was können wir gegen sie ausrichten?«, fragte Gonji fasziniert.

Achmed sprach lange mit dem Mufti, seufzte dann tief und zog die Brauen hoch. »Nun – wie es scheint, haben wir drei Möglichkeiten: Die Katzenvertraute jedes einzelnen Meuchelmörders töten, wobei er ebenfalls sein Ende findet. Keine leichte Aufgabe, aber immerhin müssen die Katzen in der Nähe des jeweiligen Untoten bleiben.«

»Was sonst?«

»Du kannst – den ursprünglichen Vollstrecker jedes einzelnen Mörders heraufbeschwören, vorausgesetzt, du bist gewandt im Umgang mit solcherlei Zauberkunst …«

»Hmm. Rede weiter«, sagte Gonji mürrisch.

»Oder du kannst die Todesform des Meuchelmörders herausfinden und dann selbst ausführen.«

»*Hai*, das ist …« Gonji verdrehte die Augen, während seine Stimme verklang. »Also läuft es darauf hinaus, die Katzen zu töten.«

»Und wir haben schon eine getötet«, erinnerte ihn Cardenas.

»*Hai*«, flüsterte Gonji, dem es wieder einfiel, »aber wie viele bleiben noch?«

Der Mufti stimmte erneut seinen feierlichen Gesang an.

»Mirhubah sagt, er weiß, dass – du nach der Festung der Toten suchst – und er deinen Beweggrund kennt. Er, hm, spendet dir Beifall. Lobt dich – etwas in dieser Art. Er gibt jedoch zu bedenken, dass niemand nach der Festung der Toten sucht – auf dass er sie auch nicht finde. Denn *solltest* du auf dieser Suche sein, wirst du sie gewiss finden … Es tut mir leid, Gonji, das ist alles. Er sagt jetzt, dass die Guten den Reihen der Toten treu bleiben und nur die *Bösen* aus dem Grab zurückkehren … Ich denke, jetzt plappert er nur noch.«

Cardenas Stimme drang wie aus großer Ferne herüber, als er

aufs Neue Bacon zitierte: »›Ich glaube nicht, dass irgendein Mensch es fürchtet, tot zu sein, sondern lediglich den Schlag des Todes.‹«

Gonji fuhr auf einmal hoch, während der alte Mufti langatmig weiterredete. »Polidori ... Dieser Mailänder Duellant – wie ist er noch gleich zu Tode gekommen?«

»Ah – er wurde von hinten niedergestochen, denke ich«, antwortete Cardenas und schnippte mit den Fingern. »Das wäre dann einer mehr. Du musst jetzt nur noch – den tödlichen Schlag führen.«

»*Hai.*« Der Gedanke schien jedoch keinen Trost zu spenden. »Achmed, frage ihn, warum sie mich verfolgen. Warum sie jeden umbringen, der sich dafür entscheidet, mit mir zu reiten.«

Achmed leistete der Bitte Folge und erhielt folgende Antwort: »Jemand hat sie beauftragt, dich heimzusuchen. Sie werden dich bis an die Gestade der Ewigkeit verfolgen. Und wenn niemand mehr geblieben ist, der dich einen Freund nennt, werden sie dich töten. Diesen Auftrag werden sie mit teuflischer Entschlossenheit ausführen, denn ihr Lohn ist die Unsterblichkeit – ihr jeweiliger Tod wird auf ewig aufgehoben bleiben.«

»Dann muss ich allein weiterziehen«, sagte Gonji bitter.

Cardenas gab einen spöttischen Laut von sich. »Oh, höre sich mal jemand diesen wunderschönen Vortrag des Selbstmitleids an! Der einsame Krieger, dessen Weg unter einem schlechten Stern steht, reitet fort in die Dämmerung. ›Fürchtet euch nicht, meine Freunde, ich setze euch nicht weiter an meiner Seite der Gefahr aus. Genießt einfach euren Aufenthalt in der Wüste, während ich die Meuchelmörder fortlocke.‹«

Gonji warf ihm einen finsteren Blick zu, hörte jedoch zwischen den sarkastischen Zeilen die Wahrheit heraus.

»Ich muss dem beipflichten«, sagte Achmed. »Zwar möchte ich ungern von einer *Dummheit* sprechen, aber da sie weiterhin jeden umbrächten, dessen Freundschaft du vielleicht gewinnst, können wir die Sache genauso gut gemeinsam zu Ende führen.«

»Ich habe euch verstanden, Herrschaften.«

Der Mufti forderte Achmed mit einem Wink auf näher zu treten, plapperte erneut auf ihn ein und riss die gelbsüchtigen Augen erstaunt auf, als Achmed eine Frage mit einem Ja beantwortete.

Der Maure suchte nach den richtigen Worten. »Nun, ha ha – der Mufti hat sich damit einverstanden erklärt, dass seine Anhänger uns Pferde, Wasser, Vorräte und die nötige Kleidung verkaufen. Der Preis, den er dafür festgelegt hat, ist vernünftig, denke ich, aber die Sache hat einen Haken. Er hat gehört, dass wir in Begleitung des – des Tieres mit der Seele eines Menschen reisen. Er möchte mit Simon gewisse Aspekte des – Gestaltwandelns erörtern.«

Gonji verließ der Mut. »Na großartig«, war alles, was er hervorbrachte.

Als sie sich auf den Rückweg zu ihrer Gruppe machten, Pferde und Vorräte im Schlepptau, hörten sie die heulende Raserei des Mufti in seinem Zelt, wo er sich einem wilden Derwischritual unterzog.

Gonji gluckste. »Oh, Simon wird begeistert sein!«

Achmed lenkte sein Pferd an die Seite des Samurai. »Ich habe ihn gebeten, uns den Weg zu weisen, aber er hat daraufhin nur, hm, *dorthin* gedeutet. Nach Südosten. Dann hielt er dies hier hoch, als wäre es ein wegweisendes Leuchtfeuer. Du solltest es möglichst nicht verlieren.« Er gab Gonji das Wygyll-Medaillon zurück.

»Cardenas, hast du eine Eingebung, was das alles anbetrifft?«, erkundigte sich Gonji.

Cardenas schnaubte. »Ich bin ein Mann der Vernunft. Ich glaube nicht an Eingebungen.«

Gonji lachte hämisch. »Das ist sehr witzig, *Señor* Gelehrter.

Und hast du bei deinen Studien der Vernunft auch mal Hinweise gefunden, die sich auf das unvermittelte Auftauchen von Werwölfen und wandelnden Untoten sowie die Machenschaften von Hexen und Zauberern beziehen? Welchen Platz nimmt all das in deinem Universum der Vernunft ein?«

»Was ich mit eigenen Augen gesehen, mit den eigenen Sinnen erlebt habe, daran muss ich glauben. Irgendwie hat all das einen Platz. Einen Platz, den ich auf Grundlage dessen, was ich weiß, nicht zu erklären vermag.«

»Und wie steht es um die Lehren unseres Glaubens?«, fragte Achmed neckisch.

»Mein Glaube beruht auf mehr als bloßer Eingebung«, antwortete Cardenas, »und wie ich schon sagte: Ich habe nicht auf alles Antworten.«

»Ich auch nicht«, räumte Gonji freundlich ein. »Ich habe jedoch festgestellt, dass manche Antworten nicht annähernd so interessant sind wie ihre Fragen, *neh?*«

»*Wunderritter*geschwätz?«, fragte Cardenas schalkhaft.

»Vielleicht«, gab Gonji zu, »aber es erschiene mir klug, das Töten zwischen denjenigen zu beenden, die den Fragen mit Ehrfurcht begegnen, sich aber über die Antworten uneins sind.«

Sie brachen am Abend die Zelte ab und machten sich bereit, die Nacht hindurchzureiten. Nach kurzer Auseinandersetzung willigte Simon ein, sich zum Mufti führen zu lassen, wenn er auch überzeugt war, dass es sich um einen teuflischen Scherz handelte, den Gonji ausgeheckt hatte. Der Lykanthrop war inzwischen wieder kräftig genug, um zu reiten, und zog mit den Nomaden los. Gonjis Gruppe plante, ihn wieder abzuholen, sobald sie die Oase erreichte.

Ehe Simon aufbrach, stichelte er ihn noch ein weiteres Mal. Er lenkte sein Pferd zu der Stelle, wo der Samurai und drei der Söldner standen und sich Kaftans und Burnusse anzogen, die praktische Kleidung der Wüstenstämme. Der Samurai hatte seinen Kaftan so weit geändert, dass das Kleidungsstück einem Kimono ähnelte.

»Du bist der *dernier cri*«, erklärte ihm Simon und brachte damit die anderen zum Lachen.

»Was heißt das?«

»In der Mode wie üblich auf dem allerneuesten Stand.« Simon riss am Zügel und ritt mit seinem Dolmetscher aus den Reihen der Morisken davon, und Gonji blickte ihm naserümpfend nach.

Sie erstiegen die Dünen und erreichten höheren Grund, während die Sonne den Wüstensand im Westen wie flüssiges Gold erscheinen ließ. Sie waren noch nicht weit geritten, als ein Moriske rief, sie sollten sich umdrehen. Sie blickten zum Ufer tief unter ihnen hinab. Ein dicker Nebel brodelte über den Ausläufern der Wellen. Sie betrachteten ihn gebannt, wohl wissend, was er sicher enthielt.

Die winzigen roten Flammen tauchten als Erstes auf und schossen im Zuge ihres nächtlichen Wiedergeburtsrituals durch den Nebel. Die Katzen nahmen Gestalt an und stellten sich in einer Einzelreihe vor dem Nebel auf. Hinter ihnen ritten auf schnaubenden Streitrössern die neun dämonischen Assassinen der Dunklen Kompanie aus den Wellen hervor.

Achmed war es, der vor allen anderen bestätigte, dass Abu-Nissar tatsächlich seine Einzelteile wieder versammelt hatte und mit den anderen ritt.

»Wir greifen sie an, hm?«, fragte Buey und lenkte sein Ross Richtung Meer. Die Söldner und Renegaten lechzten nach einem Kampf, seit die Erkenntnisse über die Dunkle Kompanie sie erreicht hatten. Der Tod ihrer Kameraden auf See hatte sich tief in ihre Seelen eingegraben.

»*Iyé*«, lehnte Gonji ab. »Nicht hier. Nicht jetzt. Ich möchte diese Festung erreichen.« Knurrend führte er seine Truppe wieder in Richtung Wüste. Wütende, bissige Blicke wanderten immer wieder zu der Gespensterarmee zurück, die ihnen lautlos folgte und das im zermürbenden Tempo von Kobolden aus einem Fiebertraum tat.

Sie holten Simon und seinen Dolmetscher in der Oase ab, als die Nacht sich auf die Sahara herab senkte. Sie trafen den Lykanthropen an, wie er ungeduldig auf sie wartete. In Scharen saßen Nomaden ringsum unter den Dattelpalmen und schwatzten ehrfürchtig, während er sich bemühte, ihre Aufmerksamkeit zu ignorieren.

»Was wollte er?«, erkundigte sich Gonji und bemühte sich, keine Erheiterung über Simons Unbehagen zu zeigen.

»Typischer heidnischer Unsinn über die Verwandlung in Tiergestalten. Hör mal«, fuhr Simon drohend fort, »solltest du mich jemals wieder einer solchen Situation aussetzen, reiße ich dir den Kopf ab!«

»Tut mir sehr leid«, entgegnete Gonji gelassen, »aber daran müsste ich dich hindern.«

Sie ritten hinaus in das Wüstenreich, und Simon hielt wütend Abstand zu den anderen. Gonji führte sie nach Südosten.

»Reiten wir nicht in den Fessan?«, fragte Achmed besorgt. »Dort könnten wir unsere Vorräte auffrischen.«

Gonji wehrte das ab. »Wir reiten in die Richtung, die uns der alte Schamane gewiesen hat. Ich kann es kaum erwarten, endlich diese Festung zu finden, nach der wir suchen. Dort erwarten mich alle Antworten auf meine Fragen.«

»Das hoffe ich, *Señor.*«

Sie folgten dem mühseligen Weg in die leblosen Weiten der libyschen Wüste, und mehr als anderthalbtausend Kilometer Sand breiteten sich vor ihnen aus.

Sie ritten nachts, um ihren Vorsprung vor der Dunklen Kompanie zu halten, die ihnen unabwendbar durch die sternenbeleuchteten Weiten dürren Ödlandes folgte und dahinglitt wie der riesige gestaltlose Schatten irgendeines fliegenden Grauens. Bei Tage errichteten die pilgernden Krieger primitive Unterkünfte und ruhten sich aus und aßen und hielten Wache und schwitzten in der Gluthitze und schliefen und zankten und hielten noch mehr aufmerksame Wache und verloren Flüssigkeit und stritten über Belanglosigkeiten und dürsteten und trotzten heftigen Sandstürmen und schimpften fluchend über sterbende Pferde und immer, stets und vor allem …

… hielten sie Wache.

Sie hielten Ausschau nach nächtlichen Feinden – die mit ihnen Schritt hielten, egal welches Tempo die Flüchtlinge anschlugen –, die womöglich einen noch nie dagewesenen Angriff bei Tage ausführten. Und sie hielten nach den türkischen Eroberern Ausschau und fürchteten die Begegnung mit einer Patrouille zu jeder Zeit, Tag oder Nacht.

Nachdem sie schon mehrere Nächte lang tief in die pfadlose Wüste vorgestoßen waren, verlor Gonji allmählich die Zuversicht. Ganz eindeutig hatte er mit irgendeiner magischen Erscheinung gerechnet – vielleicht dem Geist Domingos persönlich –, die sie auf einmal führte und ihm die Bürde abnahm, den anderen die Richtung zu weisen. Erneut fühlte er sich wie der Prügelknabe des Karma, als er sich niedergeschlagen an Emerics Worte erinnerte. Er führte, wenn er ritt, das Wygyll-Medaillon an der Spitze des Bogens mit; es war das einzige physische Symbol ihrer geheimnisvollen Suche. Halb erwartete er schon, es würde die Nacht in magisches Licht tauchen und so ihren Weg erhellen.

Aber nichts geschah. Und des Nachts in der Wüste zeigte nur die Dunkle Kompanie magische Kräfte.

Eine Zeit lang ritten die Flüchtlinge dahin, ohne dass auch nur ein symbolischer Angriff erfolgte. Gonji bestärkte sein

Gefolge, indem er umfassend darlegte, was Domingo ihm erzählt hatte. Dies ergänzte er um eigene Spekulationen, seinen Grund für die Reise, und er brachte den anderen gegenüber Bewunderung und tiefe Dankbarkeit für ihren Glauben an diese Suche zum Ausdruck.

Als der erste Angriff erfolgte und die Armbrustbolzen einschlugen, stellten sie fest, dass man sie tatsächlich eingelullt hatte, sodass sie die Dunkle Kompanie einfach als normalen Begleitumstand ihrer augenblicklichen Lage hingenommen hatten. Der Mann, der im Rücken getroffen wurde, war gerade einfach seines Weges geritten und hatte einen Gefährten mit einer humorvollen Reiseerzählung unterhalten.

Das hintere Drittel der Marschkolonne ignorierte Gonjis Befehl, trennte sich von den anderen und jagte den untoten Meuchelmördern nach, die ihre Pferde lässig zum Rückzug lenkten.

Gonji trieb alle wieder zusammen, und eine heftige Auseinandersetzung schloss sich an, angestiftet von den entmutigten Kriegern, die erpicht darauf waren, die Dunkle Kompanie zur Strecke zu bringen, ganz gleich welche Zauberkunst auch immer diese antrieb.

Gonji sah sich gezwungen, erneut vom Ausgang ähnlicher Versuche seiner früheren Gefährten zu berichten. Es bestand keine Hoffnung, den Schattenmördern zu entkommen oder sie zu fangen. Keinerlei Alternative dazu, die legendäre Festung der Toten zu suchen und zu hoffen, dass man dort eine Antwort darauf fand, wie mit den bösen Jägern umzugehen war. So setzten die Flüchtlinge ihren Weg fort, und bald erschien die Dunkle Kompanie erneut in der Ferne auf ihrer Spur.

Irgendwann im Verlauf der zweiten Woche entdeckten sie auf einer fernen Düne türkische Späher, die der Gruppe prüfende Blicke zuwarfen, ohne sich ihr zu nähern. Und zwei Tage später trafen sie in einer offenen Feldschlacht auf eine Einheit türkischer Kavallerie. Die Bögen der *Wunderritter* erwiesen sich jedoch denen der Türken in jeder Hinsicht gewachsen. Außerdem besaßen die Türken keine Feuerwaffen und wagten sich deshalb nicht näher an die Flüchtlingsgruppe heran.

Fast eine Stunde lang wechselten beide Seiten Pfeile, bis Gonji seine Leute anwies, ihr Feuer einzustellen, um den schwindenden Vorrat an Pfeilen aufzusparen. Sie waren gezwungen, in der sengenden Tageshitze weiterzuziehen, und die Türken verfolgten sie bis in die Nacht.

»Ich wette, dass sie bald eine große Überraschung erleben«, sagte Orozco.

Und einige Zeit später sahen sie im blassen Licht des Mondes, wie die Türken weit nach links abschwenkten und nach Nordosten galoppierten. Und dort bezog gerade, weit entfernt im aufgewühlten Sand, die Dunkle Kompanie Stellung.

»Na, sind die also doch für etwas gut«, versuchte es Buey mit einer halbherzigen Aufmunterung.

»Die Türken werden zurückkehren«, erklärte Achmed, »und das in größerer Zahl.«

Am nächsten Tag überredeten drei Männer – zwei Morisken und Del Gaudio – Gonji, ihnen zu gestatten, dass sie auf ihrer Fährte zurückritten und zusahen, was sie in Erfahrung bringen konnten. Sie hofften, Hinweise zu finden, wohin die Dunkle Kompanie sich tagsüber zurückzog.

»Vielleicht ähneln sie dem Vampyr«, überlegte ein Moriske. »Sie schlafen möglicherweise im Sand.«

»Ich würde sehr gern diesen Mistkerl Abu-Nissar erwischen und ihn in ein paar Stücke zerhacken, an die wir letztes Mal nicht gedacht haben.«

»Nein«, mahnte Achmed, »er muss *erwürgt* werden! Denkt daran!«

Sie blickten den dreien nach, wie sie inmitten der aufsteigenden Hitzewogen auf ihrer Spur davonritten und im Dunst verschwanden, nur um als von der Hitze erzeugte Trugbilder in den folgenden Stunden dutzendfach wiederaufzutauchen.

Sie wurden nie wieder in den Reihen der Lebenden erblickt.

Als sich die kummervollen Flüchtlinge in der folgenden Nacht wieder in die Sättel schwangen, sahen sie die Dunkle Kompanie näher als je zuvor heranreiten. Und vor den fauchenden Schattenkatzen galoppierten schäumend die Rösser der drei Gefährten, deren verstümmelte Leichen auf den Sätteln festgebunden waren.

»Jesus allmächtiger Gott«, sagte Luigi Leone unter Tränen, »ich hoffe, dass Del Gaudio nicht als einer von denen ins Leben zurückkehrt.«

»Fasse dich!«, schimpfte Gonji. »Hör auf, so zu reden! Ich dachte, der Mufti hätte gesagt, die Katzen wären tagsüber harmlos.«

»Augenscheinlich hat er sich geirrt«, sagte Achmed mit kühler, leidenschaftsloser Logik, die ihm feindselige Blicke der Italiener eintrug.

»Hast du irgendeine Vorstellung davon, wohin wir unterwegs sind?«, fragte Simon Gonji leise.

Gonji entdeckte Valentina an Simons Seite. Sie verbrachte ihre Zeit inzwischen mal mit Orozco, mal mit Buey, mal mit Cardenas oder auch mit Simon, obwohl sich Letzterer in ihrer Gesellschaft unbehaglich zu fühlen schien. Unter der Last der Hitze, der Enttäuschung, des Verfolgungswahns in dieser Lage stellte sich Gonji inzwischen vor, dass diese Personen eine Verschwörung gegen ihn ausheckten. Und er konnte ihnen keinen Vorwurf daraus machen, denn es schien, dass die *Kami*, die den Tod verhieß, grimmig aus ihren Mienen sprach. Aus den Mienen aller in der Gruppe. Auch *Valentinas* – inzwischen ihm gegenüber so kühl und doch so stark und klaglos, eine Stütze für den Mut der anderen.

»Das Wasser wird allmählich ganz schön knapp«, stellte Cardenas gerade fest und riss Gonji damit aus seiner Träumerei.

Der Samurai deutete mit dem Kopf nach Süden. »Das Tibesti-Gebirge, sagt Achmed. »Wir nehmen Kurs dorthin. Dort müssten wir Wasser finden.«

»Also ersteigen wir jetzt auch noch Berge!«, beschwerte sich Orozco und spuckte zwischen rissigen Lippen Staub hervor.

Vier Mann der Dunklen Kompanie fächerten in den vernichtenden Sandsturm hinein aus, zwei an jeder Seite, um die Flüchtlinge von den Flanken anzugreifen. Bolzen und Pfeile zuckten durch den peitschenden Sand und streckten zwei Männer und zwei Pferde nieder, während Gonji hinter dem Gesichtsschutz seines Burnusses hervor Befehle brüllte.

Die Gestalten der wiederbelebten Meuchelmörder waren kaum auszumachen, während die Flüchtlinge mit zusammengekniffenen Augen durch den wirbelnden Vorhang der erstickenden Sandkörner blickten. Die Bedrängten stiegen ab und suchten hinter den Pferden Deckung, hatten keine andere Wahl, als ihre Reittiere zu opfern, von denen vier weitere bei der nächsten Salve fielen.

Gonji fluchte und spannte seinen Bogen, und die Gefährten folgten seinem Beispiel. Pfeile und Pistolenkugeln schlugen den todlosen Angreifern entgegen, deren Katzenvertraute hinter den Pferden hockten oder mit dem Sturm verschmolzen. Ein ums andere Mal wurden die Meuchelmörder und ihre Reittiere getroffen, aber es nützte nichts. Eine Frau schrie auf und stürzte, einen Armbrustbolzen im Bauch. Der Söldner neben ihr sprang fluchend aus der Deckung, zog das Schwert und stürmte durch den peitschenden Sand auf die lautlosen Mörder zu. Zwei Bolzen bohrten sich in seinen Körper, rissen ihn herum und streckten ihn nieder.

Die Männer brüllten inzwischen vor Angst und Wut, und Flüche und Gebete mischten sich zu einer lästerlichen Litanei.

Gonji konzentrierte sich gebannt auf das einzelne Ziel, das er sich zwischen den wirbelnden Sandfontänen ausgesucht hatte. Noch ließ er den Pfeil nicht von der Sehne schnellen. Alle Gedanken waren aus seinem zen-geschulten Bewusstsein gewichen. Ein Schuss, ein unfehlbarer Schuss, geführt von der Hand des Wind*kami*, das war alles, was er sich wünschte.

Sein Pferd fiel wiehernd und strampelnd vor ihm, aber er blieb stehen, die Arme gespannt, visierte allein mit dem Instinkt die hockende Kreatur mit den höllenroten Augenschlitzen an.

»Der Scirocco ist mit ihnen im Bunde!«, schrie Achmed verzweifelt, als Gonji schoss.

Ein klagender Schrei – fast weiblich in der schrillen Tonhöhe ...

Die Tempelkatze wälzte sich im Sand und peitschte mit den Pfoten. Der Reiter über ihr schwankte im Sattel. Seine Arme und Beine zuckten nach außen, wie von unsichtbaren Stricken gezogen.

Und er wurde auseinander gerissen.

Gonji kannte das Schauspiel aus der Zeit als Gefangener der Inquisition. Diesen Meuchelmörder hatte man gestreckt und gevierteilt.

Seine gruseligen Gefährten zischten die Flüchtlinge an, wendeten die Pferde und ritten davon, und die Siegesschreie von Gonjis Truppe folgten ihnen.

Noch acht übrig, erinnerten die Überlebenden einander schnell. Dieser einzelne Erfolg war sie teuer zu stehen gekommen. Entweder mussten sie jeweils zu zweit auf einem Pferd reiten oder sich darin abwechseln, eine Zeit lang zu Fuß zu gehen. Im Augenblick dachten sie jedoch nur an den Sieg.

Vorsichtig gingen sie los, um sich den gevierteilten Meuchelmörder anzusehen. Sowohl er als auch die Vertraute, die den Augenblick seines Todes bewacht hatte, waren verschwunden und wieder in die Hölle zurückgekehrt, die sie eine Zeit lang hatte hergeben müssen.

Simon tauchte wieder aus dem Sandsturm auf und schüttelte bereits den Kopf, ehe ihm die nächstliegende Frage gestellt werden konnte. Ein zerfetzter Hemdsärmel und ein blutender Arm bezeugten, wie nahe er einer der Tempelkatzen gekommen war.

»Gonji«, sagte Valentina ernst und packte ihn am Arm. »Ich denke, ich habe einen von denen wiedererkannt. Einen von denen, die uns gerade angegriffen haben.«

»Was?«, fragte der Samurai interessiert.

Sie nickte mehrmals. Drehte sich zu den anderen um, deren Blicke auf ihr ruhten. »Der, den ich meine, stammt aus Toledo – *denke* ich. Ich bin mir nicht *sicher*.«

»Der im Kürass?«, fragte einer der abtrünnigen Ulanen.

»*Si, si*«, pflichtete sie ihm bei.

»Aber wie ist er umgekommen?«, bedrängte Gonji sie heftig und rüttelte sie beinahe, bis er die Fassung zurückgewann.

Sie schüttelte niedergeschlagen den Kopf. »Ich bin mir einfach nicht *sicher*.«

»Verdammt!«, knurrte Gonji und wandte sich ab. »Diese gottverfluchten wandelnden Leichen können auf *tausend* unterschiedliche Arten getötet worden sein.«

»Es geschah gewiss nicht durch Bogen oder Pistole«, sagte ein Ulan namens Gonzaga und lud nach.

»Das ist also das Ende einer wunderbaren Suche.«

»Halt die Klappe, Simon«, presste Gonji zwischen den Zähnen hervor, während sein Blick forschend über den geballten Aufmarsch türkischer Kavallerie am nördlichen Horizont wanderte.

»Ich werde nicht hier umkommen«, fuhr Simon fort. »Auf mich warten in Europa wichtigere Dinge, als der Todesfantasie irgendeiner Hexe nachzujagen.«

»Prima. Dann geh. Schließe dich den toten Mördern an. Du passt hervorragend zu ihnen.«

»Ich habe jegliche Schuld beglichen, die ich bei dir hatte«, sagte Simon in einem seltsamen Tonfall. »Denkst du nicht?«

»Geh doch und bohre dich in den Sand.«

»*Mon Dieu*, was für ein Heuchler! Ich dachte, du würdest Humor schätzen.«

Gonji betrachtete ihn mit einem Anflug von Neugier. »Jetzt ist nicht der richtige Zeitpunkt dafür. Und dein Humor ist schlimmer als der Orozcos.«

»Na ja, dann kannst du einfach weiter die Türken anstarren, und ich mache mir nicht die Mühe, es dir zu sagen.«

Gonji blickte ihn aus zusammengekniffenen Augen an. »Was?«

Simon deutete mit einem Daumen über die eigene Schulter, ohne dabei hinter sich zu blicken.

Gonji gaffte und machte seine niedergeschlagene Truppe darauf aufmerksam: Zwei Wygyll flappten aus Südosten heran. Ein Paar, erkannten sie, als die fliegenden Kreaturen herabstießen. Der Samurai hielt das Medaillon hoch, und die Wygyll erkannten es sofort. Sie senkten die Kurzbögen und schnatterten in schrillem Befehlston auf sie ein, wobei sie in die Richtung deuteten, aus der sie kamen.

Gonji rief aufmunternde Worte und trieb die erschöpften Überlebenden weiter, hinter den langsam kreisenden Kreaturen her. Die Türken setzten ihnen nach, stoppten jedoch in abergläubischem Staunen, als diese Erscheinungen sich auf sie herabstürzten und mit Pfeilen eindeckten. Sie setzten die Verfolgung zwar fort, blieben aber auf Distanz.

Als die Nacht hereinbrach und die Dunkle Kompanie erneut auftauchte, gaben die Türken dieses verwünschte Unternehmen auf.

Die Wygyll verstanden Gonjis Warnung entweder nicht oder missachteten sie einfach und zogen eine Bahn zurück in Richtung der untoten Schlächter. Als sie auf Armbrustreichweite heran waren, gaben sie eine Salve ab.

Während die Wygyll die Dunkle Kompanie angriffen, schrie Buey und lenkte aller Aufmerksamkeit auf die mystische Vision, die vor ihnen aus dem Wüstensand aufragte.

Erschrocken wurde nach Luft geschnappt, und die Truppe zögerte, obwohl die Mörder heranjagten. Woher kam diese Erscheinung? Wie konnte sie so unvermittelt entstanden sein?

In unbestimmter Entfernung erhob sich vor ihnen die gewaltigste Festungsanlage, die irgendjemand von ihnen je gesehen hatte. Die gewaltige Front und scheinbar endlose Ausdehnung wurden durch die winzigen Flecken der Wachleute auf den Zinnen in die richtige Perspektive gerückt.

Gonji brüllte den Befehl, jeweils zu zweit aufzusitzen, und man trieb die müden Rösser vorwärts. Ehe sie auch nur zwanzig Meter weit gekommen waren, vernahmen die Menschen den schrillen Schrei am sternenbesäten Himmel – einer der Wygyll war von den Geschossen der Dunklen Kompanie getroffen worden und sank in Spiralen zu den Dünen herab. Der Gefährte der Kreatur verfiel in wütende Raserei, kreuzte den Himmel in wildem und rasantem Flug und feuerte auf die Meuchelmörder. Diese ihrerseits spickten das Sternenlicht mit präzise abgefeuerten Bolzen, während die Tempelkatzen unter den Pferden im düsteren Bodennebel Deckung suchten.

»Gute Jagd, nobles Geschöpf!«, schrie Gonji und trieb das Pferd an, auf dem er mit Achmed saß.

Die Festung wuchs anfangs in ihrem Blickfeld weiter an. Dann begann sie so unvermittelt zu schrumpfen, wie sie aufgetaucht war, wurde zunächst schmaler, indem sich die Türme und Mauern zugleich streckten und zusammenzogen, und schob sich dann in den Himmel.

»Was für eine böse Hexerei …«

»Wohin hast du uns nur geführt, Gonji?«

»Reitet einfach weiter!«, brüllte der Samurai. »Denkt an Burg Malaguer …«

Sie trieben die Pferde weiter durch den feinen wirbelnden Sand und knurrten dabei verzagt Gebete und Flüche. Die Festung ragte wie ein Turm immer höher in den Himmel, um sich dann wieder zu verkürzen und auf ihre im Sand vergrabenen Stützpfeiler zurückzusinken, wobei sie aus der Perspektive der Flüchtlinge jede Erkennbarkeit verlor und sich ihnen nur noch als eine Säule aus Granit darbot.

Zu beiden Seiten der Flüchtlinge wurden jetzt Felsvorsprünge sichtbar, wuchsen, verbreiterten sich – ein Friedhof. Gewaltige Monumente und Grabsteine flogen zu schnell vorbei, um ihre Inschriften zu lesen. Dennoch bemühten sich einige der Flüchtlinge in Erfahrung zu bringen, wer oder was hier ruhen mochte.

»Das ist ja grässlich …«

»Unheiliger Boden – *ich möchte hier nicht sterben!*«

»Reitet *weiter!*«, schimpfte Gonji und zog das Sagami.

Die Grabsteine wurden von Nadeln zu Keilen und schließlich zu flachen, zweidimensionalen Tafeln, die sich genauso schnell wieder zurückformten und Gonji an die optisch verkürzten Durchgänge im magischen Korridor der Burg Domingos erinnerten. Der Sand wurde grau, dann schwarz, dann zu grobkörnig, um überhaupt noch als Sand bezeichnet werden zu können. Die Morisken bemerkten es als Erste: Sie waren nicht mehr in der Sahara ihrer Welt.

Die Festung verdichtete sich, hüllte sich ein, schrumpfte von außen nach innen. Der Friedhof endete. Der Himmel verfinsterte sich zu einem härteren, tieferen Schwarz; die Sterne veränderten ihre Position am Himmel, und ein kalter Wind erhob sich aus dem Nichts und rüttelte die Flüchtlinge durch, während sie in sein tobendes Wüten vordrangen …

»Nein – nein – nein!«

Sie zügelten die Pferde. Ihre Suche war beendet. Sie stiegen vor dem Granitblock ab, der als einzige auffällige Erscheinung vom aschfarbenen Untergrund aufragte. Er war vielleicht sieben Meter lang und einen Meter breit. Das Dach eines Torhauses. Vorn an der Unterseite erkannte man die Ansätze eines Fallgitters, das zum größten Teil im Boden vergraben war. Die Konstruktion ergab keinerlei Sinn und hätte es nicht mal dann getan, wäre sie die sandverwehte Ruine einer antiken Befestigungsanlage gewesen. Denn ein Gehäuse, um das Fallgitter darin hochzuziehen, existierte nicht.

Die Festung der Toten war ein Trugbild, das sinnlose Fragment einer Burg, das ohne jeden Bezug existierte.

Die Flüchtlinge waren sprachlos, emotional betäubt. Und dann brach Cardenas, der den Stein mit größer werdenden Augen und bebenden Lippen umkreiste, in Gelächter aus. Es war das Lachen eines Mondsüchtigen. Eines Mannes, der Opfer der launischen Wendungen des Schicksals geworden war.

»Also hier«, rief er, »haben wir unsere Burg!«

Simon näherte sich Gonji unbemerkt von hinten und sagte leise: »Sie sind fort.«

»Hm?« Der Samurai warf sich herum und blickte forschend in Richtung ihrer Verfolger, die einen Augenblick lang vergessen gewesen waren. »Sie ziehen sich immer zurück, wenn einer der ihren getötet wird«, stieß er hastig hervor.

Die Gestalt des Wygylls wuchs plötzlich über ihnen an und erinnerte an die Raumverzerrung, in der sie sich jetzt befanden.

Es war die Frau. Sie stürzte unter Schmerzen in die Tiefe, und Blut lief dort an ihrem Bein herab, wo ein Bolzen das gefiederte Fleisch komplett durchschlagen hatte. Tränen füllten ihre Augen und rannen schräg über ihren Schnabel. Sie hielt sich den Bauch, während sie sanft in der Hocke landete, schlug die Flügel um sich und gab ein ums andere Mal den gleichen zwitschernden Laut von sich. Valentina und Lola, die letzten Frauen unter den vierzehn Überlebenden, trafen Anstalten, sie zu trösten, wenn sie auch unsicher waren, wie sie sich dieser seltsamen Kreatur am besten annehmen sollten.

»Sie ist verletzt«, sagte Valentina und forderte mit einer Handbewegung das, was an Wasser übrig war, um die Wunde zu säubern. »Klingt wie – *kiri*«, sagte sie und imitierte dabei den Laut des Wygyll-Wortes, das die geflügelte Frau ständig wiederholte.

Die Wygyll blickte ihr in die Augen und rief das Wort erneut.

»Ihr Gefährte?«, fragte Lola.

»Oder ihr eigener Name«, überlegte Luigi Leone und musterte die Kreatur mit dem gesunden Auge.

»Komm schon, Kiri«, sagte Valentina tröstend. »Lautet so dein Name – Kiri? Kannst du Tina sagen? Ich bin Valen*tina*. Komm, zeig mir mal deinen Bauch, Liebes.«

»Wackeres Geschöpf«, sagte Gonji. »Sie muss einen von ihnen getötet haben. Eine der Katzen, *neh?*«

Cardenas lachte nach wie vor hinter ihnen, tänzelte um den Granitblock herum und erging sich in lautstarkem Spott: »Die Festung der *Wunderritter*, ihre Trutzburg!« Er posierte wie ein Eroberer, einen Fuß auf den Rand des Blocks gestellt. Dann warf er sich zu Boden, blickte in die freiliegende Stelle des Fallgitters und rief idiotische Kommandos, man möge das Tor für die Rückkehr der Eroberer weit öffnen.

Valentina schrie auf. Die Wygyll hatte ihr mit einer Krallenhand den Arm geritzt. Jetzt umfasste die Kreatur wieder den eigenen Bauch.

»Kiri!«

»Oh mein Gott!«, flüsterte Valentina. »Sie bekommt Nachwuchs.«

Ein Schrei ertönte hinter ihnen und hallte gedämpft in einem luftigen Gemach wider, das irgendwo weit über ihnen am samtenen Himmel sein musste. Ein dumpfer Schlag ertönte.

Und Cardenas war verschwunden.

SECHSUNDZWANZIGSTES KAPITEL

Simon Sardonis drängte die anderen zur Seite und hockte sich vor das Fallgitterfragment, wo Cardenas Augenblicke zuvor verschwunden war.

»Was für eine Hexerei ...«, flüsterte jemand, brachte den Satz aber nicht zu Ende, während der verzauberte Mann seine mächtige Gestalt zu dem Portal hinabbeugte, um forschend die Stelle zu betrachten, wo die geschwärzte Erde mit dem gepanzerten Torrahmen zusammenstieß. Er ähnelte einem Tier, das einer Geruchsspur folgte, und seine Ohren und Nasenlöcher zuckten.

Er schob eine Hand hinein und stellte fest, dass sie durch die Gitterstäbe des Fallgitters passte. Ein überraschter Ausdruck lief über sein kantiges Gesicht, und er glitt mit dem Kopf voran aus dem Blickfeld der anderen hinaus, durchquerte auf magische Weise solide Materie.

»*Dios!*«, rief Orozco.

Gonji forderte ihn auf, still zu sein. Alle drehten die Köpfe zum Himmel, zu einer Stelle in der Luft, von der aus Simon sich wie aus großer Höhe bei ihnen bemerkbar machte.

»Ich sehe euch!«, schrie er. »Seht ihr mich auch?«

»*Iyé!* Wo steckst du?«, antwortete Gonji.

»Am besten seht ihr es selbst. Lehnt euch langsam durch das Gitter. Ihr fallt dann mit dem Kopf voran. Keine Sorge, ich fange euch auf.«

Nach einem skeptischen Blick auf die anderen ging Gonji auf alle Viere herunter und tastete sich durch das substanzlose Gitter. Ein kalter Wind strich über seine tastenden Hände, als sie hinter dem Fallgatter verschwanden. Als er behutsam Kopf und Schultern hindurchschob, stieß er einen unterdrückten Schrei aus, denn er spürte Schwindel und verlor jedes Richtungsgefühl. Er glitt ungesteuert durch die Luft, den Blick zum Himmel gerichtet, und stürzte dann haltlos ab. Er spürte, wie die Schwerter aus seiner Schärpe rutschten, und dann prallte er auf etwas, das sich unter ihm bewegte.

Es war Simon, der ihn auffing und unter dem Gewicht rückwärts taumelte. Er ließ Gonji behutsam herab.

Auf allen Vieren liegend, blickte sich der Samurai um, sammelte seine Schwerter ein und kam wieder zu sich. Sie befanden sich auf einem Wall; die Zinnen dieser Außenmauer dehnten sich von ihnen aus gesehen zu beiden Seiten aus. Eine noch höhere, innere Mauer ragte über ihnen auf. Cardenas lag stöhnend rechts von Gonji; er hatte sich einen Arm heftig verstaucht und geprellt.

»Lasst die anderen an Seilen hinab!«, schrie Simon, wobei er seine Hände wie einen Trichter an seinen Mund hielt. Gonji trat neben ihn und stellte fest, dass sie hier tatsächlich eine Aussicht hatten, die den anderen in der Tiefe versperrt war. In Dunkelheit und Sternenlicht verlor sich der Horizont im Unendlichen. Ein samtartiger Nebel schien die Landschaft ringsherum zu verhüllen. Die Grabsteine des räumlich verzerrten Friedhofs bildeten die einzigen Bezugspunkte und neigten sich zur Burg hin, wie seit Äonen von einer unsichtbaren Kraft angezogen.

Sie waren Gefangene einer durch und durch fremdartigen Welt.

Die anderen kamen jetzt ebenfalls, und die Gesichter verrieten die Angst. Die verbliebenen Vorräte folgten, aber die Pferde waren für die Flüchtlinge verloren.

»*Gott im Himmel!*«, rief der Söldner aus Augsburg, der Herrmann hieß, als er die Wachen auf dem Wall betrachtete.

»Kein Grund zur Sorge«, beruhigte ihn Simon. »Sie sind alle

mausetot.« Er ging zu einem Pikenträger, der an einer Zinne lehnte und sie mit einer rostigen Partisane bewachte. Simon packte den Helm des Toten und drehte den fleischlosen Kopf, bis ihm das Gesicht zugewandt war. Er grinste, als er das Unbehagen der anderen sah. »Andererseits ...«

»Frevel!«, sagte einer der Morisken und vollführte eine rituelle Geste zur Abwehr des Bösen.

»Wir sind *alle* tot!«, sagte Lola mit bebender Stimme und unterdrückte ein Schluchzen.

Die schwangere Wygyll wurde vorsichtig von oben herabgelassen. Sie flatterte mit den Flügeln und schrie auf, während Buey langsam das Seil ablaufen ließ und mehrere Hände sie sanft auffingen.

Gonji nahm seine Leute in Augenschein und schätzte ab, was sie beim bevorstehenden Überlebenskampf in die Waagschale werfen konnten. Einige von ihnen traten an die Schießscharten, schoben ehrfürchtig die Skelette zur Seite und beugten sich hindurch, um zwischen Buey in der Tiefe, der das Seil wieder einholte, und dem unsichtbaren Portal drei Meter über ihnen hin und her zu blicken, wo der Hanfstrang wie die Illusion eines Fakirs verschwand, um beim Ochsen zu landen, der auf der schwarzen Erde mehr als fünfzehn Meter unter ihnen stand.

Gonji fing Simons selbstzufriedenen Blick auf und wich ihm aus, blickte lieber zu der Stelle hinab, wo Valentina sich bemühte, es der Wygyll Kiri bequem zu machen. Lolas Gesicht verriet Grauen und Abscheu, während sie die bizarre Umgebung betrachtete. Orozco und Cardenas standen an einer Zinnenscharte, Klirrer LoPresti und Luigi Leone – die ihre Waffen prüften – an einer anderen. Herrmann lag auf einem Knie, blickte sich mit matter Feindseligkeit um und rieb sich das Kinn mit dem Rücken der Hand, in der er eine Pistole hielt. Jaime Gonzaga, ein Ulan, der schon in Barbaso bei Gonji gewesen war, stand mit gespannter Miene in der Nähe und wartete auf Gonjis nächsten Befehl. Die drei überlebenden Morisken – Achmed sowie seine Freunde Nassim Patel und Abdullah el Kerim, deren Namen Gonji erst am Vortag erfahren hatte – flüsterten besorgt unter einer nahen Tourelle miteinander.

Achmed sah, dass Gonji herüberblickte, und kam zu ihm, um mit ihm zu reden. »Sie fürchten, dass auch diese toten Soldaten jederzeit ins Leben zurückkehren könnten. Rechnest du – mit etwas Derartigem?«

»Wir haben dringlichere Sorgen«, antwortete der Samurai und wandte sich wieder den anderen zu. »Tragt die Vorräte hier zusammen. Essen wir schnell und schmieden einen Plan. Ich möchte eure Vorschläge hören. Außerdem sollten wir das restliche Wasser unter uns aufteilen für den Fall, dass wir – getrennt werden.«

Buey tauchte jetzt über ihnen auf, und ruckartig kam er durch das Portal. Er glitt ein Stück weit am Seil herab, drehte sich daran in eine aufrechte Haltung und griff durch das mystische Portal, um das Seil an der Stelle abzuschneiden, wo er es festgemacht hatte. Mit dumpfem Aufprall landete er zwischen den anderen.

»Ich habe die Pferde freigelassen«, teilte er Gonji leise mit, worauf der Samurai nur zustimmend nickte.

»Also sollen wir keine Fluchtmöglichkeit haben«, sagte Cardenas.

»Das hier *ist* schließlich unser Ziel«, erinnerte ihn Gonji.

»Und was tun wir dann jetzt?«, wollte Orozco wissen.

Der Samurai sah die Frage in den Augen aller. Er blickte zu den hohen Türmen hinüber, die im Nebel verschwanden.

»Seht euch diesen Nebel an«, sagte Luigi gerade. »Ob die Luft darin bekömmlich ist?«

»Wenigstens wissen wir, dass die Türken nicht hierher kommen werden«, sagte Klirrer und klickte mit dem Hahn einer Radschlosspistole. »Die Angst vor den Toten hält sie davon ab.«

»Im Unterschied zu uns, hm?«, warf Simon ein, ein seltener Moment der Gemeinsamkeit. Der italienische Brigant quittierte den makaberen Hinweis mit einem Kichern.

»Pförtner!«, schrie Gonji zu den Tourellen hinauf und brachte damit die anderen zum Schweigen.

Nach mehreren Sekunden atemloser Stille machte Herrmann sie auf etwas aufmerksam. »Hört mal!«, keuchte er. »Da bewegt sich etwas – die Erde ...«

»Klingt eher nach dem Meer«, wandte Cardenas ein.

Was sie hörten, war eher eine Schwingung, die sich ihnen über die Zähne und die inneren Organe mitteilte. Eine Verschiebung gewaltiger Massen.

»Vielleicht bewegt sich die Festung selbst«, überlegte Gonji. Erneut probierte er es mit einem Ruf: *»Wer ist es, der über diese Domäne herrscht?«*

Simon gluckste. »Gut formulierte Frage, Freund Samurai. Aber hast du es denn immer noch nicht begriffen? Wir sind hier in der Domäne der Toten. Gut möglich, dass die hartnäckigen Verfolger uns ganz bewusst hierher getrieben haben. Hast du schon mal daran gedacht?«

»Du bist wirklich keine große Hilfe, Simon«, wandte Gonji ein.

Auf eine plötzliche Eingebung hin stieß Klirrer LoPresti die Tür zur nächsten Tourelle auf. Sie gab mit dem typischen Quietschen lange nicht mehr benutzter Angeln nach. Klirrer leckte sich die Lippen und trat mit erhobener Waffe ein, als rechnete er mit einem ungesehenen Hindernis.

»Klirrer?«, rief Leone und trat unbehaglich einen kurzen Schritt vor, als der Freund aus seinem Blickfeld verschwand.

Sie vernahmen wildes Gelächter über ihnen. Klirrer blickte aus einer Schießscharte fünfzehn oder zwanzig Meter weiter oben. »Ich bin LoPresti der Magier!«, schrie er herunter.

»Kein Durchgang hier führt verlässlich dorthin, wo es das

Auge erwartet«, stellte Cardenas voll Staunen fest. Sein Blick huschte umher, und hingerissene Faszination löste das Unbehagen des Advokaten über diese seltsamen Vorgänge ab. »Ich schlage vor ... Ich schlage vor, Gonji, dass wir – vorsichtig – jeden Aspekt dieser Burg erkunden.«

Gonji atmete zischend aus. »Keinesfalls können wir hier bleiben. Wir müssen darauf vorbereitet sei, uns jederzeit zu verteidigen.«

Er entdeckte das verrostete Wrack eines alten Katapults zum Abschuss ganzer Pfeilhagel, das früher dazu gedient hatte, die Wälle gegen irgendeinen unbekannten Feind zu verteidigen. Sie schoben es unter das Portal, durch das sie selbst eingedrungen waren, und stützten es dergestalt ab, dass die mit Grünspan überzogenen Pfeilspitzen in der Munitionsbank nach oben wiesen und nicht mehr in die Horizontale. Jedem, der ab jetzt durch das Portal fiel, stand eine um einiges gefährlichere Landung bevor als Cardenas.

Sie machten sich daran, diese magiebeladene Burganlage zu erkunden, angetrieben vom vorrangigen Bedürfnis, deren Eigenschaften kennenzulernen, soweit sie für ihre Verteidigung, ihre schlussendliche Flucht, mögliche lauernde Gefahren und eine Zuflucht für Kiri von Bedeutung waren, denn für die tapfere Vogelfrau war der Zeitpunkt der Niederkunft nahe.

Wachsam nach allen Seiten sichernd schlich die suchende Schar in die alles umhüllende Raumverzerrung der gewaltigen und zeitlosen Burg. Auf jedes neue mystische Phänomen achtend, die Waffen stets einsatzbereit in den Händen, überwanden sie allmählich das Staunen des Gaffers angesichts jeder neuen Manifestation dieser grotesken, die Sinne überfordernden Architektur.

Errichtet war die Festung aus massiven Steinblöcken, und aus manchen Blickrichtungen schienen die Türme und Tourellen in die Unendlichkeit zu reichen. Unter normalen räumlichen Verhältnissen wäre, darin stimmten sie überein, diese Zwingfeste unüberwindlich gewesen. Und mit nicht unerheblicher Betroffenheit nahmen sie die Ausmaße der Tore und Bogengänge zur Kenntnis, deren Höhe und Breite für kleinere Riesen ausgereicht hätte.

Die Anlage war feuchtkalt und seit schon so langer Zeit ohne jede Wärme des Lebens, dass die Flüchtlinge fürchteten, auf ihrem Weg unirdische Elemente zu wecken. Die Wände waren dicht mit Pilzen und Flechten bewachsen, und in verschiedenen seltsamen Nischen der inneren Höfe gerieten miasmatische Dämpfe in schaurige Wallung, sobald die Flüchtlinge eintraten. Sie wichen ihnen tunlichts aus und mieden ebenso jene schweren Portale, die zu bestimmten Außenhöfen führten und die, wenngleich geschlossen, nicht gänzlich die stechenden Gerüche aussperrten, die den Flüchtlingen den Atem verschlugen, wenn sie an ihnen vorbeischlichen.

Die Erkundung schien Cardenas' Annahme zu bestätigen: Kein Durchgang führte dorthin, wo es von außen den Anschein hatte. Wer vordrang, geriet tatsächlich tiefer in die Festung, obwohl die Bewegungsrichtung zumeist vertikal war, nach oben oder unten führte, seltener eindeutig geradeaus. Gelegentlich jedoch, stellten sie erschrocken fest, führte der Weg *zurück* in ein Zimmer oder auf einen Wall oder in einen Burghof, wo sie schon gewesen waren. Gänge, die nach links oder rechts oder in schiefem Winkel aus der bisherigen Richtung abzweigten, waren noch unzuverlässiger. Auf diesem Weg gelangte man fast überallhin, zumeist sogar in die entgegengesetzte Richtung.

Und diese Wege erwiesen sich als besonders tückisch. Einmal beugte sich Jaime Gonzaga mit angemessener Vorsicht durch eine Schießscharte und wurde zum Gitterfenster eines Kerkerturms an einer jäh abfallenden Mauer weit hinter dem mittleren Burghof hinausgesaugt. Er konnte sich dort, kopfunter hängend, nur noch mit den Knien festklammern und um Hilfe brüllen, bis

Buey den magischen Zugang zur Turmspitze über ihm fand. Der Ochse zog ihn mit einem Seil herauf.

Das erinnerte sie an zwei Dinge: Den Orientierungsverlust beim Weitergehen und den Saugeffekt des Zielraums, sobald man mit mehr als dem halben Körpergewicht ein Portal durchquert hatte.

Die kurze Begegnung mit dem Tod bot ihnen Anlass innezuhalten. Sie blieben dort stehen, wo sie waren, weiträumig in der Umgebung des riesigen mittleren Burghofs verteilt, der so lang war wie drei Kavallerie-Übungsfelder hintereinander. Dort sammelten sie ihre unzuverlässigen Sinne. Tiefe Verzweiflung folgte auf diesen Verlust des Vertrauens in die eigene Wahrnehmung.

Luigi Leones amüsante Entdeckung, dass man mit dem Schwert an die Wand schlagen und das Echo von verschiedenen, weit auseinander liegenden Stellen der Burg vernehmen konnte, brachte sie zwar zum Lächeln, aber es verging ihnen rasch wieder. Ihnen wurde nach und nach schmerzhaft klar, was das bedeuten konnte, falls einer von ihnen wie Gonzaga einer Gefahr begegnete, während er sich außer Sicht der anderen befand.

»Dieser mittlere Hof wird ein effektives Schlachtfeld«, sagte Gonji, »sollten wir auf – Widerstand stoßen.«

»Wie können wir im Fernkampf unserer Ziele sicher sein?«, fragte Orozco und blickte auf den Hof hinab.

»Das können wir nicht. Aber wie stets bei der Verteidigung einer Burg verlassen wir uns auf die erhöhte Position. Suchen uns jede Deckung, die wir hier oben finden. Schätzen die Wirkung unserer Schüsse ab. Es *würde* einem Feind unterhalb unserer Position schwer fallen, uns hier oben schnell oder zuverlässig auszumachen.«

Die ehemaligen Soldaten pflichteten ihm in diesem Punkt achselzuckend bei, und Gonji teilte sie paarweise auf und beauftragte sie damit, weitere Erkundungen anzustellen und sich unterwegs jede Einzelheit einzuprägen. Er blickte ihnen nach, als sie sich entfernten und die Positionen zu finden versuchten, von denen aus die Teams gleichzeitig vorrücken sollten. Achmed, sein Partner, wartete neben ihm. Simon und Cardenas sollten die Nachhut bilden. Der Advokat hatte eine Fackel aus einer Wandhalterung genommen und angezündet.

»Hier herrscht ständig Nacht«, stellte Lola fest, während sie zum unfreundlichen Sternenhimmel hinaufblickte und dabei den Mantel fester um sich zog. Valentina, die neben der leise stöhnenden Kiri kniete, warf Lola einen tadelnden Blick zu.

Mit Hilfe eines verkohlten Stocks machte sich Cardenas daran, einen Grundriss der Festung auf eine Wand zu zeichnen. Gonji bemerkte dies und trat neben ihn.

»Hast du Erkenntnisse über diese Anlage?«

Cardenas schüttelte ungeduldig den Kopf. »Sicher nicht. Ich habe nur so eine Idee.«

Valentina tätschelte die Wygyll beruhigend und gesellte sich zu Gonji.

»Sind wir hier an dem Ort, von dem die Hexe mit meiner Zunge gesprochen hat?«, fragte sie. Und als Gonji nickte, fuhr sie fort: »Dann sollte ich vielleicht die Erkundung leiten.«

Er wehrte den Vorschlag ab. »Sie scheint sich im Hinblick auf Cardenas geirrt zu haben. Tut mir sehr leid, aber ich glaube, dass sie dich nur benutzt hat, um ihre Nachricht zu übermitteln.«

»Na ja, ich bin es leid, nichts zu tun.«

»Du musst verhindern, dass Lola – die Fassung verliert. Und die Wygyll braucht dich auch bald, *neh?*«

»Ich bin keine verdammte Hebamme!«, schimpfte sie, wurde aber wieder leise, als sie sah, dass andere neugierig herüberblickten. »Hör mal – ich weiß nicht mal, womit ich dabei zu rechnen habe.«

»Hast du schon mal bei der Geburt von Kindern geholfen?«

»*Si*, bei menschlichen Kindern. Aber was zum Teufel erwartet mich hier? Bekommen sie Kinder oder Eier oder *was?*«

»Es wird ...« Gonji verschränkte die Arme und kramte in seinem Gedächtnis, ehe er antwortete. »Ein Kind. Mit Flügeln. Ganz ähnlich den Putten in euren Kirchen. Und ich glaube, eine Wygyll bekommt normalerweise zwei.«

»*Mierda!*«, fluchte Valentina und funkelte ihn an. »Das verzeihe ich dir nie. Weißt du eigentlich, was für ein Irrsinn das ist? Wo ist dein Pförtner? Wo sind die Antworten auf all diese tollen Geheimnisse, von denen du munkelst? Du hast dich als ein verdammt armseliger Anführer erwiesen.« Sie rauschte vor Zorn kochend davon.

Gonji wandte sich seufzend wieder den Kundschaftertrupps zu.

Klirrer und Luigi machten sich mit lautem Triumphgeschrei auf einem Turm auf Gonjis Seite des Bergfrieds bemerkbar. Sie hatten eine Wachstube entdeckt, deren Eingangstor zuverlässig auf die Mauer des mittleren Burghofs führte. Sie kehrten zurück und halfen den Frauen, Kiri dorthin zu bringen. Ungeachtet der Behutsamkeit, mit der sie diesen Krankentransport durchführten, bekam die Wygyll auf einmal Schmerzen, und eine unwillkürliche Reaktion der Flügel riss Leone von den Beinen und fegte ihn beinahe vom Wall herunter.

Orozco und Herrmann fanden einen Weg auf den Wall gegenüber, und Buey und Patel gesellten sich zu Jaime Gonzaga und Abdullah el Kerim auf dem Hof unter ihnen. Luigi und Klirrer fuhren damit fort, die Wälle zu kartieren, während die anderen vier Teams damit begannen, die ganze Burg vorsichtig zu durchsuchen, vom großen Pförtnerhaus an der Vorderseite bis zu den unergründlichen Bereichen der bislang ungesehenen Rückseite.

Während sie den mittleren Hof überquerten, bemerkten sie, dass hier der gleiche Verkürzungseffekt eintrat, wie sie ihn auf Burg Malaguer erlebt hatten. Die Teams, die auf den Wällen entlangschlichen, bewegten sich seitwärts, mit den Rücken zu den Zinnen, und stellten fest, dass sie auf diese Weise ungewöhnlich schnell vorankamen und die Gefährten auf dem Hof innerhalb von Sekunden so weit zurückließen, dass sie zu winzigen Punkten schrumpften. Außerdem fand ein Mauerteam heraus, dass aus seiner Perspektive das andere Team – und die Wälle ringsherum – in die Höhe gerückt wurde.

Diese Burg präsentierte sich als Spiegellabyrinth, dessen Trugbilder jedoch beunruhigend real waren.

Die sieben Meuchelmörder umkreisten den Pförtnerhausblock, der den einzigen Hinweis auf die zeitlose Festung der Toten darstellte. Wie ein unbeschriftetes Ehrenmal für den Glanz vergessener Zeitalter verbarg der Stein seine Geheimnisse sogar vor den bösen Kreaturen, die die Ordnung des Grabes außer Kraft gesetzt hatten.

Hilmar Ulrich Wiemer – dessen Bande aus Halsabschneidern eine bayerische Stadt niedergemacht und ausgeplündert hatte, bis eine Pistole, abgefeuert von der Hand eines Priesters, sein blutiges Regiment beendete – trennte sich von den anderen. Während seine Tempelkatzenvertraute neben ihm den geschwärzten Erdboden beschnupperte und darin scharrte, bückte er sich und schob das tote Fleisch eines Arms durch das ätherische Fallgatter. Er grinste die anderen an und schob sich hindurch, und der Wechsel der Schwerkraft im neuen Raum zog ihn weiter und herab auf das Pfeilhagelkatapult.

Acht kräftige Pfeilspitzen durchbohrten ihn und fixierten ihn auf der Apparatur.

Seine Katzenvertraute erblickte die Gefahr, während sie das Portal durchquerte, drehte sich in der Luft und landete ein kurzes Stück entfernt auf den Pfoten. Dort saß sie und putzte sich, während die anderen hindurchfielen. Zwei von ihnen zerrten den grausam durchbohrten Wiemer aus der Fallrichtung des luftigen Portals. Das Zischen eines schaurigen Gelächters, das einen Klostergarten hätte verdorren lassen, ertönte.

Sie rupften Wiemer vom Katapult, ein Vorgang, der von den Geräuschen reißenden Fleisches, berstender Knochen und brechender Pfeile begleitet wurde. Wiemers Wunden verheilten, während seine Gefährten zusahen, und seine geborstene Luftröhre hörte auf zu pfeifen, während sie die für sein lästerliches Halbleben benötigte Luft einsaugte. Die blutende Augenhöhle füllte sich aufs Neue, wozu das weiche Gewebe die Wange hinauf zurücksickerte.

Als Wiemer wieder intakt war, drangen die sieben untoten Meuchelmörder ohne Eile in die weiträumige Festung vor, wobei ihre Katzen mit tödlicher Verschlagenheit vorneweg streiften. Sie teilten sich auf, um die unheimlichen Räume der Festung zu durchkämmen, wohl wissend, dass die Falle allmählich zuschnappte und ihre Beute nicht mehr weit war.

Die Erwartung langsamer Pein wich der Ekstase des Gemetzels und dem Rausch der Unsterblichkeit. Die Macht des Todes würde sich ihnen fügen.

SIEBENUNDZWANZIGSTES KAPITEL

Jaime Gonzaga und Abdullah el Kerim hatten den zentralen Bergfried am hinteren Ende des Portikus betreten, dort, wo Buey und Patel verschwunden waren.

Gonzaga, ein Ulanenveteran mit achtzehn Dienstjahren, der zahlreiche Feldzüge unter Salgueros Befehl überlebt hatte, übernahm die Führung und vertraute darauf, dass ihm zwei Pistolen in den Händen einen Vorteil gegenüber allem und jedem verschafften, der oder das sie womöglich aus der Dunkelheit heraus ansprang. Abdullah, ein mürrischer und wortkarger Maure, bastelte eine Fackel für sie, aber es schien ihm zu widerstreben, damit die dunklen Winkel des Bergfrieds zu erhellen, und er hielt sich auffällig in der Mitte der Korridore, die sie durchquerten. Er überließ Gonzaga bereitwillig die Führung. Abdullah hielt den Säbel in einer Hand und ließ ihn hängen, und es würde ihm im Grunde nie einfallen, die unvertraute Waffe im Nahkampf einzusetzen.

Alles, was ihn interessierte, war die Flucht aus dieser satanischen Zwingfeste. Die Flucht um jeden Preis.

Kaum dass sie den Bergfried betreten hatten, fanden sie sich vom ersten Torbogen in die wärmere Luft eines Flures im ersten Obergeschoss befördert, an dem Unterkünfte für die namenlosen Verteidiger aus uralter Zeit lagen.

»Merk dir«, flüsterte Gonzaga über die Schulter, »dass der Torbogen ganz links ins erste Obergeschoss führt. Ich kann den Hof durch dieses Fenster hier sehen.«

Abdullah nickte geistesabwesend. Er machte sich nicht das Geringste aus dieser sinnlosen Kartierung – die, wie er fand, wenig mehr war als eine Rundreise durch den Vorraum der Hölle.

Jaime Gonzaga verlor allmählich den Überblick über die magiegeführten Wendungen ihres Weges – und verließ sich darauf, dass Abdullah seine Gedächtnislücken ausfüllte, sobald es darum ging, den anderen zu berichten –, als er einen forschenden Blick in eine Flucht von Räumen warf, die einst als gut gefüllte Vorratskammern gedient zu haben schienen.

Dieser Bereich versetzte sie zum machtvollen Bollwerk des Müllertores, dessen Lage an einem Burggraben es zu einem beliebten Ausgangspunkt für verräterische Aktivitäten bei Belagerungen gemacht hatte. Mehr als nur ein paar mächtige Festungen waren bereits über solche Nebeneingänge Plünderern in die Hände gefallen, als diese Tore von Händen geöffnet wurden, die von Gewinnsucht oder Feigheit gesteuert wurden.

»Hier, markiere das«, befahl Gonzaga. »Dieses Tor könnte uns ins Freie führen.«

»Was?« Zum ersten Mal leuchtete Interesse in Abdullahs Augen auf. »Dann müssen wir es benutzen – ich meine – wir müssen Gonji berichten, wohin es mit Sicherheit führt.«

Gonzaga musterte ihn misstrauisch. »Jetzt noch nicht. Wir kehren später auf gleichem Weg hierher zurück.«

»Sollen wir keine Erkundungen durchführen? Ich bin sicher, dass er uns fragen wird, warum wir ein möglicherweise so wichtiges Portal nicht ausprobiert haben.«

»Ich sagte doch gerade, dass wir ... Geh da weg!« Gonzaga stürmte hinter Abdullah her, der schon an der Torbefestigung stand, die Tür entriegelte und öffnete, wobei die verrosteten Angeln quietschten.

»Was ist denn los, Ulan?«, fragte Abdullah anklagend. »Hast du die Nerven verloren? Fürchtest du dich vor dem, was vielleicht da draußen lauert? Was hast du vor – mir in den Rücken schießen?«

Was jetzt folgte, hätte vielleicht vermieden werden können, wäre der Maure in der Lage gewesen, Gonzagas Gedanken zu lesen. Der Ulan dachte tatsächlich kurz darüber nach, den anderen dafür zu erschießen, dass er in Panik geraten war, änderte seine Entscheidung aber noch und wollte sich mit einem Schlag auf den Kopf begnügen. Inzwischen war Abdullah aber schon ins Pförtnerhaus weitergegangen, und beide Männer stellten verblüfft fest, dass *dieser* Ausgang genau dorthin führte, wo es den Anschein gehabt hatte.

Abdullahs Augen leuchteten im Feuerschein, als er die Fackel wieder aufhob und ins Pförtnerhaus hielt. »Sieh nur – endlich mal etwas Vertrautes, wie wir es kennen. Öffnen wir die Außenpforte.« Er deutete auf das kleine Fallgatter und das eisenverstärkte Tor dahinter.

Gonzaga atmete tief ein, nickte und steckte die Pistolen weg. Gemeinsam zwängten sie das Fallgatter und das Doppelflügeltor auf. Nur eine kurze Zugbrücke trennte sie jetzt noch von der Außenwelt. Gonzaga ergriff die Hand, mit der der Maure eifrig nach der Winde griff, und blickte durch die Schießscharten in die Dunkelheit hinaus. Kühle Luft rauschte durch die Öffnung, aber zu sehen war nichts.

»Hör mal«, flüsterte Gonzaga. »Wonach klingt das für dich?«

»Wasser. Jedenfalls etwas, das man nicht innerhalb dieser Festung der toten Seelen findet.«

Sie mühten sich an der Winde ab und senkten die Zugbrücke. So erhielten sie Ausblick in einen blitzenden Nebel, durchsetzt mit hellleuchtenden Zonen, ohne dass die beiden Männer eine Lichtquelle hätten entdecken können. Abdullah schob die Fackel hindurch, und sein Arm verschwand. Er machte Anstalten, etwas zu sagen, wobei ein Ausdruck des Triumphs über sein Gesicht huschte. Dann trat Erschrecken an die Stelle des Triumphs. Er packte Gonzagas Rumpfpanzer und riss diesen an der Vorderseite auf, als er aus dem Blickfeld des Ulanen gezerrt wurde.

Der Ulan schrie auf und hielt sich an den Bogensteinen des Tores fest, während er sich mit angehaltenem Atem hinauslehnte und erwartete, in eine unnatürlich aus der Leere aufwallende Meereswoge getaucht zu werden. Er sah, wie sich Abdullah an die Ketten der Zugbrücke klammerte, während die wirbelnden Böen ihn mitzureißen drohten. Und er wurde eines ehrfurchtgebietenden Anblicks gewahr, vor dem er sich so bedeutungslos fühlte wie ein Tropfen Feuchtigkeit in der Sahara.

Die Zugbrücke ragte am äußeren Ende in eine bodenlose Leere, die erfüllt war von gigantischen, sich verschiebenden Landmassen. Landzungen und Meereskeile und Feuer und Rauch bewahrten ihre jeweiligen Formen, während sie vorbeitrieben, in diesem ungeheuren Schoß aus schwarzem Nebel mal nach oben, mal nach unten stiegen, angetrieben oder vorangehebelt von unbekannten Kräften. Gonzaga verfolgte, wie der flehende Abdullah el Kerim schließlich von den Ketten gerissen wurde, Hände und Gesicht mit Blut verschmiert. Er wurde in den Äthernebel hinausgesaugt und sprang wie eine leblose Puppe von einer Landmasse zur nächsten, bis er nur noch ein schwarzer Fleck war, verschlungen von einem Feuermeer.

Vor Anstrengung ächzend, zog Gonzaga sich wieder ins Torhaus. Er kämpfte sich durch die Dunkelheit zurück und verlor die Nerven ebenso wie jede Orientierung, während er dem mystisch gewundenen Weg folgte.

Als er in einen von Kästen gesäumten Getreidespeicher stolperte und dort dem geckenhaft mit Federbusch herausgeputzten Meuchelmörder begegnete, schwand ihm jede Hoffnung. Er zog eine Pistole und schoss Polidori in die Brust, warf die Waffe weg und riss das Schwert aus der Scheide. Polidori grinste grausam und zog elegant den Säbel.

Während sie einander umkreisten und den Zweikampf eröffneten, bewahrte Gonzaga die Fassung, denn er wusste, dass er sowohl auf den toten Meuchelmörder als auch die Vertraute achtgeben musste, die hier gewiss irgendwo lauerte. Die zweite Pistole sparte er für die Dämonenkatze auf.

Allerdings war Polidoris Ruf als blutrünstiger und grausamer Zweikämpfer wohlbegründet. Zu Lebzeiten hatte er hunderteinundsechzig Menschen umgebracht, und er behauptete, sich an jeden einzelnen Todesstoß zu erinnern und ihn zu genießen. Jetzt, in seiner untoten Verfassung, lieferte ihm das Schicksal Gonzaga als erstes Opfer. Polidori zelebrierte den besonderen Anlass.

Als die Katzenvertraute auftauchte und sich auf einem Getreidekasten putzte, war Gonzagas linker Arm bereits schwer verletzt. Er konnte die verbliebene Pistole nicht ziehen und noch viel weniger abfeuern. Polidori quälte den überforderten Schwertkämpfer weiter, ließ ihn langsam ausbluten, bis Gonzaga vor den verstaubten Vorratsschränken am hinteren Ende des Getreidespeichers unweit der Backstube zu Boden sank.

Der Meuchelmörder schien sich im Flüsterton mit der Katze zu unterhalten, als Gonzaga das Bewusstsein verlor. Die Säbelspitze zuckte durch die moderige Dunkelheit. Der Todesstoß war eine bevorzugte Taktik Polidoris – durch das Auge ins Gehirn.

Buey lehnte sich mit der Fackel nach hinten und lächelte Nassim Patel verschmitzt an. Er nahm ihm die Pistole weg.

»So, Junge«, erklärte ihm der große Kerl, »warte *uno minuto* und folge dann meinem Beispiel, *comprende?*«

»Si, Señor.« Patel schluckte krampfhaft.

Buey warf ihm einen strengen Blick zu und hieß ihn zuzusehen. Der Ulan setzte sich unter der Tür nieder, sodass seine Beine dahinter verschwanden, lehnte sich dann zurück und zog am Türpfosten, bis er und die Fackel außer Sicht waren.

Patel stieß in der Dunkelheit einen nervösen Schrei aus und wartete mit schlotternden Knien, bis die Minute verstrichen war. Der winzige Moriske zögerte dann noch einen weiteren Augenblick lang, ehe er die Beine durch das Portal schob, wie Buey es getan hatte. Sein Herz hämmerte los angesichts dieses Phänomens, das ihm Angst machte. Mal angenommen, er hätte keine Beine mehr, sobald er hindurch war?

Dann wurde er jedoch plötzlich hindurchgesaugt, und er hatte gar nicht bemerkt, dass er langsam vorgerückt war, wie es ihm der einschüchternde Soldat befohlen hatte. Er schrie im Sturz. Die Welt löste sich auf einmal unter ihm auf, und er biss sich auf die Zunge, als er auf Kissen landete und hinunterrollte, sodass er sich am Boden des Podiums den Kopf anstieß.

Buey stürmte durch die Wolke aus Federn heran, ausgelöst durch das Bersten der Kissen, als Patel auf sie stürzte.

»Ahh, Dummkopf, ich sagte dir doch, du solltest dich zurücklehnen, damit du mit den Füßen voran fällst! Jetzt sieh nur – du hast dir auf die Zunge gebissen. Würdest du nur damit aufhören, durch die Gegend zu laufen, als wäre dein Mund ein Fliegenfänger ...«

Buey empfand Sympathie für den naiven Morisken. Patel war jung und wollte gern gefallen, und er zeigte sich von Bueys mächtiger Gestalt und Körperkraft beeindruckt. Buey seinerseits war seit langer Zeit schon ein Held der Kleinen, jemand, der Schläger verabscheute, eine seltsame Rolle, die er sich im Zuge der eigenen Faszination von Größe und Kraft zugelegt hatte. Gonji war der kleinste Mann, gegen den Buey in vielen Jahren gekämpft hatte, und die eigene Niederlage gegen den Samurai hatte seine Wertschätzung für dessen kämpferische Fähigkeiten entsprechend gesteigert.

»Du musst zäh sein, Patel, wenn du ein Wunderritter werden möchtest«, sagte er gerade.

»*Si, señor*, ich möchte wirklich so ein Ritter werden.«

»Hier ...« Buey gab ihm die Pistole zurück. »Rad angezogen? *Si*. Nur spanne nicht den Hahn, bis du sie wirklich brauchst, damit du nicht *mir* in den Rücken schießt, hm? Wenn du eine dieser großen Katzen entdeckst, was tust du dann?«

»Ich schieße erst, wenn ich sicher bin, auch zu treffen.«

»Und?«

Patel schluckte, obwohl seine Kehle trocken war. »Und das könnte erst sein, wenn sie praktisch auf mir sitzt.«

»*Esta bien* – in Ordnung. Du möchtest schließlich irgendwann mal so groß werden wie ich, oder?«

Während beide gerade nervös lachten, fiel etwas Riesiges durch das mystische Portal an der Decke des Speisesaals – nicht dort, wo die beiden Renegaten herabgestürzt waren, sondern vier Meter näher am Torbogen, der auf den Korridor hinausführte.

Ihnen näherte sich, die tödliche Axt zum vernichtenden Schlag erhoben, Jürgen Kleinhenz, Dieb und Mörder, gehängt nach einer ironischen Wendung des Schicksals – als man ihn mit einem seiner Opfer verwechselte, einem Mann, der beinahe so ruchlos gewesen war wie Jürgen.

Buey schrie Patel einen Befehl zu und hob das Schwert, dessen starkes oberes Drittel singend von der glänzenden Axtschneide abprallte und im fahlen Licht Funken schlug. Der Ulan zog mit der Linken eine Pistole aus dem Gürtel und schoss dem Meuchelmörder ins Gesicht. Die Kugel durchschlug einen Wangenknochen und trat am Hinterkopf wieder aus.

Patel gab einen quieksenden Laut von sich, als sich in Kleinhenz' verwüstetem Gesicht ein Grinsen ausbreitete. Dann jedoch blickte der Axtmörder auf Bueys Gürtel hinab, an dem noch das Seil hing, und wich langsam zum Torbogen zurück.

Dabei zog er einen Dolch aus dem Stiefel und warf ihn nach Buey, der sich duckte. Klappernd landete die Waffe in einem düsteren Winkel des Saals. Patel lachte unsicher und deutete mit dem Finger, als Kleinhenz durch das Portal verschwand.

Buey drehte sich um und erblickte die Katze. Er brüllte Patel zu, er solle sich zurückziehen, aber der Moriske konnte nichts weiter tun, als gelähmt vor Grauen auf die scharfen Zähne und Krallen zu starren, die jetzt über ein kurzes Stück auf ihn zusprangen, um ihm Gesicht und Hals zu zerfetzen.

Bucy griff wütend an und versetzte der Katze einen heftigen Tritt in die Rippen, während er zugleich Patels heruntergefallene Pistole aufhob. Er richtete sie auf die davonhuschende Kreatur, wobei ihm vor lauter Wut der Arm zitterte. Der Schuss krachte durch den Raum, begleitet vom Mündungsfeuer und dem quellenden Rauch, aber die Kugel grub sich nur ins bröckelnde Mauerwerk der Saalwand.

Und dann beugte sich Buey schon über Patel und bemühte sich vergebens, den Blutfluss aus der zerfetzten Schlagader des kleinen Morisken zu stillen.

Einen Augenblick später waren beide blutdurchtränkt, und Nassim Patel lag reglos da.

Valentinas Gesicht war zu einer Grimasse verzogen. Begleitet von ihren heftigen Atemzügen, schrie der Puttensäugling auf. Ein weibliches Wesen. Valentina hielt es bewundernd auf den Armen und reichte es dann an Lola weiter, die nach wie vor schluchzte und zitterte und sich fürchtete, die winzige Kreatur im Gesicht oder am oberen Rücken anzufassen – den beiden Stellen, die allein schon verrieten, dass es kein Menschenbaby war.

Valentina raunzte Befehle, und Lola fügte sich ihren Wünschen, wenn auch ihre Worte ein unaufhörlicher Sturzbach an Einwänden waren. Schließlich weigerte sie sich zu helfen, als Valentina sie anwies, die Nabelschnur durchzuschneiden. Die verurteilte Verführerin stieß eine Flut Schimpfworte aus und übernahm die Aufgabe selbst.

Die ganze Zeit lang jammerte Kiri, und Valentina tat das Wenige, das in ihren Kräften stand, um sie zu beruhigen.

»Simon!«, schrie sie und legte den Säugling an die Brust der Mutter. »Simon, sieh mal, ob du etwas mehr Wasser findest!«

Sie erhielt jedoch keine Antwort. Es lag lange zurück, schien es, dass der Lykanthrop zuletzt den Kopf durch das unsichtbare Portal in Bodennähe gesteckt hatte.

»Ich muss einfach hier *raus!*«, jammerte die andere Frau.

»Lola! Gott*verdammt*, Lola, du bleibst, wo du bist! Sie ist noch nicht fertig!«

Tatsächlich sah man inzwischen den größten Teil des Schädeldachs eines zweiten Wygyll-Nestlings hervortreten.

Und dann schrie Lola auf und rutschte rückwärts über den Boden, bis sie mit dem Kopf an die Steinwand des Torhauses stieß. Valentina blickte durch den kargen Wachraum und erstarrte, und Kiris Klagelaute verstummten fast vor den Schreien in Valentinas Seele.

Ein nordländischer Mörder mit kalten Augen schritt langsam auf sie zu und zielte mit der Armbrust auf ihr Gesicht. In dem Gitter, aus dem heraus er aufgetaucht war, machte sich eine Tempelkatze mit ihren Teufelsaugen zum Sprung bereit.

Valentina bemühte sich, die zitternde Hand zu beherrschen, ihre Nerven in den Griff zu bekommen, während sie mit der Hand den Stoff des Kaftans am Oberschenkel glatt strich. Sie spürte den schlanken Lauf der Radschlosspistole darunter und war überzeugt, dass sie sie niemals würde rechtzeitig ziehen können; das Gefühl des kalten Stahls blieb so unerreichbar wie das funkelnde Wasser einer Luftspiegelung in der Wüste.

Jahre des Umgangs mit den Erwartungen von Männern setzten ihren Körper in Bewegung, ohne dass es nötig geworden wäre, peinliche Überlegungen anzustellen. Sie schlug schüchtern die Augen nieder und blickte unter einer verlegen gerunzelten Stirn zu dem Meuchelmörder hinauf. Leises Schluchzen bewegte ihre Brust, und der Busen wölbte sich vor, als sie sich auf den Armen zu einer Haltung zurücklehnte, die um Mitleid bettelte. Eine einzelne hervorgepresste Träne rann über ihre Wange.

Allerdings hatte sie noch nie Umgang mit einem toten Mann gehabt.

Der Meuchelmörder grinste höhnisch, und ein gespenstisches Heulen drang aus seinem Hals. Er führte die Armbrust mit einer sehnigen Hand dichter heran. Lola kreischte wie wahnsinnig und warf den Kopf hin und her. Der Blick des Killers zuckte zu ihr hinüber, und der Waffenarm folgte dieser Richtung.

In diesem Augenblick holte Valentina die Pistole unter dem Kaftan hervor und pustete das Gehirn der Tempelkatze durch das Gitter. Zurück in den verformten Raum, aus dem sie gekommen war.

Die Reaktion erfolgte augenblicklich. Der Assassine erstarrte ruckartig, als packte ihn ein unsichtbares Grauen. Das grausame Geräusch von Knochen, die zermalmt wurden, und Fleisch, das zerfetzt wurde, sowie Blut und Eingeweide spritzten aus dem belebten Leichnam hervor. Seine Gliedmaßen wurden ausgerissen und die Innereien im Raum verspritzt.

»*Dios mio . . . Dios mio!*«, überschrie Valentina immer wieder Lolas irres Kreischen, aber sie tat es eher, um sich nicht erbrechen zu müssen, als aus Angst. Inzwischen war sie über jede Angst hinaus. Sie fragte sich nur, was als Nächstes zu tun war, und rechnete fast schon damit, dass sie und die hysterische Frau die einzigen Überlebenden waren.

Denn inzwischen war auch Kiri tot. Ihr zweites Kind, ein Junge, war eine Totgeburt.

Valentina lud die Pistole nach und hängte sich die Armbrust des Meuchelmörders um den Hals. Sie lief zur hysterischen Lola hinüber und versetzte ihr mit der Faust einen Hieb gegen den Unterkiefer, der Lola ruckartig und mit weit aufgerissenem Mund wieder zur Besinnung brachte.

»So ist es richtig – sieh ihn dir nur an!«, kommandierte Valentina, als sie Lolas Ekel angesichts des zerfetzten Meuchelmörders bemerkte, der den Augenblick des Todes sicher zwischen den Zähnen einer gewaltigen Bestie erlebt hatte. Valentina wandte sich der Tempelkatze zu, die auf dem Rücken lag, das Maul aufgesperrt, der Schädel aufgeplatzt. »Du hast deinen Beitrag geleistet. *Wir* haben es getan. Heb jetzt dieses Kind auf, und dann verschwinden wir von hier, ehe mehr von diesen Dingern – hier hereingepurzelt kommen.«

»Gonji hat gesagt, wir sollten hier warten«, wimmerte Lola.

»Zum Teufel mit diesem arroganten Mistkerl!«, tobte Valentina. »Ich gehe meinen eigenen Weg. Bring jetzt diesen Säugling, oder ich lasse dich hier bei den Toten zurück. *Puta* – Miststück! Setz deinen Arsch in Bewegung!«

Orozco und Herrmann wirbelten nervös mit den Schwertern und verteilten sich, um den selbstbewussten Polidori in die Zange zu nehmen. Während sie ihn angriffen, achteten sie zugleich darauf, ob die Tempelkatze erschien, die nicht weit entfernt sein konnte und die den aufgehobenen Tod des Mörders in ihrer Schattensubstanz mitführte.

»Hurensohn!«, schäumte Orozco. »Dreckiger Sohn einer Mailänder Hure! Wir wissen, wie du umgekommen bist. Und jetzt erlebst du es *wieder!*«

Der Feldwebel griff den Rücken des Meuchelmörders an, der eine Rumpfrüstung trug, aber eine blitzschnelle Parade schlug sein Schwert zur Seite. Unter der Wucht des Abwehrhiebes stolperte Orozco seitwärts. Das Humpeln bremste und behinderte ihn und schwächte seine durchschnittliche Fechtkunst noch weiter. Er konnte nur hoffen, Polidori genug zu verärgern, damit Herrmann den tödlichen Hieb führen konnte – war doch ein Schwertstoß in den Rücken des italienischen Briganten als seine Todesart bezeichnet worden.

Wenn sie damit richtig lagen …

Polidori wurde jedoch seiner Legende gerecht: Selbst zu zweit fanden sie keine Öffnung in der Abwehr des geschickten Fechters. Und die Plattenpanzerung am Rücken konnte nur mit einem direkt geführten kräftigen Stoß durchbohrt werden.

Orozco hörte die Katze hinter ihm knurren. Er warf sich herum, sank auf ein Knie herab und vergeudete beinahe eine Pistolenkugel, als sich der Dämon, einen Schimmer in den vulkanroten Augen, auch schon wieder durch den Torbogen in einen unbekannten Raum zurückzog.

Herrmann brüllte vor Schrecken und Schmerzen. Polidori hatte ihm das Schwert in den Bauch gerammt. Orozco schrie vor Wut und stampfte hinter Polidoris ungeschütztem Rücken heran. Der tapfere Herrmann, der wusste, dass seine Verletzung tödlich war, fand trotzdem noch den Mut, um das Schwert des Meuchelmörders mit beiden Händen zu packen, es fest in den eigenen Eingeweiden zu begraben und so für Orozco Zeit zu schinden. Herrmann erschauerte dabei und sank auf die Knie, wobei er einen langen Todesschrei ausstieß. Polidori konnte den Säbel jedoch nicht herausziehen.

Der untote Mörder bewegte sich seitwärts, um Orozcos Angriff auszuweichen. Der Säbel des Feldwebels fuhr durch einen Arm des toten Mannes und kam ohne Blut an der Klinge wieder daraus zum Vorschein. Polidori zeigte ein böses Grinsen.

Orozco hörte ein Scharren hinter sich, drehte sich um und legte die Pistole an. Ein weiterer Meuchelmörder – Wiemer – stand unter dem Torbogen, und rechts und links von ihm tauchte je ein Katzenkopf auf, um sich dann, wie Wiemer auch, sofort zurückzuziehen, als sie die Pistole erblickten.

In Unterzahl und verängstigt, wie er war, wurde Orozco klar, dass er diesen Kampf nicht gewinnen konnte. Die Weisheit des Rückzugs sang ihren lebensbejahenden Refrain.

Er sprang zu einem verriegelten Fenster und spürte die Illusion kalten Eisens schwinden, als er den Arm hindurchsteckte. Polidori zog gerade den Säbel aus Hermanns Leiche, als sich der Feldwebel durch das Portal schob.

Orozco brüllte vor Wut und Enttäuschung. Dann vor Schmerzen. Er stürzte für einen Zeitraum, der ihm lang erschien, um dann auf einer stinkenden, feuchtkalten Treppe zu landen. Er schlug sich das Kinn auf und prellte und verschrammte sich Arme und Gesicht, als er in pechschwarze Finsternis hinabtaumelte. Mit dem Kopf voran schlug er im tiefen Keller auf, und Funken regneten durch sein Blickfeld, als er das Bewusstsein verlor.

Wobei ihm Gedanken an die eigene Feigheit durch den Kopf gingen. Und das Gesicht des Meuchelmörders, der sich ebenfalls zurückgezogen hatte, als er die Pistole in Orozcos Hand erblickte.

»Die meisten Durchgänge rechts und links scheinen – zumindest wenn man sich im Großen und Ganzen *aufwärts* bewegt – diagonal in ein tieferes Stockwerk zu führen.« Cardenas kritzelte mit Kohle auf ein zerlumptes Stofftuch, während er redete. Die primitive Wachskerze leuchtete in der Dunkelheit wie zu einer einsamen Vesper.

»Findest du allmählich heraus, wie das funktioniert?«, fragte Simon mit untypischem Interesse.

»Ich denke schon. Irgendwie. Ich weiß nicht recht.«

»Das wird meinen kleinen ungläubigen Freund freuen«, stellte der Lykanthrop fest. »Du kannst dich darauf verlassen, dass er inmitten all dessen einen törichten Grund zum Optimismus entdeckt.«

»Du magst Gonji nicht besonders, oder?« Cardenas' Worte waren mehr eine Feststellung als eine Frage.

»Na ja, es …« Simon brach ab und dachte über die spitze

Bemerkung des Advokaten nach. »Wir haben unsere Meinungsverschiedenheiten. Er hegt heidnische Vorstellungen und verrückte Ideen.«

»Er ist niemand, den man gleich ins Herz schließt. Mit seiner Arroganz und all dem. Und doch ...« Cardenas blickte von seinen Berechnungen auf. »Ich denke, dass er Bereiche der Güte und des Mitgefühls in sich trägt, die er nur schwer offen zeigen kann. Liegt an seinem fernöstlichen Erbe, vermute ich.«

»*Oui*. Weißt du, wo wir jetzt sind?«

»Ich fürchte, wir sind hier in einem der vorderen Türme, unweit der Barbakane. Die Tourelle müsste direkt über uns liegen.« Er blickte durch ein hohes Gitterfenster. »Nichts als dieser furchtbare Nebel auf dieser Seite.«

Der Meuchelmörder sprang von der Decke herunter und feuerte einen raschen Schuss mit der Armbrust ab. Der Bolzen grub sich in Simons Rippen, durchbohrte den Körper und zerschellte inmitten eines Regens von Blutstropfen an der Wand. Der Mörder zog das Schwert und stürzte sich auf den verletzten Riesen.

Cardenas konnte nur entsetzt gaffen, ehe er die Wachskerze auf die Fensterbank stellte und einen wirkungslosen Schuss in den Rücken des Assassinen abfeuerte.

Simons Breitschwert fuhr scharrend aus der Scheide und prallte in heftigen Funkenschauern auf die gegnerische Klinge, sodass der Meuchelmörder sich zurückziehen musste, obwohl die Schläge von Simons verletzter Körperseite ausgingen. Dann schien Simon aus dem Zweikampf zurückzuweichen, schlang die Arme um sich und gurgelte tief im Hals, als litte er an Krämpfen.

Cardenas war erschrocken und fürchtete, Simon könnte sterben und ihn so der Gnade des gefürchteten Meuchelmörders und seiner lauernden Schattenkatze ausliefern. Er sprang auf den Rücken des Untoten, umklammerte dessen Arme und verzog das Gesicht, als er das klamme, starre Fleisch spürte – das ihm den

Eindruck vermittelte, mit einem riesigen gestrandeten Fisch zu ringen. Er klammerte sich um sein Leben fest, wobei die verstauchten Arme höllisch wehtaten, und sah nicht, welche Verwandlung Simon gerade jetzt durchlief.

Simon stieß ein wildes Knurren aus und schleuderte das Schwert weg. Er sah die Tempelkatze im düsteren Schatten kopfunter von einem Deckenbalken hängen. Sie riss das Maul auf und ließ sich fallen. Verblüffenderweise sprang Simon hoch und fing sie in der Luft auf, wobei er sich drehte, um am schimmeligen Fußboden auf ihr zu landen.

Cardenas ächzte, während er den Klammergriff um die muskulöse Brust des Assassinen zu halten versuchte, denn er wusste, dass der Augenblick, in dem er den Griff nicht halten konnte, vom Augenblick des Todes gefolgt würde. Er sah Klauen durch die Gegend peitschen und hörte ein knackendes Geräusch, konnte dessen Ursprung aber nicht erkennen. Der untote Widersacher schleuderte ihn auf den Rücken. Die Luft wurde aus Cardenas heraus gepresst, und er verlor den Griff.

Der Mörder rappelte sich auf und packte Cardenas am Hals. Der Advokat kämpfte erfolglos gegen die klammernde Hand an. Dann ...

Ein klagendes Jaulen. Etwas Monströses richtete sich in der Dunkelheit auf. Pelzig und klauenbewehrt. *Simon!* Die gebrochenen Kiefer der toten Katze hingen in seiner Krallenhand. Aus dem Gesicht des Meuchelmörders schwand jeder Ausdruck; dann lief er gespenstisch rot an und begann aufzuquellen. Etwas Stinkendes schwappte ihm aus dem Mund und spritzte auf Cardenas. Dieser wälzte sich unter dem Mörder hervor und spuckte und wischte sich ab, während sein Magen trocken würgte.

Die Leiche krachte auf den Steinboden und schwoll weiter an. Die rote Verfärbung vertiefte sich, und eine übelriechende Substanz rann aus jeder Körperöffnung, wie er dort am Boden lag und der Tod ein zweites Mal den Sieg über ihn davontrug, diesmal für immer.

»Wir hätten …«, keuchte Cardenas, »wir hätten – richtige Probleme gehabt, ihn in der Wüste – lebendig zu kochen – nicht wahr?«

Der Mörder lag jetzt reglos da, das hellrote Fleisch breiig, die Augen milchig weiß.

»*Jesus*, Simon, alles in Ordnung mit dir? Ich dachte – die Verwandlung – sie fände nur …«

»*Si.*« Simon hielt sich die verletzte Seite und lachte kehlig. »Scheint, als hätte der verrückte alte Wüstenmann recht behalten. Der Mufti. Wenn ich es dringend genug wünsche – es wirklich nötig wird … Aber überstürze es nicht, dem Samurai davon zu berichten. Arroganter Heide! Er wird das Verdienst für sich beanspruchen, mir erneut etwas beigebracht zu haben, das ich über mich selbst nicht wusste.«

Cardenas zuckte zusammen, als er ihn im kühlen Licht der Wachskerze betrachtete. »Wir sollten die anderen suchen. Ihnen sagen, was wir vollbracht haben. Und erfahren haben. Kann ich irgendwas für dich tun?«

Simon warf ihm einen Seitenblick zu und lächelte.

Cardenas spürte, wie er eine Gänsehaut bekam, als er sah, wie das Lächeln eines Mannes die Lefzen einer schwindenden Wolfsschnauze kräuselte.

»Diesmal mache ich es, Klirrer.«

Luigi Leone reckte seine kleine Gestalt und straffte die Schultern. Er schnaufte lässig, hielt die Pistole schussbereit und sprang ins Gitterfenster.

Er schlug heftig auf, prallte klirrend von den rostigen Eisenstäben ab und landete auf dem Hinterteil.

Klirrer LoPresti kreischte ein raues Gelächter hervor. »Idiot!

Na ja, jetzt wissen wir, wo tatsächlich ein echtes Gitterfenster sitzt. Gut gemacht, Leone.« Er prüfte erneut sein Waffenarsenal und zuckte dabei auf die gewohnte Art und Weise mit den Schultern, um anhand des Klirrens und des Gefühls festzustellen, ob auch alles dort festgeschnallt war, wo es sein sollte. In voller Ausrüstung glich LoPresti einem gepanzerten Gorilla, dessen massiger Oberkörper auf stämmigen krummen Beinen ruhte. Luigi nannte ihn »Herr Affe«.

»Wenigstens mache ich beim Hinfallen nicht so einen Krach wie du, wenn du nur rülpst«, erwiderte Leone. »Du klingst nach einer ganzen Wagenladung Windspiele beim Umkip ...«

»Obacht!«

Das Gitterfenster war nur in einer Richtung ein Hindernis. Der spanische Mörder namens Fernandez, ein Renegat aus den Reihen des Heeres, sprang hindurch und zielte mit der Armbrust auf Klirrer. Der stämmige Brigant zog eine Pistole und spannte und schoss, während er sich zugleich scharf drehte, um dem Bolzen auszuweichen. Unter dem Einschlag der Kugel stolperte Fernandez rückwärts, aber er drang unverletzt wieder vor.

Leone schrie auf, als er das Blut aus Klirrers Schulter spritzen sah, während er sich drehte. Die schwere Rüstung hatte den Bolzen ein Stück weit umgelenkt und den Arm gerettet. LoPrestis Schwert fuhr jetzt singend aus der Scheide.

»Die Katze«, flüsterte er, während sein Atem vor Schmerzen rasselte. »Achte auf die Katze!«

Klirrer nahm die Ausgangshaltung ein, schlug die Klinge des selbstbewussten Fernandez zur Seite und stieß zu, nur um festzustellen, dass der tote Spanier gar keinen Widerstand leistete: die Schwertspitze drang wirkungslos in dessen Bauch ein.

Ein ums andere Mal prallten sie aufeinander, während Leone voller Grauen darauf achtete, ob die Tempelkatze sichtbar wurde, wobei er die Pistolen fest in den schwitzenden Händen hielt und sein gesundes Auge hervortrat. Klirrer lockte den Spanier auf die

Tür zu, durch die er selbst und Leone gekommen waren, trieb die Klinge des Meuchelmörders mit einer gedrehten, hoch angesetzten Parade aufwärts, drang tief in den stinkenden Atem der Leiche vor, rammte ihr den Helm ins Gesicht und trat ihr einen der Füße weg. Fernandez stolperte vorwärts, und Klirrer knallte ihm einen Ellbogen an den Hinterkopf und trieb ihn so auf die Tür zu. Als Fernandez wieder das Gleichgewicht fand, sich umdrehte und erneut zum Kampf stellte, sprang LoPresti hoch und versetzte ihm im Flug einen Tritt, der den Assassinen aus ihrem Blickfeld beförderte, zum Torbogen hinaus und in den einen Meter tiefer liegenden Bankettsaal, der hinter einer Raumverzerrung verborgen lag.

Klirrer grunzte vor Schmerzen, war er doch selbst scheppernd auf den Steinfußboden geprallt. »Die Katze – achte auf die Katze!«, rief er, während er das mystische Tor durchquerte und Luigi allein zurückließ.

Leone fuhr zur fauchenden Tempelkatze herum, die sich im Schatten verkroch, als sie die Pistolen in seinen Händen sah. Leone feuerte unbesonnen eine Kugel ab, die dicht genug neben der Katze einschlug, sodass diese an der Wand entlanghuschte. Damit kam sie ihm jedoch näher, und Luigi vertraute den eigenen Reflexen nicht.

Er sprang in den Bankettsaal hinüber und stieß dabei einen wilden Schrei aus, um Klirrer vorzuwarnen. Er traf den kräftigen Krieger an, wie dieser gerade mit dem nekromantischen Widersacher rang und diesem ein ums andere Mal den Dolch ins wiederbelebte Fleisch rammte.

»Würge ihn!«, brüllte Klirrer. »Dein Gürtel ... Ich kann ihn nicht festhalten!«

Luigi legte die Pistole zur Seite und öffnete den Gürtel, fand eine Öffnung zum Angriff, legte Fernandez den Gürtel um den Hals und zog ihn durch die Schnalle hindurch fest zu. Er rammte dem Spanier einen Fuß in den Rücken, um mehr Kraft einzusetzen. Zog kräftig. Gurgelte vor Anstrengung. Klirrer stach und schnitt. Fernandez' kalte Hand packte sein Gesicht, drückte zu und drehte es.

Im matten Sternenlicht, das zu den hohen Fenstern auf der Galerie hereinfiel, tauchte die Katze im Portal auf.

Klirrer stieß einen schrillen Schrei aus, rollte sich ab und umklammerte dabei den Oberschenkel. Der Meuchelmörder hatte seinerseits ein Messer gezückt und in ihn hineingerammt. Luigi zerrte weiter beharrlich am Gürtel.

»Jesus!«, keuchte Klirrer und sah zu, wie er blutete. »Er muss doch sterben – *irgendwie* muss er sterben!«

Die Katze pirschte heran, während Leone zurückgestoßen wurde und den Griff um den Gürtel lockerte. Klirrer hielt sich die Kreatur mit dem Dolch vom Leib, aber er kam nicht mehr auf die Beine, und die Tempelkatze sprang auf ihn und packte den Dolch mit den kräftigen Kiefern.

»Klirrer!«

Der Schrei kam von der Galerie – Lola und Valentina waren aus einem Durchgang aufgetaucht und Zeugen des blutigen Dramas geworden.

»Leone – *weg da!*«, kreischte Valentina und legte die Armbrust an.

»Verschwindet!«, brüllte Luigi derweil. »Seht ihr nicht, dass wir kämpfen? Seht ihr nicht, was hier passiert?«

Leone brüllte unzusammenhängend, während er das Schwert zog und auf Fernandez einhackte, der sich vom Marmorboden aufzurappeln versuchte. Er schlug ihm erst eine Hand oberhalb des Gelenks ab, dann die andere. Ein Ohr Fernandez' löste sich auf einmal ab und baumelte dann an einem Hautfetzen, während dunkles Blut floss – der wackere LoPresti hatte der Katzenvertrauten ein Ohr abgerissen, und das spiegelte sich am Meuchelmörder wider.

»Stirb, stirb, *stirb!*« Luigi Leone hackte und schlitzte am untoten Feind herum, zerfetzte dessen Körper, bis Fernandez' schnurrbärtiger Kopf in die Ecke hüpfte. Trotzdem weigerte sich das Monster nach wie vor, den Kampf zu beenden.

Eine abgeschlagene Hand kroch von hinten an Leone heran und packte ihn am Fußknöchel. Er brüllte und schüttelte den Fuß wie verrückt.

Valentina sah ihre Öffnung und schoss. Der Bolzen zersplitterte neben der Tempelkatze, die überrascht einen Satz machte und zur Galerie hinauffauchte. Dann wich sie jedoch zur Doppeltür am hinteren Ende des Saals zurück und zog diese mit den Zähnen auf.

Die Einzelteile des zerstückelten Fernandez glitten über den Boden hinweg hinter ihr her. Luigi würgte bei diesem Anblick und hastete auf Händen und Knien zu seinem Freund. Er weinte hemmungslos.

Valentina sah den abscheulichen Schädel unter ihr vorbeigleiten. Sie hatte ihn schon einmal gesehen. In der Wüste. Eine Erinnerung blitzte auf. *Aber wer? Wo?*

Lola kreischte hinter ihr. Valentina drehte sich um und hob abwehrend die Hand, als sie sah, wie der Kopf der anderen Frau von Fingern, die sich in ihren langen schwarzen Haaren festgekrallt hatten, nach hinten gerissen wurde. Lola wehrte sich wie rasend, und der Wygyll-Säugling rutschte ihr aus den Armen.

Valentina fing das schreiende Kind auf und zog gleichzeitig die Pistole. Aber ihr bot sich kein Ziel mehr. Lola war verschwunden.

Valentina erinnerte sich gleich wieder an die Katzen. Lautlose, wieselflinke Mörder. Sie stolperte rückwärts, glitt am Geländer der Galerie entlang, fühlte sich ermutigt von der tödlichen Verheißung der Radschlosspistole. Versuchte das Kind ruhigzustellen. *Es muss hungrig sein*, dachte sie dabei.

Dann wandten sich ihre Gedanken wieder von der Frage des Hungers ab und der eines gewaltsamen Todes zu. Sie rang ihre

Angst nieder und sprach lautlos ein Gebet. Sie hörte Lolas Schreie aus irgendeinem fernen Gemach des magischen Chaos, in das die Burg verwandelt worden war.

Als sie von der Galerie hinabblickte, war auch Leone verschwunden. Und mit ihm die zerstückelte Leiche des Meuchelmörders, den sie glaubte kennen zu müssen.

Achmed saß da, trank den Rest seines Wassers und verfolgte die blitzschnellen kreisenden Bewegungen, mit denen Gonji das *Katana* führte. Nachdem die *Kata* abgeschlossen war, übte der Samurai das blitzschnelle Ziehen des Schwertes in einer erstaunlichen Vielzahl von Varianten, die in erstarrten Posen glitzernder Tödlichkeit endeten.

Mit einem rasanten Manöver, mit beiden Händen ausgeführt, landete das Sagami wieder in der Scheide.

»Das ist einfach lächerlich!«, sagte Gonji missmutig. »Ich wünschte, irgendetwas würde *passieren!*«

»Vielleicht werden die anderen etwas zu berichten haben«, meinte Achmed aufmunternd.

Gonji stieß gereizt die Luft hervor. »Kein Pförtner. Keine Dunkle Kompanie. Das Letzte, was ich von diesem Ort erwartet hätte, ist, hier an Langeweile zu sterben.«

»Sollen wir das Tor ausprobieren?«

Gonji schüttelte den Kopf. »Ich habe genug davon. Gehen wir den Weg zurück, den wir gekommen sind, und sehen nach, ob sonst noch jemand etwas Lohnendes herausgefunden hat.«

Gonji und Achmed verirrten sich auf dem Rückweg und gerieten zufällig in den Bankettsaal, wo sie eine Szene nackten Grauens erwartete. Jedem, den sie antrafen, ging es schlimmer als dem anderen. Sie fanden den übel zugerichteten Cardenas vor und den erkennbar verletzten Simon, der unter einem eilig improvisierten Verband um die Rippen und einem weiteren um den Kopf Blut verlor, da die erschlagene Katze zuvor seine Kopfhaut aufgeschlitzt hatte.

Den schlimmsten Anblick bot jedoch die verwüstete Leiche Klirrer LoPrestis in einer Blutpfütze, die aus den zahlreichen Wunden gespeist wurde, welche ihn in die Dunklen Lande geführt hatten.

Gonji fasste sich in hilflosem Schmerz an den Kopf. »Was ... Die Frauen – habt ihr sie alleingelassen?«

»Sie waren in Sicherheit, als wir sie verließen«, erklärte Cardenas.

»Wir sahen einen ständigen Strom Meuchelmörder hereinmarschieren«, berichtete Simon ungeduldig. »Es schien an der Zeit, etwas dagegen zu unternehmen.«

Sie tauschten das aus, was sie jeweils neu entdeckt hatten, und dann wandte sich Cardenas an sie alle.

»In Ordnung«, sagte er und breitete seine seltsame Karte im Licht der Wachskerze auf dem Boden aus. »In Ordnung, *Señor* Samurai, reden wir jetzt mal über Architektur und Mathematik und vergessen vorläufig alles, was mit Magie zu tun hat. Du wirst dich entsinnen, dass ich dir einst sagte, meine frühen Studien an der Universität hätten sich vor allem um Mathematik gedreht. Ich habe mich an Theorien erinnert – im Grunde alberne geometrische Spielereien; zumindest dachten wir das –, die sich um *Mehrfachstrukturen* drehen ...«

»Mehrfachstrukturen?«

»*Si* – mehrdimensionale Flächen. Jetzt sieh mal ...« Er fummelte einen Satz Spielkarten aus einer Tasche. »Weiß gar nicht, warum ich die behalten habe. Drei Karten fehlen. Vielleicht war es jedoch eine glückliche Fügung. Jetzt sieh her.« Er bastelte ein kleines Kartenhaus und brachte es wieder zum Einsturz. »Wohin sind die Zimmer verschwunden?«

Gonji zuckte die Achseln. »Nirgendwohin. In die hohle Luft ringsherum. Worauf möchtest du hinaus?«

»Der Raum existiert weiterhin. Er wurde durch die umfassenden Flächen definiert. Die Flächen sind ebenfalls weiter vorhanden, aber ihre Konfiguration wurde *eingeklappt*. Hat sich geschlossen. Die Wände, die definierenden Flächen sind jetzt in neuen Dimensionen enthalten. Sie existieren nicht mehr in unserem Raum. Die Räumlichkeiten existieren in einem neuen Kontext. Vielleicht – vielleicht in anderen *Welten*, die es neben unserer eigenen gibt.«

Gonji erinnerte sich an ähnlich bizarre Ausführungen Domingos über alternative Welten. »Red weiter.«

»Diese Burg wurde möglicherweise entsprechend zusammengefaltet. Von unserer Welt aus sieht man nur den kleinen Block auf der Erdoberfläche, wo wir eingedrungen sind. Wir haben jedoch festgestellt, dass in diesem Block tatsächlich eine ganze Festung enthalten ist, deren Mauern und Öffnungen intakt sind. Nur in einem neuen Raum. Seht her, meine Zeichnung – ich habe versucht, die Entfaltung der Flächen so darzustellen, wie unsere Augen sie sehen. Nach dem zu urteilen, was Simon und ich festgestellt haben, *muss* die Verzerrung der Übergänge auch einigermaßen dem entsprechen, was wir erlebt haben.«

»Und wie hilft uns das bei unseren unmittelbaren Problemen?«

»Vielleicht gar nicht, wenn es sich dabei um ein Einzelphänomen handelt. Sollte jedoch zutreffen, was dir die Hexe berichtet hat – dieses System der gleichzeitig bestehenden Welten, eine innerhalb der anderen –, dann kann auch eine Stelle existieren, wo sich alle überlappen, eine Dimension, an die alle anderen angrenzen und von der ausgehend das gesamte System funktioniert. Andernfalls – würde alles einstürzen. Zerstört werden. Ein universeller Kataklysmus.«

Eine Zeit lang blieb es still.

»Was schlägst du vor?«

»Das wir sie suchen.«

»Wo?«

»Im Zentrum, dem Abschlusspunkt der Entfaltung. Ich vermute, dass wir ihn irgendwo in den unteren Bereichen dieser Festung finden. Davon haben wir bislang wenig gesehen.«

»Dann gehen wir jetzt gemeinsam weiter«, sagte Gonji langsam und nachdenklich. »Irgendwie abwärts, denke ich. Ich möchte euch jedoch an unser dringlichstes Anliegen erinnern – zu überleben. Unsere Feinde könnten jetzt überall sein. Wir müssen die anderen suchen. Und die Toten sind vielleicht im Vorteil. Was einer von ihnen weiß, wissen womöglich sie alle. Wer kann das schon sagen?«

»Jetzt sprichst du wieder von Magie«, erinnerte ihn Cardenas lächelnd.

»Magie oder Wissenschaft – irgendwo hängen sie vielleicht zusammen.«

Cardenas zuckte die Achseln. »Zugegeben.«

»Simon, geht es dir gut genug?«, erkundigte sich Gonji ehrlich besorgt.

»*Oui*, wieder mal, was aber ganz gewiss nicht deiner Führung zu verdanken ist.« Dabei lächelte er jedoch. »Das Böse treibt sich um. Machen wir ihm ein Ende.«

»*Hai*. Ich fürchte, meine Freunde, dass kein Pförtner existiert, auch wenn ich anderes versprochen hatte. Wir müssen die Geheimnisse, die uns bewegen, selbst aufdecken.«

»Dann hoffen und beten wir«, setzte Achmed hinzu, »dass dazu frisches Wasser gehört. Und vielleicht sogar ein wenig zu essen.«

»Ihr seid allesamt ehrenvolle Krieger. Tut mir sehr leid, aber ich muss euch um einen weiteren Dienst bitten. Meine Herren – macht eure Waffen bereit!«

ACHTUNDZWANZIGSTES KAPITEL

Valentina hatte sich in der Dunkelheit verirrt. Nasskalt und moderig, erfüllt vom Gestank eines Grabes. Nicht jedoch lautlos wie ein Grab. Etwas huschte an den Wänden entlang, auf der Suche nach ihr.

Sie stieß wütend den Atem aus und kniete sich hin, um ruhiger mit der Pistole zielen zu können, und sie drückte dabei den wimmernden Säugling an sich. Einen Augenblick lang hasste sie das Wygyll-Baby. Was bedeutete es ihr schon? Was scherte sie sich darum? Sie würde es dem Gegner überlassen, wer immer …

Die huschenden Füße kamen näher. Sie drückte das Kind fest an ihre Brust und knurrte wie ein Tier. Dann löste sich das, was von der Welt ihres Verstandes noch übrig war, in weißen Lichtpunkten auf, als die Wand vor ihr von einem Loch verschlungen wurde, das den Lichtern Einlass bot. Die Wand wurde zur Tür in den Himmel eines Schäfers.

Zuerst erblickte sie den sanft ansteigenden Hügel, von deutlichem Grün sogar in der samtigen Dunkelheit unter einem Nachthimmel, der erfüllt war von einer Million strahlender Sterne aus dem Traum eines Dichters. Der Hügel wirkte wie abgeschnitten und endete in unklarer Ferne, ein Holm, der im freien Raum schwebte. Die Bogensteine einer Torruine ragten vor Valentina auf. Über den Scheitelpunkt zog sich eine zerbröckelnde Inschrift:

ET IN ARCADIA EGO

An die Rückseite des Tores gelehnt saß ein junger, hellhäutiger blonder Mann in Kittel, Kniehose und Sandalen.

Er drehte sich um und blickte über die Schulter auf Valentina, und seine Augenlider flatterten vor Überraschung. Er entdeckte die Radschlosspistole.

»Bitte – hier ist kein Ort für Gewalt. Dein Baby weint.«

Valentina zitterte, aber der sanfte Zauber der Friedfertigkeit, der hier herrschte, und etwas im fremdartigen Tonfall des jungen Mannes stimmten sie froh. Die Festung war verschwunden, ersetzt durch die berauschend duftenden Hügel.

»Ich verstehe deine Worte nicht«, sagte sie. »Sprichst du …«

»Ah – kastilisches Spanisch. Die unteren Welten. *Si*, ich spreche es, ebenso wie hundert weitere Sprachen und Dialekte.« Er wiederholte seine ersten Worte für sie.

»Das ist nicht mein Baby. Es ist eine Wygyll.«

»Du benutzt – ein englisches Wort. Du bist eine Menschenfrau. Ich sehe nur wenige …« Er schien einen Augenblick lang in einer privaten Träumerei zu versinken, stand dann auf und kam auf sie zu.

»Ich brauche Wasser«, erklärte Valentina rundheraus. »Das Baby braucht – Milch, vermute ich.«

Er lächelte väterlich. »Und du erwartest, dass ich irgendeine schmutzige Karaffe zum Vorschein bringe. Und eine – Kuh?« Er legte sich die Hände erst auf die Brust und führte dann eine Folge von Handbewegungen in Augenhöhe aus. Als Erstes wurde das Rauschen von Wasser vernehmbar; dann öffneten sich zwei Portale vor ihm in der Luft und boten wie durch Fenster Aussicht auf die friedlichen Flüsse zweier Welten. In einem strömte sprudelndes Wasser, in dem anderen eine dickere weiße Flüssigkeit.

Er lächelte mit der Miene eines Menschen, der auf naives Staunen reagiert, und sagte: »Ja, Nahrung für das Kind.«

»Bist du der Pförtner – oder ein Engel?«

»Vielleicht etwas dazwischen. Nenne es Zauberei. Eine andere Erklärung existiert für dein Begriffsvermögen nicht. Du musst eine Möglichkeit finden, die Milch durchzuseihen … Du erwartest doch wohl nicht von mir, das Kind zu stillen, oder? Und bitte halte es nicht so dicht an mich heran. Ich spüre seinen Kummer. Ich bin emphatisch.« Er entfernte sich ein Stück weit und blickte zu den Sternen hinauf.

Valentina stillte erst den eigenen Durst und benutzte dann das sauberste Stück ihres Kaftans, um die milchige Flüssigkeit für das Wygyll-Baby zu seihen. Die Putte saugte die Flüssigkeit heiter ein.

»Wenn du seinen Kummer spürst«, rief sie dem Pförtner nach, »warum rufst du dann nicht jemanden herbei, der es versorgt? *Ich* kann das nicht.«

»Du hast ja keine Ahnung, was du da von mir verlangst. Ich muss jede Mitwirkung meiden wie andere den Tod. Wie hast du dieses Kind gefunden?« Und sie erzählte davon, aber er verlor gleich wieder das Interesse, als hätte er gar nicht gefragt. Dann sagte er: »Komm und sieh dir das an – die Konfiguration des Sonnenuntergangs für mehrere erleuchtete Sphären. Ich habe das schon länger, als ich zurückdenken kann, nicht mehr in Gesellschaft erlebt.«

Erneut bewegte er die Hände, und Valentina rang nach Luft, als sie den gewaltigen Regenbogeneffekt erblickte, den er heraufbeschworen hatte, denn es schien, als verfolgte sie den Untergang zahlloser Sonnen über den vielfarbigen Horizonten von Welten voller Pracht und Schönheit.

»All dies vermagst du hervorzurufen«, sagte sie ehrfürchtig, während sie das Wygyll-Baby im weichen Gras ablegte. »Hast du uns zugesehen, als wären wir Käfer, die sterbend im Netz einer Spinne zappeln?« Ihre Stimme zitterte.

»Nein. Ich weiß nicht, wovon du sprichst. Ich empfinde nicht das geringste Interesse an den Kämpfen und Mühen, wie die Torheit des Menschen sie mit sich bringen.«

Aber er zeigte doch Interesse. An ihr. Und ob er nun Mensch oder Gott war, er wies Schwächen auf, mit denen sie wohlvertraut war. Sie nahm eine resolute, aber entgegenkommende Haltung ein, als sie jetzt an seine Seite trat.

»Trotzdem hast du mich gerettet, und ich kann nur Mutmaßungen anstellen, was dich dazu bewogen hat.«

»Es war ein Fehler«, sagte er angespannt. »Ich bin weiter in die Schlüssel hinausgewandert, als ich es je hätte wagen dürfen. Ich spürte dein Entsetzen.«

»Ich bin wirklich dankbar«, sagte sie und verschränkte die Arme unterhalb der Brüste. »Aber ich weiß, dass ein Sterblicher einem Engel, der ihn besucht, nichts anzubieten hat, um seine Dankbarkeit zu beweisen. Ich wäre dort unten ums Leben gekommen, wärest du nicht erschienen. Wie lautet dein Name?«

»Shem«, sagte er schlicht.

»Ich bin Valentina de Corsia. Bist du ein Mann wie andere Männer?«

»Sieh mal, die Blitze auf Andelaara drei«, sagte er und zeigte ihr die Stelle. Als er jedoch sah, dass sie ihn anstarrte, antwortete er ihr. »In den meisten Dingen wie andere Männer. Ich bin ein Erkunder. Ein ... Priester, könntest du uns nennen. Angehöriger eines altehrwürdigen Ordens, eines geheimen Ordens von Adepten, die allein in der Lage sind, die Sphären zu erkennen und sich an der Fülle Arkadiens zu erfreuen. Oder dem, was der Mensch in seinem Stolz und seiner Habgier daraus gemacht hat.« Die letzten Worte klangen bitter.

»Arkadien?«, staunte sie laut. »Davon habe ich gehört. Spricht nicht die Inschrift auf deinem Gewölbe davon?«

»Du sprichst davon, wie es alle Menschen tun, als wäre es eine Handvoll Erde, für die man seinen Mitmenschen niedermetzeln kann. *Alles* ist Arkadien. Arkadien umfasst alles, was der Gott-Architekt in Seiner Weisheit erschaffen hat. Zertrümmert nun. Verstreut. Unwiederbringlich.«

Sie spürte, wie ihr der Einfluss auf ihn entglitt, versuchte eine neue Richtung einzuschlagen, ohne recht zu wissen, worauf sie abzielte, wohl aber ahnend, dass eine unvorstellbare Macht durch diesen seltsamen jungen Mann strömte. Nachdem Zurückhaltung sie nicht zum Ziel geführt hatte, nachdem er sich vielmehr in eine Schale des Unbehagens und sexueller Nervosität zurückgezogen hatte, versuchte sie es mit jenem derberen Ansatz, der so häufig Gelehrte der Akademien in ihren Bann gezogen hatte, erfüllt vom unvermittelten Bedürfnis, etwas aus ihrem großen Wissensschatz weiterzugeben.

»Mist! All diese Macht, über die du gebietest – und du nutzt sie nur dazu, dir mit Visionen von Sonnenuntergängen zu schmeicheln! Als ob irgendein Mensch wagen könnte, sie sein Eigen zu nennen.«

Er erstarrte, schien etwas sagen zu wollen, schwieg jedoch. Valentina fühlte sich, als schritte sie über Schlangen hinweg, aber sie fuhr fort: »Du sagst, du hättest *mein* Grauen wahrgenommen. Hast du niemals das Entsetzen einer Million Menschen wie mir gespürt, die in irgendeiner höllischen Finsternis am Boden krochen? Zur Beute jedwedes Bösen geworden, das es gelüstet zu ... *Sieh* mich gefälligst an, wenn ich mit dir rede! *Wende dich nicht von mir ab!*«

»Du machst mich wütend«, sagte er in einem Ton, als hätte sie ihm nicht wiedergutzumachenden Schaden zugefügt. »Verlasse mich!«

»Schickst du mich in jenes Verlies zurück? Und das Kind? Denk doch nur an die leidenden Seelen, die du vielleicht von ihrer Pein befreien könntest – die kleinen Kinder wie dieses hier, die schon gestorben sind, weil ihnen dein magischer Fluss verwehrt blieb ... Gottverdammt, wie kannst du nur wagen, *über solche Macht zu gebieten?*«

Sie brach in Tränen aus, Tränen des Zorns, die jeden Gedanken an Listigkeit wegspülten. Sie fühlte sich wieder wie ein

Kind, ein einsames Kind, nicht fähig, die Schläge einer brutalen Welt einzustecken. Ein Ausdruck des Mitgefühls zeigte sich in Shems Gesicht. Er zuckte leicht zusammen, als er Valentinas Wange berührte und eine Träne zwischen den Fingern zerrieb, nachdem er sie eingehend betrachtet hatte.

»Du musst verstehen: unser vorrangiger Schwur lautet, auf jede Einmischung in die Machtkämpfe der Sphären zu verzichten. Wir sehen nur zu, versuchen die Schlüssel umzugruppieren, sie zu reparieren, die ursprüngliche Konstruktion des Architekten wiederherzustellen. Einst benutzten alle Lebewesen die Durchgänge ungehindert. Arkadien bedeutete allen Lebewesen alles. Perfektion. Endlose Fülle. Dann kam es zu einer gewaltigen Umwälzung. Jemand raubte, vom Stolz getrieben, das Geheimnis, nahm es in seinen Besitz. Und es war damit der Schöpfung entzogen. Zum Zeichen der Hoffnung verleiht der Architekt jedoch einigen Wenigen im Schlaf die Macht über die Tore. Allerdings ist es verboten, sich in die Belange Einzelner einzumischen. Aus gutem Grund. Es wäre sinnlos und unerträglich, im Lichte des überwältigenden Chaos, das den Sphären der Existenz zusetzt, einzelne Übel zu beheben. Jemand muss es hier vor Äonen versucht haben, als sie diese Festung zur Verknüpfung hervorstechender Übergänge errichteten. Ihr Wunsch war es, mit Hilfe der Durchgänge, die über diese Zwingburg erreichbar waren, zahlreiche Sphären zu beherrschen. Die Folge hast du selbst gesehen. Wir nennen das einen – örtlichen Entropieeffekt. Es tut mir leid, aber ich kann einfach nicht helfend in diese ...«

»Aber das hast du schon«, wandte Valentina ein. »Du hast mich gerettet. *Und* das Kind. Und jeder große Akt der Güte beginnt mit einem kleinen Schritt.« Sie wischte sich die Tränen ab. »Wenn du nicht hilfst, dann schicke mich zu meinen Freunden zurück, um mit ihnen zu sterben. Rette nur den Wygyll-Säugling. Ihre Mutter schenkte ihm das Leben für – irgendetwas.«

Er starrte sie einen Augenblick lang an, die Lippen gespitzt. Indem er erneut die Hände bewegte, öffnete er ein Tor zu der Verknüpfung von Welten, aus der er sie geholt hatte, und zeigte ihre eine Aufsicht von der Festung der Toten. Öffnete und erweiterte sie zu einer bizarren Figur aus dürftig verbundenen Blöcken, die sich nicht in irgendeinem einzelnen räumlichen Bezug selbst tragen konnten. Winzige Gestalten liefen darin herum, und Valentina holte zischend Luft, als sie das sah.

»Gib acht«, sagte er, fuhr mit den Händen über die Konstruktion und ordnete sie zu einer erkennbaren Form um. »Sieh nur, wie unbedeutend sie aus dieser Perspektive wirkt.«

Und tatsächlich empfand sie so etwas wie einen Rausch. Einen Augenblick lang war sie eine Göttin, die eine winzige Burg in ihrem Besitz betrachtete.

In der Festung stellten die Suchenden fest, dass der normale Raum wieder existierte. Auf unergründliche Weise war die Magie verschwunden.

»Jetzt sind wir im Vorteil«, erklärte Gonji den anderen und knirschte dabei mit den Zähnen.

Valentina schluckte und riss sich zusammen. »Die Toten verfolgen uns. Töten unsere Leute. Kennst du dich damit aus? Kannst du mir *irgendetwas* sagen, das vielleicht hilft?«

»Aufhebung der Zeit«, sagte er nur. »Mehr kann ich nicht erklären, aber ja, es ist möglich, etwas gegen sie zu unternehmen.« Einen Augenblick lang schien er sich ganz in die Betrachtung der Burg zu vertiefen. Dann sagte er: »Hast du – einen Liebhaber unter diesen Verlorenen?«

Sie war verblüfft, ihn plötzlich so freimütig zu erleben, und als Shem ihr Gesicht sah, wurde er rot und wusste nur zu gut, dass er ihr seine Seele offen gelegt hatte. Er reagierte mit Verlegenheit und Unbehagen. »Es tut mir leid, ich ...«

»Nein, ist schon in Ordnung. Nein, es ist komisch, siehst du. Ich – bin in Gesellschaft der besten Freunde, die ich je hatte. Menschen, für die ich sterben würde. Keinen von ihnen würde ich jedoch meinen Liebhaber nennen, obwohl ich viele Männer, die ich niemals Freunde genannt hätte, als Liebhaber anredete.« Sie lachte über diese merkwürdige Ironie, die ihr gerade bewusst geworden war. »Ich dachte eben noch, ich würde *dir* mein Fleisch anbieten, falls es hilfreich wäre.« Sie runzelte die Stirn angesichts der eigenen Offenheit. »Aber nein, ich hätte es nicht getan. Irgendwie habe ich mich verändert. Und ich – ich leide an einer Krankheit.«

Shem trat auf sie zu. Er ergriff ihre Hand. Verstehen leuchtete in seinen tiefblauen Augen. »Du wurdest beschmutzt, mehr nicht.«

Valentina riss die Augen auf. Sie spürte eine Verlegenheit über diese Worte, dass sie am liebsten geflüchtet wäre. Sie wich zurück, aber Shem fasste erneut nach ihrer Hand.

»Komm mit mir. Das Kind schläft. Hier kann ihm kein Leid widerfahren. Dies ist das Gewölbe des Gott-Architekten persönlich. Die Legende erzählt, dass es das erste war, welches Er baute. Die Inschrift lautete ursprünglich: *Et in Arcadia Ego Sum* – ›Und in Arkadien *bin* ich.‹ Ich zeige dir noch ein anderes.«

Sie begleitete ihn willig, geführt von dem sanften Bann, den er ausübte. Sie wanderten eine Zeit lang durch die Hügellandschaft und durchquerten zwei Übergänge, wobei er ihr befahl, die Augen zu schließen, damit sie nicht Dinge erblickte, die besser verborgen blieben. Sie beherrschte ihre beiläufige Neugier zugunsten jener, die dem eigentlichen Ziel galt.

Als sie das zweite Gewölbe erreichten, das unbeschädigt war, übersetzte er ihr die Inschrift: *Und in Arkadien heile ich.*

»*Elixir vitae*«, sagte Shem und deutete mit ausholender Geste auf den üppigen Garten, der sich vor einem kristallklaren Wasserfall erstreckte. »Heilmittel gegen alle Leiden.«

Er pflückte eine gelbe Blüte und legte sie auf eine Schnittwunde an Valentinas Arm. Valentina spürte ein Kribbeln, und die Wundränder schrumpften und schlossen sich. Shem zog die erstaunte Frau zu einer moosbewachsenen Böschung und zeigte ihr dort etwas.

»Das grün-blaue Gewächs. Ein Pilz. Drei Formen der Anwendung, orientiert an den Sonnen dieser Sphäre. Zuerst atmest du seine Dämpfe lange genug ein, um in Schlaf zu sinken. Am zweiten Tag trinkst du eine kleine Menge des Destillats. Am dritten Tag fastest du, und bei Einbruch der Nacht gönnst du dir etwas davon roh, aber nicht mehr, als auf die Handfläche passt. Und anschließend bist du gereinigt.«

Sie war wie vom Donner gerührt über die schlichte Eloquenz seiner Rettung verheißenden Worte.

»Es ist Abend. Möchtest du in dieser Nacht hier schlafen?«

Und jetzt zitterte Valentina, denn der Gedanke an ihre Krankheit hatte in ihrem von Schuldgefühlen durchsetzten Gedächtnis etwas freigelegt.

Sie erinnerte sich an das Gesicht – die Berührung – den schwitzenden Griff, der so vielen anderen glich, die sie erlebt hatte. Dieselbe Rüpelhaftigkeit, dieselben Prahlereien. Wieder mal das Exemplar einer Männlichkeit, die Valentina auf die Art und Weise zu benutzen bestrebt war, wie er glaubte, dass sie zu benutzen war. Sie erinnerte sich an alles, außer an den Namen *Fernandez*. Und sie wusste, was sie tun musste.

»Shem«, sagte sie und rang dabei um Selbstbeherrschung, »Shem, du musst mich zu meinen Freunden zurückschicken. Auf mich wartet noch – eine unvollendete Aufgabe.«

»Nein. Ich sagte dir schon, dass diese Menschen verdammt sind. Du kannst nicht dorthin zurückkehren.«

»Aber *warum* nicht?« Ihre Augen waren groß vor Sorge.

»Weil sich die Portale dort schließen. Diese Festung faltet sich in ihr Zentrum zurück. Alle darin werden das Schicksal jener Pfuscher teilen, die sie konstruiert haben.«

»Was meinst du damit?«

»Sie werden zusammengedrückt – darin *zermalmt.*«

»Shem – *du musst etwas tun!*«

NEUNUNDZWANZIGSTES KAPITEL

Sie standen nackt vor einem Kosmos, der sie verspottete.

Für die, die sich in der Festung der Toten bewegten, für *Wunderritter* und Meuchelmörder gleichermaßen, hatte es den Anschein, als wären sie von der Laune einer unberechenbaren Gottheit durchgerüttelt worden, als wäre ihr Kampfschauplatz in Stücke gerissen worden, sodass sie jetzt voller Ehrfurcht auf Brocken fliegender Trümmer standen und durch eine gewaltige Ätherarena trieben.

Gerade als es den Anschein gehabt hatte, normale Verhältnisse würden wiederhergestellt, erfolgte ein heftiger Ruck und riss alle von den Beinen. Als sie aufs Neue zu sich kamen, fanden sie sich in einer schimmernden Leere wieder, durch die sie auf fünfzehn Meter langen Trümmern der explodierten Burg schwebten. Die schartigen Stücke trieben langsam auf geradlinigen Bahnen – vertikal, horizontal oder im schiefen Winkel – aneinander vorbei, bis jede den Rand der von Nebel umhüllten Sphäre erreichte. Wenn sie die Barriere durchquerten, fühlte sich jeder kurz orientierungslos, bis er schließlich erkannte, dass er von Neuem unerbittlich dem alten Kurs vom anderen Ende her folgte.

Jede weitere Durchquerung führte die Trümmer von Burghöfen, Mauern oder Tourellen näher an die Übrigen heran als beim vorherigen Male. Und dichter ans Zentrum der Sphäre.

Eine Zeit lang war jeder Gedanke an einen Kampf geschwunden.

Gonji stand, die Schwerter auf dem Rücken, den wieder aufgehobenen Bogen schlaff in einer Hand, auf einem Brocken des mittleren Burghofes und blickte von dorthinaus; an einer Seite begrenzte noch ein abgeschnittenes Teil der hohen inneren Türme des Haupttorhauses dieses Trümmerstück. Er betrachtete das unglaubliche Phänomen weniger mit einem Gefühl des Unheils als vielmehr mit Staunen. Er erblickte Gestalten auf den abgetrennten Himmelsfahrzeugen, aber keine davon schien nahe genug für einen Kampf, ganz zu schweigen davon, dass er Freund und Feind von hier aus hätte unterscheiden können. Sein Trümmerstück folgte einer kurzen Bogenbahn von der umhüllenden Sphäre aus, und diese Bahn verlängerte sich bei jedem Durchgang ein Stück weit, während sie sich dem Zentrum näherte.

Bald sah er, was geschah, wenn ein Fragment den exakten Mittelpunkt der Sphäre erreichte: Es löste sich in nichts auf, als würde es in einen unsichtbaren verzehrenden Schlund hineingeschoben.

Dann entdeckte er zwei Gestalten, deren Fragment einer horizontalen Bahn unweit des Zentrums folgte und die panisch auf dem Dach der Backstube herumrannten. Er erkannte zuerst Simon und stellte dann fest, dass Cardenas bei ihm war. Sie hatten die Gefahr erkannt, in der sie schwebten, und suchten hektisch nach einem Ausweg. Gonji konnte über mehrere hundert Meter Distanz nur hilflos zusehen.

Er sah, wie Simon auf ein anderes Fragment hinabsprang, als dieses Stück eines Marmorfußbodens unter ihm vorbeitrieb. Cardenas verlor die Nerven und wartete bis zum nächsten quälend langsamen Vorbeiflug, um dann sieben Meter tief hinabzuspringen. Dabei verfehlte er beinahe die Sektion des Bankettsaals, und Simon packte ihn unweit der Kante und zog ihn auf das Fragment in Sicherheit.

In diesem Augenblick zersplitterte ein Armbrustbolzen an der Mauer hinter dem Samurai. Gonji blickte suchend in die Tiefe – Kleinhenz lud auf seinem Trümmerstück aus Küche und Vorratskammern die Waffe nach.

»Keine Hand ist ruhiger als die eines Toten«, spottete Gonji, legte an und jagte Kleinhenz einen Pfeil in die Brust.

Kein Waffenstillstand mit den Untoten war möglich, nicht mal unter diesen Umständen, die für beide Seiten tödlich waren.

Kleinhenz durchquerte die Barriere und tauchte mit seinem Fragment weit über Gonji wieder auf, sodass er eine gute Deckung hatte. Gonji blickte zu der Stelle zurück, wo Simon und Cardenas neben Klirrers Leiche hockten. Das Fragment, das sie zuvor aufgegeben hatten, verschwand jetzt im tödlichen Zentrum der Arena aus dem Blickfeld aller. Die zerbrochene Wand eines anderen Gemaches sank an Gonji vorbei. Auf dem Fußboden lag die Leiche Nassim Patels, dessen Kopf nur noch eine grausige Ruine war.

Luigi Leone hatte sich kurz vor der Ausfaltung der Burg mit dem grausamen Ottef Abu-Nissar konfrontiert gesehen. Als er wieder zu sich kam, blickte er mit seinem gesunden Auge entsetzt zwischen den erstaunlichen Umständen und dem seltsam untätigen Gegner hin und her. Abu-Nissars Katze hatte sich zu weit von dem Meuchelmörder entfernt und hockte jetzt auf einem anderen Fragment: der zinnenbewehrten Scheibe einer Tourellespitze unter ihnen.

Abu-Nissar lag reglos da, und der zitternde Leone zog das Schwert und machte sich daran, die reglose Gestalt zu zerhacken.

Buey trieb vorbei und orientierte sich gerade. Er befand sich auf der umgedrehten Decke eines Schlafgemaches, umgeben von den Glassplittern eines Kronleuchters.

»Häng ihn auf, Leone!«, schrie Buey herüber. »Erwürg ihn!«

Achmed Il-Mohar kam die Treppe des zentralen Bergfrieds herabgestiegen, etwa zwanzig Meter rechts oberhalb der rechtwinkligen Wand des Burghofs, wo Leone rasend auf Abu-Nissar herumhackte.

»Nein, er muss gehängt werden!«, brüllte der Moriske durch den Äther, während er sich vorsichtig der schartigen Abbruchkante der Treppe näherte und sich hastig zurückzog, als er den bodenlosen Abgrund darunter erblickte. Seine Flugbahn führte ihn dichter an Leone heran, aber als er dessen Fragment passierte, vergaß er die Szene über sich und dachte nur noch an den heranrückenden Tod.

Feldwebel Orozco glaubte sich in einem Albtraum gefangen. Er kam wieder zu sich, der Kopf mit Blut verkrustet, alle Gelenke noch vom Sturz her schmerzend. Er befand sich in einem jetzt offen stehenden Verlies, der leicht schräg hing, sodass der Abgrund zu Orozco heraufgähnte. Der Feldwebel kämpfte gegen das nervöse Zittern an und blickte sich um. Er sah ein flacheres, breiteres Stück Land, aus dem Mauersteine ragten, von unten emporsteigen. Er musste jedoch weit in die Leere *hinausspringen*, um es zu erreichen. Schnell, ehe die Gelegenheit verstrich ...

Er sprang und landete schwer zwischen den Grabsteinen des Friedhofs, der das Gelände hinter der Barbakane belegt hatte.

Schwer atmend und mit heftig klopfendem Herzen sah er Wiemer, der auf einem seltsam geneigten Stück der Bankettsaalgalerie Lola im Klammergriff um den Hals hielt. Orozco, der trotz aller physischen Beweise immer noch nicht an diese seltsame Umgebung glauben konnte, rieb sich die Augen und legte die Pistole an.

Er musste es riskieren. Die Frau war wahrscheinlich ohnehin verloren. Und wieso auch nicht? Nichts von all dem hier war real. Er beruhigte die Hand in ihrer Position über einem Grabstein. *Klack*. Die Pistole war leer. Vage erinnerte er sich daran, dass er zuvor damit geschossen hatte.

Es war kein Traum. Sein Verstand lehnte sich heftig gegen diese Feststellung auf. Alles war jedoch nur allzu wirklich.

Er entdeckte Cardenas auf dem Boden des Bankettsaals. Sah die wölfische Gestalt des Simon Sardonis über ein schwebendes Stück der Außenmauer springen und einer Tempelkatze sowie deren Meuchelmörder mehrere Fragmente weiter nachsetzen.

Orozco schüttelte den Kopf und leckte sich die ausgedörrten Lippen.

»Cardenas!«, heulte er, als er sah, dass der Mann eine Pistole hob. »*Den* dort, Cardenas! Erschieß *den* da!«

Und dann verlor er Wiemer und Lola aus dem Blickfeld, und die Frau schrie auf, als sie erneut an den Haaren nach hinten gerissen wurde.

Cardenas blickte zu dem Stück Galerie hinauf, das herantrieb und die Bahn des zerbrochenen Bankettsaals kreuzen würde. Von fern hörte er Orozcos Rufe und wünschte sich, man würde ihn allein sterben lassen, denn er machte sich nichts aus diesen Menschen, die ihn gewaltsam verschleppt und seiner Familie entrissen hatten.

In seiner Bitterkeit sehnte er sich jedoch inbrünstig danach, etwas oder jemanden in diesem grotesken Albtraum anzugreifen. Da konnte es genauso gut einer der untoten Meuchelmörder sein. Er zielte.

Dann sah er, dass Wiemer Lola als Schild benutzte, und Sorge um diese Frau bewegte ihn. Er zitterte so stark, dass er keinen Schuss riskieren konnte. Sie trieben vorbei, und Wiemer stieß sein ruchloses Gelächter hervor, als er sah, dass Cardenas nicht schießen würde.

Der Advokat fluchte und sah dann zwei tödliche Dinge: Abu-Nissars scharrende Tempelkatze näherte sich ihrem leblosen Schützling auf einer Bahn, die sie bald in Cardenas' Schussweite führte. Und der Bankettsaal würde bald das verschlingende

Zentrum der Sphäre durchqueren und Cardenas und Klirrer LoPrestis Leiche mitnehmen.

Er stürmte durch den ungleichmäßig abgebrochenen Saalrest und sah das Dach des Getreidespeichers emporsteigen. Er brüllte ein Gebet um Errettung, warf sich auf das Reetdach und brach teilweise ein. Allerdings war er vorläufig vor dem Zentrum gerettet.

Er durchquerte die Nebelbarriere, fand sich danach für lange Zeit auf einem steigenden Kurs wieder, sah Fernandez Armbrustschüsse mit einem verborgenen Schützen wechseln. Dann sank die Galerie zu ihm herab, jetzt in größerem Abstand als zuvor. Er hörte Rufe, und irgendwo hinter ihm fiel ein Schuss.

Orozco trieb auf der anderen Seite des Galerieabschnitts an ihm vorbei. Er sah, wie der Feldwebel zielte und schoss und dann fluchte. Er hatte das Ziel verfehlt. Wiemer drehte sich wieder zu Cardenas um, hielt Lola dabei ein Messer an den Hals und suchte das Bankettsaalfragment nach dem Advokaten ab. Dieser bemerkte, wie beunruhigt der Mörder auf sein Fehlen reagierte. Er lachte innerlich. Er hatte ihn hereingelegt.

Dann erblickte er jedoch die auf ihn herabstürzende Tempelkatze, die wie eine Fledermaus mit ausgebreiteten Gliedern zu ihm herabsegelte. Und er sah Lola reagieren, sich aus Wiemers Griff winden und auf den Boden der Galerie werfen. Wiemer knurrte und griff sie mit dem Messer an.

Cardenas traf seine Entscheidung. Er packte die Pistole mit beiden Händen und feuerte im Vorbeiflug im selben Augenblick, in dem Wiemer erschrocken Cardenas' neue Position bemerkte. Der Meuchelmörder wurde an die Wand der Galerie geschleudert.

Dann landete die Katze krachend auf dem Dach des Kornspeichers, schüttelte sich und ging grimmig auf ihn los. Cardenas hob den Dolch hoch und erwartete den Angriff. Sie riss ihn jedoch um und erreichte das schutzlose Fleisch der Kehle.

Achmed und die Tempelkatze erreichten zur gleichen Zeit die auf die Seite gekippte Sektion der äußeren Burgmauer. Leone und der Moriske hielten das Tier mit den Schwertern in Schach. Keiner von ihnen hatte noch eine Pistole. Und Abu-Nissar war erneut belebt worden, rappelte sich hinter ihnen auf und zischte in makabrer Schadenfreude. Seine Vertraute hatte ihn erneut zu frevelhaftem Dasein erweckt.

»Greift den Mörder an, *Señor*«, sagte Achmed. »Ich befasse mich mit dieser Kreatur hier.«

»Er ist zu schnell«, sagte Leone. »Außerdem habe ich ohnehin keinen Strick. Wir müssen die Katze töten.«

Sie attackierten abwechselnd die Tempelkatze, aber ihre zaghaften Angriffe erreichten die geschmeidige Kreatur entweder gar nicht oder sie wich ihnen aus, auch wenn der lange Sturz vom Kornspeicher zur Außenmauer sie verletzt hatte. Ihr Humpeln spiegelte sich in Abu-Nissar wider, der sich den beiden jedoch trotzdem näherte und dabei das Krummschwert bedrohlich von einer Hand in dic andere warf.

Luigi holte mehrfach schnell Luft, raffte seinen Mut zusammen, warf jede Vernunft über Bord und versuchte, der Katze aus einem Sprung heraus einen Tritt zu versetzen – eine verrückte Verzweiflungstat, die er seinen toten Freund Klirrer häufig ausführen gesehen hatte. Die Katze wich jedoch der heranwirbelnden Gestalt und deren blitzendem Schwert aus. Luigi stürzte beinahe von der Mauer herunter, als der Schwung ihn zwischen zwei Zinnen schleuderte, wo sich seinem Blick ein bodenloser Abgrund darbot.

Mit lautem Gebrüll sprang Buey vom vorbeitreibenden Schlafgemach herüber. Er ruderte dabei wie eine Windmühle mit den Armen und landete hinter dem heranpirschenden Abu-Nissar. Die Tempelkatze knurrte und sprang ihn an, während er unter der Wucht des Aufpralls auf dem Hinterteil landete. Der große Mann schüttelte benommen den Kopf, erholte sich aber schnell genug, um die Katze mit dem Säbel und dem eingerollten Seil abzuwehren.

Achmed tauchte neben ihm auf und griff ebenfalls die Katze an. Sie wendete sich kurz mal dem einen, mal dem anderen Gegner zu, und entschied sich dann zu einem Angriff auf Achmed. Sie schleuderte ihn nach hinten und versuchte, die Krallen in ihn zu graben. Das Schwert des schreienden Morisken hieb jedoch das zupackende Maul zur Seite, und eine Sekunde später stürmte Luigi Leone mit wildem Gebrüll heran. Sein gesundes Auge brannte vor Wut, während er zuschlug und die balgende Katze knapp verfehlte, aber trotzdem Achmed das Leben rettete.

Der vor Zorn mit den Zähnen knirschende Buey bemerkte nicht einmal, dass Kleinhenz aus erhöhter Position in der Nähe mit der Armbrust auf ihn schoss und der Bolzen klappernd in den Ruinen des Mauergangs landete. Der bullige Ulan vergaß seinen Strick, als er Abu-Nissar das Krummschwert aus der Hand hieb und dann dem Schlächter von Oran einen mächtigen Hieb an die Kehle versetzte.

»Häng ihn! Um Gottes willen, häng ihn!«, brüllte Luigi.

Buey ließ jedoch das eigene Schwert fallen, brach Abu-Nissars Griff um sein Handgelenk, packte den Mörder von hinten mit kräftigem Unterarm um den Hals und drückte und zermalmte ihn. Die Augen traten ihm vor Hass hervor, und er brüllte dem zappelnden Meuchelmörder die Namen von Freunden in die Ohren, die der Ulan an diese Grabesbezwinger verloren hatte.

»Du bist kein Problem, was, *Hombre?*«, knirschte er, während er immer fester zudrückte und seine mächtigen Muskeln jetzt die Wirkung des vergessenen Stricks nachahmten. »Das ist einer meiner besonderen Griffe – für das, was du dem kleinen Pa-*tel* angetan hast!«

Mit mächtigem Ruck und Übelkeit erregendem Knacken, bei dem sowohl Luigi als auch Achmed zusammenzuckten, brach

Buey dem Araber das Genick. Er hielt den Griff noch lange danach, gelähmt von Abscheu, und wünschte sich, er könnte diesen Augenblick wieder und immer wieder erleben. Noch lange, nachdem die Tempelkatze in dünnen Fäden schwarzen Nebels aufgegangen war, wahrte Buey den Todesgriff, als fürchtete er, der Meuchelmörder könnte sogleich zurückkehren.

Orozco sah Kleinhenz die Armbrust auf Buey abschießen und zuckte zusammen, als er sah, wie knapp der Bolzen es versäumte, Orozcos Freund zu durchbohren. Während er sich enttäuscht die Handflächen rieb, sah er Kleinhenz in seiner Umfassung aus Vorratskammern in sichere Gefilde davontreiben, und er fragte sich, wie viele Meuchelmörder noch übrig waren. Er sah den seltsam veränderten Simon Sardonis mit übermenschlichen Sprüngen von einer der umherschwebenden Ruinen zur anderen setzen in dem vergeblichen Bemühen, die verbliebenen Katzen zu erreichen. Simon verlor dabei Klcidung und Verbandsstreifen und erinnerte damit an eine Erscheinung aus einem frisch aufgebrochenen Grab.

Orozco küsste seine Radschlosspistole und betete um ein erreichbares Ziel, als er von Neuem die ätherische Barriere aus leuchtendem Nebel durchquerte und auf der anderen Seite die Fragmente näher kommen sah, die er gerade zurückgelassen hatte.

Immer und immer wieder im Kreis, ging ihm wahllos durch den Kopf. *Wir segeln geradeaus und fahren im Kreis . . .*

Er hörte, wie über ihm Gonji etwas rief, und versuchte einen Kontakt herzustellen, aber es gelang ihm nicht. Sah den bösen Duellanten Polidori in größerer Entfernung auf einer Tourelle posieren wie ein Eroberer.

Vage wurde sich Feldwebel Orozco der Tatsache bewusst, dass er näher ans Zentrum dieses verwirrenden Schachspiels trieb und seine Figur somit vom Brett gefegt zu werden drohte.

Stirb wie ein Mann, wie ein Soldat – für deinen Gott und deinen König – na ja, jedenfalls für Gott ...

Er schluckte trocken und hob die Pistole, als er die Küchen herabsinken und wieder in seine Reichweite kommen sah. *Vielleicht ein Schuss auf die gottverdammte Katze. Vielleicht nicht.*

Die Mauer mit Buey, Achmed und Luigi Leone würde eher als er an dem Mörder vorbeigleiten. Vielleicht lenkten sie Kleinhenz ab. Oder die Katze. Orozco zog die Brauen hoch, als er sah, wie nahe sich die beiden schwebenden Brocken kamen und bei diesem Durchgang beinahe zusammenstießen.

Er sah Buey aus der Deckung springen, ein eingerolltes Seil in der Hand, und auf dem Küchenfragment landen, während jemand ihm aus einer krachenden, qualmenden Pistole Feuerschutz gab.

Er hörte den Kampf, das Fauchen der Katze. Seine Nerven waren zum Zerreißen gespannt, während er angestrengt Ausschau hielt und die Vorratskammern zu ihm herabsanken.

Die Katze hockte auf Bueys Buckel und kratzte und riss, während der große Mann brüllte und mit aller Kraft den Strick zuzog, den er Kleinhenz um den Hals geschlungen hatte.

Bueys Gesicht war auf der linken Wange aufgerissen, und der dicke Unterarm klemmte im Maul der Tempelkatze, als er auf Orozcos Seite zwischen den Vorratskammern stürzte.

»Carlos!«, schrie er heiser und warf das Ende des Stricks zum Feldwebel herüber. Einen Augenblick lang sah Orozco das Seil abrutschen. Dann griff er ins Nichts der ätherischen Arena hinaus und packte den Hanfstrick einen knappen Fuß vor dessen Ende.

Er warf sich nach hinten. Kleinhenz zerrte seinerseits heftiger am Strick, entschlossen, nicht wieder in das Grab zu sinken, das er sich mit seiner Unmenschlichkeit eingehandelt hatte. Orozco verlor mit den Füßen jeden Halt und rutschte auf den Rand des Friedhofs zu. Mit dem von einer Schusswunde geschwächten

Bein verhakte er sich fluchend an einem Grabstein und zog und zerrte, bis ihm die Hände bluteten. Er spürte, wie die Seilspannung nachließ, als Kleinhenz stolperte, und schlang sich das Seil verzweifelt um den Arm. Er sank auf die Knie und wickelte es um den Grabstein, während der Meuchelmörder kräftig zerrte, sodass ein Arm des Feldwebels in die Schlaufe geriet. Orozco ächzte und stellte sich, das Gesicht an den Grabstein gedrückt, dem erneuten heftigen Zug.

Kleinhenz wurde von seinem Keil aus Gestein und Holz gerissen und baumelte im Äther. Orozco befreite seinen gefesselten Arm und band den Strick eilig fest. Dann schlich er vorsichtig an die Brüstung. Kleinhenz kletterte Hand über Hand am Strick herauf, langsam und unerbittlich. Die Toten starben nicht leicht.

Der Feldwebel blickte hinab und sah, wie sich die Katze aus den Vorratskammern herausbeugte und hilflos mit der Tatze ins Leere griff. Entdeckte Bueys am Boden liegende Gestalt. Die Kreatur würde ihn in rachsüchtiger Wut umbringen, falls sie das nicht schon getan hatte.

Orozco suchte nach seiner Pistole, fand sie, stürmte zum Rand, beugte sich hinüber, murmelte zischend ein Gebet. Zielte und schoss. Er fluchte über die Wolke aus schwarzem Rauch, die ihm die Sicht versperrte.

Einen Augenblick später lachte er laut und vertrieb ein lautstarkes Dankgebet den Fluch. Die Katze lag mit gespreizten Gliedmaßen auf der Tür eines Vorratsschranks. Kleinhenz' Genick brach wie dürres Holz, und der Strick straffte sich plötzlich.

Orozco konnte jedoch nicht erkennen, in welcher Verfassung Buey war. Dann sah er Gonji einen Satz machen – ebenso wie Simon – und die anstürmende Katze – die des Meuchelmörders auf der Tourelle …

Und dann verschwand das alles aus seinem Blickfeld.

»Töte sie nicht, Simon!«, knirschte Gonji, als er sah, wie sich der verwandelte Mann mit gebleckten Fängen der Tempelkatze stellte und sich beide respektvoll umkreisten. »Töte sie nicht!«

Er funkelte Polidori an, der die beiden Bestien aus dem Augenwinkel betrachtete und dessen prahlerisches Gebaren jetzt der Sorge um die Vertraute wich.

»Warte!«, zischte Polidori. Gonji zeigte seine Überraschung, denn keiner von ihnen hatte bislang jemals einen der untoten Plagegeister reden hören. »Du bist ein Mann von Ehre, nicht wahr?«

»Du hast Angst«, stellte Gonji ausdruckslos fest, erfüllt von Zuversicht. Er sprang von der Schießscharte herunter und hielt das *Katana* auf mittlerer Höhe. Polidori senkte in der Art eines Kavaliers die Schwertspitze zu Boden.

»Und wenn schon?«, flüsterte der Duellant und verfolgte, wie Simon und die Tempelkatze vorsichtig voreinander zurückwichen, um den Ausgang dieses Gesprächs abzuwarten. »Auch du würdest das Grab vermeiden wollen, wenn du wüsstest, was dich jenseits davon erwartet.«

»Das Karma mancher ist schlechter als das anderer«, wandte Gonji ein.

»Es soll hierbei nur um dich und mich gehen«, schlug Polidori vor. »Auch ich bin neugierig, wer von uns beiden siegreich aus einem Zweikampf hervorginge, wer sich durch die überlegene Fechtkunst auszeichne. Lass uns die Schwerter kreuzen, und soll der Sieger weiterleben.«

Gonji deutete mit dem Kopf auf das unerbittliche Zentrum der Sphäre, dem sie inzwischen so nahe waren. »Wir alle sterben bald.«

»Warum überhaupt kämpfen, wenn du das glaubst?«

Gonji spuckte auf den steinernen Fußboden der Tourelle. »Wenn du die Antwort darauf nicht kennst, hat es keinen Sinn, dieses Gespräch fortzusetzen.«

Er schlich heran, geschmeidig wie ein pirschender Tiger, kaum gezügelte Mordlust in den blitzenden dunklen Augen.

Aber Polidoris Verzögerungstaktik war nur eine List gewesen. Ein Bolzen zischte von oben herab und zersplitterte vor Simons Füßen, als dieser auch schon lossprang. Er hatte den Angreifer gesehen und war dem Schuss instinktiv ausgewichen. Er knurrte, als die zweite Katze herabsprang und sich zu der Polidoris gesellte. Die tobenden Bestien verbissen sich in tierhafter Wut ineinander, während Fernandez dem drohenden Unheil entging, indem er mitten zwischen sie sprang.

Gonji umkreiste die beiden Meuchelmörder, prüfte ihre Angriffe mit silbern aufblitzenden Paraden, versuchte sie voneinander zu trennen, um auf dem engen Kampfschauplatz nicht zwischen sie zu geraten. Er wusste, wie der abtrünnige spanische Soldat kämpfte, hatte seinen Stil schon zahllose Male gesehen. Polidoris sagenumwobene Technik musste jedoch gründlich erforscht werden.

Der Samurai zog das *Ko-dachi* und attackierte plötzlich wütend mit beiden Klingen, forderte die Gegner heraus, wehrte ihre unerbittlichen, abwechselnden Angriffe ab und fügte den Meuchelmördern mehrere eher harmlose Verletzungen zu. Keiner fürchtete den Tod, obwohl Polidori sorgsam darauf achtete, was hinter ihm geschah, hatte er doch seine ursprüngliche tödliche Verletzung im Rücken erhalten. Polidori kämpfte zurückhaltend und gab Gonji somit Gelegenheit, sich zu verausgaben.

Gonji reagierte mit Wut auf diese Zuversicht seiner Gegner und wusste auch, dass Simon im Kampf gegen die Katzen jederzeit unterliegen konnte, und so schlug er Polidoris Klinge zur Seite, drängte ihn mit wirbelnden, sich überschneidenden Schwertern rücklings an den Zinnenkranz, ließ dann unvermittelt von ihm ab und ging auf Fernandez los. Im Bruchteil eines Augenblicks entwaffnete er den Spanier mit einer Drehbewegung beider Schwerter. Seine Riposte hackte dem

Assassinen eine Hand ab und grub sich anschließend tief in dessen Knie.

Er warf sich herum, fing Polidoris tief angesetzten Ausfall ab, lenkte diesen über den eigenen Kopf ab und zog das Schwert nutzlos quer über den Bauch des Gegners. Hinter ihm lachte Fernandez, dessen abgehackte Hand auf mystische Weise zurückkehrte und dessen verwundetes Knie sich wieder richtete.

Polidori jedoch krümmte sich jetzt vor Schmerzen und drückte sich einen Ellbogen an die Rippen. Simon hatte seine Vertraute verletzt. Gonji sprang vor, drängte die Klinge des Duellanten mit dem *Seppuku*-Schwert weit nach links ab und durchschnitt ihm mit horizontaler Bewegung des Sagami beide Augen.

Ein Augenblick des Zögerns – Gonji drehte sich zu Fernandez um, der reagierte, als Simon seine Tempelkatze an die Zinnen hämmerte –, dann streckte der Samurai mit einer Folge blitzschneller, kreisförmiger Hiebe den geblendeten Polidori nieder.

Ehe Polidoris Körperteile sich wieder zusammenfügen konnten, stemmte ihm Gonji einen Fuß in den Rücken, hielt das *Katana* in der Schwebe und goss seinen Hass auf diese widerwärtigen Meuchelmörder in die Abschiedsworte:

»Nimm das mit in die Hölle, *toter Mann:* Du bist die armseligste Ausrede für eine Legendengestalt, die mir je begegnet ist. *Gutes Fechten ...*« Er rammte dem Mörder die scharfe Spitze des *Katana* in den Rücken und spürte dabei, wie die klare Schärfe ehrlichen Stahls das Leben aus der wiederbelebten Gestalt trieb.

Dann jedoch bedauerte er diesen Augenblick der Schwäche. Fernandez und seine Vertraute waren entkommen, indem sie auf einen Ruinenbrocken sprangen, der unter ihnen vorbeitrieb. Gonji hämmerte frustriert auf die Zinne ein und kam dann Simon zu Hilfe. Der Lykanthrop hatte wieder Menschengestalt angenommen und schien in schlechter Verfassung. Er versuchte aufzustehen, während Blut aus Dutzenden Wunden lief. Einen

Augenblick lang verzog Gonji das Gesicht, denn er glaubte, Simon wäre ein Auge herausgebohrt worden. Nur das Augenlid war jedoch aufgeschlitzt und das Auge selbst intakt geblieben, obwohl das Lid durch die Blutung gereizt flatterte.

Der Samurai beruhigte den eigenen Atem, drückte Simon wieder flach auf den Boden und fragte sich dabei zum ersten Mal, woher die Zauberkraft stammte, die eine Teilverwandlung in den Werwolf gestattete, was Simon eigentlich nicht hätte möglich sein dürfen. Er entschied, dass Simons edler Geist unter dem Druck ihrer aller schlimmen Not einen Weg gefunden hatte.

Er verfolgte die widerwärtige Auflösung der toten Tempelkatze, während Orozco seine Erkenntnisse herabbrüllte und sich nach ihrer Verfassung erkundigte. Beim nächsten Durchgang kam der Feldwebel nahe genug an ihr Fragment, um zu ihnen herabzuspringen.

»Buey ist tot«, sagte Orozco mit unsicherer Stimme, die erfüllt war von seelischem und körperlichem Schmerz.

»Wir sind es alle bald«, stellte Gonji fest. »Du – du warst ein guter Freund, Orozco-*san*.«

Sie blickten sich voller Wärme an. Orozco nickte. »Wirklich ein verdammt guter Freund«, sagte er, entdeckte einen Funken Humor in sich. »Jederzeit gut für einen Kredit in Silber. Du bist damit durchgekommen, du Japsteufel. Sieh nur ...«

Gonji blickte forschend in die Tiefe. Er entdeckte Fernandez, der mit seiner Katze unter dem Dach einer dahinfliegenden Redoute kauerte.

»*Choléra* – hast du noch Schießpulver übrig? Meinen Bogen habe ich – irgendwo verloren. Habe ohnehin keine Pfeile mehr.«

Dann entdeckte er die Gestalt, die unvermittelt auf dem behauenen Gestein des Fußbodens der Redoute auftauchte. Ein schmutziger Kaftan. Eine Frau.

»*Valentina!*«

Sie hörte Gonjis Schrei, blickte müde herauf und schien zu

lächeln. Sie antwortete jedoch nicht. Der untote Mörder und seine Katze bewegten sich jetzt. Gonji glitt an der Brüstung entlang, um die Ereignisse zu verfolgen. Er verlor die Fassung, und seine Gedanken überschlugen sich und entdeckten keinerlei Sinn im Geschehen. Dann verschwanden die anderen aus seinem Blickfeld.

Gonji sah, dass seine Tourelle beim nächsten Durchgang ins Zentrum des verzauberten Kampfschauplatzes eintauchen würde, um von dessen Geheimnis verschlungen zu werden.

Er wandte sich ab, lehnte sich an, und ein gequälter Laut entwich seiner Kehle. Er brauchte einen Augenblick, um zu bemerken, dass er allein war.

Jetzt erinnerte sie sich wieder an ihn, und die Erinnerung brodelte von Hass. Er war einer der Ersten gewesen, die sie nahmen, nachdem sie sich ihres Fluchs bewusst geworden war. Sie ertrug ihren Ekel, warf den Kaftan zurück und zeigte sich nackt. Sie rang sich ein Lächeln ab, das zu einer höhnischen Miene zerlief, während er sich ihr näherte und sich in seinen Augen kurz die wiederbelebten Erinnerungen an die Lust spiegelten.

Die Katze erkannte Valentina als Erste, denn sie spürte, wie das Geheimnis, das sie hütete, ihrem von aufgehobener Zeit existierenden Schützling entglitt und weggespült wurde wie Schlamm von sturmgepeitschtem Regen. Sie wich mit gesenktem Kopf zurück, denn in Gegenwart des Henkers konnte sie ihrer Schutzpflicht nicht mehr gerecht werden.

Fernandez blickte die Katze an, und die Erkenntnis dämmerte ihm. Er zitterte jetzt angesichts Valentinas, die sich ihm näherte. Er stolperte einen Schritt weit rückwärts, dann noch einen. Das Leiden, das ihn niedergestreckt hatte, überwältigte ihn aufs Neue, diesmal erstaunlich beschleunigt. Innerhalb weniger Augenblicke verlor er alle geistigen Fähigkeiten, und die gesamte linke Körperhälfte war gelähmt. Voller Panik über den drohenden Tod, dem zu entrinnen er so viele andere umgebracht hatte, und um dem kurz erblickten Schicksal zu entrinnen, das ihn mit solchem Grauen erfüllte, hob er das Schwert, um es gegen Valentina zu richten. Etwas hinderte ihn jedoch. Er konnte seine Scharfrichterin nicht angreifen. Er ließ das Schwert fallen und stolperte rückwärts, immer weiter rückwärts, und verlor dabei immer mehr die Fähigkeit, die untoten Muskeln zu steuern.

Als er die Bruchkante des Fragments erreichte, schwankte er einen Augenblick lang, streckte flehend die Hand nach Valentina aus. Valentina fasste an diese Hand, und er prallte zurück, wie von einem Rammbock getroffen.

Der böse abtrünnige Ulan kippte rücklings über die Bruchkante, durchquerte die Barriere und nahm seinen Platz inmitten all der Trümmer ein, die langsam zum komprimierenden Zentrum der Raumverzerrung trieben. Er war im Tode erstarrt, wie schon zu jenem Zeitpunkt, als Balaerik ihm dieses unreine Schattendasein schenkte.

Valentina verfolgte, wie sich die Katze zu einer Schattenkugel zusammenrollte, schrumpfte und von den Luftströmungen davongetragen wurde, als ihres Schützlings und ihr eigenes Dasein so kurzerhand beendet waren.

Valentina schauderte und sank auf die Knie, wobei sie den Kaftan wieder um sich raffte und Dankgebete wie ein Sturzbach über ihre Lippen strömten. Denn sie wusste, dass sie nicht hätte überleben können, wäre ihre unaussprechliche Angst wahr geworden.

Ihre Angst vor dem, was sie vielleicht hätte tun müssen.

DREISSIGSTES KAPITEL

Gonji erblickte vor sich das strahlende Licht, das ein Loch in die Luft brannte, als sich die Tourelle dem verschlingenden Zentrum der mystischen Sphäre näherte. Einen Augenblick lang blendete ihn der sich ausbreitende Lichtschein, und kurz glaubte er, den Besuch des Todes*kami* zu erhalten.

Dann griff eine Hand hindurch, die blasse Hand eines jungen Mannes, der ihn mit einer Spur Argwohn musterte, als er sah, wie der Samurai den Griff des Sagami packte.

»Nein, hier findet keine Gewalt statt«, erklärte der Mann.

Gonji tat einen vorsichtigen Schritt nach vorn und ergriff die Hand, die winkend zur Eile mahnte. Kurz hatte er das seltsame, euphorische Gefühl, schwerelos zu sein. Die Umgebung schien hinter ihm zu verbrennen wie die Seide der Mondspinnerin, wie eine Decke weggerissen von einer lieblichen grünen Welt, die ihn an die Hügellandschaft aus seiner Jugend erinnerte.

Er fand sich in einem idyllischen, sanft gewellten Wiesenland wieder, und die Grasdecke fühlte sich unter seinen Füßen weich und saftig an. Tief saugte er die Düfte ein, und seine Augen ergötzten sich an der Schönheit. Spontan zog er Stiefel und *Tabi* aus, um barfuß durch die reizvolle Auenlandschaft zu laufen. Er verneigte sich wortlos vor den anderen Überlebenden und kniete sich hin, um ein Dankgebet zu sprechen.

Orozco humpelte heran und klopfte ihm auf die Schulter. »Dieser Bursche behauptet, er hätte etwas, das Bueys Wunden hilft – *si*, er lebt tatsächlich noch! Wurde vor uns hierher gebracht. Er – er ist jedoch nicht allzu sicher, wie es um Simon steht.«

Gonji machte sich daran, die beiden schwer verletzten Gefährten Simon und Buey aufzumuntern. Achmed und Luigi, die die Verletzungen der beiden versorgten, begrüßten ihn mit leichtem Erstaunen. Sie schienen selbst keineswegs in bester Verfassung, waren von zahlreichen Schnitten und Blutergüssen gezeichnet. Jedoch schienen alle froh, noch am Leben zu sein, und sich zugleich ein wenig besorgt zu fragen, an was für einem Ort sie hier waren. Auch Lola war dabei, schien allerdings einen Schock erlitten zu haben, saß auf dem Rasen und hatte die Knie fest angezogen.

Dann stellte Gonji fest, worauf sie alle starrten: die Leichen von Herrmann, Gonzaga, Patel und Cardenas lagen ein kurzes Stück entfernt aufgereiht.

Und dann durchquerte auch Valentina die Barriere. Shem führte sie und lächelte sie dabei an. Die einstige Hure wirkte jetzt eher wie eine Königin auf einem Eroberungszug, umrahmt von der mal stärker, mal schwächer sichtbaren Sphärenarena, die schließlich endgültig aus ihrer aller Blickfeld verschwand. Gonji bemühte sich noch, seinem Gedächtnis einen letzten Eindruck des gewaltigen Kampfschauplatzes einzuprägen.

Valentina erwiderte die Blicke der anderen gelassen. »Nein«, sagte sie leise, »zum Glück ist es nicht so, wie ihr denkt.« Sie rang sich ein unsicheres Lächeln ab. Verständnis bewegte die Gruppe.

»Na ja«, begann Orozco, der seinen schlichten Humor aufbot, »das ist aber ein Mordstribut an deine frühere Beliebtheit.«

»Das ist überhaupt nicht komisch, Carlos«, sagte sie, wenn auch nicht allzu vorwurfsvoll.

Der Feldwebel zeigte sich beharrlich. »Na ja, ich habe das nicht respektlos gemeint. Jeder von uns kämpft auf seine eigene Art. Wir sind nur alle froh, dass du nicht gezwungen warst . . . Ich meine, wenn man bedenkt, dass sie nun mal die Toten *waren* und all . . .«

»Halt die Klappe, Carlos«, verlangte Gonji, und dem Feldwebel verging das lausbübische Grinsen. Der Samurai betrachtete Valentina, während sie an ihnen vorbeiging und seltsam verändert wirkte, überweltlich, als lebte sie jetzt auf einer neuen Ebene der Existenz, jenseits sogar noch dieser Welt, in die man sie herübergezogen hatte.

»Dieses ganze Gemetzel, das Blut«, sagte Shem in ernstem Ton, »stört die heitere Atmosphäre auf dieser Lieblingswiese des Gott-Architekten. Für mich ist das alles sehr irritierend. Ihr könnt Euch bei Valentina dafür bedanken, dass ihr noch am Leben seid. Ich wäre der Gefahr, in der ihr schwebtet, nicht gewahr gewesen – und hätte nicht auf sie geachtet –, wäre nicht ihre Sorge um euch gewesen. Wir reden später miteinander.«

Er entfernte sich schweren Schrittes, als trüge er eine Last. Gonji blickte ihm mit zynischem Stirnrunzeln nach, hatte bereits eine Abneigung gegen diesen widerstrebenden Retter entwickelt.

Shem erwiderte dieses Gefühl, als Gonji darauf beharrte, die vier toten Krieger müssten an einer von ihm ausgesuchten Stelle unweit des zerbrochenen Torbogens begraben werden. Valentina versuchte zu vermitteln, aber Gonji zeigte sich eisern und unnachgiebig entschlossen, und niemand konnte ihn von seinem Vorhaben abbringen. Die Grabsteine wurden unauffällig platziert, und der Samurai zeigte dem schmallippigen Shem, dass kein Blickwinkel beeinträchtigt war.

Die Verletzungen der Gefährten wurden mit den Heilblüten behandelt, aber Shem war nicht bereit, sich Simon zu nähern, und erläuterte, dass sein Einblick in den streitsüchtigen Geist des fluchbeladenen Mannes für ihn eine erschreckende Erfahrung an emotionellem Tumult war. Außerdem zeigte sich, dass die Blüten bei Simons Verletzungen keine Wirkung hatten, obwohl die übermenschliche Belastbarkeit des Lykanthropen sofort heilende Auswirkungen hatte.

Buey hingegen reagierte wundersam auf die Wirkkraft der Blüten, und so war der große Krieger wieder frohen Mutes, noch ehe die friedlichen Schatten der Dämmerung den blauen, wolkengesprenkelten Himmel verdunkelten.

»Hast du diese Blüten jemals auf ein Schlachtfeld gestreut, als du hineinlugtest?«, fragte Gonji Shem, während er gerade eine davon anwandte.

»Ich *luge* nicht auf Schlachtfelder herein!«, entgegnete Shem entrüstet. »Die meisten Verletzungen sind vermeidbar, wenn man ein Verständnis ihres Ursprungs – den aggressiven Geist – entwickelt und anwendet. Und diese Heilmittel existieren nicht in Fülle. Sie wurden in der Hoffnung geschaffen, dass sie nur selten benötigt würden.«

Sie wurden zu einer heißen Quelle geführt, wo sie sich im reinigenden, heilenden Wasser wuschen, das eine magische Wirkung auf Körper und Geist ausübte. Als unter einem sternenübersäten Himmel und Wolken, die am Dreiviertelmond vorbeijagten, die Nacht anbrach, löschten sie ihren Durst mit güldenem Nektar und schlugen sich die Bäuche mit einer Vielzahl von teils bekannten, teils fremden Früchten und Gemüsesorten voll. Und Shem erläuterte ihnen seine Kenntnisse der kosmischen Sphären.

»Einst war Arkadien für jedermann frei zugänglich. Alles, was das Paradies bot, stand jedem zur Verfügung. Räuberische Mächte waren jedoch bestrebt, Gewalt über seine Reichtümer und ihre Mitgeschöpfe zu gewinnen, sie zu versklaven und sich selbst zu Göttern aufzuschwingen. Darin bestand ihre größte Sünde, wisst ihr, nämlich sich zu Göttern aufschwingen zu wollen. Und sie stürzten das Paradies ins Chaos. Heute besteht kein einigendes Element mehr, kein Gesetz mehr für alle Sphären. Zwar existiert eine herrschende Körperschaft auf der zentralen Welt, die die Ordnung wiederherstellen möchte, aber nur unter ihrer Vorherrschaft. Somit stehen auch ihre Bemühungen für eine Notlösung, die nie geplant war. Eines Tages wird alles zurückgewonnen werden, aber noch nicht sehr bald. Ich fürchte, eure idealistischen Tempelritter werden enttäuscht sein. Alle Menschen haben eine Bestimmung gemeinsam, die unter den gegenwärtigen Bedingungen unerkennbar ist.«

»Wie?«, fragte Gonji. »Wie wird alles zurückgewonnen werden?«

»Eines Tages werden die Menschen einer gemeinsamen Bestimmung folgen«, antwortete Shem nur.

»Und wo wird das seinen Anfang nehmen?«, griff Orozco Gonjis Faden auf.

»Nicht bei mir, Freund Krieger, falls du das andeuten möchtest. Meine Verantwortung ist es, Distanz zu wahren und nicht zusätzliche Kraft aufzuwenden, die eine bereits vielschichtige Unordnung noch verschlimmert. Meine Aufgabe ist, zu betrachten und aufzuzeichnen und meinen Oberen im Hohen Orden der Erkunder wohlüberlegten Rat zu erteilen.«

»Wie deinem Amtsbruder, dem Riesen?«, wollte Gonji wissen. »Er sprach wie du, und trotzdem mischte er sich in die Belange von uns *geringeren* Lebewesen ein.«

»Man trifft sogar Erkunder an, die ihrer Verantwortung nicht gerecht werden«, entgegnete Shem.

»Trotzdem muss jeder eine klare moralische Entscheidung treffen«, mischte sich Simon mit seiner faszinierenden Stimme ein, auf einen Ellbogen gestützt. Er trug erneut zahlreiche Verbände und hatte beträchtliche Schmerzen, aber er zeigte ein ungewohntes Interesse an dieser Diskussion.

Shem wandte den Blick vom Lykanthropen ab. »Meine moralische Entscheidung muss auf einer erhabenen Ebene fallen, die du niemals verstehen könntest.«

Gonji schnalzte mit der Zunge. »Hör mal, Freund, wir haben es auf unserer – mitleiderregend niedrigen Ebene mit Manifestationen des Bösen zu tun, ebenso wie du auf deiner. Ich sehe jedoch, dass du kaum einen Beitrag zu diesem Kampf leistest.«

»Du hast eine beunruhigende Art, das Dasein in kriegerischen Begriffen zu deuten.«

»Wohl wahr«, räumte Gonji ein, »und das hat durchaus seine Richtigkeit. Du kannst Durchgänge nach deinem Belieben öffnen und schließen, nicht wahr?«

Shem zuckte die Achseln. »Tatsächlich verfüge ich über diese örtlich begrenzte Macht. Ich kann jedoch jenen nicht den Durchgang verwehren, die über das Geheimnis gestolpert sind. Äußerstenfalls vermag ich die Position von Durchgängen vor den Schlüsseln unter meinem direkten Einfluss zu verbergen.«

»Du hättest die bösen Mächte daran hindern können, die Portale der Rautenkonfiguration zu benutzen, die Domingo Negro entdeckt hatte. Du könntest bei deinen Schlüsseln erkunden, ob das Böse von Akryllon noch immer unter uns weilt. Du ...«

Shem schüttelte den Kopf, als wollte er ein Kind ermahnen. »Glaube mir, du weißt nicht, was du da verlangst. Nach dem zu urteilen, was du mir erzählt hast, hatte deine Hexe in einem Punkt recht: Wie sie mit ihren primitiven Zaubern in Erfahrung brachte, ist das System der Sphären tatsächlich konzentrisch aufgebaut. Es umfasst eine Kernwelt – zu der dieser Ort gehört. Und die einfältige Mathematikerin hat zumindest festgestellt, dass eine Verbindung besteht zwischen dem, was eine Welt Zauberei nennt, und dem, was eine andere Welt Wissenschaft nennt. Eine Konfiguration des Bösen bestand jedoch nicht. Deine Raute war eine Zufallsfigur, die nur dadurch Bedeutung erlangte, dass die schlichte Perfektion der Symmetrie den nichtaufgeklärten Verstand mit Ehrfurcht erfüllte. Was Akryllon angeht, so existiert es ganz gewiss wirklich. Es existiert als Schmutzfleck auf der kosmischen Struktur. Noch eine Kraft mehr, die nach Macht strebt. Diese Leute bewegen sich zwischen den Schlüsseln hin und her, als würden sie die Bedeutung Arkadiens verstehen. Arrogante Dummköpfe.«

»Deshalb hat uns die Hexe Pablo Cardenas geschickt«, überlegte Achmed Il-Mohar laut, während sein Blick auf einem fernen Stern ruhte. »Sie wusste, dass seine Kenntnisse und ihre in einem größeren Zusammenhang verbunden waren.«

Gonji lauschte jedoch nur den eigenen zornigen Gedanken. »Man sollte nicht so herabsetzend von Toten sprechen«, erklärte er Shem mit kaum verhohlener Feindseligkeit. »Sie waren vielleicht ahnungslos in ihrem Kampf, aber was letztlich zählt ist, dass sie gekämpft haben.« Er stand auf und schlenderte in die Hügellandschaft der Umgebung, um seinen inneren Mittelpunkt wiederzufinden.

Achmed besuchte ihn am nächsten Morgen an seinem Schlafplatz am Rand eines waldigen Tales von unvergleichlicher Schönheit. Im warmen Sonnenschein verdampfte der Tau und stieg funkelnd in die Pracht eines majestätischen Himmels empor.

»Unser wunderlicher Freund denkt anscheinend, er könne mit Hilfe seiner Handbewegungen Genua finden«, berichtete Achmed mit einer Spur Erheiterung. »Sehr nützlicher Bursche. Vielleicht geruht er gar, dich dorthin zu leiten.«

Gonji musterte ihn. »Du kommst nicht mit?«

Achmed strich sich das bärtige Kinn. »Wie ich schon einmal sagte, wäre ich in Österreich nur mit weiterer Feindseligkeit konfrontiert. Die Türken herrschen in den Barbareskenstaaten, und mein Glaube macht mich im eigenen Land zu einem nicht gern gesehenen Gast. Shem hat mir von einem Ort erzählt, der Algier ähnelt und wo man Handwerker braucht und Fremde mit offenen Armen empfängt. Es ist schon seltsam. Sein anmaßendes Gebaren ist ein bisschen ansteckend, weißt du? Ich könnte mich gar erdreisten, selbst ein wenig zu missionieren. Er sagt, dort würden im Gegensatz zu vielen Sphären mannigfaltige Überzeugungen toleriert. So kann ich letztlich doch ein Wunderritter werden, und das ohne gewalttätigen Widerstand, wie du ihn zu erwarten hast.« Er lächelte, und als er dann fortfuhr, spiegelte sich das Licht unbekannter Gestade in seinen Augen. »Shem sagt, er hätte gehört, dass man an vielen Orten glaubt, der Sohn des Gott-Architekten wäre unter den Menschen erschienen – als ein Zimmermann. Das erscheint in diesem Zusammenhang seltsam logisch, nicht wahr? Komisch. Mit Shem zu sprechen vermittelt tatsächlich einen breiteren Ausblick.« Er wandte sich erneut der unmittelbaren Umgebung zu. »Oh, und – Lola wird mich begleiten.«

»Lola?« Gonji war verblüfft. »Und sie stellt sich dem Unbekannten?«

Der Moriske schüttelte den Kopf. »Eher flieht sie vor dem Bekannten. Ich suche nach einem neuen Anfang. Sie sucht zu vergessen. Wir werden einander helfen, uns anzupassen. Und dann?« Er zuckte die Achseln.

Orozco, Buey und Luigi fanden Gonji am nächsten Morgen in einer abgelegenen Talsenke. Ein dünner Schweißfilm glänzte auf dem Körper des Samurai. Nur mit dem Lendentuch bekleidet, führte er mit Elan eine lange Folge von *Kata* aus. Die anderen blieben auf Abstand und warteten ab, bis er seine *Ken-jutsu*-Übungen im blitzschnellen Schwertziehen abgeschlossen hatte.

Er unterbrach sich, um seine Freunde zu begrüßen, und fuhr dann mit Übungen zur Förderung der Gelenkigkeit und mit *Jujutsu*-Drehungen fort, während er sich zugleich mit den Kameraden unterhielt.

»Wir sind zum Aufbruch bereit, sobald du es auch bist«, informierte ihn Orozco. »Dieser Möchtegerngott denkt, er könne uns den Weg zeigen. Ich habe das Gefühl, dass er mehr darauf erpicht ist, uns loszuwerden, und weniger von Hilfsbereitschaft bewegt.«

Gonji nickte knapp. »Wir stören sein besinnliches Paradies.«

»Bald bin ich wieder stark genug, um mich dir aufs Neue zu stellen, hm, *Kyushi?*« Buey grinste breit und beugte und streckte die Arme. Gonji lächelte, als er hörte, wie der Ochse Salgueros Lieblingswort benutzte.

»*Hai*, aber du solltest lieber auch *gut* sein und nicht nur stark. Leone-*san*, wie ich sehe, konnte dieses magische Gehölz dein Auge nicht wiederherstellen?«

Luigi griff an die Augenklappe. »Nun, weißt du – man *muss* dazu ein Hexenmeister sein, wie sie sagen. Shem hat mir von einem Ort berichtet, wo man manchmal – ein Auge ersetzen kann …«

Gonjis Augen wurden schmal. Er sah, wie Leone unerwarteterweise nachdenklich wurde. Shems Zauberbann schien sich auch auf ihn zu erstrecken. »Und gehst du dorthin?«

Luigi kam wieder zu sich. »Ich? Verdammt, nein! Ich habe vor, mal zu sehen, was *du* im Schilde führst. Ich habe dieses Auge in gutem Glauben verloren, weißt du? Es war der Preis dafür zu beweisen, was ich wert bin. Briganten weichen zurück, wenn sie das sehen. Ich müsste nur wieder gegen solche Gesellen kämpfen, wenn ich …«

»Es würde deine Fechtkunst erheblich verbessern, wenn du wieder zwei Augen hättest«, hakte Gonji nach, um Luigis Entschlossenheit auf die Probe zu stellen.

»Ach, Pferdemist! Ich war darin ohnehin nie gut. Gib mir einfach eine gute Pistole und reichlich Pulver und Kugeln.«

Der Samurai blickte vom einen zum anderen und verneigte sich schließlich vor ihnen. »*Domo arigato*, meine Freunde. Ich freue mich sehr auf eure Gesellschaft.«

Während die Nacht schon in den fernen schlummernden Hügeln wisperte, fiel Simons Schatten in den dunkler werdenden Raum zwischen den Bäumen.

»Du siehst gut aus«, sagte Gonji, als er sich davon erholt hatte, so abrupt aus seinem Tagtraum gerissen zu werden. Der Lykanthrop bewegte sich inzwischen wieder mit der gewohnten Verstohlenheit, und wie üblich hatte er sich aus der Gesellschaft der anderen zurückgezogen.

»Wir sollten diesen Ort verlassen«, sagte Simon. »Mir gefällt die Trägheit nicht, die von ihm ausgeht.«

»Ich weiß, was du meinst«, sagte Gonji. »Er schwächt die Vorsicht. Zu viel davon, und ... Hat der Erkunder auch *dir* eine Zuflucht angeboten, zu der du dich zurückziehen könntest? Einen Ausweg aus den Kämpfen des Lebens?«

Simon seufzte. »Ja – er sprach von einem leblosen Land, das ich in der Nacht der Ketten durchstreifen könnte.«

»Hmm.« Gonji blickte zum Torbogen hinüber, wo die anderen ruhten und ihre beschwingten Stimmen durch die Dämmerung klangen. Bueys lärmendes Gelächter wurde hörbar. Und Orozcos.

»Ich *war* ihm gegenüber rücksichtsvoll«, ergänzte Simon. »Es scheint jedoch, dass ich sein penibles Zartgefühl verletze.«

»Ist er auch ein Heide?«, erkundigte sich Gonji und sprach damit einen alten wunden Punkt an.

»Auf seine Art. Anders als manche, die ich kenne. Sobald wir zurück in Frankreich sind, habe ich vor, deinen ungläubigen Arsch eines Tages in eine Kapelle zu zerren. Nur um zu sehen, ob du wirklich in Flammen aufgehst.«

»In der Nacht der Ketten?«, feuerte Gonji zurück.

»Dieses Thema eignet sich nicht für launige Bemerkungen.« Simon wandte sich ab.

»Verdammt, es *wird* Zeit, von hier fortzugehen! Alle werden zunehmend reizbar. Und was redest du da von Frankreich? Ich hasse Frankreich.«

»Ich sagte, ich bräuchte bei etwas Hilfe, weißt du noch? Du hast mir deine Hilfe versprochen.«

Gonji blickte Simon nach, als sich dieser durch die Talsenke entfernte, und erinnerte sich vage an ein unterwegs gegebenes Versprechen.

»Deine Hexe hat sich geirrt, siehst du«, erklärte Shem, während er neben Gonji herschlenderte, die Hände auf dem Rücken verschränkt. »Einstellungen, nicht böse Heerscharen, sind es, die gewöhnlich die Portale durchqueren, um die Lebewesen der verschiedenen Sphären zu versklaven. Wäre viel zu schwierig, das mit dem Schwert zu bekämpfen. Die Mächte, die um Vorherrschaft ringen, sind zu vielschichtig, um sie dir zu erklären. Ich fürchte, dass ich mich selbst nicht allzu gut mit ihnen auskenne.«

»Ein seltenes Eingeständnis von dir. Ich freue mich, es zu hören. Im Grunde glaube ich jedoch, dass das Schwert eine gute Waffe ist, um den Kampf gegen das Böse zu eröffnen. Man beginnt dort, wo man eine einzelne Missetat entdeckt. Oder man tut nichts, und das Übel wächst und ernährt sich dabei von allem, wovon es umgeben ist.«

Shem schien eine Zeit lang darüber nachzudenken, und Gonji fuhr fort, wobei Ansätze von Ironie in seinen Worten mitschwangen. »Eigentlich stelle ich selbst das schlechteste Argument für meinen Standpunkt dar. Ich scheine hier nichts gewonnen zu haben. Stillstand. Ich habe die Toten in ihre Gräber zurückgeschickt. Tatsächlich habe ich jedoch verloren. Ich habe gute Gefährten neben ihnen begraben.«

»Es kommt darauf an, was du als Gewinn betrachtest«, wandte Shem in tröstendem Ton ein. »Du hast mir viel gegeben. Nur selten vermag ein gewöhnlicher Mensch das Dasein eines Erkunders zu bereichern. Du hast mir geholfen, gewisse Dinge klarer zu sehen. Hör mir zu – ich habe mit den anderen gesprochen. Du erfreust dich ihrer höchsten Achtung. Sie haben mir geholfen, deine Ziele zu verstehen. Vielleicht ist es wahrhaftig von Belang, wenn ein Lebewesen die Hand ausstreckt und wenigstens eine einzelne lebendige Wahrheit aus einem alles ertränkenden Teich pflückt. Ich vermag dir jedoch nicht zu helfen. Du musst selbst die lärmenden, schmutzigen Schlachten deiner eigenen Welt austragen. Akryllon hat vielleicht deine Zukunft erblickt, und womöglich liegt diese Zukunft im Konflikt mit der jener Insel.

Auf Grundlage deiner beharrlichen Argumente habe ich folgende Entscheidung gefällt: Ich kann versuchen, die Passage durch die Portale und den Gebrauch der Schlüssel zu beeinflussen. So viel werde ich auch tun. Ich entwerfe einen Kodex für die Sphären und lege ihn den übrigen Erkundern vor. Du – hast es geschafft, aus mir einen Renegaten zu machen, wie du selbst einer bist. Allerdings in einem größeren Maßstab.«

Shem zeigte ein Lächeln, das aufrichtiger war als je zuvor. »Und du hast mir noch etwas geschenkt.«

»Was?«

»Die Gesellschaft Valentinas.«

»Denkst du, es wäre wundervoll, wenn alle Leute mit Flügeln geboren würden?«, fragte Valentina in gelassenem Humor, während sie den eingewickelten Wygyll-Säugling unter dem Torbogen ins Gras legte.

»*Hai*«, antwortete Gonji gedankenverloren, während er auf das Grab Pablo Cardenas' starrte. »Diese böse Geschichte hat mehr als nur ein Kind zu Waisen gemacht. Ich muss dafür sorgen, dass für Cardenas' Familie gesorgt wird. Eine weitere Pflicht. Karma.« Er schüttelte die niedergeschlagene Stimmung ab und wandte sich wieder der Frau zu. »Nimmst du dieses Geschöpf an Kindes Statt an?«

»*Dios mio*, nein!« Sie lachte leise. »Wirke ich so mütterlich auf dich? Ich könnte nicht mal eigene Kinder versorgen.« Eine Spur Bitterkeit verlieh ihrem Ton ein raunendes Timbre. »Ich finde einen Platz für dieses kleine Wesen.«

»*Hai*, man muss noch weitere Wygyll finden.«

Valentina betrachtete ihn forschend. »Du bist letztlich anders, als ich ursprünglich erwartet hatte.«

»Du auch«, sagte er.

»Du hast aber nach wie vor deinen verzaubernden Blick«, sagte sie. »Ich werde nie vergessen, wie du mich das erste Mal durch das Gitterfenster im Kerker angesehen hast. Und dabei weiß Gott welche ungläubigen Gedanken hegtest.«

Gonji zog in gespielter Gereiztheit eine Braue hoch. »Ah, *so desu ka?* Du hast mir eine Menge Anlass zu gewissen Gedanken gegeben, wie ich mich entsinne.«

Sie lachte verhalten. »Und du verfügst noch immer über eine Arroganz, die sich mit der Shems messen kann.«

Gonji ballte unmerklich die Fäuste, als er den Namen erneut hörte. »Er passt nicht zu dir.«

»Vielleicht nicht«, räumte sie ein. »Vielleicht brauche ich aber auch Abwechslung. Wer weiß? Du hattest deine Chance. Jetzt werde ich statt eines Kriegers einen Denker anregen.« Sie sah Groll in Gonjis Augen aufschimmern und setzte hinzu: »Einen Denker anderen Schlages.«

Unbehagliches Schweigen breitete sich zwischen ihnen aus.

»Morgen beginne ich mit der – Reinigung«, sagte sie leise. »Das nimmt drei Tage am heilenden Torbogen in Anspruch. Shem sagt … Wie ich es verstehe, sind die Tage in dieser Sphäre lang. Du *könntest* bis dahin bleiben, aber ich denke nicht …«

»Nein. Die anderen werden ungeduldig, und ich muss gestehen, dass es mir genauso geht. Wir wissen nicht mal, ob es unsere Schiffe bis Genua geschafft haben. Und …« Er redete noch weiter, hörte aber die eigenen Worte nicht, da er Valentina mit tiefem Verlangen anblickte.

Sie wusste so gut wie er, dass sein Bedürfnis aufzubrechen nur eine dürftige Ausrede war. In Wahrheit hatte er sie schon früher abgewiesen, und sein Ehrgefühl gestattete ihm nicht, ihre Liebe auszunutzen, jetzt, da das Schicksal es für angebracht gehalten hatte, die Dinge auf seine schmerzliche Art zu verändern.

»Seltsam, sich vorzustellen, wie es anders hätte kommen können«, sann Valentina. »Wir hätten gemeinsam zum heilenden Torbogen gehen können – um diese langen Tage miteinander zu verbringen.«

Karma.

EPILOG

Shem hatte sie in die Hände des Feindes geführt.

Das dachten sie alle, während sie auf windgepeitschtem Genueser Strand unter dem Winterhimmel fluchten und in scharrendem Gleichklang kalten Stahl zückten.

Die Ritter vom Goldenen Vlies hatten sie umzingelt, die Armbrüste zu der einzelnen Salve angelegt, die sie praktisch gleichzeitig niedergestreckt hätte, nachdem alle Verschlagenheit der Untoten und die Gefahren des Meeres und der Wüste und des verformten Raums das nicht vermocht hatten.

Und dann trat der stämmige Priester schweren Schrittes vor und umarmte den erschrockenen Gonji.

»Kuma-*san?* Herr Bär?«, fragte der Samurai laut. »Bruder Jan?«

»Für dich jetzt *Vater* Jan, du junger Heide!« Und der Priester umarmte ihn und schüttelte ihn an den Schultern und brachte ihn so erneut in Verlegenheit, wie der Priester es schon vor vielen Jahren und eine halbe Welt weit entfernt mit einem jungen Samurai getan hatte.

Die Ritter entspannten sich, als die Gruppe ihre Waffen wegsteckte, denn die zunächst feindselige Reaktion der Ritter war nur dem Erschrecken über das unvermittelte Auftauchen aus dem Nichts geschuldet gewesen. Es war nichts anderes als ein Ausdruck der Überraschung.

Sebastio erzählte, dass Vater de la Cenza und Erzbischof Texeira die Macht übernommen hatten, seit der Großinquisitor wahnsinnig geworden war, dass Balaerik jedoch nach wie vor auf freiem Fuß war, inzwischen als Feind der Kirche bekannt. Man brachte ihn mit gewissen grauenhaften Verbrechen in Verbindung, darunter die Morde an zehn Lanzenreitern. Die Ritter wollten lediglich von Gonji persönlich hören, dass er Balaerik nicht geholfen hatte, irgendeines dieser Verbrechen zu begehen. Dass er nicht im *Bunde* mit dem bösen *Donado* stand.

Und dann berichtete Sebastio von *Dai Nihon*. Von einer großen Schlacht auf der Ebene von Sekigahara. Davon, dass sich Gonjis Vater nach wie vor guter Gesundheit erfreute, wenngleich er auf der unterlegenen Seite gekämpft hatte. Tokugawa hatte die Macht ergriffen. Und vieles hatte sich im Land der Götter verändert.

Und er sprach von Reiko. Gonjis einst geliebter Reiko.

»Sie weigert sich, deinen Namen auszusprechen, aber ihre Augen sind beredt genug, wenn er erwähnt wird«, berichtete Kuma-*san*.

Der Priester schwatzte weiter über Rom. Orozco, Buey und Leone erinnerten ihn an Österreich. Und Simon Sardonis legte erneut eine feindselige Haltung an den Tag und schien fehl am Platz. Er zog sich in die Schale des Selbstmitleids zurück und sagte Lebewohl, denn in zwei Nächten würde der Mond voll sein.

Gonji hörte zu. Und dachte nach. Bis er nicht mehr zuhören und nicht mehr denken konnte.

Er verneigte sich vor ihnen und verabschiedete sich für die Nacht. Die Fragen der Gefährten hingen noch über der anbrandenden Flut, während sie ihm stumm nachblickten, als er den Strand entlang davonschritt, die Hand auf dem Schwertgriff, um eine Zeit lang unter dem Himmel allein zu sein, der keine Forderungen an ihn stellte.

PERSONENVERZEICHNIS

Abdullah el Kerim – ein Moriske (spanischer Maure) aus Achmeds Truppe
Achmed Il-Mohar – ein Moriske
Korporal Ramon Alcala – Soldat bei den Dritten Kastilischen Pistoleros
Anton Balaerik – Laienbruder des Ordens der Heiligen Waffen
Buey »der Ochse« – Soldat bei den Ersten Katalanischen Lanzenreitern
Pablo Cardenas – Advokat von Barbaso
Pater Martin de la Cenza – Archivar des Hohen Offiziums
Miguel de Cervantes Saavedra – spanischer Schriftsteller
Herzog Cervera – Lehnsherr von Saragossa
Brian de Chancy – Großmeister der Tempelritter
Armand le Clerc – Tempelritter
Domingo Malaga y Colicos – genannt »Domingo Negro«, Erzmagierin auf Burg Malaguer
Valentina de Corsia – ehemaliges Straßenkind, angebliche Hexe, Gonjis Kerkergefährtin
Corsini – ein Brigant
Fernandez – Mörder im Dienst der Dunklen Kompanie
Gabriel de la Hoz – Verfolgter der Inquisition
Del Gaudio – italienischer Söldner aus Corsinis Schar
Jaime Gonzaga – katalanischer Ulan aus Salgueros Truppe
Mirhubah Habibiti – Großmufti des Fessan
Herrmann – Söldner aus Gonjis Gruppe
Bischof Ignazio Izquierdo – amtierender Großinquisitor
Kiri – weiblicher Wygyll

Jürgen Kleinhenz – untoter Axtmörder in der Dunklen Kompanie

Kyriakos, genannt »El Greco« – spanischer Künstler, aus Kreta gebürtig

Luigi Leone – italienischer Söldner aus Corsinis Schar

Herzog de Lerma – politische Führungsgestalt hinter der Inquisition

Lola – Flüchtlingsfrau in Gonjis Schar

Michelangelo »Klirrer« LoPresti – italienischer Söldner aus Corsinis Schar

Pater Marquez – inquisitionskritischer Priester im Untergrund

Feldwebel Morales – Befehlshaber der Morgenschicht im Kerker der Inquisition in Toledo

Bartolomé Nuñez – Oberst im Elitekavallerieregiment aus Toledo

Nassim Patel – ein Moriske aus Achmeds Truppe

Jakob Neriah – reisender Kaufmann

Feldwebel Orozco – Unteroffizier im Kommando Salgueros

Ottef Abu-Nissar – untoter Säbelfechter in der Dunklen Kompanie

Feldwebel Padilla – Nachfolger Morales' im Kerker der Inquisition in Toledo

Monsieur Perreault – untoter Zeuge vor Gonjis Tribunal

Polidori – untoter Duellant in der Dunklen Kompanie

Pater Robles – Pfarrer von Barbaso

Rojas – Herzog von Lerma

Hauptmann Hernando Salguero – alter Freund Gonjis, Kompaniechef der Ersten Katalanischen Lanzenreiter

Simon Sardonis – Werwolf

Pater Jan Sebastio – reisender Ordensbruder

Shem – Wächter des Tores, Pförtner Arkadiens, Erkunder

Erzbischof Roderigo Texeira – Apostolischer Nuntius in Spanien

Das Unbekannte Böse
Urso – ein »Anakim« oder Riese
General de la Vega – Kavalleriebefehlshaber aus Toledo